W0325792

DUMONT NOIR

Die Originalausgabe erschien 1992 unter dem Titel The Hidden Files
bei Little Brown & Company, London
© 1992 Derek Raymond

Deutsche Erstausgabe

Die Deutsche Bibliothek – CIP-Einheitsaufnahme
Raymond, Derek:
Die verdeckten Dateien / Derek Raymond.
Michael K. Iwoleit und Reinhold H. Mai (Übers.). – Köln : DuMont, 1999
(DuMont Noir ; Bd. 1) Einheitssacht.: The Hidden Files <dt.>
ISBN 3-7701-4782-0

Erste Auflage 1999
© 1999 für die deutsche Ausgabe: DuMont Buchverlag, Köln
Alle Rechte vorbehalten
Umschlag- und Reihengestaltung: Groothuis+Malsy
Gesetzt aus der Elzevir und der Antique Olive
Gedruckt auf säurefreiem und chlorfrei gebleichtem Papier
Satz: Greiner & Reichel, Köln
Druck und Verarbeitung: Clausen & Bosse, Leck

Printed in Germany
ISBN 3-7701-4782-0

Derek Raymond

Die verdeckten Dateien

DuMont Noir 1

Aus dem Englischen übersetzt
von Michael K. Iwoleit und Reinhold H. Mai

Einleitung

Ich habe in diesen Memoiren viel über das Schreiben gesagt und mich dabei besonders auf den *Noir*-Roman bezogen. Ich hätte mein Leben nicht in nennenswerter Tiefe darstellen können ohne eine fast ständige Bezugnahme auf das Werk, das ihm Bedeutung verliehen hat – auf die Auswirkungen, die mein Dasein als Schriftsteller nicht nur auf mich selbst als Person, sondern auf die Art hatte, wie ich meine Erfahrungen anderen vermittele – ja, wie ich andere wahrnehme. Doch um überhaupt imstande zu sein, sich ein realistisches Bild von einem anderen zu machen, ihn zu fühlen, ihn zu kennen und sich auf eine scheinbar magische Weise gewissermaßen in ihn zu verwandeln, ist es notwendig, erst die schwierige Aufgabe zu bewältigen, man selbst zu werden.

Schreiben war mein Leben. Seit meiner Teenagerzeit, selbst wenn ich keinen Stift und Papier in die Finger bekam, habe ich ständig über das Schreiben nachgedacht; selbst wenn mich ein Mangel an Ideen oder Energie blockierte oder andere Umstände mich vom Schreiben abhielten, machte ich mir unwillkürlich Gedanken darüber, wie ich das, was immer ich gerade machte, ins geschriebene Wort übertragen könnte.

Denn ebenso wie die Schlußfolgerungen, die ich aus allem Wichtigen gezogen habe, was mir zugestoßen ist, habe ich jedes Gefühl und jede Leidenschaft, die je von mir Besitz ergriffen – Liebe, Zorn, Furcht, Sehnsucht –, auf die eine oder andere Weise, früher oder später, in etwas Geschriebenes umgesetzt. Schreiben ist, was ich mir unter Leben vorstelle.

Bei der Arbeit an diesem Buch habe ich herausgefunden, daß es weniger wichtig ist, woran man sich erinnert, sondern eher, warum und vor allem wie man sich daran erinnert. Einige meiner Erlebnisse, auch wenn sie Schlagzeilen gemacht haben, wirkten kaum auf mich ein – nachdem ich sie all dessen beraubt hatte, was ich aus ihnen lernen konnte, war der Rest nicht mehr wert als eine Geschichte, die man sich an der Theke erzählt. Doch andere, scheinbar unbedeutende Erfahrungen haben unauslöschliche Spuren in mir hinterlassen.

Ich habe zwei Auswahlkriterien angelegt. Erstens: erscheint es wirklich nötig, ein bestimmtes Erlebnis in diesem Buch anzusprechen? Zweitens: könnte das, was ich erwähne, jemanden verletzen oder aus der Fassung bringen, der darin verwickelt ist?

Ich entschuldige mich für meinen Stil. Ich habe mich nie mit dem Schreiben von Memoiren befaßt; ich stelle fest, daß es nicht im mindesten mit dem Verfassen eines Romans zu vergleichen ist, der einem praktisch seine eigene Struktur aufzwingt, wenn er einmal in Gang gekommen ist. Ein Roman hat einen Anfang, eine Mitte und einen Schluß, was auf ein Leben, das noch weitergeht, nun zweifellos nicht zutrifft. Außerdem trägt mein Stil die Spuren ausgiebigen Nachdenkens – vor allem meiner banalen Gedanken über die Ideen anderer, etwa auf den Gebieten Psychologie und Metaphysik, deren Bedeutung für den *Noir*-Roman ich auf eigene Faust auszuarbeiten und auf einige der hier behandelten Themen anzuwenden versucht habe. Losgelöst aus dem Zusammenhang eines Romans, in dem sie mitschwingen, aber nicht ausgesprochen werden, sind einige der Ideen, die ich zu formulieren versucht habe, zu subtil und heikel, um sie ohne Bilder zu erläutern.

Ich glaube, ich sollte besser noch etwas anderes über meine Persönlichkeit sagen.

Es gibt einen Teil von mir, der – vielen Menschen zufolge, die mich sehr gut kennen und daher nicht ganz falsch liegen können –

reserviert oder kalt ist; einen Teil, den andere Menschen, wie nah sie mir auch stehen mögen, nie wirklich erreichen können.

Ich fürchte, dieses nicht sehr schmeichelhafte Urteil ist richtig. Ein Teil meines Ichs ist aus einer Reihe von Funktionen zusammengesetzt, die mir das Schreiben ermöglichen; er dient keinem anderen mir ersichtlichen Zweck. Dieser Teil übernimmt die Kontrolle, wenn ich an einer Tastatur sitze, aber oft auch dann, wenn ich unterwegs bin oder gerade etwas anderes mache, das scheinbar nichts mit dem Schreiben zu tun hat. Agnès sagt mir manchmal, daß ich ein guter Autor, aber ein kleiner Mensch sei – und es stimmt, daß mich während langer Phasen außer auf dem Papier keine menschlichen Leidenschaften beschäftigen. Ich hatte dieses Problem schon immer, und es beeinträchtigt alle engen Beziehungen im realen Leben. Ich versuche ein normales Leben zu führen und auf Menschen einzugehen, aber ich bin oft kilometerweit weg. Von einem Moment zum anderen werden meine gegenwärtigen Verrichtungen mechanisch, antworte ich zerstreut auf Fragen, bin ich mir nur noch halb bewußt, was ich eigentlich machen wollte, widme ich meinem Gegenüber keine Aufmerksamkeit mehr oder verstehe nicht, was er sagt. Es liegt daran, daß mir ohne erkennbaren Grund ein Gedanke gekommen ist, den ich unverzüglich durch Charaktere, Situationen, Schauplätze und Dialoge zu ergänzen versuche. In der Vorstellung schreibe ich das Ganze bereits nieder, versuche ich es mir einzuprägen, bevor es sich wieder verflüchtigt, und die Tatsache, daß ich es nicht tatsächlich niederschreibe, frustriert mich, macht mich nervös und unvernünftig, ungehalten, wenn mich jemand anspricht oder unterbricht.

Ich kann nur ein Bild anbieten, das dieses Syndrom zu erklären hilft. Mein Verhalten bei solchen Gelegenheiten erinnert mich an den Computer, vor dessen Bildschirm ich gerade sitze, und seine

Ansammlung *versteckter Dateien*, die Dateien, welche die Funktionen beinhalten, die ihn zu der flexiblen und raffinierten Maschine machen, die er ist – speichern, vergleichen, austauschen, ersetzen, löschen, wiederherstellen. Diese Dateien sind in einer symbolischen Sprache abgefaßt, und selbst wenn der Betrachter sie verstehen könnte, werden sie nie gezeigt. Die Maschine weiß, daß es unnötig ist, sie zu zeigen, außer einem Experten, der für den Fall, daß die Maschine abstürzt, über einen eigenen Zugriff auf die versteckten Dateien verfügt. Wie der Computer wird auch die Leistung des Autors eher nach der letztlichen, sichtbaren Qualität seiner Produktion als nach den obskuren, kryptischen Vorgängen beurteilt, die dazu beigetragen haben.

In der Liebe aber braucht man, um eine Person ganz zu kennen, Zugriff auf sein ganzes Ich, einschließlich der versteckten Dateien; aber man kann sie häufig nicht offenlegen. Dies ist unglücklicherweise bei mir der Fall. Oberflächlich betrachtet – und sofern es nicht an die versteckten Dateien rührt, ist dies nicht einmal ein falscher Eindruck – scheine ich die zugänglichste Person zu sein, die man sich vorstellen kann. Ich glaube, die meisten meiner Freunde würden dem beipflichten. Die Veränderung, die ich durchmache, während ich schreibe, verwirrt den anderen. Wut oder Enttäuschung treten an die Stelle von Liebe, wenn er herausfindet, daß zwischen Erscheinung und Wirklichkeit eine breite Kluft liegt – ja, ich scheine mich ins völlige Gegenteil dessen zu verwandeln, was der andere in mir gesehen hat.

Ich glaube, ein ausgesprochen menschliches Problem liegt darin, daß Menschen so daran gewöhnt sind, mit sich selbst zu leben, daß sie oft nicht erkennen, wie bizarr sie anderen erscheinen. Jedenfalls weiß ich, daß dies auf mich zutrifft. Ich bin weniger egozentrisch als gebannt von einer Obsession. Wenn ich in diesem besonderen Zustand bin, wird alles und jeder andere beiseite geschoben – auf ein Nebengleis abgestellt, während der Schnellzug durchrast. Wenn ich schreibe, dann schreibe ich ausschließlich; wenn ich dagegen nicht schreibe, dann arbeite ich überhaupt nicht – was den anderen, und das aus gutem Grund, wiederum ebenso tief beunruhigt wie die entgegengesetzte Stimmung. Wenn der andere begreift, daß der Schlüssel zu dieser Verhaltensweise in den versteckten Dateien zu finden ist, empfindet er ein um so dringlicheres Bedürfnis, auf diese Dateien zuzugreifen. Die Beziehung steht auf dem Spiel – er *muß* sie einsehen. Aber in meinem Fall können die versteckten Dateien nicht eingesehen werden. Ich verfüge nicht über die Mittel, sie ihm offenzulegen.

Diese Memoiren sind ein Versuch, die Codes zu knacken und den Zugriff zu erlangen, obwohl diese Dateien, selbst wenn sie offenliegen, nicht die Lesbarkeit eines Romans haben werden – schließlich beschreiben sie nur Funktionen.

Die Tatsache, daß ich diese Maschine bin und nicht eine andere, die besser auf mein Gegenüber eingestellt ist, und ich genau deshalb leicht einen falschen Eindruck erwecke, weil die versteckten Dateien vorhanden, aber nicht einsehbar sind, verursacht mir wie den Menschen, die mir nahestehen, einigen Kummer. Doch keiner von uns hat außerhalb eines geringen Spielraums die Wahl, etwas anderes zu sein als das, was er nun einmal ist.

1

So ist also das Alter. Ich habe es noch nicht ganz erreicht, aber ich bin sechzig und daher nicht weit davon entfernt. Ich finde das Memoirenschreiben nicht einfach. Nur im Rückblick mit sich selbst als Hauptcharakter zu schreiben; keine Charaktere entwerfen zu dürfen, sondern der Wiedergabe realer Menschen verpflichtet zu sein; sich auf Tatsachen und die Interpretation von Tatsachen zu beschränken – diese Bedingungen geben einem das Gefühl, als steckte man in einer Zwangsjacke. Es ist eine neue und herausfordernde Übung für einen Romancier.

Es ist außerdem das erste Mal, daß ich versucht habe, meine Vergangenheit gründlich in Augenschein zu nehmen. Es läuft darauf hinaus, bewußt zu akzeptieren, daß die eigene Zeit auf Erden willkürlich begrenzt ist, und sich dem zu stellen, was daraus hervorgeht – daß ich mich zum ersten Mal in einer Situation befinde, die mir keine Wahl läßt. Der Tod ist kein Zug, den jeder nach Belieben erwischen oder verpassen, kein Ziel, bei dem man plötzlich beschließen kann, es doch nicht anzusteuern. Es ist ein Zug, den niemand verpassen kann. Er ist etwas, was ich einmal als den für jedermann verbindlichen Vertrag bezeichnet habe. Unter diesen Umständen ist es schwierig, das Ende der eigenen Existenz in Begriffen der Vergangenheit zu betrachten, denn unter diesem neuen Blickwinkel sieht die Vergangenheit ganz anders aus. So betrachtet ist das Leben nur mit Mühe scharf in den Blick zu bekommen – und zugleich beunruhigend, wenn es einem gelingt.

Die Falle zu untersuchen, bevor sie zuschnappt, um die Vergangenheit aufzuzeichen, ist ein um so seltsameres Gefühl, als ich glücklich bin, mich in guter gesundheitlicher Verfassung befinde, soweit ich das nach allem, was ich meinem Körper zugefügt habe, erwarten kann, und daher wenig Neigung verspüre, mit dem Leben abzuschließen.

Deshalb ist es ein bizarres Gefühl, meine Memoiren zu schreiben. Ich habe oft den Eindruck, als hätte ich kaum zu leben angefangen – es gibt noch so viel, das ich wissen will –, aber hier stehe ich und kann nicht anders, als einen ausgedehnten Blick zurück statt voraus zu werfen.

Ich stelle mir vor, ich bin wie viele Menschen – mein Verständnis kann mit dem Lauf der Dinge nicht immer Schritt halten. Je länger ich brauche, um ein Ereignis oder eine Folge von Ereignissen zu verstehen, um so tiefer ist meine letztliche Erkenntnis. Was als plötzliche »Einsichten«, »Blitze der Inspiration« usw. erscheint, sind häufig nicht mehr als die Höhepunkte eines sehr langen Denkprozesses oder auch der einzelne Stich einer unerträglichen Erfahrung oder Enthüllung. In beiden Fällen lerne ich unmittelbar etwas, das ich oft seit geraumer Zeit zu verstehen versucht habe.

Der einzige Unterschied zwischen einem Schriftsteller und anderen Menschen ist seine Obsession, die Resultate seines eigenen Lebens – und des Lebens einer erklecklichen Anzahl anderer Menschen – zu Papier zu bringen.

Es ist ein seltsames Gefühl, über abgeschlossene Ereignisse zu schreiben. Bei einem Roman gibt es im allgemeinen zumindest einige in die Zukunft gerichtete Möglichkeiten, verborgene zukünftige Entwicklungen, wie vage auch immer. In Memoiren fällt dieses Element weg. Das Durcheinander von Stimmen und menschlichen Geräuschen, Londoner Bars um zehn Uhr nachts, mein Vater, der an dem Klavier in der Halle spielt, meine Großmutter, die sich über das Treppengeländer beugt und singt – all das hat nichts mehr mit der Person zu tun, die ich einmal sein werde, sondern ausschließlich damit, was ich gewesen bin, was ich war.

Am besten setzt man sich hin und erzählt die Wahrheit. Aber die Wahrheit hat es so an sich, daß sie seltsam klingt und aussieht, wenn man erst einmal beschlossen hat, daß es einem nichts einbringt, sie auszuschmücken – die Wahrheit erscheint als etwas *Neues*, vor allem der Person, die sie erzählt, und nicht unbedingt als etwas Angenehmes. Man hat sich wahrscheinlich wie die meisten Menschen aus Notwendigkeit durchs Leben gelogen, aber wenn es schließlich Zeit wird, die Wahrheit zu sagen, beginnt man sich zu fragen, ob es je wirklich nötig gewesen ist. Das beste, was man sagen kann, besteht darin, daß man hinterher aufrichtiger dasteht, rein und sauber, blankgescheuert bis aufs Mark, so wie es einem nach jeder schlechten Erfahrung ergeht – abgemagert, könnte man sagen.

Le Puech. Ich werde oft dafür kritisiert, daß ich nie etwas im Inneren des Hauses ausbessere. Aber ich lasse es mehr oder weniger absichtlich so, als ein *memento mori*; es erinnert mich daran, daß ich mich ständig im Grenzbereich des Daseins bewege und es, wie im Falle Mardys in *How the Dead Live* (*Wie die Toten leben,* deutsch: Bastei 19077, 1989; vergriffen), unmittelbar neben der Wärme und Menschlichkeit der Küche nichts als den Verfall gibt, der mir seine Dunkelheit und Kälte aufzwingt. Ich muß nur in das frühere Verlies hinuntersteigen, in dem sich jetzt das Badezimmer befindet, um zu frösteln und mich bedroht zu fühlen. Dennoch habe ich es – soweit ich imstande war, die Zeit in diesem Teil des Hauses sowie in den oberen Geschossen anzuhalten – als eine Erinnerung so belassen, wie es war. Ich habe die Bücher, die Kleidung, das alte Bettzeug, die Spinnweben, den Plunder in den Schränken, das Durcheinander, das Rose und die Kinder und später Fiona, wenn sie kamen und gingen, und dann Uta, das Zigeunermädchen, zurückgelassen haben, deshalb so belassen, weil ich etwas haben wollte, das einen Kontrast zur Zeit bildet, die in der Küche weiter normal vergeht.

Weil ich hier allein lebe und bei Nacht arbeite, kann ich jedes Theater inszenieren, das ich für meine Aktivitäten benötige, und dabei von siebzehn Jahren Leben in diesem Haus zehren – die Gegenwart hat sich mehr oder weniger in der Küche eingerichtet, die Vergangenheit in den Obergeschossen.

Gleichzeitig bin ich dankbar, wenn Freunde eintreffen und mich aus dem Haus befreien. Das ermöglicht mir eine zeitweise Flucht ins normale Leben, in die gewöhnliche Welt. Es ist wie ein Urlaub.

Prades, Winter 1977. Habe mit Jean-Louis Portalier oben beim Sendeturm Fichten für die Pflöcke auf dem Weinberg zersägt und gestapelt. Es ist ein kleiner Betonturm, der tausend Meter über Le Bourg aufragt. Das Dorf, dessen Schornsteine träge rauchen, erscheint wie eine Spielzeugstadt. Die Luft ist unbewegt und blau von ungefallenem Schnee. Nicht weit entfernt fällt ein Trupp Türken im Staatsauftrag 140 Hektar Fichtenwald. Sie haben hier oben ihr Winterlager aufgeschlagen und arbeiten wie die Verrückten bei jedem Wetter. Von Zeit zu Zeit verstummen vorübergehend ihre Kettensägen, wenn vor dem dichten Himmel mit einem Ächzen und Prasseln Baumkronen wanken und kippen; Stimmen schreien auf Türkisch durcheinander. Die beiden Vorarbeiter gehen, wie Hetmane gekleidet, zwischen den umgestürzten Stämmen umher. Einer von ihnen bringt uns in kleinen Kannen *Raki.* Er spricht kein Wort Französisch, deshalb lachen wir bloß die ganze Zeit idiotisch. Der *Raki* schmeckt deswegen kein bißchen schlechter. Jean-Luis und ich kauern hinter einem Stapel Fichtenstämme und umklammern die Kannen mit unseren roten Fingern.

Wenn es etwas in meinem Leben gibt, für das ich ohne Absicht offenbar stets gesorgt habe, dann ist dies chronischer Geldmangel –

es ist wie eine geheime Verschwörung zwischen mir und meinem Ich. Eine Hälfte von mir sorgt dafür, daß ich kein Geld habe, damit die andere Hälfte schreiben muß. Das System *funktioniert*!

15.45 Uhr. Ich sitze hier in La Puech und denke über *Dangerous Moonlight* nach. Das Stück in meinem Kopf zu hören, ist so, als würde ich in einer dunklen Nacht in einem dunklen Haus wachen. *Dangerous Moonlight.* Ich singe oder pfeife es oft – in Gedanken woanders, wann immer ich bei guter Laune bin, und bin mir dabei kaum bewußt, was ich tue. Wenn es mir plötzlich bewußt wird, wenn ich aufhöre, um darüber nachzudenken, was ich da vor mich hinpfeife, überfällt mich wieder die Erinnerung an den Krieg – an den Rauchschleier in dem engen Kino, in dem ich als Achtjähriger mit meiner Mutter auf den billigen Plätzen in den letzten Reihen saß und mir, fasziniert von Addinsells Musik, den grobkörnigen Schwarzweißfilm ansah und mich fragte, was zum Teufel der in Warschau gefangene Anton Walbrook als nächstes tun würde.

Der erste Film, den ich je sah, war allerdings *Target for Tonight*, aber es gab noch einen anderen, den ich ungefähr zur selben Zeit gesehen habe, nämlich 1940, in dem die flammenden Ruinen eines Krankenhauses namens St. Chads auf die Straße stürzen. Wie hieß er bloß? *One of Our Aircraft is Missing*? Das war immer das Problem mit mir und dem Kino. Ich vertiefe mich derart ins Geschehen, daß ich mich hinterher nicht einmal erinnern kann, welche Schauspieler beteiligt waren, was wohl bedeutet, daß ich den Film gut fand. Gestern fragte mich jemand, wer in dem Remake von *Scarface* die Hauptrolle spielte. Ich habe den Film nur siebenmal gesehen, aber ich habe ihn mit Laurie Doyle in London Abend für Abend auf Video in seine Bestandteile zerlegt. »Vergiß nicht, Tony, jeder Tag über der Erde ist ein guter Tag … Leg dich nicht mit mir an, Tony. Leg dich nie mit mir an, Montana, du legst dich mit dem Besten an …«

Aber ich hatte Schwierigkeiten, mich an den Namen Al Pacino zu erinnern, denn für mich waren Pacino und Scarface ein und dieselbe Person, wird Pacino immer Scarface sein.

Ich kann heute abend nicht arbeiten, deshalb könnte ich ebensogut nachdenken.

Ich denke zuviel nach. All das Nachdenken schneidet mich langsam von allem außer der Vergangenheit ab. Zu viele Zigaretten, zuviel Alkohol. Aber es macht keinen Unterschied; ich kann nicht damit aufhören. Wenn ich aufhöre, geschieht immer dasselbe. Mich erfaßt eine unbeherrschbare Sehnsucht nach der Tastatur – ich will sie einfach vor mir haben, um mich auf etwas konzentrieren zu können –, und alles andere rückt in den Hintergrund.

Also setze ich mich wieder davor und starre sie an, und nach einer Weile sehe ich in einem Winkel meines Geistes einen Schatten an der Wand, und seine Augen springen hervor wie die einer Ratte, wenn ich sie bei ihrer Flucht durch ein dunkles, schmutziges kleines Zimmer aufhalte. Ich zwinge mich, angeekelt näher zu treten und ihn mir genauer anzusehen. Es ist wie in einem Alptraum; ich kann nicht anders, ich will alles über diesen Umriß wissen, der schon einen üblen Geruch ausströmt, will seinen Namen erfahren, will wissen, was er da macht, was er getan hat, warum er niemandem ins Gesicht sehen will, warum er an den Nägeln kaut, was da in seiner Jackentasche steckt und warum seine Jacke so schief zugeknöpft ist.

Warum ist er überhaupt so in Eile? Wo ist er gewesen?

2

März 1940. Ferien. Griegs erstes Klavierkonzert (ausgemusterte Schallplatten mit freundlicher Genehmigung des Salons) auf dem aufziehbaren His Master's Voice-Grammophon. Natürlich steht im Salon jetzt eine Musiktruhe. Welch eine Neuheit das im Jahre 1937 war! Sie ist mit einer Probeschallplatte geliefert worden, auf der eine glockenklare Stimme ohne nennenswertes Knistern im Hintergrund intonierte: »Dies ist Ihre neue His Master's Voice-Musiktruhe. Die Auszüge, die Sie gleich hören werden, sind Spitzenleistungen der elektrischen Aufzeichnungstechnik ...«

Mit dem Radio konnte man mehrere Kurzwellenbänder und jeden Sender von Grenopel bis Oslo, von Warschau bis Leipzig empfangen. Selbst Moskau! Niemand hat sich für Rundfunksendungen interessiert, wenn sie nicht in Englisch waren, außer mir – ich habe den Kopf oft stundenlang unter den Deckel gesteckt, die große beleuchtete Anzeige beobachtet und bin mit der Nadel langsam die Frequenzen abgefahren, auch wenn ich kein Wort von dem verstand, was ich hörte – das machte überhaupt nichts. Ich war ein Jugoslawe, ein Tscheche, ein Pole ... Bis jemand kam und mich wegjagte.

Das Kinderzimmer in Petteridge an dunklen Morgenden in den Kriegsjahren zwischen den Unterrichtsstunden. Mein jüngerer Bruder hat gerade sein aus Rührei bestehendes Frühstück hochgewürgt und auf die Treppe vor dem Unterrichtszimmer plaziert. Etwas davon war auf dem dunkelgrünen Teppich gelandet, obwohl Betty noch versuchte, ihn rechtzeitig aus dem Zimmer zu schieben. Die Farbe des Teppichs bildete einen beunruhigenden Kontrast zum Teint des Kranken, dachte ich, vor allem wenn Mademoiselle das Licht einschaltete, weil es morgens so dunkel war.

Betty steckte Julian ins Bett, und ich half, den Teppich mit Karbolseife und heißem Wasser abzuschrubben – toll!

Es fegen eiskalte Winde dort durchs Haus, wo die Fenster eingedrückt wurden und nicht repariert werden konnten, weil niemand Glas besorgen kann, so dringend es auch gebraucht wird. Außerdem sagt Mutter, sie wüßte niemanden, der es zurechtschneiden und Scheiben einsetzen könnte, selbst wenn sie Glas hätte. Mr. Starky, der Vikar, hat uns heute zum Tee besucht und Julian und mir gesagt, daß wir äußerst privilegiert seien. Mutter stimmte ihm zu. Ein Luftangriff stand bevor, und wir mußten den Tee wieder unter dem Tisch im Flur trinken. Julian sah Mr. Starky verständnislos an. Er wußte nicht, was das Wort »privilegiert« bedeutete – er war schließlich erst sechs. Didi, meine Großmutter, gönnte sich ein weiteres Sandwich mit Dosenfleisch, als Mutter nicht hinschaute, weil Mrs. Bateup zu Ehren von Mr. Starky die Sandwiches mit Butter statt mit Margarine zubereitet hatte. Didi futtert in letzter Zeit wie ein Scheunendrescher, und das ausgerechnet jetzt, wo das Essen knapp ist, sagt Mutter nervös.

Mutter hat uns heute geschlagen – mich, weil ich im Gehölz auf einen Baum geklettert bin und mich geweigert habe, wieder runterzukommen, und Julian, weil er abgestritten hat, einen Klumpen Knete auf den Lampenschirm an seinem Bett gesteckt zu haben, was unverkennbar sein Werk war. Sie schlägt hart zu, gewöhnlich mit einem Pantoffel, aber in meinem Fall hat sie heute zu einem Besen gegriffen, mit dem sie den Boden des Salons gefegt hatte. Als sie damit fertig war, fügte sie hinzu: »Und das ist noch nicht alles – warte nur, bis dein Vater nach Hause kommt.« Er hat bald Urlaub, und weil er nur in Tunbridge Wells Dienst schiebt, hat er keinen weiten Heimweg, vor allem wenn er einen Dienstwagen benutzt.

Als er uns das letzte Mal besuchte, sagte er, man werde ihn vermutlich zum Major befördern, aber soweit ist es glücklicherweise noch nicht – es würde ihn noch spießiger und unerträglicher machen –, und sein Freund Hauptmann Briggs, der mit Vater im selben Zimmer arbeitet, sagte Mutter, daß sie beide im Grunde sowieso nicht mehr seien als »glorifizierte Bürohengste«.

Julian ist nach der Tracht Prügel in Tränen aufgelöst und droht damit, sich wieder krank zu stellen: es wäre das dritte Mal heute. Ich habe mich zwei Stunden ins Klosett eingesperrt, für den Fall, daß Vater heimkäme, bin aber sofort wieder rausgekommen, als ich Mutter mit ihm telephonieren hörte. Ich habe sie aus einem Seitentrakt der Eingangshalle belauscht, aber sie hat überhaupt nicht über uns gesprochen.

Jedenfalls steckt Julian ausnahmsweise mal in größeren Schwierigkeiten als ich, denn er hat sich auf seine Gasmaske gesetzt und noch niemandem zu erzählen gewagt, daß das Nasenstück verbogen ist. Er bricht jedesmal in Tränen aus, wenn ich ihn daran erinnere, und es wird nicht lange dauern, bis er gesteht und wieder Prügel einsteckt.

Januar 1989. Ich höre mir hier in Puech fünfzig Jahre später Griegs Klavierkonzert wieder an. Es ist erstaunlich, wie Musik einem den Augenblick – ja, die ganze Ära – als man sie das erste Mal hörte, wieder ins Gedächtnis bringt. Ich kann nicht für andere Schriftsteller sprechen, aber die Beziehung zwischen der Zeit und meinem Geist fasziniert mich – der Wandel von Schwerpunkten und Ideen, die Stimmungsschwankungen, die erstere in letzterem auslöst.

Ich habe mich als Kind schon so ungern bedienen lassen wie heute. Mein Hauptproblem bestand damals nicht so sehr darin, daß es mich verdorben hatte, außer Zuneigung alles im Überfluß zu bekommen, sondern daß ich beinahe ständig wütend und ungeduldig war, enttäuscht von meiner Umgebung. Ich paßte schlecht in die Hierarchie meines Elternhaushalts mit seiner reservierten, distanzierten Höflichkeit und verbrachte viel Zeit in der Küche, wo ich Tee trank und die Leute in den Obergeschossen nachzuahmen versuchte, so wie es die Dienstboten taten.

Die Wasserscheide war natürlich der Krieg, weil er, zumindest vorübergehend, die ganze widerwärtige britische Klassengesellschaft zum Einsturz brachte. Ich erinnere mich noch an den Unterton beherrschter Panik in der Stimme meiner Großmutter, als sie im Frühjahr 1940 zu meiner Mutter sagte: »Ich weiß nicht, wie in aller Welt ich es schaffen soll, Pam, wenn dieser Krieg weitergeht – ich werde nur neun im Hause haben.«

Sie meinte neun Dienstboten. Solche Einzelheiten haben immer meine Aufmerksamkeit erregt – Hinweise auf Haltungen, auf das, was wirklich gedacht und getan wurde hinter der scheinbar friedlichen Fassade einer Burg, aus der wir Kinder konsequent ausgeschlossen wurden – eine hysterisch geschriene Beleidigung, die abrupt abriß, Teil einer faszinierenden Streitigkeit, die im Salon stattfand, oder das tiefe, endlose Gemurmel erwachsener Stimmen, das zu mir durchdrang, wenn ich im Bett lag, Stimmen, so leise und beharrlich wie der Regen, kaum hörbar durch eine Tür, die versehentlich jemand angelehnt gelassen hatte.

Dennoch möchte ich nicht, daß der Eindruck entsteht, meine Kindheit sei nicht mehr als eine beschwerliche Schinderei gewesen; sie war auch mit einigen angenehmen Erfahrungen verbunden.

Da gab es zunächst einmal die Musik. Didi sang natürlich ständig. Sie führte mich zum Klavier und spielte und sang mir einfache französische oder italienische Lieder vor. Meine Mutter tat dies ebenfalls. Obwohl die Stimme meiner Mutter wenig kraftvoll war, klang sie tief und süß, und die beiden Frauen, die so lang in Frankreich gelebt hatten, sprachen und sangen oft stundenlang auf Französisch, so daß mich, obwohl ich anfangs nicht verstand, was sie da sangen, die musikalische Qualität dieser Sprache gefangennahm.

Was meinen Vater angeht, so war er überhaupt kein guter Pianist (obwohl er einem ins Gesicht gelacht hätte, wenn man es ihm gesagt hätte), weil es ihm, wie auch mir, nicht möglich war, vom Blatt zu spielen. Da sogar ihm klar war, daß er Griegs Konzert nicht mit der Virtuosität eines Rubinstein bewältigte, sicherte er sich ab, indem er vorher mit Überzeugung behauptete, er verschaffe seinen Zuhörern nur gewisse *Eindrücke* von dem Stück. Er hatte ein gutes Ohr, und damit und mit einem Griff in die Tasten, der an musikalischen Irrsinn grenzte, hämmerte er sich vergnügt mit einem Gedonner von Bässen für die lauten Teile und Arpeggios im Diskant für die Teile, die er nicht kannte oder die er zu schwierig fand, durch das Stück. Er drosch vor Wochenendgästen auf das Bechstein-Klavier ein, und die Gäste hatten keine andere Wahl, als ihm zuzuhören (oder plötzlich, auf Befehl meines Vaters, zu singen – was sie, ertappt und entgeistert, auf eine, je nachdem, lautstarke oder kraftlose Weise taten), ertränkte seine Fehler und gestaltete seine *Eindrücke* zu einem abschließenden, triumphalen Anschlag auf die Intentionen des Komponisten, mit einer wuchtigen Anhäufung von Akkorden in beiden Registern, die er ganz offensichtlich nicht beherrschte.

Der arme Mann ... ich fürchte, wir sind bereits beim Thema Langeweile angelangt. Er war ein ausgezeichnetes Beispiel dafür. Ich glaube inzwischen, sein eigentliches Problem war seine traurige

Vernarrtheit in das Eton College, dessen Ziel, wie wir noch sehen werden, darin bestand, die Persönlichkeit zu kastrieren, indem man das Opfer gesellschaftsrund machte. Mein Vater hatte diese Gehirnwäsche über alle Erfordernisse der Pflicht hinaus geschluckt, und sie hatte ihn in diese schreckliche Karikatur eines menschlichen Wesens verwandelt, den Langweiler nämlich – worunter ich jemanden verstehe, der darauf beharrt, gut in etwas zu sein, worin er schlecht ist.

Aber er hörte ständig Musik, weil er eine aufrichtige Zuneigung für das hegte, was er so fröhlich massakrierte, so daß er jedesmal, wenn eine Schallplatte abgenutzt war (was bei den 78ern nicht lang dauerte, wenn man vergaß, nach jedem zweiten Abspielen die Fasernadel anzuspitzen), sie ins Kinderzimmer hochbringen ließ, was das Gute daran war.

Aber Petteridge kam später. Bis dahin waren wir mit der Nanny und Betty in dem trostlosen Kinderzimmer im vierten Stock von Montague Place in unsere eigene Welt eingesperrt, außer in den zehn Minuten zur Frühstückszeit, bevor mein Vater in die Stadt aufbrach (wobei er sein Bestes tat, uns zu ignorieren, während er sich einen Überblick über die Schlagzeilen der *Times* verschaffte), und einer halben Stunde am Abend, wenn wir nach unten durften, um gute Nacht zu sagen, bevor meine Mutter nach der Nanny läutete und sagte: »Ah ja, Nanny – Sie können jetzt die Kinder ins Bett bringen.«

Ich habe deshalb meine Mutter nie richtig kennengelernt, bevor der Krieg ausbrach und keine Dienstboten oder Kindermädchen mehr zur Verfügung standen; nicht bevor endlich die ersten Bomben fielen. Inzwischen waren wir nach Petteridge umgezogen. Mein

Vater und die meisten Dienstboten traten den Streitkräften bei, und meine Mutter stellte zu ihrem Entsetzen fest, daß sie kochen lernen mußte (sie machte ihre Sache gut, nachdem sie etwas Praxis hatte). Außerdem standen wir, zu ihrer Überraschung ebenso wie zu unserer, vor dem Problem, daß wir uns kennenlernen mußten, und wir hatten mit dieser für beide Seiten schmerzhaften Übung gerade erst angefangen, als uns mitgeteilt wurde, daß die Bombardierungen für unseren behelfsmäßigen Luftschutzbunker im Keller (wo mein Vater immer entspannt blieb und Sodawasser herstellte) zu schwer geworden seien und Petteridge jetzt ein Kampfgebiet sei.

Mein Bruder und ich wurden mit unserem Internat nach Devonshire evakuiert, so daß wir meine Mutter erst nach für uns langer Zeit wiedersahen. Ich nehme an, es dauerte mehr als ein Jahr.

Es ist seltsam, wieder ein Kind zu sein und dann ein junger Mann, der sich erneut unsäglichen Familienkrächen und ihren Konsequenzen stellen muß, mir zu vergegenwärtigen, was ich damals tat oder woran ich scheiterte, und alte Leidenschaften – inzwischen nur mehr morsche Knochen – aus der Vergessenheit auszugraben, wo sie durchaus für die Ewigkeit hätten verrotten können. Welch ein Schock, wenn man sich vage daran erinnert, wie man im Regen wütend eine Straße bis zu der Stelle hinuntergelaufen ist, wo man sein altes Motorrad (eine 1937er New Imperial) stehengelassen hat, Hush-Puppies an den Füßen und in den gekürzten Tweedmantel eines Onkels mit den besonders großen Seitentaschen für Patronen gehüllt! Es ist so, als träfe man nach zwanzig Jahren plötzlich einen Freund auf der Straße, an dem man nichts bemerkenswerter findet, als daß er sich überhaupt nicht verändert hat. Er ist so genau derselbe (bis hin zu den Player's, der Hand, die eine halbe Krone aus der Tasche fischt, um ein Pint Bier zu kaufen, und die hohe, heisere Stimme, die trunken gegen jeden und alles kreischt), daß man zusammenzuckt.

Ich erinnere mich an das Geräusch einer brennenden Ohrfeige ins Gesicht einer Frau. Ich murmele: »Das kann ich nicht gewesen sein.«

Und an meine eigene unfreundliche Stimme, die erwidert: »Es war aber niemand anderer.«

Weil es subjektiv ist, kann das Dasein nur teilweise von der jeweiligen Person erfahren werden. Es ist wie das Leben in einer großen Stadt. Es gibt Bezirke, die man nie besucht hat und von denen man nicht weiß, wie man dorthin kommt. Nur die Nachbarschaften sind einem vertraut genug, daß man darüber schreiben kann.

Es gibt andere Gründe, warum mir das Memoirenschreiben nicht leichtfällt. Es ist ein Gefühl, als schreibe man einen intimen Brief an jemanden, den man nicht kennt. Es unterscheidet sich außerdem radikal vom Schreiben eines Romans, in dem die Charaktere zumindest teilweise erfunden sind und daher modifiziert und in gewissem Maße sogar gelogen oder falsch dargestellt werden können.

In Memoiren ist beides unmöglich und unerwünscht, weil man selbst die Hauptfigur ist. Dennoch bin ich, wenn ich auf das bereits Geschriebene zurückblicke, erstaunt und beschämt über die vielen Male, die ich schon versucht habe, zu lügen und mich in einem blinden Bemühen falsch darzustellen, meine selbst auferlegte Nacktheit mit alten Lumpen, die gerade zur Hand sind, zu bedecken – beides mit der Absicht, mich selbst in einem schmeichelhafteren Licht darzustellen.

Ich will versuchen, meine Erinnerungen durchzuschütteln. Es ist so, als schüttele man eine alte Einkaufstasche – manchmal ist sie leer, dann wieder unangenehm voll.

3

Ich könnte genausogut mit den naheliegenden Dingen anfangen, die Menschen über sich sagen. Ich wurde 1931 am zwölften Juni – demselben Datum wie mein Vater – zwanzig Minuten vor Mitternacht geboren. Ich sah, um dies vorwegzuschicken, schrecklich aus (»wie eine Ente nach einer Zechtour«, sagte mein Onkel). Meine Mutter hielt mich für den häßlichsten ihrer fünf Söhne, und wenige haben dieser Meinung widersprochen. Meine Geburt verlief problemlos; ja, meine Mutter sagte, wie viele andere Leute, daß meine Geburt vermutlich eines der problemlosesten Dinge in meinem Leben gewesen sei. Ich wurde halb gepreßt, halb geschoben auf ein Bett im Haus Montague Place Nr. 8, meinem Elternhaus nördlich der Oxford Street, und geliefert (mir gefällt der Ausdruck, man kommt sich dabei vor wie ein neues Auto oder ein Sofa) hat mich eine norwegische Dame namens Miss Hjort im Zimmer meiner Mutter im zweiten Stock. Später lernte ich die Besitzerin dieser Hände kennen, die mir aus dem Mutterleib halfen, denn meine Mutter und Miss Hjort kamen gut miteinander aus und unterhielten sich gern mit gedämpften Stimmen, wobei sie immer wieder laut auflachten, als riefen sie sich »Wenn du nur wüßtest« zu, wenn sie am bronzenen Elektrokohleofen im Gesellschaftszimmer die Köpfe zusammensteckten. Von Miss Hjort weiß ich noch, daß ihr Haar, ihre Augen und ihre Haut außerordentlich hell waren und sie die Knie immer fest zusammengepreßt hielt, als steckte zwischen ihnen etwas, das sich bedrohlich anfühlte, etwas, das letztlich aber wie eine Blume in einem Buch austrocknen würde, wenn sie die Beine nur lang und fest genug zusammenpreßte, bis es schließlich mit ein wenig Glück verschwand.

Es scheint, als hätte ich bis zu meinem dritten Lebensjahr nichts anderes getan als zu schreien. Ich war gerade über dieses Alter hinaus, als ich das Kindermädchen eines Tages damit überraschte, daß ich plötzlich makelloses Englisch sprach. Das erleichterte meine Mutter und meinen Vater, denn sie hatten mich schon einige Male zu einem Spezialisten in der Harley Street geschickt. Später sagte mir mein Vater, daß er zu diesem Zeitpunkt befürchtete, es sei etwas mit meinem Gehirn nicht in Ordnung. (Gehirne waren eine Obsession meines Vaters; er war versessen darauf, sich ständig nach dem Zustand seines eigenen und dem anderer Leute zu erkundigen, ob er diese Leute nun kannte oder nicht.)

Es stimmt, daß ich mir meiner Umgebung von Anfang an nicht sicher war; meine Unsicherheit war so ziemlich das einzige, dessen ich mich sicher fühlte. Ich war davon überzeugt, daß die Welt um mich komplett auf dem Kopf stand, und so sah ich mich von Anfang an einem der grundlegenden Probleme des Daseins gegenüber.

Die einzigen Menschen, die ich oft sah, waren die Diener. Unser Personal bestand aus fünf Bediensteten, was nach den Maßstäben der dreißiger Jahre über dem Durchschnitt lag, und es hat uns überallhin begleitet. Von »blinder Pflichttreue« waren sie natürlich nur zeitweise – das heißt im Dienst.

Soweit es Julian und mich betraf, kamen zuerst die Nanny und dann das Kindermädchen Betty, die fünfundzwanzig Schillinge im Monat einschließlich Unterkunft und Verpflegung erhielt. Wir blieben alle aus dem Weg – wir waren die Personen aus dem Dachgeschoß. Das Erdgeschoß gehörte der Köchin, die trügerisch redselig und locker wirkte, wenn meine Mutter mittwochs in die Küche hinunterkam, um den Speiseplan für die Woche zu besprechen, aber herumlief und jeden mit einer schwarzen eisernen Schöpfkelle bedrohte, wenn eine »Darbietung« bevorstand, wie sie die Abendgesellschaften meiner Eltern nannte. Sobald aber die Speisen nach oben ins Eßzimmer gebracht worden waren, begab sich sich, in dem Wissen, daß ihr angelastet würde, was immer damit nicht stimmen mochte, auf schnellstem Wege nach unten, brach mit Hilfe eines Getränkes zusammen, das sie aus einer Kanne in sich hineinschüttete, die dampfend auf einer Ecke des Herds stand, und überließ alles bis auf die schwierigen Saucen dem Dienstmädchen.

In den vornehmen, privaten Geschossen des Hauses, dem ersten und zweiten Stock, hantierte »die Knöcherne« Comfort, Dienstmagd der Damen, die meiner Mutter oft von meiner Großmutter ausgeliehen wurde, mit Hutschachteln herum, zog ein gequältes Gesicht und grüßte Roy, den Kammerdiener meines Vaters, in den Korridoren mit einem Blick, den ich später im Gesicht eines Huhns sah, dessen Ei von einer Natter bedroht wurde. Comfort wurde ständig von dem Oberhausmädchen Winnie begleitet, das eine Zeitlang mit dem Butler Jeavons ausging (ich glaube, Jeavons war nicht sein richtiger Name – jedenfalls trank er, was der Grund dafür war, daß Winnie ihn fallenließ, wie sie der Köchin mit affektierter Genugtuung ausführlich berichtete.)

Und ganz unten, noch unter der Küche, ja, so weit unten, daß man im Abwasserkanal oder in der U-Bahn gelandet wäre, wenn man sich noch tiefer getraut hätte, wohnte ein Mann namens George. George war ein ziemlich beängstigender Typ – ich hatte solche Angst vor ihm, daß ich ihn gleich mit »Sir« ansprach, bis mein Vater mich in einem aufgeregten Flüsterton fragte, ob ich verrückt geworden sei. George war gewöhnlich mit Kohlenstaub bedeckt und trug dicke, gestreifte Oxford-Hemden mit eingebrannten Löchern. Er trug seine Hosen unterhalb der Knie mit Schnüren abgebunden (»damit mir der Ruß nicht in die Weichteile gerät«, wie er dem Dienstmädchen einmal anvertraute) und schien in dem Kohlehaufen zu leben, den er in den zentralen Heizkessel schaufelte. Die meiste Zeit aber stützte er sich einfach auf die Schaufel, in der Küche oder auf der Straße, wenn er auf den dampfgetriebenen Kohlewagen wartete, den er einen Leviathan nannte, und sich mit jedem unterhielt, der ihm zuhören wollte. Von mir abgesehen, hatten die meisten Leute dafür zuviel Angst vor ihm, aber ich war zu jung, um zu wissen, worüber er überhaupt redete, was ihn enttäuschte und ärgerte. Eines Tages (inzwischen weiß ich natürlich, daß es im Jahre 1936 war) fing er plötzlich an, über Spanien zu reden. Von da an war Spanien sein Hauptthema – die Fünfte Kolonne, die faschistische Bedrohung, Azaña, »ein Dreckskerl namens Franco«, Prieto und Largo Caballero. Lloyd George, Baldwin, Eden? Beaverbrook und der *Daily Express*? Die Leute an der Spitze hätten alles haben können! Kapitalisten! Und was den Nichtangriffspakt angeht …

Ich brachte es fertig, meinem Vater einige Fragen über Spanien zu stellen (zum Beispiel, wo es lag) – aber er antwortete nur düster, daß die Dons sich nun wohl gegenseitig die Hölle heiß machten, was meinem Vater zufolge unvermeidlich in jedem Land geschah, vor allem in einer »Nation von Pappkameraden«, wenn es sich seines Königs entledigte.

Obwohl es nicht zu seinen Pflichten gehörte, ließ George sich gelegentlich dazu überreden, auf mich aufzupassen, was bedeutete, daß er mich in die kleinen Stadtgärten des Viertels mitnahm und mich dort im Auge behielt. Uns beiden gefiel unsere Rolle nicht, noch spielten wir sie besonders gut. Wir verbrachten soviel Zeit wie möglich an gegenüberliegenden Enden der Gärten. George las im *Mirror* (einer Zeitung, die in Montague Place ebenso wie die deutsche Sprache nicht geduldet wurde), bis es Zeit wurde, wieder ins Haus zu gehen, und ich finde es erstaunlich, wie es George überhaupt je mit mir aushalten konnte, zusätzlicher Lohn oder nicht. Dennoch, ich wünschte heute, er und ich könnten uns noch einmal in diese Situation zurückversetzen, denn ich habe das Gefühl, daß er einer der ersten Menschen war, denen ich je ernsthafte Beachtung gewidmet habe – das heißt, bei den wenigen Gelegenheiten, wenn ich ihn dazu brachte, daß er mir Beachtung schenkte.

Wir mochten die Stadtgärten beide nicht, aber meine Mutter bestand darauf, daß ich sie aufsuchte – um so mehr, nachdem sie von einem unglücklichen Besuch erfahren hatte, den ich der Amüsierpassage in der Edgware Road (sowohl die Passage wie die Straße waren streng verboten) mit einem meiner Kindermädchen namens Miss Ambersome abgestattet hatte, nachdem mein Bruder und ich ihr aufgelauert und sie am Heiligabend nackt hinter einer Stellwand im Kinderzimmer überrascht hatten. Ich war schon mindestens drei Kindermädchen im Hyde Park sowie einem im Regent's Park davongelaufen und zweimal von der Polizei heimgebracht worden, was zur Folge hatte, daß mir und George nur noch die Stadtgärten blieben.

Im Haus herrschte aber eine ganz andere Atmosphäre. Dort polterten wir in einer Sprache, die man im Salon noch nie gehört, geschweige denn benutzt hatte. Unsere Sitzungen endeten gewöhnlich damit, daß die Köchin uns beiden ein Stück Fleisch und eine Portion Kartoffelpie zubereitete; danach verschwand George eine Zeitlang und kam mit einer braunen Flasche zurück. Daraus trank er ausgiebig und sang danach ein paar Schnulzen, was bedeutete, daß er unten in der Kaschemme »Running Footman« gewesen war, wohin es ihn oft in der Freizeit zog. Die bloße Tatsache, daß freie Zeit so benutzt wurde, konnte nur bedeuten, daß freie Zeit schlecht, sündig verbrachte, vergeudete Zeit war, und der ganzen Küche bereitete es Sorgen, was die Herrschaften »da oben« tun würden, wenn sie herausfanden, was er mit seiner Zeit angestellt hatte. Denn jeder im Haus wußte, daß mein Vater den Gedanken grundsätzlich mißbilligte, daß Menschen freie Zeit hatten oder überhaupt frei waren. Die bloße beiläufige Erwähnung des Wortes »frei« ließ ihn einen besorgten, mürrischen Gesichtsausdruck aufsetzen.

Dennoch bewunderte die Küche George dafür, daß er den Running Footman besuchte und sündigte, sein Geld zum Fenster hinauswarf und den Leuten zeigte, was ihm seine Freizeit wert war, indem er sie in Whisky ertränkte. Manchmal fragte ich ihn, ob er mich nicht mitnehmen könne, woraufhin er schnauzte: »Das ist nichts für Kinder.« An einem kalten Abend sah ich, daß er sich für einen Ausflug in die Edgware Road zurechtgemacht hatte, eine Durchgangsstraße für die Sünder und daher häufig von der Heilsarmee auf der Suche nach Seelen frequentiert, die der Rettung bedurften. George trug seinen dünnen Nadelstreifenanzug vom Fünfzig-Schilling-Schneider und einen schwarzen Filzhut mit Schnappkrempe. Betty sagte mir, er habe den ganzen Nachmittag *True Crime* gelesen. Sie saß am Küchentisch und trank eine Tasse Tee, und als er hinausgehen wollte, fragte sie: »Wollen Sie nicht wenigstens Ihren Überzieher mitnehmen, George? Es schneit draußen.« »Ich habe schon gemerkt, daß es schneit«, sagte er, »aber hier kann mir nichts passieren. Denken Sie an all die Leute in den Schützengräben vor Madrid.« Das Wort »Madrid« allein (ich hatte keine Ahnung, was es bedeutete) hatte eine magische Wirkung auf mich – später im Bett wiederholte ich es laut mit derselben Faszination, mit der ich das Wort »Taxi« wiederholte. Es ist komisch, wenn man daran zurückdenkt, was man als Sechsjähriger gesagt und gedacht hat. Später, als er einmal bei guter Laune war, sagte George zu mir: »Du brauchst dir keine Gedanken darüber zu machen, wo ich hingehe.«

»Wirst du mich irgendwann einmal in den Footman mitnehmen?«

»Nein, ich hab's dir doch schon gesagt – Leute wie ihr gehen woanders hin.«

Ich wußte das, weil ich in Ausnahmefällen für ein paar Minuten in den Salon gelassen wurde, wenn die Erwachsenen ihre Cocktailparties veranstalteten. Solange ich bleiben durfte, schrie und tanzte ich, wie mir schien, genauso wie sie herum, hüpfte in meinen schwarzen Glacéschuhen mit den versilberten Spangen durchs Zimmer und kam jedem in die Quere, weshalb bald für mich nach der Nanny geläutet werden mußte. Alle hörten Hutch oder Noel Coward zu und tranken Champagner oder schauten sich an und aßen kleine Würstchen an Spießen. Die Börse und die Stimmung – vor allem die Stimmung – erlebten Höhenflüge oder Abstürze in der Zeit, die es kostete, um das Grammophon aufzuziehen. An geschäftigen Abenden geschahen im Salon Dinge, die ihn noch interessanter als den Flur mit den Unterkünften der Dienstboten machten. An einem Abend brach ein Mann in Gamaschen, der immer dabei zu sein schien (ich begriff nie warum, weil niemand je mit ihm redete), in Tränen aus und ging durch die Zimmer, indem er bräunliche, besprenkelte Abdullahs Nr. 7 verteilte, vor allem einer Frau anbot, die sich am marmornen Kaminsims mit meiner Mutter unterhielt und sie mit einem eleganten Schulterzucken ablehnte (mir fiel auf, daß sie alles ablehnte, was von ihm kam). Die Frau kam mir damals ziemlich fade vor, aber als ich etwa zwölf war, erkannte ich, daß die anderen sie wohl für einen flotten Käfer hielten. Sie stellte sich als die Exfrau des weinerlichen Kerls heraus, und nachdem sie die Abdullah abgelehnt hatte, stolperte er über eine massige Steinmaske, die mein Vater von einer Jagd auf Große Auerhähne in Ägypten mitgebracht hatte, brach sich daran die Nase, und George mußte eingreifen und ihn wegbringen.

Wieder oben im Kinderzimmer, legte ich eine zerkratzte Schallplatte mit einer Aufnahme von *Private Lives* auf. Es war eine unserer liebsten. Während ich Cowards Zeilen murmelte, tat Julian, obwohl er mit fünf Jahren für diese Rolle vielleicht etwas zu jung war, sein Bestes, um Gertrude Lawrence gerecht zu werden:

Gertrude: Wann darf ich denn jemanden lieben?

Noel: Nicht bevor du sicher verheiratet bist, und dann auch nur mit äußerster Diskretion.

4

Ich verbrachte einige lange und anscheinend trostlose Jugendjahre damit, mir darüber klarzuwerden, welche Karten ich in diesem einzigartigen Spiel gezogen hatte, an dem ich unversehens teilnahm, und im Alter von etwa fünf Jahren war ich zu dem Schluß gekommen, daß ich wohl kein so gutes Blatt auf der Hand hatte. Ich hatte schon begriffen, daß in meiner unmittelbaren Umgebung, wenn überhaupt, nur auf der Straße etwas Interessantes geschah – doch ich hing mit der Nanny im vierten Stock fest und durfte das Haus nicht verlassen, außer um mit George die Grünflächen aufzusuchen, was einer kalten und windigen Fortsetzung der häuslichen Tyrannei unter freiem Himmel gleichkam. Ich bin mir sicher, daß meine Abneigung gegen das Freie sowie meine Abscheu vor überflüssigen Spaziergängen auf diese Zeit zurückgehen. Nachdem ich mir, so gut es ging, einen Überblick über meine Lebensumstände verschafft hatte, habe ich mich wohl wie viele andere verzweifelte Menschen unbewußt entschlossen, Maßnahmen zu ergreifen – was ich auch tat. Ich war es leid, als ganz gewöhnliches Kind betrachtet zu werden; daher büchste ich im Hyde Park meiner Nanny aus, als sie im Klappstuhl ein Nickerchen machte, und marschierte zum Marble Arch hoch, wo ich eine Pause machte, um unterwegs mit einem unbekannten Kind zu spielen, bis ich schließlich, hungrig geworden, einen Polizisten anhielt und ihn bat, mich nach Hause zu bringen.

Es war ein beängstigender Schritt, aber das Experiment hatte eine dramatische, unverhoffte und aus meiner Sicht sogar positive Folge. Meine Nanny, die verhaßte Miss Mylie, der ich meine schimmsten Erinnerungen verdanke, wurde gefeuert, weil sie mich aus den Augen gelassen hatte; – weshalb ich die Aktion wiederholte, wann immer ich von einem Kindermädchen die Nase voll hatte, was gewöhnlich nicht lang dauerte. Um keinen Zweifel daran aufkommen zu lassen, daß ich die Stadtgärten verabscheute, zertrümmerte ich außerdem ein Kinderfahrrad, das nicht mir gehörte, indem ich es gegen einen kleinen, aber seltenen Baum fuhr, der den Zusammenstoß nicht überstand, und mein Vater mußte dafür bezahlen. Das setzte den Ausflügen in die Stadtgärten endlich ein Ende, und von nun an ging es zur Serpentine Road im Hyde Park, wo es bedeutend interessanter zuging.

Das Bemerkenswerteste an meinem letzten Ausflug in die Stadtgärten überhaupt war ein Gespräch mit einer Frau, die meine Mutter als die »süße alte Lady Watson« bezeichnete. Sie stattete der Nummer 8 häufig einen Besuch ab, aber ich habe nie etwas an ihr süß gefunden. Didi erzählte mir später von dem Wortwechsel:

Lady W: Wie alt bist du denn, kleiner Mann?
Ich: Sechs.
Lady W: Ah, dann willst du wohl hundert werden.
Ich: Blödsinn.

Etwa um diese Zeit tauchten die Weberknechte auf. Die Weberknechte kamen gewöhnlich, während ich mein Nachmittagsschläfchen machte; es waren immer zwei. Sie kamen nicht jeden Tag. Sie waren plötzlich einfach da, wenn ich zu den hohen, zugigen Fenstern des Kinderzimmers aufblickte, hockten gedrungen in den Winkeln der beiden oberen Scheiben, einer auf der linken, einer auf der rechten Seite. Sie waren rautenförmig und rührten sich nicht, balancierten aber auf eine Weise, die auf unmittelbar bevorstehendes Handeln hindeutete. Ihre Leiber zeigten in entgegengesetzte Richtungen, und die Köpfe an ihren spitzen Enden versteckten sich in den staubigen Ecken der Fensterrahmen. Sie bewegten sich nie; ja, ihre reglose Intensität war der eigentliche Grund, warum sie mich ängstigten, und sie verfolgten mich oft in meine Alpträume. In diesen Träumen lief ich immer aus dem Kinderzimmer in die Küche die Hintertreppe hinunter (ohne daß meine Füße die Stufen berührten; ich flog also). Am Fuß der Treppe war ein weißer Schrank in die Wand eingelassen. Ich wußte, daß hinter der Tür dieses Schranks die Weberknechte auf mich warteten, und ich hatte schreckliche Angst, daß die Tür sich öffnen könnte, was aber nie geschah.

Die andere Gelegenheit, bei der ich mit den Weberknechten in Berührung kam, war ein Blick aus den Augenwinkeln, wenn ich darauf aufmerksam wurde, daß sich einer von ihnen dunkel hinter der halboffenen Tür hervorschob. Die Tatsache, daß ich einer Gefahr nur halb gewahr wurde, veranlaßte mich, die Weberknechte mit meinen Eltern zu assoziieren – und ihr indirektes Erscheinen stand in meinen Augen für alles, was ich in meiner unmittelbaren Umgebung als verborgen und daher bedrohlich empfand. Die Vorstellung von einem Weberknecht, die mir damals oft durch den Kopf ging, beinhaltete für mich zugleich Gewalt, Heimlichkeit, Präzision und Schnelligkeit, was in meinem täglichen Leben unmittelbar etwas bedeutete und durchweg sofortige und völlige Vernichtung implizierte. Ob sie zustießen oder nicht, überlegte ich, hing von meinen eigenen Absichten und meinem Verhalten ab. Sie schlugen nie zu – aber sie sahen immer so aus, als seien sie kurz davor, und die Beziehung zwischen mir und den Weberknechten war ein Verhältnis gewappneter Neutralität, in dem ich in meinen eigenen Annäherungen die Absicht ausmachte, den Schrecken zunächst in Schach zu halten und schließlich zu entkräften. Ich koexistierte etwa zwei Jahre lang, zwischen meinem vierten und sechsten Lebensjahr, mit den Weberknechten – sie verkörperten Archetypen, die unmerklich verblaßten oder andere Gestalten annahmen.

Wir zogen 1937 an meinem sechsten Geburtstag aufs Land, weil mein Vater sagte, daß ein weiterer Krieg bevorstand und es höchste Zeit wurde, London zu verlassen, statt zu warten, bis es alle taten und die Preise für Landhäuser in astronomische Höhen schossen.

Er entschied sich für ein großes, aus Granit gebautes viktorianisches Haus namens Petteridge Place auf halbem Wege zwischen Tunbridge und Maidstone (es stellte sich heraus, daß es sich genau unter der Flugroute der deutschen Bomber auf ihrem Weg vom besetzten Europa nach London befand). Malvenfarbige Wisterien wuchsen an den Mauern und von der Vorderseite des Hauses, umgeben von Rasenflächen und Tunneln aus Rhododendron und Lorbeer, und vier hohe Geländestufen fielen neben einer Sonnenuhr und einer Blockhütte mit bunten Fenstern, die als Sommerhaus bezeichnet wurde, zu einem Rasentennisplatz ab. Dahinter lagen eine Blumenrabatte, die in diesen von Umweltverschmutzung noch verschonten Zeiten alle in Südengland bekannten Schmetterlingsarten beherbergte, und schließlich ein Apfelobstgarten mit Worchester Permaines, der in ein Lärchen- und Kieferngehölz überging; wenn diese sich im Wind bogen, erzeugten sie ein tiefes, selbstmörderisches Gemurmel.

Dort verwandelten Julian und ich uns manchmal in zwei Gestalten namens Tom und John, von denen der eine ein anständiger Bursche, der andere ein mieser Typ war. Wir entschieden gewöhnlich per Münzwurf, wer welche Rolle spielte. Ich wußte nie, was ich sagen sollte, wenn ich an der Reihe war, Tom, den Guten, zu spielen, und ich weiß noch, daß ich alles mögliche unternahm, um nicht in seine Rolle schlüpfen zu müssen, selbst zu Schlägen Zuflucht nahm, die mein Bruder, der Gute, Versöhnliche, wütend erwiderte. Obwohl ich zweiundzwanzig Monate älter war, schnitt ich bei diesen Auseinandersetzungen überrschenderweise nicht unbedingt besser ab – ob er nun Tom oder John spielte, den Guten oder den Bösen, Julian war ein zäher, unerbittlicher Gegner, der seine Schläge seelenruhig dort ansetzte, wo sie weh taten.

Am anderen Ende des Gartens, so weit hinter dem Haus wie möglich und von ihm abgeschirmt durch eine undurchdringliche Eibenhecke (in der ich nach einer Geographiestunde einmal versucht hatte, mich nach Australien durchzugraben) lag der Küchengarten, der von einem Mann mit einer Rattenfängermütze namens Field beaufsichtigt wurde, der stundenlang zwischen Spargelreihen und kleinen Kohlköpfen, die er vorzüglich hegte, trank und rauchte. (»In eurer Küche werden meine Kohlköpfe umgebracht«, sagte er mir eines Tages. »Eure Köchin ertränkt sie in Wasser, bis nichts mehr von ihrem Geschmack übrig ist. Manchmal frage ich mich, warum ich mir überhaupt soviel Mühe mache.«) Einmal half ich ihm dabei, Ratten vom Dachboden zu scheuchen, wo er Rote Bete und Äpfel lagerte. Er tötete zwanzig von ihnen mit einer Heugabel.

So war also das Landleben. Obwohl kaum mehr als siebzig Kilometer von London entfernt, war es hier, verglichen mit den Stadtgärten, einfach großartig. Aber einige der Dienstboten lebten hier nicht so gern wie ich; sie vermißten London und wurden ausgetauscht.

Betty, mein Kindermädchen, ging nicht. Sie sagte mir, sie sei ohnehin ein Mädchen vom Land. Ich war dafür äußerst dankbar. Ich wäre ohne sie dahingesiecht, denn ich hatte mich heftig in sie verliebt. Ich wußte natürlich, daß ich einen Konkurrenten hatte – auch Field empfand eine wilde Leidenschaft für Betty, die manchmal in einem Zickzackkurs an der Grenze zum Wahnsinn entlangzuschrammen schien, vor allem an Samstagabenden. Aber Mrs. Field sorgte dafür, daß aus beidem nichts wurde. Mrs. Field war eine große, schwarzhaarige Frau mit einem befleckten Lätzchen und einer münzgroßen Warze auf der Wange. Außerdem war sie unglaublich stark. Ich weiß noch, wie sie sich einmal, als sie gerufen wurde, weil sich ein Wasserhahn in der Speisekammer verklemmt hatte, mit aller Kraft daran machte, woraufhin gleich das ganze Ding aus der Wand brach und die Küche überschwemmt wurde. Sie machte Schlehenlikör für den Winter, trank das meiste davon selbst und wurde sogar von dem jungen Installateur Mr. Turner (in Gegensatz zu dem alten Mr. Turner, seinem Vater, der ein Motorrad mit Seitenwagen und eine eigene Baufirma besaß und, trotz seines Holzbeins, zu Bettys Freiern gehörte) als eine Person angesehen, die sich keinen Blödsinn bieten ließ, vor allem nicht von Field.

Ich hatte bald die Nase voll davon, an feuchten Sonntagmorgenden unter den Augen meines Vaters blaue Zwei-Penny-Briefmarken in ein Album zu stecken. Ich wollte nichts anderes als lesen – das Problem war nur, daß ich weder 1) *Stumps. The Story of a Little Girl* noch 2) *Morte d'Arthur (Der Tod des Königs Artus)* noch 3) die gekürzte Fassung von *Nikolas Nickleby* noch 4) die Bibel lesen wollte. Weit mehr interessierten mich das *Wild West Magazine, A Century of Horror Stories, Uncle Silas*, alles von Jack London oder M. R. James – unter anderem deswegen, weil ich nichts davon lesen durfte, ebensowenig wie den *Daily Mirror* (den Betty mir allerdings aus den Dienstbotenunterkünften heraufbrachte).

Mademoiselle Munzinger traf kurz nach uns aus Genf in Petteridge ein, um unsere Erziehung ernsthaft in die Hand zu nehmen. Unabhängig vom Wetter trug sie stets einen langen braunen Mantel und einen Hut, letzteren mit einer Stahlschnalle, die zentriert über ihrer Nase angebracht war. Das Wort »Ungehorsam« schien in ihrem Schweizer Vokabular nicht zu existieren. Unser Spielzimmer wurde mit funktionellen Tapeten umdekoriert, auf denen Lokomotiven auf uns zudampften, und zum Unterrichtszimmer erklärt. Unordentlichkeit wurde den ganzen, die englische Sprache den halben Tag verboten. Die andere Hälfte blieb, von den Sonntagen abgesehen, dem Französischen vorbehalten. Julian, der kein Talent für Fremdsprachen hatte, war gezwungen, während dieser Phasen unter Protest zu schweigen (was ich mehr als ausglich), aber wir schnitten im Vergleich mit Mademoiselles vorigem Schüler beide nicht sonderlich gut ab und wurden ständig daran erinnert, daß wir weder so gut noch so gescheit wie Colin Balfour waren; dieser Musterknabe konnte von Glück reden, daß er in Skye lebte.

Wir wurden ganztägig unterrichtet, bis ich mit acht Jahren, dem üblichen Alter, ins Internat eingeschult wurde. Aber ich hatte Spaß am Lernen, solange es nichts mit Naturwissenschaften, Geographie oder dem Fach zu tun hatte, das ich wirklich haßte, nämlich der Mathematik.

Während einer Unterrichtsstunde bei Mademoiselle Munzinger an einem Sommertag im Jahre 1938, als ich die Rückseite der *Times* als Unterlage benutzte, um nicht die Tischdecke mit Tinte zu beschmieren, fragte ich: »Mademoiselle, welche große Stadt ist das da auf der Rückseite?«

»Das ist München«, erwiderte sie. »Es gehört bald zur Schweiz.«

Nachdem wir nach Petteridge gezogen waren, mußten mein Bruder und ich jeden Tag nach dem Mittagessen, ob es regnete oder die Sonne schien, Mademoiselle auf einem Landspaziergang begleiten. Wir gingen auf und ab durchs Tal, umrundeten die Hopfen- und Kirschgärten, die es umschlossen, wünschten dem jungen

Mr. Turner und dem alten Mr. Turner, dem Baumeister mit dem Holzbein und dem Motorrad, einen guten Tag und unternahmen sonst nicht viel.

Es war schrecklich langweilig, bis Betty damit anfing, uns zu begleiten, wann immer sie einige Stunden frei hatte; da fand ich die Spaziergänge plötzlich nicht mehr langweilig. Jedesmal, wenn wir hinausgingen, zog ich sie an der Hand zurück, so daß wir hinter den anderen zurückfielen, tat so, als bestaunte ich den Regentropfen, der vom Rand eines Geißblatts in der Hecke kippte, oder führte sie an ein fünffach verriegeltes Tor, von wo wir gedankenverloren auf einen morgenfeuchten Matsch hinausstarrten, bis Betty bemerkte, daß es dort wirklich nichts zu sehen gab, oder bis Mademoiselle, die mit Julian den Feldweg schon ein ganzes Stück weitergegangen war, unsere Abwesenheit bemerkte und zu meiner Enttäuschung und meinem Verdruß zurückkam, um nach uns zu sehen. An einem Tag, an den ich mich so lebhaft erinnere, als sei es eben erst geschehen, zog ich sie beiseite und schrieb mit einem Stift, den ich in der Hosentasche mitgenommen hatte, mühselig in Großbuchstaben das Wort »privat« auf ein Blatt Papier aus meinem Spiralnotizblock und überreichte ihr den Zettel, indem ich ihr mit angestrengter Konzentration in die Augen blickte. Sie nahm es feierlich entgegen, las es, errötete, faltete es zweimal zusammen und steckte es langsam in ihre Manteltasche. Keiner von uns sagte ein Wort. Ich wußte nicht genau, was das Wort »privat« bedeutete, nur daß es auf allen Eingangstoren stand, und so ging ich davon aus, das Vorhandensein dieses Worts auf einem Tor sorge dafür, daß das Tor und alles dahinter einem gehörte. Genau das wollte ich, soweit es Betty betraf, und sie wußte es, deshalb erfüllte das Wort seinen Zweck – außerdem verfügte ich zu dieser Zeit noch über ein sehr eingeschränktes Vokabular. Dann trat ich auf Betty zu, legte die Arme um sie und barg den Kopf an ihr (mein Kopf reichte damals nur bis zu ihrem Bauch). Ich sagte: »Betty, ich liebe dich«, und dann sahen wir einander forschend und verwirrt an.

Es geschahen aber auch unangenehmere Dinge. Die Dorfjungen mochten uns nicht, was natürlich nicht verwunderlich war. Niemand ist je zu jung, um schuldig zu sein; und mein Verbrechen bestand darin, daß ich den Unterschied zwischen Ober- und Untergeschossen, den man mir nachdrücklich eingebleut hatte, in der Weise überzog, daß ich ihn wörtlich nahm, so daß vom Startschuß an zwischen uns und dem Dorf Krieg herrschte, wobei unsere Hecke dort, wo sie (über eine Länge von einigen hundert Metern) an die Straße grenzte, die Front bildete. Unter den Befehlen, die von meinen Eltern ins Kinderzimmer durchdrangen, gehorchte ich jenen, die ich nicht ignorieren durfte, wenn ich mir mein Leben nicht zur Hölle machen wollte. Andererseits fand ich nichts Bedenkliches daran, dieselben Befehle, nach meinem Gutdünken modifiziert, nach unten weiterzureichen, wenn ich konnte. Es war nur ein Jammer, daß ich damals meinen Wehrdienst noch nicht abgeleistet hatte, denn erst als Armeeunteroffizier lernte ich, daß das Geheimnis, mit Befehlen umzugehen, darin besteht, sie richtig auszulegen. Das heißt, alle unangenehmen Befehle, die die eigene kleine Gruppe betreffen könnten, weiterzugeben.

Unser Krieg mit dem Dorf lief vornehmlich im geheimen ab, beschränkte sich auf faules Obst, Eier und andere Gegenstände, mit denen wir von ungesehenen willigen Händen über die Hecke hinweg beworfen wurden, auf ausgestreckte Zungen, unsägliche Grimassen und Füße, auf die beiläufig, aber kräftig getreten wurde, wenn die Kriegsparteien sich auf den Feldwegen begegneten. Aber es gab auch plötzliche, formlose Waffenstillstände, etwa den, auf den wir uns nach einem besonders wagemutigen Überfall der Dorfjungen auf die Auffahrt zum Haus einigten, wo sie die Speichen aus dem Hinterrad von Julians Kinderfahrrad brachen und dieses als Verfolgungsfahrzeug für Wochen außer Gefecht setzten. Eine Zeitlang aßen wir im Rhododendrontunnel über dem Tennisplatz, der uns als Hauptquartier diente, gemeinsam Brötchen. Aber ihr Anführer Ronnie Pinder und ich konnten uns beim besten Willen nicht riechen und kamen noch am selben Tag darin überein, daß wir den Waffenstillstand nicht fortsetzen wollten. Es gab auf beiden Seiten schwere Treffer heimzuzahlen. Ronnie hatte mir mit einer Schleuder ein blaues Auge verpaßt, das erst nach zehn Tagen verschwand. Aber ich erwischte ihn dabei, wie er auf unserer Seite der hohen Backsteinmauer, die uns trennte, Pfirsische klaute, und fing ihn mit einem Netz ein, mit dem wir die Vögel davon abhielten, sich über die Birnen herzumachen, und fesselte ihn an einen Baum, wo er den restlichen Tag vor sich hinbrüllte, während seine Eltern im Kino waren. Es herrschte ein schönes Gleichgewicht der Kräfte, obwohl wir deutlich in der Unterzahl waren (wir zwei traten allein gegen den Rest an). Dafür fürchteten die Eltern unserer Feinde Beschwerden (auch wenn nie welche kamen), waren wir viel besser bewaffnet, hatten eine Rolle mit einem zweihundert Meter langen Wasserschlauch und Wasserhähne im ganzen Garten für den Nahkampf, verteidigten eine natürliche Bastion und hatten mein äußerst schnelles Hercules-Dreigangrad zur Verfügung, das alles, was sie auf Rädern aufbieten konnten, wie eine Boadicea-Kutsche auf einer Formel-1-Strecke aussehen ließ.

Die beiden Bannmeilen für die Dorfjungen waren die großen Felder hinter der Gartensteige und das Gehölz – die Bewachung beider bereitete uns größte Schwierigkeiten, weil erstere so groß waren und letzteres den Feinden eine natürliche Deckung bot; außerdem lagen sowohl die Felder als auch das Gehölz nicht nur an der Straße, sondern auch nebeneinander. Die Felder waren politisch zudem überaus heikel, weil mein Vater sie einem benachbarten Bauern überlassen und sich nur das Recht vorbehalten hatte, das dortige Wild zu schießen, und der Bauer mochte es ebenso wenig, wenn jemand durch sein Getreide trampelte, wie es meinem Vater gefiel, wenn seine Fasane oder Rebhühner gestört wurden, und falls tatsächlich jemand über die Felder trampelte, wurde ich direkt dafür verantwortlich gemacht.

An einem Morgen, als ich noch nicht ganz zehn war, fand ich zum ersten Mal heraus, welcher Mensch ich zu werden drohte, wenn ich nicht aufpaßte. Es war früh, und ich hatte die alte zweiundzwanzigkalibrige Flinte aus dem Schrank genommen, um leise über die Hecke aufs Feld zu klettern und zu schauen, ob ich nicht eins der Kaninchen erlegen könnte, die hervorkamen, um das hohe Gras beim Gehölz zu fressen. Ich versteckte mich noch immer in der Hecke, als plötzlich Ronnie Pinder den Rand des Gehölzes entlang auf mich zukam und dabei die Kaninchen gleichgültig in alle Richtungen verscheuchte. Ich blieb reglos liegen, wo ich war, und sah ihn pfeifend über den Maschendrahtzaun in den Wald flanken. Kalt vor Wut robbte ich in rechtem Winkel zu ihm auf das Gehölz zu und war mir deutlich bewußt, daß unser Verhältnis keinerlei Ähnlichkeit mit einem Spiel mehr hatte. Er hatte keine Möglichkeit, sich vor mir rechtzeitig in Sicherheit zu bringen. Wahrscheinlich dachte er nicht im Traum daran, daß ihm jemand um diese Stunde auflauern könne. Als ich ihn fast erreicht hatte, pfiff er immer noch und hatte mir den Rücken zugewandt. »He du«, rief ich, und er fuhr herum. »Was machst du hier?« fragte ich ruhig. »Du weißt doch, daß das unser Land ist.« Er sagte nichts, wurde aber ganz blaß, weil ich die Flinte auf ihn gerichtet hatte. »Willst du etwa abdrücken?« fragte er zumindest mit gedämpfter Stimme. »Nein«, sagte ich. Ich warf die Flinte auf den Boden, und wir standen, so schien es, eine ganze Zeit da und sahen uns wortlos an. Dann drehte er sich einfach um und ging ruhig durch den Wald zur Straße.

Das war das Ende unseres »Krieges«, und ich sah ihn nie wieder. Der echte Krieg hatte begonnen, und wir wurden kurz danach evakuiert.

5

Der Krieg. Es muß an einem Juli- oder Augustmorgen im Jahre 1940 gewesen sein, als ich gegen sechs Uhr von einer Reihe ohrenbetäubender Erschütterungen geweckt wurde, die so klangen, als hämmere jemand gegen die Eingangstür. Ich war mir sicher, es sei mein Vater, der auf Urlaub nach Hause kam. Ich dachte, die Lautstärke des Klopfens bedeutete, daß er froh war, wieder bei uns zu sein. Ich lief im Schlafanzug die Treppe hinunter und war im Begriff, die Tür zu öffnen, als eine weitere Explosion donnerte, und als nächstes weiß ich, daß ich am anderen Ende des Flurs lag, wo ich mit schrecklicher Wucht aufgeschlagen war, aber ich hatte mir nur die Glieder verrenkt und mich nicht verletzt. Benommen sah ich, daß etwas die Tür eingedrückt hatte, alle Scheiben aus den Rahmen gesprungen waren und überall Glassplitter herumlagen; alles verbarg sich hinter Wirbeln von Staub, und ich hörte, wie Dinge umstürzten, in sich zusammenbrachen, zusammensackten, und ich selbst lag halb, saß halb an der Wand. Eine Bombenladung war auf der anderen Straßenseite zwischen uns und dem Dorf eingeschlagen, und es stellte sich später heraus, daß die ersten Erschütterungen, die ich gehört hatte, von der schweren Artilleriebatterie hinter der Kirche stammten, die das Feuer auf die Flugzeuge eröffnet hatte. Sie trafen kein einziges, und es machte die Deutschen bloß so wütend, daß wir die Bomben abbekamen und nicht London, das eigentliche Ziel der Bombardierung.

Mein Halbbruder Harry kam auf Urlaub nach Hause; er war siebzehn. Er war das erste Mal zu Hause seit dem Abend, als er davongelaufen war, um sich der Royal Air Force anzuschließen, und meiner Mutter gesagt hatte, daß er nur mit dem Fahrrad zum Kino in Turnbridge Wells fahren wollte. Damit hatte er nicht einmal gelogen, nur daß er nicht zurückgekommen war und meine Mutter wegen der Luftangriffe vor Sorge fast durchdrehte und die Polizei anrief, um herauszufinden, ob ihm etwas zugestoßen sei, denn in der Gegend passierte dauernd jemandem etwas. Die Polizei hatte keine Nachrichten von ihm, aber am nächsten Tag erhielten wir ein Telegramm mit dem Text: »Bin in die RAF eingetreten.« Meine Mutter telephonierte mit der Ausbildungsbasis der Luftwaffe in Sussex, wo er, wie sie herausfand, stationiert war, und versuchte ihn zurückzubekommen, indem sie dem befehlshabenden Offizier sagte, daß er erst siebzehn und damit minderjährig sei. Aber der Kommandeur der Luftwaffenbasis sagte: »Es tut mir leid, Mrs. Cook, aber ich fürchte, im Moment brauchen wir dringend Jägerpiloten.«

Meine Mutter vergab Harry natürlich, und so stand unser Familienheld schließlich in Uniform, den Helm auf dem Kopf und mit eingestöpselten Kopfhörern vor dem Feuer im Salon. Indem er mir das Mikro reichte, sagte er: »Versuch's mal, Kleiner, ruf da was rein!«. Also brüllte ich »Hallo Harry, kannst du mich hören?« so laut, daß ich ihn beinahe taub machte.

Er wurde also ein Pilot – und zudem ein guter. Er meldete sich freiwillig zur Luftaufklärung in Nordafrika nach Tobruk. Sie brachten an den Flugzeugen dort Kameras an, wo sie früher die Maschinengewehre befestigt hatten, also mußte man auf der Hut sein, daß die Deutschen einen nicht erwischten – man hatte nichts zum Zurückschießen. Die Tatsache, daß man nicht zurückschoß, verriet ihnen ohnehin, daß man Filme an Bord hatte. Eine beträchtliche Anzahl dieser Piloten ging verloren, aber Harry schaffte es durch ganz Nordafrika bis nach Italien und bekam einen guten Offiziersorden verliehen, weil er die erste Nahaufnahme eines deutschen Prototyps bei einem Testflug über Österreich mitgebracht hatte, und beendete den Krieg in Berlin ohne einen Kratzer.

An dreien von den vier Tagen, die er uns besuchte, tönten so oft die Sirenen und kam soviel Zeug herunter, daß wir wieder in der Halle Tee trinken mußten. Das Spitzentischtuch und der heiße Buttertoast waren dieselben wie vor dem Krieg, aber wir hatten keine Scheiben mehr in den Fenstern, nur Fetzen zickzackgemusterten braunen Packpapiers, die im Durchzug flatterten, so daß jedesmal, wenn der Wind auffrischte, unsere Servietten auf den Boden flogen. Wenn irgendwo in der Nähe Bomben fielen, krochen wir mit unseren Tassen und Untertassen unter den Tisch. Wir hatten uns noch nicht daran gewöhnt, in den Luftschutzbunker hinunterzusteigen. Didi begriff bis zuletzt nicht, was das ganze Theater überhaupt sollte, und weigerte sich, unter den Tisch zu kriechen. »Kein Scheißdeutscher wird mich dazu bringen, daß ich auf dem Boden sitze«, sagte sie. Harry, meine Mutter und alle anderen flehten sie an, aber Didi war störrisch wie ein Esel und ließ sich nicht überzeugen.

Und wenn wir wirklich um etwas kämpften, dann darum, daß Menschen wie Didi nicht auf dem Boden sitzen mußten, wenn sie ihren Tee tranken, es sei denn, ihnen war danach.

In der Zwischenzeit versuchte ich zu zeichnen und stellte fest, daß ich es, anders als Julian, nicht konnte. Er fing mit Vögeln an, aber bald darauf, als der Krieg begann, spezialisierte er sich auf ihre natürlichen Nachfolger, Spitfires, Dorniers, Heinkels und Hurricanes. Als nächstes versuchte ich es mit dem Klavier, brachte aber auch darauf nichts zustande, weil ich es nicht lernte, vom Blatt zu spielen. Als letztes versuchte ich es mit dem Schreiben, und das funktionierte – ich stellte nicht nur fest, daß ich mich zum ersten Mal auf eine Weise ausdrücken konnte, die andere Menschen verstanden, sondern auch, daß ich dabei bleiben wollte. Das überraschte und verwirrte meinen Vorschulrektor, seine Hochwürden »Sack« Ridgway (so genannt wegen seiner unglaublich formlosen Hosen), weil das seine Einschätzung meiner Person über den Haufen warf. Er hatte mich nicht nur als jemanden eingeschätzt, der am liebsten überhaupt nicht arbeitete, sondern hielt mich auch für eine verantwortungslose, wahrscheinlich sogar durchweg mißratene Person, die Autoritäten so sehr verabscheute, wie sie sich unwillig zeigte, sie anzuerkennen. Er war daher bestürzt, als er herausfand, daß ich bereits eine ganze Menge Arbeit auf der Habenseite hatte, auch wenn wenig davon in den Lehrplan der Schule paßte.

Ich erinnere mich an diesen kolossalen Angriff im September 1940, den größten des ganzen Krieges, kurz bevor Julian und ich evakuiert wurden. Jedesmal, wenn ich feindliche Bomber herannahen hörte – sie waren leicht an ihren Turbinen zu erkennen, die ganz anders als unsere klangen –, lief ich hinaus, um sie zu sehen. Sie flogen gewöhnlich am späten Nachmittag zur Teestunde über einen blauen, wolkenlosen Himmel herbei. Diesmal aber zählten Julian und ich hundertachtzig Maschinen, eine Welle nach der anderen auf dem Weg nach London, nicht einmal siebzig Kilometer hinter dem Horizont. Unsere Jäger störten sie, aber sie wurden von ihren eigenen Messerschmitts gut geschützt, und ich kann mich nicht erinnern, daß wir ihnen nennenswerten Schaden zufügten, jedenfalls nicht über unserem Haus.

Als es Abend wurde und immer noch die Bomben dröhnten, blieben wir draußen, während das Dämmerlicht verblaßte, und sahen, wie das Feuer den Horizont über London rot färbte. Ich hatte keine Angst. Ich stand einfach da und schaute zu, von fassungslosem Staunen ergriffen.

Der Krieg. Jedenfalls überstanden wir ihn unbeschadet, was viele andere Menschen nicht von sich behaupten konnten.

Im Januar 1940 ging ich das erste Mal zur Schule. Die Schule war bereits nach Devonshire evakuiert worden, und meine Mutter brachte mich zum Zug. Wir erreichten den Bahnhof Cannon Street an einem eisigen Wintermorgen und teilten uns mit einigen anderen Leuten ein Taxi bis nach Waterloo, wo sie mich über den Bahnsteig durch die Dampfwolken, die in der bitteren grauen Luft trieben, bis zum Schulwaggon des Zugs nach Exeter begleitete, wo Mr. Thorne, der Mathematiklehrer, mich in ein Abteil voller Kinder steckte, das nach Ruß roch. Bald ruckte der Zug an und verließ unter Sirenengeheul den Bahnhof. Das Gesicht meiner Mutter verblaßte hinter dem rußigen Fenster und der halb heruntergezogenen Jalousie. Ich sah auf die südwestlichen Vororte und die zerbombten

Fabriken (»Julius' Glacéschuhe«, »Camp Kaffee: ein Päckchen für jede Tasche«), empfand Scheu vor dem neuen Leben um mich und beobachtete die Fesselballone, die über den schneegeschwängerten Himmel schwebten.

Einige Abende zuvor nahm meine Mutter uns ins Ritz in Tunbridge Wells mit, um *Target for Tonight* anzuschauen. Mitten im Film fand ein echter Luftangriff statt. Die Sirene war kaum abgeklungen, da hörten wir in der Nähe eine Unzahl von Explosionen, der Projektor ging aus, und Platzanweiser mit Taschenlampen und Blechhelmen brachten uns alle raus. Als wir uns draußen in Mount Pleasant wiederfanden, gab es nichts Interessantes zu sehen außer einem kleinen Feuer auf dem Dach des Hauptbahnhofs, das eine Brandbombe verursacht hatte. Die Feuerwehr löschte es gerade. Einige Flugzeuge rasten in der Ferne über den Nachthimmel, dann kam die Entwarnung, und wir gingen ins Kino zurück, als man die elektrischen Anlagen wieder in Gang gebracht hatte, und sahen uns den Rest des Films an. Der Film war klasse, voller Jägerpiloten wie Harry, die Nazimaschinen in Fetzen schossen. Aber der erste Luftangriff, den ich erlebte, enttäuschte mich doch sehr.

Ich mußte bis nach Dunkirk im Sommer warten, um dafür entschädigt zu werden. Auf den Feldern rings um das Dorf stürzten Flugzeuge ab, und diejenigen, die noch Bomben an Bord hatten, explodierten dort. In den Wracks ging die Munition der Maschinengewehre mit einem wilden Knallen hoch wie Knallfrösche in der Silvesternacht, und Teile rotglühenden Metalls, Munitionskisten, Turbinenbruchstücke, Flugzeugrümpfe und Propeller, die Schwanzenden von Bombern prasselten mit Geheul und Gedröhne auf den Tennisplatz, stürzten in die Blumenrabatte und ihre Wolken von Schmetterlingen.

Es ist interessant darüber nachzudenken, wie sicher sich in diesen Tagen alle fühlten. Ich kann mich nicht erinnern, daß mein Bruder oder ich, obwohl wir erst sieben und neun waren, je Angst hatten. Im Gegenteil, wann immer wir konnten, büchsten wir, sobald wir »sie« kommen hörten, in den Garten aus. Es war viel aufregender als ein Gewitter. Uns erfaßte jedesmal eine wilde Begeisterung, wenn wir Zeuge wurden, wie eine Maschine aus der Bahn geworfen wurde, innehielt und dann auf den Boden zustürzte, während Teile von ihr davonwirbelten, eine entflammte Gasolinwolke die Identität verschleierte und wir fieberhaft wetteten, ob es eine von ihren oder eine von unseren sei.

Ich hatte keine Ahnung von Mathematik (daran hatte sich nichts geändert) und wurde deshalb 1943 während der Ferien in einen Bus gesteckt, um bei einem pensionierten Rektor namens Mr. Proctor, der schon meinen Vater unterrichtet hatte, Nachhilfestunden in Mathematik zu nehmen. Er hatte die undankbare Aufgabe, mich durch die Aufnahmeprüfung in Mathematik zu bringen (was ihm nicht gelang). An einem Sommertag, als wir gerade eine Mittagspause einlegten – es sollte heute Hackbraten mit meiner Lieblingsspeise, gebratene Pastinaken, geben –, als Mrs. Proctor, zerzaust und in Tränen aufgelöst, ins Zimmer platzte und rief: »George, es ist etwas Furchtbares passiert!« Als es Mr. Proctor geschafft hatte, sie zu beruhigen, berichtete sie, daß ein vereinzelter deutscher Jäger die ganze Crowborough High Street, wo sie, zusammen mit anderen Hausfrauen, mit Essensmarken gerade vor einem Laden anstanden, mit Maschinengehrsalven überzogen und dabei vier Frauen getötet hatte. Wir hatten die Warnsirene gehört, ihr aber, weil die schweren Angriffe auf Großbritannien weitgehend vorüber waren und die Proctors drei Kilometer vor der Stadt wohnten, keine Aufmerksamkeit gewidmet. »Ich weiß nicht, wie ich davongekommen bin«, sagte Mrs. Proctor. »Ich habe so heftig geweint, daß ich die Straße nicht mehr sehen konnte, deshalb mußte ich auf halbem Wege vom Rad steigen und mich eine Weile an den Straßenrand setzen.«

Der Mann fürs Grobe am St. Peter's Court, meiner Schule, war ein Londoner namens Hamlyn. An meinem ersten Morgen kam er mit unserem Frühstück an die Tische und schöpfte aus einem Topf Porridge auf unsere Teller. Als er zu mir kam, rief er: »He du! Was macht dein Vater im Krieg?« (Das fragte er jeden.) »Er ist beim Nachrichtendienst«, sagte ich. »Was!« rief Hamlyn. »Beim Nachrichtendienst?« Er brüllte vor Lachen. *»Beim Nachrichtendienst?* Mit einem Sohn wie dir? Das ist wirklich ein guter Witz.«

Es war eine frühe Lektion in Dialogführung; ein guter Dialog zeichnet sich dadurch aus, daß man nichts erwidern kann.

Ferien 1940. Tag und Nacht regnen Bomben nieder. Ständig Nahkämpfe über den Apfelbäumen. Keine Dienstboten, Licht nur ab und an, die Neun-Uhr-Nachrichten aus einem batteriebetriebenen Kofferradio. Das Essen: rationiert. Keine Beschwerden, niemand hungert. Jeder bekommt dasselbe – soundsoviel Butter, soundsoviel Margarine, soundsoviel Bratfett, Brot, Fleisch. Ein Verwandter, der »für unbestimmte Zeit« nach Kanada ausgewandert ist, schickt uns ab und zu ein Freßpaket – voller Dinge, die hier fast nicht mehr zu haben sind, zum Beispiel Fruchtkuchen und Schokolade. Während der Sendepause, wenn eine Zeitlang keine Angriffe stattfinden, nichts zu tun, als auf unserem kleinen, weißen, aufziehbaren Grammophon Schallplatten anzuhören, dann schlafen, bis für die Nachtangriffe die Sirenen losheulen, und dann bei Kerzenlicht runter in den Keller mit Mutter, Julian, Didi und der Mademoiselle – Betty hat sich der Land Army[1] angeschlossen. Hinter der Kirche legt die Flugabwehrtruppe los. Mademoiselle ist manchmal in Tränen aufgelöst (man hört sie nicht weinen, sieht nur die Tränen in ihren Augen, denn sie hat Freunde in Frankreich und Belgien, selbst in Deutschland) oder sitzt bloß in ihrem braunen Überzieher und mit hochgeschlagenem Mantel, obwohl es dort unten nicht kalt, nur feucht ist, auf dem flachen Feldbett in unserem Luftschutzbunker. Viele Küchenschaben.

Immer wieder Luftalarm. Dann schnell runter in den Bunker. Zwischendurch zeichnen, lesen, nachdenken. Schreiben im Klassenzimmer. Platten hören: *»Why does a lady of eighty / Go out on the loose / Why does a gander meander / In search of a goose ...«*

Schulzeit, Winter 1940, Shobrooke Park. In diesen großen Mietskasernen aus dem achtzehnten Jahrhundert, die den großen Wildpark überragten, der '45 niederbrannte und acht Menschenleben vernichtete (Julian, ein Augenzeuge, hat mir sehr gute Skizzen davon auf blauem Briefpapier geschickt) verbrachten wir eine Kindheit, wie sie für britische Jungen aus der oberen Mittelklasse nicht typischer sein konnte.

Im Drittklässlerzimmer hingen einige schöne Bilder. Oder besser, es waren einmal schöne Bilder gewesen. »Mir blutet das Herz, wenn ich sie mir jetzt ansehe«, sagte Rye, der Butler. Sie waren

1 In den Kriegsjahren eine Freiwilligenorganisation von Frauen, die in der Landwirtschaft eingesetzt wurden. (Anmerkung des Übersetzers)

von Wurfpfeilen durchlöchert und eingerissen an Stellen, wo sie jemand mit Spitfire- oder Messerschmitt-109er-Bleimodellen beworfen hatte. Sie waren überdies das Ziel sporadischer Bombardements mit alten, voll Milch- und Eipudding gestopften Umschlägen (wenn es einem nicht gelang, sich seiner Portion in einem Umschlag zu entledigen, mußte man solange sitzenbleiben, bis man sie aufgegessen hatte). Jemand – entweder Graham-Watson oder Palmer-Morewood – schleuderte einen Wurfpfeil auf ein Pferd von Stubbs und landete einen Volltreffer. Das Tier blickte jetzt aus einer blinden weißen Kugel auf uns herunter, wenn wir über Kennedys *Lateinischer Grammatik* hockten. Aber was machten ein paar weitere Schäden hier und da schon aus? In diesen Tagen lag alles in Trümmern. Einige von uns, wie Julian und ich, konnten nicht einmal in den Ferien nach Hause, weil das Haus in einer Kriegszone lag, und mußten sie in Shobrooke verbringen, wo wir rauchten, was immer wir in die Finger bekamen. Manchmal warfen uns Rekruten aus einem Lastwagen eine Packung Weights zu, wenn sie über die Fahrbahn an uns vorbeijagten. Nosegays waren die schlimmsten. Gott weiß, wie oft mir von Nosegays schlecht geworden ist; selbst Fitzroy und Woolaston, die Löschpapierzigaretten rauchten, die sie in braunes Papier rollten, fanden sie scheußlich.

Ich wurde morgens immer im Schlafsaal A aufgeweckt, in den man mich als Neuling gesteckt hatte, und lag jetzt mit Masern im Bett und hörte unten auf der Terrasse die älteren Jungen bei ihren Leibesübungen. Die Terrasse wurden von formschönen Steinkübeln gesäumt, in denen die Geranien längst durch Winden ersetzt worden waren. Ein Stück dahinter befand sich die Flußwiese, die ein fernes, von griechischem Baustil inspiriertes Gartenhaus nah erscheinen ließ. Vom Kies tönte das müde Brüllen von Hauptfeldwebel Fletcher: »Bük-ken, *Strecken*! Bük-ken, *Strecken*!«, immer wieder, eine ganze Stunde lang, während näher bei mir, in Miss Kingsfords Zimmer, ein Junge immer wieder dieselbe Fünffingerübung nach Curwen spielte und jedesmal abbrach, wenn er bei Es ankam. Dann hörte man den scharfen Knall, wenn Miss Kingsford ihm mit einem an ihrem Ende der Tastatur bereitliegenden Lineal auf die Finger schlug, woraufhin das musikalische Opfer losheulte.

Oben in seinem dunklen kleinen Zimmer im Dachgeschoß organisierte der exzentrische Englisch-Oberlehrer Mr. Synge sein jährliches Murmelspiel, zu dem er Jungen einlud, die er aufgrund ihres friedfertigen Temperaments und ihres wenigstens peripheren Interesses an der englischen Sprache auswählte. Zur allgemeinen Überraschung tauchte auch ich manchmal auf der Gästeliste auf. Das beste Spiel (es gab mehrere) war der Turm von Babel, in dem numerierte Glasmurmeln eine spiralförmige Metallspur hinunterratterten und der Spieler mit der höchsten Punktzahl einen kleinen Beutel mit sauren Drops oder eine dieser alten Sechs-Penny-Münzen mit der Eichel auf der Rückseite gewann; von den neuen hielt Mr. Synge nichts. Alle Preise außer Geld wurden sofort gegen unsere eigene Währung ausgetauscht – einen Splitter eines hölzernen Propellers von einer Gloster Gladiator, ein Stück Höhenruder oder Turbinengehäuse von einer abgestürzten Heinkel oder Dornier konnten einem eine Kringel saurer Drops oder ein in schwarzes und goldenes Papier gewickeltes Stück Sahnekaramel mit weichem Kern einbringen. Wenn wir keine Süßigkeiten übrig hatten, aßen wir Zucker.

Mr. Synge war nahezu der einzige wirklich unbescholtene alte Junggeselle, den ich je kennengelernt habe. Er trug stets einen abgewetzten schwarzen Anzug. Er hatte, das begreife ich heute, ein sehr strenges Verständnis von Stil, das auf seinem einzigen Lesestoff basierte, dem Neuen Testament, das er in Griechisch las. Es versteht sich von selbst, daß er außerstande war, die Klasse zu disziplinieren.

In der Freizeit oder zwischen den Unterrichtsstunden, besonders wenn Miss Davies (die nur verbissen wirkte) oder, besser noch, »Dotty« Palmer im Dienst waren, versammelten wir uns alle im Klassenzimmer der Viertkläßler und spielten Gestapo. Nur die wenigen von uns, die das Spiel erfunden hatten, spielten mit – Tetley, Vivian Smith, Royle Minor, Gregson-Williams, Shaw-Stewart und ich selbst –, außerdem Wynes mit seinem runden, traurigen Gesicht und der mit Verbandszeug geflickten Brille, der stets in die Rolle des feindlichen Spions schlüpfte, weil er dafür so geeignet erschien, ob er der Rolle nun müde war, wie er oft beklagte, oder nicht. Henry Vyner, der sich mit Kinofilmen auskannte, bestand darauf, daß Wynes der Spion sein mußte. Er sagte, es sei eine Frage der Besetzung. Wie auch immer, entweder stimmte er zu oder wurde noch ausgiebiger gequält.

Ich gehörte immer zur Gestapo. Ich wollte nicht der Gute sein, der mit geheimen Papieren geschnappt wurde, um sofort auf die letzte Tischreihe an der Rückwand geschleppt zu werden, die das Gaslicht nicht ganz erhellte, und im verblassenden gelben Licht von Royles Taschenlampe zu sterben, wobei er etwas Patriotisches schrie. Ich zog es vor, Verdächtigen auf dem »Alexanderplatz« höfliche Fragen zu stellen. Der Alexanderplatz waren drei Tische, die man an der Wand zu einem Rechteck zusammengerückt hatte. Jeremy Tetley war der Obergute, Royle der Oberböse, ich führte das Verhör. Wynes spielte seine eigene finstere Rolle als Spion, der sich als Doppelagent entpuppte, die anderen waren meistens unterwegs, um geeignete Neulinge für ein Verhör einzufangen. Es machte Spaß, die Fragen zu stellen. Ganz gleich, wie idiotisch meine Fragen klangen, ich konnte nicht verlieren – eine unerbittliche Spielregel lautete, daß alle Gefangenen am Ende sowieso gefoltert wurden. Gelegentlich stattete ein besonders furchteinflößender Junge, dessen Anblick niemand ertragen konnte, der aber zwei Jahre älter war als wir, so daß wir ihn nicht aufhalten konnten, dem Alexanderplatz einen Besuch ab und gab eine ausgezeichnete Vorstellung als Doktor Göbbels.

St. Peter's Court hatte, das will ich nicht verschweigen, in der Hinsicht etwas Gutes, daß alle ermutigt wurden, die Zeitung zu lesen. Wir konnten (innerhalb vernünftiger Grenzen) jede Zeitung oder Zeitschrift bestellen, die wir mochten, und die Kosten dafür trug die Schule. Ob der Leser mit dem, was er da las, etwas anfangen konnte, war eine andere Frage. Julian mit seiner Leidenschaft für das Zeichnen von Flugzeugen konnte man oft dabei erwischen, wie er die Nase in *Flight* steckte, während ich *Radio Fun* und *Magnet* und alles, was ich von dem schwierigeren *Daily Telegraph* verdauen konnte, als Entspannungslektüre bevorzugte. Nur Lang wurde *New Statesman & Nation* gestattet, weil es eine sozialistische Publikation und damit automatisch verboten war. Keiner von uns wurde in diesem Alter politisch beeinflußt. Wir gehörten schließlich alle der soliden Mittelklasse an, deshalb war es nicht nötig.

Das heißt, mit Ausnahme des schwankenden Wunderknaben Lang. Lang war außergewöhnlich begabt, doch auf eine verdächtige Art, vor allem auf dem Gebiet der Mathematik. Er entsprach nicht im entferntesten dem Bild eines angehenden jovialen Kumpels, das St. Peter's mit solcher Mühe pflegte; ihm fehlten die Grundlagen, die elementaren Voraussetzungen für einen zukünftigen Allrounder. Er verabscheute Sport – ganz im Gegensatz zu mir –, aber er trieb es zu weit (so wie mit allem) mit seiner irritierenden Angewohnheit, in jedem Fach, worum es auch ging, der Beste sein zu wollen.

Selbst die Theologie war nicht vor ihm sicher. Kein Lehrer wagte das Thema anzusprechen, denn Lang pflückte das Konzept der Dreieinigkeit mit einem gelehrsamen Vergnügen auseinander, daß selbst Hochwürden »Sack« um seine unsterbliche Seele zitterte, und die Dreieinigkeit schlug nicht zurück. Lang wehrte Annäherungen im Gespräch in jeder Form und von jeder Seite, von Hohen oder Niedrigen, mit einer Sprache ab, die er aus einer starken Säure destilliert zu haben schien, und nicht viele Personen, nicht einmal Mr. Thorne, der für seinen bissigen Witz zu Recht gefürchtet wurde, konnten es mit ihm aufnehmen. Lang bemerkte eines Tages, indem er den Blick auf Mr. Howlett richtete, den jungen Englischlehrer, der gerade verwirrt und mit verschränkten Händen durch den langen Korridor vor dem Klassenzimmer der Vierten auf und ab ging: »Wenn heute jemand mit mir über den Krieg redet, dann drehe ich durch und beiße um mich« – eine Drohung, die sehr wahrscheinlich beim Wort genommen wurde.

Im allgemeinen war es besser, vernünftiger und der eigenen Sicherheit zuträglich, überhaupt nicht mit Lang zu reden – falls man es tat, überschüttete er einen mit einem Schwall beißendem Sarkasmus, und man brach sehr wahrscheinlich in Tränen aus. Er verbrachte seine Freizeit mit der Lektüre der wenigen astrophysikalischen Publikationen, derer sich die Schulbibliothek rühmen konnte, oder las Strawsons *Introduction to Logical Theory*, eines der Werke, mit denen nicht einmal der mächtige »Sack« vertraut war.

Seine leichtere Lektüre umfaßte *Das Kapital* oder Sprenglers *Der Untergang des Abendlandes*. Ja, Lang stand der revolutionären Linken so nahe, daß er aus dem Blickwinkel des St. Peter's Court schon vom Tellerrand gerutscht war.

Seine erstaunliche Karriere endete, als er nach einem seiner einsamen Rugbyspiele (die er mit einem weichen Ball spielte) auf spektakuläre Weise zusammenbrach, sich in eine weißgetünchte Ecke des Umkleideraums drückte und Mr. Charlie, der in seinen blauen Rugbyshorts hereinplatzte und ihn mit einem Pfiff zu beruhigen versuchte, lautstark vorwarf, der ganze Laden sei ein Nest von Faschisten. Als Mr. Charlie den Fehler machte, mit ihm darüber diskutieren zu wollen, brach Lang in Tränen aus (immer ein verhängnisvolles Zeichen) und pinkelte sich auf die Füße. Lang verließ uns an diesem Abend in einem geschlossenen schwarzen Wagen, und ich habe nie erfahren, was danach aus ihm geworden ist.

Moral stand in der Massenpresse hoch im Kurs angesichts der schrecklichen militärischen Klemme, in der wir steckten – und der Grund war nicht immer bloße Hysterie. Die allgemeine Stimmung, die gleichermaßen unter den Berichten über schreckliche Luftangriffe und unsere verheerenden Niederlagen litt, drückte sich in Liedern wie »Roll Out The Barrel«, »Keep the Homes Fires Burning« und »There'll Always be an England« aus.

Was konnten die armen Teufel, die für die Zeitungen schrieben, sonst auch tun? Jeder zwischen neun und neunundneunzig war wirklich davon überzeugt, daß »sie« kamen.

Sobald ich alt genug dafür war, fing ich an, John Buchan zu lesen – *The Thirty Nine Steps, Castle Gay, The Dancing Floor*. Außerdem W.E. Johns (die Biggles-Serie, praktisch unumgänglich Schullektüre zu dieser Zeit), Percy F. Westerman (*To the Fore With the Tanks*), den ganzen Sherlock Holmes natürlich, *The Adventures of Brigadier Gérard* von Napoleons I. Husarenregiment über (Frankreich! Hurrah!), sein am besten geschriebenes Buch, und alles andere, was Conan Doyle je veröffentlicht hat. (*Rodney Stone*: »Hast du getrunken?« fragte ich streng. »Ein Schlückchen Portwein, Liebling. Medizin für meine Nerven.« Sie roch wie eine Kaschemme, und ihre Finger zitterten wie die Saiten eines Cembalos.) Nebenbei bemerkt, ist es interessant festzustellen, daß Doyle dem Unbekannten ebensolche Beachtung geschenkt hat wie ich, wie jeder Leser seiner *Tales of Twilight and the Unseen* bestätigen kann.

All das war durchsetzt mit einer englischen Übersetzung des *Decamerone* und den Kurzgeschichten von Edgar Allen Poe. Dazu *A Century of Horror* und *Fifty Years of Ghost Stories*, berühmt für den Beitrag *The Old Nurse's Story (Die Geschichte des alten Kindermädchens)* von Mrs. Gaskell[2], in meinen Augen eine viel bessere Autorin als Emily Brontë wegen ihres außerordentlichen Verständnisses für emotionale Qualen, Reue, Hilflosigkeit angesichts eines unversöhnlichen Schicksals (»... Was in der Jugend getan wird, kann im Alter niemals ungeschehen gemacht werden ...«), alles Bücher, die ich heimlich aus den Bibliotheken meines Vaters oder meiner Großeltern entwendet hatte, weil man mir gesagt hatte, daß ich sie auf keinen Fall lesen dürfe. Sidney Horlers Bücher, die sich mit Hexerei und Schwarzer Magie, Besessenheit und dem Okkulten im allgemeinen befaßte, kamen später, als ich nach Eton ging, so wie auch M.R. James (*Canon Albrich's Scrap Book, The Uncommon Prayer-*

2 Elizabeth Cleghorn Gaskell (1810–65). Englische Schriftstellerin, Freundin und Biographin von Charlotte Brontë. (Anmerkung des Herausgebers)

book, Whistle and I'll Come to You, The Mezzotint und *Casting the Runes*). Zu meinen Favoriten gehörten außerdem die *Causes célèbres* von Marshall Hall, vielleicht dem besten Verteidiger für Mordfälle, den Großbritannien je hervorgebracht hat, und alles, was ich zum Thema polizeilicher Ermittlung und Befragung in die Finger bekam. Jede andere Literatur war für mich mehr oder weniger gleichbedeutend mit Hausaufgaben. So entwickelte ich eine lang anhaltende Abneigung gegen Dickens (die sich, wie ich gern zugebe, vor Jahren verflüchtigt hat; inzwischen mag ich ihn sehr), weil ich gezwungen war, ihn in den Ferien zu lesen, doch was den Horror anging, bevorzugte ich seinen Schwager Wilkie Collins. Er und Dickens fuhren oft im Postschiff nach Frankreich rüber und verbrachten das Wochende in Pariser Elendsvierteln. Sie fanden einen französischen Mord viel interessanter und dramatischer als einen britischen. Collins (»A Terribly Strange Bed« – »Ein schauerlich fremdes Bett«) dröhnte sich ständig mit Laudanum zu und schrieb in den vierziger Jahren des neunzehnten Jahrhunderts den meines Wissens nach ersten Roman überhaupt mit einem Kriminalpolizisten als Hauptfigur, nämlich *The Woman in White (Die Frau in Weiß)*.[3]

Doch letztlich habe ich das Schulcurriculum nicht bereut. Ich fing an, Shakespeare zu lesen, weil es die Prüfungen verlangten, und las weiter, weil mich sein Werk berzauberte, weil es mir offenbarte, was sich alles mit Sprache anstellen ließ. Shakespeare führte mich zu Donne, zu den Dichtern des sechzehnten und siebzehnten Jahrhunderts im allgemeinen, und der Französisch-Einführungskurs, geleitet von dem »Fettigen« Howarth oder »Dienstag« Seymour, in

3 Der Autor meint wohl Collins' Roman *The Moonstone* (1868). (Anmerkung des Herausgebers)

den ich unversehens hineingeriet, führte mich von Ronsard zu Voltaire, Victor Hugo, Maupassant und Zola, bis ich, sehr viel später, auf eigene Faust Baudelaire und Sartre entdeckte.

In der Zwischenzeit verlor ich meine Zuneigung zu Gregson-Williams und verliebte mich in die Photos der Schwester meines Nachbarn im Schlafsaal. Ich lag oft halbwach im Bett und träumte von ihr, bis die Mägde Hilda, Jessie oder Ivy um halb sieben hereinkamen, um die Gaslampen zu entzünden, und es Zeit wurde, aufzustehen und das Eis in den Waschbecken aufzubrechen, die in einer Reihe in der Mitte des Saals installiert waren: »Nie wieder, Diva, nie wieder / Werde ich dich umarmen / Denn mein Herz ist entzwei ...« (Ich habe dieses Gedicht zerrissen; bedauerlicherweise hatte ich sie noch nie umarmt.)

Und es sollte mir auch später nicht vergönnt sein. Als ich sie leibhaftig am Bahnhof Waterloo erblickte, wo sie ihren Bruder vom Schulzug abholte, stellte ich fest, daß sie (a) hinter dem halb gehobenen Trauerschleier, den sie wegen eines Todesfalls in der Familie trug, unglaublich schön und (b) achtzehn Jahre alt war – ich dagegen erst elf, was einen Schlußstrich unter diese Geschichte zog.

An den Nachmittagen gingen wir, unter der Aufsicht von Mr. Linford, der sich der Hoffnungslosen annahm, zu dem abschüssigen Kricketfeld hinunter. Er mochte den Sport ebenso wenig wie Lang oder ich. Lang weigerte sich, auf einer anderen als der Läuferposition zu spielen. Er war ein konsequenter Kriegsdienstverweigerer (das schloß auch alle Sportarten ein) und spielte für sich allein, weil er fürchtete, sonst jemanden zu verletzen. Die anderen rannten aufgeregt um das Feld, nachdem sie die Seiten ausgelost hatten, den Pullover um die Taille gebunden und den Griff des Schlägers wie den Lauf eines Maschinengewehrs von der Hüfte ausgestreckt. Alle deckten sich gegenseitig mit imaginären Salven ein und machten einen Höllenlärm, während wir, die Gestapo-Mannschaft, von den Seitenlinien schweigend zusahen und mögliche Opfer für ein Verhör daheim auf dem Alexanderplatz ausspähten.

Manchmal verwandelten wir uns auch in Spitfires und versuchten über die Torstäbe hinwegzuschießen. Ein neuer Junge, der kurz darauf entlassen wurde, weil er als »zu weich« galt, brach sich dabei zweifach die Nase.

An dem Morgen, nachdem Belgien gefallen war, regnete es heftig. Mr. Thorne unterrichtete uns nach der Ganzheitsmethode; die Portraits längst toter reicher Erbinnen an den Wänden unseres vertäfelten Klassenzimmers, die teilnahmslos Rosenbuketts in ihren Seidenschößen hielten, sahen im wäßrigen Sonnenlicht noch verunstalteter als sonst aus. Die Bäume in dem durchnäßten Park wankten im Wind, und derselbe Junge wie sonst wurde ein Zimmer weiter von Miss Kingsford am Klavier malträtiert, im langen Schatten ihrer bemerkenswerten Brüste und außergewöhnlich langen Nase, und brach immer wieder über Es in Tränen aus. Draußen im Korridor hörte ich undeutlich Leute fragen, ob jemand Mademoiselle Lebrun gesehen hatte, unsere Französischlehrerin aus Brüssel, die meiner Mutter einmal auf Bahnsteig 2 im Bahnhof Woking gesagt hatte, daß ich ihr Lieblingsschüler sei. Sie hatte am Vorabend plötzlich die Zeitung sinken lassen, sich aus dem Gemeinschaftsraum des Lehrpersonals mit der Entschuldigung verabschiedet, daß ihr unwohl sei, und war nach oben ins Bett gegangen. Jetzt, kurz vor dem Mittagessen, wurde sie dort tot mit dem Gesicht zur Wand aufgefunden. Sie hatte einen Brief zurückgelassen, in dem sie angab, sie habe es wegen der Unterwerfung Belgiens getan.

Mr. Linford, der die Sechstklässler in klassischer Literatur und Englisch unterrichtete –, genaugenommen unterrichtete er so ziemlich alles – war im Krieg zwischen 1914 und 1918 ein Unteroffizier gewesen; möglicherweise hatte er sogar meinen Helden Wilfred Owen kennengelernt, der dem 5. Manchester-Regiment angehört hatte. Mr. Linford wünschte sich von uns vor allem, daß wir ihm die Haare kämmten; es beruhige seine Nerven, sagte er. Wir taten es nach dem Unterricht, wenn er nach Freiwilligen fragte. Es gab immer reichlich davon, weil er die Gabe hatte, unser unglaublich langweiliges Leben da unten als einen Spaß erscheinen zu lassen, so daß »Keil« oder »Korken« (seine beiden unverständlichen Spitznamen) der bei weitem beliebteste Lehrer in der Schule war – auch wenn der hinfällige Mr. Synge, berüchtigt für seine intellektuellen Spiele und Teegesellschaften, ebenfalls hoch im Kurs stand.

Eines Tages sagte Keil zu mir: »Cook, schreib mir einen Aufsatz, irgendwas über die Natur. Du kannst ihn ›In der Abgeschiedenheit der Wälder‹ nennen.« Als er die »Abgeschiedenheit der Wälder« gelesen hatte, sagte er mir, der Text gefiele ihm. »Du läßt diese verdammten Wälder gefährlich erscheinen«, bemerkte er mit seinem leichten Stottern, »und genau darum geht es beim Schreiben.« Dann reichte er mir seinen Kamm, eine Ehre, die Lieblingen wie Tetley, Shaw-Stewart oder Royle Minor vorbehalten war, und wies mich außerdem an, ihm den Kopf mit dem Inhalt der Flasche Honey of Flowers einzuölen, die er in der Schublade seines Schreibtischs aufbewahrte; etwas, das er normalerweise nur selbst tat.

Ich bekam als Belohnung für meinen Aufsatz einen Band mit Brownings Gedichten, die ich unlesbar fand. Ich versuchte es mit »Pippa Passes« und blieb, wie eine verzauberte Standuhr, für immer an der zwölften Zeile hängen. Dennoch, außer an dem Tag, als ich den Vertrag für meinen ersten Roman unterschrieb und ihn meinem Vater über den Frühstückstisch zuschnippte, habe ich nie wieder ein solches Gefühl schieren Triumphes erlebt.

Auf die »Abgeschiedenheit« folgte unmittelbar »Der Bogen«, ein furchtbar schlechtes Gedicht, das ich Gregson-Williams widmete – ja, es war so schlecht, daß es sich meinem Gedächtnis tief einprägte und ich Jahre brauchte, es zu vergessen, so wie viel gelungenere Werke. Ich bekam kein Geschenk dafür. Davon nicht abgeschreckt, begann ich eine Sammlung von Horrorgeschichten mit dem Titel *Die Erinnerungen des Argus*, in dem die Illustrationen, die von Shaun Plunket und zweien meiner Brüder stammten, erheblich blutrünstiger waren als der Text, in dem schon reichlich gemetzelt wurde.

Ich erhielt wenig weitere brauchbare Ratschläge im Hinblick auf die englische Sprache, bis ich dreiundzwanzig war und mir in London, Chelsea Embankment Nr. 15, mit meinem Halbbruder Tony und Nicholas Phipps eine Wohnung teilte. Nicholas und ich kamen um vier Uhr morgens nach einer Party nach Hause. Er war fünf oder sechs Jahre älter als ich und hatte seine eigene Kolumne auf der letzten Seite des *Sunday Express*.

Phipps: Was sind das denn für ungewöhnliche Geräusche, die ich die ganze Zeit aus deinem Zimmer höre? Hört sich an, als tippte jemand auf einer Schreibmaschine herum.

Ich: Das bin ich. Und es ist tatsächlich eine Schreibmaschine.

Phipps: Schreibst du einen Roman oder so was? Geh sofort das Manuskript holen, ich will was davon hören. Gut – und jetzt lies mir die interessanteste Stelle vor.

Ich: Das ist einfach. Das Ganze geht erst auf Seite 392 richtig los, nachdem ich alle Hauptfiguren vorgestellt habe.

Phipps: Dann fang da an. Warte! … Halt!

Ich: Aber ich habe erst drei Zeilen vorgelesen.

Phipps: Wenn du das Romanschreiben ernst nimmst, mußt du lernen, die langweiligen Teile auszulassen.

Mr. Linford trug immer denselben bratensaftbraunen Knickerbockeranzug. Er verfügte über große ausgebeulte Seitentaschen, die er wie ein Soldat während eines Bombenangriffs bis zum Rand vollgestopft hatte, nur daß Mr. Linford ihnen nie etwas anderes entnahm als seine »Sargnägel«, einen zerknüllten Brief oder eine Schachtel Swan-Streichhölzer, weil die sich, wie er sagte, überall anzünden ließen. Er schien keine Familie zu haben und blieb gewöhnlich während der Ferien in der Schule, außer wenn einer der Jungen seine Eltern in einem Brief fragte, ob er Keil mitbringen könne. Er war Junggeselle. Obwohl er es nicht sagte, vermute ich, daß er vor allem den Ersten Weltkrieg vergessen wollte. Wahrscheinlich war er verwundet worden. Er sprach nie darüber, aber für einen so großen Mann hatte er die ungewöhnliche Neigung, ständig vorsichtig und gebeugt umherzugehen, als ziehe er in einem Schützengraben den Kopf ein.

Er brachte mir viel über die englische Sprache bei, spürte wahrscheinlich, daß ich diese Kenntnisse anwenden wollte oder die Sprache und ich am Ende irgendwie aufeinander achtgeben würden.

Januar 1990. Manchmal bekomme ich es immer noch nicht in den Kopf, daß Menschen wie Krankenschwester Bell, Hamlyn und

Mr. Linford tot sind – die beiden ersteren seit einem heldenhaften Versuch, Jungen aus dem Feuer zu retten, bei dem im Januar '45 das Haus niederbrannte.

In Paris erzählte mir letzte Woche ein Freund, wie ein Mann, mit dem ich erst kürzlich einen getrunken hatte und der seit einiger Zeit krank gewesen war, in einem Zimmer oben im selben Block in der Rue Rambuteau gestorben sei, in dem auch er wohnte. Seine letzten Worte an seine Frau lauteten: »Habe ich etwas vergessen?« Jemand in der Bar, der mithörte, bemerkte dazu: »Himmel, das hört sich so an, als wollte er noch pünktlich einen Zug erwischen oder so was.« Mein Freund berichtete, der Mann habe in dieser Nacht zu seiner Frau gesagt: »Es ist dunkel, das sehe ich.« Später wandte er sich ihr im Bett zu und bemerkte: »Tja, dann bin ich mal weg«, so als wollte er nur mal eben die Straße zum *salon du thé* für symbolische fünf Minuten bei Momo hinuntergehen.

Während der Sommerferien 1941, die ich zu Hause verbrachte, bekam mein Vater, der noch immer seinen mysteriösen Posten in Tunbridge Wells innehatte, Anfang September einige Tage frei – er hatte es auch nötig, denn er war eine Woche vorher von einem fliegenden Hutständer am Kopf getroffen worden; eine Bombensalve, die vor der Bar des Wellington-Hotels einschlug, hatte das Ding durch die Luft katapultiert, als er gerade mit Henry Biggs und dem Stabsoffizier für seinen üblichen Gin mit Schuß zum Mittagessen hereinschaute.

Ich feierte den Urlaub meines Vaters, indem ich mir im Speisesaal des Spa-Hotels eine Blinddarmentzündung zuzog, und mußte ins West Kent General Hospital in Maidstone gebracht werden. Gerade tobte ein Luftangriff gegen die Stadt, als wir dort eintrafen, und die Korridore des Krankenhauses füllten sich mit Verwundeten. Das letzte, woran ich mich erinnere, bevor ich anästhesiert wurde, war das Heulen der Sirenen, die vor der zweiten Angriffswelle warnten.

Als ich zu mir kam, lag ich allein in einem Privatzimmer. Nach einigen Tagen fühlte ich mich allmählich besser, und als mir langweilig wurde, fing ich als Alternative zum Lesen zu singen an, weil ich alle Bücher ausgelesen hatte, die man mir zweimal aus Petteridge mitgebracht hatte, und die Papierrationierung es schwierig machte, an neue Bücher zu kommen.

Da lag ich also im Bett und versuchte mir mit Singen die Einsamkeit vom Leib zu halten, die ich seit Johns Verlust im Februar empfunden hatte, als eine Krankenschwester hereinkam und sagte: »Die Patienten in der öffentlichen Station haben dir zugehört. Willst du nicht rüberkommen und für sie singen?« Ich sagte zu; ich war es leid, allein zu sein.

Die Krankenschwester rollte mich durch die nach Äther riechenden Korridore. Ich wußte nicht viel zu singen. Die allgemeine Abteilung war nach der jüngsten Bombensalve, die in der Nacht die Pudlo-Zementfabrik gegenüber dem Krankenhaus getroffen hatte, immer noch mit Schutt bedeckt und voller durch den Angriff verwundeter Zivilisten. Ich setzte mich auf der Rollkarre auf, die unmittelbar hinter der Tür abgestellt wurde. Die Sonne schien mir in die Augen. Ihr Licht fing sich in den Staubwolken und verwischte die Umrisse der Leute. Es gab nicht genug Betten für alle Patienten, so daß einige auf Matratzen auf dem Boden liegen mußten. Einige von ihnen stöhnten. Das letzte, was ich in der Schule solo zu singen gelernt hatte, war »Ich weiß, daß mein Erlöser lebt«, also sang ich das. Während ich sang, sah ich mir die Menschen in den Betten und die anderen auf dem Boden an und hatte plötzlich das Gefühl, daß wir alle ein Teil voneinander geworden waren. Es war ein Nachmittag, den ich nie vergessen habe – der Staub, der im Licht der hohen Fenster schwebte, die Menschen im Bett und auf dem Boden, das weißbekittelte Personal, das zwischen ihnen umherging, und meine zehnjährige Stimme, die Bach sang.

6

Natürlich habe ich inzwischen verstanden, daß der Tod meines Onkels John im Jahre 1941 sich auf keine Weise von den Millionen anderen Todesfällen in dieser Zeit unterschied. Der Unterschied bestand damals darin, daß sein Verlust mir das Gefühl gab, selbst zu sterben, weil ich als Kind den Schock auf eine sehr direkte und strafende Weise erlebte. Ich will versuchen, die Wirkung verständlich zu machen, die sein Tod auf mich hatte. Ich hoffe, die schreckliche Art, wie ich jemanden verlor, den ich so sehr liebte, kann erklären helfen, warum ich so schreibe, wie ich es tue.

Nachrichten wie diese wurden damals auf eine brutale Weise überbracht. Wie hätte man es sonst machen sollen? Die Nachrichten waren nun einmal brutal. Es gab einen Vierundzwanzig-Stunden-Telegrammdienst, der den Familien schnellstmöglich die Einzelheiten überbrachte, sobald sie bekannt wurden. Dies geschah mit der Absicht, den betroffenen Angehörigen unnötiges Leid und Ungewißheit zu ersparen. Aber als um zwei Uhr morgens das Telegramm wegen John eintraf, weckten mich meine Eltern aus einem Grund, den ich heute noch nicht begreife, sofort auf und sagten es mir – ich sehe sie noch vor mir, wie sie sich im Halbdunkel über mich beugten und mein Vater das Telegramm im Licht der blauen Birne auf dem Treppenabsatz vorlas.

Ich blieb eine Woche lang im Bett, aß nichts und rührte mich kaum. Bis heute habe ich diesen Verlust nicht richtig verarbeitet. Ich liebte John, weil er alles war, was mein Vater nicht war. Mein Großvater warf ihn als Zwölfjährigen mit der Begründung vor die Tür, daß ein Autokrat keinen anderen brauche. Der steinreiche, unverheiratete Bruder meiner Großmutter, Gouverneur von Lancing, ernannte John unter verschiedenen Bedingungen zu seinem Erben – unter anderem, daß er das College von Lancing und nicht Eton besuchte. Dort hatte er, einer einzigen beiläufigen Bemerkung Evelyn Waugh zufolge, eine – wie die Franzosen sagen – sentimentale Begegnung mit dem Schriftsteller. John brachte es an den öffentlichen Schulen nicht weiter als ich und arbeitete in Argentinien acht Jahre lang als Eisenbahntechniker, denn Dampfloks waren die größte Leidenschaft seines Lebens.

Er sagte meinem Vater, daß er in Argentinien glücklich gewesen sei und dort gern sein ganzes Leben verbracht hätte, aber sein Wohltäter starb plötzlich, und John mußte zurück nach England, wo er feststellte, daß er nun Millionär war. Er machte sich sofort daran, das Geld auszugeben. Er mietete ein Backsteinhaus aus dem sechzehnten Jahrhundert in einer Seitenstraße von Haymarket unweit des St. James's Palace, wo er Parties veranstaltete, die manchmal eine Woche dauerten. Wenn er Freunde im Haus hatte und niemandem einfiel, wo sie zu Mittag essen könnten, bestellte er sich in Heston telephonisch ein Flugzeug und flog mit allen nach Paris.

Er besuchte uns regelmäßig. Während wir in London und später auf dem Land lebten, fuhr er immer wieder plötzlich in einem tollen Wagen vor und platzte herein, verdarb die mörderischen, geheimen Spiele, die wir mit meinen Vettern spielten, stieß das

Kinderzimmerfenster auf und rief mir zu: »Wie wär's, Winzling, machen wir eine Spritztour?«

Ich bin viele Male mitgefahren. Es war, als unternehme man eine Spritztour mit Gott. Meine graue Kinderzimmerwelt verwandelte sich augenblicklich in eine bunte Welt, wenn er eintraf. Mir ist noch lebhaft in Erinnerung, wie krankhaft aufgeregt ich war, wenn er ankam: »Ah, da bist du ja, Winzling, komm schon, los geht's, unten läuft schon der Kestrel warm, und Billy ist auch da ... Wir sind gleich durchgefahren, hat die ganze Nacht gedauert ... sind um fünf in Quaglino losgefahren, aber warte nur ab, bis wir nach Wrotham Hill brausen ... In der Hale Street machen wir eine Mittagspause im *Rose and Crown*... jetzt aber los, wir haben nicht den ganzen Tag Zeit, du willst doch wohl nicht, daß dich die Nanny mit deinen Galoschen jagt, oder?«

Der Anlasser wummerte. »Also gut, rauf auf die Seven Mile Lane.« Die Kotflügel zermalmten die neuen Triebe in der Hecke, setzten ihren Duft frei und vermischten ihn mit dem Geruch der Auspuffgase; Zweige und Blätter an den tieferhängenden Ästen am Ende der Auffahrt peitschten uns ins Gesicht, als wir den offenen Wagen mit seinen Rennwindschutzscheiben auf die Fahrbahn lenkten.

(Auch Billy kam im Krieg um, er wurde in Syrien durch ein Geschoß von einem französischen Vichy-Kreuzer getötet.)

Und wir wurden immer schneller. »Keine Angst, Winzling.«

Mein Vater hatte nie solche Wagen. Er fuhr seinen großen Austin Sixteen mit seinen King of the Road-Scheinwerfern nie schneller als siebzig Stundenkilometer. Er fuhr immer mit leicht geöffneten Seitenfenstern, und wenn die Tachonadel je den achtzig Stundenkilometern entgegenzitterte, wurde ihm sein weicher Hut vom Kopf geblasen, was ihn so sehr störte, daß er an einer Straßenecke anhielt und sich eine Zigeratte anzündete, während meine Mutter gereizt stöhnte.

Mit John als Kind durch die Gegend zu fahren, war eine so lebhafte Erfahrung, daß sie sich tief in mein Gedächtnis eingegraben hat. Sie gehört zu jenen vergangenen und abgeschlossenen Dingen im Leben, die dennoch unverändert fortleben, bis in Details gegenwärtig: »Till day's white eyelids droop / And clouds tire out the view.«

Lange nach seinem Tod fand ich heraus, daß John immer meine Mutter geliebt hatte. Ich erinnere mich an den Abend, als ich ihn das letzte Mal sah, den Abend, bevor er in Chatham als Pionierleutnant in der Britischen Marine-Freiwilligenreserve zum ersten Mal auf ein Schiff ging. Das Taxi holte ihn nach dem Abendessen ab, um ihn zu den Kais zu bringen. Er war inzwischen völlig am Ende, hatte in sieben Jahren eine halbe Million Pfund ausgegeben (eine stramme Leistung in jener Zeit), sich aber wenigstens endlich mit meinem Großvater versöhnt. Johns Ehe, erfuhr ich später als Erwachsener, als ich bei einem lokalen Schwof mit der Tochter seiner Ex-Frau tanzte, war schon in der ersten Nacht vorbei, als er seine Braut in den Armen des Mannes erwischte, mit dessen Tochter ich jetzt tanzte. John schrieb meinem Vater davon: »Was für eine Welt, Arthur, alter Junge, was für eine Welt.« (Außerdem bat er meinen Vater, ihm Geld zu leihen; er lehnte es ab.) Vielleicht kam es gar nicht darauf an; unterm Strich hatte es nichts geändert. Er hatte ohnehin immer meine Mutter geliebt. Vielleicht lag es daran, daß meine Mutter oft unglücklich war. Vielleicht mochte John mich so sehr, weil ich ihr Sohn war.

Am Abend, als er ging, gleich nach dem Zweiten Weihnachtsfeiertag, war es eiskalt. John und mein Großvater gingen am Nachmittag auf die Jagd; ich begleitete sie, und wir schossen einige Fasane.

Am Abend kam ich zum Essen herunter, weil John nach mir gefragt hatte. Alle trugen Smokingjacken außer John, der seine Uniform trug, und ich in meiner Knickerbocker-Schuluniform. Ich werde nie vergessen, in welch glänzender Laune er beim Essen war (»Ißt du auch genug, Winzling?«), und daß er offenbar überhaupt nicht bemerkte, wie traurig es uns machte, daß er ging. Doch als das Taxi kam, hörte er auf zu lachen. Er trank sein Glas Portwein aus, stand auf, wandte sich meiner Mutter zu, faßte den Arm meiner Mutter mit der einen und den meines Vaters mit der anderen Hand und ging in Begleitung meines Großvaters durch den Flur, ich in seinem Schlepptau. Der Butler gab John an der Haustür seine Mütze und seinen Mantel, und als er sich angezogen hatte, nahm er seine Reisetasche, faßte meine Mutter an der Hand und sagte, als er ging: »Also, lebe wohl, Pam, ich werde dich nie wiedersehen.«

»Sag nicht so etwas, John«, erwiderte meine Mutter. »Wie kannst du nur solchen Unsinn reden?«

»Nein«, sagte er. »Ich komme nicht zurück.«

Die Schlußlichter seines Taxis verschwanden am Ende der Auffahrt im Schnee unter dem Lärchengehölz, als es nach links an der Umbrischen Kiefer auf die Seven Mile Lane einbog, und das war das letzte, was ich von ihm sah.

Er stieg gerade in den Maschinenraum der *Ceramic* hinunter, als man sie im April '41 torpedierte, und wurde von kochendem Dampf verbrüht, als die Kessel explodierten. Von den fünfzehnhundert

Mann an Bord überlebten zwanzig und wurden von einem U-Boot eingesammelt. Nach dem Krieg kam einer zu Besuch und berichtete meinem Vater, was geschehen war.

Von Didi erfuhr ich noch etwas anderes. Vielleicht ist es schwer vorstellbar, aber während des Krieges, als täglich Hunderte von Menschen vermißt wurden, zogen viele Frauen, Geliebte und Eltern ziellos durch die Straßen in der Hoffnung, etwas Neues zu erfahren. Sie suchten beurlaubte Angehörige der Streitkräfte auf oder hielten sie in den Straßen an, warfen einen Blick auf ihr Regimentsabzeichen oder auf den Schiffsnamen auf ihrer Mütze und fragten sie, ob sie etwas von diesem oder jenem gehört hatten.

Überall wurden spontan Séancen veranstaltet – in Kirchen oder Kneipen, bei Tag oder Nacht. Didi wohnte einige Monate nach Johns Tod zufällig einer abendlichen Veranstaltung in einer Kirche in South Kensington bei. Sie fand einen Platz in einer hinteren Sitzreihe und hörte dem Medium zu, das von einer improvisierten Bühne im Mittelschiff Botschaften übermittelte. Didi hörte sie fragen: »Kennt hier jemand einen John Roberts?« Didi sprang augenblicklich auf: »Ich kenne ihn.«

»Sag denen, die ihn lieben, es sei alles zu schnell gegangen, als daß er mitbekam, was im Schiffsraum überhaupt geschah, und daß er jetzt seinen Frieden hat.«

7

Ich traf am sechsten Mai 1944, einen Monat vor meinem dreizehnten Geburtstag, nachmittags in Eton ein. Ein Blick auf die anderen Neuankömmlinge im Zug (sie waren leicht zu erkennen, weil sie niemanden kannten) nahm mich schon gegen das College ein; es würde eine Fortsetzung meiner Grundschule mit ausgedehnteren Möglichkeiten sein. Ich laborierte noch an einem ernsthaften emotionalen Defizit, seit Betty in die Land Army eingetreten war. Sie berichtete meiner Mutter in einem Brief, daß sie oben in Mittelengland auf einem Bauernhof arbeitete. Der Zug nach Eton wurde in Runnymead aufgehalten, weil irgendwo hinter uns mit einem schrecklichen Knall eine Fliegerbombe auf den Schienen gelandet war und den Strom unterbrochen hatte, aber daran hatten sich inzwischen alle gewöhnt.

Die meisten anderen Neulinge waren mit ihren »Leuten« (ihren Eltern) gekommen, die während der Fahrt Brote mit kalter Hühnerbrust aßen, für ihre Sprößlinge Flaschen mit Ginger Ale öffneten und selbst Whisky tranken.

Ich hatte reichlich Taschengeld mitbekommen (ein Pfund zehn Schillinge), so daß ich meinen Koffer nach der Ankunft in Windsor zum Taxi karren ließ. Die Gebühr war unverschämt – drei Schillinge und Sixpence Trinkgeld. Ich bat den Fahrer, mich nach Prescot zu bringen – aber er wußte schon, wohin ich wollte. Penn House stellte sich als ein finsteres Gebäude heraus, das einen sofort in Tränen ausbrechen läßt, wenn man es das erste Mal sieht. Neben der Eingangshalle zu den Unterkünften der Jungen lag eine Reihe verglaster Waschräume, und die vergitterten Erdgeschoßfenster schienen mir einen guten Vorgeschmack auf das Gefängnis zu bieten, sollte ich je in einem landen.

O'Toole, der irische Pförtner, kam mir entgegen, um mich zu begrüßen. Er hatte einen Stahlhaken an Stelle seines rechten Arms, und ich stellte bald fest, daß er in Ordnung war – ähnlich wie George, wenn man ihn näher kannte. Er klemmte den Haken hinter das Seil um meinen Koffer und zerrte ihn davon mit den Worten: »Himmel, was hast du da drin? Eine Leiche?« Er überprüfte meinen Namen auf einer Liste und sagte: »Du schläfst in Saal 19, Mittelgang.«

»Gut«, sagte ich. »Ich würde mich gern waschen.«

»Was meinst du, wo du bist?« fragte er. »Im Ritz? Warmes Wasser wird morgen früh um viertel vor sieben mit dem Krug gebracht.«

»Was soll ich denn bis dahin machen?«

»Woher soll ich das wissen?« fragte O'Toole.

Dann nahm sich eine schreckliche Frau, die unsere Schrammen und blauen Flecken verarzten sollte (die aber, meiner Erfahrung nach, die Ansicht vertrat, daß nichts der Disziplin eines Jungen so gut tat wie eine kleine Blutvergiftung, und deren medizinische Kenntnisse sich auf die Tatsache beschränkten, daß sie die ledige Tochter eines viermal verheirateten Mannes war) mit allerlei Getue meiner an und unterrichtete mich darüber, daß alle neuen Jungen um sechs einen Termin in den Musiksälen hatten.

»Wo sind denn die Musiksäle?«

»Das kann dir jeder sagen, und nenne mich immer Ma'am.«

Auf der Straße traf ich aber niemanden, den ich fragen konnte, denn wir befanden uns in einem sehr ruhigen Teil der Stadt. Schließlich fand ich diese Säle aber doch (sie waren nur zweihundert Meter entfernt). Dort hingen bereits vierzig oder fünfzig andere jämmerliche Gestalten herum. Ich erkannte ein paar aus dem Zug, aber ihre getuschelten Unterhaltungen darüber, wie viele Paar Rebhühner der Gouverneur in der letzten Saison geschossen hatte, waren inzwischen abgeflaut. Nacheinander verschwanden die Umstehenden wie Gespenster hinter einer Eichentür mit der Aufschrift »Kantor«, abgelöst von anderen düsteren Erscheinungen, die durch eben diese Tür herauskamen. Durch die dicken Türbretter waren leise hohe Klaviernoten zu hören, begleitet von einem meckernden, kaum menschlichen Laut. Ein Kandidat kam in Tränen aufgelöst heraus, was wir anderen grimmig zur Kenntnis nahmen.

Als ich an die Reihe kam, ging ich in einen großen Saal und stand unversehens vor einem Mann von priesterlicher Erscheinung, der an einem Wandklavier saß.

»Meinst du, du könntest das hohe C singen?«

Es war ein langer Tag gewesen. Ich wußte kaum, wo ich war, das bißchen, was ich wußte, kümmerte mich wenig, und ich war nicht in der Stimmung, überhaupt zu singen, vor allem nicht, wenn ich dadurch möglicherweise im Chor landen würde. »Ich glaube nicht«, sagte ich. »Ich weiß nicht einmal, was das ist.«

»Ach, du lieber Himmel«, seufzte er. »Versuch's trotzdem mal.« Er schlug eine Note an. Der Laut, den ich von mir gab, klang nicht im entferntesten so.

Er tadelte mich mit Blicken. »Ich fürchte, das war's nicht.«

»Damit habe ich auch nicht gerechnet.«

»Schick den nächsten Jungen rein.« Er sah mich noch einmal an, um sich mein Gesicht einzuprägen. »Übrigens, wie heißt du eigentlich?«

»Cook«, sagte ich.

Das Eton College war ein schrecklicher Ort – wenn man weder ein Allrounder noch im entferntesten daran interessiert war, einer zu werden, kam der Schulbesuch dort einer Folter gleich. Welche Assoziationen über Elfenbeintürme und so weiter einem Besucher auch immer kommen mögen, ich kann ihm nur versichern, daß all das nicht mehr ist als die Marmelade auf dem Löffel, die es einem leichter macht, die bittere Pille zu schlucken. Das Eton, so wie ich es erlebte, stand in keinerlei realistischer Beziehung zum Rest der Welt, der dort ohnehin als sozial weit rückständig betrachtet wurde. Der Großteil der übrigen Welt, der von Eton nicht okkupierte, – so irrsinnig das heute klingen mag – war stillschweigend für die alten Etonier reserviert. Die anderen Menschen, die dort lebten und nicht das Glück gehabt hatten, Eton zu besuchen, konnten sich glücklich schätzen, von einer ganzen Clique fabelhafter Jungs regiert zu werden, die dieser Elite angehörten.

Ich konnte mir nie einen vernünftigen Grund für das Weiterbestehen dieser Schule in der Mitte des zwanzigsten Jahrhunderts denken und tat es am Ende als ein sentimentales Lebewohl an eine Vergangenheit ab, der es sich längst hätte anschließen sollen. Außerhalb der klosterartigen Mauern tobte ein wilder Krieg, der die Welt veränderte, während wir in der Kapelle unsere Zeit vertrödelten. Wir hingen hier fest, trugen Fracks und Zylinder, aßen Fasan und quälten uns mit Aristophanes und Xenophon, als ob überhaupt nichts Außergewöhnliches vorginge. Die Geschichte, wie sie zu meiner Zeit in Eton gelehrt wurde, endete im Jahr 1914, dem Jahr, als der Rest der Welt angefangen hatte, die Geschichte zu bestimmen.

Für einen wohlhabenden Jugendlichen im, sagen wir, Jahre 1750 muß eine Ausbildung in Eton ein Ideal gewesen sein, aber für einen relativ mittellosen Jugendlichen im Mahlstrom des Europa nach 1945 war sie nutzlos, fürchte ich. (Später, nachdem ich sie für meine recht eigensinnigen Bedürfnisse modifiziert hatte, erwies sich diese Annahme als etwas zu pessimistisch.) Aber jeder Besucher vom Mars, der über die ausgesprochen bizarren politischen und sozialen Strukturen in meinem Heimatland rätselte, hätte im Einfluß von Schulen wie Eton (dessen ruhmreiche Vergangenheit wie eine schwere Last auf den gebeugten Schultern der Gegenwart ruhte) und ihren unzähligen halbherzigen Nachahmungen weitgehend befriedigende Erklärungen gefunden. Ich glaube, ich hätte Eton für eine amüsante Erfahrung gehalten, wäre ich nicht eines seiner Opfer gewesen – aber das war ich nun einmal, und der einzige Traum, dem ich dort je ernsthaft nachhing, drehte sich darum, wie schnell ich verschwinden könnte.

Eines der wenigen Dinge, die ich in Eton über das wirkliche Leben lernte, erfuhr ich in einem naturwissenschaftlichen Kurs im frühen Winter 1944, als der Pauker die Stunde mit der Feststellung begann: »Unser Planet ist sehr viel zerbrechlicher, als wir annehmen.«

Fünf Minuten später fand ein Luftangriff statt.

Da wir schon von Luftangriffen reden: dieser Sommer 1944 war wirklich schrecklich für mich. Ich war seit einer Woche in Eton. Ich verabscheute es bereits, und diese Abscheu beruhte auf Gegenseitigkeit. Dazu kam ein Ereignis, als ich an einem Sonntag im Juni über Agar's Plough spazierte. Agar's Plough war nichts anderes als ein riesiges Feld, eine kurzgemähte Ausgabe des Sargasso-Meeres. Es wurde in der Mitte von einer Baumallee geteilt, die sich trostlos bis zu Betjemans akkuratem Ausblick auf Slough erstreckte.

Plötzlich schoß cinc V-1 über uns hinweg (so etwas geschah immer noch). Dabei handelte es sich um unbemannte, mit Sprengstoff vollgepackte Raketen, die die Deutschen von Standorten im besetzten Europa abfeuerten, und ich hatte sie herankommen gehört, aber der Krieg dauerte nun schon so lang, daß man Fluggeräten keine sonderliche Beachtung schenkte, wenn sie nicht in unmittelbarer Nähe und tief flogen. Alles war in Ordnung, solange man sie hören konnte; das bedeutete, daß sie über einen hinwegflog und einem anderen armen Schwein auf den Kopf fiel. Als diese allerdings hinter mir auftauchte, war ich der einzige Mensch auf dem Feld, das schätzungsweise anderthalb Kilometer im Quadrat maß, so daß ich, als sich ihr Motor abschaltete, was ganz plötzlich geschah, sofort wußte, daß sie jeden Moment in einen Sturzflug übergehen und niedergehen konnte. Sie konnte auch weitertrudeln und in einiger Entfernung von einem einschlagen; andererseits mochte aber genau das Gegenteil passieren. Sie war eine dieser Erfindungen, die die Deutschen nicht richtig hinbekommen hatten, und Gott weiß, was sie an einem Sonntagnachmittag über Agar's Plough zu suchen hatte – sie war vermutlich auf London abgefeuert worden, hatte die Stadt aber um dreißig Kilometer verfehlt. Aber wie auch immer, das verdammte Ding befand sich direkt über mir; ich konnte seinen eckigen, kreuzförmigen Schatten über das Gras hüpfen sehen.

Ich hatte wirklich Angst. Es gab keine Deckung außer der Hekke entlang der Straße Windsor-Slough, aber die war fünfhundert Meter entfernt, und ich hatte keine Chance, sie zu erreichen, bevor die Rakete runterkam. Dennoch lief ich schon auf diese Hecke zu. Ich weiß noch, daß ich mich fragte, was in aller Welt mir die Hecke eigentlich nützen würde, auch wenn ich sie erreichte. Es war nicht so, als ob da oben jemand auf mich zielte. Ich lief einfach instinktiv auf eine Deckung zu, selbst wenn es nur eine imaginäre Deckung war. Aber die Hecke schien kein Stück näher zu kommen, so daß ich mich am Ende einfach flach auf den Boden warf und die Hände hinter dem Kopf verschränkte.

Glücklicherweise nahm die Sache ein wenig dramatisches Ende. Das Ding trudelte weiter, verlor an Höhe und schaffte es gerade noch über die Hecke Richtung Slough, bevor es in einer plötzlichen, schwarzen Bewegung absackte und explodierte, zu weit entfernt, um mich auch nur mit Erde zu bedecken.

Dafür war mein Zylinder ruiniert, und das, wie mein Vater wütend betonte, nachdem er die Rechnung für einen neuen erhalten hatte, nach nur einem Monat. Es wäre der geeignete Moment gewesen, ihn darauf hinzuweisen, daß man im Krieg kein Omelett braten kann, ohne Eier zu zerschlagen, aber unglücklicherweise kam ich nicht darauf.

Eton lehrte mich, 1) zivilisiert zu erscheinen und 2) unzivilisiert zu sein. Ansonsten lehrte es mich praktisch überhaupt nichts. Mein Lehrer sagte mir, als ich ihn das einzige Mal nach meinem Abgang wiedersah: »Du bist der einzige Junge, der mir je untergekommen ist, von dem ich sagen kann, daß die Erziehung Etons über ihn hinweggegangen ist wie ein hochfliegender Fasan.«

Vielleicht hatte die Zeit in Eton aber doch einen positiven Aspekt – ich hätte wahrscheinlich nirgendwo sonst Sokrates studiert. Es war sein Werk, das mir die Philosophie eröffnete. Was mich am meisten an ihm faszinierte, war die Tatsache, daß er eine *angewandte* Philosophie lehrte, ständig die Theorie an den Tatsachen, das wirkliche Dasein an den Maßstäben des Daseins überprüfte. Sein philosophisches Axiom beinhaltete die These, daß ein Leben, das nicht ständig hinterfragt und an der täglichen Realität gemessen wird, nichts wert sei. Er attackiert genau jenes ologarchische Prinzip, auf dem Eton (wo ich ihn ironischerweise studierte) und ähnliche Institutionen mit derselben verheerenden Gründlichkeit basierten. Es ist natürlich gleichermaßen unstatthaft, solche Dinge im heutigen England wie im klassischen Griechenland zu äußern, wie man an Sokrates' Verurteilung zum Tode sieht. Man sollte Platon in Eton nur lesen, nicht aber anwenden – so wie mir dort immer gesagt wurde: »Kricket ist ein *Spiel*, Cook. Du sollst den *Ball* spielen, nicht den *Mann*.« Aber ich mag keine Spiele.

Nach 1948 habe ich in Eton mit Sicherheit nichts mehr gelernt, denn in diesem Jahr ging ich als Sechzehnjähriger ab. Ich erwachte an einem Februarmorgen, sah seit zwei Wochen dieselbe Taube auf demselben Sims gegenüber demselben Fenster im Schlafsaal 19 vom Mittelgang aus erfrieren und dachte mir: »Gut, das reicht.« 1947/48 war ein bitterkalter Winter. Allerorten starben alte (und auch manche junge) Menschen, weil nicht genug Kohle vorhanden war, uns aber wurde gesagt, daß ein Kohlemangel gut für die Moral sei und die Kälte den Charakter erstklassig forme. Ich verabscheute die Kälte und konnte auf einen gesunden Geist in einem halbtoten Körper verzichten. Ich hatte die Nase voll von dem endlosen Belagerungszustand, den dieser Ort mir seit meiner Ankunft zumutete. Ich steckte in größeren Schwierigkeiten, als ich je überwinden konnte. An diesem Morgen beschloß ich, daß ich genug davon hatte. »Ich muß hier sofort raus«, dachte ich. »Heute noch.«

Die erste Stunde begann um halb acht, und ich erschien pflichtgemäß – aber ohne meinen üblichen Widerwillen, und das aus dem guten Grund, weil ich wußte, daß es das letzte Mal war. Sie endete um viertel nach acht, als wir zum Frühstück zurückgingen. Ich hielt mich nicht mit dem Frühstück auf. Statt dessen klopfte ich an die Tür meines Lehrers, und als er mich hereinbat, sagte ich ihm, daß ich ihn auf der Stelle sprechen müsse. Er wollte mich auf später vertrösten; ich sollte um zwölf wiederkommen. Ich sagte, es täte mir leid, aber ich könne nicht bis zwölf warten, es sei dringend. »Worum geht's denn?« fragte er nervös. »Ich gehe«, sagte ich. »Was?« rief er. »Wann?« »Sofort«, sagte ich. *»Sofort?«* fragte er. »Richtig«, erwiderte ich. »Heute noch.« Es war wie ein Dialog bei Hemingway. Er atmete tief durch. Er ließ sich viel Zeit für seine Antwort, aber sie war das Warten wert, weil sie ein unsterblicher Klassiker war. »Das kannst du nicht«, sagte er. »Weil es gegen die Vorschriften ist.« Ich brach in Lachen aus. Als ich damit fertig war, sagte ich: »Tut mir leid, aber ich mache mir meine Vorschriften selbst.«

Mein Vater wurde verständigt, und weil das Benzin immer noch rationiert wurde, kam er aus London in einem Dienstwagen, dessen Benutzerliste sicher ein Freund unterschrieben hatte, der noch in der Armee war. Ich hatte vergessen, daß er kam, und war den Tag über flußaufwärts nach Henley gegangen. Die Schule wollte verhindern, daß ich mitten im Semester aufhörte, weil Attlee an der Macht war und die Schulleitung Angst hatte, die Geschichte würde in der Zeitung landen. Also einigte ich mich mit ihnen auf einen Kompromiß – ich erklärte mich einverstanden, bis zum Semesterende unter der Bedingung zu bleiben, daß ich den ganzen Tag im Bett bleiben, trinken, rauchen und lesen durfte. Die leiseste Einschränkung meiner Freiheit, und ich würde meine Sachen packen. Meine Fahrkarte nach London brannte mir schon ein Loch in die Tasche. Die Schulleitung war einverstanden.

Mein Vater: Und was zum Teufel willst du jetzt machen?

Ich: Ich gehe natürlich nach Paris. (Paris, Sartre, Existentialismus.) Da schlägt der Puls der Zeit.

Mein Vater: Niemals. Ich werde auf keinen Fall deinen Paßantrag unterschreiben.

Das stellte nur eine vorübergehende Sackgasse dar – aber meine Schullaufbahn war damit jedenfalls beendet.

Belassen wir es dabei; ich bin schließlich kein Psychiater (obwohl ich glaube, daß ich wie viele gute Autoren dieser Zunft nicht ganz fernstehe, besonders was Rivers, Sargent und Laing angeht). Ich glaube, daß alle Kinder ganz selbstverständlich andere verletzen, wenn sie verletzt werden und zugleich selbst nicht verletzt werden wollen. Aber je härter sie körperlich für ihre unvermeidliche Sehnsucht nach Erfahrungen und Abenteuer bestraft werden, um so abwegiger, ungewöhnlicher und verzweifelter werden wahrscheinlich die Versuche ausfallen, sich dieser Schläge (psychischer oder körperlicher Art oder beider) zu erwehren. Aber wenn, wie in meinem Fall, ein Krieg stattfindet, der im persönlichen Umfeld Opfer fordert, und im Laufe der Zeit die Mutter zur Flasche und der Vater zur Zeitung greift, und wenn man von frühester Kindheit an mit beiden nichts gemeinsam hat (sondern in jeder Hinsicht entgegengesetzte Standpunkte vertritt), dann bleibt es nicht aus, daß man nicht nur auf jede erdenkliche Art verletzt wird (mein Vater schwor, er würde mir den Unsinn rausprügeln, und er hat zweifellos sein Bestes getan), sondern sich gleichermaßen entfremdet und schuldig fühlt wegen der Strafen und Urteile, die einem die Eltern zufügen. Zugleich versuchte Eton mich in eine Kopie meines Vaters zu verwandeln, der alles repräsentierte, was mich am meisten anwiderte, und das war einer der Gründe, warum ich von dort abhaute und, sobald ich meine obligatorischen zwei Jahre in der Armee abgeleistet hatte, den Entschluß fällte, daß ich mein Leben nach den Prinzipien der Straße führen würde.

Jene meiner Zeitgenossen, die die Gründe für mein Verhalten

nicht verstanden, als ich jung war, haben überhaupt nichts über mich gewußt (vielleicht weil mir meine Motive zu dieser Zeit selbst nicht ganz klar waren) – aber das hält sie unglücklicherweise nicht davon ab, sich darüber zu äußern, als hätten sie es verstanden.

Es war tatsächlich möglich, in Eton echtes Interesse für die Sprache zu entwickeln. Man wurde weder dazu ermutigt noch davon abgehalten, obwohl es als »schlechter Stil« angesehen wurde, wenn man eine Leidenschaft dafür entwickelte (oder eine Leidenschaft für überhaupt etwas, Kricket ausgenommen; schließlich ist ein leidenschaftlicher Allrounder ein Widerspruch in sich). Nur wenige machten sich dieses Vergehens der Leidenschaft schuldig. Einige Betroffene schämten sich ihrer Krankheit und verbargen sie, und über alles wurde auf eine manchmal herablassende Weise gelacht. Wir trafen uns zum Studium solcher Autoren wie Poe, Lautréamont und Alastair Crowley in kleinen, zweifelhaften Zirkeln wie der Men of Letters Society, gegründet von mir und Iain Macdonald, die offiziell nicht außerhalb des Raums existieren durften.

Entscheidend war, daß die Schriftsteller, die uns interessierten, zu der Kategorie gehörten, die Orwell in *1984* als Unpersonen beschrieben hatte – sie existierten offiziell nicht. Der Einfluß der offiziellen Schriftsteller schuf während meiner Zeit in Eton zwei vorherrschende Stilrichtungen; einerseits das, was ich die Blumigen oder die Schönschreiberschule nennen möchte, und dann die Anhänger der echten, modernen Sprache, über die die wenigsten von uns viel wußten. Die englische Sprache wurde in Eton nicht unterrichtet; es wurde erwartet, daß man sie perfekt beherrschte, wenn man dort ankam.

All das soll nicht bedeuten, daß ich etwas gegen die offiziellen Schriftsteller hatte. Was mich störte, war die Ausklammerung, die fast völlige Verleugnung aller anderen Schriftsteller. Daß die offiziellen Schriftsteller, soweit es ihnen möglich war, einen hervorragenden Einfluß auf mich hatten, zeigte sich unmittelbar nach meiner Ankunft. Das erste, was uns in Upper Forth aufgegeben wurde, war ein Gedicht, das wir übers Wochenende auswendig lernen sollten. Es ist ein schönes Gedicht und ein Musterbeispiel dafür, was sich alles mit der englischen Sprache anfangen läßt, wenn es darum geht, mit Worten Bilder zu gestalten. Ja, ich hielt das Gedicht für so gut, daß ich es immer noch im Gedächtnis habe und oft rezitiere, wenn ich hier in Puech Holz hacke oder den Abwasch mache. Es trägt den Titel »The Old Ships«, stammt von James Elroy Flecker und beginnt mit den Zeilen:

I have seen the old ships sail like swans asleep,
Beyond that village which men still call Tyre,
With leaden age o'ercargoed, dipping deep
For Famagusta and the hidden sun
That rings black Cyprus with a lake of fire …

Der Einfluß der Poesie auf mein gesamtes Werk ist so grundlegend, daß ich mir nicht vorstellen kann, irgend etwas zu schreiben, das mich zufriedenstellt, ohne zu sehen, wo ich, wie in der Poesie, mein Bestes gegeben habe, um das richtige Gefälle, den Ton, die Kadenz und die Gewichtung zu finden, damit eine Phrase ohne erkennbare Pause im Fluß der Gedanken und des Ausdrucks in die nächste übergeht. Das ist das Wunderbare an der Sprache; wenn sie einem plötzlich entgegenkommt, ist sie genauso angenehm wie eine

Frau. Und ebenso, wie man, wenn man mit der richtigen Frau schläft, damit nicht aufhören kann, erfüllt einen die Jagd nach dem Einfangen von Bildern in Worten – die Perfektion dessen, was einfach stimmt, ist wie eine schöne Frau, die das einzige in diesem Moment passende Kleid trägt und nur einen Tupfer Parfüm aufgelegt hat, nichts Überflüssiges, und deren Blick, wenn sie ein halbdunkles Zimmer durchschreitet, nur für einen selbst bestimmt ist.

Und das eigentliche Vergnügen an meiner Arbeit besteht darin, wenn – in diesen raren Momenten! – die Sprache genau dem Charakter entspricht, der sie benutzt, der Charakter zu dem wird, was er sagt. Wenn es so funktioniert, vergißt man es nie, und es ist die Belohnung für alle Anstrengungen. Es geschieht selten, so wie es auch nur selten geschieht, daß das Kleid zur Frau paßt oder die Frau zum Kleid oder der Duft zum Zimmer, das Zimmer zur allgemeinen Atmosphäre dieses besonderen Moments, den man bewahren möchte. Es ist ein Moment großer Freude, wenn man plötzlich die Arme in die Luft reißen kann wie ein Verrückter, das Geschaffene betrachtet und, auch wenn man allein ist, laut hinausschreit: »Schau nur! Schau nur! Es funktioniert, es funktioniert, es funktioniert, ist das nicht wundervoll, ist das nicht ein Schmuckstück?«

Die Sprache ist nichts Totes, und ich gehe auf und ab durchs Zimmer, wenn dies plötzlich geschieht, kichere vor Freude, entzünde die Kerzen auf dem Kaminsims und lege eine Platte auf, trinke die Flasche Bordeaux aus.

Natürlich wird man hinterher entsprechend schief angesehen. Aber was soll's, wenn man ein solches Erlebnis hat?

Es ist nicht die Sprache, die tot ist, es sind die Menschen, die sie benutzen. Oder besser, wenn geschriebene Sprache nicht mehr mit der Art korrespondiert, wie sie gesprochen wird, dann stirbt sie auf dem Papier; etwas ist schrecklich schiefgegangen. Eine Sprache, die sich nicht sprechen läßt, kann auch nicht geschrieben werden. Man muß imstande sein zu hören, was man schreibt. Wenn es einem nicht gelingt, kann man Lärm machen, soviel man will, und es herrscht doch irgendwie Stille.

Ich sehe noch eine Aufgabe vor mir, der ich mich immer verpflichtet gefühlt habe. Sie besteht darin, gegen diesen negativen Strom anzuschwimmen, um dazu beizutragen, daß die Sprache nicht stirbt. Dies kommt heutzutage praktisch einem Glaubensbekenntnis gleich, als hege man ein ultimatives Vertrauen in die Zivilisation. Doch der Versuch scheint mir lebenswichtig, weiter so flexibel zu schreiben, daß die Sprache nicht wie ein Roboter durch die Szenerie im Kopf des Lesers stakst, sondern so, wie eine reale Person ein Zimmer durchquert oder eine Straße passiert, mit einem besonderen Körperrhythmus, der sein Handeln kennzeichnet.

Das ist es, was ich unter dem Begriff Stil verstehe. Das Schreiben hat ebenso wie der Körper seine eigenen unbewußten Disziplinen und Funktionen, die aber im natürlichen Verhalten unbemerkt bleiben, überhaupt erst wahrnehmbar sind, wenn sie fehlen. In außerordentlichen Momenten in der Karriere eines Künstlers oder des Körpers eines Tänzers oder der Stimme eines Sängers transzendiert sein Werk diese Definition von Stil und quadriert, nicht bloß potenziert, sich zur Macht des Erhabenen. Wie der Körper oder ein Klavier oder ein Meißel ist die Sprache ein Werkzeug; einmal verstanden, gemeistert und angewendet, liefert es atemberaubende Resultate. Das Resulat steht für sich. Der Anwender muß mit dem Instrument weiter üben, bis er die Fähigkeit erworben hat, ihm alle Möglichkeiten zu entlocken. Wenn er einmal Freude oder Herzenskummer so einfangen kann, wie sie wirklich empfunden werden, und das vielleicht mit nicht mehr als einem einzigen Ausdruck, der den Menschen oder der Situation auf dem Papier eingeimpft wird, dann weiß er, daß er das Paradox aufgelöst hat, vor dem jeder Künstler steht. Es ist ihm gelungen, die tiefsten menschlichen Erfahrungen anderen zu vermitteln, die sie dadurch mit ihm teilen können.

Es hat keinen Sinn, in diesem Zusammenhang über Geld nachzudenken. Menschen bezahlen einen, wenn überhaupt, selten dafür, daß man etwas geschaffen hat, was sie nicht verstehen oder wofür sie keine unmittelbar profitable Anwendung wissen.

Ein guter Teil meiner Überlegungen geht auf meine Schulerfahrungen zurück, und aus Gründen, die mit den oben genannten vergleichbar sind, bin ich zu dem Schluß gekommen, daß wir alle mißtrauisch sein sollten, wenn wir jemandem mit einem unbeschränkten Zugriff auf höhere Bildung oder ein Mikrophon zuhören, beides weit gefährlichere Drogen als Heroin oder Kokain. Ich entstamme einer Familie, für deren Weiterbestehen die Lüge so unabdingbar war, daß sie die Sprache dahingehend perfektionieren mußte, nicht die Wahrheit auszudrücken. Die Sprache durfte subtil, boshaft oder praktisch, wie es einem gefiel, nur nicht aufrichtig sein. Wenn man in die Rolle eines Errichters von Imperien hineinwachsen wollte, wurde man darauf vorbereitet, daß die wahre Person, die in einem lebte, verschwinden mußte, ersetzt durch eine zweckgerichtete Form der Stupidität – man wurde, mit anderen Worten, der Propaganda unterworfen. Das hieß, man mußte lernen, ätzend zu sein (was im Dialog ohnehin manchmal entscheidend ist).

Es war also, fand ich heraus, eine bestimmte Herangehensweise, die man in seiner Umgebung annehmen mußte, wenn man überleben wollte.

Ich frage mich, was Romilly und Orwell über all das gedacht hätten? Ich wünschte, sie wären jetzt hier. Es wäre wundervoll, Menschen zuzuhören, die man wirklich für das respektierte, was sie in ihrer Welt getan und worüber sie geschrieben hatten, und mit ihnen über die unsrige zu reden.

8

Ich bin mir sicher, ich wäre ohnehin Schriftsteller geworden, aber mein Drang danach verstärkte sich durch die Opposition gegen meine Eltern, die mir das Gefühl gaben, daß ich keine wirklichen Zuhörer hatte, so daß ich mich rasch von dem Punkt, an dem Kinder, die sich irgendwie isoliert fühlen, einander Geschichten erzählen, zu frühen schriftlichen Versuchen weiterentwickelte, um diese Lücke auszufüllen. Das Problem bestand nicht darin, daß ich meine Zuneigung für andere verloren hatte, sondern daß sie entstellt wurde, weil ich niemanden fand, der sie selbstverständlich annehmen wollte. Daher begann ich damit, sobald ich dazu in der Lage war, auf Papier zu erschaffen, was ich brauchte, aber im wirklichen Leben nicht finden konnte. Mein Schreiben wurde von dieser mächtigen (wenn auch ungelenkten) Triebkraft meiner psychologischen Bedürfnisse gespeist. Das bedeutete, was immer ich mit mir oder anderen erlebte, wurde aufs Papier umgeleitet. Mit anderen Worten, ich wurde auf dem Papier im Verhältnis zu mir selbst und zu anderen »echter« als im wirklichen Leben. Ich verstand bald, daß andere mich, weil ich mich anders fühlte, so behandelten, wie ich mich selbst behandelte, was ich völlig logisch und unabwendbar fand, obwohl es zuweilen nur äußerst schmerzhaft und schwer hinzunehmen war. Diese Hinnahme bedeutete zugleich Hinnahme meiner Vereinzelung (nicht Einsamkeit, denn ich glaube nicht, daß viele Schriftsteller sich lange einsam fühlen können, dazu haben sie einfach zu viele Menschen in sich). Aber da ich das Leben aus einem anderen Blickwinkel als die Menschen um mich betrachtete, war mir klar, daß ich vermeiden mußte, zu explodieren und mich selbst aufzulösen. Erstrebenswert schien mir, aus sozial verträglichen scheinbaren Schrullen eine Festung zu errichten, die ich betreten und verlassen konnte, und wenn das Problem mit Festungen darin besteht, daß sie oft scheinbar unerreichbar sind, machte das keinen Unterschied, denn ich brauchte eine.

Diese Tendenz verschärfte sich zu etwas, das ich nur als »gerechtfertigte Schizophrenie« bezeichnen kann – gerechtfertigt nicht nur wegen der Situation (die in sich schizophren war), sondern auch deshalb, weil ich mir bewußt war, was ich da tat und warum ich es tat. Die »Festung« bot die einzige Möglichkeit, um meine innere Vision einigermaßen unbeschadet zu bewahren und zu erschaffen, was ich ungestört erschaffen wollte. Da mein kreativer Antrieb auf andere gerichtet war, ermöglichte sie mir außerdem, mich sehr viel besser in Beziehung zu diesen anderen zu setzen und mich mit ihnen zu identifizieren. Dies erklärt, warum Menschen, die mich nicht kennen, auch heute noch erstaunt sind über die Kluft zwischen meinem *vordergründigen* Umgang mit anderen (extrovertiert und umgänglich) und dem, was ich schreibe, wenn ich für mich bin, nämlich das krasse Gegenteil.

Ich habe andere Menschen kennengelernt, die auf eine bestimmte Weise von der Norm abwichen und es nicht geschafft haben, weil sie nicht widerstandsfähig – oder, wenn Sie so wollen, »dumm« – genug waren, um dem Spott standzuhalten (Lang zum Beispiel), so daß sie dem Selbstzweifel zum Opfer fielen. »Zum Opfer« meine ich wörtlich, weil einige von ihnen sich deswegen umgebracht haben. Der Selbstzweifel ist der bei weitem größte Feind eines »Abweichlers«. Es ist ein Feind, den er unbedingt stellen und überwältigen muß; andernfalls läuft er Gefahr, ein zunehmend deprimierter Zuschauer seiner eigenen Krankheit zu werden, um schließlich einer schrecklichen spirituellen Paralyse anheimzufallen, aus der es keinen Ausweg gibt und die ein Außenstehender gern als selbstverursacht betrachten darf.

Aber sie ist nicht selbstverursacht, sondern wird durch die mangelnde Immunität des Subjekts gegenüber den negativen Antrieben anderer verursacht, die Interesse daran haben, daß dem Subjekt nicht gelingt, wozu auch immer es angetreten ist. (Meine Mutter: »Schreiben ist ein schönes Hobby fürs Wochenende, Junge.«)

Unter dem Druck derart negativer Einstellungen zu stehen ist die eigentliche Ursache für viele wirklich schlechte Literatur, ja, für die meisten unzureichenden Leistungen auf jedem beliebigen Gebiet. Dieser Druck geht gewöhnlich von jemandem – ob Eltern, Freunden oder Geliebten – mit einem sehr viel stärkeren Charakter als dem des Subjekts aus, und deshalb teile ich die Ansicht (auch wenn ich vergessen habe, wer sie geäußert hat), daß die meisten Schriftsteller an einem Mangel an Charakter, nicht einem Mangel an Talent scheitern.

Das Problem der Zielstrebigkeit beim Verfolgen der eigenen Ziele war deshalb immer von großer Bedeutung für mich, und das ist der Grund, warum dieses Buch immer wieder auf das Thema Bücher zurückkommt (Menschen, die sich nicht für Bücher interessieren, sollten auch dieses nicht lesen). Der Beweis für die Zielstrebigkeit eines Autors besteht für mich darin, daß in dem Moment, wenn man seinen Roman aufschlägt, sofort eine Hand, die viel vom Leben mitbekommen hat, hervorschnellt und den Leser packt, ein

Territorium absteckt und ihn dort auf eine Weise herumführt, wie er es nie erwartet hat.

Jeder Autor, den ich für einen Meister halte, hatte diese Wirkung auf mich. Picasso sagte, daß man das Zeichnen lernt, um es vergessen zu können – was natürlich bedeutet, daß man es nie mehr vergißt. Dasselbe trifft auf das Schreiben zu. Die frühen Phasen sind bei weitem die schlimmsten. (Man weiß, daß man das Bild nicht so eingefangen hat, wie man es im Kopf hatte. Man weiß, daß das, was man gesagt hat, von einem anderen schon viel besser gesagt worden ist.) Aber man muß in diesem Zustand scheinbar sinnloser Beharrlichkeit weitermachen, um Wittgensteins Satz gerecht zu werden: »Der Gedanke *ist* die Sprache« – bis man nach zwei Wochen oder zwei Jahren aus keinem erkennbaren Grund zwei oder drei Seiten zu Papier gebracht hat, von denen man mit voller Überzeugung sagen kann: »Das ist es!«

Am schwierigsten sind immer die subtilsten Stimmungen zu vermitteln, weil sie die tiefsten sind, auch wenn sie paradoxerweise nicht unbedingt nach einem komplizierten Ausdruck verlangen: manchmal kann man mit einer scheinbar beiläufigen Bemerkung über das Wetter oder einem Austausch von zwei Sätzen einen Volltreffer landen – Freude, Liebe, Verlust, Enttäuschung, Einsamkeit, Trauer, ein Todesfall. Man wird von Tausenden Wörtern bestürmt, die zu neunundneunzig Prozent ausdrücken, was man *nicht* meint. Mir ist aufgefallen, daß sich der faule Autor oft damit begnügt, sehr zu seiner eigenen vergeblichen Reue, das zweitklassige Ergebnis später für die Ewigkeit festgehalten im Druck zu sehen. Am sichersten fährt man, wenn man sich nicht über komplizierte Dinge äußert, ehe man sie verstanden hat, was Jahre dauern kann.

Der andere lebenswichtige Punkt besteht darin, der Logik beim Schreiben nicht den höchsten Stellenwert einzuräumen. Die Logik ist nur ein zweitrangiges Werkzeug in der Literatur, nützlich für die Struktur und wenig anderes. Sie ist ein für die Schinderei des Einordnens und Vergleichens unentbehrliches Zugpferd, aber nutzlos für die Durchdringung eines menschlichen Wesens und seiner komplizierten Reaktionen in einer jeweiligen Situation. Wenn wir das Gelingen einer Szene beurteilen, kommen wir zu der interessanten Feststellung, daß sie dort am besten gelungen ist, wo sie gegen die logischen Regeln verstößt, niemals dort, wo sie ihnen folgt. Beim Schreiben muß die Logik streng im Zaum gehalten werden.

Ich finde, daß auch eine gewisse Einstellung zur Metaphysik, auch wenn meine hausgemacht ist, für das Schreiben sehr wichtig, wenn nicht sogar untrennbar damit verbunden ist. Man darf nicht vergessen, daß die Tatsache, daß jeder von uns von jedem außer einem selbst äußerlich wahrgenommen wird, in der Charakterisierung angemessen berücksichtigt werden muß, weil wie im wirklichem Leben ein Charakter seine eigene Identität nur aus der Analyse der wahrgenommenen Reaktionen von anderen ableiten kann. Darin besteht die Tätigkeit eines Schriftstellers (oder sollte sie bestehen), wenn er Charaktere analysiert, und ich ermahne mich immer wieder, mich von den damit verbundenen Überlegungen und Gefühlen nicht nervös machen zu lassen, denn ich wüßte nicht, wie man anders richtig schreiben könnte.

Die Arbeit fällt mir sehr viel leichter, seit ich metaphysische Aspekte einbezogen habe. Ich war zum Beispiel imstande, dem Konzept Gott ein Ende zu setzen, was mir sofort half, das menschliche Terrain sehr viel weniger absurd erscheinen zu lassen. Mit »Gott«

beziehe ich mich nicht auf das Unsichtbare. Das Unsichtbare ist ein ganz anderes Thema, dem ich mich, und sei es nur zu meinem eigenen Besten, später widmen möchte.

Ich bin oft erschrocken über das Ausmaß, in dem ich mich mit den Verlorenen beschäftige. Ich meine nicht die Toten, sondern viel eher jene, deren ebenso gestaltloses wie fundamentales Elend so tief geht, daß sie lieber tot wären, und die oft durch eigene Hand sterben. Shakespeare hat für sie gesprochen:

> O schmelze doch dies allzu feste Fleisch,
> Zerging und löst in einen Tau sich auf!
> Oder hätte nicht der E'wge sein Gebot,
> Gerichtet gegen Selbstmord …

Man findet sie überall, auf dem Land oder in den Städten. Sie haben sich aufgegeben und werden unter den Rädern des Daseins mitgeschleift. Man kann sie nicht ins Gefängnis stecken, weil es zu viele sind, und außerdem haben sie gewöhnlich kein Verbrechen begangen. Ihr Verbrechen besteht bloß darin, daß sie existieren.

Diese Menschen sind weder verrückt noch geistig gesund; sie haben nur keine Hoffnung. Das hat natürlich fatale Folgen für sie. Weil ihre Verzweiflung sie so sehr ausgelaugt hat, daß sie zu keiner positiven Anstrengung imstande sind, um sich selbst zu helfen, neigen wir übrigen auf erschreckende Weise dazu, sie abzuschreiben, ohne uns allzu viele Gedanken über die Verzweiflung zu machen, die Teil ihres Wesens ist. Ihre Mienen, wenn man sie in U-Bahnhöfen, in den Wartesälen großer Krankenhäuser, zusammengekauert auf Brachland oder einfach langsam die Straße entlanggehen sieht, erinnern an den Ausdruck in den Gesichtern der Verwundeten, die nach großen Schlachten im Schock herumirren. Wenige von ihnen sind gewalttätig; sie sind jenseits der Gewalt, obwohl sie ihr gelegentlich zum Opfer fallen. Manche toben an Straßenecken, und andere, blaß und abwesend in ihren Lumpen, die der Wahnsinn unterschiedlich gepackt hat. Weil die meisten von uns keine Vorstellung von der Qual haben, die sie durchmachen, ist es für uns am einfachsten, sie zu vergessen – was wir auch tun.

Es sind Menschen, die uns noch entfernt ähneln, deren Lebensumstände, für die sie nicht im mindesten verantwortlich sind, sie so niedergeworfen haben, als sei ein schwerer Laster über sie hinweggerollt. Wenn ich jemanden aus der Regierung über dieses Thema reden höre, möchte ich am liebsten laut lachen, um mir nicht die Haare auszuraufen; Politiker haben eine Lösung für jedes erdenkliche soziale Übel parat und einen Etat für nichts außer dem politisch Bedrohlichen.

Kann es für diese Verwundeten je Gerechtigkeit nicht bloß in Form von Nahrung und Unterkunft, sondern in der Wiederherstellung ihrer Hoffnung geben? Wir bieten diese Dinge Flüchtlingen aller Art, nur nicht den unter uns Geborenen. Wollen wir immer wieder den Spruch »Hilf dir selbst, dann hilft dir Gott« bis ans Ende der Zeit wiederholen? Um sich selbst zu helfen, muß man zunächst einmal eine Identität haben. Dies sind Menschen, die keine Identität haben.

In welchem Umfang sorgen wir uns wirklich um die Verlorenen? Ich weiß, daß ich mich nicht genug um sie kümmere. Nur wenn ich mich hinsetze und schreibe und deswegen nachdenke, beginne ich mich wieder an alles zu erinnern, was ich durchgemacht habe, als ich selbst nichts hatte. Aber ich ziehe es vor, dies zu vergessen. Wenn ich nicht arbeite, unterhalte ich mich mit Agnès, die in der Küche fleißig ist, und trinke mit ihr ein Glas vor dem Abendessen. Im Fernsehen sehe ich, wie mehrere hundert Menschen irgendwo am anderen Ende Europas durch den Schnee geführt werden. Dann setzen wir uns an den Tisch.

9

Memoiren. Es ist schwer zu entscheiden, was man in eine Geschichte einbeziehen soll, vor allem wenn es die eigene Geschichte und diese noch nicht vorbei ist – aber es ist eigentlich überraschend unwichtig, was man einbezieht und was man ausläßt, solange man sich zu vergewissern versucht, daß das, was man einbezieht, nur die Wahrheit ist. Das ist das Schwierige daran, denn was der Erzähler einer Geschichte zur Wahrheit erklärt, kann nur seine eigene Version sein, denn es gibt keine Augenzeugen, die die Darstellung bekräftigen oder widerlegen.

Als ich das erste Mal in der Absicht darüber zu schreiben auf meine Vergangenheit zurückblickte, kamen mir eine Menge Details auf den ersten Blick seltsam vor, und ich habe schnell begriffen, daß das eben Gesagte eine Erklärung dafür liefert: denn die Person, die ich heute bin, unternahm eine nachträgliche Revision dessen, was der Person, die ich damals war, wirklich zugestoßen ist, um uns beide reinzuwaschen. Wann immer ich Retuschen dieser Art vornehme, nehmen diese fernen, doch vertrauten Ereignisse augenblicklich jene seltsame, traumartige Qualität der Fiktionen an, die ich seit langem verfasse, so daß ich ständig auf der Hut sein muß, nicht das eine zu übertreiben oder die Bedeutung des anderen herunterzuspielen, um in einem besseren Licht dazustehen. Ich werde sogar wütend auf mich selbst, weil ich mir dergleichen habe durchgehen lassen. Ich bin wie ein Schuldiger, der schließlich zugestimmt hat, vor Gericht gegen sich selbst auszusagen – nur um für seine eigene Aussage als Lügner abgetan zu werden.

Nun, eines ist jedenfalls sicher – ich bin froh, daß ich mich selbst nie als junger Mann kennengelernt habe.

Ich habe gesagt, daß ich immer neugierig aufs Leben gewesen bin. Ich wurde mit einer Nase geboren, die zu lang für mein Gesicht, und einem Gehör, das zu scharf für meinen Kopf ist, wie die Nanny mir immer mit Genuß sagte. Nicht weil ich dazu ermutigt wurde, sondern weil es mich faszinierte, bin ich immer durch alle vor mir auftauchenden Türen gegangen, vor allem wenn sie – was häufig vorkam – verschlossen waren.

Verschlossene Türen sind unwiderstehlich, und ich kann es nicht anders ausdrücken, als daß man durch sie in eine andere Wirklichkeit eintritt, erhebend und manchmal gefährlich. Diese Erfahrung ist so aufregend wie ein Traum, in dem man zugleich Zuschauer wie Hauptfigur ist, und das Verlangen nach dieser Stimulation, gepaart mit ihrer Analyse, hat mich zweifellos zum Schreiben geführt und getrieben. Die Tatsache, daß ich die meisten dieser Erfahrungen auf einem heruntergekommenen Territorium machte, löste mich vollkommen von meinen sozialen Ursprüngen (was ich immer gewollt hatte), aber ich habe mich sicher des Vergehens schuldig gemacht, daß ich in meiner Begeisterung nie für einen Moment innegehalten habe, um in Betracht zu ziehen, welche Auswirkungen meine Aktivitäten auf andere haben würden. Obwohl meine Stiefmutter mit ihrer Behauptung unrecht hatte, ich sei für den Tod meiner Mutter direkt verantwortlich, trifft es zum Beispiel sicherlich zu, daß ich in meiner Entschlossenheit, mich genauso zu verhalten, wie ich es für richtig hielt, und weil ich zudem bereitwillig die Bande zwischen mir und meiner Familie gekappt hatte, mir den Vorwurf des Egoismus im Verhältnis zu meiner Mutter gefallen lassen muß. Soweit hatte meine Stiefmutter mit ihrer Anschuldigung recht. Wenn ich aber die Beziehung zu meiner Mutter bedenke, stellt sich die Frage: in welchem Maße?

Nein, stellenweise sind diese Memoiren beunruhigend und sehr schwierig zu schreiben. Sie wären aber auch völlig uninteressant, wenn es anders wäre.

Wie jeder andere auch versuchte ich als Kind anfangs Erklärungen für das Verhalten der Menschen im allgemeinen zu finden, indem ich beobachtete, wie meine unmittelbaren Familienangehörigen auf mich reagierten – eine notwendige Übung, die sich bald zu einem Zeitvertreib entwickelte, der alle anderen gebotenen langweiligen Aktivitäten an Faszinationskraft weit übertraf. Ich fand zum Beispiel bald heraus, daß ich nicht in eine intelligente, sondern nur in eine reiche Familie hineingeboren worden war. Ich glaube, ich war glücklich dort. Dennoch läßt sich nicht leugnen, daß ich vom Wesen und Instinkt her ein Fremdkörper in meiner Familie war und mich deshalb gegen etwas richtete, das letztlich nur eine Knochenmühle war, ziemlich unbeweglich und unbeholfen in ihren Strukturen, leicht zu umschiffen und zu bekämpfen, wenn man erst gelernt hatte, sich nicht vor einer direkten Konfrontation zu fürchten.

Ich klage oft über die Menschen, die in diesem System untergegangen sind, einverleibt und ausgeschieden von seinen Verdauungstrakten. Ich habe einige dieser menschlichen Wracks gesehen, die von der Gehirnwäsche zurückgelassen wurden, Menschen, die sich nie davon erholt haben. Einige wurden im Erwachsenenalter verrückt, weil sie sich in der Kindheit geweigert hatten, annehmbare

Langweiler zu werden. Einer schlug seiner Freundin mit einer Axt den Schädel ein. Ein anderer, ein Nachbar, der mit mir Eton besuchte, schoß sich in der Garage auf dem Rücksitz des Wagens seines Vaters mit einer Schrotflinte den Kopf weg. Er war zweiunddreißig und hatte am Nachmittag noch wie üblich im Dachgeschoß mit seiner Spielzeugeisenbahn gespielt. Er war nicht verrückt, aber mit einer Hasenscharte zur Welt gekommen, und seine Eltern legten Wert darauf, daß sie nie seinem Eindruck widersprachen, er sei deswegen eine Zielscheibe allgemeinen Spotts. So wurde er praktisch auf kürzestem Wege über ein paar Psychiater vom Kinderzimmer auf den Friedhof *geschickt* (ganz im Gegensatz zur allgemeinen Auffassung, daß sein Entschluß, sich das Leben zu nehmen, ausschließlich seine eigene Sache gewesen sei, ein unbegreifliches Vorkommnis).

Diese Außenseiter in der britischen Oberklasse kämpften unglücklicherweise nicht gegen das System (was sie durchaus hätten tun können, weil sie, so wie ich, nichts dabei zu verlieren hatten), sondern kapitulierten. Einige wie gesagt haben sich umgebracht. Aber die meisten anderen, die instinktiv und aus bedrohlichen Träumen wußten, daß sie *nekulturny* waren und *nekulturny* Ansichten hegten, ließen es zu, daß man sie zu Nullen reduzierte. Das wurde erreicht, indem man sie mit vernichtender Freundlichkeit behandelte, eine reservierte, reaktionäre Herablassung, die bei weitem jede andere Form der seelischen Bestrafung übertrifft und sich, wie in den erwähnten Fällen, als ein Todesurteil herausstellen kann.

Von frühester Kindheit an war mir klar, daß Abgründe zwischen den Wertvorstellungen meiner Eltern und meinen eigenen klafften. Diese Verschiedenheit wäre unwichtig gewesen, wenn meine Eltern mir erlaubt hätten, meinen eigenen Weg zu gehen. Statt dessen zeigten sie sich, als ich älter wurde, zunehmend entschlossener, ihre eigene Haltung, die allem zuwiderlief, was ich respektierte oder bewunderte, über meine eigene triumphieren zu lassen, so daß die einzige Lösung, wenn ich mich nicht hinunterziehen lassen wollte, darin bestand, mich ihnen zu widersetzen. Ich hatte instinktiv damit angefangen, als ich noch zu jung war, um mir ganz darüber im klaren zu sein, was ich tat, und es war eine traurige Erfahrung, denn ich fand bald heraus, daß es keinen schlimmeren Krieg gibt als den zivilen Widerstand, und das um so mehr, wenn der Feind vom eigenen Fleisch und Blut ist.

Ich bin mir sicher, ich erkannte (wie ich es heute formulieren würde) zu einem Zeitpunkt, als ich mich das erste Mal meinen Eltern widersetzte, in einem Alter, lange bevor ich vernünftig denken konnte, als bis auf den Instinkt alles in mir noch verschwommen war, daß nichts Greifbares oder Gültiges je ohne Schmerzen erreicht werden kann. Weil der *Noir*-Roman, wie ich ihn verstehe, von nichts anderem handelt, ist es äußerst wichtig, so deutlich wie möglich zu sein, wenn man solche Begriffe wie gut, böse, Zwang, Wahnsinn, Mangel verwendet und sich vor den konventionellen Bedeutungen hütet, die diesen Worten oft verliehen wird.

Es ist ein Jammer, daß ich die Sprache der Erwachsenen verwenden muß, um zu schildern, wie ich auf eine Bedrohung in einem Alter reagierte, als ich noch keinen Zugang zu dieser Sprache hatte, denn es erweckt den Eindruck, als habe ich mit fünf Jahren wie ein Erwachsener gedacht. Tatsächlich wurde ich einfach von dem Drang getrieben, der Mensch zu sein, der ich war, und als dieser Mensch zu überleben. Daher rührte meine, wie es gewisse Personen beschreiben, kriminelle und undankbare Einstellung zu meinen Eltern, die mir in materieller Hinsicht alles geboten hatten, von einem verzweifelten Ringen um Selbsterhaltung her, ich wollte Ziele verteidigen, die in mir existierten, bevor ich das Alter erreicht hatte, um sie zu identifizieren und auszudrücken. Aber obwohl dieser schreckliche Kampf das Leben zerstörte, in das ich hineingeboren wurde, hatte er die positive Folge, daß er mir am Ende die Freiheit verschaffte, mir ein Leben einzurichten, wie ich es heute führe und wie ich es mir erkämpft habe, obwohl es alles andere als einfach ist.

Ich bin froh, daß ich eine Gelegenheit habe, dies zu sagen, denn das Problem bei einem Romancier besteht darin, daß er Verhalten immer nur beschreibt, nicht erklärt. Die Leser wollen gefesselt werden, und Erklärungen, wie wichtig sie sein mögen, sind selten fesselnd. Als mein Vater mich also zwang, meine Gedichte im Küchenherd zu verbrennen und mit dem Schürhaken die Asche über die Kohlen zu verteilen, zertrümmerte ich sein Herrenzimmer, weil ich über Erklärungen *hinaus*, nicht weil ich dazu *außerstande* war. Ja, viele Menschen, die eines Verbrechens für schuldig befunden werden, können Ihnen sagen, daß sie ihr Verbrechen aus Einsamkeit begangen haben – womit sie das Fehlen eines Publikums meinen, das zu begreifen imstande ist – daß kriminelles Handeln ihre letzte Zuflucht darstellt.

Wirklich, ich bin sehr froh, daß ich dies noch einmal ausgesprochen habe, denn dieser frühe Krieg erklärt viele meiner späteren Handlungen. Ich möchte es bei einer Feststellung belassen, die für jeden offensichtlich ist: daß ein Vater oder eine Mutter, die ein Produkt der Gesellschaft sind, für ihre Kinder wiederum den ersten Eindruck von dieser Gesellschaft darstellen und dieser Eindruck, wenn er einmal haften geblieben ist, zwar modifiziert, aber nicht mehr grundlegend revidiert werden kann.

Ich versuche jetzt, meinen Vater so darzustellen, wie er mir erschien.

Der erste Schluß, den ich aufgrund seiner häufigen Wutausbrüche zog, bestand darin, daß er wegen seiner unsicheren Haltung zu seiner eigenen Persönlichkeit jedes Verhalten beargwöhnte oder fürchtete, das von seinem eigenen abwich oder ihm zuwiderlief. Das galt, wie sich herausstellte, für praktisch jegliches Verhalten, so daß er eigentlich nur mit Menschen auskam, die sich genauso verhielten wie er, oder mit Nullen – Leuten also, die überhaupt kein Verhalten zeigten.

Ich kam beidem nicht im entferntesten nahe. Wie eine mißratene Ehe verschlechterte sich unsere im Absacken begriffene Beziehung, trotz tränenreicher Versprechungen, Kompromisse und Versöhnungen auf beiden Seiten, zu einem Konflikt, der schließlich nicht einmal mehr hinter dem Schutzwall der Schloßmauern versteckt werden konnte und sich merklich zuspitzte, als ich Eton besuchte, bis die Situation sich zu einer Schlacht ausweitete, die noch größere Wirkung auf uns zu haben schien als der Krieg, der draußen tobte.

Es lief darauf hinaus, daß meine Eltern ihre gesellschaftliche Stellung verteidigen wollten, auch wenn dies nie direkt ausgesprochen wurde. Weder mein Vater noch meine Mutter waren damit einverstanden, daß ihr ältester Sohn, in den sie große Summen in der Hoffnung investiert hatten, daß aus ihm eines Tages »ein guter Allrounder« werde, sich für einen »Dichter« hielt. Aber wenn mein Vater das Dorf so gut gekannt hätte wie ich, hätte er begriffen, daß sein Schloß diese Bastion schon längst nicht mehr verteidigte. Ich mußte mich selbst darum kümmern – und raste auf meiner 1937er New Imperial mit ihrer Naßkupplung und dem Schalthebel auf dem Tank davon, um entweder in »The Artichoke« oder in der weniger ästhetischen Atmosphäre des »Duke Without a Head« meine Gedichte, dramatische oder andere Werke in einem alkoholisierten Dunstschleier einer Gruppe vergnügter Freunde vorzutragen.

Aber meinem Vater fehlte völlig der demokratische Instinkt meines Großvaters, der ständig die Dorfbewohner ins Schloß einlud oder selbst ins Dorf hinunterging, wenn es etwas Wichtiges zu besprechen gab, und sich gründlich auf den jeweiligen Anlaß vorbereitete. Ich mochte meinen Großvater Ralph. Er deligierte nie eine Entscheidung, und er war gerecht, was zur Folge hatte, daß ihn jeder in der Gegend respektierte. Jahre später konnte man die Leute noch Dinge sagen hören wie: »So etwas hätte der alte Mr. Cook nie gemacht«, oder, was ich als eines der größten Komplimente betrachte, die ich je bekommen habe: »Mann! Manchmal kommst du fast auf deinen Großvater.«

In den Vierzigern gehörte noch eine Menge Land zum Schloß – das heißt fünfzehnhundert Morgen oder fünf Bauernhöfe, die mein Großvater langfristig verpachtet hatte. Als es 1931, in dem Jahr, als ich geboren wurde, zum Börsenkrach kam, rief er seine Pächter zu sich und sagte: »Guten Abend, setzen wir uns und trinken eine Flasche Portwein. Nun, ich wollte Ihnen nur eines sagen – es wird bis auf weiteres keine Pacht mehr gezahlt.«

Ich glaube, mein Großvater war für diese Zeit – und wohl nicht nur für diese Zeit – ein bemerkenswerter Mann, und es macht mich traurig, daß es in England kaum noch Menschen wie ihn gibt. Er hatte nur ein Auge, das andere hatte er mit siebzehn verloren, als er durch eine Hecke kletterte. Aber er schaffte mit weit über siebzig immer noch hundertvierzig Partien Billard, und ich wünschte nur, ich hätte seine Leber geerbt, die während seines ganzen Arbeitslebens mit einer Flasche Portwein täglich fertig wurde.

Während der Krieges verbrachte ich meine Ferien gewöhnlich in Roydon (einem Ort, von dem Nicholas Phipps sagte, als er zum ersten Mal mit mir dorthin hinauffuhr: »Na, wenigstens kenne ich jemanden, der in einem noch häßlicheren Haus als ich wohnt«), weil mein Vater in der Armee war. An einem Morgen, als ich zehn war, kam ich zum Frühstück herunter. Mittendrin ließ mein Großvater plötzlich die *Times* sinken, deutete auf ein Gewehr, das an der Wand lehnte, und fragte: »Weißt du, was das ist?« »Ja, das ist eine Schrotflinte«, sagte ich. »Ganz richtig«, erwiderte er, »es ist eine sechzehnkalibrige Schrotflinte, und du wirst sie gleich in die Hand bekommen, weil wir mit den Nachbarn Kaninchen schießen gehen, damit wir etwas Abwechslung auf dem Tisch bekommen.« Er fügte hinzu: »Und wenn du jemanden damit umbringst, werde ich dich umbringen, hast du verstanden?« Ich hatte es natürlich verstanden, und so gingen wir gleich an einem herrlichen Morgen zum Park hinunter, wir zwei, drei Nachbarn und Eccot, der Oberaufseher, mit Frettchen und Netzen. Wir schossen neunzig Kaninchen, und am Abend trug mein Großvater den Wert in sein Jagdheft ein. Wir teilten die Kaninchen zu gleichen Teilen unter uns auf, und auch später zogen wir noch gemeinsam hinaus, wobei mein Großvater und die Nachbarn Patronen benutzten, die sie noch vom Krieg übrig hatten, und beendeten den Tag mit einem kalten Abendessen – mit Mostrich gewürztes Kaninchen, dazu eine Flasche 1940er Dow's. Wir aßen bei Kerzenlicht in der Dämmerung, bis es für meinen Großvater und Major Post, der die Bürgerwehr befehligte, Zeit wurde, im Halbdunkel Billard zu spielen.

Außer Kaninchen gab es allerdings nicht viel zu schießen, und ich habe so viele gegessen, daß ich den Geschmack bis heute nicht mag.

Mein Vater war zu solchen Annäherungen nicht imstande; gegen Ende seines Lebens sagte er mir, daß er (was ich immer vermutet hatte) seinen Vater zu sehr fürchtete, um wirklich er selbst sein zu können. Das machte den entscheidenden Unterschied zwischen uns aus, denn während mein Vater seinen Vater bewunderte, auch wenn er ihn fürchtete, respektierte ich meinen nicht im mindesten.

Nachdem er den ersten Weltkrieg von 1916 an bis zum Waffenstillstand an der Westfront verbracht hatte, wurde mein Vater sofort als Kavallerieleutnant nach Ulster versetzt, wo die Armee die Polizei verstärkte (hurra). Ihm war alternativ die Ernennung zum »militärischen Berater« in Denikins Weißrussischer Armee angeboten worden, aber er entschied sich für Irland, weil es von dort nicht so weit bis nach Hause war. Am Ende wünschte er sich, er hätte es nicht getan.

Als er 1920 schließlich entlassen wurde und heimkehrte, nahm er sich der Familiengeschäfte an. Ich hätte es an seiner Stelle nicht getan (und habe mich, von einer kurzen, verhängnisvollen Episode abgesehen, selbst davor gehütet), aber mir ist unmittelbar verständlich, warum er in diese Falle tappte – sie wartete nämlich auf ihn. Mein Großvater verlangte unbedingten Gehorsam von seinen Kindern, und er war ein guter Geschäftsmann – der letzte in der Familie. Von meinem Vater Arthur konnte man das kaum erwarten, denn mein Großvater, der ihn 1926 als seinen Bauern aufs Brett gestellt hatte, benutzte ihn auch wie einen, bis zu dem Tag im Jahre 1946, als er starb. Inzwischen hatte das Geschäftsleben, wie alles andere in Großbritannien, sich verändert. Mein Vater aber führte die Geschäfte so weiter, wie es sein Großvater getan hätte – das heißt, als habe sich überhaupt nichts verändert.

Meinen Vater suchte Ralph noch in seinen Träumen heim – in seinen Alpträumen, um genau zu sein. Er schilderte mir einmal einen Traum, in dem er meinen Großvater im Sarg sitzen, brüllen, ihn mit wutentbrannter Miene anstarren und die Fäuste schütteln sah; mein Vater war schweißnaß im Bett hochgefahren.

Diese Familiengeschäfte wurden Anfang des neunzehnten Jahrhunderts von meinem Ururgroßvater William begonnen. William war der siebzehnte Sohn eines Bauern in Norfolk, und weil es auf dem Hof nicht genug Arbeit für die ganze Familie gab, schenkte sein Vater dem Burschen fünfzig Pfund in Gold, sagte ihm, daß er nicht zurückzukommen brauche, und steckte ihn an der Hauptstraße in eine Kutsche. Auf sich allein gestellt, ging William zu Fuß nach London, um das Fahrgeld zu sparen, bewarb sich als Angestellter bei der Bank von England – vergeblich, weil er den Kupferstich nicht beherrschte – und ging ins Textilgeschäft, das mit Beginn der Industriellen Revolution boomte. Hunderttausende irischer »Navvies« (laut dem Oxford-Wörterbuch ist mit diesem Wort ein für die Ausschachtung und den Bau von Erdbauwerken, Kanälen, Schienen, Abflüssen usw. angestellter Arbeiter gemeint) kamen herüber, um in dieser Branche zu arbeiten. Zu derselben Zeit, als die zukünftigen Magnaten der Bauindustrie erkannten, daß diese Arbeiter irgendwo untergebracht werden mußten, begriff William, daß sie auch Kleidung benötigen würden, und nachdem er sich in der Firma, für die er arbeitete, zum Teilhaber hochgearbeitet hatte, war er als erster am Zug, so daß sich seine fünfzig Pfund im Jahre 1869, als er starb, in dreieinhalb Millionen in Gold und Besitz (darunter das Schloß) verwandelt hatten, woraufhin die Familie, vor einer Generation noch Bauern, unversehens ihre Sprößlinge nach Eton schickte, Offizierspatente in schneidigen Regimentern kaufte, Häuser erwarb und in Portugal ein Schloß baute (es ist abscheulich, und die einzigen attraktiven Merkmale sind seine englischen Heizkörper und der brasilianische Garten). Sie erkauften sich ihren Weg in die Aristokratie, indem sie ihre törichtesten oder blödesten Vertreter heirateten, die noch zu haben waren, und ließen es sich gutgehen.

Als mein Vater mir einmal vorwarf, daß ich nicht wußte, wie man sich als Gentleman benahm, erinnerte ich ihn daran, daß wir schließlich nicht mehr waren als die Nachkommen von Bauern in der zweiten Generation mit einem Lack höherer Bildung und mit derselben Einstellung zur Kultur wie ein Papagei, der alles nachplapperte, und das machte ihn sehr wütend, wie es für Menschen typisch ist, die nicht an die Wahrheit gewöhnt sind und plötzlich von jemandem damit konfrontiert werden.

Ich fing meinen Vater erst an zu lieben, als er im Sterben lag; ich war zu dieser Zeit einundvierzig. Ich fuhr, wann immer ich konnte, aus London aufs Land, um mit ihm zu reden, und wir stellten beide zu unserer Überraschung fest, daß wir doch miteinander auskommen konnten, auch wenn es jetzt dafür zu spät war. Der bevorstehende Tod fegte all seine Verschrobenheiten beiseite und ließ ihn als den schlichten, recht angenehmen Menschen zurück, der er eigentlich war.

Es gefiel mir, wie wir uns vom Landleben hochgearbeitet hatten. Ich habe das Land immer gemocht; ich habe nie etwas am Land falsch gefunden. Ich fühlte mich ihm nahe. Ich fand es gut, wie man meinem Ururgroßvater gesagt hatte, er sollte sich verpissen, und wie er mit seinen fünfzig Pfund nach London gegangen und als reicher Mann gestorben war. Es gefällt mir, wenn jemand etwas scheinbar Unmögliches in Angriff nimmt und triumphiert. Ich sehne den Tag herbei, wenn jeder das Gefühl hat, er könne dasselbe tun wie dieser Mann.

Was mir nicht gefiel – und immer noch nicht gefällt –, war ein altes Foto des Schlosses, das ich gestern hier in Puech in einer Schublade gefunden habe. Es wurde vom Rasen aus aufgenommen. Es war übrigens wirklich ein ziemlich schreckliches Schloß; das fand ich schon als Kind, und ich finde es heute noch. Es wurde in den fünfziger Jahren des letzten Jahrhunderts von meiner Urgroßmutter kitischig herausgeputzt, während ihr Ehemann im Krimkrieg kämpfte und nichts dagegen unternehmen konnte; es spricht für ihn, daß er nach seiner Heimkehr als Überlebender der Light Brigade[4] einen Anfall erlitt. Wie auch immer, was den alten Stichen zufolge ein wenig bemerkenswertes kleines Schloß gewesen war, das seine Schönheit, wie manche Frauen, der glücklichen Verankerung in seiner Umgebung verdankte, hatte bereits begonnen, die Werte der Mittelklasse wiederzugeben – das heißt, der plötzlich zu Vermögen gekommenen früheren Armen, der Neureichen mit ihrer Parvenü-Moral. Und damit ist meine Familie schon ausreichend charakterisiert: wie waren Neureiche.

Es war eine deprimierende Erkenntnis, und wenn ich kein Thatcherwähler bin, ist meine Vergangenheit ein Grund dafür. Mir war zutiefst zuwider, wie meine Vorfahren sich entwickelt hatten – nicht nur ihretwegen (Tausende andere stolperten ebenfalls die soziale Leiter empor und scherten sich nicht darum, wenn man ihre Unterwäsche sah), sondern weil meine Familie in einem Mikrokos-

4 Von James Cardigan (1797–1868) in der Schlacht von Balaklawa (Oktober 1854) gegen die Russen geführte Einheit der britischen Kavallerie. (Anmerkung des Übersetzers)

mos die ekelerregende nationale Tendenz in diesen Jahren nachvollzog, die sich in einem Satz zusammenfassen läßt: »Wir haben das unangenehme Gefühl, daß wir etwas Abscheuliches tun, deshalb leben wir besser in einer Gesellschaft, in der das Abscheuliche das Richtige ist.« Die Industrielle Revolution war tatsächlich eine rechte Revolution (die letzten Menschen, die soziale Gerechtigkeit wollten, waren jene, die dem Mangel an Gerechtigkeit eben entkommen waren), und weil eine Revolution definitionsgemäß aus einer Folge unkontrollierbarer Ereignisse besteht, trugen die Haltungen und Wertvorstellungen dieser Menschen (der neuen Herrscher, die für alles außer ihren Gewinn- und Verlustrechnungen die Verantwortung ablehnten) die Hauptschuld am langen geistigen Verfall Großbritanniens.

Ich will damit nicht sagen, daß sich meine Familie bewußt war, was sie dem Land zufügte oder welchen Einfluß sie ausübte. Ja, ich glaube, das ist überhaupt der beunruhigendste Aspekt. Sie waren fast völlig blind für das, was sie anrichteten, und wären schockiert und wütend gewesen, hätte man ihnen entsprechende Vorwürfe gemacht – so wie die großen Bierfamilien, die durchweg von Quäkern abstammten, schockiert und wütend gewesen wären, hätte man ihnen Vorhaltungen gemacht, weil sie Alkoholströme in die Pubs lenkten, die ihnen im ganzen Land gehörten, und zugleich auf eigene Kosten in den Stadtparks gleich gegenüber öffentliche Brunnen als ihren Beitrag gegen die Trunkenheit in der Öffentlichkeit aufstellten.

10

Obwohl ich in diese äußerst langweilige Umgebung hineingeboren wurde, fand ich heraus, daß einige meiner Vorfahren ein bewegtes und schwieriges Leben geführt hatten. Zum Beispiel entdeckte ich (zu diesem Zeitpunkt war ich allerdings schon sechsunddreißig, und auch da geschah es nur zufällig, denn durch einen Irrtum ihres amerikanischen Anwalts erbte ich ihre gesamten Papiere), daß meine Mutter, entgegen ihrer Behauptungen, nicht in direkter Linie von den ersten Engländern in Amerika, die sich im ländlichen Teil New Yorks niedergelassen hatten, sondern über ihren Vater von jüdischen Ahnen abstammte, die 1851 nach der Teilung Polens in die Vereinigten Staaten geflohen waren, ihren alten Namen abgelegt und ihn in Pollock geändert hatten, so daß sie von dieser Seite nicht einen Tropfen englisches Blut geerbt hatte und ihren kleinen englischen Anteil ausschließlich ihrer Mutter Didi verdankte. Doch solange sie lebte, ahnten weder ihr erster Mann (ein Deutsch-Engländer mit schwer faschistischer Schlagseite, den sie mit achtzehn verheerenderweise heiratete und der meine drei Halbbrüder gezeugt hat) noch mein Vater noch einer ihrer fünf Söhne im geringsten etwas davon – was, denke ich, davon zeugt, daß ihr der damals (und heute noch) in der britischen und deutschen Oberklasse tief verwurzelte Antisemitismus klar bewußt war, vor allem 1920, als sie in Berlin das erste Mal heiratete, und nicht minder, als sie 1930, während des Verfalls der Weimarer Republik und Hitlers Aufstieg zur Macht, meinen Vater heiratete.

Ich weiß nicht genau, welches Leben meine Mutter in Berlin führte, weil sie nicht oft darüber redete. Aber sie verbrachte acht Jahre, zwischen 1920 und 1928, im Epizentrum der aufregendsten Phase in der modernen europäischen Geschichte, und wohnte mit ihrem ersten Mann in Potsdam. Er arbeitete für Siemens, und seine Familie war, so absurd das klingen mag, sowohl reich als auch kommunistisch gesinnt (was dazu führte, daß sie die Nazis dafür bezahlten, einige Familienangehörige Freuds und andere angesehene Juden aus Wien herauszuholen). Ich weiß allerdings, daß sie nicht nur wegen der ständigen Affären ihres Mannes in Deutschland äußerst unglücklich war. Sie verabscheute die Deutschen so sehr, daß sie etwas dagegen hatte, wenn man in ihrem Haus deren Sprache benutzte, wurde von ihren Verwandten verachtet und gemieden und gebar ein Kind nach dem anderen (sie brachte uns alle fünf in einem Zeitraum von nur elf Jahren zur Welt).

Weil dies vieles erklärte, was mich an meiner Mutter immer verwundert hatte (zum Beispiel, warum sie britischer als die Briten sein wollte, die sie so perfekt verkörperte, daß es mich als Heranwachsender vor Scham zusammenzucken ließ), freute mich die Neuigkeit, daß ich jüdisches Blut in mir hatte, und ich berichtete meinem Halbbruder Tony, daß dies natürlich auf uns alle zutraf. Tony war zwar menschlicher, aber ebenso ein Rechter wie seine beiden Brüder; er war wie sie davon überzeugt, daß die drei über meine Mutter Englisch-Amerikaner und über ihren Vater (was durchaus der Wahrheit entsprach) von solider preußischer Abstammung waren, und er wurde blaß, als ich ihm die schriftlichen Beweise vorlegte. Es war ein fürchterlicher Schock für ihn, der seinen Glauben an die Person zerstörte, die er bisher zu sein geglaubt hatte; fortan blieb es meinem zweiten Bruder, der die Nichte von Oswald Mosley, dem Führer der Britischen Faschistenunion, geheiratet hatte, allein überlassen, Juden zu verfolgen.

Als im neunzehnten Jahrhundert jüdische Emigranten wie der Großvater meiner Mutter aus Polen in Amerika eintrafen, konnten sie außer ihrer eigenen keine andere Sprache sprechen, so daß die US-Grenzbeamten, die jeden Neuankömmling gleich am Schiff empfingen, immer nur fragten: »Nationalität? Polacke? Wollen Sie Ihren Namen ändern? Gut, also Polacke.«

Und so legten sie ihre ursprüngliche Identität ab und waren entschlossen, in Amerika ein neues Leben zu beginnen, was mir leid tut, weil ich keine Möglichkeit mehr habe, ihre richtigen Namen herauszufinden. Dank der Papiere meiner Mutter weiß ich allerdings, daß mein Urgroßvater ein Arzt war, der sich mit seiner Familie in Arkansas niederließ und später nach Kansas City umzog, wo er starb. In jenen Tagen fragte niemand nach Diplomen. Als er rechtzeitig für den Bürgerkrieg und Jesse James im mittleren Westen eintraf, wollte man nur wissen, ob er eine Kugel entfernen oder Gliedmaßen amputieren konnte.

Das einzige »fremde« Blut (von dem Blut polnischer Juden abgesehen), das meine Mutter für sich beanspruchen konnte, verdankte sie ihrer Mutter, meiner schönen, dickköpfigen, gedankenlosen, verehrungswürdigen Großmutter Didi. Sie selbst, obwohl eine Hälfte ihrer Familie auf englische Ursprünge zurückging (ein Großvater kam aus dem ländlichen New York, aus Albany), war auf der anderen Seite Nachfahrin einer Emigrantenfamilie von Bierbrauern aus Ostpreußen, die oben in Milwaukee, wo durstige Menschen lebten, ein Geschäft gegründet hatten. Sie hatten dort eine Menge Geld gemacht; allerdings hatte Didis Bruder das Vermögen einschließlich ihres Anteils verloren, als er in ein Konsortium investierte, das in Konkurrenz zu den Vanderbilts eine Ost-West-Eisenbahnverbindung zu bauen versuchte.

Didis Entscheidung, Frank zu verlassen und die Scheidung einzureichen (im Jahre 1913 ein höchst ungewöhnliches und *nekulturny* Vorgehen), sowie die Tatsache, daß sie abgebrannt waren, eine Situation, die sie nicht begreifen konnte, bestimmten den weiteren

Lebensweg meiner Mutter. Frank, der Didi unbedingt zurückgewinnen wollte, spürte sie in San Francisco auf, als Didi gerade von ihrem finanziellen Ruin erfahren hatte und gleichzeitig ein entfernter englischer Verwandter ihr über den charmanten Gilbertsville vom ländlichen New Yorker Zweig ihrer Familie zu verstehen gab, daß man sich sehr freuen würde, wenn sie sie in nächster Zeit in Worcestershire besuchen würde. Noch im Juli 1914 traf Didi mit meiner Mutter ein, um Frank abzuschütteln. Es gelang ihr, aber das Datum war unglücklich gewählt, weil im August der Krieg erklärt wurde. Wie ich schon sagte, war Didi pleite, und ein Kabinenbett zurück in die Staaten wäre für sie beide zu teuer gewesen, selbst wenn Didi eine Passage gefunden und gewußt hätte, wohin sie sich nach ihrer Ankunft wenden sollte. Also blieben sie in Großbritannien.

Didi lebte von 1938 an bei uns, bis sie 1966 starb. Sie murmelte ständig etwas auf Italienisch vor sich hin, lange nachdem sie ihr Gedächtnis verloren hatte, und als sie an einem bitterkalten Tag in jenem Winter, als sie sechsundachtzig war, zu ihrem üblichen Spaziergang hinausging, wurde sie später im Schnee vor der Eingangstür des leeren Hauses gefunden, das mein Vater vor langer Zeit verkauft hatte. Sie fragte nach meiner Mutter, die mit einer Grippe im Bett lag, und sagte zu den Polizisten, die sie fanden: *La signore è a letto, la signara è a letto*. Die schwere Tür war über und über mit ihrem Blut verschmiert, weil sie dagegen gehämmert hatte, um eingelassen zu werden.

Ja, meine Mutter war durchaus eine Weltbürgerin. In Kalifornien landete eine Tarantel auf ihrem Bett, und sie erlebte das Erdbeben von San Francisco als Vierjährige vor Ort. (»Mami, warum fallen denn dauernd die Medizinflaschen ins Waschbecken?«)

Sie kannte eine ganze Ära – und es ist eine seltsame Vorstellung, daß sie ihr Leben ausgerechnet in einem Bett in Kent beendete, wo sie eine dunkle Brille trug, nur noch mit Julian redete, dem jüngsten ihrer fünf Söhne, sechzig türkische Zigaretten am Tag rauchte (die ihr in Schachteln zu hundert Stück geliefert wurden), ihre scharlachroten Schlafzimmervorhänge vorzog (von denen ich immer noch einen hier im Haus habe; den anderen habe ich meinem Nachbarn Jean-Marie oben in Batistou geschenkt), sich in die stickige Atmosphäre einschloß, manchmal halb aufrecht im Bett saß oder in roten Pantoffeln und einem karminroten Schlafrock ins angrenzende Marmorbadezimmer ging. »Warten«, sagte sie zuweilen. Aber auf was warten, auf wen? Auf meinen Vater? »Deinen Vater? Ich habe ihn wie einen kleinen Jungen geliebt«; klar verständlich, aber in einem bösartigen Ton und halb abgeschnitten von einem Schluck aus dem allgegenwärtigen Cocktailglas voll Gin und Noilly Prat, das sie in ihren Fingern mit den dunkelroten Nägeln drehte. Ihre letzten Worte an mich stehen in einem Brief, den sie mir, acht Tage bevor sie starb, aus einem Londoner Krankenhaus schrieb und der mit dem Satz endete: »Du wirst mit Sicherheit im Gefängnis landen, und möge das Gesetz seinen Lauf nehmen.«

Holz, das keine Wärme spendet, hinterläßt am wenigsten Asche, sagte die Nanny.

Ihr Leben stand in scharfem Kontrast zu dem meines Vaters, dessen Erfahrungen mit dem Rest der Welt, vom Ersten Weltkrieg abgesehen (»Ich finde, kein Matsch fühlt sich so an wie der Matsch in Flandern im Winter, vor allem wenn man mit der Nase drinsteckt«), sich auf einen katastrophalen Urlaub in Gstaad, wo er sich beim Rodeln ein Bein brach, und regelmäßigen Besuchen bei seinem alten Regiment, den Royals, beschränkte, die in Ägypten stationiert waren, wo er auf dem Nil wilde Truthähne schoß. Außerdem unternahm er mit meiner Mutter einen Flitterwochenausflug in ihrem neuen Crossley. Sie waren eigentlich nach Paris unterwegs, aber als sie in Calais an Land gingen, schaute mein Vater sich um und bemerkte: »Ich glaube, wir haben alles gesehen, was wir vom Rest der Welt wirklich sehen müssen, Pam«, woraufhin sie sofort kehrtmachten und mit der nächsten Fähre nach England zurückfuhren, wo mein Vater die restliche Zeit in Deal Golf spielte, während meine Mutter vor dem Ostwind Schutz suchte.

Aus bitterer Erfahrung widerspreche ich allen Leuten, die behaupten, daß die Briten nicht exzentrisch sind.

Meine Großmutter Didi hatte einen eisernen Willen, und ich bewunderte ihr Gedächtnis. Über ihren Ehemann Frank sagte sie: »Ich werde nie bereuen, daß ich ihn geheiratet habe, denn er hat mir deine liebe Mutter geschenkt, und es wird mir nie leid tun, daß ich mich von ihm getrennt habe.« Es war schrecklich, als Frank 1936, nur um sie zu sehen, aus den Staaten herüberkam, um so mehr, weil wir gehört hatten, daß er seit der Scheidung nicht mehr sang.

Im gleichen Moment, als er eintraf, ging Didi nach oben und schloß sich in ihr Zimmer ein.

Meine Mutter: Liebes, du mußt ihn einfach empfangen. Das ist doch alles Ewigkeiten her, und wir können ihn nun mal nicht einfach wegschicken.

Meine Großmutter: Nein, ich will ihn nicht sehen. Komm rauf und klopfe an die Tür, wenn er gegangen ist.

Selbst ich war beim Tee verlegen. Sehr viel später flehte ich Didi an, mir zu erzählen, was geschehen war, aber sie wollte es mir nie verraten. Ich hatte immer das Gefühl, daß der arme Mann wahrscheinlich nie etwas getan hatte, außer vielleicht nach ein paar Gläsern zuviel spät heimzukommen oder eine andere Frau etwas zu lang anzusehen. Für Didi hätte das allerdings gereicht.

Nachdem sie Frank verlassen und meine Mutter nach London gebracht hatte, mietete sie ein Haus in der Greycoats Street, die vom Parliament Square abzweigte, für das zwar damals schon eine horrende Miete verlangt wurde, das aber den Vorteil hatte, daß es in der Nähe der Theater und vor allem der Konzerthallen lag, wo sie, in der Annahme, daß ihre Opernerfahrung ihr helfen könnte, unversehens in einer Reihe mit vielen anderen Mädchen stand, die ebenso abgebrannt waren wie sie und verzweifelt auf ein Vorsingen warteten. Diese Hinterbühnenanonymität traf sie nach der Bühnenwelt, die sie an der Seite meines Großvaters gekannt hatte, wie ein Schock; außerdem wurde sie beständig abgelehnt, weil sie zu gut, nicht vulgär genug sang und nie etwas auswendig lernen konnte – kurz, in diesem mißachteten Wettbewerb stellte sie plötzlich fest, daß sie eine schöne Frau war, die niemand haben wollte.

Sie blieb allerdings am Ball, und eines Tages, nach einem Vorsingen in der Whitehall, wurde sie ihrer Beine, nicht ihrer Stimme wegen als Chormädchen in der hinteren Reihe für *Chu Chin Chow* engagiert, einer Revue, die während des ganzen Krieges zwischen 1914 und 18 aufgeführt wurde. Ich fand die ganze Geschichte schrecklich, und Sie hätten hören müssen, wie sie sie erzählte. »Es war furchtbar«, sagte sie, »und ein bitterkalter Tag. Ich mußte Pam über den Fluß bringen und in der Tagesschule lassen, dann um zehn mit der Straßenbahn zurück zur Whitehall. Da stand ich in einer dieser endlosen Reihen, an die ich mich gewöhnt hatte, und am Ende klopfte mir jemand auf den Hintern, und ich fand mich im Büro wieder. Hinter dem Schreibtisch saß ein widerlich fetter Kerl, die Füße auf dem Tisch, eine Zigarre im Mund und eine braune Melone auf dem Hinterkopf. ›Dann mal los‹, sagte er, ›zeigen Sie mal Ihre Beine, Mädchen. Bis rauf zu den Strumpfbändern.‹ ›Wie können Sie es wagen!‹ rief ich, aber er antwortete nur: ›Stellen Sie sich nicht an. Lassen Sie Ihr Kleid runter, ich habe nicht den ganzen Tag Zeit. Da draußen warten noch sechzig andere Mädchen.‹« Didi erzählte mir: »Ich weiß nicht, wie ich es fertiggebracht habe, aber ich schloß einfach die Augen und dachte an Pam. Meine Beine waren wohl in Ordnung, so daß ich raus mußte und auf der leeren Bühne eine Nummer aus der Revue tanzte, während ein anderer Mann kam und zuschaute. Er fragte mich, ob ich gesund sei, und ich sagte ja. Er fragte, ob ich singen könne, und als ich ja sagte, wandte er sich einem Mann an einem Piano zu und sagte: ›Versuch's mit etwas in C Dur, ganz gleich was.‹« Als das vorbei war, sagte ihr der Manager: »Sie fangen Montag an, Probe um Punkt sieben.«

Didi seufzte. »Und wenn ich daran denke, daß deine Mutter aus der Schule davongelaufen ist und alles vergebens war.«

»Nein, es war nicht vergebens«, sagte ich.

Meine Mutter haßte die Schule so sehr wie ich, und auch meiner Tochter Zoe ist es nicht anders ergangen; keiner von uns überstand die erdrückende Erfahrung länger als bis zu seinem sechzehnten Lebensjahr.

Im Sommer 1915 besuchte meine Mutter in Begleitung meiner Großmutter die Jahresabschlußfeier in Eton, und an diesem Tag – sie war gerade fünfzehn und trug ein einfaches Kleid und einen Sommerhut – wurde sie ihren beiden zukünftigen Ehemännern vorgestellt, während sie in einem Zelt Eis aß. Ich bin mir sicher, daß die beiden sich wie viele Männer, darunter später mein Onkel John, in sie verliebten, weil sie mit ihrem dunklen Haar und braunen Augen ganz anders aussah als die anderen Mädchen. Auf Fotos betont ihre Blässe (sie mochte kein direktes Sonnenlicht) ihre dunklen Augen, die zu Boden blicken und von schweren Lidern bedeckt sind, aber so verschwommen wirken, als betrachte die Kamera sie durch klares Wasser.

Jedenfalls heiratete sie ihren ersten Mann Vaughan, einen Deutsch-Engländer und in Eton im selben Haus wie mein Vater untergebracht, als sie gerade achtzehn war; er starb 1928 unter mysteriösen Umständen bei einem Verkehrsunfall vor Berlin, unmittelbar nachdem sie sich von ihm hatte scheiden lassen und als sie im Begriff war, meinen Vater zu heiraten. Kurz vor seinem Tod rief Vaughan meinen Vater in London an und sagte: »Paß gut auf sie auf, Arthur.« Ich weiß nicht, was mein Vater antwortete; er gehörte nicht zu den Menschen, an deren Antworten sich andere erinnern.

Meine Brüder und ich hielten es für möglich, daß Vaughan sich nach der Trennung von meiner Mutter das Leben genommen und seinen Mercedes absichtlich von der Autobahn abgebracht hatte. Jedenfalls bin ich mir ziemlich sicher, daß meine Mutter ihn bis ans Ende ihres Lebens liebte und – ob sie es sich je eingestand oder nicht – meinen Vater der finanziellen Sicherheit wegen und ihrer drei Kinder zuliebe heiratete. Oder wie sie selbst sagte: »Die Naziaufmärsche *und* Vaughan ständig betrunken mit anderen Frauen im Bett zu finden war wirklich mehr als genug.«

Didi hatte eine wundervolle Gesangsstimme. Ich lag oft in meinem Zimmer in Petteridge, gleich ihrem gegenüber, auf dem Bett und hörte zu, wie sie ihre Tonleitern übte, während sie Kaffee im Cona durchfilterte – eines der wenigen Dinge, die sie aus Paris herübergerettet hatte. Wie ihre Zähne hielt auch ihre Stimme praktisch bis an ihr Lebensende, und ihrer Stimme verdankte sie es auch, daß sie meinen Großvater kennengelernt hatte, der ihr eine Stunde lang im Haus ihres Maestros zuhörte, als er eine Saison lang an der Scala in Mailand engagiert war.

Weil Didi nie auch nur drei Zeilen auswendig lernen konnte, sang sie in keiner Oper; doch in der Zeit, als ich sie ihre Tonleitern üben hörte, prägte sich mir Musik tief ein – Arien aus *Il Trovatore, Aida* und *Butterfly*.

Man kann also sagen, daß sowohl die Abstammung meiner Mutter wie die meines Vaters, dessen Großvater Edwin als vierundfünzigjähriger Major im elften Husarenregiment zum ersten Mal in seiner militärischen Karriere mit der Light Brigade in Balaklawa einen Einsatz erlebt hatte (als einer der Überlebenden, sonst wäre ich nicht hier), mich zum Weltbürger prädestinierten, eine Rolle, die überhaupt nicht zu der Umgebung paßte, in der ich landete.

11

Mein Vater gehörte zu jenen sehr ungewöhnlichen Menschen, die sich nach ihrer Ausbildung zum Allrounder in Eton als Männer herausstellen, die praktisch alles, aber nichts richtig tun können.

Vorlesen, zum Beispiel. Mein Vater las sehr laut und nicht sehr gut. Wie jeder verhinderte Schauspieler wollte er unbedingt seine Zuhörer in den Bann schlagen; das Problem bestand darin, daß er, ob er nun Dickens, Macaulay, Shakespeare oder Sherlock Holmes vortrug, sich immer so anhörte, als lese er den Prediger Salomo.

Alles, was er tat, mußte laut geschehen; wann immer er kein Publikum hatte, verfiel er in nervöses Schweigen oder summte unmelodisch vor sich hin, machte alle in seiner Nähe unruhig, und sein Gesicht zeigte denselben verschleierten Ausdruck wie Graf Dracula im Film zwischen Sonnenauf- und -untergang. Bei allen anderen Gelegenheiten, ob er nun schoß, redete, trank, Klavier, Golf, Tennis oder mit den Dorfbewohnern Kricket spielte, gab er immer sein Äußerstes, selbst wenn es nicht erforderlich war, und wann immer er ein Spiel verlor, was in Gegenwart eines Profis stets geschah, klatschte er energisch in die Hände, sowohl um die Aufmerksamkeit von jedem abzulenken, der sie an seiner Stelle genoß, wie auch, um dem Sieger zu applaudieren. Ich glaube, mein Vater fürchtete, wenn er auch nur für eine Sekunde aufhörte, sich lautstark bemerkbar zu machen, könnten die Menschen vergessen, daß er existierte – was, soweit es ihn betraf, darauf hinauslief, daß er überhaupt nicht existierte.

Gegen Ende seines Lebens verhielt er sich allerdings nicht mehr so. Je näher er seinem Ende kam, um so mehr schien er die Sklaverei seiner Vergangenheit abzuschütteln und eine sehr liebenswerte Persönlichkeit anzunehmen, die seinem wahren Ich entsprach, von dem ich nie etwas geahnt hatte und das zu verbergen er sich nicht mehr gezwungen fühlte. Gegen Ende, wenn ich in sein Zimmer kam, überraschte ich ihn oft dabei, wie er vielleicht ein Gebet sprach oder in seinem Horaz-Exemplar las, das er in der Schule gewonnen hatte und das immer auf dem Tisch bei seinem Lehnstuhl neben dem Glas lag. Mehr und mehr verfiel er in den dörflichen Akzent, den er seit seiner Kindheit am Anfang des Jahrhunderts nicht mehr benutzt hatte, und all die falschen Ecken und Kanten an ihm, an die ich mich nie hatte gewöhnen können, begannen sich abzuschleifen, während er einem Tod entgegendämmerte, der ihm, wie mir schien, nicht ungelegen kam. Er hatte einen ersten leichten Schlaganfall erlitten, klagte aber nur über das Unbehagen, durch eine Nadel und ein Rohr urinieren zu müssen.

Ich glaube, die besten Tage in dieser Zeit erlebte er, als er, was niemand wußte, nur noch achtzehn Monate zu leben hatte. Mit meiner Stiefmutter (»eine schrecklich vulgäre Frau – aber immerhin kümmert sie sich um mich«) besuchte er Sam und mich in Italien – ein kranker, dünner Mann, der von einer nervösen Lebensfreude überquoll, als sei er mit vierundsiebzig endlich bereit, mit dem Leben anzufangen, und darauf bestand, daß ich ihn nach Florenz fuhr, um dort, wie er sagte, seinen alten Schwur einzulösen, daß er eines Tages in diese Stadt reisen würde, um sie zu zeichnen. Ich sehe ihn noch vor mir, wie er in seinem lockeren Hemd, dem Flanellanzug und dem Strohhut, den er für die obligatorische Ausstattung eines Malers hielt, den Ponte Vecchio entlangschlenderte und sein Material einkaufte, wobei er mich als Dolmetscher benutzte und jedem Italiener, den er traf, laut erklärte, daß er nur Lateinisch sprach, was natürlich nicht stimmte; das bißchen Latein, das er beherrschte, hatte er vor mindestens sechzig Jahren vergessen.

Wenn wir morgens in meinem alten Giulia eintrafen, suchten wir einen für ihn (aber für niemanden sonst) geeigneten Platz in einer Ecke der Signoria, wo das Licht genauso fiel, wie er es wünschte. Ich holte den Klappstuhl von einem Café und schob ihn ein wenig aus der Sonne in den Schatten eines Gebäudes. Dann arrangierte er sein Zeichenbrett, schaute sich auf der Piazza um und hielt seinen Stift in Richtung einer passenden Fassade, sein Blick so eifrig und neugierig wie der eines Kindes.

Meine Mutter hatte vor langer Zeit entschlossen darauf verzichtet, weiter dem Publikum meines Vaters anzugehören – was soweit ging, daß 1937, als wir aufs Land zogen, wo Gesellschaft hoch im Kurs stand, im Notfall sogar mein Bruder und ich herhalten mußten, wenn meine Mutter »zu tun« hatte oder sich »ausruhte«. Er konnte nichts für sich lesen außer der Times, und auch das hielt ihn nur für eine Viertelstunde ruhig, wenn er nicht zwischendurch einschlief. Er hatte sein Arbeitszimmer, in das wir nie eingeladen wurden. Er zog sich oft dorthin zurück, entledigte sich seiner Socken, legte sich in einen Armstuhl und bewunderte seine nackten Füße. Außer seinen Freunden wurde niemand je in das Zimmer gelassen. Mein Bruder und ich waren keine Freunde und wurden nur durch die schwere Nußbaumtür gerufen, wenn es Schwierigkeiten gab, das heißt, wenn uns Prügel drohte. Wir standen dann, wie es in Eton üblich war, mit gesenktem Kopf unter dem lederbezogenen Kaminvorsatz, und er schwang dann sein Offiziersstöckchen, während über uns verschwommen eine aus dem siebzehnten Jahrhundert stammende Version der Schlacht von Cannae tobte. Auch meine Mutter kannte das Zimmer kaum, aber sie fürchtete es so sehr wie wir, weil sie wußte, daß sie dort nichts anderes erwartete als eine stundenlange Erklärung, warum er unmöglich ihr Kleidergeld erhöhen könne.

12

La Puech, September 1989. Ich lausche der Stille vor meinem hohen Turm, der in dieser Jahreszeit trocken ist. Nichts, keine Musik, nicht einmal mein eigener Schlaf mit seinen geschwätzigen Träumen, unterbricht je wirklich diese Stille. Die Stille führt hier eine ebenso eigenständige Existenz wie ich. Wir winken uns zu, ohne zu reden, stehen nebeneinander und sagen nichts, die Stille und ich stehen wie zwei Bauern Seite an Seite an der Theke einer Bergkneipe, während draußen auf der Straße ihre Traktoren wenden.

Weil sie etwas spiegeln, dessen Anblick ich nicht mehr ertragen kann, drehe ich am Abend Fotografien aus der Vergangenheit, erstarrt in ihrer vergilbten Lebendigkeit, schnell um und legte sie weg. Ich lege sie auf die gebannten Gesichter und schwöre mir, daß ich sie nie mehr ansehen werde, schließe das Album und stelle es ins Regal zurück, wo die Spinnen ihr neues Metronetz bauen. Einige der Fotos sind so alt, daß sie sich grau gefärbt haben, die Farbe von Knochen, und sie rascheln kaum hörbar, wenn ich sie bewege, ein ungehöriges Flüstern wie eine flüchtig gehaspelte Entschuldigung der Toten.

Wir vergessen, daß in unserer Gesellschaft die Liebe ein Preisschild trägt. Hühnchen, Kacheln, die drei Wände bedecken, im Hintergrund ein von Frost weißer Berghang, ein von Hand geschürtes Feuer – diese Dinge, obwohl sie so tief in uns verwurzelt sind, genügen nicht mehr.

Ich werde hier daran erinnert, daß jeder große Mensch, den ich je kennengelernt habe oder dessen Werk mich je beeinflußt hat, sich durch die seltene Fähigkeit auszeichnete, sich von der »Alltäglichkeit« seiner Zeit zu lösen und sich als eine *rohe* Person zu erfahren, nicht anders in ihrem reinen Glück oder ihrer reinen Verzweiflung als jene, die ihr vorausgingen oder ihr nachfolgen werden, und in diesem Zustand fähig, den Zustand eines jeden einzuschätzen, der ihn umgibt.

Le Bourg, 1988. Bin zweimal gestört worden seit dem Abend, als ich aus Paris zurückkam und beschloß, unten zu schlafen. Einmal weckte mich ein leises zweifaches Klopfen an der Tür – nur ein leichtes Pochen, das mich daran erinnerte, daß dort draußen noch eine andere Welt ist –, und heute morgen, als ich gerade ins Bett gegangen war, nachdem ich die ganze Nacht durchgearbeitet hatte, war es ein lautstarkes Hämmern gegen die Eingangstür, das man nicht ignorieren konnte. Ich sprang aus dem Bett und stolperte in die Küche hinauf, wie ich es immer tue, wenn ich es höre, und dachte, daß es diesmal wirklich der Postbote oder ein Nachbar in Schwierigkeiten sein mußte. Aber ich öffnete die Tür auf einen schmalen Gehweg und ließ die Sonne eines herrlichen Herbstmorgens und den scharfen Geruch von welkem Gras und späten Wildblumen hereindringen, und natürlich stand wie üblich niemand dort. Was immer es sein mag, sein Stundenplan entspricht meinem – das heißt, es stört mich boshafterweise nur, wenn ich tief schlafe, ein Schlaf, den ich dringend brauche.

Nichts. Niemand. Ich werfe einen Blick auf meine Armbanduhr; zwanzig vor zehn am Morgen. In der Ferne bricht Vincent nach Truel auf – ich kann unten auf der Straße die Dieselqualmwolke aus seinem Traktor aufquellen sehen.

Manchmal höre ich in dem kahlen, unbenutzten Schlafzimmer über mir Geräusche wie von schweren Möbeln, die bearbeitet und herumgeschoben werden – die Schritte nackter oder in Pantoffeln steckender Füße, die über den Boden schlurfen. Manchmal erschrickt mich diese Berührung mit dem Ungesehenen, aber sie ängstigt mich nicht. Ich habe einfach das Gefühl, daß mir jemand zu helfen versucht oder mich bittet, ihm oder ihr zu helfen. Das spüre ich deutlich, wenn ich an *Suarez* arbeite. Was es auch ist, ich lebe ganz friedlich mit ihm zusammen, obwohl es etwas gegen Gäste hat – was mich eigentlich nicht überrascht. Ich sehe es nie, wer immer es auch ist – ich weiß nicht, ob der oder die anderen mich sehen.

Am frühen Abend besuchte ich eine Sitzung in La Bourg und hörte zu, wie sich meine Nachbarn über die dürrebedingte Wasserknappheit in diesem Sommer stritten. Aber weit interessanter war, daß wir uns, als sich das Thema Wasser endlich erledigt hatte, bis ein Uhr morgens über alles mögliche unterhielten – achtzehn nackte, auf einen mit Flaschen gesprenkelten Holztisch gestützte Ellbogen. Wir diskutierten über die Baronin und ob beim Bau der *maison pour tous* gute Arbeit geleistet wurde, und innerlich hatte ich das Gefühl zu wissen, wo ich im Verhältnis zu meinen Nachbarn stand, was nicht nur ein angenehmes, sondern ein unbedingt notwendiges Gefühl ist.

Doch unglücklicherweise, als seien wir vierzig Jahre in die Vergangenheit zurückversetzt worden und der spanische Bürgerkrieg noch im Gange, waren wir alle, ebenso wie unsere Ahnen, letztlich außerstande, uns auf das Richtige und Falsche im Verhältnis zwischen dem Individuum und dem Staat zu einigen – und doch sind wir hier, dürfen in unserem eigenen Dorf alle frei sprechen und sagen: Das Problem besteht darin, daß wir alle die gemeinschaftliche Verantwortung für unsere Regierungen übernehmen müssen.

Wenn wir in diesen Fragen so untentschlossen sind, solange wir uns im Maßstab unseres kleinen Dorfes darüber streiten, ist mir natürlich klar, daß weiterhin die falschen Menschen sterben werden, wie es immer geschehen ist. Wir haben unsere Einstellung zu diesen Fragen ein für alle Mal unserem eigenen Holztisch eingehämmert, wie es Männer seit zweitausend Jahren taten, und es saßen einige intelligente Menschen am Tisch, die in der Lage gewesen wären, wenn sie gewollt hätten, eine Position zu all diesen Fragen auszuarbeiten, die sò gut wie alles gewesen wäre, was in Paris ausgearbeitet werden konnte. Nur taten sie es nicht. Statt dessen warfen sie einen

Blick auf ihre Armbanduhren und gingen. Die Frauen, die intelligenter waren, hatten längst die Kinder zu Bett gebracht.

Ich weiß, was du manchmal denkst, Abel, mein Nachbar gleich nebenan. Du bist um die sechzig, wurdest als Bauer geboren und bist dein ganzes Leben lang Bauer geblieben, hast auf dem Land gearbeitet, und jetzt hast du dich zur Ruhe gesetzt und fragst dich, wofür das alles gut war.

Ich sag dir, wofür das alles gut war; unter anderem war es für mich gut. Du hast uns im Winter 1974/75, unserem ersten Winter hier, vor dem Erfrieren gerettet. Du hast uns vier gerettet, als wir in diesem Haus auf Strohballen schliefen und durch das Dach und die Fenster Regen sickerte, der Winter einbrach und alles gefror. Am Morgen des Tages, den ich meine, war es draußen minus zwölf Grad kalt; ich legte das letzte Holz aufs Feuer und stellte meine Tochter in ihrem Kinderbettchen an die einzige warme Stelle in der eisigen Küche. Am Nachmittag ging ich unter einem mit weiterem Schnee schwangeren Himmel ins Dorf hinunter, wo ich im Fluß nach Treibholz Ausschau hielt, und dort trafen wir uns, und du sagtest »Ça va?«, und ich sagte: »Nein«. »Kein Holz?« hast du gefragt. »Nein«, sagte ich. Du hast dich als einziger danach erkundigt, wie wir zurechtkommen. Und noch am selben Abend bist du mit deinem alten Peugeot gekommen, bis unters Dach mit knochentrockenen, abgerissenen Weinranken vollgepackt, und sagtest: »Verbrennt das erst mal.«

Dir hatten wir es zu verdanken, daß wir an diesem Abend ein großes Feuer hatten und darüber ein Kaninchen und einen Specht kochten, die ich geschossen hatte, und sangen und tranken und daß es seither für uns hier nie wieder so finster ausgesehen hat.

Dafür war es gut, Abel, zumindest teilweise, ob du daran glaubst oder nicht. Du hast meine Tochter Zoe gerettet – sie ist inzwischen neunzehn. Du hast uns alle gerettet.

Später saßen wir oft bei bei warmem Wetter während des Kirschenpflückens im Schatten eines Baumes, wo wir bei einem Glas Wein die Körbe leerten. Manchmal redeten wir über den Winter. Es war ein schwerer Winter gewesen.

Wie auch immer, dafür war es alles gut. Klatsch, ein Glas Wein in einer Höhle draußen auf einer Bergflanke, oder vielleicht für nichts Besonderes.

Das ist es, was das Leben so intensiv macht: der Gegensatz. Der Gegensatz zwischen Kälte, Sorge, Hunger und Schufterei auf der einen und Entspannung, Zechgelagen oder bloß einer Arbeitspause zwischen zwei Reihen von Weinstöcken auf der anderen Seite. Deshalb sind Gegensätze für das Schreiben so wichtig – Gegensätze zwischen Haltungen, Situationen, Farben sogar: denn im Leben könnte man genauso gut in einer Gefängniszelle sitzen, wenn es keine Farbe gäbe.

Die Menschen, von denen ich rede, sind die, mit denen ich Holz hackte, mit denen ich bei eiskaltem Wetter auf der Terrasse des Theaters fünfzehnhundert alte Weinflaschen in Bottichen spülte, es waren Zigeuner, mit denen ich in Sommernächten in ihren Lagern an Straßenbaustellen außerhalb von Le Bourg um Freudenfeuer saß, mit denen ich in ihren Wohnwagen aß, einen Hasen, eine Forelle, eine dicke Suppe, reichlich zu trinken, Lieder, Gitarren, Frauen, die einem plötzlich Essen brachten und sich ebenso plötzlich zurückzogen, die springenden Schatten, der Geruch der Bäume, die in der heißen Dämmerung blühten; um Mitternacht mit den Männern im Fluß baden, mit nackten Füßen über die Steine, um hinein- und hinauszusteigen – oder los mit einem 1946er Citroën-Laster (49 F 12), um in Le Rascalat an der Séverac-Straße mit Jean Holz zu hacken, die Januarkälte so blendend weiß wie der Reif auf den Holzblöcken, die man mit tintenblauen Händen herumwuchten mußte. Diese Menschen. Sie winken immer noch und rufen »Hallo«, wenn ich an den Nachmittagen vorbeigehe.

Manche Erinnerungen sind sehr kostbar. Ich möchte nicht den Tag kommen sehen, wenn über der Erde mit den Fingern geschnippt wird. Ich möchte nicht, daß die göttliche Saite reißt.

4. September 1989, Nacht. Manchmal bin es über zu schreiben, zwischen Beschreibung und Handlung festzuhängen. Was, wenn überhaupt, fragte ich mich letzte Nacht, während ich arbeitete, vermittelt eine Phrase wie *die verzweifelte Intimität eines Schluchzens*, verglichen mit dem Gefühl, wenn einen wirklich etwas zum Schluchzen bringt? Ich schaue mir an, was ich geschrieben habe, nur um festzustellen, daß es Zeitverschwendung ist. Ein Tod, ein Kuß – der gewaltige Unterschied zwischen der Beschreibung und der Erfahrung!

Letzten Monat, während ich im Millau-Hospital einen Freund besuchte, kam ich an einem Krankensaal vorbei, wo ein alter Mann im Bett lag und an die Decke starrte. Nur seine purpurroten Lippen bewegten sich; er rang mit seinem Ende. So ist das Leben für die meisten von uns: eine allmähliche Annäherung an die umfassende Katastrophe des Todes, nicht bloß unseres eigenen, sondern auch der anderen. Ihr Tod ist ein Teil von uns; er verändert unser Leben. Das ist ein Thema, an das ich mich in meinen Büchern heranzutasten versucht habe – ich habe durch sie zu verstehen versucht, daß wir uns gelassener, als wir es bisher getan haben, der Tatsache stellen sollten, was von uns übrigbleibt. Die Beschäftigung mit Literatur hilft, das Leid verständlich zu machen. Mit anderen Worten, sobald wir lesen oder schreiben, wissen wir alle sofort, worin das Problem besteht; worüber wir lesen oder schreiben, ist eines unserer Probleme. Es gibt manche großartigen Passagen in der Literatur, die einem das Gefühl geben, die ganze Welt habe sich um diese Seite versammelt, um über eine Tragödie die Hände zu ringen und zu sagen: Himmel, ich kannte jemanden, der …

Dies ist ein Beispiel für das, was ich unter dem Begriff *Noir*-Roman verstehe. Jeder große Schriftsteller, den ich gelesen habe, war ein *Noir*-Schriftsteller. Damit ist der Punkt gemeint, an dem sein Werk, ob bewußt oder unbewußt, ein Teil der Metaphysik geworden ist, ein Wort, das im Lexikon als »die Wissenschaft von den Dingen« definiert wird, »die über das Physische oder Natürliche hinausgehen«, oder anders ausgedrückt – und die Literatur drückt sich immer anders aus –, die sich mit einem überwältigenden Teil unseres Ich beschäftigt.

Im *Noir*-Roman fällt die Menschheit in einer Bar oder in der Dunkelheit dem Wahnsinn anheim. Er schildert Männer und Frauen, deren Lebensumstände sie zuweit getrieben haben, Menschen, deren Dasein verbogen und entstellt ist. Er befaßt sich mit der Frage, wie ein kleiner, erschrockener Kampf mit sich selbst zu einem viel größeren Kampf ausgeweitet werden kann – den universellen menschlichen Kampf gegen den allgemeinverbindlichen Vertrag, dessen Bedingungen sich nicht erfüllen lassen, ein Kampf, bei dem die Niederlage sicher ist. Nachdem die Religion an Ansehen verloren hat, ist der *Noir*-Roman ein erneuter Versuch, die entstandene Lücke auszufüllen, indem er offen schildert, was die Menschen zum Schreien bringt, und das ist der Grund, warum ich nichts mit der geschäftsmäßigen Seite der Schundromanindustrie oder den Mittelklasse-Ergüssen alter Damen zu tun haben will, die immer mit einem Auge auf den Kontostand produziert werden. Der *Noir*-Roman hat mit beidem nichts zu schaffen. Sein Ziel besteht darin, Menschen dem miesen psychischen Wetter vor ihrer Haustür auszusetzen, wo alles und jeder von einem erbarmungslosen Regen aufgeweicht worden ist, der sich aus den Seelen der Menschen dort draußen ergießt. Es gibt ihn, damit Menschen begreifen, was Verzweiflung – die kleinen, dunklen isolierten Räume der Existenz, in denen alle Ausgänge vergittert, zugemauert sind – wirklich ist.

Manche Schriftsteller sagen mir, daß sie nicht an der Wirklichkeit interessiert sind. Ich halte das für eine bemerkenswerte Äußerung von einem Schriftsteller. Ich denke, daß der grundlegende Sinn der Literatur darin bestehen muß, die Wirklichkeit so tief und gründlich wie möglich zu erforschen. Ich kann wirklich nicht an einen Autor glauben, der nie von dem Gespenst eines gewaltsamen Todes heimgesucht wurde, der plötzlich ins Zimmer platzt, der nie die Endgültigkeit der Verzweiflung aus nächster Nähe erfahren hat.

Mit dem Wort *Dasein* meine ich den einzigen für die Menschheit gültigen Vertrag; ich definiere ihn als den *allgemeinverbindlichen Vertrag*. Er legt die Klauseln des menschlichen Lebens fest; seine Anwendung, Verantwortlichkeiten, Begrenzungen, seine unvermeidliche Auslöschung. Dieser Vertrag ist die Grundlage des *Noir*-Romans, dessen Abscheu vor der Gewalt, die so genau wie möglich geschildert wird, um Menschen daran zu erinnern, wie widerlich sie ist, ihn dazu veranlaßt, gegen jeden Tod zu protestieren, der einen Menschen vor seiner Zeit ereilt, und das ist es, was ihn zu einem Roman in Trauer macht. Jeder Vertrag soll in der Weise beendet werden, daß man seine Klauseln außer Kraft setzt; er darf aber von keinem Unterzeichner zerrissen werden. Diese Möglichkeit schließt kein Vertrag ein. Einen Vertrag zu brechen, bedeutet entweder, die Vernichtung des Vertragsbrüchigen herauszufordern, oder ist ein Hinweis darauf, daß der Akt der Zerstörung von einem Unterzeichner ausgeführt wurde, der bereits vernichtet worden ist, wie etwa einem Mörder – und das ist der Grund, warum mein Detektiv Suarez' abgeschlagenen Kopf aufhebt und ihn küßt.

Ich will noch weitergehen. Was an *I was Dora Suarez (Ich war Dora Suarez)* bemerkenswert ist, hat überhaupt nichts mit Literatur zu tun. Bemerkenswert an dem Buch ist, daß es auf seine eigene Art und auf seinem eigenen Weg um dieselbe Botschaft ringt wie Christus. Ich gehöre nicht zu den Menschen, von denen man eine solche Aussage erwarten würde, denn obwohl ich fest an das Unsichtbare glaube, bin ich nicht religiös. Doch beim Schreiben dieses Buches machte ich eine Erfahrung durch, die ich nur als karthatisch beschreiben kann. Die Arbeit an *Suarez* wurde, indem sie mich tief in das Böse stürzte, zum Grund meines Bemühens, das Böse in mir selbst auszutreiben. Erst nachdem ich das Buch abgeschlossen hatte, wurde mir dies klar. Ich war viel zu tief in den Kampf mit dem Bösen verstrickt, zu dem sich das Buch entwickelte, als daß ich damals darüber hinausdenken konnte.

Das war die Folge meines Abstiegs in das Gefängnis, in dem *Suarez* steckte. Wenn ich keine Schuld auszutreiben gehabt hätte, dann hätte ich nicht gewußt, wo die Straße zur Hölle verlief oder wo ich nach Dora Ausschau halten sollte. Es war eine achtzehnmonatige Reise, in deren Verlauf die Welt des Lichts nicht stärker war als mein Glaube an sie, aber es reichte, daß Dora und ich einen Weg zurück und aus dem Labyrinth fanden. Während meiner Reise ließ ich die Welt für ein Blatt Papier zurück, und das Blatt Papier für die Hölle, und hoffte auf die Rückreise. Ich bin zurückgekehrt. Ich kroch erschrocken an einen dunklen Ort und entzündete ein Licht in der Dunkelheit eines anderen, und ich bin in dem Wissen hierher zurückgekehrt, daß Doras Qual unter den Verlorenen vorüber ist. Die schmutzige Grausamkeit ihres Todes ist von ihr abgefallen, und sie ist befreit, ausgerissen, nicht mehr tot und verloren in sich, worauf Verdammnis hinausläuft. Daß ich Dora nie leibhaftig kennengelernt habe, daß sie nur ein Gesicht auf dem Polizeifoto eines anonymen toten Mädchens war, das ich Dora genannt habe, ist nicht wichtig. Wichtig ist nur, daß sie ihre Identität gefunden hat. Wichtig ist, daß wir uns in dieser mittleren Welt, wo die Lebenden und die Toten sich begegnen, kennengelernt und uns gegenseitig von diesem lichtlosen Ort fortgebracht haben.

Suarez war meine Sühne für fünfzig Jahre Gleichgültigkeit gegenüber dem Zustand dieser Welt. Es war eine schreckliche Reise durch meine eigene Schuld und durch die Schuld der anderen.

Für mich besteht der Zweck des Schreibens darin, mich so klar und genau, wie es mir möglich ist, zu jedem Aspekt und jeder Folge des allgemeinverbindlichen Vertrags zu äußern. Ich nehme einstweilen an, daß nichts bleibt, wenn das Leben einmal vorüber ist; in diesem Licht dürfen wir jene nicht vergessen, die sich, nachdem sie auf dieser Welt nichts anderes als die Hölle kennengelernt haben, in der innigen Hoffnung das Leben nehmen, daß diese Annahme der Wahrheit entspricht.

Niemand, der kein Verständnis für einen Zustand so tiefer Verzweiflung aufbringt, daß die Hoffnung auf den Tod zur einzigen Hoffnung geworden ist, kann je die Bedeutung des Wahnsinns verstehen, der eine grundlegende Ablehnung des Vertrages darstellt, eine Unfähigkeit, ihm zu entsprechen, eine Untauglichkeit, sich ihm entweder zu stellen oder ihm zu entkommen. Darin besteht das Leid, das wir um uns wahrnehmen. Das ist es, womit wir uns alle befassen sollten.

13

Le Bourg, September 1988. Trevor, Dick und ich kennen uns schon seit langer Zeit. Trevor ist ein befreundeter Maler, der mich mit Dick in den Ferien besuchte und vierzehn Tage blieb. Als sie wieder in London waren, schrieb Trevor: »Mann! Das war ein Urlaub, den ich nie vergessen werde.« Ich hätte es nicht für möglich gehalten, daß drei gebrechliche Männer mittleren Alters wie wir, umgeben von Bierflaschen, sich bis sechs oder sieben Uhr am Morgen unterhalten können, sich dann für ein paar Stunden aufs Ohr hauen und wieder von vorn anfangen; Dick ist sechsundfünfzig, ich siebenundfünfzig und Trevor einundsechzig.

Wir waren alle Unteroffiziere oder bekleideten entsprechende Dienstränge in der Marine, Dick (ein Ire und bekannt als »For I'll no, no, never« nach dem berühmten Song, seinem Lieblingslied) in einer Artillerieabteilung, Trevor ein Matrose in der Handelsmarine, dessen Schiff '42 im Atlantik torpediert wurde, und ich, früher ein Gefreiter im Militärdienst bei der Siebten Panzerdivision[5], der für ein Scheißhaus der Staffel A verantwortlich war – was hätte man mit Leuten wie mir sonst anfangen sollen? Ein unschätzbarer

5 Die Siebte Panzerdivision war im Zweiten Weltkrieg unter dem Oberbefehl von Bernard Law Montgomery (1887–1976) in Nordafrika und Frankreich im Einsatz. Das später erwähnte 8. Husaren-Panzerregiment gehörte zur 7. Panzerbrigade, die wiederum Teil der Siebten Panzerdivision war. (Anmerkung des Übersetzers)

Vorteil des Postens bestand darin, daß er mit einer eigenen Baracke verbunden war; dort konnte ich mich endlich an meinen Fernkurs mit dem Titel »Wie man Kurzgeschichten schreibt und verkauft« machen (natürlich verkaufte ich nie welche). Ich weiß noch, wie wir an einem Abend in der Küche saßen, uns über das Schreiben und die Welt im allgemeinen unterhielten und ich Dick sagte, wie idiotisch und naiv man mit siebzehn wirklich sei. »Himmel«, sagte ich. »Es war ein Wunder; plötzlich hatte ich drei Arbeiter, die mir morgens die *Daily Mail* und mein Päckchen Woods brachten *und* die Scheiße und die Sprüche von den Wänden schrubbten *und* für die Inspektion durch den Kommandeur die Becken putzten usw. Außerdem hatte ich nach einem Jahr in Vierzig-Bett-Baracken endlich Privatsphäre *und* konnte mit diesem Kurs anfangen.« Ich bekam endlich meine erste gute Note für eine Story (sie war der reinste Mist, aber ich nehme an, oben in Temple Bars mußten sie einen gelegentlich ermutigen, sonst wären die Tintenkleckser womöglich verzweifelt und hätten ihr Abonnement gekündigt), und die Note war so gut, daß sie mich sogar zu einem Vorzugspreis für etwas zu interessieren versuchten, was sie einen Plotmeister nannten. Ich erinnere mich noch an die Reklame dafür: »Warum quälen Sie sich mit der Handlung? Keine Kopfschmerzen mehr – schnelle Verkäufe mit dieser Zauberkarte! Romantik, Geheimnisse, Morde, Intrigen sofort zur Hand! Bestellen Sie jetzt, und für nur £ 2,17/6 erhalten Sie umgehend diese unentbehrliche Hilfe für kreative Autoren. Bei Nichtgefallen Geld zurück«

Zwei Pfund, siebzehn Schillinge und sechs Cent? Das war ein Wochenlohn. Dennoch war ich ernsthaft in Versuchung, weil ich mit dem begeisterten Bericht des Prüfers in der Tasche meines Kampfanzugs den festen Boden unter den Füßen verloren hatte (bei dem Prüfer handelte es sich natürlich um einen »Autor von internationalem Ansehen«). Ein Blick auf den Dienstplan belehrte mich allerdings darüber, daß ich eine vierundzwanzigstündige Wache vor mir hatte. »Handlung?« brummte ich bei mir. »Wer braucht noch Handlung? Dieser Kerl, scheint mir, gibt genug Handlung her. Das ist bestimmt wieder Hauptfeldwebel Fox, dieser Mistkerl.« Ich vergaß den Plotmeister ganz.

Nun, hier hatten wir uns versammelt, vier Jahrzehnte später, und waren wieder Unteroffiziere – die Küche wurde zur Messe, wo wir kochten und den Abwasch machten, über Ausgaben berieten, zur Bar (das war der Küchentisch!), zum organisierten Chaos, zum Gemeinschaftsraum – und vor allem war sie Schauplatz endloser Gespräche über jedes Thema; wir schrieben auch einige Briefe. Tatsächlich benutzten wir die Messe für alles, wofür eine Messe gewöhnlich genutzt wird.

Wir unterhielten uns über den Krieg, wie wir ihn in Erinnerung hatten. Trevor schilderte, wie sich die Leute verhalten hatten, als ein Torpedo einschlug (die Maate, die er am meisten bewundert hatte, erwiesen sich als die größten Schwächlinge). Dick erzählte, wie er als Kind in Irland gelebt hatte, ehe er als Rotschopf nach Großbritannien kam und in die Armee eintrat, und ich berichtete von den Dingen, die ich Ihnen bereits berichtet habe. Das Angenehme daran war, daß wir uns über das Schreiben, das Malen, das Leben, den Tod, die Metaphysik und alte Freunde unterhielten – ja, über alles diskutierten, bis hin zu unseren unsterblichen Seelen. Außerdem hatten wir alle Musik, die wir hören wollten.

All dies ging am Tisch vor sich, während Trevor den Kalmar ausnahm und zuhörte. Der Tisch stand voller Flaschen, es müssen jederzeit vierzig Bier gewesen sein. Ich hatte vergessen, wie gut die

Armee für sich sorgte, und hier bewiesen drei Männer ihr Talent, die Dinge zügig so einzurichten, wie es ihnen behagte, ungeachtet der Mengen, die Unteroffiziere tranken. Wenn ich behaupte, daß in gewissem Sinne die Unteroffiziere eine Armee führen, dann wissen Sie jetzt, was ich meine. Dick sagte an einer Stelle, es sei ein Jammer, daß wir keine Feldwebel zum Herumscheuchen hatten, er sei gerade in der Stimmung dafür. Als der einzige Wehrpflichtige unter uns bemerkte ich, daß die Armee zwar für jeden Zivilisten die Hölle sei, ich dort aber manche Freundschaft mit Menschen geschlossen hatte, die ich andernfalls nie kennengelernt hätte. Ich sagte, ich sei immer noch erstaunt darüber, daß dies in einer so trostlosen Umgebung wie einem Depot des Britischen Panzerkorps geschehen könne. Dick meinte, daß die Unteroffiziere (natürlich nicht so geborene Schinder wie Exerzierleiter und Militärpolizisten) das zivilisierende Element in jeder Armee seien, weil ihre Aufgabe nicht darin besteht, Befehle zu erteilen, sondern die Befehle anderer zu interpretieren, worauf ich mich zum Beispiel immer beschränkt habe. Er sagte, daß intelligente Soldaten schlechte Soldaten seien, weil sie den Verstand benutzten, um den Kopf einzuziehen, und er verwies auf meine militärische Karriere als Unteroffizier, der für ein Scheißhaus verantwortlich war, als ein Beispiel für das, was er meinte. Und ich mußte zugeben, daß ich mir – zumindest nicht mehr, seit ich als Kind Hentys Bücher gelesen hatte – niemals hatte vorstellen können, wie ich mit einer zerfetzten Fahne und Schießpulver im Gesicht auf die feindlichen Linien zurannte. Gefallen hatte mir allerdings (und nach Eton war es eine völlig neue Erfahrung für mich) die Art, wie das Chaos funktionierte, ähnlich wie unten im Dorf, wie alle bei einem Bier diskutierten, welche Befehle durchgehen konnten, wie sie waren, und welche hier und da etwas zurechtgebogen werden mußten, ein wenig Interpretation bedurften, ehe sie in eine etwas andere Richtung weitergeleitet wurden, als die Division ursprünglich beabsichtigt hatte. Es war ein demokratischer Akt – es erinnerte an die einfachen Leute, welche am Abend nach der Arbeit die Fabrik verließen und sich in derselben Ecke der örtlichen Kneipe trafen. In der Armee hatten die Feldwebel ihre eigene Messe, und sie respektierten unsere; sie kümmerten sich nie um uns.

Natürlich kann die Armee ebenso gefährlich wie stumpfsinnig sein, und an einem Abend in der Küche, nachdem wir gegessen und die Anzahl der gefüllten Bierflaschen auf zwanzig reduziert hatten, erzählte ich ihnen von meinem Entsetzen an dem Tag, als ich herausfand, daß mein Name auf der Reserveliste für eine Panzermannschaft stand, die im Frühjahr 1951 nach Korea geschickt werden sollte, und wie ich der Versetzung entging, indem ich mich freiwillig für eine Beförderung zum Offizier meldete, ohne daß ich die geringste Absicht hatte, einen der Tests zu bestehen (selbst wenn es mir möglich gewesen wäre).

Ich wollte nicht mit neunzehn sterben, und es blieb mir auch erspart – es war mir gleichgültig, wer mich für einen Feigling hielt (außer dem Major hielt mich niemand dafür). Ich erzählte Dick und Trevor von unserem Abscheu in der Einheit darüber, wie sogenannte »Freiwillige« in diesem Winter 1950 bei Minustemperaturen in den Kampf geschickt wurden und nichts Wärmeres zum Anziehen bekamen, als einem für Südengland ausgehändigt wurde. Freiwillige? Die wahren Freiwilligen waren entweder tot oder hatten sich in der Kälte, die vielleicht schlimmer war als das feindliche Feuer, Nasen, Zehen und Finger abgefroren. Wie auch immer, es dauerte nicht lang, bis das Heeresministerium alle Berufssoldaten aufgebraucht hatte, so daß nur noch wir Wehrpflichtigen zur Verfügung standen.

In der Armee begann ich mir das erstmals vorzustellen, welch ein Gefühl es wirklich sein mußte, erschossen zu werden.

Dave Walters, der im Zivilleben eine Ausbildung zum Steuerprüfer absolvierte, zeigte Wally Walton und mir einen Auszug aus der Wehrdienstverordnung von 1948, in dem erwähnt wurde, daß Wehrpflichtige nur dann in ein Kampfgebiet geschickt werden durften, wenn sie sich freiwillig meldeten. Aber die hohen Tiere kümmerten sich nicht darum; wenn der Wehrpflichtige nicht Freiwilliger wurde, kamen seine Papiere trotzdem mit dem Stempel »Freiwilliger« über der (für ihn glücklicherweise unleserlichen) Unterschrift irgendeines Stabsoberst zurück, und er wurde losgeschickt.

Der Rest von uns sah, was von ihnen übrig war, wenn sie über Japan in das Militärkrankenhaus im Lager des Panzerkorps in Bovington gebracht wurden, wo wir auf den Marschbefehl warteten – dort sah es aus wie im Schlachthaus. Wir besuchten die Überlebenden im Krankenhaus – sie waren schließlich unsere Kameraden, oder? Sie erzählten uns, daß man die Panzer direkt in die Reisfelder schickte, wo sie sich natürlich nach zwanzig Metern im Schlamm festfuhren und nur noch als Artillerie verwendet wurden, bis der Feind sie ausschaltete. (»Bleibt bloß hier«, sagte uns ein Feldwebel durch seine Bandagen. »Die Amerikaner bombardieren unsere Stellungen, weil sie zu blöd sind, um eine Karte zu lesen, und unsere hohen Tiere können ihren Arsch nicht von ihrer Fresse unterscheiden. Es ist ein Himmelfahrtskommando.« Ein Mann in einem anderen Bett sagte: »Ich weiß nicht, ob ich mich fotografieren lassen soll oder nicht. Meine Alte weiß, daß ich in Sicherheit bin, aber was wird sie sagen, wenn sie erfährt, daß ich vier Finger verloren habe und nicht mehr vögeln kann?«)

Es gab keine Erholung für die Mannschaften außer bei Nacht (der Feind verfügte über erstklassige Heckenschützen und tötete jeden, der zu entkommen versuchte), und meistens nicht einmal dann. Also schlief, aß, pißte und schiß man in diesem verdammten Panzer, bis er in die Luft ging. Fast alle Burschen, die im Krankenhaus lagen, kannten wir gut; sie gehörten alle zum 8. Husaren-Panzerregiment oder zur Siebten Panzerdivision, und wir waren die beiden ersten schwerbewaffneten Einheiten, die auf ihren Einsatz warteten. Unser Oberst, der im Zweiten Weltkrieg ein Bein verloren hatte, schämte sich derart für die Verluste des Regiments, daß er nach dem Fiasko am Fluß Imjin eines Abends nach dem Essen in sein Quartier ging und sich erschoß. Ich werde mich immer an den Tag erinnern, als wir plötzlich, nur zwölf Stunden nach der Ankündigung, in die Kaserne zurückgeschickt wurden, nachdem wir in Markham die amerikanische B-52-Basis bewacht hatten, wo ich und einige andere alle möglichen Betrügereien trieben. Wir erfuhren erstmals vor dem Morgenappell davon, als ein kleiner Hauptmann mit einem fetten Arsch, einem rötlichbraunen Schnauzbart und unserem Regimentsabzeichen auf der Uniform eintraf, den noch nie jemand gesehen hatte. Sobald wir zum Appell antraten, gab er eine lange, hysterische Leier über die gelbe Gefahr zum besten und bat um Freiwillige. Wir wußten nicht einmal, wo auf der Karte das Land zu finden war, in das wir geschickt werden sollten, und so streckten nur zwei von uns einhundertachtundsechzig die Hände hoch – beides Berufssoldaten, auf die das Kriegsgericht wartete. Korea erschien wie ein Spaziergang, sagten sie, verglichen mit dem, was man in Shepton Mallet für sie bereithielt.

Ich sagte Dick und Trevor, daß ich mich fragte, ob das nicht einer der Gründe dafür sei, daß ich für Gangster gearbeitet hatte: warum sollte man seine Versprechen halten in einer Welt, in der es niemand sonst tut? Ich fügte hinzu, daß ich mir inzwischen sicher sei, diesen Weg eingeschlagen zu haben, weil es mir ein gewisses Vergnügen bereitete, dem Establishment immer wieder in den Hintern zu treten. Es steht außerdem fest, daß man, falls man selbst nie dieses Bewußtsein hatte, unmöglich die Gedanken eines etwas intelligenteren Abweichlers nachvollziehen kann, und ich wünschte mir, gewisse Autoren würden es nicht versuchen. Sie sollten eine Grundausbildung absolvieren, ein paar Risiken eingehen, eine Nacht in der Obhut unserer Gesetzeshüter verbringen, jemandem, der etwas gegen säumige Zahler hat, einen ungedeckten Scheck andrehen, jemandem in einer Bar widersprechen, wo einen niemand kennt, sich für etwas Gewaltloses, das dem Gesetz wirklich zuwider ist, etwa eine Scheinfirma, fertigmachen lassen, Mutter zum Weinen bringen oder sich sonstwie die Hände schmutzig machen.

Wenn es stimmt, daß Autorität sich immer durchsetzt, dann folge ich haargenau der Logik, nach der Kriminelle zu dem Schluß kommen, daß man dann am besten fährt, wenn man selbst eine Autorität wird. Schließlich ist dies eine genaue Entsprechung dessen, was der selbstgefällige Pöbel tut.

Nebenbei bemerkt sollte ich als eine Fußnote hinzufügen, daß dic Zuneigung, die wir hier in La Puech für die Streitkräfte entwikkelten, ausschließlich retrospektiver Natur war; niemand von uns hatte damals ähnlich empfunden.

In dieser Nacht lag ich eine ganze Zeit im Dunkeln im Bett und dachte: »Es ist schon komisch mit dem Unsichtbaren. Manchmal fühlte ich mich wirklich wie ein Soldat, der irgendwo in der

Dunkelheit allein Wache schiebt und wünschte mir, daß die anderen sich mit der Ablösung beeilen, damit ich in die Baracke zurückkomme.«

Ich hatte Dick und Trevor erzählt, was geschah, nachdem im Sommer '73 meine dritte Ehe in die Brüche ging. Es war am Morgen nach dieser schrecklichen Abendgesellschaft in der Holland Park Avenue, und ich zog bei Susan ein. Der erste Teil meiner letzten Erfahrung in der dritten Ehe war ein unruhiges Essen für acht Personen; mittendrin warf meine Frau ein Glas nach mir und schrie, daß ich mir eine andere Frau suchen könne, wenn ich wollte. Gut, sagte ich, legte Messer und Gabel beiseite, ging auf die Straße hinaus und nahm mir ein Taxi nach Queen's Elm. Susan war gottlob da, was ich irgendwie geahnt hatte. Also ging ich gleich zu ihr, nahm sie in die Arme und küßte sie. Das hatte ich noch nie getan, weil ich wußte, daß ich mich damit von meiner Ehe verabschieden würde; aber jetzt hatte ich mich unversehens von dieser Ehe befreit, und es kümmerte mich nicht mehr.

»Das hast du noch nie gemacht«, sagte sie.

»Jetzt ist alles anders.«

Am Ende des Abends zog ich in ihr Wohnschlafzimmer im Erdgeschoß der Ravenscourt Road 67, W6, ein, ein Gebäude, das Pat Cutts später in Hotel Paradiso umbenannte. Der große Vorzug des Zimmers war nicht die Aussicht (ein Unkrautbeet umwucherte einen verrosteten Fahrradrahmen und ein Stück Geländer), sondern der Stromzähler, den man repariert hatte. Der einzige Unterschied zwischen den Mietern waren die unterschiedlichen Sprachen, die einzige Gemeinsamkeit war, daß wir die Miete nicht zahlen konnten.

Als wir am ersten Morgen aufwachten, sagte Susan: »Du gehst jetzt zu deiner Frau zurück.« Ich nahm sie an der Hand, zog sie aus dem Bett und brachte sie zum Münztelefon im ersten Stock. Ich rief in Holland Park an, und meine Frau sagte: »Wo zum Teufel steckst du? Wann kommst du zurück?«

»Nie«, sagte ich und legte den Hörer auf. »Also«, sagte ich zu Susan, »bist du jetzt zufrieden?« Danach, weil es noch recht früh war, gingen wir wieder ins Bett.

Später am Morgen klopfte jemand an, und der Mieter aus dem vorderen Zimmer im ersten Stock stand vor der Tür. Er war Ire, etwa zehn Jahre jünger als ich, und obwohl es ein kochend heißer Julitag war, trug er einen weißen Wildledermantel mit Pelzfutter, der eher für arktisches Wetter geeignet war, und eine blaue Matrosenmütze. Er trat mit unsicheren Schritten ein und sagte: »Ich bin Seemann. Der letzte Seemann in Hammersmith. Kann mir jemand ein Pfund leihen?«

Ich lieh ihm eins, und er fragte: »Sollen wir ins Thatches House am Ende der Straße gehen?«

Niemand hatte etwas dagegen. Er und ich gingen in die Kneipe, während Susan sich anzog (es war Samstag, deshalb mußte sie nicht ins Flugterminal an der Cromwell Road, wo sie als Buchhalterin arbeitete), und als sie nachkam, waren der Seemann und ich bereits dicke Freunde, und daran hat sich bis heute nichts geändert. Ich erzählte ihm von meiner Rückreise aus den Vereinigten Staaten auf einem britischen Kahn namens *Gloucester City*. Während ein Pintglas nach dem anderen auf die Theke gestellt wurde, machten wir uns dieses Schiff zu eigen; es wurde zu einem mystischen Schiff, wie der Fliegende Holländer, auf dem ich als Kapitän und er als Erster Offizier diente. Selbst jetzt, wenn ich ihn in seinem Schlupfwinkel in Cornwall ausgraben könnte, wäre die Begrüßung noch dieselbe:

»Morgen, Erster. Ordentlicher Seegang heute.«

»Aye-aye, Sir.«

»Ich will auf diesem Schiff keine Aye-ayes hören, Erster. Ich kann's nicht ausstehen.«

»Alles klar, Kapitän.«

»Im Kadettenraum alles in Ordnung? *Gloucester City* auf Kurs? Alles unter Dampf?«

»Bier wird knapp, Sir. Mädchen auf Steuerbord, Sir.«

»Kurs Steuerbord, wenn ich bitten darf, Erster. Entermannschaft fertigmachen.«

»Mannschaft bereit, Sir. In der Offiziersmesse wird gesungen, Sir.«

»Sehr gut, Erster. Sollen weitermachen. Aber nicht zu laut.«

»Nicht zu laut, Sir. Helmsmans Bariton singt die Solostimme in ›Royal Canal‹.«

»Übernehmen Sie das Ruder, Erster. Ich kann das Schiff doch nicht auf Grund laufen lassen.«

So ging es zu damals, als Raymsay Williams, Morris O'Dwyer, Michael Clay, John Raymond, Derek Head, Pat Cutts und der Rattenfänger noch lebten.

»Auf Wiedersehen, Pat. Auf Wiedersehen, Hotel Paradiso.«

Trevor, Dick und ich saßen einige Nächte später hier in Le Bourg am Tisch und hatten unzählige Flaschen Bier vor uns, als Trevor plötzlich fragte: »Was ist eigentlich aus diesem dunkelhäutigen Burschen geworden, für den du damals in den Sechzigern in London gearbeitet hast? Du weißt doch, dieser Inder, der Oberst.«

»Charles, meinst du?« sagte ich. »Er ist umgebracht worden.«

»Wir haben ihn immer bei Muriel's gesehen und in Soho«, sagten sie, »und dann war er plötzlich einfach nicht mehr da, und jemand sagte uns, er sei tot. Wie meinst du das, er ist umgebracht worden?«

»Es ist nie bewiesen worden«, sagte ich, »das sollte es auch nicht. Es ist einige Jahre, nachdem ich bei ihm gekündigt habe, passiert – es muß so '65 gewesen sein, als überall die Konten ausgeglichen wurden, nachdem die Krays Konkurs angemeldet hatten und die Bullen herumschwirrten und in alles große Löcher rissen. Charles, Himmel, ich habe nie gehört, daß es irgendwo anders gründlicher erledigt wurde. Ja, ich war inzwischen längst abgesprungen; die meisten von unserer Gang waren entweder im Knast oder tot. Vierzehn Tage, bevor er starb, lief ich Charles ganz zufällig über den Weg –, es war im Sommer '65, und ich wollte mich in Cunningham's Oyster Bar mit Sams Stiefvater zum Essen treffen, aber er hatte telephonisch eine Nachricht hinterlassen, daß er nicht kommen könne. Ich war schon auf dem Weg nach draußen, und ihr wißt ja, wie dunkel es in dieser Bar ist, als eine wohlbekannte Stimme, die ich seit Ewigkeiten nicht gehört hatte, nach mir rief. Ich konnte zuerst nicht erkennen, um wen es sich handelte, weil sein Gesicht dieselbe Farbe wie die Wand hatte; alles, was ich im Halbdunkel sah, waren seine Zähne. Nun, auf den ersten Blick sah er so phantastisch aus wie immer – Savile Row, Platinarmbanduhr, die übliche Arbeitskleidung –, nur hatte ich den Eindruck, daß er irgendwie deprimiert war. Gut, ich hatte in der Zeitunge gelesen, daß er einen guten Grund dafür hatte; er erwartete im nächsten Monat seine Verurteilung wegen des Besitzes gefälschter Banknoten-Druckplatten, und dazu kamen natürlich die siebzehn Jahre, die er im

Knast gesessen hatte, und einige andere Dinge, die die Justiz gegen ihn verwenden konnte.

Wie auch immer, er sagte, wenn ich sonst nichts zu tun hätte, würde er mich zum Essen einladen. Also tranken wir beide einen Campari und suchten uns einen Tisch, aber als das Essen kam, stocherte er nur darin herum. Dann blickte er von seinem Teller auf, sah mich an und sagte: »Ich war lang genug hinter Gittern. Siebzehn Jahre, und drei davon in Regensdorf in Dunkelhaft (das war die Schweizer Tiara-Affäre), und jetzt bin ich fünfundfünfzig. Ich kann keinen Haferbrei mehr sehen, ich kann nicht mehr.‹

Ich will euch nur daran erinnern, daß Charles sehr anständig zu mir war; er war ein guter Chef. Klar, ich habe auch meine Arbeit gemacht, und Mortmayne hatte eine ziemlich anspruchsvolle Art von Bankbetrug drauf – außerdem war ich bekannt dafür, daß ich den Mund halten konnte. Dennoch, er hatte keinen zwingenden Grund für das, was er tat, als er Jahre später eines Nachmittags ins Muriel's kam, um fünftausend Pfund auf ein Pferd zu setzen, und mich dort zufällig traf. Ich war völlig abgebrannt und schaute nur mal herein – es gab im Muriel's immer einen Pferdewetter, dem man einen Gin-Tonic abquatschen konnte. Als sie mich eintreten sah, rief Muriel: ›Na, schaut mal, wer da kommt, wenn das nichts Mrs. Cooks kleines Mädchen ist! Mach die verdammte Tür hinter dir zu, Süßer, es zieht furchtbar. Du willst doch sicher nach oben in den Malts-Club, oder was soll ich mit dem Haufen Schuldscheine anfangen, die ich hier noch von dir liegen habe? Die sind fünfhundert Pfund wert.‹ Dann trat Charles ein. Er brauchte uns nur zuzuhören, um zu begreifen, daß ein alter Kollege in Schwierigkeiten steckte. Er platzierte seine Wetter, steckte mir etwas in die Brusttasche und ging, indem er sagte, daß er wie ein Verrückter durch die Gegend lief und jemanden suche. Ich ging aufs Klo, um nachzusehen, was er mir zugesteckt hatte (ich frage mich, was dieses Klo im Colony Club nicht schon erlebt hatte. Es war etwas kleiner als Christies Privatfriedhof am Rillington Place 10[6] und man sah durch Gitterstäbe auf eine Backsteinmauer hinaus), und stellte fest, daß es sich um Fünfpfundnoten im Wert von dreihundert Pfund handelten, ein nettes Sümmchen damals. Jedes Geld ist nett, aber man verehrt es nur dann richtig, wenn man pleite ist, und an jenem Tag war ich pleite.

Wie auch immer, als wir ins Cunningham's zurückgingen, sagte Charles: ›Nun, wenn ich nächste Woche auf der Tagesordnung stehe, dann bestimmt nicht, um wieder an die frische Luft zu kommen.‹

›Ich weiß‹, sagte ich, ›es stand im *Standard.*‹ Ich sagte nicht: ›Was zum Teufel hast du mit gefälschten Druckplatten zu schaffen, Charlie? Du hattest die besten Beziehungen in ganz Europa. Du weißt nicht das geringste über gefälschte Platten, also wie zum Teufel bist du in diese Sache hineingeraten?‹

Ich wußte noch einige andere Dinge. Zunächst einmal waren ihm die schweren Jungs auf den Fersen, denen er fünfzig Riesen schuldete, und es waren Leute, die noch nie das Wort ›nein‹ gehört hatten. Dann hatte er mit den Spekulanten nicht mehr so gute Beziehungen wie früher, und drittens wußten diese schweren Jungs, daß er mit den Nerven am Ende war, und sie fürchteten, daß er sich mit der Justiz auf einen Handel einigen würde.

›Hau einfach ab‹, sagte ich.

6 Anspielung auf den 1953 gehängten Serienmörder John Christie, der in seiner Wohnung Rillington Place 10 u. a. die Leichen seiner Frau und mehrerer Prostituierter unter dem Fußboden und hinter der Wandtäfelung versteckte. (Anmerkung des Übersetzers)

›Das Problem ist, wenn der *Standard* einen auf der ersten Seite als Legende bezeichnet, wird es sehr schwierig, einfach abzuhauen‹, erwiderte er. ›Man ist gebrandmarkt.‹

Es kann sehr anstrengend sein, mit einer Legende zu essen, vor allem, wenn ihre Zeit abläuft. Jedenfalls gab ich Charles meine Telefonnummer und wir verabschiedeten uns voneinander, und als ich vierzehn Tage später das nächste Mal von ihm hörte, war er tot.«

Ich erzählte Dick und Trevor: »Es dauerte eine ganze Zeit, bis ich herausfand, was geschehen war. Die Leute, denen er Geld schuldete, erwischten ihn, bevor er vor Gericht aussagte. Ich glaube nicht, daß Charlie je gesungen hätte, ganz gleich, in welchen Schwierigkeiten er steckte; ich habe guten Grund zur Annahme, daß er kein Denunziant war. Dennoch, die anderen nahmen wohl an, er könne weich werden, wenn der Prozeß anfing, also machten sie ihn ausfindig und sagten: ›Hör zu, Charles, es verhält sich so. Wir haben einen wohlgesinnten Anwalt, er wird von uns bezahlt, es ist alles arrangiert. Wenn du vor Gericht gehst, dann wird er auf Unzurechnungsfähigkeit plädieren und das Gericht dazu bringen, alle Anklagen gegen dich fallenzulassen, sofern du dich zu einer Therapie bereit erklärst. Du mußt nur in einem Punkt mit uns kooperieren, ja? Es muß alles wirklich überzeugend aussehen, verstehst du? Du wirst dich also – wir haben bereits das Zimmer reserviert – in diesem schrecklichen kleinen Hotel drüben in Paddington einmieten (gut, es ist nicht das Hilton, aber für eine Nacht wird's reichen), ziehst dich aber nicht aus, sondern legst dich einfach aufs Bett und schluckst diese Pillen, die hier. Hör zu, sie werden dich umhauen, und für ein paar Stunden wirst du dich hundsmiserabel fühlen, aber es wird wie ein Selbstmordversuch aussehen, wenn wir ankommen, die Tür eintreten und du bewußtlos daliegst. Wir lassen dich von unseren Quacksalbern untersuchen, den Mageninhalt analysieren usw. usw., und das war's dann schon. Du mußt nur tun, was wir sagen, dich im Hotelzimmer aufs Bett legen und dir wirklich diese verdammten Pillen reinwerfen und so tun, als wärst du wirklich deprimiert, sonst wirkt es nicht überzeugend … und vergiß den Schotter, Charlie, übers Geld reden wir an einem schönen Tag, wenn wir das alles hinter uns haben, in Ordnung?‹«

»Na gut«, sagte Dick, »er schluckt also diese Pillen, und was passiert dann?«

»Nichts passiert«, sagte ich. »Er meldet sich in diesem Hotel an, legt sich hin, schluckt die Pillen, und wer kommt vorbei? Niemand. Wer tritt die Tür ein? Niemand. Keine Sau kommt. Sie haben ein Schild mit der Aufschrift *Bitte nicht stören* an die Türklinke gehängt. Und das war für mich das Tüpfelchen auf dem i. Die Bullen haben keine Fingerabdrücke gefunden. Nichts. Für sie war die Sache klar. Ihn erwartete ein Prozeß, er war deprimiert und hat das Handtuch geworfen. Ein perfekter Mord, Trevor? Darauf kannst du wetten – einfach perfekt ausgeführt.»

»Denkt nur an Constance«, sagte ich zu den Unteroffizieren. »Ihr erinnert euch doch sicher an Constance. Sie war komplett verrückt. Wißt ihr, man legte sich schlafen, und hinterher fehlte ein Scheck im Scheckheft, den sie mit ihrer Version deiner Unterschrift gezeichnet hatte, um damit ihre Gasrechnung von neunundzwanzig Pfund zu bezahlen. Wenn man sie damit konfrontierte, schließlich kannte man ihre Handschrift so gut wie die eigene, brach sie in Tränen aus. ›Warum tust du das deinen Freunden an, Constance?‹ Sie hatte feuchte Augen. ›Aber das war ich doch nicht!‹ Und sie glaubte es wirklich. Und mit Recht. Sie kannte die andere Constance nicht – sie redeten nicht miteinander. Die Constance, die sie kannte, hätte alles für einen getan, und nur der Himmel weiß, woher die andere Constance ihr das Geld beschaffte, um ihr aus der Patsche zu helfen.«

»Kleinkram«, sagte Dick.

»Vielleicht«, sagte ich, »aber das Prinzip ist dasselbe. Und ich bin mir nicht sicher, ob das Kleinkram ist. Sie hat gelitten. Sie war nicht abgebrüht genug, um nicht zu leiden. Sie hat wirklich daran geglaubt, daß sie ein guter Mensch war, zumindest der Teil ihres Ichs, den sie kannte. Es war das Fremde in ihr, das sie immer wieder hinunterzog.«

14

1948. June? June, bist du da? Erinnerst du dich an Johnny Watsons Bar in einer Seitenstraße der Sloane Street? Dieses alte Haus mit dem dunkel getäfelten Raum, der früher als Empfangszimmer diente, und den bunten Art-deco-Fenstern an der Treppe zur Latrine im ersten Stock, das die neuen japanischen Besitzer inzwischen rausgerissen haben?

Das war Johnny Watsons Bar. (»Oberst Watson, dieses Arschloch«, sagte mein Bruder Harry, »er war Zahnarzt und im Krieg Fliegerleutnant.«)

Ich war ein junger Idiot von siebzehn Jahren, der vom Krieg nicht mehr wußte, als daß Bomben fielen, und Harry und ich stiegen, bereits mit schwerer Schlagseite, die flachen Marmorstufen in den Astra Club hinauf, und dort stand sie, einen Schleier im Haar, in einem schwarzen Cocktailkleid hinter der Bar, servierte den echten Piloten Gin und den falschen Piloten Gin und trank selber Gin, langsam und die ganze Zeit.

June!

Natürlich hat es immer Opfer gegeben. Du bist ein Opfer gewesen. Einige von uns können immer wieder in ihre Vergangenheit zurückkehren, sofern sie eine haben. Du konntest in deine nicht zurückkehren, außer mit einem bestimmten Schlüssel, der in eine bestimmte Tür paßte. Der Schlüssel lag auf dem Boden der Flasche, und wenn du ihn erst hattest, konntest du durch die Tür in deine Vergangenheit entwischen. Ansonsten hatten du und die anderen keine Vergangenheit. Du hattest keine Vergangenheit, June.

(Es ist sehr schmerzlich, sich dies noch einmal zu vergegenwärtigen – die Erinnerung stolpert über Witwen in der Dunkelheit, stört den Schlaf der Toten, in Spinnweben verwandelte Göttinen, wirbelt Goldstaub von alten Masken auf, die ans Vergessene rühren, verursacht Geräusche, weckt die Göttinnen mit den tiefschwarzen Augen, die augenlosen, veranlaßt sie, sich aufzusetzen und ihre Knochen mit dem Geräusch alter Damenschuhe aneinanderzureiben, die in einer verschwommenen Dachstube angezogen werden, eine Schönheit, die nur geschaffen wurde, damit andere sich daran erinnern können, wie sie sich rührte, deinetwegen aufgeschreckt aus dem längsten Schlaf – und nur deinetwegen geht sie wieder umher, nur deinetwegen bewegt sie sich wieder. Du dringst ein mit deiner Überheblichkeit, noch am Leben zu sein, bist schuld, daß die Schatten Schmerz empfinden, sich rühren und aufsetzen, wenn du mit deinen Erinnerungen in ihre Mitte platzt, auf ihnen herumtrampelst, die Toten gegen ihren Willen wandeln läßt, sie beleuchtest, sie von der letzten schwarzen Wand ihres Schlafs wegdrängst, wo sie zusammengekauert liegen, die vergangenen Gesichter ausdruckslos von allem Schrecken abgewandt, und ohne Raum einzunehmen.)

Du hast etwas Wahnhaftes an dir, June. In der Erinnerung erscheinst du liebenswert, erinnerst an einige Zeilen von Flecker, und alles andere wird unwesentlich: »*But now through gentle seas she softly runs, painting the mid-sea green and the shore-sea green, yet patterned vine and grapes in gold* …« Das ist vollkommen unwirklich. Selbst in meinem betrunkenen Zustand war es alles andere als das. Die Streiche, die einem die Erinnerung spielt, verwandeln Katastrophen in etwas so Krankes wie den Deckel einer Pralinenschachtel.

Wie bemerkenswert ist doch das Innere eines Kopfes. Gewöhnlich ist es dunkel darin. Dann leuchtet ohne erkennbaren Grund ein Scheinwerfer auf, und ein kleiner Teil der Dunkelheit wird zu einer hell erleuchteten Bühne, die ein *tableau vivant* darstellt. Das Licht rückt weiter, und ein anderes *tableau vivant* wird sichtbar, dann noch eins und noch eins. Dann erlischt der Scheinwerfer – vor allem wenn derjenige, der ihn eingeschaltet hat, nicht an das erinnert werden will, was er da sieht. Dieses Schauspiel ist außerdem bemerkenswert für die Fähigkeit, Bilder entweder vollkommen zu entstellen oder sie auf eine so unbarmherzig betonte Art darzustellen, daß sie noch gnadenloser erscheinen als die ursprüngliche Erfahrung, deren ganzes Grauen der Zuschauer damals offensichtlich nicht erfassen konnte.

Ich weiß immer noch nicht, was der Tod ist, obwohl ich zugesehen habe, wie er andere ereilte, und ich werde es erst wissen, wenn es mich selbst erwischt. Ich weiß, daß das Sterben zum einen eine Folge des Verlustes, zum anderen eine Folge des Elends über das Erlittene ist, das irgendwann so schwer wiegt, daß es alles vergiftet und man nicht mehr weiter kann. Vor allem geht es um den Konflikt zwischen dem eigenen Willen und dem allgemeinverbindlichen Vertrag, der in einem Artikel die Anzahl an Stunden versteckt, die einem zur Verfügung stehen. Ein Mann in London sagte mir einmal: »Ich will nicht bis zum Ende auf die Probe gestellt werden, aber die Zeit wird mich unweigerlich vernichten, so steht es im Vertrag.« Keine besonders originelle Feststellung, bis man selbst an der Reihe ist, und dazu kann es kommen, wenn einem selbst der Alkohol nicht mehr hilft, wenn Wille und Hoffnung erschöpft sind und der Körper ungehindert allem ausgesetzt ist, was ihn dahinrafft.

Ich habe das bei June erlebt, die ihrem Mann so schnell folgte wie sie konnte, und ich sah ihr dabei zu, auch wenn ich zu jung war, um zu begreifen, was wirklich geschah. Ich habe ihr Ende immer noch vor mir. Eine Frau so jung sterben zu sehen, ist das Traurigste, was ich je erlebt habe, und ich will über June nachdenken, solange der Scheinwerfer, den ich auf sie gerichtet habe, noch strahlt.

June heiratete am Vorabend des Krieges einen neunzehn Jahre alten Fliegerleutnant eines Geschwaders, an das ich mich nicht erinnere (des 615ten vielleicht?), obwohl Harry es mir sagte. Seine Maschine stürzte im Herbst '40 über Sussex ab. Seit meinem letzten Besuch ist viel Zeit vergangen, aber einige von uns sind hier, wenn auch nur wenige, die noch für dich da sind, du bezauberndes, betrunkenes, verzweifeltes, schönes Mädchen, das mit einundzwanzig zur Witwe wurde. Der Herbst ist für dich schnell gekommen; der Winter brach an, noch bevor du wußtest, daß du alt geworden bist. Die Liebe ist für dich aus dem Himmel gefallen, aber immer tiefer gestürzt. Kannst du dir vorstellen, daß wir nicht an dich denken? Es stimmt, daß wir nicht im Regen unter den Bäumen hervortreten, um an dich zu denken, aber wir wissen noch, wie du dich uns an jenem Abend im Astra zugewandt hast. Dein Blick war durchdringend, ausdruckslos vom Alkohol, und du hast uns nicht gesehen … du sagtest … schau mich an … alles in Ordnung, noch einen Doppelten?

Es läßt sich leicht behaupten, wie es einige taten, daß viel geredet wurde: dieses junge, hübsche Mädchen, wie heißt sie doch gleich, June, Himmel, ich durchschaue sie auf den ersten Blick, ich könnte sie an die Wand nageln, sie sollte sich mal zusammenreißen, ich meine, also wirklich, George, schau sie dir an, alter Junge, sie läßt sich einfach hängen. Aber auch: an deiner Stelle wäre ich hinter ihr her, ich würd's ja selbst tun, aber ich hab Carla im Nacken, und die macht mir immer gleich eine Szene.

Es ist leicht zu sagen, du hättest dich zusammenreißen sollen, June; vor allem, weil sie es nicht wagten, es dir ins Gesicht zu sagen. An diesem Abend, als du deinen Drink abgestellt hast und Harry in die Arme gefallen bist (die dich glücklicherweise erwarteten), sagtest du bloß: »Sie sind ein Gentleman, sie wollen mich nicht vergewaltigen.« Mein Herz klopft mir in der Kehle, wenn ich an dich denke, süßes, gebrochenes Mädchen, wie du daran geglaubt hast, wenn du hinter der Bar standest, wo die falschen Piloten neben den echten tranken, und sie über Flugzeuge reden hörtest. Du hofftest, ihr Gelaber könnte ihn dir näherbringen, und du hast serviert, bis das Gelage endlich vorüber war, so daß du, schon halb betrunken, den Laden dicht machen, zusammensacken, dich in dein Wohnschlafzimmer in den Vere Gardens davonmachen konntest, um dir die Flasche zu packen, sie anzuschreien, mit ihr zu reden, sie zu leeren und zusammenzubrechen. Es ist schwer, verdammt schwer, im falschen Jahr so verliebt und mit zwanzig Jahren für nur vier Monate verheiratet, seinem Mann für nur fünfzehn Tage Urlaub eine Frau zu sein.

Als Harry und ich sie bewußtlos heimbrachten und ins Bett legten, sah ich ihre nackte Brust, die aus dem Nachthemd gerutscht war, und bückte mich, um sie zu küssen, aber Harry schleuderte mich mit einem Stoß durchs ganze Zimmer und sagte: »Kriegswitwen sind nichts für kleine Scheißer wie dich.«

Kurz darauf wurde ich in die Armee einberufen, und es dauerte eine ganze Zeit, bis ich erfuhr, daß June tot war. Manchmal ist die Erinnerung wie Musik; das Lied ist Selbstzweck.

Ich habe einmal eine alte Dame sterben sehen; ich fand sie um viertel vor vier am Morgen nach einem Herzanfall in ihrer Wohnung, weil sie am Tag davor sich halb zu Tode erschrocken hatte über den Dreckskerl, der immer die Regenrinne bis zu ihrem Wohnzimmer hinaufkletterte, um meine Exfrau zu vergewaltigen und zu verprügeln. Ein Krankenwagen holte sie ab, und später besuchten wir sie im Obergeschoß des neuen Blocks des St. Stephen's Krankenhauses, wo sie auf dem Rücken lag. Während sie starb, sagte sie zu jemandem, den sie an der frischgetünchten Decke sah: »Liebling, mein Liebling, laß mich gehen – wie lang? Wie lang?« In ihrem Koma lag sie völlig reglos da, zum ersten Mal seit langer Zeit warm nach dem Aufenthalt in dieser eiskalten Wohnung – keine Miete mehr, Socken im Bett, heiße Wasserflaschen, Herzpillen oder Nachtgeschirr für sie.

Bei der Bestattung war mir schlecht, und als sie über die Rampe in den Ölofen hinunterrutschte, ging ich hinaus hinter die Kirchc, wo ich dem Ofen und damit ihr näher war und mir nicht das idiotische Psalmodieren des schottischen Diakons anhören mußte. Hinter der Kirche lag ein kahles, vernachlässigtes Gelände. Ich pflückte eine wilde Rose, die in der Mauer wuchs, und hielt sie mir die Nase, um den Verbrennungsgeruch zu übertönen. Dann wartete ich, bis alles vorbei und das Tosen der Flammen abgeklungen war.

Nach der Bestattung unterhielten sich ihre Verwandten vor allem darüber, wieviel Geld sie zurückgelassen hatte, wo es sich befand, wer es von der Bank holen würde und was mit ihrer Armbanduhr aus Walzgold geschehen war. Sie wußten nicht, daß wir die Armbanduhr an uns genommen hatten. An dem Tag, als sie starb, hatte ihre Besitzerin uns gesagt, daß wir sie nehmen und damit machen könnten, was wir wollten, also hatten wir sie schon versetzt, so wie alles andere, was in der Wohnung noch einen Heller wert war. Auch die Parzelle in der King's Road hatten wir verhökert, wobei wir um den Erlös beschissen worden waren. Nach dem Begräbnis sahen wir die miesen alten, schwarzgekleideten Verwandten, die angenommen hatten, der Todesfall sei einen Erste-Klasse-Flug nach London wert, im Kehricht herumhüpfen und -wühlen wie Geier in einem Haufen Scheiße, während ich mich mittendrin aufs Bett legte und über die schieflachte, die in den leeren Ecken herumscharrten. »Wenn ihr nichts dagegen habt«, sagte ich, »verkauft das Bett bitte erst, wenn ich nicht mehr drin liege.«

Was geben sie doch für einen widerwärtigen Anblick ab, diese ehrbaren Vertreter der Mittelklasse mit ihren herabgelassenen Knickerbockern.

Das letzte Mal, daß ich Fred, den Flügel, sah, bevor er sich umbrachte, teilten wir uns unten in Italien ein Zweibettzimmer in da Rodolfos in La Rocca. Ich wußte, daß Fred sich in einem schlechten Zustand befand, denn er war ständig betrunken und redete dauernd über die Zeit, als er 1940 der Royal Air Force beigetreten und in ein Bombergeschwader versetzt worden war, als eines der Flugzeuge brennend zurückkehrte und sein bester Freund in Flammen heraussprang und in Freds Armen schreiend starb.

Das war der Grund, warum er darauf bestanden hatte, mich zu begleiten – was ich eigentlich nicht wollte und ihm auch so sagte –, aber ich wußte nicht, wie schlecht es wirklich um ihn stand, bis wir dort ankamen. Er sagte mir gleich, daß er nicht wüßte, wo er sich befand, und daß er Angst habe. »Verlaß mich nicht«, sagte er immer wieder, »verlaß mich nicht.« Seit seinem letzten Unfall war er kein besonders angenehmer Anblick mehr, aber schließlich sind Freunde dafür da, über solche Feinheiten hinwegzusehen und einem herauszuhelfen. Aber seine ununterbroche Gegenwart bei Tag und Nacht machte mir schwer zu schaffen und, schlimmer noch, hielt mich von einigen Dingen ab, die ich unten in Principina da Mara zu erledigen hatte. »Bitte, Fred«, sagte ich dauernd, »geh einfach mal eine halbe Stunde raus, eine Stunde vielleicht, hörst du, damit ich erledigen kann, weswegen ich überhaupt hergekommen bin.« Aber jedesmal, wenn ich dergleichen sagte, brach er in Tränen aus und trank eine Flasche Stock 84, so daß ich am Ende in unserem schwülen Zimmer die Geduld verlor und ihm anbot, sich mit ein paar Scheinen zu verpissen. Als auch das nichts half, stand ich mitten in der Nacht auf, ließ ein paar Lira auf dem Bett liegen, genug, daß er den Rückflug bezahlen konnte, und fuhr zu den Sizilianern hinunter, die über einem Bordell in Ansedonia lebten. Erst als ich nach London zurückkehrte, erfuhr ich, daß er sich umgebracht hatte.

Macht mich das nicht zu einem anständigen Kerl, daß ich solche feinfühligen literarischen Analysen praktiziere? Und das hat man mir zu Recht vorgeworfen; Leute sagten, ich habe ihn im Stich gelassen. Man findet in Soho und Umgebung Menschen, die es praktisch zu ihrem Beruf gemacht haben, sich wie ein griechischer Chor zu gebärden, und ich hielt es damals für eine blödsinnige Anschuldigung.

Aber in dieser Hinsicht bin ich mir bei weitem nicht mehr so sicher. Ich wünschte nur, die Zeit, die mir noch bleibt, würde nicht verzerren, was ich in jenen Tagen tat, als man glaubte, man habe noch soviel Zeit vor sich, daß es nicht darauf ankäme, was man anstellte.

Das Schwierigste an diesen Erinnerungen ist das Bemühen, ehrlich zu sein – es besteht eine zu große Diskrepanz zwischen meinen relativ unbefleckten Gedanken, Vorstellungen und Gefühlen und meinem wirklichen Verrat, meiner Flucht und den schmutzigen, feigen, häßlichen Dingen, die ich Menschen in Momenten der Wut oder Panik antat.

Es gibt kaum einen Zweifel, daß die gewalttätigsten Menschen jene sind, die am meisten Angst haben.

Noch bevor ich dort ankomme, ist mir klar, daß die Hölle ein lauter Ort sein muß. Wie in einer Kneipe dient sie dazu, die innere Stille zu übertönen; im Glück dagegen, glaube ich, erweist sich die Stille als das größte Geschenk, wenn man einen Weg findet, sie zu hören und zu ertragen.

Le Bourg, 30. September 1988, 5.55 am Morgen. Jetzt, da Trevor und Dick weg sind, dringt das Alleinsein tief in mich. Es ist der Gegensatz, es sind die großen Löcher des Schweigens überall im Haus, wo ihre Stimmen waren.

Dennoch tut es mir nicht allzu sehr leid. Ich kann mir oft nicht vorstellen, warum es mir vergönnt war, so lange durchzuhalten, um die Schönheit genießen zu können, die mich hier umgibt, und doch bin ich da. Dieses ganze Zimmer, wenn ich es im Morgenrock durchschreite, die Küche mit ihren Balken aus Pappelholz, ist mit dem Rauch des ersten Herbstfeuers von gestern nacht parfümiert. Wenn ich auf die Terrasse trete, ist das Tal tief in Nebel getaucht, und die Bäume auf dem Berghang gegenüber wiegen sich in absurder Feierlichkeit, nicken einander mit einem Ausdruck trunkener Gewißheit zu, wie gekrönte Häupter.

Nein. Wenn ich an all jene denke, die an diesem Herbstmorgen bei mir, an meiner Seite sein sollten, kann ich nicht begreifen, warum ich allein bin, es allein erlebe. Wir waren so viele, und keiner von uns ließ sich die Schönheit eines solchen Morgens entgehen, nur weil er drei Nächte hintereinander durchgetrunken hatte; im Gegenteil.

Später am Morgen, nachdem ich meinen Kaffee auf den Balkon getragen und, über den Balkon gelehnt, um die Aussicht zu genießen, ausgetrunken hatte, ging ich nach Millau hinunter, um mich nach meinem Tonbandgerät zu erkundigen, frühstückte aber erst mit Abel und Robert im »Theater«. Im Laden sagte mir der Besitzer, daß die Reparatur des Tonbandgeräts noch einige Tage dauern würde, und zwar deshalb, weil der zuständige Herr nicht schneller arbeiten könne, er habe nämlich nur einen Arm.

15

Das Dasein gleicht zuweilen dem, was ein Artilleriebeobachter an der Front durch den Feldstecher von den feindlichen Linien sieht – einem fernen, beunruhigenden Geschehen, das plötzlich mit einem Reichtum an widerlichen Details in den Brennpunkt rückt.

Mit dem Feldstecher meine ich das Schreiben. Das Alltagsleben zeichnet sich natürlich dadurch aus, daß man keinen solchen Feldstecher zur Hand hat. Die Situation ist in beiden Fällen dieselbe, die Gefahr entsprechend. Aber wenn man nie einen näheren Blick auf die Stellungen geworfen hat, die man angreifen muß, kann man bis zum letzten Moment in einem Zustand verschwommener Hoffnung weiterleben, der an Heiterkeit grenzt. Der Tod ereilt einen ebenso unerbittlich, plötzlich, aber aus einem Nebel heraus, so daß einem kaum Zeit bleibt, um zu erkennen, was geschehen ist.

Aber die Konzentration, die das Schreiben einem abverlangt, läßt keinen Platz für solchen Luxus – sie vergrößert, schärft alles, was vor einem ist; es bleiben weniger Illusionen.

Mit der Rückkehr vom Schreiben ins normale Leben verhält es sich ähnlich. Die Probleme und Ängste vernebeln sich, verschwimmen wieder. Sie sind nicht mehr in ein Gebilde auf dem Papier komprimiert; man hat kein Fernglas mehr zur Hand. Die gegnerischen Linien, die sich durch das Fernglas als vermint, uneinnehmbar, von tödlichen Fallen starrend erwiesen, wirken jetzt, mit dem bloßen Auge, relativ harmlos. Und es spielt noch ein anderer Aspekt eine Rolle. Du weißt, daß du persönlich heute nicht angreifen wirst – die Leute an der Front sind an der Reihe. Du nimmst es fast gefühllos zur Kenntnis, denn nach dem, was du durch das Fernglas gesehen hast, weißt du, daß sie sterben werden. Aber weil du weißt, daß es, solange Wogen von Menschen vor dir sind, nicht *dich* treffen wird, kannst du dir ein absurdes Gefühl von Unbeteiligtsein erlauben, eine Nonchalance, die verschwindet, sobald du wieder durch das Fernglas blickst. (Zu beobachten, mit wieviel Mitgefühl auch immer, wie jemand reagiert, der gerade im Sprechzimmer eines Arztes erfahren hat, daß er an einer tödlichen Krebserkrankung leidet, ist nicht im mindesten mit dem Gefühl zu vergleichen, wenn man erfährt, daß man selbst tödlich an Krebs erkrankt ist.)

Das ist der Grund, warum ich nicht viel von dem verstehe, was ich durch den Feldstecher sehe, und warum ich niemals viel davon verstehen werde. Die Einzelheiten verkomplizieren das Rätsel, sie vereinfachen es nicht. Zum Beispiel weiß ich aus dem, was ich durch das Fernglas gesehen habe, daß die Leute an der Front, die über die linke Seite angreifen sollen, größere Chancen haben, den Angriff zu überleben, als die auf der rechten Seite.

Aber warum? Warum sollten sie auf der linken und die anderen auf der rechten Seite sein? Warum trifft eine Katastrophe A und nicht B? Es ist absurd! Warum bleiben manche Personen bis zum letzten Moment unbeschadet, während andere bei der Geburt sterben oder mit dem Startschuß einen langen Marsch durch die Hölle antreten? Ich weiß es nicht. Und weil ich es nicht weiß, beginne ich die Bedeutung der Metaphysik zu begreifen, die sich mit solchen Fragen befaßt wie: »Warum bestehen grobe Unausgewogenheiten im Gerüst des allgemeinverbindlichen Vertrages?«

Soweit es mich betrifft, ist es unumgänglich, diese Frage zu stellen. Es scheint mir, daß die Zukunft von unserer Antwort darauf abhängt: ob das Dasein, so wie es sich darbietet, zu einer für jeden lebenswerten Erfahrung gestaltet werden kann. Sollte sich herausstellen, daß dies nicht möglich ist, denke ich, kann die Welt nur Rückschritte machen, denn dann befinden wir uns in der paradoxen und nicht beneidenswerten Situation, daß wir unfähig sind, die Fragen zu beantworten, die der allgemeinverbindliche Vertrag aufwirft, und es wird nichts als Leere bleiben zwischen uns und den Zeiten, in denen wir leben.

Wir leben in gefährlicheren Zeiten als je zuvor. Das deprimiert mich; es bedeutet, daß die Menschheit keinen Fortschritt gemacht hat. Der Gedanke liegt nahe, daß es daher keine Fragen mehr gibt, die es wert sind, gestellt zu werden, und so auch keine Antworten.

Dennoch erscheint es mir nötig, Fragen zu stellen, die sich nicht beantworten lassen, auch wenn ich nicht gleich genau sagen kann, warum. Ich kann nur sagen, was ich fühle – daß die verschleierte Sinnlosigkeit des menschlichen Daseins, wenn man diese Fragen nicht einmal formulierte, unerträglich offensichtlich würde. Es ist gut möglich, daß die Antwort auf die Hauptfrage, die sich uns aufdrängt, darin besteht, daß das Dasein ein regelloses Phänomen ist, nichts als ein Zufall.

Der erste Bericht von einem vorgerückten Posten ist immer der genaueste und gewöhnlich der letzte Bericht – sofern er überhaupt eintrifft. Niemand wird mir widersprechen, wenn ich behaupte, daß wir uns alle auf unserem Weg »zur Front« befinden. Über den Wortlaut des allgemeinverbindlichen Vertrags hinaus kann niemand sagen, welches die Gründe für das Entstehen dieser »Front« sind, falls es welche gibt; das ist der Grund, warum ich das Wort in Anführungszeichen setze. Wer immer dich dort hingeschickt hat, weiß weder, noch kümmert es ihn, was du über die Position an der »Front« denkst, wie du sie erlebst, oder welchen Eindruck du von ihr hast. Du bleibst dort bis zu dem Moment, wenn aus der »Front« die *Front* wird, wo du fällst.

Und fast immer reißt du jemanden mit: *Liebling, du bist so dünn und ängstlich geworden, und ich kann nicht verstehen warum. Ich liebe dich; wie kommt es, daß die Arme, die ich um dich lege, irgendwie, auf eine unmerkliche Weise, nicht mehr die Arme sind, die ich beim ersten Mal um dich gelegt habe?*

Die wenigen, die überlebt haben, hocken da wie Greise, die in ein Feuer starren: *Aha, da sieht man also, was die Hölle über uns denkt.*

Ich habe immer in einem Zustand des Zweifelns gelebt. Das Zweifeln ist zweischneidig. Es ermutigt einen, mehr über sich selbst herauszufinden; und wenn man das tut, stellt man fest, daß man die Türen alter Zweifel aufstößt, die sich in die Dunkelheit neuer Zweifel öffnen.

Soweit es mich betrifft, ist alles Schreiben ein Schreiben an die Wand.

Das Problem des *Noir*-Romans besteht bisher darin, daß seine Praktiker versucht haben, Schrecken zu beschreiben, mit denen sie nie in Berührung gekommen sind, so daß die meisten von ihnen Romane schreiben, die auf keinem aufrichtigeren Fundament stehen als der chinesische Kriegsherr, der »Nie die Mauern seines Schlosses verlassen hat / Doch blind geworden ist, das große Buch des Kriegs zu lesen.«

Eine Hauptfunktion der Kunst ist, daß Langweiler sie für verrückt halten sollen; ja, Kunst ist insofern eine Herausforderung, als sie sich der Kontrolle von Langweilern entzieht. In anderen Worten, Kunst sollte Langweiler als wahnsinnig entlarven – auf genau die Weise, wie Langweiler, die Kontrolle ausüben, sich selbst definitionsgemäß nicht sehen können.

Das bedeutet, daß Kunst im Zaum gehalten werden muß, und zwar von eben den Menschen, von denen ich mir inständig wünschte, sie hätten nie von ihr gehört – diesen schrecklichen, negativen, zielbewußten Menschen, die die Kunst, wie ein Kind eine Schürfwunde, nicht in Ruhe lassen können. Sie verspotten und kritisieren sie von einem Standpunkt erstickten Schuldgefühls aus und sind sich vage bewußt, daß das, was sie lesen, hören oder anschauen, entweder Schönheit verkörpert, das Gegenteil des Schrekkens, den sie verursachen, oder aber, indem es sich als extrem häßlich präsentiert, den Zustand der Welt, wie sie von Langweilern verwaltet wird, und damit natürlich auch die Langweiler selbst, satirisch angreift und unterstreicht.

Wenn ich überlege, daß ich an dieser Stelle die Kunst erwähnen sollte, gehört der Wahnsinn, den ich ständig zu analysieren versuche, sicher in denselben Zusammenhang, denn ich glaube, daß beide miteinander verwandt sind – die Kunst ist eine erfolgreiche, der Wahnsinn eine erfolglose Begegnung mit dem Dasein. Ich betrachte den Wahnsinn als einen verzweifelten Versuch ehrlicher Menschen, sich in Fälschungen zu verwandeln. Ich glaube zum Beispiel, daß Schizophrenie zu einem Überlebenswerkzeug wird. Das falsche Ich (wie von Laing beschrieben) läßt sich als eine der wenigen lebensfähigen Formen der Verteidigung gegen andere falsche Ichs auffassen – in einem solchen Maße, daß ein früher erschrekkendes inzwischen zu einem kollektiven und daher wenig bemerkenswerten Phänomen geworden ist.

Die Schizophrenie ist ein subtiler Zaubertrick, der wie alle Formen der Realitätsflucht dazu dient, das Dasein in eine Illusion zu verwandeln, indem sie ein falsches Ich als Begleiter des wahren Ichs erschafft. Sie ist die wahnsinnig gewordene Stimme des Gewissens. Sie ist außerdem eine Antizipation des Todes, seine beschleunigte Herbeiführung, die den Teil des Ichs, der den Tod fürchtet, soweit zurückdrängt, bis dem Subjekt schließlich überhaupt nicht mehr bewußt ist, daß es stirbt. Daß die Anstrengung vergeblich ist, hält den Neuling nicht von weiteren seelischen Foltern ab, weil er der Überzeugung ist, daß es keinen anderen Ausweg gibt; und daß sie erfolglos bleibt, ist ausschließlich auf die Tatsache zurückzuführen, daß das Geschehen in direktem Konflikt zu den beliebigen Rahmenbedingungen steht, die das Leben einem auferlegt (dem allgemeinverbindlichen Vertrag nämlich). Wo der natürliche Tod unwahrscheinlich oder aus irgendwelchen Gründen (z.B. aufgrund körperlicher Hemmnisse) unmöglich ist, sind Selbstmord oder die unbewußte Entscheidung, ein schicksalhaftes Opfer zu werden, die einzigen Möglichkeiten, diesen Vertrag aufzukündigen; der Wahnsinn erweist sich als fruchtlos, weil er bloß das eine unerträgliche Leben durch ein noch unerträglicheres ersetzt.

In einer Welt, in der geistige Gesundheit (besser bekannt als die »mehrheitliche Meinung«) als das Verhalten einer ständig anwachsende Horde von Menschen definiert werden kann, die immer weniger Geld auf immer abstoßendere Arten nachjagt, sind vernünftige Lösungen kaum möglich. Wenn also jegliche Kunst, die als solche nicht von den Menschen abgesegnet wurde, die nichts davon verstehen, von eben diesen Menschen »im Zaum gehalten« werden (d.h. verschwinden) muß, dann besteht das einzige Vergehen solcher Kunst darin, daß sie auf den Punkt bringt, worin die Vergehen der Gesellschaft bestehen, die sie beobachtet. Weil Kritik dieser Art nicht erlaubt werden kann, ist man unweigerlich dazu verurteilt, für verrückt erklärt zu werden, wenn man darauf besteht, daß sie erlaubt sein muß.

20. Juli, 1990; Nachmittag. Ich bin wieder hier in Le Bourg. Was für ein schöner Nachmittag! Wie kann Einsamkeit gleichzeitig so anregend und friedlich sein? Nach Monaten mit Agnès in Paris bin ich wieder hier, siebenhundert Kilometer weg – darf schnarchen, trinken und schreiben, doch um den Preis vollkommener Stille, die mir in den Ohren summt und die ich, wie stets, durch Musik unterbreche, oder indem ich bei Kerzenlicht Lyrik rezitiere. Mir ist klar, daß es etwas Mönchisches hat, so zu leben, aber es ist sehr gut für die Arbeit. A. sagt, daß ich der am wenigsten sinnliche Mann sei, den sie je kennengelernt habe; aber es ist klar, daß im Kontext der eigenen Aufgaben, Zwänge und Anlagen, der geistigen wie der körperlichen, Anwandlungen reiner Liebe die Sinne ganz unerwartet und freudig transzendieren können – oder, um es besser auszudrücken, indem sie stumme Lippen öffnen, jene verständlich machen oder sie dazu bringen können, sich selbst verständlich zu machen. Ich habe die Neigung, zu sehr von den Toten und den Problemen, vor die sie uns stellen, vereinnahmt zu sein, als daß ich oft genug einen Zusammenhang zwischen ihnen und den Lebenden herstellen könnte – oder besser, ich setze diesen Zusammenhang zu sehr als gegeben voraus.

Ich habe eben bei Batistou im Dorf mit meinen Nachbarn, den Vayssettes, zu Abend gegessen. Abel war dabei, blieb aber nicht; er bleibt nie. Also beschränkte sich die Sache auf seine Söhne Alain, Jean-Marie, Eric und mich. Es herrschte eine erdrückende Hitze, und wir rekelten uns in der Küche, sahen mit einem Auge die Ein-Uhr-Nachrichten und redeten über alles und nichts, tranken *Étoilé*, aßen Brot und Pastete, gefolgt von kaltem Reis und Fisch. Nachdem wir aus unseren Weingläsern Kaffee getrunken hatten, gingen wir hinaus und bewunderten den Rasen, den Jean-Marie hinter dem Haus angelegt hatte. Trotz der Hitze war das Gras leuchtend grün, nicht zu kurz gemäht und gedieh prächtig. Solche Momente sind eine Wohltat für mich. Sie erlauben es mir, ganz aus mir herauszugehen und die Batterien vollständig neu aufzuladen, damit ich hierher zurückkehren und wieder angreifen kann.

Es wäre ganz falsch zu behaupten, daß wir in Le Bourg nicht viel denken. Wir betrachten das Dasein auf die Art, wie ein Bauer die

Qualität eines Werkzeugs beurteilt, den Preis eines Schweins oder einer Flasche, die Eignung des einen Kartoffelsamens für sein Land im Verhältnis zu einem anderen. Was immer Anzugträger, die es besser wissen müßten, auch annehmen mögen, Dorfbewohner werden nicht automatisch durch Ideen aus Paris in helle Aufregung versetzt, einfach weil sie nicht Tolstoi oder Sartre lesen, sondern sich gern »Les Chiffres et les Lettres« im Fernsehen anschauen, Pétanque spielen oder sich am Freitagabend in der örtlichen Disko besinnungslos betrinken. Das Dorf ist, genau besehen, ebenso leichtgläubig oder scharfsinnig wie seine Führung – mit dem großen Unterschied, daß alle Fehler, die uns in unseren persönlichen Einschätzungen unterlaufen mögen, das Land praktisch nichts kosten, während ein Blattschuß derselben Größenordnung auf seiten eines Ministers, eines Menschen, der nicht klüger oder dümmer als ein Dörfler ist, das ganze Land in Schwierigkeiten bringen kann.

Die Vayssettes und ich haben über vielerlei geredet. Die Kauffmanns haben mich gebeten, sie im August für eine paar Tage zu besuchen, und ich erklärte den anderen, so gut ich konnte, warum ich das Gefühl hatte, daß Kauffmann im Libanon ziemlich fertig sei. Sie verstanden es durchaus, jedenfalls soweit wie ich; wie hier im Süden üblich, sind sie den Muselmanen alles andere als freundlich gesinnt. Doch das ist ein Thema, das sie, weil sie nun einmal Franzosen sind, sehr viel direkter betrifft, als ich von mir behaupten kann.

Heute haben wir über Rußland geredet. Ich erklärte ihnen, daß mich, neben der allgemeinen Korruption in Rußland, sowohl vor als auch nach der Perestroika, die offenbar so weite Kreise ziehe wie unsere eigene, am meisten das wiedervereinigte Deutschland sorge, das die Karte Europas auf den Stand von 1933 zurückversetze. Das gehört zu den Dingen, die mich als Schriftsteller von Kopf bis Fuß in Anspruch nehmen, und es sollte jeden anderen ebenso beschäftigen. Ich sagte, daß es zu dem Zeitpunkt, wenn die Ereignisse zeigten, ob wir in Europa von intelligenten Menschen oder aber von Narren und Abenteurern regiert werden, zu spät wäre, um gegen letztere noch etwas unternehmen zu können, während Jean-Marie sagte, es hinge davon ab, ob man de Gaulles oder Pétains Werte bevorzuge, ein Thema, bei dem man meiner Meinung nach ebensogut mit Nachforschungen ansetzen könnte wie bei jedem anderen.

Es ist dieses außerordentlich obsessive Ringen um Reichtum und Macht, das dem Leidenden kein erkennbares Bedürfnis erfüllt und letztlich niemandem wirklich von Nutzen ist, nicht einmal ihm selbst, das ich immer für einen wesentlichen Makel dieser Welt gehalten habe – und das mich von Zeit zu Zeit verführt hat, mich selbst an ihm zu beteiligen, um festzustellen, daß die, wenn auch in meinem Fall nur zeitweise, Anhäufung von Geld mich ebenso gehässig, kalt und selbstsüchtig machte wie alle anderen.

Die einzige Erklärung, die ich für dieses Phänomen anbieten kann, ist das unsichere Verhältnis zum eigenen Dasein, das man in einer Welt entwickelt, in der sich kaum mehr jemand einer Sache sicher sein kann – besonders wenn man sich hocharbeitet, die Klippe bis in eine Höhe erklimmt, aus der man nur noch abstürzen kann: wenn einen eine Kugel trifft, ein Lastwagen überfährt oder man im Krankenhaus stirbt.

(Es ist interessant, daß dies gleichermaßen auf Verbrechen, Sport und andere große Geschäfte wie die Politik zutrifft und der glücklichste Mensch derjenige ist, der einfach weiß, was er braucht und womit er sich begnügen kann, und weiter nichts; soweit ich weiß, hat niemand je den braven Soldaten Schweijk übertroffen, und ich sehe auch keinen Bedarf daran.)

Ich habe einen sehr angenehmen Nachmittag verbracht. Ich bin sehr glücklich hier. Nichts rührt sich an diesem schwülen Nachmittag vor meinem Fenster, aber ich weiß, daß das Leben nicht stillsteht, und dieses Gefühl habe ich nicht, wenn ich zur Hauptverkehrszeit in der Metro zwischen den Zügen umsteige.

Natürlich bin ich ein Fremder, und daher mag mein Eindruck vom Dorf von den Eindrücken der hier geborenen Menschen abweichen. Andererseits lebe ich inzwischen seit sechzehn Jahren in Le Bourg und nehme daher an, daß ein Großteil meiner Reflektionen über das Dorf wahrscheinlich der Wahrheit entsprechen.

Ich weiß nicht, warum Existenzen plötzlich in sich zusammenbrechen, warum Menschen sich trennen, warum sie einander zerstören; das gehört zu den allgemeinen Fragen, die mich beschäftigen und die bei mir anfangen. Es scheint so zu laufen, daß ihre Wege sich kreuzen und sie dabei gewaltsam aneinander hängenbleiben, ohne in der Lage zu sein, große Teile ihrer Vergangenheit zu erklären; bevor sie in die Beziehung hineinschlittern, hinterlassen sie eine Wüste der Verständnislosigkeit.

Wenn Erinnerungen die halluzinatorische Erfahrung bleiben, die sie waren, kann niemand außer mir die Leidenschaft nachempfinden, mit der ich mir 1957 mit Hazel das erste Mal die *Midi-moins-le-quart* ansah, und die Freude, mit der ich erstmals aus dem Fenster unserer kleinen *Pension* am Ufer über den Fluß und über die damals noch altmodische Stadt Castres hinausschaute. Die Sonne kletterte bereits glutheiß über die Backsteinbauten und den Nebel der Stadt um acht Uhr morgens am Himmel empor, und wir hatten eine Tagesreise nach Bourg Madame hinter und eine Weiterfahrt nach Andorra in einem holprigen 1949er MG Midget vor uns, die Art von Kleinwagen, die immer noch glauben lassen, extrem scharfe Kurven seien ein Kinderspiel; Mahlzeiten in langweiligen Lokalen, und ein Bier nach dem anderen in der Hitze des Nachmittags, zum langsamen Ticken von Uhren mit Birmingham-Glocken, unterbrochen von unverständlichen Meldungen aus dem Radio hinter der Theke über Lotto-Ergebnisse, Kriege, Politik, Meinungen und die Welt, die sichtbare wie die unsichtbare, noch vor uns: Männer in *Bleu de Travail*, die langsam eine *Agricole* rauchen und an den Dingen, die nicht unmittelbar ihre nachmittägliche Arbeit betreffen, weniger vorbei- als durch sie hindurchstarren. (Castres ist inzwischen nicht mehr wiederzuerkennen.)

Es ist auch schwierig, die *umgekehrte* Freude an der Arbeit zu erklären – damit meine ich das angenehme Gefühl der Erschöpfung, nachdem man einen ganzen Junitag im Baum gesessen und Kirschen gepflückt hat oder nachdem man gebückt über Unkräuter gekrochen ist, die man von den Wurzeln der Weinstöcke loshackt, die sich achtzig, vielleicht hundert Meter den Hang hinauf bis zur Massegros-Straße hinziehen, allein bis auf die Sonne und die Gesellschaft der Salamander, Wespen und den Geruch von Thymian; ich gewinne dieser mühseligen Arbeit ein inneres, geheimes Vergnügen ab, eine Leidenschaft sogar, die mir keine andere manuelle Arbeit verschaffen konnte, sagen wir die Art von Arbeit, die ich in den Lagerhäusern meines Vaters oder der Armee verrichten mußte. Die Sehnsucht, so intensiv wie die eines Vogels, einfach zu singen, während ich auf meinem Ast hockte, war so übermächtig, daß ich immer den ganzen Tag über sang.

Ich wünschte, ich könnte alle Freunde, die ich in Le Bourg und Millau hatte und die gegangen sind, wieder bei mir haben – den verrückten Didier, den Barkellner (der vor Lachen brüllte, als er durchs Fenster an der Kerkertreppe fiel, und als er blutbedeckt zurückkam, hielt er immer noch sein Glas in der Hand und hatte nicht einen Tropfen verschüttet); James Quinn (»Guten Morgen, James. Einen *Formidable*?« »Klar, und mach mir 'ne neue Flasche auf.«)

Wie ich mir wünschte, ich könnte sie alle auf einmal wieder bei mir haben, im gleichen Zimmer am gleichen Ort, in dieser ausgelassenen Stimmung gemeinsamer Freude und Anerkennung, von der selbst die Trunkenheit, so wie unser eigenes Fleisch, nur der blasseste Abklatsch ist.

Die bloße Tatsache, daß ich sie alle unbedingt wiedersehen möchte, ist ein gutes Zeichen; es bedeutet, daß ich mich langsam wieder aus dem Grauen der Arbeit an *Suarez* hinaufkämpfe. Es ist seltsam, wie mir mein Leben heute in zwei Teile zu zerfallen scheint: vor *Suarez* und nach *Suarez*. Das Schreckliche an *Suarez* ist, daß ich dort *gewesen* bin. Es ist wie die Genesung von einem ernsten Zusammenbruch; es ist besser, nicht zurückzusehen.

In der Zwischenzeit habe ich eine Erinnerung ausgegraben – ein vergilbtes, gewelltes Foto, das mit einer Kodak Brownie aufgenommen wurde. Es wurde mit schräg gehaltener Kamera geschossen, so daß die Leute so aussehen, als rutschten sie vom Rasen. Es ist ein Sommerabend im Jahre 1932, kurz vor dem Abendessen. Alle tragen Abendgarderobe und halten Cocktailgläser in den Händen. Das da in der Mitte sind Ralph und meine Großmutter Gertrude, dann kommt Didi, die einzige Person, die Tageskleidung trägt, dazu einen Strohhut, und die nicht in die Kamera schaut (sie mochte es nicht, fotografiert zu werden) – und dann meine Mutter und mein Vater, flankiert von meinen beiden Onkeln und ihren

Schwestern, meine Tante Anne, groß wie ein Gardesoldat, die etwas trägt, das wie eine Tagesdecke mit Fransen aussieht, über hochhackigen Satinschuhen mit quer geknöpften Schnallen.

Es ist meine Mutter, die mir ins Auge springt. Sie steht abseits und sieht die anderen nicht an. Mit ihrer amerikanischen Nationalität, französischen Kindheit, einem Deutsch-Engländer als erstem Ehemann und ihrem jüdischen Blut sieht sie vollkommen anders aus als die anderen. Oder liegt es daran, daß alle anderen abseits von ihr stehen? Jedenfalls ist sie seit zwei Jahren mit meinem Vater verheiratet (nach diesen ärgerlichen Widerständen aus dem Schloß: »Was? Geschieden? Drei Kinder? *Amerikanerin?* Hast du völlig den Verstand verloren, Arthur?«) Was sie trägt, erregt sofortige Aufmerksamkeit; alle anderen sind kostspielig, aber fantasielos gekleidet, während meine Mutter ein schlichtes Stück von der Art trägt, wie man es in Paris auswählen würde, wenn man, sagen wir, mit einem etwas übertrieben aufmerksamen zentraleuropäischen Gesandten die Oper besuchen wollte.

Einmal sagte sie in einem Taxi, als ich etwa zwölf war und sie mich nach dem Zahnarzt zum Essen in ihren Club mitnahm, zu mir: »Findest du nicht auch, daß ich schöne Beine habe, mein Schatz?« Sie zog ihr Kleid ein wenig über die Knie hoch, um sie mir zu zeigen, und ich murmelte: »Ja, stimmt.«

Es war schrecklich für mich, daß wir nie einer Meinung waren – ich glaube, es war wirklich schrecklich für uns beide –, aber wir konnten uns nie auf eine Ansicht über etwas einigen, und wir gingen um so grausamer miteinander um, je älter wir wurden. Mein Problem in meiner Beziehung zu ihr bestand darin, daß ich um meine Autonomie kämpfte; hätte ich mich ihrem Einfluß gefügt, wäre ich zermalmt worden, und ich hatte nicht die Absicht, dies zuzulassen. Daß wir so schlecht miteinander auskamen, ja, regelrechte Feinde waren, machte mir dennoch schwer zu schaffen – uns beiden. Ich kann selbst heute, dreiundzwanzig Jahre nach ihrem Tod, nicht unvoreingenommen über sie reden; ich kann nur sagen, daß es eine Tragödie ist, die eigene Mutter zu hassen und von ihr gehaßt zu werden. Diese Wunde heilt nie – um so mehr, weil ich heute akzeptiere, daß ich als Kind in sie verliebt war.

Ich hoffe, was ich bisher gesagt habe, erklärt zumindest teilweise, warum ich *Noir*-Romane schreibe – vielleicht ist es nicht so überraschend, wie es auf den ersten Blick erscheinen mag. Nachdem ich meine alten sozialen Grenzen für immer überschritten hatte, konnte ich auf dieses Gelände zurückschauen und es in einem ganz neuen Licht betrachten; als ich das getan hatte, rief mein Vater: »Du wirst auf der Straße niemals überleben, du bist in einer Woche tot!«

Aber damit lag er ganz falsch.

16

Suarez zu schreiben hat mich gebrochen. Das begreife ich jetzt. Ich meine damit nicht, daß es mich geistig oder körperlich gebrochen hat, obwohl es beidem nahekam. Aber es hat mich verändert; es hat für immer getrennt, was in mir lebte und was tot war. Ich habe das damals schon begriffen, aber nicht ganz und nicht wie und nicht sofort. Es bedurfte einer frontalen, schockartigen Berührung mit dem Leben, meiner Begegnung mit Agnès, unerträumt und völlig unerwartet, nach meinem langen Exil unter den Verrückten und Toten, um auf eine lebendige Weise die Wirkung einzuschätzen, die meine achtzehnmonatige Erfahrung mit dem Buch auf mich hatte.

Weil das Schreiben eine so einsame Tätigkeit ist, war ich wohl nie sehr erfolgreich beim Aufbau langfristiger menschlicher Beziehungen, aber *Suarez* hat mich wirklich in eine Einsamkeit eingeschlossen, aus der ich mich zu meiner Überraschung selbst heute noch, ein Jahr später, kaum lösen kann. Vorher war es anders. Vor *Suarez* ähnelte ich H.G. Wells' Mr. Polly (»Wenn du dein Leben nicht magst, kannst du es ändern.«); das ist nach *Suarez* nicht mehr möglich. Dieses Buch zu schreiben und dann nur wenige Wochen später, am 30. September, in Nîmes Agnès kennenzulernen, stellte eine komplette Zäsur in meinem Leben dar. Wie ich oft zu Franqueville sagte: es ist nicht so sehr die Frage, ob *Suarez* ein gutes oder ein schlechtes Buch ist – es geht einfach darum, daß es mich, als ich es endlich in Angriff nahm, völlig auslaugte. Achtzehn Monate Leben, Schlafen, Essen und Träumen mit den unsichtbaren, aggressiven Fragen Doras, als hätten wir uns gekannt und sie sei noch am Leben. Als ich auf der anderen Seite auftauchte und Agnès kennenlernte, behauptete sie, obwohl sie sich in mich verliebte, ich sehe wie ein Totenkopf aus; sie sagte, in diesen ersten Tagen in Nîmes und Bordeaux habe es sie erschreckt, mich anzusehen.

Doch ich bat sie darum. Wenn man in die Dunkelheit hinabsteigt, muß man damit rechnen, daß sie Spuren an einem hinterläßt, wenn man wieder hinaufsteigt – sofern man wieder hinaufsteigt. Es ist, als arbeite man in einem Bergwerk; man hofft, daß Hände, die man nicht sehen kann, doch wissen, was sie tun, und einen durchziehen werden. Ich weiß, ich habe mich mitten in der Arbeit an *Suarez* gefragt, ob ich es durchstehen würde – ich meine, ob mein Verstand es durchstehen würde. Denn das Schwierige an einer Erfahrung wie *Suarez* ist, daß man zu dem wird, was man schreibt, daß man wie Alice durch die Sprache in die Situation eintritt.

Wenn man auf der anderen Seite auftaucht, ist man nicht mehr derselbe wie vor dem Trip. Die Erfahrung, die *Suarez* war, läßt einen nach Tönen lauschen, die hier oben, über der Erdoberfläche, nicht erklingen; es wird nicht dieselbe Saite angeschlagen. Ja, *Suarez* klingt in mir nach, weil meine Sinne irgendwie modifiziert, anders gestimmt wurden. Das hat mich, glaube ich, in gewissem Maße der Fähigkeit beraubt, anderen Problemen die Aufmerksamkeit zu widmen, die sie verlangen, so daß ich, in den Augen einiger Menschen, die mir nahestehen, zuweilen »unerreichbar« geworden bin.

Nun, mit neunundfünfzig Jahren, finde ich nichts Seltsames daran. Schließlich ist das Dasein selbst im Idealfall, das heißt, wenn einem keine Unglücke zustoßen, ein allmähliches Fortschreiten vom Licht in die Dunkelheit. Jedenfalls wüßte ich nicht, wie man durchdringen und am Herzensleid und am Tod eines anderen (Dora) teilhaben und zugleich erwarten könnte, unbeschadet, unverändert zu bleiben. Es ist eine Situation, in die man entweder überhaupt nicht oder ganz und gar verstrickt ist – Abstufungen gibt es dabei nicht.

17

Ich habe noch sehr viel mehr über meine Beziehung zum *Noir*-Roman zu sagen, also könnte ich es genausogut gleich tun.

Wenn ich den Begriff *new classics* verwende, meine ich damit jene direkte Art zu schreiben, die sich zur Zeit in Westeuropa Bahn bricht. Wenn sie Menschen schockiert, dann weil ihre Schöpfer ihren eigenen Schock über gewisse Facetten unserer Gesellschaft schildern.

Der *Noir*-Roman ist derjenige Teil der *new classics*, der die Straße beobachtet. Seine Aufgabe besteht darin, einen Zeitungsartikel auf der Verbrechensseite zu der Tragödie auszuweiten, die sich dahinter verbirgt; Gewalt, Elend und Verzweiflung zu erforschen, das Niedrigste zu analysieren, all das, was wirklich schrecklich falsch ist an der Art, wie wir leben.

Die *Noir*-Literatur mag neu erscheinen, aber sie ist es nicht. Es ist die Fortsetzung einer Literatur der Angst und des Zweifels, die mindestens bis Shakespeare zurückreicht; wenn sie neu erscheint, liegt es daran, daß sie lange Zeit nicht aktuell war. Sie war es deshalb nicht, weil die Literatur dasselbe Schicksal wie die Religion erlitten hat und heute in höchstem Maße idiotisch, fadenscheinig und schal erscheint, in einem Jahrzehnt, in dem die Reichen sie nicht brauchen (außer an Wochenenden, wenn sie diese zu schreiben versuchen), die Ungebildeten sie nicht verstehen können und die Menschen, die sie ergreifen würde, sie sich nicht leisten können.

Doch ich glaube, sie erlebt ein Comeback, und das aus dem üblichen Grund; die Lage ist wieder ernst geworden. Viele Menschen bekommen Angst vor dem, was in unserer Gesellschaft sowohl vor wie hinter der Haustür geschieht, und nicht wenige von ihnen wollen wissen, warum sie sich ängstigen.

Es ist eine dieser ganz alten Fragen, die so selten gestellt werden, daß sie immer wieder brandneu erscheinen.

Eine beträchtliche Zeit befand sich das, was als *Noir*-Literatur durchgegangen ist, fest in den Händen einer Bande skrupelloser, geldgeiler alter Knaben, die Bücher von der Mittelklasse für die Mittelklasse schrieben. Sie haben den krassen Schrecken unnatürlichen Todes und die ebenso krassen sozialen Ursachen dafür auf die Ebene einer industriellen Version des Versteckspiels zurückgestutzt. Mit der Selbstgewißheit eines Puppenspielers in einem Kasperletheater davon überzeugt, daß diese bescheidene Vorstellung großes Theater sei, haben diese Leute die Sterblichkeit auf verlogene Weise durch eine Nanny ersetzt, die an einem schönen großen Kohlefeuer im Kinderzimmer sitzt. Der Zusammenbruch eines Lebens auf einem Fußboden wird unter ihren Händen zu einer vor den Schloßvorhängen gespielten Scharade. Haß und Gewalt wurden zum gefälligen Geklimper auf einem Klavier reduziert, das ein Kinderlied begleitet. Das abgründige Ergebnis kann als *police procedural* zusammengefaßt werden, dessen Autoren beschlossen haben, daß etwas so Aufregendes wie die Wirklichkeit dem Blutdruck des Lesers nicht bekommt.

Diese literarischen Bürger haben dem Genre unsäglichen Schaden zugefügt, indem sie das Territorium für sich beansprucht, usurpiert und abgeschritten haben, so wie Hamlets Onkel Dänemark abgeschritten hat. Indem sie es wagten, ihre gemeinen und angefaulten Arme um solche ernsthaften Werke zu schlingen, wie sie in diesem Gebiet entstanden sind, haben sie den *Noir*-Roman in den lauwarmen Gewässern des Eskapismus ertränkt. Ihr Verbrechen, aus der Zuschauerperspektive, von der sie nicht genug bekommen, Menschen das zu erzählen, was sie eigentlich nicht wissen wollten, ist wirklich ein großes Verbrechen.

Ja, der Schaden, der dem *Noir*-Roman auf diese Weise zugefügt wurde, ist ein Beispiel für den Schaden, den wir unserer Ehrlichkeit im allgemeinen zugefügt haben. Ich würde gern ein Exemplar von *The Ten Little Nigger Boys* (oder vielleicht *The Mysterious Affair at Styles*, falls er rassisch empfindlich wäre) Shakespeare in die Hand drücken, ohne Zweifel der größte *Noir*-Schriftsteller von allen, und sein Gesicht fotografieren, wenn er zu lesen anfängt.

Vor siebzig Jahren gab es sicher einen guten Grund für Eskapismus. Das Lesepublikum, obwohl es vor allem den Schrecken der

Jahre '14 bis '18 vergessen wollte, sehnte sich immer noch danach, wenigstens ein bißchen gekitzelt zu werden, und dieser Geschmack begünstigte die behagliche Temperatur, die seichte Schriftsteller als ein unabdingbares Schutzschild benötigen, um nicht mit der Realität ringen zu müssen; denn in diesem bitteren Wind wäre ihr Geschreibsel, das nie dazu geschaffen war, eine solche Ungewißheit zu bewältigen, sofort untergegangen.

Die britische Mittelklasse, in deren Händen bei weitem zuviel unserer Literatur- und Publikationsentscheidungen ruht, hat dasselbe verquere Talent, Pseudoliteratur an die Stelle der echten zu setzen, wie sie früher die Autonomie vieler unglücklicher Nationen durch ihre Herrschaftsposition ersetzte und das Ganze ein Imperium nannte. Solche Experimente sind rein kommerziell, ihnen fehlt der imaginative Atem, der ihnen über kurzfristige Aufmerksamkeit hinaus zu langfristiger Wirkung verhelfen könnte, und doch ist es in der *Noir*-Literatur, wie auch im Bereich des Lizenzrechts – ein weiteres sensibles Gebiet –, zu einer neuerlichen profitablen Inthronisation einer Erscheinung gekommen, die bloß als vorübergehende Laune angesehen wurde.

Daher trat *Who Killed Roger Ackroyd?* (»Wen zum Henker interessiert's?« fragte ein sensibler Kritiker einen Freund, als das Buch erschien) dauerhaft und versteinert an die Stelle von Poe und Wilkie Collins, und das *police procedural* war zu einem langen Stillstand gekommen. Das deprimierende Ergebnis bestand darin, daß das Terrain, auf dem sich Tod, Polizei und Gesellschaft trafen, einen harmlosen Anstrich bekam. Weder der Leser noch die Charaktere schienen im geringsten darunter gelitten zu haben, daß sie aus dem Dasein getilgt wurden – der Leser, weil er nicht ermutigt wurde, für bare Münze zu nehmen, was er da las (wenn doch, wäre dies ein

Eskapismus vom Eskapismus gewesen), die Charaktere, weil sie nie den Anspruch erhoben, überhaupt zu existieren.

Und so wurde in die Kriminalliteratur das Kinderschießgewehr eingeführt, um die Pistole zu ersetzen, von der unsere alten Tintenkleckser nicht viel wußten, außer daß sie laut und gefährlich war und eine Ferkelei anrichtete. Mich erinnerte das an die beiden Clowns, die ich als Kind im Zirkus sah und von denen einer auf den anderen anlegte:

Erster Clown, entblößt die Brust: Schieß doch!

Zweiter Clown zieht den Abzug: Eine Fahne schnellt aus dem Lauf, auf der das Wort »Päng!« steht.

Warum schreiben Menschen überhaupt Bücher? Es hat sich der Irrtum eingeschlichen, daß es darum geht, eine Geschichte zu erzählen, wogegen jeder, der schon einmal echte Literatur gelesen hat, genau weiß, daß es für den Autor vor allem darum geht, die Wahrheit zu sagen, so gut er kann.

Unter diesem Aspekt wünschte ich mir, die Menschen, die ich eben kritisiert habe, wären gestern bei mir gewesen, als Polizei und Feuerwehr versuchten, nach einem gemeinsamen Selbstmord Gasflaschen aus einer Wohnung zu räumen, bevor das Haus in die Luft flog.

Eskapistische Literatur in reinster Form entsteht, wenn das Publikum den Schrecken vergessen will, der in der unmittelbaren Vergangenheit liegt, während der *Noir*-Roman existiert, um Schrecken aufzuzeigen, die bereits unter uns sind, oder darauf hinzuweisen, daß sie in unmittelbarer Zukunft sichtbar werden. Hier korrespondieren die Beobachtungen und Schlußfolgerungen des *Noir*-Romans eng mit den Befürchtungen und Erfahrungen des intelligenten Lesers, und es breitet sich immer stärker das Gefühl aus, daß die Zeit gekommen ist, um eskapistische Literatur entschlossen von der Szene zu verdrängen – ein beschwerliches Unterfangen, weil die meisten Verlage, so wie die meisten Regierungen, ihre Aufgabe darin sehen, alles zu verzögern, nie zu beschleunigen, was nur im entferntesten nach dem verhaßten Wort *Veränderung* schmeckt.

Die Werte der jungen Leser von heute haben aber immer weniger mit denen früherer Generationen gemein. Ihre Ansichten über sich selbst, die anderen, die Politik und natürlich auch über das Verbrechen und die Polizei haben in einem so kurzen Zeitraum wie den letzten zwanzig Jahren einen radikalen Wandel durchgemacht. Was die Mittelklasse früher als den äußeren Saum der Bevölkerung abgetan hat, entwickelt sich zunehmend zum Futter; und in relativ kurzer Zeit wird es das ganze Polster sein. Es gibt immer mehr Menschen, die – sofern sie überhaupt lesen – eine Literatur verlangen, die weiß, worüber sie schreibt, eine Literatur, die sich um das Heute dreht, damit befaßt, wo und wie die Menschen leben, und eine Literatur, die schildert, wogegen sie in ihrem alltäglichen Leben ankämpfen und warum.

Die Menschen haben immer das Gefühl gehabt, daß sie von der Literatur erwarten können, solche Fragen zu stellen, zu analysieren und zu beantworten, und ich stimme ihnen voll und ganz zu.

Der Leser, auf den der *Noir*-Roman abzielt, ist die Art von Leser, den ich gerade beschrieben habe – jemand, der den immer schlechteren Zustand unserer Gesellschaft nicht bloß beobachtet, sondern selbst erleidet. Die Absichten des *Noir*-Romans sind daher ernst. Das bedeutet nicht unbedingt, daß solche Romane humorlos sind; es bedeutet nur, daß der Humor, sofern vorhanden, düster, satirisch und sehr scharf ist.

Die Hauptaufgaben des *Noir*-Romans bestehen darin, zum einen die offizielle Gleichgültigkeit gegenüber dem Warschauer Ghetto des Lebens zu bekämpfen, das die Mittellosen auf der Straße führen, zum anderen, den Eskapismus zu verbannen, jeden Versuch, die Realität zu beschönigen. Erstklassige Schriftsteller sind unmittelbar infolge dieses Bemühens gestorben, entweder gewaltsam oder indem sie sich vor Verzweiflung das Leben nahmen, als sie von tyrannischen Regimen in eine Ecke gedrängt wurden (Babel, Kafka, Unamuno), und es ist genau dieses im *Noir*-Roman enthaltene Element des Risikos – vor allem wenn der Roman in einem politischen Klima abgefaßt wird –, das der Wahrheit abträglich ist, das die große Herausforderung des *Noir*-Romans darstellt. Die Schriftsteller, die ich eben nannte, haben jeder für sich ihren Vertrag mit einem schulmeisterlichen Staat gebrochen – die stillschweigende »Übereinkunft«, daß gewisse soziale Wahrheiten nicht öffentlich ausgesprochen werden dürfen, wenn man sich die Freiheit bewahren will, überhaupt noch etwas zu schreiben.

Ich habe Isaac Babel erwähnt, weil er zur ersten Garnitur der *Noir*-Schriftsteller gehört, und ich möchte aus folgendem Essay als ein lebendiges Beispiel für die Gefahr zitieren, die der Freiheit des Selbstausdrucks angesichts dessen droht, was ich bisher gesagt habe; denn es darf nie vergessen werden, daß das Ansehen des *Noir*-Romans vor allem deshalb so gering gehalten wird, weil autoritäre Elemente, wenn sie ihn je in den Griff bekämen, sich sofort daran machen würden, ihn ganz zu unterdrücken. Die Position ist prekär genug. Den wahren *Noir*-Roman, wie ich ihn zu definieren versucht habe, gibt es in Westeuropa heute kaum noch. Er ist, wie ich sagte, durch sein kraftloses Imitat ersetzt worden, den »Kriminalroman«, das *police procedural*, zu fade, um einer ernsthaften Kommentierung wert zu sein – ein Genre, das nur dem Strauß den Kopf streicheln soll, der im Sand steckt, das die rauhen Kanten der Gesellschaft in Gestalt eines großen, wundervollen britischen Detektivs oder seines zurechtgestutzten weiblichen Gegenstücks wegschmirgelt, einer kleinen alten Dame mit einer Plastiktüte voller Strickzeug. Dies ist die Haupterrungenschaft der heutigen britischen Kriminalliteratur, sofern Verkaufszahlen überhaupt ein Wertmaßstab sind. Es ist eine ganz und gar negative Errungenschaft; ich meine, daß sie eben *nicht* die Probleme und Werte reflektiert, um die unsere Vorväter, die an eine stärkere und genauere Definition von Demokratie glaubten, noch gestritten, gekämpft und gegrübelt haben. Wie auch immer, wenn sich dieses vorherrschende Klima ändern sollte (und es gibt zunehmend Anzeichen dafür, daß es sich ändert) – wenn sich zum Beispiel der *Noir*-Roman zum Widerstand gegen eine allgemeine europäische Tendenz zum rechten Totalitarismus erheben sollte, dann könnte sich folgendes Stück Literaturgeschichte durchaus wiederholen. Der Auszug stammt aus Lionel Trillings Einführung in die 1961er Penguin-Ausgabe von Babels *Collected Stories*, die seine bestürzende *Reiterarmee* enthält:

»Die Reiterarmee« war alles andere als die Art von Buch, die ich mir von der Kultur der Oktoberrevolution gewünscht hatte, und es war, wie sich bald herausstellte, alles andere als die Art von Buch, die die Revolution überhaupt jemandem bescheren wollte. Kein Ereignis in der Geschichte der Sowjetkultur ist aufschlußreicher als die

Karriere, oder besser das Karriereende, von Isaac Babel. Er war ein Protegé Gorkijs gewesen und hatte seine Karriere unter der Ägis von Trotzkis souveräner Geringschätzung aller Mängel der konventionellen »proletarischen« Ästhetik begonnen. Ende der zwanziger und Anfang der dreißiger Jahre galt er als eines der bemerkenswertesten Talente der sowjetischen Literatur. Dieses Urteil entsprach allerdings in keiner Hinsicht der offiziellen Einschätzung.

1932 zerschlug die Partei den Bund Proletarisch-Revolutionärer Schriftsteller, und es schien, als sei eine neue Phase der Freiheit angebrochen. Tatsächlich aber hatten sich die reaktionären Elemente der Sowjetkultur überhaupt erst in ganzer Blüte etabliert, und die Schauprozesse von 1937 sollten demonstrieren, wie absolut ihre Macht war. Doch in den fünf Jahren bis dahin zog die Partei es vor, ihre Autorität auf eine nachsichtigere Art auszuüben. In dieser Atmosphäre wurde 1934 der erste Schriftstellerkongreß veranstaltet. Babel war einer der Redner auf diesem Kongreß. Er sprach mit bemerkenswerter Forschheit, doch er sprach als ein Büßer – die Erzählungen, die er seit der *Reiterarmee* geschrieben hatte, waren Ende 1932 in einem Band erschienen, und seitdem hatte er nichts mehr geschrieben. Er hatte die Erwartungen enttäuscht.

Seine Rede war eine seltsame Vorstellung. Sie versuchte humorvoll zu sein; die veröffentlichte Mitschrift ist immer wieder durch Hinweise auf Gelächter im Publikum unterbrochen. Sie gab die Loyalitätsbekenntnisse ab, die inzwischen Routine waren, doch wir können nicht unbedingt davon ausgehen, daß Babel es nicht ehrlich meinte, als er von seiner Hingabe an die Revolution, die Regierung und den Staat sprach oder sagte, daß es in einem bourgeoisen Land sein unvermeidliches Schicksal gewesen wäre, keine Anerkennung und kein Auskommen zu finden. Er meinte es vielleicht sogar ernst, als er Stalins literarischen Stil pries, davon sprach, daß seine Sätze wie aus Stahl »geschmiedet« seien, und wie nötig es sei, daß man die Sprache so zu handhaben lerne, wie es Stalin täte. Doch unter der Orthodoxie seiner Rede verbirgt sich eine geheime Absicht. Man merkt es den traurigen Überbleibseln der humanistischen Gesinnung an, die entstellt durchscheinen. Es ist, als seien der Humor, der oft von einer schrulligen Art ist, die Ironie und die gelehrte Selbstverachtung verzweifelte Bestätigungen der Freiheit und der Individualität; es ist, als richte Babel sich in einer toten Sprache an seine Schriftstellerkollegen oder in einem Jargon ihrer Studentenzeit, an den sich einige von ihnen noch erinnern mochten.

Alles, sagte er in seiner Rede an einer Stelle, »wird uns von der Partei und der Regierung geschenkt; uns bleibt nur ein Recht vorenthalten: das Recht, schlecht zu schreiben. Genossen, lassen wir uns nicht täuschen: dies ist ein sehr wichtiges Recht, und es uns vorzuenthalten, ist keine Kleinigkeit. Laßt uns dieses Recht aufgeben, und Gott möge uns helfen. Und wenn es keinen Gott gibt, wollen wir uns selber helfen ...«

Das Recht, schlecht zu schreiben – wie kostbar erscheint es doch, wenn es erst notwendig geworden ist, es sich zu vergegenwärtigen! Von dem Recht, schlecht zu schreiben, hängt das Recht ab, überhaupt zu schreiben. Im Publikum müssen viele gesessen haben, die begriffen, wie ernst und wie schrecklich Babels Scherz war. Und es müssen einige darunter gewesen sein, deren Herzen ein kalter Schauer erfaßte bei einem anderen Scherz, den Babel am Anfang seiner Ansprache machte, als er von sich selbst als einem Vertreter eines neuen literarischen Genres sprach.

Damit meinte er das Genre der Stille – er sei, sagte er, *»der Meister des Genres der Stille«*.

... 1937 wurde er inhaftiert. 1939 oder 1940 starb er in einem Konzentrationslager. Es ist nicht mit Sicherheit bekannt, ob er erschossen wurde oder an Typhus starb ...

Folgendes unterscheidet den *Noir*-Roman von der übrigen Literatur: der *Noir*-Roman kann keinen künstlichen, sogenannten »literarischen« Programmen einverleibt werden, die ihn entweder unter der Art von höflichem, weitschweifigem und zweitklassigem Abfall ersticken, mit dem ein Rudel *Kulturny*-Nullen einem die Ohren vollquatscht oder die er selbst erstickt. Um ihn in seinen eigentlichen Stärken zu würdigen, braucht der *Noir*-Roman einen Leser, der sich von ihm auf die falsche Seite des Schreibtischs in einer Polizeiwache führen läßt, oder in die Feuchtigkeit eines dunklen kleinen Zimmers, wo im Stromzähler die Geldstücke ausgehen, oder an eine Straßenecke, deren kühles Licht nie etwas preisgibt.

Der *Noir*-Roman ist eine Berufung, keine Karriere. Er ist die Krönung einer langen Lehrzeit; der Moment, in dem man einen solchen Roman zu schreiben beginnt, fällt mit dem Moment zusammen, in dem man sich für die Dunkelheit entschieden hat. Man streift alles ab, was man früher zum Leben im Licht benötigt hat – man braucht es nicht mehr –, und arbeitet sich dann, in einem seltsam entrückten Zustand, schreibend über kalte, dunkle Stufen hinab, bis man eine Tür erreicht, die man öffnet und durchschreitet; sie schließt sich hinter einem. Dies ist eine innere Tür, die das Sichtbare vom Unsichtbaren, das Licht von der Dunkelheit trennt; von nun an befindet man sich auf der dunklen Seite des Daseins. Später mag man diese Tür wiederfinden (oder auch nicht), und ein Teil von einem kann sie durchschreiten. Aber man wird sie nie wieder öffnen und so hindurchgehen, wie man eingetreten ist. Ich sage nichts über den Leser, aber als Schriftsteller wird man von nun an nie wieder eindeutig auf der einen oder der anderen Seite der Tür stehen, denn nun, da man gefunden hat, wonach man suchte, hat man sich verändert, ob man es wollte oder nicht.

Der *Noir*-Roman befaßt sich nicht bloß mit der Metaphysik, sondern ist ein Teil der Metaphysik.

Im *Noir*-Roman habe ich versucht, mein primitives Verständnis der Metaphysik unmittelbar auf die Straße anzuwenden – auf Pornographie, Prostitution, Betrug und Verbrechen, Armut, Gewalt, Verzweiflung, Scharmützel mit der Polizei (dem Sittendezernat, dem Betrugsdezernat). Der *Noir*-Roman ist für mich lebenswichtig geworden, weil er auf der einen Seite mit dem korrespondiert, was ich gelebt habe, und auf der anderen Seite den stärksten möglichen Kontrast zu der Art und Weise bildet, wie ich aufgewachsen bin.

Ich habe in Lehrbüchern, Examen oder Theorie nie etwas anderes als eine Grundlage für das Studium gesehen. Es ist weit besser, auf einem Motorrad zu fahren, selbst wenn man nicht weiß wie und erst einmal hinfällt, als bloß davon zu lesen, wie man Motorrad fährt.

Außerdem bin ich dankbar, daß ich die Politik immer verabscheut habe, denn hätte ich mir je damit den Kopf vollstopfen lassen, wäre ich nie in der Lage gewesen, etwas unvoreingenommen zu beobachten oder zu durchdenken. Nichts ist schlimmer, als von Dialektik gefesselt zu sein. Die andere Falle, in die ein Autor nie tappen sollte: er darf sich weder überreden noch auf irgendeine Weise dazu drängen lassen, ein Teil jener schrecklichen Erfindung einfallsloser Menschen zu werden, die sich Team nennt.

Ich halte es für eine sträfliche Verfehlung unserer heutigen Wertvorstellungen, verglichen mit denen der Renaissance, daß die Literatur jener Zeit keine Trennung zwischen »hell« und »dunkel« kannte. Ein beharrlicher Autor mochte verhungern, den Verstand oder sogar den Kopf verlieren, je nachdem, ob er sich der falschen Partei angeschlossen hatte oder unter die falschen Decken gekrochen war; doch von den Darstellern wie vom Publikum dieses Schauspiels wurden die feierlichen Erklärungen der Langweiler gleichermaßen als unsinniges Geschwätz niedergebrüllt oder in Gelächter erstickt. Jeder Heuchler wurde gnadenlos bloßgestellt, und es geschah ihm recht so. In dieser Zeit blieb zumindest das wahre Bild des Menschen relativ ungetrübt, denn solange Huren, Schwachköpfe, Halsabschneider und Taschendiebe, Betrüger, Syphilitiker und Halunken die Palastkorridore frequentierten, hinter der Täfelung mit dem Schwanz und dem Geldbeutel des Prinzen hantierten, solange dem König am Tisch schlecht wurde, wenn er sich besoffen hatte, oder er vor der Pest davonlief wie jeder andere auch, so lange hatten menschliche Beziehungen einen gemeinsamen Nenner, der als eine psychische Wesenheit beschrieben werden konnte, selbst wenn ihre Protagonisten eifrig damit beschäftigt waren, sich gegenseitig umzubringen.

In der Literatur dieser Zeit war es daher der ganze Mensch mit seinen positiven und negativen Seiten, der im gleichen Buch, im gleichen Stück verdammt, erörtert und erfüllt wurde, ganz im Gegensatz zu dem, was in unserer heutigen Zeit geschieht, in der wir zunehmend auf eine willkürliche, künstliche Aufspaltung der Literatur in Kategorien bestehen. Das liegt an dem – in letzter Konsequenz manchmal direkten, gewöhnlich aber eher mittelbaren – Druck, der von den gefährlichen Langweilern auf uns ausgeübt wird, denen wir dummerweise erlauben, uns zu regieren, unserer Prominenz der Mittelmäßigkeit, die entweder jede Sozialkritik, die sich gegen sie richtet, als Blödsinn abtut oder aber, wenn es ihre Position erlaubt, gleich unterdrückt.

Aber was können wir anderes erwarten? Desinformation ist immer eine der mächtigsten Waffen, die einem Regime zur Verfügung stehen, deren Mitglieder nur zu gut wissen, daß man sie nie hätte in die Positionen vordringen lassen dürfen, die sie innehaben.

Die *Noir*-Literatur steht insofern mit der Metaphysik in Zusammenhang, als diejenige menschliche Erfahrung, der beide die größte Bedeutung zumessen, die Stellung des Todes im Leben ist. Beide Disziplinen betreiben das Studium des Sichtbaren und des Unsichtbaren in uns, so daß ich mir weder den *Noir*-Roman noch die Metaphysik anderswo als in den dunklen Seitenstraßen unseres Innern vorstellen kann.

Man könnte es als Aufgabe des *Noir*-Romans formulieren, uns anzuhalten, uns den Tod so zu vergegenwärtigen, daß er unser Verhalten ändert. Natürlich beschränkt sich diese Zielsetzung nicht auf den *Noir*-Roman; jede Literatur bemüht sich darum. Dennoch glaube ich, der *Noir*-Roman unterscheidet sich in der Hinsicht von anderen Romanen, daß er in der Literatur ein Weggefährte der Armut ist, ein Fürsprecher des Elends, der unauflöslichen Verstrikkung, die zum Selbstmord führt, der Verzweiflung.

Der *Noir*-Roman versucht so eindringlich, wie es ihm möglich ist, die ausweglose psychische Situation darzustellen, in die Menschen geraten, die an einem Punkt angelangt sind, an dem sie keine Hoffnung, keine Motivation und nicht einmal mehr die Sehnsucht haben, vor sich selbst etwas zu verbergen. Der *Noir*-Roman greift in dem Moment ein, wenn ein menschliches Wesen sich seinem letzten Augenblick annähert: *»Die erste Nacht des Todes muß so seltsam erscheinen.«* Eine besondere Stimmung ist erforderlich, um die Sprache so plastisch zu handhaben, daß sie eine solche Erfahrung genau wiedergeben kann; eine so verheerend einfache Erfahrung, daß sie wie die Liebe ans Unbeschreibbare grenzt. Nahezu jeder Versuch, sie wiederzugeben, kann nur als ein weiterer in einer scheinbar endlosen Reihe von Versuchen beschrieben werden, denn wir können nicht schildern, was wir unserer gegenwärtigen Stellung wegen nicht wissen können – und doch hat der *Noir*-Roman die unbedingte Pflicht auf sich genommen, es auszudrücken. T. S. Eliot, glaube ich, kam der Beschreibung der Natur dieser Herausforderung am nächsten, indem er (sinngemäß) schrieb: Es ist nicht notwendig, tot zu sein, um den Tod zu schildern.

Der *Noir*-Roman ist ein Mittel, das Böse zu vernichten, indem man es hervorhebt, indem man alles in unserer Gesellschaft darstellt, das tatsächlich negativ ist.

Die Bibel zum Beispiel enthält einige Passagen, die ausgesprochen *noir* sind.

18

Wenden wir uns nun einem scheinbar ganz anderen Thema zu und fassen wir ein ganz und gar verderbliches, negatives und nutzloses Phänomen ins Auge, nämlich den Langweiler – jemand, der nie die geringste Anstrengung unternommen hat, sich in die Situation zu versetzen, die ich eben beschrieben habe. Diese abschrekkende Manifestation der Mittelmäßigkeit ist ein höchst gefährliches Element, nicht zuletzt deshalb, weil es keine Grenzen kennt.

Ich habe einen beträchtlichen Teil meines Erwachsenenlebens mit dem Studium der Langweiler verbracht; Beispiele dafür sind leider so leicht zu finden wie Fliegen an einem Sommertag. Das erste Warnzeichen für die Anwesenheit eines Langweilers ist ein Schwall lautstarker Erklärungen, gewöhnlich beharrlich und selbstsicher, der durch einen Raum voller Menschen schwappt, die sich, nachdem sie halb bewußt davor zurückgewichen sind, bald zu wünschen beginnen, sie seien überhaupt nicht zugegen. Die Annäherung eines Langweilers geschieht in Form eines Angriffs, inszeniert von einer Persönlichkeit, die zu unsensibel ist, um schüchtern zu sein, zugleich aber sich selbst nicht recht im Griff hat. Dies ist nur die mißtönige Ouvertüre, die sich, wenn sie zu lange ignoriert wird, bald zu einem ausgedehnten, prahlerischen Dozieren oder, abhängig vom Ausmaß des Elends, zu einem bedrohlichen, sogar mörderischen Verhalten steigert.

Nach der Beobachtung zahlloser Langweiler und dem Studium dieser akuten Form von Krankheit (denn diese völlige Unfähigkeit, sich in andere hineinzuversetzen, scheint mir eine sehr ernste Art von Erkrankung zu sein) bin ich zu dem Schluß gekommen, daß der Langweiler eine klare Verwandtschaft zum Meuchelmörder aufweist, so daß der erste, denke ich, eine Grundlage zum Studium des zweiten bieten kann. Beide zeigen dieselben Symptome – beide haben nichts anzubieten, und diese halb bewußte Einsicht, nichts in den Händen zu halten, ist die Wurzel ihrer Verzweiflung; einer Verzweiflung, die sich als ein zwingendes Bedürfnis auf seiten des Patienten manifestiert, sich *um jeden Preis* Geltung zu verschaffen. Deshalb traktiert der Langweiler sein Opfer verbal, jedenfalls zu Anfang, was seine Art ist, es zu erpressen, damit es ihn als etwas akzeptiert, was er nicht ist (d. h. eine interessante, originelle, gar auf geheimnisvolle Weise attraktive Person). Deshalb kann es auch vorkommen – wenn diese Entwicklung noch einen fatalen Schritt weitergeht –, daß Menschen durch seine Hand draufgehen; vor allem Personen, die dem Betroffenen nahestehen, Exfrauen oder Verlobte zum Beispiel, enge Freunde oder Kollegen – entweder weil der Langweiler glaubt, sie hätten ihn zurückgestoßen, oder (was auf dasselbe hinausläuft) weil das Opfer in ihm das gesehen hat, was er wirklich ist (oder besser, nicht ist) – womit er diesen existentiellen Selbstzweifel bestätigt, der Dreh- und Angelpunkt im Leiden des Langweilers ist.

Daher verlangt und hungert der Langweiler wie ein bestimmter Typ von Mörder (mit dem er, meine ich, viel gemeinsam hat) in erster Linie nach Aufmerksamkeit, was auf einen ernsten Mangel an Aufmerksamkeit in seiner frühen Entwicklung hindeutet. Wenn er welche bekommt, verbucht er sie, oft irrtümlicherweise, als Schmeichelei, denn Schmeichelei ist die Hauptnahrung des Negativen. Der Duft, der ihn wie einen Zombie aus seiner Betäubung erweckt und in einen lebensähnlichen Zustand versetzt, ist das, was er für das Leben hält, eine Annahme, zu der er nach der mühsamen und nicht ganz gelungenen Nachahmung von Menschen gelangt ist, die er, angesichts ihrer Anerkennung in einer Welt, die ihn ausschließt, für lebendig hält.

Der Langweiler sonnt sich in der Schmeichelei, die er als Anerkennung mißversteht. Es kommt ihm nie in den Sinn, letztere könne ironisch gemeint sein. Er wagt es nicht (und unterläßt es deshalb auch), sich zu fragen, warum Menschen ihm schmeicheln, denn diese falsche Selbstbestätigung ist seine einzige Verankerung im Dasein. Sein einziges Ziel besteht darin, als das angesehen zu werden, wofür er sich selbst hält; er kann sich nicht vorstellen, daß nicht alle Menschen dieses Selbstbild anstreben (außer wenn man ihn darauf aufmerksam macht; dafür sollte man sich aber besser bewaffnen).

Dieser Empfang von Schmeicheleien genügt dem Langweiler, sie ist ein Selbstzweck; er ist ein embryonaler Mörder, ein Mensch, der sofort tötet, wenn er nackt wahrgenommen wird, wenn er begreift, daß die Schmeichelei verlogen oder unzureichend ist: daß es nicht ehrlich oder ehrlich genug gemeint war, selbst wenn der Schmeichler sein möglichstes getan hat, wenn er auf den Knien liegt, sogar geblutet hat, um ihn zu erfreuen. Denn keine Schmeichelei, wie verschwenderisch auch immer, kann den Langweiler lange zufriedenstellen; er ist bereits auf der Jagd nach weiteren Lekkerbissen, noch erhabeneren Freuden, während er noch gierig verschlingt, was schon auf dem Teller liegt.

Der Minotaurus braucht jedes Jahr seine Jungfrau.

Jetzt ist es vielleicht einfacher, den Langweiler im Verhältnis zum Tyrannen und zum Mörder zu definieren; ihre Haltung, ihre Mentalität kann mit denselben Begriffen erörtert werden. Jetzt wird auch der Grund für die blinde Jagd nach Macht – was normale Menschen nicht sonderlich interessiert, für den Langweiler aber ein Muß ist – unmittelbar verständlich; Macht ist der verläßlichste Schutzschild, den der Patient gegen die Gefahr aufbieten kann, als die Zielscheibe allgemeinen Spotts entlarvt zu werden, die er insgeheim zu sein befürchtet. Macht vergewissert ihm außerdem, daß er an Orten gehört wird, wo man ihn sonst nicht beachten würde. Und auf das Dasein von Menschen Einfluß zu nehmen, die normalerweise nicht das Schwarze unter den Fingernägeln für ihn geben würden, ist die rauschhafteste Erfahrung, die ein Negativer je haben kann – und sie erklärte solche bestürzenden und gefährlichen Phänomene wie Hitler oder Doktor Fu Manchu.

Ich wüßte beim besten Willen nicht, wie eine Studie des *Noir*-Romans vollständig sein könnte, ohne die verräterische Dumpfheit des Langweilers und des Mörders nebeneinander zu betrachten.

Zu den größten Gefahren, die der Langweiler darstellt, gehört es, daß er immer geradewegs an die Öffentlichkeit geht. Er tut dies erstens, weil eine Menge bedeutend unkritischer ist als ein Individuum, was erklärt, warum der Staat sich nicht sonderlich um Individuen schert; zweitens, weil ein Langweiler sich unwiderstehlich von der Masse angelockt fühlt – von der er, zu seinem geheimen Entsetzen, ein Teil zu sein fürchtet –, und drittens, weil der Langweiler aus Erfahrung weiß, daß es, je öfter er einen bedeutungslosen, eintönigen Refrain wiederholt, um so wahrscheinlicher wird, daß die Öffentlichkeit ihn mit staatsmännischem Geschick, Klugheit und Voraussicht verwechselt – was auch er immer wieder durcheinanderbringt.

Könnte man die Langweiler sicher isolieren, wäre das Problem, vor das sie uns stellen, nicht mehr so ernst. Aber leider langweilt sich niemand so schnell wie ein Langweiler in der Gesellschaft eines anderen Langweilers, denn definitionsgemäß ist, wie ich betont habe, ein Langweiler jemand, der sich für eine originelle Persönlichkeit hält – wenn ihn also eine unbegrenzte Anzahl von Imitationen seiner selbst umgibt, beschädigt dies automatisch seine zwanghafte Überzeugung, daß er die einzige interessante Person in Sichtweite ist.

Inzwischen laufen einige Millionen Langweiler herum, und bei weitem zu viele von ihnen bekleiden Ämter, die über ihre Fähigkeiten hinausgehen, und bei weitem zu viele von ihnen versuchen uns zu isolieren, bevor wir sie isolieren – was weniger fatal wäre, als es ist, wenn diktatorische Herrschaft nicht unvermeidlich das Werk von Langweilern wäre.

Der Langweiler ist ein menschlicher Kuckuck. Er eignet sich alles an, nimmt jedes Nest in Beschlag. Seine herausragende Eigenschaft ist, daß er keine Eigenschaften hat. Er hat der Gesellschaft nicht das geringste anzubieten, nicht die leiseste Spur einer originellen oder positiven Idee – und doch ertappen wir anderen uns dabei, wie wir Platz für ihn machen, so wie der Körper sich zum Wirt eines zerstörerischen Virus macht. Langweiler würden die ganze Welt übernehmen, wenn sie könnten, und manchmal tun sie es. Hier ein Auszug aus dem Tagebuch von einem, der es getan hat: »Mir fehlt immer noch in bemerkenswertem Maße dieses natürliche, überlegene Auftreten, das ich gerne hätte …« (Heinrich Himmler, November 1921).

Darin besteht des Langweilers endloser Marsch durch die Hölle: je weniger er zu existieren meint, um so entschlossener wird er zu beweisen versuchen, daß er eben doch existiert, also drängt er andere Menschen immer weiter von sich weg, bis sie verschwinden.

Aus dem Zimmer, falls er ein Langweiler ist.

Vom Angesicht der Erde, falls er ein Mörder ist.

Im *Noir*-Roman macht man unweigerlich viele Fehler, aber man korrigiert so viele davon, wie man kann, und arbeitet sich weiter durch die Handlung des Buches, und gelegentlich hat man sogar das Gefühl, daß es einem gelungen ist, die Hand auszustrecken und einen Aspekt menschlicher Erfahrung zu berühren, von dem man bisher nichts gewußt hat, so daß ungeachtet der Fehler und Abschweifungen die eigene Version menschlichen Geschehens gelegentlich einen klaren Ausdruck findet. Nur für einen Augenblick hat man dann und wann das Gefühl, daß Menschen verstehen und dem beipflichten könnten, was man geschrieben hat, so daß in diesen kurzen Momenten – die gerade lang genug andauern, um einen zum Weitermachen zu ermutigen – die ganze Anstrengung doch der Mühe wert erscheint.

19

Als ich mit *Suarez* fertig war, fand ich mich mehr denn je in Meinungen bestätigt, die sich gebildet hatten, als ich seine Vorläufer schrieb:

1. Es gibt nichts Eskapistisches im *Noir*-Roman. Der Autor kann darin nicht einmal sich selbst entkommen; der *Noir*-Roman ist der Roman, in dem alle Auswege versperrt sind.

2. Der Autor muß ein Teil der Charaktere werden, und umgekehrt.

3. Damit nimmt der Autor ein Risiko auf sich, denn er muß, was immer es ihn psychisch kosten könnte, die Distanz zwischen sich und den Charakteren – darunter manchen, die jeder aus gutem Grund fürchten würde – so weit wie möglich verringern. Er muß sich bis zu dem Punkt auf sie einlassen, daß er sich nicht mehr bewußt ist, überhaupt zu schreiben; bis er, indem er in einen Zustand eintritt, in dem die Charaktere durch ihn existieren, selbst das Zimmer, die Straße, die Situation, die Menschen geworden ist; bis die Menschen auf dem Papier so wirklich werden, als lebten – oder stürben – sie ein zweites Mal.

4. Zu dem Zeitpunkt, wenn er die Arbeit abschließt, muß der Autor in jedem Fall dieselben Gefühle von Schuld und Schrecken durchgemacht haben, wie sie die Charaktere ursprünglich empfunden haben. Das Buch kümmert es nicht, was der Autor dabei durchgemacht hat. Wichtig sind nur die Charaktere; *sie* sind die Schiedsrichter.

Das ist die Herausforderung; an diesem Maßstab bemißt sich, wie erfolgreich der Versuch ist.

Die einzige praktikable Methode, die ich entdeckt habe, um mit den Abgründen in *Suarez* fertig zu werden, ein Panzer gegen die widerwärtige Depression, die mit der Arbeit an dem Buch einherging, bestand darin, daß ich eine dritte, »stumme« Position einnahm, eine Abwandlung des Perseusschen Schildes, hinter dem ich wie ein Abziehbild des normalen Alltagslebens agierte, wenn ich nicht schrieb, und keine andere Anstrengung unternahm, als mir selbst vorzumachen, ich sei wieder mein gewöhnliches Ich. Ich schüttelte viel von dem Schrecken des Schreibens ab, indem ich kochte, einkaufen ging oder die Dorfkneipe besuchte, bis die Nacht einbrach und es Zeit wurde, sich an die nächste Etappe zu machen, und so ging es weiter, bis das Buch fertig war.

Ich konnte erst dann ein irgendwie objektives Verhältnis zum Text entwickeln, um ihn zu bearbeiten, als die Charaktere mich endlich losgelassen hatten, denn vorher war ich zu verwirrt.

In diesem Zusammenhang möchte ich noch einmal zum Element des Risikos zurückkommen. Ich glaube nicht, daß ein ernsthaftes Ziel erreicht werden kann, bevor man herausgefunden hat, daß man mit etwas Gefährlichem hantiert – gefährlich nicht bloß im Bereich der Gewalt, die ansteckend wirkt und das eigene Verhalten negativ beeinflußt, sondern auch psychisch insofern, als die Tragödie, die die Charaktere ursprünglich angerichtet haben, *durch einen selbst* wiederholt wird, so daß man jetzt *im eigenen Kopf, in den eigenen Träumen*, in einem Winkel *des eigenen Zimmers* nachvollzieht, was sie einst getan haben.

Das ist der Moment, wenn diese toten Protagonisten *in* einem und *durch* einen rufen; sie schreien, flehen und töten wieder so lebhaft, daß die Gefahr besteht, der eigene Verstand könnte ihnen zum Opfer fallen, und darin, fand ich bald heraus, liegt die eigentliche Herausforderung. Während der achtzehn Monate, die es mich kostete, *Suarez* zu schreiben, ging ich nahezu ein Jahr lang nicht bei ausgeschaltetem Licht zu Bett, obwohl ich, weil ich nachts arbeite, am Tag schlief; wenn ich schlief, dann in aufrechter Haltung, mit dem Rücken am Kopfende des Bettes. Ich ging ganz in dem auf, was ich schilderte, und wußte zeitweise nicht mehr zwischen dem Bösen in mir und dem Bösen zu unterscheiden, das ich auf Papier festhielt – eine unsichtbare, aber dennoch dichte Präsenz, die Raum einnahm und mich umwirbelte, mich umschlang. Die Grenze zwischen mir und dem, was ich heraufbeschworen hatte, verschwamm immer mehr, bis ich schließlich außer der Einsamkeit nur noch die beiden Zustände des Schaffens und des Entsetzens kannte. Es war ein Kampf, in diesem Chaos auf dem rechten Weg zu bleiben und, auch wenn es notwendig war, mich mit dem Zustand der Charaktere zu identifizieren, alle Vorsichtsmaßnahmen zu treffen, die mir möglich waren, damit ich nicht in ihre traurige, ungeordnete Welt absackte.

Die Einsamkeit ist meine Widersacherin, deshalb muß ich mich ihr annähern wie ein General, der in einem Krieg seinen Feind so gründlich kennenlernen muß, als sei er ein Freund. Um ihn zu schlagen, ist man gezwungen, geradezu in seine Haut zu schlüpfen, damit man seine Geheimnisse, seine Veranlagungen erspüren kann. Man muß gleichermaßen der Agent in der Bar wie der Kommandeur auf einem Feld sein, wo die Gegenwart des Nichts etwas Greifbares wird; wo die Abwesenheit fremder Truppen so bedrohlich ist wie ein Armeekorps; wo man unter den umgekehrten Bedingungen dieser Kriegsführung herausfindet, daß der Gegner, wenn er einen nicht zum äußersten getrieben hat, am Ende als Sieger dasteht. Man ist dem Kampf ausgewichen und in die reale Welt enger menschlicher Beziehungen entflohen. Dies ist durchaus verständlich; nur kann man aus dieser Position die Einsamkeit nicht mehr beschreiben, geschweige denn in die Seele derer eindringen, die von ihr versklavt wurden.

Die *Noir*-Literatur läßt nichts Fadenscheiniges oder Oberflächliches zu. Die Betonung liegt auf der Realität, und dazu gehört, die Welt aus dem irrealen Blickwinkel eines Mörders zu betrachten, um so der Erkenntnis einen Schritt näherzukommen, *warum* er ein Mörder ist – zu erklären, wie es immer noch geschieht, daß X als Mörder zur Welt kam, ist eine lächerliche Behauptung. Das Ziel der *Noir*-Literatur ist es, das Irrelevante, Prätentiöse und Künstliche auszutilgen und die Welt so darzustellen, wie die wenigsten Menschen sie sehen wollen – mit anderen Worten so, wie sie wirklich ist.

Der *Noir*-Roman hat nicht die Absicht, eine angenehme Lektüre zu sein. Seine Funktion besteht darin, die Gesellschaft über Aspekte ihrer selbst zu unterrichten, indem er ihr das falsche Bild im Spiegel zeigt, das Bild von sich, das sie ablehnt, das sie nicht sehen will, so wie es *Edwin Drood, Der Prozeß, Thérèse Raquin, Erostrate, The Big Sleep* oder *The Friends of Eddie Coyle* getan haben. Man kann Mord, Erpressung und Schikanierung nicht vom Rest der Wirklichkeit isolieren. Wenn man es tut, erhält man ein gekünsteltes Ergebnis, das alles ausläßt, was auch nur im entferntesten die Gefühle und das Gewissen eines Lesers erregen könnte. Es ist nichts Oberflächliches an einem Mord, und ihn so zu behandeln, zeugt von einem völligen Mißverständnis der Gewalt, einer banalen Ignoranz gegenüber der Verzweiflung und den wahrhaft beängstigenden Dimensionen des Wahnsinns – diesem Sterbezimmer, das von Menschen bewohnt wird, die nicht begreifen, daß es keinen Boden hat –, einer Ignoranz, die selbst wiederum einer kriminellen Verantwortungslosigkeit entspringt.

Im Mord, dessen war sich Shakespeare wohl bewußt, kritallisiert sich eine Gesellschaft und entlarvt sich selbst auf eine endgültige und blutige Art. Und wenn der Leser ein zunehmendes Interesse an *Noir*-Literatur zeigt, liegt das daran, daß sich die Öffentlichkeit, wenn auch in gewissem Maße unbewußt, immer mehr um einen Großteil dessen sorgt, was vor sich geht.

In der Zwischenzeit tut die Literatur nichts anderes, als sie immer getan hat – mit dieser Angst Schritt halten und sie in ihrer Entwicklung reflektieren.

Ein technisches Problem. Eines ist sicher, was den *Noir*-Roman angeht: um ihn zu verfassen, müssen die meisten literarischen Konventionen massiv modifiziert und umgestaltet, wenn nötig sogar aufgegeben werden. Bewährte Verfahrensweisen, neu erprobt und in einem neuen Zusammenhang verwendet, um Ergebnisse zu erzielen, für die sie ursprünglich nicht gedacht waren, können ein bemerkenswertes Licht werfen, bestimmte Stimmungen in einem neuen Licht erscheinen lassen. Aber wenn sie sich den eigenen Zielsetzungen nicht fügen, bleibt einem nichts anderes übrig, als sie fallenzulassen. Stimmung, Handlung, Durchdringung und Austausch mit der verwirrten menschlichen Psyche in Kontrast zum alltäglichen Leben ringsum – nichts ist wichtiger für den *Noir*-Roman. Um dieses Gleichgewicht zu erreichen, müssen alle allgemein anerkannten literarischen Techniken auf die Probe gestellt werden. Es bleibt kein Platz für elegante Grammatik, kein Platz für irgend etwas, das nicht funktioniert.

Im Rückblick finde ich, daß ich in *Suarez* nicht viel erfunden oder verallgemeinert habe. Das Buch basiert auf drei getrennten authentischen Fällen (sie ereigneten sich nicht alle im gleichen Land, und einer beruht zum Teil auf eigenen Erfahrungen), die ich miteinander verknüpfte, indem ich zwischen einem Ereignis aus dem einen Fall und einem Ereignis aus einem anderen einen Zusammenhang herstellte, bis sich eine einzige Erzählung ergab, die in sich stand. Ich weiß noch, daß ich mich durch die Anstrengung, die dies kostete, anfangs krank, benommen und körperlos fühlte. Eine Folge der Belastung, von einem Zustand in den anderen zu wechseln, aus meiner realen Welt in eine ebenso reale überzutreten, die nicht meine war – die für meine Charaktere reale Welt, die ich erschaffen oder neu inszenieren wollte: Phantasie bedeutet, das Blut eines anderen an den eigenen Fingern zu riechen, mit Nasenlöchern, die nicht mehr zu einem selbst, aber auch zu keinem sonst gehören könnten. Phantasie bedeutet auch, die Dunkelheit mit einer solchen Intensität zu durchdringen und zu erleiden, daß man, obwohl es nicht die eigene Tat war, das Gefühl hat – und das nicht bloß, während man schreibt, sondern auch hinterher –, es hafte einem noch der penetrante Geruch des Geschehens so an, als sei man selbst dabeigewesen, beinahe so, als habe man es selbst getan.

Obwohl ich Verhaltensweisen, mit denen ich nie Erfahrungen gemacht hatte, interpretieren und Erklärungen für dieses Verhalten anbieten mußte, obwohl ich Schauplätze und Namen verlagerte oder abänderte, habe ich mein Bestes getan, um die mir bekannten Fakten nicht zu verfälschen. Denn diese Fakten waren mehr als jede Vorstellungskraft dazu geeignet, meine Hauptabsicht zu realisieren, die darin bestand, das Böse aus den Schatten herauszulocken und seinem Widersacher gegenüberzustellen.

Ich hoffe, Sie verstehen jetzt, was ich von gefälliger Kriminalliteratur halte und warum ich daran verzweifeln könnte. In der Kriminalliteratur, die ich mir vorstelle, läßt sich nur ein Weg durch die Dunkelheit bahnen, indem man Erfindungen auf das Nötigste beschneidet. Der einzige Richtungsweiser ist der Instinkt; sobald die Phantasie etwas an seine Stelle zu setzen versucht, wird sie zur Zielscheibe des Spotts.

20

Die Erkenntnis trifft mich immer wieder wie ein Schock, daß eine Nation, je lauter sie sich als Demokratie gebärdet, diese um so wahrscheinlicher nicht einmal in ihren rudimentärsten Formen praktiziert; dafür ist es unter Entwicklungsländern weit verbreitet, daß die Bewohner dieser Länder zwar die demokratischen Tugenden exportieren, sich selbst aber vergeblich danach sehnen.

Die Ironie dieser Bemerkung ist beunruhigend.

In ihrem Ringen um soziale Gerechtigkeit, von der sie genau wissen, daß es die einzige Form von Freiheit ist, die ihnen die Gesellschaft nie zugestehen wird, stehen der Detektiv und Kléber, so wie Gordon Comstock und Winston Smith vor ihnen, immer wieder vor einer Reihe von Backsteinmauern in ihrer inneren wie ihrer äußeren Welt – darunter, im Fall meines Detektivs, seine Beziehung zu seiner Frau –, und das Deprimierende daran ist, daß sie, obwohl ihnen zuweilen kurzfristig ein örtlich begrenzter Sieg über das Negative und Korrupte gelingt, doch viel zu wenig zählen, um ihrem Feind einen großen, entscheidenden Schlag zu versetzen. Und als sie schließlich den Punkt erreichen, an dem Frustration in Verzweiflung umschlägt, fordern sie den sicheren Tod heraus (Kléber) oder gehen zunehmend größere Risiken für ihr Leben ein, weil sich kein anderer Ausweg aus einem unentrinnbaren Labyrinth anbietet (der Detektiv).

Die Gewalttätigkeit der Sprache und des Handelns dieses namenlosen Detektivs ist keine Pose. Er verwendet die Sprache, die auf der gesellschaftlichen Ebene wirksam ist, auf der er lebt und mit der er zu tun hat, weil es die einzige Sprache ist, die dort zu Ergebnissen führt, auch wenn sein Verhalten den nachdenklichen und reflektierenden Aspekten seiner Persönlichkeit völlig zu widersprechen scheint. Aber tatsächlich trifft man oft auf das Paradox, das er verkörpert – den Gegensatz zwischen der Person, die er ist, und der Person, für die der Betrachter ihn hält.

Ob paradox oder nicht, er verhält sich gemäß dem Muster, weil die Umstände ihn zu dieser Person geformt haben und er in dieser Hinsicht keine Wahl hat – er hat kein Talent und kein Interesse an einer anderen Arbeit, und er glaubt, daß seine Arbeit einen Nutzen hat, sofern es ihm gelingt, den Augiasstall unter seinen eigenen Bedingungen zu säubern.

Sein einziges Problem bleibt nur, daß er weiß, es sammelt sich immer neue Scheiße an, die nie weggeräumt werden kann – und es ist dieses Wissen, das ihn zu einem Protagonisten des *Noir*-Romans macht.

21

Zwei Jahre als Nachtfahrer (von acht Uhr abends bis fünf Uhr am Morgen) eines kleinen Taxis in der Innenstadt von London haben mich sicherlich mehr über meine Heimatstadt gelehrt als alles andere, was ich dort je erlebt habe. Ob es mir gefiel oder nicht, ich wurde zu einem winzigen Zähnchen eines winzigen Zahnrads des Triebzugs, so wie London eben funktioniert und wie es lebt, wenn es nicht funktioniert. Die Tätigkeit führte mich – mit ihren Bewohnern im Wagen –, in Teile der Stadt, von deren Existenz ich bisher kaum gewußt hatte, obwohl ich glaubte, die Stadt wie meine Westentasche zu kennen. Ebenso sicher ist, daß ich nie die Factory-Serie geschrieben hätte (mit dem Begriff »Factory« ist übrigens sowohl die Polizei wie, im Kriminellenjargon, eine beliebige Polizeiwache gemeint), wenn ich nicht in diesem Job gelandet wäre, was ich auch nur dem Zufall verdankte, daß ich mich eines Abends mit einem Freund in der Queen's Elm unterhalten hatte. Er war Nachtfahrdienstleiter für Globe. Ich sagte ihm, daß ich bis auf den Besitz meines Wagens, eines erst ein Jahr alten, aber schon verrosteten Alfasud, pleite sei. Er steckte mir einen Fünfer zu und sagte mir, wir könnten los, sobald wir unsere Pintgläser ausgetrunken hätten. Dieses Erlebnis brachte mich schlagartig auf den neusten Stand der Zustände im London des Jahres 1972. Ich habe eine ganze Szene in

He Died with his Eyes Open (Er starb mit offenen Augen) darauf aufgebaut. Ich wurde daran erinnert, was ich zu vergessen drohte; wie harte Menschen wirklich miteinander umsprangen, wie kalt und gleichgültig oder, auf der anderen Seite, furchterregend sie sein konnten. Als Nummer vierundzwanzig dürfte ich der schlechteste Fahrer gewesen sein, den sie je hatten, aber was mir der Job über die Dialoge, das nächtliche London und manchmal sogar über die Furcht und vor allem über die Menschen beibrachte, war für mich als Romancier von unschätzbarem Wert, wie das folgende Beispiel veranschaulichen mag.

Es war der Heilige Abend 1972, halb acht am Abend, und es herrschte rauhes, nebliges, wirklich ekliges Wetter, das den Gehsteig gerade genug vereiste, daß man ausrutschen und sich darauf die Nase brechen konnte. Ich kam ziemlich besoffen aus dem Golden Bowl und überquerte die Straße zum Erdgeschoß des Hauses in der Beryl Road, Hammersmith, das ich mir mit einem dicken Mädchen namens Heather teilte. Sie beschnüffelte mich, als ich endlich die Tür aufbekommen hatte, zeigte auf meine beiden Taschen, die fertig gepackt im Flur standen, kreischte »Raus!«, und als nächstes erinnere ich mich, wie ich draußen auf der Straße stand. Ich entledigte mich der beiden Taschen, indem ich sie in den Kohlenkeller warf; ich konnte sie später holen, wenn ich jemanden gefunden hatte, der mich bei sich aufnahm.

Die Zeit, als ich noch an Weihnachten geglaubt hatte, lag weit zurück, und ich glaubte noch weniger daran, als ich meine Taschen durchkramte und feststellte, daß ich kaum genug Geld hatte, um vom Hammersmith Broadway in die Dienststelle zu fahren, wo ich den Wagen stehenlassen hatte. Auf dem Bahnsteig lungerten haufenweise Säufer herum, die sich die Seele aus dem Leib sangen und die Eingeweide auskotzten, und ich mußte zwanzig Minuten lang auf einen Zug der Picadilly Line warten. Außerdem hatte ich Hunger.

Als ich in der Dienststelle in der Foley Street ankam, sagte der Nachtfahrdienstleiter: »Mann, Nummer vierundzwanzig, du siehst ja schrecklich aus.«

»So fühle ich mich auch«, sagte ich. »Ich benehme mich schlecht, trinke zuviel, esse nicht genug und fühle mich zum Kotzen. Noch andere Fahrer da?«

»Es gibt keine anderen Fahrer«, sagte der Fahrdienstleiter. »Du bist der gesamte Fahrerstab, der Globe Cars gegenwärtig zur Verfügung steht. Gott steh uns bei.«

Das Telephon klingelte. Der Fahrdienstleiter hörte zu, sagte dem Anrufer, das Taxi sei unterwegs, legte den Hörer auf und sagte zu mir: »Baron's Arms, Tottenham Court Road, los geht's, mach dich auf den Weg.«

»Ich kann nicht«, sagte ich. »Ich habe nichts im Tank. Leih mir 'ne Tankfüllung.«

»Manche Leute sind einfach nur Arschlöcher«, sagte der Fahrdienstleister und schnippte mir über den Tisch einen Fünfer zu, »aber du bist ein ganz eigenes Kaliber.«

»Baron's Arms also«, sagte ich, »das ist doch diese widerliche Kaschemme, die ein paar stumpfsinnigen Griechen gehört.«

»Das ist United Europe«, sagte der Nachtfahrdienstleiter, »aber das hat dich überhaupt nicht zu interessieren, du fährst einfach hin.«

Ich ging nach unten. Ich fuhr einen beschissenen alten Zwölf-Fünfziger Citroën Club durch die Gegend. Gestern abend hatte der Wechselstromgenerator den Geist aufgegeben, und das Getriebe klang wie eine Moulinex, die sich mit Metallspänen abmühte. Dennoch schaffte ich es, den Wagen in Gang zu bringen, und fuhr ihn zur Zapfsäule.

Als ich das Baron's Arms erreichte, blieben noch zwei Minuten bis zum Ladenschluß.

»'n Abend«, sagte ich zum Wirt und fünf oder sechs Zechern, »hat jemand ein Taxi bestellt?«

»Das war ich«, sagte einer der Zecher, »Was trinkst du, Taxifahrer? Ich heiße Ken.«

»Er trinkt gar nichts«, sagte der Wirt. »Ich mache gleich zu.«

»Was soll denn das, Junge?« fragte mein Kunde. »Du hast doch Verlängerung gekriegt.«

»Ja, aber ich mache keinen Gebrauch davon«, sagte der Wirt.

»Doch, machst du«, sagte der Mann namens Ken, »du hast es dir plötzlich anders überlegt.« Er steckte eine Hand in die Gesäßtasche und ließ sie dort stecken. In der Kneipe wurde es ganz still. Ken sagte zum Oberkellner, einem anderen Griechen: »Du kannst jetzt zumachen.« Als der Kellner zögerte, sagte Ken: »Ich will nicht die Hand aus der Tasche ziehen; es ist Weihnachten, und ich würde lieber drauf verzichten.« Der Kellner sah den Wirt an, und der Wirt nickte, also ging der Kellner zur Tür und schloß uns alle ein.

»Das ist schon besser«, sagte Ken. »Jetzt sieht's schon eher aus wie auf einer Party.« Indem er auf die Gläser auf der Theke zeigte, sagte er zum Wirt: »Ich kümmere mich erst mal um euch, ehe wir loslegen.« Er griff in eine andere Tasche und zog eine riesige, mit einem Gummiband zusammengehaltene Rolle von Banknoten heraus, die er auf die Theke knallte. »Ich werde nicht fragen, wieviel ich dir schulde, ich bin kein mißtrauischer Mensch. Es sind alles Fünfziger, also nimm, was ich deiner Meinung nach ausgegeben habe, und vergiß nicht, daß ich dir dabei auf die Finger schaue.« Ganz langsam, so daß Ken beobachten konnte, was er tat, nahm der Wirt einen der Fünfziger und kam sofort mit einer Menge Wechselgeld zurück.

»Gut«, sagte Ken. »Und jetzt noch eine Runde, und vergiß meinen Fahrer hier nicht.« Zu mir sagte er: »Was trinkst du?«

»Einen Orangensaft«, sagte ich.

»Was?« fragte Ken.

»Ich weiß, es klingt komisch«, sagte ich, »meine Fahrerlaubnis steht auf dem Spiel.«

Als wir eine Stunde später endlich auf die Straße traten, fragte ich: »Wohin fahren wir?«

»Einen Abstecher in die Seven Sisters«, sagte er, »nur ein paar kurze Stops zwischendurch.« Er war ein schwerer Mann, aber nicht groß. Er trug eine teure braune Lederjacke und das schwarze Haar zurückgekämmt. Wir fuhren über die Caledonian Road los. »Du bist schon ein komischer Kauz, weißt du«, sagte er, »ich werd' nicht aus dir schlau.« Er fügte hinzu: »Hungrig?«

Ich sagte, ich sei immer hungrig.

»Du bist wie meine alte Frau«, sagte er. »Halte hier, wir nehmen ein Curry mit.«

»Scheint so, als wäre der Laden schon zu«, sagte ich und sah zu dem Restaurant hinüber, auf das er mit dem Daumen zeigte.

»Es ist schon komisch mit diesen Läden. Sie sehen immer geschlossen aus, obwohl sie noch aufhaben«, sagte Ken und stieg aus. »Außerdem machen die meisten eh sofort auf, wenn ich plötzlich hier vorbeischaue. Laß den Motor laufen und komm rüber, wenn ich dir ein Zeichen gebe.«

Er überquerte die Straße, und ich sah, wie er die Tür zu öffnen versuchte; sie öffnete sich nicht, obwohl dahinter Licht brannte.

Also setzte er den Fuß an die Tür und drückte die Scheibe ein, woraufhin er durch den Rahmen in den Laden stieg und mir bedeutete, zu ihm hinüberzufahren. Einer der Kellner machte Anstalten, sich über die Scheibe zu beschweren, aber Ken brachte ihn mit einer wortlosen Geste zum Schweigen. Drinnen hatten sich einige pakistanische Familien versammelt, Kinder und die ganze Sippschaft, die alle an ihrem Essen kauten und über die Belästigung murrten. Der Besitzer erschien und sagte zu Ken: »Tut mir leid, aber heute abend ist geschlossene Gesellschaft.«

»In Battersea Park auch«, sagte Ken. »Ich will neun Vindaloo zum Mitnehmen und keinen Ärger. Ich zahle auch für die Tür, ihr solltet mich nur das nächste Mal etwas freundlicher empfangen.« Die Köche machten sich an die Arbeit. Ken zog sein Bündel von Banknoten hervor und sagte zu dem Besitzer: »Ich schau dir genau auf die Finger.« Der Besitzer konnte sich davon überzeugen, daß er nicht flunkerte, und gab ihm das Wechselgeld bis auf den letzten Penny heraus. Es wurde in dem Restaurant nicht viel geredet, während dieser Teil vor sich ging. Ehe wir weiterfuhren, sagte Ken zu dem Mann: »Und gib uns ein paar leere Tüten.«

»Wofür sind die?« fragte ich, als wir nach Norden weitertuckerten. Er antwortete nicht.

»Neun Vindaloos«, sagte ich. Der Motor begann mit ihnen zu duften. »Ihre arme Frau muß ja verhungern.«

»Ich weiß nicht, ob oder ob nicht«, sagte Ken. »Ich habe sie seit zehn Tagen nicht gesehen.«

Wir erreichten die Seven Sisters, und Ken sagte: »Fahr an der U-Bahn nach links, dann noch ein paar hundert Meter weiter, und auf der linken Seite kommt eine Straße. Bieg da ein und parke in der Sackgasse.« Ich stand unversehens mit der Schnauze des Wagens vor einer Mauer und hatte einen fünfstöckigen Wohnblock zu meiner Linken. Ken griff sich einige von den Currys und stieg aus. »Fahr jetzt wieder auf die Hauptstraße und parke in die Richtung, die wir gekommen sind. Da wartest du dann.«

»Wohin fahren wir danach?« fragte ich.

»Du stellst 'ne Menge Fragen, was?« sagte er. Von einem Moment zum anderen schien er ganz zufrieden mit sich. »Tu einfach, was man dir sagt, während ich raufgehe und die Frau füttere.« Bevor er verschwand, sagte er: »Und halt dich bereit, falls ich Hilfe brauche, klar?«

Ich wollte fragen, wie er das meinte, aber es war zu spät. Ich sah die Flurlampen in einem Geschoß nach dem anderen angehen, während er hinaufging. Als ich mir den Block anschaute, dachte ich: »Seine Frau sitzt wohl gern im Dunkeln«, denn außer im Treppenhaus brannte in dem ganzen Haus kein Licht. In der Zwischenzeit tat ich wie geheißen und wartete, aber ich drehte den Wagen so, daß ich sofort aussteigen konnte, falls es erforderlich sein sollte. Auf dem Rücksitz fing das Curry heftig an zu miefen. Schließlich aß ich etwas davon. Dann schob ich eine Kassette mit einer Liveaufnahme von Fleetwood Mac ein. Ich wünschte, ich hätte wenigstens eine Dose Castlemaine dabeigehabt.

Nach einer Weile ging in einer Wohnung im Obergeschoß, wo jemand das Licht angeknipst hatte, ein Geschrei los. Es war eine Frau, die dort schrie, und es dauerte eine ganze Zeit, dann brach es plötzlich ab. Ken trat an das beleuchtete Fenster und rief zu mir herunter: »Bist du da?« Als ich mich meldete, sagte er: »Gut, bleib da, es dauert nicht mehr lang. Fahr nicht weg. Ich werde dich finden, wenn du wegfährst.« Er verschwand in der Wohnung und schloß das Fenster.

Ich fuhr nicht weg. Ich ließ den Motor an und stellte die Heizung an. Wir bekamen Frost.

Die Zeit verging so, wie es manchmal geschieht – nämlich langsam.

»Gut, das wär's dann«, sagte Ken, »da bin ich endlich.« Er mußte ans Fenster klopfen; ich war eingenickt. »Wie hat ihr denn das Curry geschmeckt?« fragte ich.

»Ist ihr nicht gut bekommen. Kommt manchmal vor, was?«

Ich sagte, damit hätte ich keine Erfahrung.

»Na, wie auch immer«, sagte er. »Sie hat genug da oben, um eine Woche oder so durchzuhalten.« Er warf einen Blick auf das Funkgerät, über das ich mich mit der Zentrale verständigte. »Hast du mit jemandem gesprochen? Hat sich jemand gemeldet?«

»Ich bin doch nicht verrückt«, sagte ich und zeigte ihm den losen Stecker, den ich herausgezogen hatte. »Ich will Weihnachten doch nicht im Krankenhaus verbringen.«

»Bring mich nach Bethnal Green«, sagte er. »Es fahren keine Züge mehr.«

Als wir den Bahnhof Bethnal Green erreichten, bremste ich vor einer roten Ampel.

»Das reicht«, sagte er. »Ich steige hier aus. Was schulde ich dir?«

Ich fragte mich, ob er wieder das Bündel Geldscheine mit dem Gummiband auspacken würde. Er tat es aber nicht. »Das überlasse ich Ihnen«, erwiderte ich.

Er drückte mir etwas in die Hemdtasche, das sich fest anfühlte. »Ich komme auf dich zurück, wenn ich noch mal ein Taxi brauche«, sagte er und verschwand unter den ersten Schneeflocken, die herabzusinken begannen.

Ich fuhr zur Dienststelle zurück, und der Nachtfahrdienstleiter sagte: »Warum hast du denn das Funkgerät abgeschaltet, du elender Anfänger? Hattest du wenigstens eine gute Tour?«

»Weiß ich noch nicht«, sagte ich. Ich zog das Bündel aus meiner Brusttasche; es waren hundert Pfund in Zehnern.

»Fröhliche Weihnachten«, sagte der Fahrdienstleiter. »Und was ist mit meinem Fünfer?«

»Morgen«, sagte ich. »Ich fahr nach Hause und zieh mich im Kohlenkeller um«, fügte ich hinzu, »und dann fahre ich im Office Club vorbei und schau mal, ob ich da was abschleppen kann. Übrigens, magst du Curry? Auf dem Rücksitz stehen noch sieben Tüten.«

22

1986 aß ich einmal bei Scotland Yard zu Mittag; es war ein angenehmes Mittagessen. Ich aß mit einem Detective-Superintendent; es war ein nettes Essen. Über den Gambas sagte er: »Nennen Sie mich John. Wissen Sie, es ist komisch, aber ich kenne Ihr Gesicht.« Ich sagte ihm, er müsse sich irren, aber natürlich irrte er sich nicht. Selbst wenn er einfach nur nett ist, bleibt ein Bulle doch vierundzwanzig Stunden am Tag ein Bulle, auch beim Mittagessen. »Nein, da war etwas«, sagte er, »es muß schon eine Weile her sein. Wahrscheinlich wird's mir später wieder einfallen, wenn Sie schon weg sind.« Ich wußte, worüber er redete, und hoffte, es würde ihm nicht wieder einfallen.

Nachdem wir uns noch etwas unterhalten hatten, sagte er: »Ich habe Ihre Bücher gelesen.« »Sie sind im Detail etwas fehlerhaft«, erwiderte ich. »Stimmt«, sagte er, »aber ich sag Ihnen, warum sie mir gefallen – Sie schreiben sie besser, als es ein Bulle könnte. Das

Problem bei einem Bullen ist, daß er außerhalb der strengen Begriffe seiner Arbeit keine Vorstellungskraft hat – deshalb ist er ja überhaupt ein Bulle. Ein Bulle könnte dem Leser die Angst eines Menschen vor ihm nicht so begreiflich machen wie Sie. Glauben Sie an Gesetz und Ordnung?« »Wenn ich's mir leisten kann, ja«, antwortete ich. »Na, das ist eine lustige Antwort«, sagte er. »Ich habe das schon viele Leute gefragt, aber ich glaube, eine solche Antwort habe ich noch nicht zu hören bekommen.« »Die Leute, die Sie in die Mangel nehmen, um eine Aussage zu bekommen, dürften wissen, was ich meine«, erwiderte ich. »Ganz sicher«, sagte er und fügte hinzu: »Ich hätte wahrscheinlich einen Bullen aus Ihnen machen können. Sie haben ein Gefühl für die Arbeit, Vorstellungskraft.« »Deshalb schreibe ich Bücher«, sagte ich, »und dabei werde ich es belassen.« »Schon gut«, sagte er. »Wie wär's mit noch einer Flasche von diesem Bordeaux? Wenn Sie in Frankreich leben, haben Sie den Gaumen dafür, denke ich. Jedenfalls ist es mein liebster.« »Sie haben sicher eine gute Wahl getroffen«, sagte ich. »Nun, ich kenne unten in Bordeaux eine Menge Leute«, erwiderte er. »Ich fahre jeden Sommer im Wohnwagen mit meiner Frau und den Kindern da runter.« Darauf könnte ich wetten, dachte ich.

Er sagte, er hielte mich für eine verschwiegene Person und er schätze das. »Aus einer Plaudertasche kann man keinen Bullen machen«, sagte er. »Jeder Krümel Wissen ist kostbar, und man muß es für sich behalten, damit geizen. Deshalb mag ich Leute wie Sie. Sie haben keine Zeit für einen Haufen Idioten, die Ihnen um die Füße laufen, wenn Sie an einer Sache dran sind.« »Geraten Bullen im wirklichen Leben oft aneinander?« fragte ich. »Etwa alle vierzehn Tage«, antwortete er. »Natürlich hängen wir's nicht an die große Glocke. Offiziell liegt das Schwergewicht in der Polizeiarbeit auf Teamwork, und in manchen Bereichen ist das auch ganz gut so, unentbehrlich sogar. Aber es nützt nichts bei einem Mordfall, wenn der Beamte allein hinter irgendeinem Verrückten her ist. Die besten Detektive sind Einzelgänger«, erklärte John. »Sie haben ein scharfes Auge, und wie Sie sagen, hassen sie Mörder aus tiefstem Herzen, es ist etwas Persönliches für sie; und dieses Gefühl haben Sie auch.« »Sind Sie ein Einzelgänger?« fragte ich. »Ja«, sagte er. »Die restliche Zeit spiele ich Snooker. Wie wär's mit einer Partie nach dem Essen? Ich lasse uns einen Tisch reservieren.«

Was denke ich über die Polizei? Die Polizei, die wir haben, entspricht zweifellos der Art von Polizei, die unsere Politiker sich und uns wünschen, jedenfalls in Großbritannien – was kein Lob ist. Ich messe die Polizei an dem, was sie erreicht, an den Auswirkungen ihrer Maßnahmen und an der Atmosphäre, mit der sie sich umgibt. Ich messe sie an den manchmal sehr zweifelhaften Folgen ihrer Maßnahmen. Es ist nicht so, daß mir bei dem Wort Polizei Schaum vor den Mund tritt. Bei weitem nicht. Ich wäre der letzte, der nicht zugestehen würde, daß die Gesellschaft eine Polizei braucht.

Es ist nicht die Frage ob, sondern wie. In der Armee habe ich gelegentlich unter guten Offizieren und Unteroffizieren gedient; dann wieder unter schlechten Offizieren und entsetzlichen Unteroffizieren –, alles von Sadisten bis zu Arschkriechern und Polizisten. Ich glaube, die militärische und die polizeiliche Vorstellung von Ordnung sind einander sehr ähnlich, und ich bin mir sicher, es ist selten hochherziger Idealismus, der jemanden antreibt, sich einem von beiden zu verschreiben – jedenfalls in keinem der Länder, in denen ich bisher gelebt habe. Ich glaube, daß die Polizeiarbeit eine Berufung ist, auch wenn mir nicht viele Menschen darin zustimmen, weder innerhalb noch außerhalb der Polizei, und das ist der Grund, warum viele Menschen zu Recht das Gefühl haben, daß die Polizei ihnen aufgenötigt wird, nicht Teil von ihnen ist.

Vielleicht kann ich veranschaulichen, wie die Polizei von der, wie ich es nenne, falschen Seite der Theke aussieht, indem ich einige Verse zitiere, die ich irgendwann einmal hingekritzelt habe. Es ist kein großes Gedicht, aber vielleicht kommt es an dieser Stelle ausnahmsweise nicht darauf an:

Uns blieb nur 'ne Minute im Richmond Park,
Die Straßen hell, der Himmel finster wie ein Sarg;
Ich war ihm auf der Spur,
Er versteckte sich hinter 'ner Zeitung nur.

›Wenn ich nur mal etwas sagen kann,
Erkläre ich alles von Anfang an,
Ich verkaufe die Brüder von Murmuring Hill,
Aber haltet sie mir vom Leib, wenn ich will.

Sie wissen doch, Herr Kommissar
Es läuft heut noch so, wie's immer war.

Also her mit der Kohle,
Sonst mach ich 'ne schnelle Sohle;
Wenn ich nichts davon hab,
Kann ich schweigen wie ein Grab.

Die Regeln in dem Spiel, die ändern sich nicht viel,
Willst du etwas von mir haben, mußt du erst mal dafür zahlen;

Wenn der Winter kommt ins Land, frißt der Vogel aus der Hand,
Ich nimm's hier, ich nimm's da, scheißegal, was vorher war.
Schau dir an mal meine Alte, die ist doch 'ne ganz Eiskalte,
Leer ihr Herz wie ein Glas, wie 'ne aufgerauchte Tüte Gras,
Sie ist 'ne kleine Schlampe, reißt dauernd auf ihr Maul,
Über sie red' ich gern, solang ich will,
Doch nicht über Billy von Murmuring Hill,
Das kostet nur, da bleib ich stur.

Hör dich um, frag ruhig jeden,
es gibt nichts umsonst von mir,
Drum pack aus und belaß es,
Nicht bei einem Bier.

Nimm's mir nicht krumm, Herr Kommisar,
Es ist heute noch, wie's immer war.‹

Ein Psychiater sagte mir einmal, seiner Meinung nach sei es im Reich der Wahrheit und der Lügen nicht so wichtig, ob eine Person auf eine bestimmte Frage gelogen habe, sondern ob diese Person der Ansicht sei, daß diese nachweisliche Lüge in ihren Augen der Wahrheit entspricht. Halten wir uns vor Augen, daß jemand, um töten und gleichzeitig mit sich selbst und seinen Nachbarn in scheinbarer Eintracht weiterleben zu können, in einem Maße zu lügen gezwungen ist, daß der Betreffende eine Person erfindet, die zu den Grausamkeiten imstande ist, die er selbst verübt hat. Das Ausmaß, in dem er mit diesem verwickelten Manöver »erfolgreich« ist, steht in direktem Zusammenhang mit seiner Fähigkeit, sich selbst in dem Glauben zu bestärken, daß er eigentlich aus zwei Personen besteht: eine davon ist Gott (allmächtig und abwesend), die andere ist der Teufel, den man sich als Gott auf Urlaub vorstellen könnte, wenn er sich nach all der Einsamkeit, die mit der Allmacht einhergeht, endlich einmal amüsieren will. In jedem Fall ist die Fähigkeit zu lügen so eng mit der Mentalität eines Mörders verwoben, daß der Mörder selbst nicht sicher sein kann, wo Wahrheit und Fiktion anfangen und wo sie aufhören. Diese Bemäntelung ist das unbewußte Ziel seines ganzen Verhaltens. Im Grunde verhüllt der Mörder seine Identität vor jedem, einschließlich sich selbst – denn wen das blinde Gefühl umtreibt, daß er etwas zu verbergen hat und nicht benennen kann, worin es besteht, muß eben Ereignisse herbeiführen, die einer Vertuschung bedürfen. Autoren von Kriminalliteratur haben das gelegentlich vage erkannt; das Problem war, daß niemand von ihnen (schließlich gab es den Markt zu bedenken; was konnte dem Leser zugemutet werden?) weit genug *in* die Psyche eines Mörders eindrang, so daß es die Autoren vorzogen, das sensationelle Äußere zu dramatisieren, was ihnen außerdem einen Vorwand bot, es nicht zu analysieren – ein Versäumnis, das Tradition hat. Das hat der Kriminalliteratur verständlicherweise ein schlechtes Image verschafft, soweit es den seriösen Leser betrifft, ungeachtet der Anstrengungen bestimmter Autoren (Thompson, Goodis, Chandler, Himes und Ellroy), das Versäumte nachzuholen. (Um genau zu sein, ist der *Noir*-Roman nicht die Rettung der Kriminalliteratur, sondern tritt an ihre Stelle.)

Um zum Mörder zurückzukommen: es ist ein unzureichendes Gelingen seiner Lüge (zum Beispiel ein teilweises oder komplettes Scheitern, den begangenen Mord vor seinem höchst kritischen »guten« Ich zu verbergen), die den Mörder gewalttätig macht. Wenn es andererseits aber der mörderischen Hälfte gelingt, die strafende Rechtschaffenheit der anderen Hälfte völlig über seine Tat hinwegzutäuschen (und diese Hälfte, weil sie in ihm lebt, ängstigt ihn weit mehr als die Polizei, die Justiz und die äußere Welt), wird er überhaupt erst richtig gefährlich, denn wenn es ihm gelungen ist, sein Verbrechen vor sich selbst geheimzuhalten, bestehen gute Aussichten, daß er es auch vor jedem anderen geheimhalten kann.

Kurz gesagt hat Dostojewskij recht: Verbrechen ist eine Funktion der Strafe.

Ich würde diese grundlegende Spaltung in der Psyche eines Mörders gern mit einem Beispiel aus dem wirklichen Leben veranschaulichen – nämlich den Fragen, die Reg Christie *nach* seiner Überführung als mehrfacher Mörder (als er also nichts mehr zu verlieren hatte) von den Anwälten gestellt wurden. Christie hatte zuvor als wichtigster Belastungszeuge gegen Timothy Evans ausgesagt, und die Anwälte sollten im Auftrag der Regierung herausfinden, ob Christie dazu beigetragen hatte, daß Evans für einen Mord gehängt wurde, den Christie selbst begangen hatte. Die Kommission sollte nicht klären, ob Christie dieses Verbrechens schuldig war (seine Schuld an einem anderen Mord, dessen man ihn überführt hatte, stand außer Frage), sondern ob Timothy Evans unschuldig gewesen war, wie dieser im Laufe seines Prozesses unentwegt beteuert hatte, ungeachtet der Tatsache, daß er anfangs in einer freiwilligen Erklärung seine Schuld zugegeben hatte. Die Kommission besuchte Christie in seiner Zelle ungefähr achtundvierzig Stunden vor dessen Hinrichtung. Ich zitiere hier die Fragen des Untersuchungsbeamten sowie Christies Antworten nach der Abschrift:

Ermittler: Lassen Sie mich einige Fragen über Ihre Aussagen während des Prozesses stellen. Sie sagten … daß sie möglicherweise andere Menschen umgebracht haben, es aber nicht wüßten. Beharren Sie immer noch darauf, nicht zu wissen, wen Sie umgebracht haben, aber zugeben würden, jemanden getötet zu haben, wenn man Ihnen Beweise vorlegen würde?

Christie: Nun, ich könnte nicht sagen, ob ich es getan habe. Ich müßte akzeptieren, daß ich es war.

Ermittler: Aber ohne Beweise, daß sie andere Menschen umgebracht haben, sind Sie nicht bereit zu sagen, ob Sie es getan haben oder nicht?

Christie: Wenn ich Zweifel habe, bin ich nicht bereit, das eine oder andere zu beschwören.

Ermittler: Soweit es die sechs Personen betrifft, die vier Leichen im Haus und die zwei im Garten – akzeptieren Sie die Funde als Beweis, daß Sie diese Menschen umgebracht haben?

Christie: Nun, schwer zu sagen. Ich bin nicht davon überzeugt. Es liegt auf der Hand, daß ich es gewesen sein muß. Ich werde akzeptieren, daß ich es war.

Ermittler: Das betrifft die sechs. Die vier im Haus …

Christie: Ja. Ich muß akzeptieren, daß ich es war, aber ich bin nicht davon überzeugt. Ich muß es akzeptieren, aber ich bin nicht überzeugt.

Ermittler: Was die beiden Evanses und die anderen Leichen angeht, die Ihnen gegenüber vermutlich erwähnt wurden, können Sie keine klare Aussage machen?

Christie: Nein, weil es in dieser Beziehung keine Beweise gibt. Über die anderen Beweise bin ich im Bilde, sie wurden vor Gericht vorgelegt und so weiter. Nun, es gibt wohl nichts, was dagegen spricht, nicht wahr? Aber es hat mich nicht überzeugt.

Ermittler: Mr. Christie, ich bin Ihnen für Ihre Hilfe in dieser

Angelegenheit sehr dankbar. Wenn es noch etwas gibt, was Sie mir sagen wollen, dann haben Sie jetzt die Gelegenheit dazu. Ich meine, Sie können mir alles sagen, was mit der Untersuchung in Zusammenhang steht. Sie wissen, in welcher Frage ich ermittle, und ich möchte wissen, ob es noch etwas gibt, was Sie mir sagen wollen.

Christie: Nun ja, unter den gegebenen Umständen fällt mir kaum etwas ein. Wenn Dinge angesprochen werden, dann kann ich weiterreden, aber wenn nicht, dann nicht.

Ermittler: Ich möchte es dabei bewenden lassen. Wenn Sie nichts mehr zu sagen haben, dann werde ich auf weitere Fragen verzichten. Meinen Sie, das war alles?

Christie: Sie haben etwas über andere Morde erwähnt. Was steckte hinter dieser Bemerkung?

Ermittler: Nur daß Sie einige Male offensichtlich darauf angespielt haben, es könnte noch andere Personen geben, die Sie umgebracht haben.

Christie: Ach so. Ja. Ich verstehe, was Sie meinen.

Ermittler: Das ist alles. Ich kenne keine Details anderer Morde.

Christie: Ja. Ich habe es gesagt, und ich wiederhole, daß es mich nicht überraschen würde, wenn herauskäme, daß da noch jemand war, aber ich weiß nichts davon. Ich kann's nicht sagen. Es würde mich nicht überraschen.

Ermittler: Ich glaube, ich verstehe. Diese anderen Gentlemen hier haben noch viele andere Punkte angesprochen, aber ich glaube nicht, daß sie wichtig genug sind, um Sie jetzt damit zu behelligen. Es gab einige Fragen, die Ihnen beim Prozeß gestellt wurden, aber ich will die ganze Sache nicht noch einmal durchgehen. Sie haben die Fragen beim Prozeß beantwortet, und dabei sollte ich es wohl belassen.

Christie: Ja.
Ermittler: Ich bin Ihnen sehr verbunden. Vielen Dank.
Christie: Danke.

23

Es glaube, es führt zu nichts, über Menschen in einem außergewöhnlichen Zustand zu reden (geschweige denn zu schreiben), wenn man sich nicht selbst schon einmal in einem solchen Zustand befunden hat, und nur deshalb erwähne ich das Folgende.

Im Alter von einundzwanzig Jahren habe ich versucht, mich umzubringen. Ich schlief in dem alten Kinderzimmer im Schloß, und ich zerbrach die Holzgitter vor den Fenstern, die Kinder vor Stürzen in die Tiefe bewahren sollten. Dann zerschlug ich die Fensterscheiben und kletterte auf den Sims hinaus. Ich hatte in Neath, wo ich in einem der alten Familiengeschäfte am New Street Square hinter der Theke stand und Büstenhalter, Strümpfe, Schlüpfer und andere Kurzwaren verkaufte, oft gebetet, daß ich, wenn ich noch einen weiteren Tag meines Lebens auf diese Weise vergeuden müsse, den Mut finden möge, mich umzubringen. (»Kommen Sie bitte mal nach vorn, Miss Wayne? Ich glaube, die Dame hätte es gern etwas enger …« usw.) Ich dachte, entweder Selbstmord oder den Verstand verlieren – wieder einmal kamen meine Erfahrungen in Eton in mir hoch, aber ich fühlte mich verzweifelter als zu jener Zeit.

Am Wochenende davor hatte ich den Conservative Club in Neath besucht (ich gehörte dem Konservativen-Club an, weil er länger geöffnet hatte als der Labour-Club; außerdem war ich der Sohn des Vorsitzenden). Ich kehrte sturzbetrunken in meine Unterkunft in der Gnoll Park Avenue zurück und legte mich mit Schwindel im Kopf aufs Bett. Als ich nüchtern wurde, stellte ich fest, daß ich die Hände um die Eisenstangen am Kopfende des Bettes gekrallt hatte und in die erstarrte Dunkelheit des kleinen Zimmer schrie: »Oh Gott, mach mich dumm! Warum bin ich nicht dumm auf die Welt gekommen, so wie eine Kuh oder ein Ochse oder ein Schwein?« Am Morgen fragte mich die Hauswirtin Mrs. Griffiths:

»Sie sind gestern abend, als Sie heimgekommen sind, sehr laut gewesen. Ist alles in Ordnung? Gefällt Ihnen Ihr Zimmer vielleicht nicht?«

Ich weiß nicht, wie lange ich, die Arme um die Knie geschlungen, im Dunkeln und im Regen auf diesem hohen Sims hockte. Am Ende kletterte ich doch wieder ins Zimmer zurück. Ich sprang nicht, weil mir der Mut dazu fehlte. Sehr viel später kam ich zu dem Schluß, daß dies ohnehin kein Zeichen von Mut gewesen wäre. Sich soweit getrieben zu fühlen, ist dennoch eine Art von Erfahrung, die einen in der eigenen Vorstellung anders macht, alle möglichen Mechanismen in Gang setzt und Wege eröffnet, von deren Existenz Menschen, die nicht so weit getrieben wurden, nicht einmal etwas ahnen. Ich weiß noch, daß ich keinen Sinn in meinem vergeblichen Ringen um Autonomie sehen konnte. Bis zu diesem Zeitpunkt war alles, was ich in meinem Leben getan hatte – außer mein Abgang von der Schule –, gegen meinen Willen geschehen. Aber ich hatte mich selbst immer wieder ermutigt und neu aufgebaut, indem ich mir sagte: Komm schon, du findest einen Ausweg, es muß mehr im Leben geben als das. Es war mir vorher noch nie bewußt in den Sinn gekommen, daß der Ausweg darin bestehen könnte, auf diesen Sims zu steigen. Am meisten beeindruckte mich an dieser Erfahrung, daß sie *absolut* war; ich stand von Angesicht zu Angesicht vor der Wahl, zu existieren oder nicht zu existieren. Wenn ich mich für letzteres entschied, mußte ich nicht mehr tun, als mich abzustoßen. Ich erinnere mich, wie ich hinterher meinte, daß meine Angst davor, mir diesen Stoß zu geben und zu sterben, von einer kühlen, rationalen Stimme begleitet wurde, die erklärte, daß es etwas Negatives sei, auf diese Art zu sterben. Es wäre eine Geste, die nichts beweisen und jeden späteren Versuch von meiner Seite, irgend etwas zu beweisen, unmöglich machen würde.

Meine Mutter, die nie schlief, hatte wohl die Scheibe gehört, denn als ich ins Zimmer zurückkletterte, stand sie unversehens in ihrem dunkelroten Morgenrock vor mir. Wir sahen einander durch das Zimmer an. Keiner von uns sagte etwas; wir starrten uns einfach eine geraume Weile an, bis sie sich am Ende plötzlich einfach umdrehte, hinausging und die Tür hinter sich schloß. Es war das erste und das letzte Mal, daß ich je auch nur erwogen habe, mir das Leben zu nehmen. Ich war zuvor schon einmal, und zwar aus gutem Grund, so deprimiert gewesen, als ich in Bournemouth im Eden Court Temperance Hotel logiert hatte und in der Boscombe Road demselben Job nachging wie später in Neath; so deprimiert, daß ich in Bournemouth (unmittelbar vor dem Ende meiner dichterischen Phase) folgende Zeilen schrieb:

Ein Auge blau gestoßen beim Klettern aus der Gruft stieß
Während das andre hervorstarrt hinter Cornflakes
Auf Anrichten in Mittelklasse-Küchen

... Zeilen, die ich später als Motto für einen Roman verwendet habe.

Aber meine Verzweiflung in Neath und was auf dem Fenstersims geschah, hatte zur Folge, daß ich unmittelbar darauf den Entschluß fällte, mein bisheriges Leben aufzugeben, und von da an hat sich alles für immer geändert.

Die Erfahrung, in diesen beiden Läden zu arbeiten, war nur ein weiterer Aspekt des Kampfes, den ich bis dato in meinem Leben ausgefochten hatte; erst gegen meine Eltern, dann mit der Schule, dann zwei Jahre in der Armee. Soweit es mich betraf, waren all diese Institutionen Einrichtungen zur Gehirnwäsche, und ich betone noch einmal, daß ich mich deshalb mit ihnen anlegte, weil ich mich von dem Einfluß freizuhalten versuchte, der hier auf mich ausgeübt werden sollte. Ich weigerte mich, die Art von Persönlichkeit zu werden, die man zu formen hoffte. Ich wollte meine Urteile aufgrund von Erfahrungen fällen, die ich als selbständiger Mensch machte. Ich hatte und habe unendlich mehr Vertrauen in mein eigenes Urteil im Hinblick auf mich selbst als in das Urteil irgendeines anderen, natürlich mit Ausnahme jener, mit denen ich aus freiem Entschluß zu tun habe.

Die Wiedergabe der Ansichten anderer ist für die Arbeit eines Schriftstellers ohne Belang.

Für jegliche Art von Literatur ist es wichtig, daß der Autor nicht bloß ein Denker ist. Denken ist kein Ersatz für Handeln, und was ein Autor erfindet (das höfliche Wort für »phantasiert«), läßt die Tinte in seiner Feder gerinnen. Nichts kann den Platz der Wahrheit einnehmen; eine Schilderung dessen, was der Autor durchlebt hat, selbst wenn es in andere Begriffe überführt wird, hebt sich sofort von der Seite ab. Wenn dieser Faktor fehlt, hebt sich nichts ab, und nichts kann eine so dünne Lektüre zu einem Vergnügen machen. Ich finde es traurig, daß ich das Gefühl habe, dies überhaupt erwähnen zu müssen, aber es ist eine völlig irrige Annahme, daß ein Schriftsteller, wenn er beispielsweise das Gefühl bei einem Fallschirmabsprung schildern will, nur die entsprechenden Archive konsultieren muß. So funktioniert das einfach nicht. Wenn er einen Kater beschreibt, muß er wissen, wie man sich nach einer Sauftour fühlt; wenn er eine Partie Black Jack oder Siebzehnundvier schildert, muß er bei Kartenspielen gewonnen und verloren haben. Wenn er von einer brenzligen Situation auf einer Polizeiwache berichtet, muß er selbst einmal ein paar peinliche Fragen gestellt bekommen haben.

Ich habe soviel Wert auf ein Außenseiterdasein gelegt, daß ich inzwischen wirklich ein Außenseiter bin. Das Erfordernis, einen Schritt vom Dasein zurückzutreten, um es beobachten zu können, hat mich zu einem Außenseiter gemacht; meine konsequenten Ansichten über das Leben, so wie ich es erlebte, haben mich ins Abseits gestellt. Schon die Konzentration und die Stille um einen, die das Schreiben mit sich bringt, bedingen mein Außenseiterdasein.

Ich bin nicht gern mein eigener Gefangener, aber ich habe diese Bedingung akzeptieren müssen; über das Schreiben hinaus ist die Freiheit im Schreiben ihr eigenes Gefängnis.

Ich kenne tatsächlich nicht viele Schriftsteller. Schriftsteller scheinen nicht viel miteinander zu verkehren. Vielleicht brauchen sie es nicht. Schriftsteller sind untereinander gewöhnlich noch heftiger zerstritten als Kritiker – es liegt wohl daran, daß sie sich, ohne es immer selbst zu merken, sogar dann gegenseitig angreifen, wenn sie der gleichen Ansicht sind, was einen Sieg unmöglich macht. Ich mag keine Verallgemeinerungen, aber meiner Meinung nach trifft es zu, daß viele Schriftsteller, obwohl sie gelegentlich auch gute Zuhörer und Beobachter sind, normalerweise schwache Disputanten sind, außer an einer Theke, und ihnen wenig zu Fragen einfällt, die mit dem Schreiben überhaupt nichts zu tun haben – zweifellos deshalb, weil sie daran gewöhnt sind, daß ihre Charaktere die Antworten liefern. Wenn zwei Schriftsteller gut miteinander auskommen, betrinken sie sich bestenfalls zusammen; wenn keine Freundschaft im Spiel ist, glaube ich ansonsten aber nicht, daß sie einander wirklich brauchen.

Das trifft unglücklicherweise nicht auf junge, aufstrebende Autoren zu; sie sind oft, so wie ich es war, mit ihrer verlogenen Bescheidenheit und einer aggressiven Einstellung zu ihren eigenen Komplexen eine äußerst lästige Plage. Als ich 1955 das erste Mal nach Madrid zog, hatte ich das Glück, daß Christopher Morrsom mich einem englischen Dichter vorstellte, der in meinen Augen ein Meister der Sprache ist und ganz zu Unrecht im Schatten anderer steht, die weniger begabt sind als er. Dabei handelte es sich um Bernard Spencer, der zu dieser Zeit als Dozent für das British Council arbeitete. Ich hatte seine Telefonnummer und wählte sie auf eine zaghafte Art. »Mein lieber Freund, kommen Sie doch gleich vorbei ...«, sagte er, »nein, nicht gleich, sagen wir heute abend. Wir essen zu Abend und gehen dann in diesen Nachtclub, der neben der Telefonica aufgemacht hat.« Er stotterte leicht, war manchmal so unauffällig, daß weder er noch man selbst genau wußte, ob er überhaupt zugegen war, und versprach mir, während der Kabarettstar des Abends »Tengo Tengo Tengo« sang, daß er sich meine Gedichte und einige andere Arbeiten ansehen würde. »Suchen Sie aus, was Sie für das Beste halten«, murmelte er. Natürlich hielt ich alles für »das Beste«. Unmittelbar darauf hustete er und fragte in einem Ton, der mich ziemlich aufbrachte (obwohl ich heute nur zu gut verstehe, was er meinte): »Ist es sehr umfangreich?« Etwa eine Woche später rief ich ihn wieder an, und er sagte: »Nun, ich hab's gelesen, kommen Sie vorbei.«

Er hatte eine Wohnung im Obergeschoß (ich weiß nicht mehr genau wo, aber ich glaube, es war in Velazquez, dem schicken Viertel, Calle de Tirso de Molina vielleicht?) in einer wenig schicken, dafür reizenden Straße. Die Wohnung verfügte über einen von Kletterpflanzen beschatteten Balkon, wo ein Tisch mit Flaschen und einem Stapel Papier darauf stand, den ein Blumentopf gegen den Wind beschwerte. Ein sehr hübsches Mädchen, das ich weder als Dienstmagd noch als Freundin einordnen konnte (wahrscheinlich deshalb, weil sie beides war) kam nach draußen und brachte mir einen großen Gin Tonic. Bernhard saß mir gegenüber und hatte alle meine Gedichte vor sich ausgebreitet. Ich erkannte das Gedicht, das ganz oben lag; es gehörte irgendwo in die Mitte und war keines der Stücke, die ich sonderlich mochte. Eine Zeile in der Mitte der Seite war dünn mit einem Bleistift angestrichen.

»Und?« fragte ich.

Bernard wand sich vor Verlegenheit. Schließlich zeigte er mit dem Finger auf die angestrichene Stelle. »Dieses Wort hier«, sagte er. »Es stimmt, es ist ein Adjektiv, aber in diesem Zusammenhang ist es wirklich ziemlich wirkungsvoll.«

Ich wartete, aber sonst kam nichts mehr.

»Und die anderen?« fragte ich schließlich.

»Ich glaube nicht, daß Sie unbedingt ein Dichter werden sollten«, sagte er. »Warum versuchen Sie es nicht mit einem Roman?« Er scharrte mit den Füßen. »Ich bin ungern in einer solchen Position. Warum gehen wir nicht etwas essen? Mögen Sie Tintenfische in ihrer Tinte?«

Gegen Ende des Essens, das von einer großen Menge Valdepeñas begleitet wurde, verstanden wir uns prächtig. Meine gute Laune, die wie ein alter Regenschirm in sich zusammengesackt war, erholte sich allmählich, und ich freute mich auf den Fundador. Plötzlich sagte Bernard mit seiner sanften, stotternden Beinahe-Flüsterstimme, ohne mich anzusehen: »Wissen Sie, ich habe nicht behauptet, daß Sie kein Talent haben.«

»Hätten Sie es mir gesagt, wenn Sie dieser Ansicht wären?«

Er lächelte. »Nein, aber dann hätte ich hier auch nichts angestrichen.«

Er starb, als er vor Wien aus einem Zug stürzte. Ich habe dieses Blatt mit dem Bleistiftstrich lange aufgehoben, bis es bei einem meiner zahllosen Umzüge verlorenging.

Welche seiner Zeilen werden meiner Erinnerung an ihn am ehesten gerecht? Nicht das berühmte *Part of Plenty*, sondern dieses Bild aus *Allotments: April*, das er 1936 veröffentlicht hat:

... Was ich sonst bin; erregt die tiefen Drüsen
Und wärmt meine tierischen Knochen, wie ich schreite
Vorbei an den Gärten und den singenden Rieselfeldern.

Wo die Hufe des Viehs aufgestampft und eingesunken
Wo der Tag aufsteigt wie ein einziger Hauch
Mild begrüßt von den hohen Stämmen
Zweier Ulmen, ausbalanciert wie Tänzer, die Zweige wie Tänzer.

Einmal sagte er zu mir: »Wenn ich mich schreibend äußere, dann meine ich es ernst. Und darum geht es beim Schreiben schließlich.«

Le Bourg, 12. März 1988. Gestern abend habe ich ein Gedicht geschrieben. Das tue ich nicht oft. Ich bin zum Schreiben von

Gedichten nicht mehr befähigt als zum Schreiben von Kurzgeschichten. Wenn ich aber mal eines niederschreibe (eher um seinen Mißklang aus dem Kopf zu bekommen als aus irgendeinem anderen Grund), werfe ich es entweder sofort weg oder, wenn mir etwas daran gefällt, überlege mir, ob es sich in etwas anderes einfügen läßt, an dem ich gerade schreibe. Das kommt vor, denn zuweilen stellt sich heraus, daß ein Gedicht aus einem anderen Blickwinkel etwas beinhaltet, das man unbewußt anderswo zu sagen versuchte – wenn es ein Buch ist, an dem man gerade schreibt, dann höchstwahrscheinlich aus dem Blickwinkel eines der Charaktere.

Hier ein Beispiel, das ich zu einem gewissen Zeitpunkt nicht aus dem Kopf bekam, während ich an *Suarez* schrieb:

Die Zähne waren in einem dieser Schränke
Wo alle Art von Müll sich sammelt
Das Gericht zerstreute alle Zweifel,
Bis auf jene, die den blutigen Zähnen gehörten.

Die ganze Kripo in Aufruhr,
– Nur der Chef nicht, dem Verdursten nah –
Ein Gewissenhafter aber, ein junger Kerl namens Brad
Der anfangs reichlich blaß
Als er 'nen Kübel verschob und seinen Schatz hob
Eine brandneue Spur, einen Daumen
In einen Brief mit der Aufschrift
»Jetzt geht's mir besser« gehüllt
Und gezeichnet mit: »Für immer, Mama.«

Brad kotzte ein bißchen, auch sein Dünnschiß ging vorbei,
(Er war jung zwar, doch nicht allzu helle),
Und so legt er seinem Sergeant
Ein Stück Fleisch vor die Füße
Und der Sergeant sagt: »Das ging ja schnelle.«

Denn der Ärger mit Brad
(Er war neu in der Truppe)
Er hielt sich immer für den Frommsten,
Doch dem Sergeant war das schnuppe:
»Ist schon komisch mit uns Menschen,
Hier ein Arm, da ein Zeh, auch schon mal ein loser Wirbel,
Was der Herr wohl dazu sagt?»

Dann ein Anpfiff vom Chef:
»Ihr habt recht, Brad und Freeth,
Wir stellen hier die Fragen,
Also macht euch an die Zähne.»

Ich habe beschlossen, dieses Gedicht nirgendwo einzufügen, und ich führe es hier nur als ein Beispiel dafür an, welch absonderliche Dinge einem durch den Kopf gehen können, während man sich scheinbar auf etwas anderes konzentriert.

Le Bourg, Oktober 1988. Ich mußte gerade die Terrasse verlassen, weil die Temperatur plötzlich sank. Über der *causse* ging ein Fast-Neumond hinter schwarzen und silbernen Wolken unter; es war zwei Uhr morgens. Ich fühlte meinen Vater an meiner Seite, als mir kälter wurde. Ich brauchte meine Jacke, also holte ich sie. Ich zündete gerade den Gasofen in meinem Arbeitszimmer an, als ich die unsichtbare Präsenz meines Vaters wieder spürte.

Die Tatsache, daß wir uns versöhnt hatten, bevor er starb, verschaffte mir ein Gefühl von Frieden und ließ mich an Großbritannien denken. Ich denke nicht schlecht über Großbritannien, nur weil ich nicht dort lebe. Ich verabscheue sein Klassensystem, und ich habe zu erklären versucht warum; es ist wie eine wohlhabendere Ausgabe von Rumänien mit seiner schwerfälligen, paranoiden, nicht aussterben wollenden Oberschicht von Großgrundbesitzern mit ihren fürstlichen Besitztümern, die nicht aussterben wollen. Aber die Briten selbst sind eine Wucht; sie haben die Beleidigung kultiviert; sie haben das Wirtshaus erfunden – ihr Beitrag zur europäischen Zivilisation besteht also in einer Form von Gemeinschaft, in der Alkohol und unverbindliche Konversation die Hierarchien relativieren und manchmal sogar aufheben. Der Erfolg der Pubs als einer Institution läßt sich an den Anstrengungen bemessen, die unternommen wurden, um ihre Öffnungszeiten zu beschneiden.

Wenn ich über Großbritannien nachdenke, von dem mich zweieinhalbtausend Kilometer trennen, lasse ich einfach meinen Erinnerungen ihren Lauf und versuche ihnen keine Ordnung aufzuzwingen.

Ich fühle mich körperlich so rüstig, wie man es in meinem Alter nur sein kann; also verbringe ich meine rüstige Zeit damit, daß ich das Böse zu isolieren, zu analysieren und anzugreifen versuche, denn mit ihm kann es keine Koexistenz, keine Waffenruhe geben. Wenn ich die wahre Natur des Bösen kennen würde, wäre ich ein Intellektueller. Aber ich kenne sie nicht und bin keiner. Ich brauche kein Intellektueller zu sein. Das Böse ist die feindliche Front. Es ist lebenswichtig, daß sie angegriffen wird. Man greift das Falsche an, weil es falsch ist. Man braucht nicht darüber nachzudenken, was falsch ist; man weiß es. Oft ist das Falsche etwas Falsches in einem selbst; das Böse ist dadurch schwerer anzugreifen, weil es ein Teil von einem ist. Doch es muß getan werden; andernfalls würde man einen Vertrag mit dem Bösen unterzeichnen, was dem Eingeständnis gleichkäme, daß es einen besiegt hat.

Was ist denn nun eigentlich das Ziel des Guten? Sein Ziel ist es, in die Dunkelheit vorzustoßen, den Vampir aufzuspüren und zu töten, ihn an einer Kreuzung zu begraben und ihm dort einen Holzpflock durchs Herz zu stoßen.

Ich ging wieder auf die Terrasse hinaus, um eine letzte Zigarette in der Dunkelheit zu rauchen. Unten bogen sich Bäume im Licht der einzigen Lampe, die den Gehweg neben Mère Guys Haus beleuchtete; Motten umschwirrten die Birne, und zwei Fledermäuse flogen monoton immer wieder um den Rand der Lichtflecks und schnappten sie aus der Luft.

24

Ich kann nur über die Menschen lachen, die meine Arbeit als anarchisch und obszön bezeichnen; sie müssen sich vor beinahe jedem Schatten fürchten, wenn sie arme Menschen wie Suarez, Mardy oder Staniland anarchisch und obszön finden, obgleich mein Werk manchmal zum Delirium jener gerät, die es schildert.

Was solche Menschen als Anarchie fürchten, betrachte ich als Demokratie. Es stimmt, vor einem Jahrhundert wurden verzweifelte Männer und Frauen Terroristen und löschten blindlings Leben aus (hat sich seitdem aber etwas geändert?), und die herrschende Ordnung machte sich dieses Klima des Terrors als perfekten Vorwand zunutze, um jedes Element, das sie bedrohte, mit dem anarchistischen Etikett und seinen Bombenwerfer-Assoziationen zu brandmarken.

Einer der großen Vorzüge der *Noir*-Literatur besteht darin, daß sie die ganze langweilige Tretmühle der Politik außen vor läßt (so sollte es zumindest sein) und lediglich ihre Auswirkungen auf die Menschen untersucht, ohne die es keine Politik gäbe. Wann immer ich also nach meiner politischen Einstellung gefragt werde, antworte ich nur: »Lesen Sie meine Bücher – sie zeigen, was Menschen einander antun.«

Ich bin der Ansicht, daß soziale Gerechtigkeit weder bei den Rechten noch bei den Linken noch in der Mitte zu finden ist. Wie Winston Smith in *1984* sagte: »Wenn es überhaupt Hoffnung gibt, dann liegt sie bei den Proleten« – dem Bodensatz der sozialen Hierarchie, den Getretenen, unter denen der Virus des Verbrechens und der Gewalt im fruchtbaren Klima von Armut und selbstmörderisch deprimierender Lebensumstände gedeiht. Orwells Argument lautete, daß die Proleten nie wirklich irgendwo repräsentiert sind, und eine der Aufgaben des *Noir*-Romans ist der Versuch, diesen Mechanismus auszuhebeln und der Öffentlichkeit zu vermitteln, welch ein Gefühl es ist, ein Prolet zu sein. Es ist ein schreckliches Versäumnis unsererseits, daß der Großteil von Orwells Werk bereits in den zwanziger und dreißiger Jahren erschienen ist (als es ihm gelang, es zu veröffentlichen) und es auf diesem Gebiet seither kaum nennenswerte Fortschritte gegeben hat. Denn das Problem ist so umfassend, daß es geradezu von Geringschätzung der jeweiligen Regierung zeugt, wenn sie empört darauf verweist, was alles getan worden sei. Was getan worden ist, wird dieser sozialen Seuche so wenig gerecht wie ein Heftpflaster, das man einer Verbrennung ersten Grades aufklebt. Jede westeuropäische Nation macht sich schuldig und bekommt in dieser Atmosphäre die Räuber, Mörder und anderen Verrückten sowie das Polizeisysem, das sie verdient.

Angesichts meiner Vergangenheit könnten Sie entgegnen, ich sei genau der Richtige, um große Reden zu schwingen. Aber ich halte keine Reden. Ich versuche zu beschreiben, was ich sehe, und meinen Schock angesichts dessen, was ich sehe, und ich möchte Kritiker daran erinnern, daß ich ohne diese Vergangenheit weder in der Lage gewesen wäre noch ein Motiv gehabt hätte, um darüber zu schreiben. Deshalb werde ich weiter sagen: »Lesen Sie, was Menschen einander antun«, bis der Tag kommt (ich frage mich, ob es je soweit sein wird), an dem wir uns nicht mehr so verhalten müssen.

Denn solange eine Gesellschaft dieses Ziel nicht erreicht hat (und es ist ein erreichbares Ziel, kein Utopia), wird sich der *Noir*-Roman weiterhin nicht nur mit jenen beschäftigen, die sich, ganz gleich wie diskret oder mit welch klugen Rechtfertigungen, an den Staat verkauft haben, sondern auch mit jenen, die keinen Platz für sich finden, nicht mehr an die Zukunft glauben und daher zu Extremen negativer Gewalt oder des Nihilismus neigen oder getrieben werden, zu einer Form von Raserei, in der Mord und Selbstmord nicht unterscheidbar sind. Jeder Tod auf einer Müllkippe könnte als Exempel für die Kriege herhalten, die in diesem Moment überall auf dem Planeten stattfinden.

Es war immer in Mode, nach Möglichkeiten zu suchen, um zu vergessen, was nicht vergessen werden kann; ich könnte sogar argumentieren, daß mit dem Wort Mode eben dies gemeint ist. Deswegen glaube ich, daß die Funktion des *Noir*-Romans darin besteht, die Menschen das Entsetzliche nicht vergessen zu lassen, das nun einmal vorhanden ist – düster und umzäunt, doch mitten unter uns und gefährlich wie eine scharfe Bombe. Der *Noir*-Roman hindert uns daran, es zu vergessen, und deshalb ist er nicht in Mode. Die *Noir*-Literatur existiert, weil der Schrecken existiert; sie ist wie der Mungo für eine Schlange. Der Schrecken war immer in Mode; öffentliche Hinrichtungen waren besonders beliebt – das heißt für den Zuschauer. Der *Noir*-Roman ist ein Mittel, um den Zuschauer zu einem Teil dessen zu machen, was er sich ansieht, in der Überzeugung, daß er dann Maßnahmen ergreift, um es zu beenden, und ich kann nur hoffen, daß die Literatur in diesem Fall einmal ihre Existenz rechtfertigen wird.

Man könnte sagen (und es wäre obendrein eine gute Definition), daß der *Noir*-Roman das Ziel hat, uns den ganzen Mist vor Augen zu führen, den der Staat immer wieder, wie eine alte Dienstmagd mit einem nervösen Tick, unter den Teppich zu kehren versucht. Der *Noir*-Roman macht es sich zur Aufgabe, den Teppich vor so vielen Zeugen wie möglich zurückzurollen und zu sagen: »Findet ihr nicht auch alle, daß ein ungeheurer Haufen Mist unter diesem Teppich liegt und kein Millimeter für noch mehr übrig ist?«

Ich komme zu einem anderen Problem zurück, das ich bereits angesprochen habe: wie kommt es, daß jeder *Noir*-Roman, der dieser Bezeichnung wert ist, sich mit Menschen befaßt, die unerreichbar sind, weil niemand mehr ihre Sprache spricht? Daß wir keine gemeinsame Sprache haben, bedeutet einfach, daß unsere Lebensweise mit jenen Menschen nichts gemein hat (mit dem Begriff *wir* meine ich hier einfach jeden, der ein einigermaßen bequemes Leben führt). Diese Spaltung in der Gesellschaft ist so gefährlich, daß der Staat (der seine wohlhabenden Teile repräsentiert, es bringt schließlich nichts ein, irgend jemand anderen zu repräsentieren) sich alle Mühe gibt, sie zu ignorieren, womit er immer wieder neu zu jenen verzweifelten sozialen Umbrüchen anstachelt, die zu unterdrücken, weniger zu verhindern, er seine Existenzberechtigung sieht – durch Fehlinformation, wenn möglich, durch Gewalt, wenn nötig. Er ist nicht nur vollkommen ungerecht, sondern auch ein entsetzlich untaugliches System, das sich durchzumogeln versucht, indem es jenen weniger als das Minimum zugesteht, die keine andere Wahl haben, als sich mit dem Minimum zu begnügen, und der *Noir*-Roman existiert, um die sozialen Folgen dieser bemerkenswerten Interpretation des Begriffs Demokratie zu unterstreichen.

Das Leben in Städten ist immer ein Nebeneinander von reichen oder armen Ghettos gewesen. Menschen aus den reichen Vierteln mögen die Armen in den Slums besuchen, und Leute aus den Armenvierteln mögen die Reichen besuchen, um sie auszurauben, aber beide Seiten werden nie in der Lage sein, eine andere Atmosphäre als die zu verstehen, in die sie hineingeboren wurden. Ob reich oder arm, in jedem Ghetto hat man nur eine Wahl: entweder für immer in ihm zu versinken oder sich davonzumachen, ehe es Gelegenheit bekommt, sich einen untrennbar einzuverleiben.

Ich wurde in einem reichen Ghetto geboren, und weil ich spürte, wie sehr das Gesagte zutrifft, machte ich mich im frühestmöglichen Alter davon, sobald ich den nötigen Mut zusammengenommen hatte. Ich glaube, meine Mutter und mein Vater haben mich deshalb halb gefürchtet und halb verachtet, weil ich seit über einem Jahrhundert das erste Mitglied der Familie war, das wieder auf die Straße ging und so jeden einzelnen von ihnen an seine Ursprünge erinnerte, die er so mühevoll verwischt hatte.

Aber ich nehme an, ich hätte mich in jedem Fall gedrängt gefühlt, gegen meine Erziehung oder Indoktrinierung, wie immer sie ausgesehen hätte, zu opponieren – nicht einfach, weil ich Schwierigkeiten machen, sondern weil ich meine Umgebung aus einem ganz anderen Blickwinkel betrachten wollte, denn es ist für jeden Schriftsteller sehr wichtig, daß er sich in eine Position begibt, aus der das Gewohnte plötzlich als etwas völlig Ungewohntes erfahren wird. Es ist, als ginge man in ein schickes Restaurant, in dem man jeden Tag ißt, um festzustellen, daß alle einen ansehen, weil man modrig riecht, ein Paar schwarze Flügel mit grünlichen Flecken darauf trägt, einen gespaltenen Schwanz mit sich herumschleift und Maden einem aus dem Mund kriechen, wann immer man den Oberkellner angrinst.

Was immer ich war, ich bedauere nichts. Wenn es mir letztlich gelungen ist, das Glück durch die Augen von Menschen zu schildern, die es nie kannten, habe ich vielleicht eine ähnliche Stimmung wie in *Paradise Lost* geschaffen, und damit bin ich ganz sicher nicht unzufrieden.

Ich habe auch keinen Zweifel, daß ich, indem ich auf die Straße ging und dort blieb, die einzige Ausbildung erhielt, die für den *Noir*-Roman möglich ist; was immer ich tat, um mir den Bauch zu füllen, ich brauchte nicht viel zu erfinden, als ich schrieb. Das Dasein, das ich schilderte, fühlte sich bald so real an wie das Dasein, das ich durchlebt hatte, ob im Handeln, in Tagträumen oder in beidem gleichzeitig. Die Bars, in denen ich verkehrte, betrachtete ich deshalb als eine Art Theater, weil mir mein eigener Geist so vorkam – Türen öffneten sich, Leute kamen und gingen, betrunken oder nüchtern, stritten sich in allen Stimmungslagen, langweilten sich gegenseitig zu Tode, saßen allein da, in einer Ecke über ein leeres Glas gekauert, murmelten die Wand an – nichts, was ich mir vorstellen konnte, kam dem Inneren meines Kopfes näher als eine Kneipe.

25

Latein und Griechisch sind tot. Diese Sprachen sind die Dünger, die unsere heutige Sprache nähren. Sie wurden entworfen, um zu leisten, was sie in ihrer Zeit leisten mußten, so wie wir unsere Sprachen so zu formen versuchen, daß sie leisten, was sie in unserem Zeitalter leisten sollen. Doch alle Klassiker – das heißt jedes Buch, ob es tausend Jahre alt oder im letzten Jahrzehnt erschienen ist, das immer noch Menschen beeinflußt oder neu dabei ist, dies zu tun – ähneln der *Noir*-Literatur, weil sie auf einer tiefgründigen Ebene ultimative Fragen des Lebens und des Todes behandeln. Das ist meine Definition eines Klassikers, und das ist der Grund, warum Klassiker Bestand gehabt haben und weiter Bestand haben werden.

Sie verdienen es. Denn sie weisen auf denselben Mißstand hin, auf den die *Noir*-Literatur in Europa immer noch hinweist – daß wir sterben müssen, gewöhnlich aus Gründen der Staatsraison: das heißt aus banalen, langweiligen Gründen. Früher hat gewöhnlich der Krieg die meisten Opfer gefordert, heute ist es die Vergiftung der irdischen Atmosphäre aus eher kommerziellen als militärischen Gründen. Aber all das ruiniert unsere Gesundheit schneller als jede andere tödliche Lösung – den Politikern und Geschäftsleuten, die dafür verantwortlich sind, ist es nur herzlich gleichgültig. So auch den Gaunern und der Geheimpolizei, denn was ich als die parallele Politik des East End und South Londons bezeichne (South Chelsea sei mir nachsichtig) funktioniert nach genau demselben Prinzip wie Westminster (ich bin gewählt worden, Schatz, also bezahl mich). Eine beträchtliche Anzahl erstklassiger Schriftsteller sind an dem einen oder anderen dieser schrecklichen Syndrome gestorben – Lorca, Babel, Kafka, um nur einige meiner Meister zu nennen –, auf gewaltsame Weise, als unmittelbare Folge ihrer Funktion – als sie in

Anfällen von Kummer und Wut ihren Vertrag mit dem Staat vom Tisch fegten.

In der *Noir*-Literatur ist es der Tod der anderen, der einen zu vernichten droht; und das ist es, was dem Schreiben manchmal etwas Zärtliches verleiht, obwohl diese Zärtlichkeit fast immer zu spät kommt. Und doch ist diese Liebe, wenn der Text gelungen ist, so real, daß man glaubt, man könne buchstäblich die Hand ausstrecken und sie berühren, so wie man in der Dunkelheit eine Geliebte auf die Schulter küßt.

Aber die Angst vor der Liebe, die den *Noir*-Roman umtreibt, ist natürlich die Angst, sie zu verlieren. Wie Eliot sagte: *»Und ich bitt, ich mög vergessen / Was in mir selbst ich allzuoft, tagaus, tagein / Wälz deutend hin und her ... / Weil ich nicht hoffen darf auf Wiederkehr / Laß diese Rede stehen / Für was geschehen ist und geschieht nie mehr / Mög das Urteil über uns kein strenges Schuldig sein... / ›Vor einem Jahr bekam ich erstmals von Dir Hyazinthen; / Man nannte mich das Hyazinthenmädchen.‹ / – Doch als wir heimkehren spät, vom Hyazinthengarten / Dein Arm voll Blumen, dein Haar tropfnaß, versagte mir / Die Stimme, meine Augen trübten sich... / Deinen Schatten des Morgens, der dir auf dem Fuß folgt / Oder deinen Schatten des Abends, der hochtapert dir entgegen / Angst zeig ich dir, durch eine Handvoll Staub gejagt...«*[7]

Ein Thema, dem sich der *Noir*-Roman immer wieder zuwendet, ist die Frage, wie sehr wir alle für die Bedrängungen unseres Fleisches blind geworden sind. Kommt schon, seien wir ehrlich! In wel-

7 Zitiert nach: T. S. Eliot: Werke, Band 4: Gesammelte Gedichte 1909–1962, Hrsg. von Eva Hesse, Suhrkamp Verlag, Frankfurt am Main 1972, S. 87/141. (Anmerkung des Übersetzers)

chem Ausmaß ist jeder von uns verwundbar, wenn er mit gewissen ultimativen Situationen konfrontiert wird? Oder anders ausgedrückt: wie gut sind wir gewappnet, wenn wir in den Tod fahren? Werden wir nicht alle mit unseren ersten falschen Hurrarufen ausgelöscht?

Darauf können Sie wetten. Sie können sicher sein, daß wir um so bedeutungsloser sind, je fremder und mächtiger wir erscheinen. Wir sind eine doppelte Portion, die niemand bestellt hat, unser Lächeln und Winken vergeht uns langsam, wenn wir zu begreifen beginnen, daß keine Aussicht besteht, jemand könne unser Lächeln und Winken erwidern.

Gestern abend habe ich mich auf einer Party mit einem neunzehn Jahre alten englischen Mädchen unterhalten, das erklärte, sie werde niemals Kinder haben. Sie werde zweifellos heiraten, sagte sie, aber sie werde keine Kinder haben. Als ich fragte, warum, antwortete sie: »Warum sollte man unschuldige Menschen in den sicheren Tod schicken? Versteht man das unter Liebe?«

»Wie würden Sie es nennen?« fragte ich sie neugierig.

»Egoismus«, sagte sie flach. »Die Selbstbestätigung, Mutter zu werden.«

Ich sagte ihr, daß sie für ihre neunzehn Jahre zuviel nachdenke. Sie gab mir recht und fügte hinzu: »Aber was soll man sonst machen? Schauen Sic sich doch um.«

Wenn es stimmt, daß ich gelegentlich der Verzweiflung anheimfalle (und es stimmt tatsächlich), dann besteht darin die Herausforderung des *Noir*-Romans, wie ich ihn verstehe. Ich bevölkere meine Bücher mit vergeudeten Menschen, die nicht begreifen, warum sie ohne eine Träne untergehen müssen; Menschen, die in dem Wissen, daß sie vom Staat aufgegeben wurden, ihm auf eine so blutige

Weise den Rücken kehren, daß der Staat zu beschämt ist, um sie je wieder zu erwähnen.

Und das ist nicht nur der Grund dafür, warum *Suaerez* ein *Noir*-Roman, sondern warum er noch weiter gegangen und ein Roman in Trauer geworden ist.

Meine Verzweiflung ist mit der Verzweiflung eines Chopin verwandt. Sein Werk ist die ungestüme Musik eines Mannes, der mit dem Kopf gegen die Wand rennt, eine Musik, wie sie andere verzweifelte Menschen nie zu schreiben in der Lage waren, und das ist es doch sicher, was Kunst ausmacht. Und auf diese Weise, durch die Nöte und Erfahrungen im Laufe seiner neununddreißig Lebensjahre wurde Chopin der Geist Polens, wie es einmal war. (Ich sage immer: wenn er erst mit Polen fertig ist, dann ist es so, als könne man die Hand ausstrecken und es berühren.) Und auf einmal ist alles Düstere und Traurige in der Literatur wieder erschienen und hetzt an seiner Seite dahin.

Juli 1989. Ich bin ein ernstes Risiko (*Suarez*) für mich persönlich eingegangen, aber ich weiß, noch bevor das Buch dort erscheint, daß man es in Großbritannien nicht ernst nehmen wird – zumindest werden es jene Personen nicht tun, die sich selbst ernst nehmen und entscheiden, was ernst genommen werden kann. Auf der anderen Seite bin ich ziemlich sicher, daß man es überall sonst ernst nehmen wird.

Das ist ein Grund, warum ich nicht in Großbritannien lebe und arbeite. Es macht mir nichts aus, wenn ich meiner Schriftstellerkarriere den Todesstoß versetze, indem ich etwas Bestimmtes in Angriff nehme, aber ich sehe keinen Sinn darin, wenn ich literarischen Selbstmord begehe. Ich bin mir völlig sicher, ich wäre verhungert, wenn ich *Suarez* in Großbritannien geschrieben hätte, ohne ein anderes Betätigungsfeld als den britischen Markt und ohne finanzielle Rückendeckung außer meinen literarischen Einkünften.

Heute abend habe ich zum Beispiel einen Brief von einem britischen Leser geöffnet, der von mir wissen will, warum ich meine Bücher mit schlechter Sprache anfülle und so (ich zitiere wörtlich) »eine gute Story verderbe«.

Ich halte das, ob berechtigt oder unberechtigt, für eine erstaunliche Bemerkung; der Grund ist natürlich, weil dies die Sprache ist, die ich um mich höre und daher auch benutze. Was dieser besondere Leser als schlechte Sprache bezeichnet, ist in Wirklichkeit das erfinderische sprachliche Flickwerk der Straße, und ich darf nicht vergessen, ihm zurückzuschreiben und darauf aufmerksam zu machen, daß schon Shakespeare dieselbe Sprache aus demselben Grund gebraucht hat.

Wie können Leute uns schlechte Sprache vorwerfen, wenn sie der Anlaß dazu sind?

Heute am späten Nachmittag des 25. August bin ich auf der Seite des Bahnhofs Millau, wo ich meinen Wagen geparkt hatte, durch SERNAM gegangen und zwei Leuten über den Weg gelaufen, einem Neger und einem weißen französischen Mädchen, das etwa halb so alt war wie er. Sie hatten zwei Tage Gelegenheitsarbeit vor sich, die von der Französischen Eisenbahngesellschaft bar bezahlt wurde, und mußten dafür entlang der weißen Betonpfosten neben dem Bahnhof Unkraut ausrupfen. Es waren eklige, schlaffe Unkräuter, die krank aussahen von den Kerlen aus der Bahnhofskneipe, die sie bepißt hatten; Himmel, ich selbst hatte auf einige davon gepinkelt. Es war sehr heiß, um 32°C im Schatten und gegen vier Uhr am Nachmittag, und sie riefen mich und fragten, ob ich nicht rüberkommen und einen mit ihnen trinken wollte, und so teilten wir uns eine Dose Coca-Cola, die sie dabei hatten, und nachdem wir uns etwa eine Stunde lang unterhalten hatten, fragten sie, ob ich etwas Geld hätte, also gab ich ihnen zehn Francs. Das Mädchen hatte überall im Gesicht altes Narbengewebe, inzwischen verheilt und verblaßt, und trug außerdem die Überbleibsel schwerer Schnittverletzungen auf den Unterarmen und dem Bauch, den wegen der Hitze außer einer verblaßten alten Bluse nichts verhüllte; ja, ich hatte sogar Schwierigkeiten zu entscheiden, ob sie überhaupt ein Mädchen war, bis sie lächelte. Sie hatte schwere Zeiten hinter sich, das sah man auf den ersten Blick; nur war sie deswegen nicht zusammengebrochen, das sah man auch – bei weitem nicht. Ich fragte, wie lange sie schon auf der Straße lebe, und sie sagte, seit sie dreizehn sei; sie sei jetzt zweiundzwanzig. Der einzige Beschützer, den sie in diesen neun Jahren je gehabt hatte, war ihr Hund, sagte sie, der über die beiden wache, wenn sie an der *périphérique* vor der Stadt auf dem Boden schliefen. Doch während wir uns unterhielten, brachen die beiden immer wieder in Lachen aus, und das Mädchen schlug triumphierend die Handfläche ihrer Rechten in die rechte Hand ihres Mannes, als hätten die beiden gerade eine Schlacht gewonnen, und ich konnte mich des Gefühls nicht erwehren, daß dem auf irgendeine Weise tatsächlich so war.

Von seinen anderen Funktionen abgesehen, untersucht der *Noir*-Roman die Frage, warum solche Menschen untergehen müssen.

Ich weiß noch, wie das Mädchen sich mir zuwandte, als ich ging, und sagte: »Wir haben uns nie vor der Arbeit gedrückt, wenn wir welche finden konnten.« Sie fügte hinzu: »Nur, wo gibt's welche?« Ich wußte nicht, was ich antworten sollte.

Verzweiflung ist nicht in Mode; wie sollte sie es auch sein? Doch Verzweiflung und *Noir*-Roman sind eins. Der *Noir*-Roman hat immer die Verzweiflung im anderen erkannt. Er ist die literarische Antwort auf ungerechte Behandlung, und er wird erst aussterben, wenn jene, die leben sollten, auch wirklich leben; dann wird kein Bedarf mehr am *Noir*-Roman bestehen. Bis dahin drückt der *Noir*-Roman, indem er die Hände nach den Verschwindenden ausstreckt, nicht nur Zorn und Traurigkeit über ihren Verlust, sondern über den Verlust ganz Europas aus, das in Computern, Büros, schnellen Wagen und hohen Hypotheken verschwunden ist, während andere am Bahnhof Millau bis in alle Ewigkeit Unkraut ausrupfen und zusehen, wie die anderen in die Züge einsteigen. Nichts geschieht ohne Grund, und die düstersten Aspekte im *Noir*-Roman des heutigen Westeuropa rühren von der Tatsache her, daß er einen allzu guten Grund hat, geschrieben zu werden. Wie viele Fehler ich auch immer mache, ich glaube, daß diese Art von Literatur mich in die Lage versetzt, etwas Gutes zu bewirken, indem ich einfach die Welt an den Mut von Menschen erinnere, die sich wie die Sterbenden, obwohl sie keine Hoffnung haben, doch weigern, sich verrohen zu lassen. Ich kann uns zumindest an unsere kollektive Scham erinnern, daß diese versehrten Menschen Opfer unserer Gesellschaft werden mußten.

Dieses Paar am Bahnhof Millau. Ich weiß nicht warum, aber die beiden sind in mir haften geblieben – ich glaube, es liegt daran, wie strahlend sie gelächelt haben, strahlender, als wir es je könnten –, und die Verzweiflung in meinen Romanen ist denen gewidmet, deren Verzweiflung beim Versuch, sie zu schildern, ein Teil von mir geworden ist.

Letztes Jahr hatte ein indischer Junge in einer Klapperkiste mit britischem Nummernschild vor der Bar in La Muse, wo ich mir gerade einen trank, einen Platten; im selben Moment fing es zu regnen an. Ich nahm ihn zum Essen mit nach Hause, und als ich ihn fragte, womit er seinen Lebensunterhalt bestreite, erwiderte er, er sei Gärtner. »Ich reise in ganz Europa herum und studiere Gärten«, erklärte er. »Sie brauchen nicht zufällig einen Gärtner? Es gefällt mir hier.«

»Ich habe keinen Garten«, antwortete ich, und ich weiß jetzt noch, wie traurig er mich angesehen hat.

Der Autor des *Noir*-Romans muß die Verzweiflung als seine Geliebte annehmen, denn wie allen verzweifelten Menschen bleibt ihm nichts außer dem Verzicht auf eine Zukunft. Dieser Verzicht, wie negativ auch immer, ist wahrscheinlich die einzige Form von Geborgenheit, die er je kennen wird (schlimmer wird's, wenn er Geborgenheit schon auf andere Weise kennengelernt hat). Ich versuche, die Verzweiflung mit Leben zu erfüllen; unter Schreiben verstehe ich, das Prokrustesbett in eine menschengerechte Form umzuzimmern. Natürlich ist es mühsam. Ich bin gezwungen, den Nebel meiner eigenen Erfahrungen zu durchdringen, meine eigenen feigen Lügen zu erkennen und zu entlarven, ungeachtet dieser Lügen in mein wahres Gesicht zu blicken, auch wenn mich ängstigt, was ich sehen könnte. Im Ganzen finde ich die Wahrheit über mich entsetzlich, aber es hat keinen Sinn, obskure Mordfälle analysieren zu wollen, die von der staatlichen Presse mit einem Dutzend Zeilen auf Seite drei abgetan werden, wenn man diese Wahrheit nicht erfahren hat.

Und ich bin mir auch dessen bewußt: wenn *ich* nicht versuche, das zu tun, was ich mir vorgenommen habe, wird es vielleicht niemand sonst tun.

Dennoch ist der *Noir*-Roman nicht ohne Hoffnung – denn schließlich ist es sein Ziel, diesem Ungeheuer, das die Verzweiflung auf einem leeren Bett in einer Grube das Unmögliche nennt, soviel wie möglich aus den Kiefern zu entreißen. Dies wird zur Herausforderung meines täglichen Lebens, als hätte ich keine Ahnung, was ich weiß und zu schildern versucht habe. Denn ich sage immer wieder, wenn der *Noir*-Roman für eines geschaffen ist, dann dazu, das Leben durch die Augen der Menschen zu zeigen, die zu Unrecht um ein vernünftiges Dasein betrogen worden und deshalb in Elend oder Gewalt abgerutscht sind. Er versucht sich vorzustellen, aus ihrem verzerrten Blickwinkel, wie die körperlich und seelisch Kranken sich das Dasein glücklicherer Menschen vorstellen. Die Philosophie des *Noir*-Romans dreht sich daher ausschließlich um Gleichheit – er will die Willkür so weit zurückstutzen, bis jeder eine Chance hat.

Das führt mich zurück zur Metaphysik. Die Metaphysik steht in engem Zusammenhang nicht mit Gerechtigkeit und Logik als Selbstzweck, sondern mit der Analyse menschlicher Antriebe und Emotionen. Sie ist völlig unabhängig von der Religion und interessiert sich für Politik nur insofern, als sie als Phänomen in einem Zusammenhang auftritt, der die Metaphysik betrifft; sie könnte vielleicht besser als eine logische Untersuchung des Konjunktivs beschrieben werden. Sie befaßt sich mit Bereichen der menschlichen Befindlichkeit, die nicht unbedingt logischer Beweisführung zugänglich sind, und ist für den *Noir*-Roman von Bedeutung, weil beide sich mit ultimativen menschlichen Fragen befassen: die Einstellung des Menschen zur Welt und das Ausmaß, in dem er bereit ist, sich auf ihre Bedingungen einzulassen, solange er in ihr lebt.

Metaphysische Probleme sind nicht lösbar. Sie können nie auf eine saubere oder endgültige Art als erledigt betrachtet werden; vielleicht läßt sich ein metaphysisches Problem sogar so definieren, daß es immer weiterbestehen wird. Das Problem, vor das einen die menschliche Psyche stellt, besteht wie das Rätsel des Weltraums darin, daß seine Auswirkungen greifbar sind, sich aber jeder förmlichen Messung und sogar Beschreibung entziehen, weil seine Ursachen niemals vollständig aufgeklärt werden können. Wenn dies auf unsere Wahrnehmung des Unsichtbaren zutrifft, dann auch auf das Sichtbare; wir ziehen meistens die falschen Schlüsse aus dem Eindruck, den Gesehenes oder Gefühltes auf uns macht. Unser intensives Verlangen, unseren Erfahrungen die Interpretation aufzunötigen, die uns am meisten behagt, macht uns außerordentlich fehlbar – die meisten Schritte, die wir gehen, und mögen sie noch so makellos vernünftig erscheinen, führen uns unbarmherzig in die entsetzlichsten Sackgassen. Wie Regierungen sind wir kurzfristige Naturen und unfähig, über die Zeitdauer unseres Mandats hinauszudenken – das heißt, unser unbedingtes Bedürfnis, die nächste Wegmarke zu erreichen, die wir sehen (die Gasrechnung am Montag, die Steuerrückzahlung am Dienstag, die Sitzung in Paris am Montag und so weiter), beschränkt unsere Fähigkeit, das Bild um uns als Ganzes wahrzunehmen. Wir lassen uns bedenkenlos von den Impulsen antreiben, die uns geprägt haben (gut, gleichgültig oder schlecht), aber wir bringen wenig Verständnis für das Tier auf, das getrieben wird – zum Teil, weil wir vor jeder Enthüllung unserer wahren Natur zurückschrecken, wann immer das Risiko besteht, daß sie grundlegend von der Identität abweicht, die wir gern zur Schau stellen.

Kurz gesagt: wir belügen uns selbst unentwegt, und das ist so, als irrten wir durch einen Nebel. Dennoch tun es – von gewissen bestürzenden Ausnahmen abgesehen – die meisten von uns, obwohl wir uns im Nebel zutiefst unwohl fühlen, verwirrt sind, und ziehen es vor, uns nicht einzugestehen, daß unsere Lügen, die den Nebel hervorrufen, nicht »funktioniert« haben. Deshalb wird, je dichter der Nebel ist, als Ausgleich die Metaphysik immer nötiger, die sich wie andere psychische Wissenschaften auf die Natur eines solchen Nebels mit der Absicht spezialisiert hat, ihn aufzulösen – ein Unterfangen, von dem kaum anzunehmen ist, daß es eine angenehme Erfahrung wird. Die meisten Menschen möchten diese Anstrengung nicht auf sich nehmen, bleiben lieber in der Gnade ihrer Selbstignoranz befangen, was zum Teil erklärt, warum wir, obwohl es um den Westen materiell so gut bestellt ist, zugleich in einer solchen Klemme stecken. Das Ziel der Metaphysik ist es, uns aus dieser Klemme zu befreien, indem sie uns erklärt, was sie ist. Die Metaphysik ist ein Mittel, uns zu zeigen, was wir *nicht* haben; indem sie uns zeigt, was wir nicht sind, zeigt sie auf, was wir sein sollten und insgeheim sein möchten. So bietet sie uns die Mittel, um uns einen Weg aus unserem psychischen Leid zu bahnen. Die meisten von uns studieren sie nicht, sondern leiten sie auf schmerzhafte Weise aus ihrer Erfahrung ab. In unterschiedlichen Graden von Bewußtheit *wenden wir die Metaphysik an* – zum Beispiel in der Musik, dem Kino, der Malerei oder der Literatur.

Das, glaube ich, ist der Grund, warum das meiste, was wir im Westen auf diesen Gebieten hervorbringen, sich darum dreht, was wir *nicht* haben, was wir gerne *sein* möchten, was wir *nicht* sind.

Damit ist einiges über mein eigenes inneres Dasein und die verschiedenen Schlußfolgerungen gesagt, die ich immer noch daraus ziehe, damit ich ein nützliches Leben führen kann, indem ich helfe, die Metaphysik dem Alltag zu öffnen, indem ich ausspreche, woran ich glaube – nämlich daß wir alle Metaphysiker sind, zumindest die unter uns, die überhaupt etwas sind. Jeder Tag ist eine Lehrstunde in Metaphysik – ein unterdrücktes, wenn nicht ein offenes Drama. Man braucht nicht jeden Tag in einen ummauerten Hof gescheucht und erschossen zu werden; man kann den Abgrund unter den Füßen schon spüren, wenn man nichts tut, als aus dem Fenster zu sehen; man kann im voraus sterben, während man darauf wartet, daß der Kessel überkocht. Die genauen Vorgehensweisen, um diese Zustände zu beurteilen und zu vermitteln, sind nie ganz klar. Sie müssen ständig neu interpretiert werden, und das ist der psychische Metabolismus, der die Sprache und uns selbst am Leben hält.

Wenn ich dies richtig erklärt habe, dann deshalb, glaube ich, weil ich daran gewöhnt bin, diese Dinge nicht in der Terminologie des Denkens zu definieren, sondern mit Hilfe von Bildern und halb bewußten Anklängen an unser eigenes Verhalten, auf die intuitive Art, wie ein Autor Bruchstücke des Lebens einfängt.

Wie sagte doch Eliot? *»... in der Untergrundbahn, wenn im Tunnel zwischen Stationen der Zug / Zu lang hält, wenn das Gespräch beginnt und langsam versickert / Und du siehst hinter jedem Gesicht das Wachsen der inneren Leere / die nichts hinterläßt als die Angst vor dem Versagen des Denkens.«*[8]

Agnès sagt, daß ein mediterranes Temperament wie ihres sich von meinem zutiefst verspottet fühlt. Ich kann sie nur beschwören, sich klarzumachen, daß kein fundamentaler Unterschied zwischen

8 Zitiert nach: a. a.O. S.297. (Anmerkung des Übersetzers)

uns besteht. Man stelle eine gegebene Darstellung oder Meinung, ein Bild zwischen uns, und wir sind uns völlig einig; ja, unsere Differenzen dienen oft dazu, eine Idee in die Backen eines Schraubstocks zu zwängen, der von unseren Differenzen zugedreht wird und uns veranlaßt, unabhängig voneinander zur selben Meinung zu gelangen. Je mehr sich Agnès von mir unterscheidet, um so unersetzlicher wird sie. Es liegt in ihrer Natur, daß sie auf jedem Gebiet endlos experimentieren muß und dafür völlige Freiheit braucht; das einzige Risiko, ihre Freiheit in ein Gefängnis zu verwandeln, besteht darin, daß sie möglicherweise nie über endlose Wiederholungen ihrer Experimente hinausgelangt, ohne je die Schlußfolgerungen zu ziehen, auf die es ihr ankommt. Auch Sartre hat darauf hingewiesen, daß Freiheit die wahre Definition von Gefangenschaft ist. Aber das ist nun einmal ein Risiko, das wir alle eingehen müssen und das sich dadurch verschärft, daß es in der Tat ebenso notwendig wie schwierig ist, das Dasein in einem Zustand der Freiheit zu manipulieren – schwierig, weil man ganz auf sich allein gestellt ist, weil man, ohne auf Ratschläge zurückgreifen zu können, ein Experiment durchführt, dessen Beweggründe und Konsequenzen man selbst nicht ganz verstanden hat.

Was unsere Beziehung angeht, sagte mir Agnès einmal, sie habe anfangs geglaubt, ich sei ein Gott, und habe nicht begreifen können, warum ich mich wie ein Teufel verhielte. Ich versuchte ihr den Unterschied zu erklären zwischen der *Freiheit*, sich ohne Einschränkungen jeglicher Art so verhalten zu können, wie es einem beliebt (unrealisierbar in meinen Augen und nicht einmal wünschenswert), und der *Gefangenschaft* in einem bestimmten Verhaltensmuster, das in meinem Fall durch die Beschränkungen eines Buches und seiner Charaktere bestimmt wird, obwohl ich mir nicht sicher bin, ob ich diesen Unterschied selbst ganz verstehe. Doch als Agnès sagte, daß der ganze Sinn der Freiheit darin bestünde, das eigene Verhalten selbst abwandeln zu können, weil niemand außer man selbst es einem auferlegt hat, stimmte ich ihr voll und ganz zu, denn darin scheint überhaupt erst die Bedeutung der Freiheit zu liegen.

Veronica sagte einmal zu mir: »Der Grund, warum unsere Leben, deines und meines, nicht wie das Leben jedes anderen verlaufen, ist einzig und allein der, daß sie eben doch wie jedes andere Leben verlaufen und wir nur den Versuch machen, sie zu analysieren.« Das war wirklich sehr gut, sonst hätte ich es schon längst vergessen. Ich muß gleich noch etwas zu Veronica sagen.

Und es liegt genau an dem hier Gesagten und weil ich über Veronica und über die Menschen nachdenke, die großen Einfluß auf mich hatten, daß ich plötzlich Angst bekomme, denn wie Veronica selbst einmal sagte: »Das Problem mit Menschen ist, daß sie, gerade wenn man soweit ist, sie zu verstehen, entweder verrückt werden, fortgehen oder sterben.«

Sie hatte vollkommen recht.

Aber es muß einen Grund zum Weitermachen geben, und natürlich gibt es ihn: um *Noir*-Romane zu schreiben, was ich für einen ausreichenden Grund halte. Denn wenn der *Noir*-Roman und die Metaphysik eine Bedeutung haben, dann ist es die Frage, ob das Erscheinen oder Verschwinden eines Lebens so endgültig sind, wie wir annehmen. Die Metaphysik widmet sich einer Frage, die beinahe jeder stellt, besonders auf dem Sterbebett (»Wofür war das Leben gut?«), was der logische Verstand dummerweise für eine idiotische Frage hält, weil es uns an Informationen mangelt, um sie zu beantworten.

Doch was alle Menschen mit dieser Frage meinen, ist einfach folgendes: »Besteht irgendeine Aussicht, daß die Existenz fortdauert, nachdem sie scheinbar ein Ende gefunden hat? In welchem Ausmaß ist meine Identität die Identität von uns allen?« Ich halte beide Fragen für ganz entscheidend, auch wenn wir sie selten laut aussprechen, weil zahlreiche Einflüsse uns davon abraten. Wir werden ermutigt, unsere Steuern zu zahlen, unsere Stimme abzugeben, wenn eine Wahl ansteht, und sind bisweilen eingeladen, dem Bürgermeister die Hand zu schütteln. Doch sind wir erst tot, behauptet die Logik, daß wir zu nichts mehr nütze sind; aus dem Blickwinkel der Logik läßt sich aus den Toten kein Kapital mehr schlagen.

Die Metaphysik aber hält den logischen für einen schrecklich engen und zweitrangigen Blickwinkel; und deshalb beackern die Metaphysik und der *Noir*-Roman, wie ich ihn verstehe, denselben Boden. Es ist soweit gekommen, daß nur noch wenige von uns die Toten befragen, so wie es unsere Ahnen getan haben, weil die vorherrschende Meinung besagt, daß eine solche Praxis nicht mehr als eine Legende und das Erbe einstiger Ignoranz sei.

Welch ein Jammer! Denn ich habe festgestellt, daß die Toten durchaus imstande sind, für sich zu sprechen, wenn ich mir die Mühe mache, mit ihnen zu reden, zu lesen, was sie geschrieben haben, über sie nachzudenken, sie in Betracht zu ziehen und sie um Rat zu bitten. Die Logik übersieht ganz einfach, daß der logisch Denkende eines Tages selbst tot sein wird. Mit anderen Worten: die Logik versagt an der subjektiven Seite unseres Daseins, die sich ihrer Reichweite entzieht; sie scheitert an dem ausgedehnten Bereich des Daseins, den sie, naheliegender und logischer Prämissen zuliebe, ganz ausläßt, zu einem weißen Fleck auf der Landkarte erklärt.

Weder die Metaphysik noch der *Noir*-Roman tun das. Der *Noir*-

Roman ist zum Teil ein Protest gegen die Regeln des Lügens und des Bösen, zum Teil gegen unseren nachlässigen Umgang mit den Toten – so wie er auch gegen die würdelose Behandlung der Toten streitet, die noch unter uns leben. Das Äußerste, was unsere herrschende Logik uns gestattet, wenn wir über die Toten nachdenken, ist ein wenig Besudelung mit Religion, so daß uns zu murmeln (aber nicht laut zu sagen) gestattet ist: »Am Ende des Tages und wenn die Sonne untergeht, denken wir an sie.«

Ganz im Gegensatz dazu will die Metaphysik wissen, ob sie sich *an uns* erinnern, und das ist eine weitere Frage, die zu behandeln der *Noir*-Roman geeignet ist.

Soweit ich sehen kann, hätte die *Noir*-Literatur nur wenig Sinn, wenn sie nicht mit der Metaphysik in Zusammenhang stünde. Ich erlebe Menschen, verzehrt vom Alter und von persönlichen Tragödien, die an meiner Seite sterben, und in meinen Augen ist dies der empfindlichste Bereich der Metaphysik; dieser Zweig der Philosophie und der *Noir*-Roman existieren, um Fragen und Antworten über den Zustand des Menschen zu entwickeln, wie er hinter seinem Gesicht ist – dort beginnt die Metaphysik und endet niemals. Die Metaphysik beginnt und endet beim Menschen; deshalb glaube ich nicht, daß die Metaphysik sterben wird, bevor die Welt untergeht, und ich sehe meinen eigenen Platz in der Welt auf einem Warteposten an jener dunklen Kreuzung, wo Literatur und Metaphysik aufeinandertreffen.

Was die Sprache des *Noir*-Romans angeht, so wird sie aus dem emotionalen Ringen des Menschen um die Frage gespeist, was er von sich offenbaren und was er verbergen möchte; und der *Noir*-Roman hat unter anderem die Funktion, diesen unbeliebten Bezirk in uns zu bestimmen, in den wir uns selbst einkerkern.

Die Sprache des *Noir*-Romans sollte eine flüssige und zeitgemäße Sprache sein; denn eine flüssige Sprache ist ein Beweis dafür, daß wir eine zvilisierte, wenn auch keine vernünftige Gesellschaft sind. Das Unternehmen *Noir*-Literatur macht es notwendig, alles in der Gesellschaft Vorgefundene sorgfältig zu prüfen; wenn wir das eine schaffen, dürfen wir nicht Gefahr laufen, etwas anderes, ebenso Gutes zu zerstören.

Aber daran ist dem *Noir*-Roman nicht gelegen. Der Zweck des *Noir*-Romans hat im besten Fall immer darin bestanden, das Böse zu zerstören, indem er es deutlich hervortreten läßt; es ist eine positive, keine negative Literatur, und sei es nur in der Hinsicht, daß sie alles in unserer Gesellschaft bloßstellt, das tatsächlich negativ ist.

Die Bibel zum Beispiel ist ein ausgesprochener *Noir*-Roman.

Ich wüßte nicht, wie der *Noir*-Roman der Metaphysik aus dem Wege gehen könnte und warum er es sollte. Jeder Verfasser von *Noir*-Romanen kommt früher oder später unweigerlich mit der Metaphysik in Berührung, denn seine Aufmerksamkeit ist im Leben wie im Schreiben auf den endlosen Kampf zwischen Gut und Böse ausgerichtet. Seine Karriere ist wie ein Arbeitsleben, in dem er jeden Tag mit dem Fahrrad über die Front zwischen einer zivilisierten Nation und dem Nazideutschland hin- und hergefahren ist.

Global betrachtet ist der Einfluß des Menschen auf die Kräfte in und um ihn, sein Gleichgewicht, erschreckend prekär – schlagen Sie nur die Zeitung auf oder beobachten Sie, was mit einem Ihrer Freunde geschieht, dessen Frau ihn wegen eines anderen Mannes verlassen hat. Wenn jemand einer solchen Belastung ausgesetzt ist, läßt diese ihm die vertraute Welt, in der er lebt, mit einem Male wie einen bösen Traum erscheinen, ohne daß sich ein einziges äußeres

Detail dieser Welt merklich verändert hat. Die leiseste Schwäche klafft unter Druck zu einem Abgrund in ihm auf; ein einziger bedeutungsloser Blick vom anderen, eine einzige Bemerkung wird als Bedrohung interpretiert, als ein so gräßliches Übel, daß seine Seele zerbirst und er alles in einem schrecklichen neuen Licht sieht – und dann, einen Moment, nachdem er gehandelt hat, kommt er zur Vernunft und ist wieder ruhig, ist wieder sein altes Ich. Nur befindet er sich jetzt in der Situation des *Danach*, und es gibt keine Vernunft und keine Ruhe mehr. Über sein altes Ich wird bereits von ihm und anderen geurteilt – bis er sich fragt, ob er überhaupt je gewußt habe, was sein altes Ich wirklich gewesen ist. Und durch diese Enthüllung des Vertrauten als etwas für einen kurzen Moment vollkommen Fremdes kommt es aus heiterem Himmel zu dem Alptraum, daß der gute Ehemann und Vater plötzlich seine ganze Familie auslöscht, nachdem er von der Arbeit in der Bank in den Vorstadtbungalow heimgekehrt ist. Der Bungalow, der Job, das Land, die Dinge, die sowohl das Monströse wie das Alltägliche beherbergen, bleiben so unberührt davon, daß wir einander beim Betrachten des Fotos auf Seite drei fragen, wie in aller Welt etwas so Entsetzliches an einem so langweiligen Ort wie diesem geschehen kann.

Es wäre merkwürdig, wenn es nicht einen Widerhall der Metaphysik im *Noir*-Roman gäbe; ja, das ganze Genre dröhnt davon, laut wie Alarmsirenen.

26

Wenn Frankreich immer die Brutstätte des europäischen *Noir*-Romans war, liegt es an einer ganz markanten nationalen Eigenart der Franzosen, ihrem diamantharten Scharfsinn, sowie einer analytischen Bereitschaft, allem Neuen Zuflucht zu gewähren; sie sehen nichts, vor dem man zurückschrecken müßte, im Existentialismus, oder was ich lieber konjunktivische Logik nenne – mit anderen Worten, der Untersuchung eines Menschen, der sich mit seinen Taten im Licht dessen identifiziert, was er immer gewesen ist; eine Studie des verheerenden Umschwungs, wenn bestimmte Träume auf katastrophale Weise Wirklichkeit werden. Camus und Sartre (beide *Noir*-Schriftsteller, wenn Sie so wollen) sind die modernen Exponenten der dunklen Seite in der französischen Literatur; sie hatten keine echten Nachfolger desselben Formats – ich glaube, weil zwischen Kriegsende (das letzte Mal, daß Frankreich den Schrecken noch als ein Klopfen an der Tür vor der Dämmerung kannte, die Angst ein unmittelbares Fragezeichen hinter dem Leben war) und heute das Leben in Frankreich keine weiteren offenkundigen psychischen Fragen aufgeworfen hat oder der offensichtliche Wohlstand der Gebildeten sie entmutigte oder das Land, was niemanden überraschen würde, eine geraume Zeit gebraucht hat, um sich psychisch vom Krieg zu erholen.

In Großbritannien dagegen wird die *Noir*-Literatur, je direkter sie ist, um so wahrscheinlicher als Schund abgetan – und es ist ein Jammer, daß wir als Nation immer dazu geneigt haben, dem *Noir*-Roman zu mißtrauen, ihn lächerlich zu machen oder (mit ein paar Ausnahmen) vollkommen mißzuverstehen – ein Jammer, zum einen, weil unsere Schriftsteller zu den besten auf diesem Gebiet gehören, zum anderen, weil die englische Sprache sich besonders für das Genre eignet, was auf die starr konstruierte französische Sprache eben nicht zutrifft. Wir finden hier einen beklagenswerten Zustand vor: funkelnde Unorthodoxie und eine von Regeln gemaßregelte Sprache in Frankreich; eine subtile, flüssige Sprache in Großbritannien, kaum an irgendwelche Regeln angeschirrt – und ein steifes Mißtrauen gegen das Reich der literarischen Innovationen und Ideen, angesichts dessen ich in Tränen ausbrechen könnte.

Was beide Länder gemeinsam haben, ist diese Geißel, die als Buchmarkt der Mittelklasse bekannt ist, vor dem man sich auf beiden Seiten des Kanals verbeugt, mit dem Ergebnis, daß sowohl die englisch- wie die französischsprachigen Welten den *Noir*-Roman auf einen Plunder reduzieren, der vielleicht ein intelligentes Kind von acht Jahren amüsieren könnte, von dem aber kaum zu erwarten ist, daß er ernst genommen wird.

Damit will ich sagen, daß die Franzosen das Genre wenigstens gepflegt haben, wenn auch auf einer nur bewahrenden Ebene, wohingegen wir entweder versuchen, es auf ein Podest zu heben, auf dem der Klappentext irgendeines Verlegers als offenbarte Wahrheit angesehen wird, oder aber es zu Grabe tragen, falls das Bemühen scheitert, Mittelmäßigkeit als Genialität auszugeben (was unweigerlich scheitern muß).

Dreierlei ist sicher. Erstens: man braucht für den *Noir*-Roman keine Eins plus in Englisch. Zweitens: man braucht aber ein Verständnis für Fragen der Metaphysik, ganz gleich, wo man es sich erworben hat (das geht auf der Straße so gut wie überall), und ganz gleich, in welcher Form. Drittens: es wird einem nie gelingen, den Teufel zu porträtieren, indem man einfach nur beschließt, ihm sechs Finger zu geben.

Gesellschaft. Politik. Ich werde froh sein, wenn kein weiterer Bedarf nach dem *Noir*-Roman besteht; dann kann ich mich wieder freundlicheren Gefilden zuwenden. Aber ich halte es für wenig wahrscheinlich, solange wir noch über eine Polizei verfügen, die mit einiger Berechtigung davon überzeugt sind, daß die Gesellschaft im allgemeinen aktiv oder passiv für Verbrechen verantwortlich ist. Die Organisation dieser Polizei ist eine politische Sache und beweist, daß die Wählerschaft sie billigt; und es ist noch seltsamer, wenn einem, so wie mir, allmählich klar wird, daß auch das Verbrechen zumindest die stillschweigende Zustimmung der Gesellschaft genießt, denn sie unternimmt nicht halb soviel Anstrengungen, ihre Ursachen zu beseitigen, wie sie darin investiert, weitere zu schaffen. Dies zeigt, daß wir immer noch in einer kollektiven geistigen Epoche leben, in dem die Begriffe »Beseitigung« und »Unterdrückung« eines sozialen Übels dasselbe bedeuten – eine Haltung, die für einige bequem sein mag, für die meisten anderen aber weit weniger und nicht im mindesten für die Verstümmelten oder Toten in der Gosse.

Es ist ein Irrtum, wenn irgendwer annimmt, Gewaltverbrechen hätten nichts mit ihm selbst zu tun. Verbrechen gehen jeden etwas an, denn Verbrechen werden, wie der Krieg (ja, sie sind eine Form des Krieges), auf aktive oder passive Weise von jedem mitverschuldet. Wenn ich das irgendwem sage, geht er in die Luft und empört sich: »So wie Sie das sagen, gibt es für ja niemanden einen Ausweg!«

Das ist das ganze Problem; jeder außer den Ungeborenen, sogar die Toten, ist in gewisser Hinsicht, in gewissem Maße an allem mitschuldig, weshalb wir dringendes Interesse daran haben, die Situation zu änden.

Unglücklicherweise ist es bei weitem am einfachsten, seine Schuld einfach zu verdrängen, und das tun die meisten Menschen. Zumindest solange es geht; denn Schuld hat die seltsame Eigenart, sich nie endgültig verdrängen zu lassen.

Aber solange das Verbrechen einer Menge Menschen Arbeit verschafft (was sich nicht leugnen läßt; angefangen von der Polizei über die Strafverfolgung, das Gerichtswesen und die Presse bis hin zu den Kerlen, die den Großteil des Personals in Gefängnissen stellen, und den Weltverbesserern, denen das Fernsehen Bilder verdankt, die in ihrer Frische und Originalität so bemerkenswert sind wie die Kochwäsche der letzten Woche) und solange schlechte Nachrichten sich besser verkaufen als gute – so lange wird der *Noir*-Roman seine gesellschaftliche Berechtigung haben.

Politik! Dieses Wort läßt mich an die Zeit zurückdenken, als ich mit Gérard Foulquier aus Novis auf den Dächern arbeitete. Ich habe viel nachgedacht, während ich auf der Schulter *lauzes* die Leiter hochschleppte und sie dort aufstapelte, wo Gérard sie zurechtschnitt und mit Pierre einsetzte. Einmal waren wir zu viert statt zu dritt auf einer Baustelle eingesetzt, weil es zusätzliche Arbeit gab. Es ist Sommerarbeit, zumindest hier unten. Wir fingen früh an, trafen gegen sieben auf der Baustelle ein, so daß wir reichlich Zeit hatten, bis die Sonne zu hoch und grell am Himmel stand und das Dach so heiß wurde, daß man nichts mehr anfassen konnte. Zur Morgendämmerung taute es immer stark. An dem fraglichen Tag war ich oben, stapelte *lauzes* und rutschte aus. Das Dach war steil, und es ging über zwanzig Meter abwärts. Der Mann, den ich nicht kannte und der nie viel redete, war zur Stelle und hielt mich fest, obwohl er am anderen Ende des Daches arbeitete; ich weiß nicht, wie er es rechtzeitig schaffte, aber es ist ihm gelungen. Wir haben danach, an den Abenden nach der Arbeit, oft einen miteinander getrunken. Ich habe ihn nie nach seiner politischen Einstellung gefragt. Was kümmerte mich seine politische Einstellung? Er hatte mir das Leben gerettet.

Ich finde es zunehmend schwieriger, der immer spärlicheren Zahl meiner Freunde die Gründe für mein Grauen zu erklären, und je näher ich mich ihnen fühle, um so weniger fällt mir ein, was ich sagen könnte, so daß das Papier am Ende mein einziger Ausweg bleibt. Mein Zustand ist wie die Eröffnung einer Untersuchung, bei der Eile geboten ist:

Hélène, du verstehst am besten, wie es um mich bestellt ist. Hélène! Hör mir zu! In vielen Dingen bin ich so stark, aber es gibt Situationen, in denen ich außerordentlich schwach bin – hör zu, verlaß mich noch nicht, bist du in Eile? Nicht? Gut, denn ich fühl mich wohl hier unter den Platanen, wir zwei allein, erinnert mich an früher, findest du nicht auch? Sehr gut. Hélène, rück näher, laß uns die Vergangenheit vergessen, bitte, noch zwei Kaffee. Hélène, ich flehe dich an, hilf mir. Ich weiß sehr wohl, daß ich dich damals bei M… im Stich gelassen habe. Das hat mich ausrasten lassen, aber nicht umgebracht, denn sollte dir jemals etwas zustoßen oder solltest du mich wirklich verlassen, werde ich sterben – ich liebe dich trotz allem, siehst du das nicht? Hélène! Bist du blind? Taub? Scheiße – bist du tot oder was? Antworte mir! Aber vernünftig, antworte, wohin gehst du…? Bleib stehen, Hélène! Um Gottes willen, bleib stehen! Bleib!

Der *Noir*-Roman greift nur an, wenn der Stand des menschlichen Tuns und Lassens verzweifelt ist; um zu wissen, wie er damit umzugehen hat, muß der Autor selbst schon einmal verzweifelt gewesen sein.

Sie wissen, wie es beim Schreiben immer ist, besonders bei dieser Art von Literatur. Man stümpert die meiste Zeit; dennoch ist man entschlossen, solange weiterzumachen, bis man den Punkt erreicht, an dem man nicht mehr stümpert, an dem man keine Fehler mehr machen kann, weil einem die Zeit ausgeht. In diesem Moment wird einem endlich die Wahrheit abgezwungen, die Wahrheit, die man immer mit sich herumgetragen, aber in sich verborgen hat. Um ein Mörder, ein Opfer, ein Ermittler in einem Buch zu werden, muß man in gewissem Maße ihren Schmerz geteilt haben, wenn die geschriebene Erfahrung Erfolg haben soll. Denn damit das Schreiben funktioniert, müssen das eigene Wissen, Verständnis und der Instinkt auf die Seite herab- und durch sie hindurchfallen, und ihr Gewicht muß einen in einem steilen Sturzflug mit sich reißen, bis man das negative Ende der Welt durch den Geschmack ihrer Bitterkeit, den kalten Schock ihres Versagens erreicht. Dann haben sie sich das menschliche Ereignis, dessen Zeuge man unterwegs wurde, soweit einverleibt, daß die Chance besteht, es klar auszudrücken.

Das Ziel allen Schreibens besteht darin, Erfahrungen zu potenzieren, ohne sie zu übertreiben. Das ist die Herausforderung.

27

Um die Ziele zu erreichen, die ich eben umrissen habe, versuche ich Erfahrungen aus einem Blickwinkel darzustellen, der meinem Gegenüber möglicherweise nie in den Sinn gekommen ist. Für mich ist dies eines der aufregendsten Abenteuer in der Literatur – mit jemandem zu reden, den man nie gekannt hat, über das Schreiben Erfahrungen mit jemandem zu teilen, den man nie kennenlernen wird. Man muß sich diesem schweigenden Publikum verständlich machen, es aus zwei Perspektiven berücksichtigen, seiner und der eigenen, und die Wirkung des Ortes herausarbeiten, an den einen das Schreiben geführt hat (einen Ort, an dem man noch nie war, den man aber kennt), sowie die Wirkung der Menschen, die diesen Ort bewohnen, Menschen, die man nie kennengelernt hat, die aber vor einem stehen, einen umgeben und Teil von einem sind, und all das auf eine Weise, die das Publikum einbezieht – ja, wiederum Teil von einem selbst wird. Wenn es mir gelingt, meine Arbeit auf diese Weise zu bereichern, bereitet mir das ein ungeheures Vergnügen; denn wie in der Musik sind das Vergnügen am Schaffen und Zuhören wechselseitig, so daß die Erfahrung, die man vermitteln will, auf eine Ebene gehoben wird, wo Kommunikation zur Kommunion wird.

Kommunikation in der Literatur muß auf einer genügend tiefen Ebene stattfinden, so daß der Leser die Erfahrung sowohl unbewußt wie bewußt durchmachen kann; wenn ich dabei versage, habe ich, sowohl für ihn wie für mich selbst, nur die unbedeutenden Aspekte dessen eingefangen, worauf es mir ankommt.

Doch bevor gelebte Erfahrung vermittelt werden kann, muß sie erst verdaut werden – ein Vorgang, der Sekundenbruchteile oder eine sehr lange Zeit in Anspruch nehmen kann. Zum Beispiel gehörten die Vorfälle in meiner Jugend und im frühen Erwachsenenalter, die ich geschildert habe, zu den Erfahrungen, die ich damals ohne größere Schwierigkeiten verdaut zu haben schien, weil ich, nehme ich an, nicht versuchte, dies auf zu vielen Ebenen gleichzeitig zu tun: das hätte die Möglichkeiten meines Alters überstiegen. Erst sehr viel – manchmal Jahrzehnte – später machten sich bei mir die ganzen Auswirkungen dieser Erfahrungen bemerkbar, so als hätte ich diese Auswirkungen hinausgeschoben, um mir einen Panzer aus Zeit wachsen zu lassen, der es mir, wenn es endlich soweit war, erlauben würde, mir den Schock darüber zu ersparen, was diese Erfahrungen eigentlich für mich bedeuteten.

Ebenso begreife ich heute, daß verschiedene Erfahrungen, die ich als Kind machte, auf entsprechende Erfahrungen zehn oder zwanzig Jahre später abgefärbt haben und mich ganz anders auf sie reagieren ließen, als wenn ich nie darum gerungen hätte, mich vom Elternhaus, der Schule oder dem Klassendünkel zu befreien, wenn ich weiter eine behütete *enfance d'un chef* geführt, wie Sartre es ausdrückt, oder wenn der Krieg nie stattgefunden hätte. Der Krieg hatte einen starken, wenn auch in vielerlei Hinsicht verzögerten Einfluß auf mich; es war der erste Wendepunkt in meinem Leben. Und sei es nur im nachhinein, rückte er die Rolle, die meine Eltern in der Gesellschaft spielten, in ein grausam helles Licht, ließ sie angesichts des Krieges und der Nachkriegssituation unbedeutend und absurd erscheinen und bildete die Grundlage für meine ganze Einstellung und meine Absichten als Romancier. Sowohl bewußt als auch unbewußt wurde der Krieg mein Maßstab für die Gesellschaft; ich sah die Gesellschaft, die ich als Kind erlebt hatte, im Kontrast zu der Nachkriegsgesellschaft, in der ich heranwuchs und erwachsen wurde, begriff sie als zwei unabhängige Größen und ersetzte die Werte der einen durch die Werte der anderen.

Meine Bücher, darunter jene, die ich schrieb, bevor ich anfing, *Noir*-Romane zu verfassen, sind voller Gewalt. Zugleich aber verabscheuen sie Gewalt. Die Gewalt ist der große Feind, den man nur bekämpfen kann, indem man seine eigene negative Energie gegen ihn richtet. Mein Werk will, wenn auch nicht auf eine bessere Welt, so doch zumindest auf die Möglichkeit hinweisen, die Hölle erträglich zu machen, und unterstreichen, wie wichtig es ist, diesen Versuch zu unternehmen und nicht bloß so zu tun. Denn ich bin oft selbst der Gewalt erlegen und wollte diese Gewalt beherrschen.

Also machte ich mich daran, sie zu beschreiben und zu analysieren, versuchte die Gewalt zu isolieren, indem ich ihre Ursachen bestimmte, und ich landete beim *Noir*-Roman als einem Mittel zu diesem Zweck, eben weil sich dieses Genre über die Gewalt empört, nicht von ihr angenehm erregt ist (wenn man Poe liest, hat man nicht das Gefühl, daß das Geschilderte ihm Freude bereitet, sondern daß es ihn krank macht). Ich hatte das Gefühl, daß ich die Gewalt durch das Schreiben verständlich machen könne, wenn es mir nur gelänge, das Böse durch seine Schilderung auf irgendeine Weise unter Kontrolle zu bringen (was unter anderem bedeutete, sich ihm zu stellen), und daß ich dann vielleicht vom Negativen zum Positiven fortschreiten und das unterdrückte Gute im Menschen demonstrieren könnte.

Auf diesem Wege habe ich nach und nach etwas gelernt, das mir nicht leichtgefallen ist – die Gewalt in mir selbst zu untersuchen, das ganze Spektrum der Gewalt in mir, statt mich vor ihr zu verstecken, ihr nachzugeben oder vor ihr davonzulaufen. Ich habe im Laufe vieler Jahre herausgefunden, wie man Hoffnungslosigkeit und Verzweiflung objektiv betrachtet; wie ich mich gegen diese Seuchen impfen kann, die uns dezimieren, indem ich mir einrede, an einer gewaltsamen Situation nicht beteiligt zu sein, bis es mein Verständnis erlaubt, sie zu durchdringen. Bei mir fand diese Entwicklung über das Schreiben statt, denn es war der einzige Weg, den ich mir durch die Gewalt bahnen konnte, und ich stellte fest, daß ein Teil der Herausforderung technischer Natur ist. Die Schwierigkeit liegt darin, zwei diametral entgegengesetzte Positionen gleichzeitig einzunehmen: sich einerseits in das, was man gerade schildert, verstricken zu lassen und doch davon abgetrennt zu bleiben. Ich profitierte außerdem von der Therapie, die die Annahme dieser Herausforderung mit sich brachte; es kam einer Neuerziehung der asozialen Person gleich, die ich gewesen bin.

Dies könnte erklären helfen, worin der Unterschied zwischen Schreiben für Geld und Schreiben aus einer psychischen Notwendigkeit heraus besteht. Die Gedanken, die ich mir über die Gründe für schlechtes (überflüssiges) Schreiben gemacht habe, scheinen geradewegs zu den alten Analogien zurückzuführen: die Verantwortlichen für Literatur dieser Art nehmen dieselbe Haltung zu ihrem Schreiben ein – einen vollkommenen Mangel an Einsicht – wie der Langweiler in der Kneipe mit seinem Sortiment blöder Witze; wie der Pfarrer, der mit der Bemerkung »Meinen Sie nicht, daß da ein Täßchen Tee helfen würde?« einen Mann aufzumuntern versucht, der ihm gerade gesagt hat, daß er im Begriff sei, sich das Leben zu nehmen; wie die Hand, die einem gerade deshalb fest auf der Schulter liegt, weil man das dringende Bedürfnis empfindet, sie abzuschütteln; wie der entlassene Mörder, der bemerkt: »Ich empfinde so ein Machtgefühl, wenn ich mit einem Messer spiele«; und so weiter.

Gewisse Krimiautoren sind deshalb so schlecht, weil sie einfach nicht begreifen, was das Wort »böse« bedeutet. Ich kann dazu nur folgendes sagen: die Quadratwurzel des Bösen ist Banalität. Und das Böse ist klebrig – wie manche Orchideen bereitet es dem Forscher Schwierigkeiten, es zu untersuchen, ohne sich darin zu verfangen. Die Ursache dieser Banalität liegt darin, daß sich das Böse einzig und allein sich selber bewußt ist, was es ebenso stumpfsinnig wie gefährlich macht. Für das Böse ist der andere nur insofern wichtig, als er ihm Nahrung für seine Zerstörungswut liefert: die Zerstörung des anderen verschafft dem Bösen die kurzfristige Befriedigung eines unstillbaren Appetits.

Ich hätte niemals gepeinigte oder böse Menschen auf Papier bannen können, wenn ich nie selbst mit dem Bösen in mir gerungen hätte. Das bedeutet, daß ich gewisse Impulse mit Mördern gemeinsam gehabt habe; diese Impulse, als ich sie unter Kontrolle gebracht hatte, und der Schrecken, den ich mit den Opfern teile, haben es mir ermöglicht, mich in einem Roman abwechselnd mit dem einen oder dem anderen zu identifizieren. Das Abfassen eines solchen Romans erfüllt nicht nur einen therapeutischen Zweck, sondern ist auf eine gesellschaftliche Aufgabe zugeschnitten. Ein solcher Roman ermöglicht mir zunächst so tiefe Einblicke in einen kranken Menschen wie möglich und verschafft mir so, indem ich die Unsicherheit und den Egoismus eines Mörders darstelle, eine Position, aus der ich unsere eigene Unsicherheit und unseren Egoismus aufzeigen kann.

Unter diesem Aspekt betrachte ich den Mörder als eine Meßlatte, an der ich bemesse, wieviel – oder wie wenig – andere mit ihm gemeinsam haben.

Lassen Sie mich versuchen, das noch einmal zu erklären, denn was ich hier gesagt habe, ist der Kern der *raison d'être* für den *Noir*-Roman. Ich wiederhole, daß mich das überwältigende Bedürfnis zum Schreiben getrieben hat, mit einem Problem in mir selbst zu Rande zu kommen; mein Gefühl, daß ich, mit nur einer Vierteldrehung des Rades, vielleicht selbst zum Mörder geworden wäre, die entsprechenden erschütternden Umstände vorausgesetzt. Diese Angst (ich glaube zum Beispiel, daß ein Motiv für einen Mord darin besteht, das Opfer stellvertretend für den Täter Selbstmord begehen zu lassen) ist allgegenwärtig und droht in vielen menschlichen Wesen dann und wann durchzubrechen; das Problem ist, daß die meisten menschlichen Wesen es wissen und sich doch weigern, es zu akzeptieren.

Schreiben ist eine Therapie, was meiner Ansicht nach der

Grund dafür ist, warum viele Mörder ihre Memoiren schreiben wollen; der bloße Akt des Schreibens zwingt zu der Disziplin, die jeder Versuch einer Erklärung voraussetzt. Diese Anstrengung gibt dem Subjekt das Gefühl, daß er *an* jemanden schreibt, und verschafft ihm so eine Lockerung – einen Ersatz für eine Gesellschaft außerhalb seiner Phantasien – der Einsamkeit, in der er lebendig begraben ist. Dieser Mechanismus der Therapie funktioniert nach dem Prinzip des Perseusschen Schildes; der mörderische Impuls wird von dem Blatt Papier auf das Subjekt reflektiert und ermöglicht ihm, sich von diesem Impuls zu distanzieren, indem er ihn in einer »Geschichte« verkörpert sieht, in die eine dritte Partei verwikkelt ist, um dann den Impuls präzise auszulöschen, ohne ihm zum Opfer zu fallen. Das Schreiben hat also in beiden Fällen – ob es die als Therapie oder Sühne verstandene Version ist, wie der Mörder sein Verbrechen darstellt, oder der *Noir*-Roman als ein Mittel, das Mobiliar in der Seele eines Mörders zu enthüllen – den Zweck, das Verbrecherische in etwas Wohltätiges zu verwandeln, indem die Erkundung einer Mörderpsyche zu dem Zweck betrieben wird, sich selbst davon zu befreien.

Im Falle der gepeinigten, nicht kaltblütigen Mörder (ich meine solche, die in einem Moment unwiderstehlichen Zwangs – Eifersucht zum Beispiel – gehandelt haben und ihr Handeln bereuen, nicht solche, die auf ihre Tat stolz sind) ist es so, daß sie nicht dazu gewappnet waren noch je erwogen haben, diesen Impuls rechtzeitig zu isolieren und zu identifizieren. Zum Zeitpunkt des Handelns ist das Subjekt bereits zu weit gegangen; es ist dem Bösen in seiner Verkleidung als ein paar Sekunden intensiver Lust erlegen, fast unmittelbar gefolgt von der Reaktion darauf – dem Entsetzen, Ekel, auch Unglauben, der unter normalen Menschen verbreitet ist.

Eines der großen unbewußten allgemeinen Verbrechen, das die Menschheit begeht, ist ihre Sucht nach Sensationen – fragen Sie einen beliebigen Journalisten. Aber es ist nichts Sensationelles an einem Mord. Vergessen Sie den großen Fall, von dem die Schlagzeilen auf Seite eins berichten. Kein normaler Zuschauer würde Vergnügen empfinden, wenn er Zeuge eines Mordes wäre, der mit der Brutalität und obszönen Unbeholfenheit ausgeführt wird, wie es gewöhnlich der Fall ist. Die wenigsten Menschen hätten die Nerven, auch nur die ersten Schritte zu ertragen, wenn sie bis zum Ende zuschauen müßten; der neugierige Appetit des Zuschauers auf Sensationen hätte sich in fünf Minuten erledigt, und zwar für immer.

Ganz zu schweigen davon, wenn der Zuschauer auch das Opfer ist. Das Opfer bezahlt dafür, daß es eine Schlacht im Geist des Mörders verloren hat; letzterer ist nicht mehr das, was wir für gewöhnlich unter dem Begriff »menschlich« verstehen, sondern wird unwiderruflich von seinem Entschluß entstellt, etwas Negatives zu werden. Zwei Kräfte in derselben Seele haben versucht, einander an die Kehle zu gehen, und wir müssen akzeptieren, daß das Gute unterlegen ist. Wir müssen außerdem akzeptieren, daß der Mörder gehandelt hat, um den unerträglichen Druck des Kampfes zwischen Gut und Böse abzubauen, der in ihm tobte; wir müssen den Mörder in Aktion verstehen – eine grauenerregende Erscheinung, die abwechselnd vor Haß schreit und vor Liebe stöhnt.

Ich stelle mir vor, daß der *Noir*-Roman den Leser dazu veranlaßt, dieselbe Art von Fragen an und über sich zu stellen, die ich mir stellen mußte. Es ist eine schmerzhafte Lektion in Aufrichtigkeit zu sich selbst.

Die Straße zur Hölle ist nicht mit guten Absichten, sondern mit Irrtümern gepflastert. Aber es kann keinen dauerhaften Irrtum geben, wo es ein wirkliches Ziel gibt. Wir müssen akzeptieren, daß wir auf der falschen Seite der Einfachheit stehen, die das erste war, das die meisten von uns kennengelernt, und das erste, das die meisten von uns verloren haben – um einmal Milton zu paraphrasieren –, und die von allen Dingen am schwersten zurückzugewinnen ist.

Meine Bücher befassen sich gelegentlich mit psychopathischen Mördern; der Psychopath ist ein Ofen, der keine Wärme abstrahlt. In seinen Gedanken hat er immer einen, wie er es nennt, guten Grund, X umzubringen. Es mag sein, daß er X überhaupt nicht kennt. Das ist nicht wichtig; der entscheidende Faktor ist, daß X ihn äußerlich an jemanden aus seiner fernen Vergangenheit erinnert, gegen den er unbändige Haßgefühle hegt, der ihn so, wie er war, gesehen und deshalb abgelehnt hat – ein Elternteil, eine Geliebte, ein Kollege auf der Arbeit. Das Pech des Opfers bestand darin, daß seine vage Ähnlichkeit mit diesem Jemand ausgereicht hat, um einen scheinbar langweiligen Menschen in einen Mörder zu verwandeln – Bundy hat sich beispielsweise ausschließlich blonde Mädchen Anfang Zwanzig ausgesucht, die ihn an seine Verlobte erinnerten, welche vor Jahren ihre Beziehung beendet hatte. Der Psychopath handelt nicht im Griff des Zorns, sondern eiskalt, wenn die Ähnlichkeit eines Fremden diesen an die Stelle des ursprünglichen Ziels seiner Haßgefühle setzt und so die Gelegenheit zu einem Ritual bietet, in manchen Fällen zu einem »heiligen Mord« – eine periodische (oder »Serien-«) Befriedigung und Rachlust. Solche Mörder essen später Teile ihrer Opfer (Albert Fish) oder erleben wiederholte Orgasmen mit abgetrennten Geschlechtsteilen (Christie); das ist das genaue Gegenteil ihres alltäglichen, ganz unauffälligen Verhaltens (Fish lebte als alter Mann im Schoß seiner Familie, Christie war ein ehemaliger Polizist).

Ich sollte hier besser abbrechen und einige bereits fertige Texte einfügen; zu dem Thema, das ich eben erläutert habe, zu der Frage, wie sich ein Opfer fühlt, und zur gesellschaftlichen Bedeutung des *Noir*-Romans in der europäischen Literatur. Was jetzt folgt, enthält viel, was meiner Meinung nach von zentraler Bedeutung für den *Noir*-Roman ist, und zeigt, daß er wenig mit dem Subgenre der *police procedural* zu tun hat, in dem die Analyse eines Charakters mit dem Zweck, die Motive für ein Verbrechen aufzuklären, kaum je versucht wird.

Einiges von dem Folgenden ist bereits anderswo veröffentlicht worden; der Rest stammt aus der Korrespondenz mit einem Freund in Deutschland, Thomas Wörtche, sowie aus Gesprächen mit mir nahestehenden Menschen, die bizarre, häufig gefährliche Erfahrungen gemacht haben.

28

9. VIII. 89. Lieber Thomas, ich habe gerade Deinen Artikel *Epilog zu Nightmare on the Street (Alptraum in den Straßen)* gelesen, und wärend ich den vervollständigten Text von *I Was Dora Suarez (Ich war Sora Suarez)* für Dich und Martin ausdrucken ließ, den ich gleich beilege, sind mir einige Gedanken über *Nightmare* gekommen, von denen ich annahm, daß sie Dich interessieren könnten, also habe ich sie niedergeschrieben. Ich hätte das nicht getan, noch wären mir die fraglichen Gedanken je gekommen, wäre Dein Essay nicht ebenso genau wie tiefschürfend gewesen; ich kann Dir gar nicht sagen, wie sehr es mich erleichtert zu wissen, daß doch noch ein paar intelligente Menschen herumlaufen – ja, es ist weniger eine Frage, intelligent, als zivilisiert zu sein, obwohl es mir schwerfallen würde, einen Finger auf den genauen Unterschied zwischen beiden Begriffen zu legen, denn ich kenne viele Menschen, so wie Du sicher auch, die auf dem Land oder in Fabriken arbeiten, die mit einer Wahrnehmungsfähigkeit, geistigen Schärfe und einem Mitgefühl zur Welt gekommen sind, das vielen Professoren abgeht, und meine Arbeit ist zum Großteil ein Versuch, mir zu erklären, wie und warum es in Europa soweit gekommen ist und warum wir als ein Volk immer bereit waren, uns von Verrückten und Langweilern regieren zu lassen. In der Tiefe meiner Seele fühle ich, daß es für Elenya falsch war zu sterben, so wie für Kléber, und dasselbe Gefühl habe ich bei Suarez; denn insofern der *Noir*-Roman dazu dient, die Unterdrückung der Schwachen zu verhindern, spielt er außerdem eine Rolle zumindest beim Aufschub der Niederlage in unserem Kampf gegen die allgemeine Gleichgültigkeit, einem zwei Jahrtausende andauernden Kampf gegen die Dunkelkeit, in dem unsere Nachkommen vielleicht nie eine zweite Chance bekommen werden. Wir erleben immer noch die Ausläufer dieser Schlacht, aber wir alle scheinen mit ihr nicht mehr anzufangen, als sie wie eine Münze durch die Luft zu wirbeln, um in einer Kneipe auszulosen, wer die nächste Runde schmeißt.

Die Art von Erfahrungen, die ich am meisten schätze, erscheinen als so gewöhnlich, von der Art, die wir als allzu selbstverständlich hinnehmen, daß sie kaum der Schilderung wert erscheinen – bis man eine Welt postuliert, in der solche Nachmittage wie der folgende nicht mehr möglich sind, eine ferne Erinnerung, die sich nicht mehr in unserer physischen Reichweite befindet.

Zum Beispiel aßen Gisèle und ich vorgestern mit meinem ehemaligen Gönner und seinem Schwager unten im Dorf am Ufer des

Tarn zu Mittag; es war kochend heiß, und der Südwind blies das Tal herauf. Ich hatte vier Jahre lang als Jeans Angestellter auf dem Land gearbeitet, und ich habe nie einen netteren Mann kennengelernt. Von der Stelle, wo wir halb im Schatten unter den Pappeln (er sagte, er sei inzwischen sechzig; ist das möglich? dachte ich) am Wasser saßen, konnten wir auf den Berg gegenüber hinaufschauen und das Gelände betrachten, wo wir in der Vergangenheit oft gemeinsam gearbeitet hatten (Haselnußsträucher gepflanzt, Kirschen gepflückt, gepflügt, Holz gehackt), und wir erzählten Gisèle Geschichten darüber und leerten eine Flasche Wein, Côtes du Tarn (nein, zwei sogar), die Jeans Frau zusammen mit seinem Essen in einem abgedeckten Korb gebracht hatte – denn Jean verkauft um diese Zeit des Jahres Merguez (eine Wurstsorte aus dieser Gegend) und Pommes aus einem Wohnwagen an die Touristen und Camper, die zwischen Juli und August unser Tal bevölkern. Er tut dies, weil es in dieser Zeit auf den Weinbergen nichts zu tun gibt. Es ist immer dasselbe auf dem Land. Nichts wird je wirklich ausgesprochen – aber es geht sehr viel zivilisierter zu als im Ritz, dachte ich, und ich wischte meinen Laguiole an der Jeans ab, als ich aufgegessen hatte, und steckte ihn mit derselben gewollten Nachdenklichkeit in meine Tasche zurück, mit der ein Millionär sich eine Zigarre anzündet, nur wette ich, daß ich doppelt so glücklich war.

Doch wie ich schon sagte, gibt es Elemente, die dieses Glück zerstören wollen, und auf einer gewissen Ebene geht es in meinen Büchern genau darum – um meine Wut und mein Entsetzen darüber, daß wir uns das bißchen Frieden, das es auf dieser Welt noch gibt, wieder durch die Finger gleiten lassen könnten. Wie ein Film mit dem Titel *Z*, der zu Recht darauf hingewiesen hat, vertrete ich die Überzeugung, daß der Sturz einer jeden Diktatur nur das Vorspiel zu einer neuen, noch schlimmeren Diktatur ist, und diese persönlichen Ängste und Überzeugungen bilden die Triebfeder sowohl für Kléber wie für den namenlosen Detektiv in den anderen Büchern. Letzterer braucht keinen Namen; er ist identisch mit jedem, der je über den Rand in einen Abgrund gesehen hat und dabei wußte, daß es keine Gerechtigkeit gibt und daß nichts seinen eigenen oder den Absturz jener verhindern kann, die er retten möchte.

Gegen alle Widerstände und aus Gründen, die sie, weil es keine Intellektuellen sind, weder benennen noch isolieren können, existieren mein Detektiv Kléber und einige andere, um das Schwache, Zerbrechliche zu schützen – denn indem sie sich um Gerechtigkeit für Menschen bemühen, die es nicht für sich können, glauben sie, daß sie das Gefüge der Gesellschaft selbst schützen, dessen gleichgültige Erosion und Zerstörung sie ebenso wütend macht (siehe dazu auch Orwells Roman *Coming Up for Air* [*Das verschüttete Leben*]) wie der freimütige Gebrauch, den einige ihrer Kollegen von Gangstermethoden machen. Genau wie Gordon Comstock in Orwells Roman empört Kléber und meinen Detektiv an dem, was sie zu Gesicht bekommen, vor allem der Gegensatz zu dem Großbritannien, wie sie es aus ihrer Jugend kannten, in einem Maße, daß sie eingreifen müssen, und sie beobachten mit einem Gefühl der Hilflosigkeit, wie die Überlebenschancen einfacher, bescheidener, mutiger und geduldiger Menschen immer weiter abnehmen. Sie begreifen auch, daß die als Faschismus bekannte Spielart von Intoleranz und Haß in Großbritannien, wo sie bisher nur latent vorhanden war, immer weiter hervortritt, in noch stärkerem Maße als in anderen westeuropäischen Ländern – was daran liegt, daß die Briten in den Vierzigern *nicht* besetzt wurden und deshalb nicht begreifen können, was angewandte Tyrannei bedeutet; sie haben sie nie direkt erlebt. Hätte er diesen Autor je gelesen, dann hätte mein Detektiv Esmond Romillys Antwort an einen britischen Journalisten weitergegeben, der ihn an der Front von Madrid interviewte und ihn fragte, was er dort täte: »Ich bin hier, um das Grab des Faschismus auszuheben.«

Es ist wichtig zu betonen, daß mein Detektiv sich dieser Aussage entsprechend verhält. Er glaubt, er sei dazu geschaffen, den Mist aufzuräumen, mit dem er konfrontiert wird – solange er es ohne die Art von »Hilfe« schafft, die ihn von dem einzigen Weg abzubringen versucht, den er für gangbar hält. Je mehr er sich gezwungen fühlt, für andere zu handeln, um so mehr erkennt er, daß er allein steht.

Er mag Mittel und Wege finden, die Dinge für sich zu bewerkstelligen, muß dann aber doch feststellen, daß über die eigene Lösung hinaus das größte Problem in der Welt bestehen bleibt: die Scheiße geht endlos weiter. Die Kriege und alle anderen Vernichter der Hoffnung nehmen kein Ende; wirf einen Blick in die Zeitung, und Du wirst feststellen, daß der Krieg die besten Schlagzeilen liefert.

So stehen der Detektiv und Kléber, wie schon Orwells Gordon Comstock, vor denselben Problemen, die auszusondern sie entschlossen sind, sowohl innerhalb wie außerhalb ihrer eigenen Schicht – was im Fall meines Detektivs bis zu seiner Frau Edie reicht. Sie beseitigen die Probleme nicht. Sie sind zu wenige, und sie scheitern für gewöhnlich aus Mangel an Unterstützung daran, die negativen Kräfte in Schach zu halten; bestenfalls gelingt es ihnen, die Dinge für eine Weile in einem prekären Gleichgewicht zu halten.

Es scheint, als kehrten wir hier zu Archetypen zurück, und ich glaube, dafür gibt es zwei Gründe. Zum einen ändern sich menschliche Wesen nie (was kümmert es einen Säugling, ob er im Jahre 1 oder 2001 geboren wird, solange er gewärmt und gefüttert wird und atmen kann?). Zum andern brauchen menschliche Wesen aufgrund ihrer Natur und ihres Wesens, wenn sie nicht völlig verroht sind, wie Pflanzen ein gewisses Klima, um gedeihen zu können; ironischerweise finden sie es selten.

Es ist für den Schriftsteller unumgänglich, daß er ihnen dabei hilft. Er muß unbedingt Möglichkeiten finden, um mit den Betrogenen zu reden. Aber es ist ebenso unumgänglich für ihn zu erkennen, daß es lebenslanger Arbeit bedarf, wenn je wieder eine gemeinsame Sprache gefunden werden soll. In meinen Augen liegt in dieser erneuten Kontaktaufnahme und ihrer ständigen Berichtigung der ganze Sinn dessen, was ich Literatur nenne. Literatur gehört nicht zu den Dingen, die man entgleisen lassen darf; sie kann nur gewaltsam zum Schweigen gebracht werden. Das Schreiben ist wie das Leben eine Kette von Ereignissen; es muß eine lebendige Vergangenheit und Gegenwart haben, wenn es eine zusammenhängende Zukunft haben soll. Schreiben ist wie wir selbst. Ja, es ist mit uns identisch.

Orwell, der auch Eton besucht hat – er ging 1921 ab und haßte es so sehr wie ich – ist, glaube ich, der bemerkenswerteste englische Vertreter dieser Position im zwanzigsten Jahrhundert; hätte es ihn nicht gegeben, wären meine Reaktionen auf das Dasein mit größter Wahrscheinlichkeit anders ausgefallen.

Nun, das sind meine Gedanken, wie ich sie zu Papier gebracht habe, als ich Deinen Essay noch einmal las. Sie sind nicht in Mode, aber dann bin ich es auch nicht, und das ist ohne Zweifel der Grund, warum ich, meine Gedanken und die Menschen, die ich am besten kenne, ob tot oder lebendig, so gut miteinander auskommen.

Ehe ich fortfahre, möchte ich klarstellen, daß *Nightmare in the Street* als Buch mißlungen ist, und ich bin bei weitem nicht der einzige, der dieser Ansicht ist. Es hat keine vernünftige Struktur, und die Einleitung ist nicht sauber, prompt und hart, sondern zäh, schlecht ausgeführt und banal, alles Fehler, die sich ein Buch nicht leisten kann. Als ich es schrieb, hatte ich natürlich keine Ahnung, daß *Suarez* folgen würde; aber ich erkenne jetzt, daß es eine Vorbereitung auf *Suarez* war und eine Bilanz meines bisherigen Schreibens. Aber nichts davon entschuldigt die Schwächen in *Nightmare*; niemand ist bereit, vor allem heutzutage nicht mehr, sich nur für ein paar lesenswerte Seiten stundenlang durch uninteressantes Material zu kämpfen.

Ich höre dieses Urteil lieber von anderen Menschen, von Menschen, denen ich nie zuvor begegnet bin, denn dann trifft es mich am härtesten; das Problem bei Selbstkritik und Kritik von Freunden besteht darin, daß sie einen allzu leicht vom Haken läßt, was zur Folge hat, daß man nichts daraus lernt und es fertigbringt, den Fehler zu wiederholen.

Nightmare in the Street und *Suarez* haben in der Hinsicht etwas gemeinsam, daß ich mich in beiden Büchern darum bemüht habe, mein Verhältnis zur Gewalt zu bestimmen. Der letzte Abschnitt meiner Kindheit und meine frühen Jugendjahre wurden von der allgemeinen Gewalt des Zweiten Weltkriegs bestimmt, was mit Sicherheit meine scheinbar paradoxe Kombination aus Faszination für und Entsetzen vor der Gewalt erklärt, die uns immer noch umgibt. Und weil ich im Krieg ein behütetes Leben führte, wie es niemandem sonst möglich gewesen wäre, war ich überhaupt nicht auf den Eindruck vorbereitet, den der Krieg auf mich machte, als ich direkt mit ihm konfrontiert wurde (in den behelfsmäßigen öffentlichen Stationen des West Kent-Krankenhauses damals 1941 zum Beispiel, als ich zehn war).

Nach dem Krieg fand ich mich umgeben von etwas, das ich nur als psychischen Fall-out bezeichnen kann. Damit spiele ich auf Begegnungen mit Menschen an, die in (meist depressive) Zustände geistiger Verwirrung abgeglitten waren – Männer und Frauen, die entsetzliche Erfahrungen durchgemacht hatten und offenbar keinen vernünftigen Grund mehr für ihre Weiterexistenz sahen, weshalb sie in diesem anderen Zustand eine Zuflucht suchten. *X* zum Beispiel, den gemeinen Soldaten und Dichter, der in Nordafrika aus der Armee desertiert und von einem Kriegsgericht wegen Feigheit vor dem Feind verurteilt worden war (er konnte von Glück reden, daß er nicht erschossen wurde) und den ich kennenlernte, während ich in Turret Court war, weil wir beide Gedichte schrieben, ist ein klassisches Beispiel, aber er verdient eine eingehende Betrachtung für sich.

Obwohl ich von diesen Kontakten unbeeinflußt oder von der fremdartigen, unbegreiflichen Qualität ihres Verhaltens nur vorübergehend schockiert zu sein schien, ist mir heute klar, daß diese scheinbare Unbekümmertheit nur eine Fassade war und diese Begegnungen in Wirklichkeit einen tiefen Eindruck hinterlassen hatten – so tief, daß es einer langwierigen und schmerzhaften Anstrengung bedurfte, um sie auf dem Papier wiederzugeben und neben andere, neuere Erlebnisse zu stellen, damit ich das Leben, wie es heute ist, beurteilen konnte.

Aus einer unbeholfenen Suche nach einer Sprache, mit der ich jemanden erreichen konnte, der nichts mit mir gemeinsam hatte (haben konnte) – eine Person, die noch immer nur halb am Leben ist – wurde Jahrzehnte später: *Wird Kléber den Verlust seiner Frau er-*

tragen und weitermachen? Oder durchdrehen und sterben? Und in *Suarez* sowie in *He Died with his Eyes Open*: *Kann ein Detektiv wirklich einen glaubhaften Kontakt mit einem toten Opfer in einem schäbigen Zimmer herstellen?*

Und wenn ja, warum? Wer ist dieser Detektiv überhaupt? *Warum* kümmert es ihn – falls es ihn kümmert –, warum jemand gestorben ist? Wir tasten uns hier in eine neue und bessere Welt voran.

Ich kehre ständig zu einer der zentralen Fragen zurück, die ich in *Nightmare in the Street* gestellt habe: Was ist ein menschliches Leben, jedes menschliche Leben, wirklich wert? Und ich zögere keinen Moment, Gewalt mit Metaphysik zu vermischen, um eine Antwort darauf zu finden, denn für mich ist letzteres die rationale Grundlage des ersteren; es hat mich nur viel Zeit gekostet, um diese Verbindung herzustellen und zu erkennen, daß Schreiben sehr viel mehr bedeutet als nur beobachten. Es war notwendig für mich, daß ich die richtigen Schlüsse aus dem zog, was ich durch die Augen in mich aufnahm, bis ich mit ihm *identisch wurde* – daß ich mich in die allgemeine durch die besondere Gefahr *hineindachte* und *-fühlte*, jene Gefahr, die das Schreiben in »Friedenszeiten« für den Geist sein sollte, wenn die Arbeit irgendeinen Nutzen haben soll. Das ist es, was Wittgenstein und Owen auf parallele Weise getan haben: sie riskierten zwischen 1914 und 18 in den Schützengräben ihr Leben *und* ihren Verstand (Owen fiel eine Woche, bevor der Krieg endete). Schließlich konnten weder der Philosoph noch der Dichter der Gefahr aus dem Weg gehen. Owen stellte fest, daß sie eine Begleiterscheinung der Kameradschaft war (was bedeutete, daß er im Oktober '18 wieder an die Front ging, als er es nicht mehr mußte).

So führten die Suche nach Wissen im Falle des Philosophen und die Bedeutung der Liebe im Falle des Dichters beide in einen Kugelhagel, um gewisse Werte an dem kolossalen Risiko zu messen, die der alltägliche Tod und das Leid an der Front darstellen – Werte, für die auch mein namenloser Detektiv und Kléber eintreten.

Was den Wert eines menschlichen Lebens angeht, das geschenkt, gewährt oder genommen wird, hängt die Antwort vom genauen Umfang und von der Natur der Bedürfnisse des Fragestellers ab – seinem Hunger, seiner Verzweiflung. Werden die »Quantität« und die »Qualität« dieser Faktoren auf seiten des Aggressors berücksichtigt, lassen sich die Überlebenschancen des Opfers so genau wie ein Thermometer kalibrieren – nur daß nach dem Tod alles, was mit ihm zusammenhängt, verwischt ist (worauf all meine Bücher Bezug nehmen).

Ein Hauptzweck des Schreibens besteht darin, um jeden Preis schärfer und klarer im Gedanken und im Ausdruck zu werden – für den Fall, daß andere dem in Zukunft einmal folgen müssen. Es ist schwierig, denn je klarer der hart erkämpfte Gedanke, desto komplizierter ist die Natur des nächsten Problems, das sich enthüllt. Dennoch muß man zu sich selbst sagen: »Wenn die andern es geschafft haben, kann ich es auch.« Es ist wie beim Bergsteigen.

Oder als würde man vom Berg abstürzen – denn die Tiefen sind so schwindelerregend wie die Höhen. Beide Extreme sind leer; das ist nur ein weiterer Aspekt des *Noir*-Romans. Die Mißhandlung der Menschheit kann nicht mit irgendeinem Hokuspokus am Altar weggezaubert werden. Man mag durchaus unschuldig sein, und doch findet man sich von Menschen umgeben, die entschlossen sind, aus einem herauszuprügeln, was an ihnen selbst nicht in Ordnung ist, weil es ihnen eben so paßt. Man wird dazu gebracht, eine

Strafe als Vergeltung für ihre Verbrechen zu akzeptieren; am Ende haben sie einen vielleicht sogar dazu gebracht, die andere Welt zu akzeptieren. Aber auf jeden Fall akzeptiert man am Ende alles, was einem Erleichterung von der umgebenden gesichtslosen Polizeipräsenz verspricht – bis zu dem Punkt, an dem man den Urteilsspruch dieser zweitklassigen Justiz akzeptiert, die Verzweiflung nie gekannt hat. Der Richter, der sich psychisch nicht auf einen einläßt, schneidet in seinem Garten vielleicht noch eine Rose, bevor er mit Akten unter dem Arm voller Argumente, die dagegen sprechen, daß man weiter auf freiem Fuß bleibt, zum Gericht aufbricht, und man wird auf die tiefstmögliche Art gedemütigt, indem man in billigen Drucklettern erscheint und hilft, Zeitungen zu verkaufen, denn es läßt sich ein schrecklicher Profit aus den Kämpfen derer schlagen, die nicht zurückschlagen können.

Nun, wir rasen auf unser Ende zu, und den meisten von uns ist es herzlich gleichgültig, ob es uns mit der Mütze eines Bullen, dem Hut eines Bischofs oder ganz ohne Kopfbedeckung ereilt – aber ich sollte betonen, daß es nicht erst zu spät ist, wenn man stirbt und die Kraft der eigenen Ideen zu einem kleinen Haufen unter einem Stapel Lumpen im Lincoln's Inn zusammensackt oder wenn der kalte Knall eines Schusses durch die Straße hallt, sondern die meisten von uns können, so wie die Gesellschaft heute beschaffen ist, nicht auf mehr hoffen als auf ein mühsames Emporklimmen bis zum Ende.

Wer in seinem Begreifen noch nicht bei der Erkenntnis angelangt ist, daß die Ungerechtigkeit unerträglich geworden ist, hat keine Hoffnung, die wahre Bedeutung des Verbrechens oder seines Begleiters, des Wahnsinns, zu verstehen (geschweige denn zu beschreiben). Wie mein Detektiv würde ich gern den in die Finger bekommen, der uns etwas anderes weisgemacht hat, und ihm auf einer Müllhalde ein für alle Mal das Gegenteil einbleuen.

Ich schreibe und lebe in einer Welt, wo der menschliche Geist, wie ich ihn begreife, verdorben worden ist; aber ich gebe die Hoffnung nicht auf. Sklaven hoffen immer auf Freiheit.

Liebe, Leben, Schmerz, Alter und Tod sind alles. Jedes zu seiner Zeit, worin alle Schriftsteller, die ich bewundere, miteinander übereinstimmen: für uns alle gilt derselbe Vertrag. Die *Noir*-Literatur revoltiert nur gegen den Tod, wenn er eine Person gewaltsam vor ihrer Zeit ereilt, des Geldes wegen oder aus selbstsüchtigen Interessen, und in diesen Momenten schnürt es dem *Noir*-Roman vor Trauer und Wut den Hals zu. Mein namenloser Detektiv weiß einfach nicht, was Gleichgültigkeit bedeutet. Er ist nicht auf Erfolg, eine Beförderung oder Geld aus – er jagt nur dem Traum menschlicher Gerechtigkeit hinterher, von der er glaubt, daß es sie einmal gegeben haben muß und wieder geben könnte.

Denn es gibt bekanntlich zwei Sorten von Menschen: diejenigen, die jedes Interesse daran haben, den Menschen zu sagen, daß wir heute, im Jahre 1989, in Frieden leben – und diejenigen, die aus bitterer Erfahrung wissen, daß dem nicht so ist.

Ich nehme für *Suarez* nichts in Anspruch. Ich behaupte nicht, daß es ein gutes oder ein schlechtes Buch ist; ich kann nur sagen, daß die Arbeit daran mich so erschüttert hat wie kein anderes Buch, das ich je geschrieben habe. Vor dem Hintergrund all dessen, was ich am Leben erschreckend finde, war es die schwerste Herausforderung, der ich mich je gestellt hat, und ich gelangte an einen Punkt, an dem ich glaubte, ich könne es geistig nicht verkraften, mich in der Position eines Mannes wiederzufinden, der zu einer Entdekkungsreise ins Unbekannte aufgebrochen ist und plötzlich feststellt, daß er ein Teil davon ist. Indem ich mich durch das Schreiben in den Meuchelmörder Soavento verwandelte, stellte ich fest, daß ich über den Rand der Klippe schaute und mein Ehrgeiz als Schriftsteller mit dem Punkt im menschlichen Dasein zusammenfiel – Wahnsinn und Tod –, den ich immer am meisten gefürchtet hatte. Ich habe es überstanden; doch *Suarez* hat mich wirklich niedergeworfen wie eine ernste Krankheit, von der man sich zwar erholt, die aber untilgbare Spuren hinterläßt.

Ich stimme dem zu, was Du in Deinem Essay gesagt hast, Thomas – ich bin auf diesem Gelände auf mich allein gestellt. Aber vergiß nicht, was in unseren Ländern alles geschehen ist! In unserem Leben! Was Menschen geschehen ist, die jedesmal zu klein waren, um sich vor einem Beamten, einer Banknote, einer Kugel zu schützen! Hat sich von unseren Vätern etwa keiner umgebracht? Sind wir plötzlich alle so klein, daß wir unsere Freunde vergessen haben, die verrückt geworden sind? Es gibt andere Möglichkeiten zu beweisen, daß man ein Feigling ist, als einen Juden an die Wand zu stellen: man kann so tun, als gäbe es das Problem überhaupt nicht. Jetzt, da die Erfahrung, *Suarez* zu schreiben, hinter mir liegt, bin ich froh, daß ich sie auf mich genommen habe. Es war unausweichlich, daß sie meine falschen Vorstellungen von Liebe erschüttert hat; sie hat mein Wahrnehmungsvermögen stark erweitert.

Was den *Noir*-Roman angeht, mußte all das gesagt werden. Wenn es heute keinen Erfolg hat, dann morgen. Es ist zu wichtig, um zu verhallen, denn es gibt immer Menschen, die verstehen müssen, was es bedeutet. Es steht vor uns ein sozialer Kuchen auf dem Tisch, und früher oder später muß er angeschnitten werden.

»Was diesen Kuchen angeht«, bemerkte ein Mädchen einmal, das ich in London kannte, eine Dichterin namens Priscilla Drake-

Brockman. »Ich glaube, wir schneiden da einige ziemlich bittere Stücke ab.«

29

Solange wir Elend haben, werden wir Gewalt haben. Die Schwachen stellen sich nicht einfach an die Wand; sie wurden dahin gestoßen, kauern dort und klagen uns an. Kein Mensch, unabhängig von seiner Verfassung und Hautfarbe, legt sich einfach nieder und stirbt; wir müssen ihn umbringen.

Wir benutzen dazu unpersönliche Methoden; wir nennen sie »unser System«. Die meisten Menschen sind sich seiner nicht bewußt und lassen es einfach arbeiten, ohne sich persönlich darin zu verstricken; das System sollte möglichst so arbeiten, daß die Schwachen sich gegenseitig umbringen. Dieses System läßt sich am einfachsten mit zwanzig verhungernden Menschen vergleichen, die um eine Konservendose Nahrung streiten. Das System belohnt die stärkste Gruppe mit Nahrung und vernichtet die schwächste, die es nicht in sich aufnehmen will oder kann. Dieses Vorgehen darf nicht ganz so grausam erscheinen, deshalb machen sich Politiker an die Arbeit, diese widerliche Mischung schmackhafter aussehen zu lassen. Das ist es, was wir unter Zivilisation verstehen.

Jeder Aspekt des Menschen, ob positiv oder negativ, läßt sich in einer wahllos zusammengetriebenen Gruppe von Menschen wiederfinden. Daher war ich empört, aber nicht überrascht, als ich bei der Lektüre von Robert Anthelmes *L'Espèce Humaine*, das Agnès mir geliehen hatte, erfahren mußte, daß 1944 in deutschen Arbeitslagern jede Schicht der Gesellschaft im Miniaturformat vertreten war – von der SS an der Spitze (*les dieux*) über die *Blockführer* und die *Kapos* (Gefangene, die sich um jeden Preis, darunter sexuellen

Beziehungen mit Höherrangigen, die Macht und die Privilegien der »Mittelklasse« angeeignet hatten) bis hin zu den Horden armseliger, kranker, läusezerfressener lebender Leichname auf der untersten Stufe der Hierarchie, die entweder zu stolz, zu krank oder zu apathisch waren, um mit solchen Methoden ihre Überlebenschancen in einem deutschen Kriegswinter bei Hungerrationen zu verbessern.

Ich werde später noch einmal darauf zurückkommen und versuchen müssen, es klarer auszudrücken, denn ich kann nicht verhinden, daß mir jedesmal, wenn ich schreibe, an diesen Memoiren oder irgend etwas anderem, das Gespenst des Elends, der Gewalt, des Wahnsinns und der Verzweiflung durch den Kopf spukt. Ich bin fest davon überzeugt, daß ich in einem Bereich der Literatur arbeite, der einen direkten Einfluß auf die Gesellschaft hat – darauf, was sie ist, was sie einmal war, und darauf, was sie hoffentlich nie sein wird. Hier in Puech haben zwei Musikerfreunde und ich versucht, die Hoffnungslosigkeit des menschlichen Daseins in musikalischen Begriffen zu beschreiben, was von langen Diskussionen unterbrochen wurde. Ich war erleichtert, daß es hier zwei Menschen gab, die dem bisher Gesagten aus ganzem Herzen zustimmen – einer der seltenen greifbaren Beweise dafür, daß ich nicht allein bin. Wir versuchten die Hoffnungslosigkeit im menschlichen Geist in Musik umzusetzen; das Ergebnis war die Traurigkeit – nur übertroffen von ihrer tragischen Schönheit – eines schiffbrüchigen Mannes, der allen Schrecken hinter sich und einen Kampf aufgegeben hat, den fortzuführen er keine Kraft mehr findet.

Die Gosse ist ein Kriegsschauplatz; es wäre alles so dumm, wenn sie nicht eine Brutstätte der Gefahr wäre – eher für unser Glück im allgemeinen als für unser körperliches Wohlergehen, meine ich, denn kein Mensch wird ohne Grund physisch gewalttätig und geht zu Recht davon aus, daß er nicht glücklich sein kann, wenn er tot ist. Er wagt einen körperlichen Angriff aus Kälte, Hunger, Eifersucht oder einer anderen Form der Verzweiflung heraus, wenn ihm nichts mehr anderes übrigbleibt, wenn er nichts zu verlieren hat. Aber die Gosse, die Straße: dort sind die Menschen, und das ist der Ort, auf den es am meisten ankommt.

Wie ist's wohl, wenn man alt ist
Und die Taschen sind voller Geld?
Wenn der Körper ist lahm, im Kiefer kein Zahn
Was hat Dich bis dann entstellt?

Der Doktor sagt dies, deine Tochter sagt: »Mist,
Der alte Sack ist doch nur noch 'n Säufer,
Kippt's rein und fällt um, jetzt schau's dir doch an
Da kotzt er mir glatt auf den Läufer.

Paß auf da, die Zähne,
Nun tritt nicht gleich drauf,
Heb den Alten doch endlich mal auf!«

»Ich geh weg«, sag ich dann, und Charles zu der Braut:
»Da steht's Telephon, los, bevor er abhaut.«

Bin entwischt,
Und sie werden's mir geben,
Das ganze Theater
für ein kleines altes Leben.

Die Menschen sind nicht durch eigene Schuld verroht, so wie auch die Umstände bei der Geburt eines Menschen nicht seine Schuld sind. Sie töten, um nicht selbst getötet zu werden, im Schatten eben jener Monumente, die unsere Zivilisation unsterblich machen.

Die Vergangenheit ist die Peinigerin des Menschen. Denn wie kann es ein Jetzt, eine Gegenwart ohne eine Vergangenheit geben? Die Gegenwart mag die Zukunft nicht kennen, aber sie hat immer die Vergangenheit gekannt. Jedes Blut gleicht dem anderen, wenn es einmal vergossen wurde. Es gerinnt, es verstaubt, aber es ist immer noch Blut, auch wenn man nicht weiß, wessen.

Jedesmal, wenn ich jemandem vorgestellt werde und gesagt bekomme: »Er ist ein brillanter Kopf«, sage ich manchmal laut, verkneife es mir meist, denke aber immer dasselbe: »Das heißt wohl, Sie tragen zur allgemeinen Situation bei, die zu meinem Bedauern nicht so brillant ist.«

Es gibt nur ein Verbrechen, dessen wir alle schuldig sind: Gleichgültigkeit. Das Ergebnis kann man auf den Straßen beobachten oder in den Zeitungen nachlesen. Möglicherweise erinnern wir uns zehn Minuten später noch daran, was wir von einer Katastrophe mitbekommen oder gelesen haben. Nein, zehn Minuten sind zuviel verlangt – sagen wir fünf.

30

Tania, halt mich noch einmal ganz fest, so wie damals in unserer Butze. Erzähl mir wieder von all den Gestalten, die es nebenan in den anderen Butzen treiben, von dem Richter, von dem alten Priester, der keinen hochbekommt. Sag mir, was der Polizeichef Luisa erzählt, zeig mir noch mal, wie die Wände nicht ganz bis zur Decke reichen, und versuche, das Lachen zu unterdrücken, Tania. Sie sagte zu mir: »Eines Tages wirst du einer Frau begegnen, die du nicht fikken kannst, aber was wir jetzt miteinander machen werden, zwingt dich in die Knie.«

Als du mich zum letzten Mal so in den Armen gehalten hast, in der Nacht, als du das gesagt hast, warst du neunzehn und ich vierundzwanzig, aber für mich ist es, als wäre es erst gestern gewesen. Wenn du dich einmal in deine Erinnerung vertiefst und die echte Zeit vergißt, gibt es nur noch die Erinnerung. »Siehst du, was für Musik wir mit nichts als meinem Körper machen können?« hat sie gefragt.

Es war zwei Uhr nachmittags, an einem sehr heißen Sonntag in Salamanca, und wir befanden uns in dieser Butze von zweidreiviertel mal eineinviertel Meter in der Calle Aranda 33, die sich für uns zu einerArt Zuhause entwickelt hatte. Der Juli 1955 war ein seltsamer Monat für mich. Als wir nackt auf unserem schmalen Bett lagen – das Haus war leer, die Mädchen kamen erst um fünf zum Dienst, pünktlich zum Paseo –, meinte Tania: »Du bist Engländer, du kommst aus einer anderen Welt, aber wenn du mich hältst, ist es ganz seltsam, aber es ist dieselbe Welt.« (Sie war viel klüger als ich.) »Ich fühle mich als Teil deiner Welt«, antwortete ich, »aber ich verstehe nicht, was du sagen willst.« »Das liegt nur daran, daß du dir meine Welt leisten kannst. Du bist nur zu Besuch. Aber die Hölle kannst du nicht nur besuchen. Du bist entweder drinnen oder nicht.« »Ich habe keinen Pfennig«, stellte ich fest. »Das weißt du doch.« »Das meine ich nicht«, erwiderte sie. »Wenn ich sage, du kannst dir unsere Welt leisten, meine ich, du kannst körperlich kommen und wieder gehen, sie betreten und sie wieder verlassen.

Ich kann das nicht.« »Verstehe ich nicht«, stellte ich fest, und sie antwortete: »Glückspilz.« Sie sagte: »Eine Nutte ist eine Frau, die das Frausein aufgegeben hat. Du denkst nicht daran, nackt und begehrenswert auf der Matratze zu liegen, du denkst an das Geld, das du darunter versteckt hast. Der Mann, der auf dir liegt, ist kein Mann, er ist ein Schwanz mit Brieftasche.« »Deswegen bist du keine Nutte«, erklärte ich. »Denn für mich bist du eine Frau.« »Doch, ich bin eine Nutte für dich«, sagte sie. »Denn du siehst mich als Nutte, auch wenn du mich nicht so behandelst.« »Das stimmt nicht«, stritt ich ab. »An dem Tag, an dem du von hier weggehst, wird es stimmen«, stellte sie fest. »Dann wird es genau so sein.« »Ich werde nicht weggehen.« »Rede keinen Blödsinn«, sagte sie. »Natürlich wirst du gehen. Du wirst weggehen, und mich wird man rauswerfen, wenn mein Körper nicht mehr interessant genug ist für die Schweine nebenan, über die wir heute lachen. Sie werden sich alles nehmen, was ich zu geben habe, bis man es mir ansieht und ich verschlissen bin, und mit neunundzwanzig werde ich in Tanger enden, genauso wie die anderen Mädchen.« »Hör auf damit, Tania«, forderte ich sie auf. »Ich werde dich hier rausholen.« Sie lächelte müde, ohne jede Verachtung. »Lüg mich nicht an, Darling«, meinte sie. »Wenn du das tust, belügst du dich selbst, und ich mag es nicht, wie du dabei aussiehst.« Später sagte sie: »So oder so ist diese Nutte deine Frau.« Und um fünf Uhr: »Zieh dich an, ich muß runter in die Bar.« Wie üblich meinte sie: »Mach meine Handtasche auf. Es müßten fünfzig Peseten drin sein. Kauf den Mädels einen Drink, aber das ist *alles*, verstanden?«

Das sagte sie jedesmal, obwohl sie wußte, daß es nicht nötig war. Ich hatte sie an dem Abend getroffen, als ich zuviel Miete schuldig war, um zurück auf mein Zimmer in der Calle Concejo zu gehen, und mit meinen letzten hundert Peseten nach Aranda in den Rotlichtbezirk gegangen war. Wir haben einander in derselben Sekunde erkannt. Ich fragte: »Wieviel?« »Hundert Peseten für die ganze Nacht.« Am Morgen gab ich ihr die hundert Peseten und sie sagte: »Das ist alles, was du hast.« Ich gab es zu und erzählte ihr von Maje und allem. Sie gab mir die hundert Peseten zurück und meinte: »Bleib hier, von fünf Uhr morgens bis fünf Uhr nachmittags ist das hier dein Zuhause. Wir werden Liebe machen, als wäre sie nie verdorben worden.«

Und so ging sie hinunter zur Aranda, wenn sich nicht gerade irgendein tattriges altes Wrack angemeldet hatte: der Bischof, der Chef der örtlichen Falange, der Jefe vom Büro des Militärgouverneurs. »Sie sind nichts«, erzählte sie mir. »Sie ficken mich, wenn sie's schaffen, aber sie bedeuten mir nichts. Und weißt du, warum nicht? Weil sie sich einbilden, ich wäre zu kaufen, weil ich eine Hure bin. Das ist der Faschismus. Nicht nur, daß alles seinen Preis hat. Viel schlimmer ist, daß du nicht mehr wert bist als das Geld, das sie für dich bezahlen. Und wenn irgend etwas es nicht wert ist, ein Preisschild angeheftet zu bekommen, ist es gar nichts wert, und du kannst es umbringen, wenn dir das gefällt, oder es einfach krepieren lassen.«

Manchmal begegneten Tania und ich auf der Treppe der Madame. Das muß ich ihr zugute halten, sie gab nicht vor, etwas anderes zu sein, als sie in Wirklichkeit war, eine die Geschäfte führende alte Hure. Aus ihrem eigenen Körper konnte sie keinen Profit mehr schlagen, also mußte sie sich den von anderen holen. Sie hatte Geld in der prallen Handtasche, die sie ständig bei sich trug, aber trotzdem wirkte ihr Gesicht, als hätte jemand eingebrochen und es ausgeraubt. Die rote und weiße Farbe, mit der sie es anmalte, half kein bißchen. Sie sah aus wie die Pikdame auf einer Spielkarte, und Tania machte mir klar, daß man nicht mehr zu erwarten hatte, wenn man in Salamanca hängenblieb, bis man achtunddreißig war. Inzwischen würdigten die Alte und ich uns kaum noch eines Blickes, aber am Tag nach meiner Ankunft hämmerte sie an die Tür und kreischte: »Du hast einen Mann da drin, zum Teufel mit dir, raus mit ihm, oder ich setz dich auf die Straße, mitsamt deinem Kerl!« Tania riß die Tür auf und brüllte zurück: »Ja, ich habe einen Mann in meinem Zimmer, wenn man das ein Zimmer nennen kann, und er bleibt hier, solange ich hier bin. Aber wenn du in der zerbeulten Registrierkasse, die du einen Kopf nennst, noch so was wie ein Hirn hast, dann läßt du ihn in Ruhe, denn wenn ich gehe, kracht dein lausiger Puff zusammen! Die anderen kümmerlichen Wracks, die du hier hast, sind doch schon auf dem Weg zum Abdecker. An denen würdest du nicht das Streichholz verdienen, um deinen Herd anzuzünden, und das weißt du auch, du alte Kuh. Ich sag es nur einmal: Verpiß dich, hau ab!«

Man brauchte kein Universitätsspanisch zu beherrschen, um dem Dialog zu folgen.

Ich pflegte am Spätnachmittag über die Straße in die Bar zu gehen, damit Tania Platz genug hatte, um sich anzuziehen. Die Bar war um diese Zeit halbleer. Halb fünf, das Loch zwischen Siesta und Paseo. Ich bestellte einen Insuperable und sah Agostìn, dem Barmann, zu, wie er bedächtig die Augen der Hummer auf ihrer Platte drückte, um sich davon zu überzeugen, daß sie noch lebten. Dann kamen die anderen Mädchen zu zweit oder dritt hereingeschlendert, und es wurde lebendig. Während wir auf Tania warteten, bestellten wir Gambas a la Bilbaina und teilten uns ein paar Flaschen Moriles.

Das war die Geschichte von Tania und mir. Es ist die Geschichte einer intelligenten Frau, die sich verliebt hat. Eigentlich ist es gar keine Geschichte. Es hätte eine werden können, wenn ich nicht nach einem Monat abgehauen und mit dem 3-Uhr-50-Zug nach Paris gefahren wäre. Ich sah zum letzten Mal die Stierkampfarena an den Gleisen vorbeiziehen, als die Lok sich an die lange Fahrt nach Medina del Campo machte, Majes rachsüchtigen Bruder hinter mir, den Koffer im Abteil der 3. Klasse unter meinen Füßen und die zweite Fassung eines Romans namens *The Inmates*, an dem ich gerade arbeitete, auf dem Knie.

Die Zugpolster steckten voller Ungeziefer. Sie mochten die Dampfheizung, aber es war Sommer, und sie war aus. Statt dessen kroch irgend etwas unter die Soutane des Priesters mit der Drahtbrille, der mir gegenüber saß, und verschaffte ihm eine unangenehme Reiseerfahrung.

31

Zu wissen, mit dem notwendigen Maß leidenschaftsloser Gelassenheit zu würdigen, daß wir dahinscheiden, daß wir nur eine begrenzte Zeit hier haben, uns dem unvermeidlichen Abschied konstant nähern, und sich doch gleichzeitig festhalten zu können, so als wäre unsere Existenz eine Konstante im Sturmgewühl einer konjunktivischen, sich ständig verändernden Umgebung, das ist das Geschäft eines Schriftstellers. Beispielsweise Unamunos Rede zur falangistischen Vollversammlung an der Universität von Salamanca 1937, als er erklärte, wenn ein Spanier einen anderen umbrächte, würde er Spanien selbst töten, und zwar aus den niedersten Beweggründen.

General Millai D'Astray: *Viva la muerte! Abajo la inteligencia!*
Unanumo: *No. A veces, callar es mentir.*

Ein Schriftsteller ist unter anderem ein Meßinstrument. Er mißt alles, was vergänglich ist, sich selbst eingeschlossen, an allem, was einmal vergänglich war, aber jetzt reglos ist, weil es vorbei ist, geschehen. Eine Funktion des Schriftstellers besteht darin zu messen, was vergessen wurde und Ewigkeit geworden ist. Er mißt die Wirklichkeit eines Ereignisses in Begriffen von dessen Zeit (Vergangenheit, Gegenwart), denn ein Ereignis wirkt und erscheint anders, je nachdem, ob es in diesem Augenblick geschieht, sich vor kurzem oder vor einer Weile zugetragen hat oder lange zurückliegt. Ein in der Zeit eingebettetes Ereignis verändert sein Aussehen und möglicherweise sogar sein Wesen wie ein Planet im Raum, abhängig von seiner Entfernung zum Beobachter, der sich seinerseits verändert. Und ich bin sicher, daß es die Beziehung zwischen diesen Faktoren ist, die zur Geburt von Bildern führt, zur leidenschaftlichen Explosion von Gefühlen. Die Art, wie ich zum Beispiel Tania sechsunddreißig Jahre nach dem Ereignis vermittle, ist ebenso real wie meine Wahrnehmung von ihr zum damaligen Zeitpunkt, aber es ist eine andere Realität. Die Zeit hat ihr Erscheinungsbild in meinen Augen ebenso verändert, wie sie das meine in den ihren verändert haben muß, hat uns beide so konserviert, wie wir waren, und präsentiert uns doch aus einem anderen Blickwinkel, der uns beide in einem anderen Licht erscheinen läßt, dieselben Konturen aus einer anderen Perspektive betrachtet, die wir nur erahnen konnten, während wir in den Armen des anderen lagen.

Dementsprechend ist die Feststellung, die ich unterschreibe, daß Schriftsteller Illusionisten sind, nicht wirklich abfällig, denn sie tun nichts anderes als das, was die Menschen im realen Leben ständig im Verhältnis zu sich selbst und anderen auch tun. Zu schreiben ist das Bemühen, diese kaum wahrnehmbare, aber konstant ablaufende Veränderung auf subtile Weise einzufangen, nicht, sie dingfest zu machen. Nur ein kleiner Teil eines Geschehens – und abhängig vom Wesen eines Ereignisses möglicherweise nicht einmal das – läßt sich abrupt im blendenden Scheinwerferlicht zur Schau stellen, wie die Polizei einen Verdächtigen grillt, um ihn für den Gerichtstermin fertigzumachen. Der Versuch, ein Ereignis in seiner *Gänze* darzustellen, heißt, es zu mißhandeln, den Menschen, der das Ereignis aus seinem Leiden verursachte, zu über- oder unterschätzen. Das heißt, es überhaupt nicht zu verstehen oder, was noch schlimmer ist, rein in der Vertretung bestimmter Interessen zu handeln, wie die Polizei, wie der Staat. Sartres Pierre erklärt das auf die umständliche Art des Verrückten in *Das Zimmer* seinem Schwiegervater, Monsieur Darbédat, als es darum geht, wie dieser eine Gabel behandelt oder genauer mißhandelt. Der Verrückte deckt geschickt auf, wie der normale Monsieur Darbédat, von den allerbesten Absichten geleitet, absolut alles und jeden mißhandelt. Nicht im bürgerlichen Sonnenlicht zu stehen bedeutet, ein Objekt der Verachtung zu sein. Aber Monsieur Darbédat leidet, wie mein Vater es tat, unter der Angst, daß seine Verachtung für alles, was außerhalb der Grenzen seines begrenzten Verständnisses liegt, auf Gegenseitigkeit beruhen könnte.

Wer keine Kriminellen kennt, weiß nichts über Verbrechen. Wer nichts über die Mentalität der Polizei weiß und darüber, wie sie sich ihrer Aufgabe nähert, aufrechtzuerhalten, was der Staat zu Recht und Ordnung erklärt hat, weiß nichts über die Polizei. Wer niemals die unangenehme Ahnung verspürt hat, selbst zu monströsem Verhalten fähig zu sein, kann monströse Werte, Freuden oder Leiden niemals von innen heraus beschreiben. Wenn Sie durch einen glücklichen Zufall niemals in direkten Kontakt mit irgend etwas Derartigem gekommen sind, dann lassen Sie um Gottes willen die Finger von diesem Gewerbe. Springen Sie nicht auf den Zug einer Tragödie, als wäre es eine Zirkusparade, aus der sich Profit schlagen läßt. Versuchen Sie niemals, Todesqualen in eine billige Quelle öffentlichen Vergnügens zu verwandeln, in eine Möglichkeit, gefahrlose Erregung zu finden. Man kann nicht einfach einen Stift nehmen, die Staubhülle von einer Schreibmaschine ziehen oder ein Schreibprogramm auf den Computer laden und willkürlich irgendwelche schablonenhaften Opfer, Mörder und Polizisten zu Papier bringen. So funktioniert das nicht. Wer das glaubt, hat zu viele schlechte Fernsehserien konsumiert. Viel zu viele Leute, die sich einbilden, *Noir*-Romane schreiben zu können, sind ebenso bewußtlos wie diejenigen, die sie aufwecken wollen, und verwechseln echte literarische Wirkung, die Wirkung der Wahrheit, mit den Dünnbrettschrecken der Groschenhefte. Wäre es anders, würden die Buchläden von den Werken der Epigonen Shakespeares, Dostojewskis und Zolas überquellen. Das Ergebnis der nicht allzu angestrengten Bemühungen dieser Blender ist absolut lächerlich. Pappcharaktere produzieren blasse, unnatürliche Dialoge. Der Effekt ist derselbe, als würde ein Kerl, der sich in einer Kneipenschlägerei einem Gegner gegenübersieht, der mit einer abgebrochenen Bierflasche auf ihn losgeht, mit »Herrjemine!« oder »O greulich!« reagieren.

Das sind keine Schriftsteller, die ich als *Noir*-Autoren bezeichnen würde. *Noir*-Autoren sind bereit, der Versuchung zu widerstehen, sich vor der entsetzlichen Wahrheit zu verstecken. Es gibt nur wenige von ihnen. Sie haben verstanden, daß es nicht genügt, einen Akt sinnloser Brutalität zu beschreiben, sondern daß die Herausforderung darin liegt, den realen Schrecken zu analysieren, und die dahinter zum Vorschein kommende Wahrheit ihnen einen hohen Preis abverlangen wird, wenn sie sich erst einmal darauf einlassen.

So etwas wie eine billige Wahrheit gibt es nicht, und Autoren, die vor dem wirklichen Preis zurückschrecken, sollten sich nicht auf *Noir*-Romane einlassen. Einen Schneesturm vom warmen Herd aus zu beobachten ist nicht dasselbe, wie ihn im Freien zu erleben, und was nie gelebt hat, weil es nie gelebt wurde, verwelkt auf der Romanseite wie Schnittblumen in der Vase.

Zur Wahrheit kommt man über den Gegensatz. Es ist beispielsweise unmöglich, den Wert von Zärtlichkeit zu verstehen, wenn man deren Gegenteil nicht erlebt hat. Ich hätte den Wert der Liebe nie erfahren, hätte ich sie nicht verloren, und die einzige Angst, die ich vor der Liebe habe, ist die vor ihrem Verlust, einer Katastrophe, die mir schon zu oft zugestoßen ist, ebensosehr auf Grund meines einzelgängerischen Wesens wie als das Resultat von Feigheit oder Egoismus.

Liebe ist wie das Gras in einem öffentlichen Park. Man sollte sie pflegen oder sich davon fernhalten. Wenn Sie nicht selbst körperliche oder seelische Leiden durchlebt haben, sind *Noir*-Romane nichts für Sie. Vor allem dann nicht, wenn Sie nicht über die Fähigkeit verfügen, die Intensität dieses Leidens zu vermitteln, seine Unfähigkeit, eine Welt außerhalb seines furchtbaren Kosmos zu erkennen. Das ist die wahre Natur der Wüste, die sich *jenseits* des Kriminalromans erstreckt. Nur ein Verlangen, das weit stärker ist als die hektische Suche des schlechten Schreiberlings nach (nicht vorhandenen) Abkürzungen kann einen Autor dorthin treiben. Das Leiden ist die Dimension, die alle mittelmäßigen Krimis verschleiern oder ganz weglassen. Die meisten Krimis sind nicht mehr als eine Fassade, eine Vortäuschung der Wirklichkeit, die sie in Wahrheit verdeckt – obwohl einen die Tatsache, daß es sich um ein Imitat handelt, auf jeder Seite anspringt. Denn je mehr ein Schreiber versucht, zum Leben zu erwecken, was wirklich kennenzulernen er nicht über sich bringt (eine schlecht beobachtete Figur ist in Wahrheit überhaupt nicht beobachtet), desto uninteressanter werden die Reaktionen und die Sprache eines Charakters. Wen kümmert's, wie modern das Vokabular ist. Das Endergebnis kann nur falsch und unglaubwürdig klingen, wenn es von einem Stereotyp abgelassen wird, einer Figur, die im Geiste des Autors nie eine wirklich überzeugende Existenz hatte, ebensowenig wie die Umstände, in die er sie gestellt hat. Versucht man, eine zweidimensionale Figur in eine reale Situation zu bringen, erkennt man sofort, daß sie nicht einmal den Raum betreten könnte, in der sich die Situation abspielt. Die Leute im Innern würden die Figur zerfetzen.

Wenn ich von Schriftstellern rede, meine ich die Arbeit von Meistern, die Mord, Schuld, Wahnsinn und Schrecken in allen Ausprägungen kannten: Shakespeare, Ibsen, Poe, nicht die ihrer zahllosen Imitatoren, die in dem sicheren kommerziellen Wissen arbeiten, daß sie für Leser schreiben, die um nichts bereiter oder fähiger als sie selbst sind, sich mit Verzweiflung auseinanderzusetzen. Was ist der Unterschied zwischen Meistern und ihren Nachahmern? Antwort: Ein Meister ist selbst Teil dessen, was er beschreibt.

An diesen Feststellungen ist nichts Neues, und genau deshalb halte ich mich an ihnen fest. Wenn nichts Neues daran ist, ist wahrscheinlich etwas daran. Deshalb halte ich es der Mühe wert zu wiederholen, daß die Funktion der Literatur darin besteht, die Wirklichkeit einzufangen, nicht, sie zu imitieren.

Die Hand eines Mörders ist eine Hand auf Urlaub von sich selbst. Deshalb bleibt er so oft unerkannt. Ein Teil des Besitzers der Hand kennt das Opfer möglicherweise, oder vielleicht ist es ihm auch vollkommen fremd. Jener Teil des Ichs eines Mörders, der, weit entfernt davon, jemanden umzubringen, äußerst respektabel, sogar prüde ist, könnte den mörderischen Teil *möglicherweise* kennen, im Sinne eines vagen Erkennens. Aber er würde diese Bekanntschaft kaum zugeben, solange er nicht dazu gezwungen wird. Respektspersonen geben sich nicht ab mit widerlichen Perversen, mit Wahnsinnigen, die anderen Leuten mit einem Messer die Gedärme aufschlitzen und sich gelegentlich als Sonntagsbraten einen Menschenschinken oder ein menschliches Schulterstück in die Röhre schieben.

Aber meiner Erfahrung nach sind angeberische Menschen häufig Schuldige. Ihre Angeberei ist ein Schutzmechanismus, der Versuch, etwas zu verbergen (»Er sah aus, als könnte er kein Wässerchen trüben«), und höchstwahrscheinlich das genaue Gegenteil von dem, was sie vortäuschen. Ich halte es beispielsweise keineswegs für einen Zufall, daß Psychopathen häufig Snobs und sich ihrer gesellschaftlichen Position äußerst bewußt sind, dazu gnadenlos in ihrer Kritik an allen, die ihren rigiden moralischen Ansprüchen nicht genügen.

Ebenso bin ich der Meinung, daß ein Mord niemals aus irgendeinem anderen Grund denn aus Verzweiflung verübt wird, ganz besonders, wenn diese Verzweiflung tief unterhalb des bewußten

Zugriffs vergraben ist und sich in Formen äußert, die vom Unangenehmen bis zum Unaussprechlichen reichen.

Der Schriftsteller muß diese mentale Landkarte des Mörders kennen, die jedem Psychiater wohlvertraut ist.

Angeberei und generelle schizoide Verhaltensmuster sind die Methoden des Subjekts, sich von seinen Gefühlen zu lösen, wenn er in »beiden« Gestalten seine Tat verübt. Die Gefühle wüten in jener *anderen* Persönlichkeit des Killers, aber diese unkontrollierte Persönlichkeit bleibt jemand, den der Killer so entschieden nicht kennen will, daß er ihn effektiv auch nicht kennt.

Es ist nicht leicht, dieses Phänomen zu fassen, aber auch nicht unmöglich. Das hängt vom Kriminalisten ab, der selbst anfällig für Irrtümer ist und sich häufig der Sünde des Stolzes schuldig macht (»Da müßte einer schon früh aufstehen, um mich aufs Kreuz zu legen« und so weiter). Sozusagen eine führerlose Rakete, die versucht, eine andere abzufangen.

Andererseits folgt hier der Bericht eines Abends, den ich in London in Gesellschaft eines abgehalfterten Kriminalisten zubrachte. (Er war bisexuell, was ihn für die meisten seiner Kollegen zu einer Art von Aussätzigem machte. Dadurch wurde er zu einem Einzelgänger und guten Kriminalisten, denn eine bestimmte Eigenschaft der Killer, die er jagte, schien mit dem zu korrespondieren, was er an sich selbst inakzeptabel fand, und er hatte, wie er es ausdrückte, dadurch eine »Nase« für sie.)

Er erzählte mir: »Alle Killer haben das Gefühl, sie wären mit einer Art Scheiße besudelt, egal, wie angestrengt sie versuchen, es zu verstecken. In ihrem Innern wissen sie es. Das Problem ist nur, sie gewöhnen sich so an den Gestank ihrer eigenen Scheiße, daß sie ihn nicht mehr wahrnehmen. Das ist ganz normal, wenn man tagtäglich damit lebt. Aber andere bemerken ihn sehr wohl, sie riechen ihn, wenn sie eine Nase dafür haben, und so erwische ich meine Killer, durch ihren Gestank.

Es ist immer dieselbe Art Gestank: etwas, das lange versteckt geblieben ist, aber das nicht ewig versteckt bleiben kann, als hätte sich jemand in die Hose geschissen. Es kann sehr unterschwellig sein. Wenn es zu offensichtlich wäre, hätte keiner von ihnen eine Chance. Erst lockerst du den Typ was auf, ganz beiläufig, etwa, indem du dich in einer Kneipe mit ihm unterhältst, und versuchst, an der Art, wie er sich gibt, festzustellen, ob da nicht irgend etwas anders ist an ihm. Muß nicht sein, daß er weiß, du bist ein Bulle. Die meisten meiner privaten Bekannten haben keine Ahnung davon. Ich hänge es nicht an die große Glocke. Manchmal ist nichts da, und du läßt es bleiben. Aber manchmal triffst du voll ins Schwarze, als würdest du eine Dose Bohnen aufmachen. Du weißt, daß du im Geschäft bist, wenn ab und an kurz durchscheint, wie er wirklich ist, im Gegensatz zu dem Bild, das er dir gegenüber darzustellen versucht. Oder er erfindet Ausflüchte und sucht ohne ersichtlichen Grund nach einer Möglichkeit zu verschwinden. So oder so steigt dir dieser ganz spezielle Geruch in die Nase. Danach siehst du dir dann an, was du über den Fall sonst noch hast, und überlegst, ob er da irgendwie hineinpaßt, und wenn du dann Glück hast, weißt du plötzlich, daß du ihm hart zusetzen kannst, bis zum Schluß die ganze Scheiße aus ihm rausschießt – wie es war, als er sein Opfer zu Tode geprügelt hat, einfach alles – erst ganz langsam, nach und nach, bis irgendwann der Damm bricht und die ganze Jauche rausschwappt. Und dann, wenn alles vorbei ist, schrumpeln sie zu einem Nichts zusammen, zu einem absoluten Nichts. Es ist wirklich erstaunlich. Sie sind am Ende, haben plötzlich für gar nichts mehr Kraft …

Wenn du einen Killer fängst, brauchst du ihn nicht rumzustoßen, ihn nicht verprügeln oder so was. Das machen nur Idioten und Anfänger, die besser was anderes täten. Es sind deine Fragen, die ihn eine neue, wahre Gestalt annehmen lassen, eine Gestalt, an die du glauben kannst, nicht wie an jene zuvor, eine, die hinter der Maske zum Vorschein kommt. Der Verdächtige weiß, daß es geschieht, aber er kann es nicht verhindern, und je länger du ihn befragst, desto deutlicher siehst du, wo genau er versteckt, was du sehen willst. Schlußendlich gerät er in Panik, wenn er gezwungen ist zu sehen, wie er wirklich ist, und zu hören, was er wirklich getan hat. Manchmal erinnert es mich daran, wie eine Spinne sich zu retten versucht, wenn sie in die Wanne gefallen ist; du drehst das Wasser auf, und sie kommt die Wand nicht hoch … Haben Sie mal Dostojewski gelesen?»

32

Als die Light Brigade bei Balaklawa in das Tal auf die russischen Kanonen zuritt, drehte der britische Oberkommandeur Lord Raglan, der mit seinem Stab in der Nähe auf einer Anhöhe stand, sich zu der jungen Mrs. Duberly um, die heraufgekommen war, um das Schauspiel zu verfolgen, und murmelte: »Wenden Sie Ihre hübsche Augen ab, meine Liebe, und pflücken Sie eine Blume, um sie zu pressen. Der Krieg ist so eine häßliche Angelegenheit.«

Unmittelbar nach dem Sturm der Light Brigade schrieb mein Urgroßvater aus Scutari an seine Mutter: »Liebe Mutter! Das Schlimmste an diesem Unternehmen war der Rückweg zu Fuß von den russischen Batterien, als ich Torrent eineinviertel Meilen zurück zu unseren Linien hinabführen mußte, ohne auf die Gesichter unserer Freunde zu treten. Ich weiß bis heute nicht, wie Torrent es jemals geschafft hat, über das Glacis in die Stellung zu springen, und ich verstehe ebensowenig, wieso ich noch lebe. Die Kanoniere waren geflohen, als wir ankamen, und die Batterie war verlassen, die Geschütze standen alle kreuz und quer. Ich weiß nur, nach diesem Tag werde ich nie mehr so sein wie zuvor.« Er setzte hinzu: »Wenn Torrent einen Fehler hat, dann den, daß er zu gern grünes Heu frißt.«

25. Juli 1988. Ich bin gerade von einem Ausflug nach Gijón in Las Asturias zurückgekehrt. Ich war dort eine Woche lang auf dem Treffen der Internationalen Kriminalschriftsteller und hatte den Wagen, bin also 600 Kilometer gefahren, um Esmond Romilly meinen Respekt zu bezeugen. Ich bin in die Außenbezirke Madrids nach Boadilla gefahren, Schauplatz einer der ersten und entscheidendsten Schlachten des Spanischen Bürgerkriegs und Titel von Romillys Bericht über seine Erfahrungen in diesem Krieg, den er bei der XII. Internationalen Brigade (Ernst Thälmann) erlebt hat. Es war das einzige Buch, das er schreiben konnte. Er wurde 1942 im Alter von dreiundzwanzig Jahren mit einer Maschine der Canadian Air Force über dem Atlantik abgeschossen. Es ist die brillanteste Darstellung einer persönlichen Erfahrung im verbissenen Einzelkampf, die ich je gelesen habe, und sogar noch weit besser als *The Red Badge of Courage*.

Boadilla del Monte und Brunete sind zwei kleine Dörfer links und rechts der Straße von Madrid nach Guadarrama, zwanzig Kilometer nordwestlich der Hauptstadt. Im Dezember 1936 hielt beide die Republik – und das so entschieden wie möglich, denn Franco, der die belagerte Hauptstadt von jedem Nachschub abzuschneiden versuchte und bis auf diese eine Straße alle anderen blockiert hatte, war entschlossen, sie genau hier abzuschneiden. Er griff am Morgen des 20. Dezember bei scheußlichem Wetter mit schwerer deutscher und italienischer Panzer- und Artillerieunterstützung an. Romilly trat im 2. Zug des Bataillons mit acht Begleitern gegen maurische Truppen an. Beide Dörfer wurden dem Erdboden gleichgemacht, und von den neun Republikanern überlebte Romilly als einziger. Er war neunzehn.

Ich wollte mir ansehen, wo Romilly gekämpft hatte. Heute macht Boadilla einen seltsamen Eindruck. Ich konnte keinerlei Ähnlichkeit mit dem Dorf sehen, das Romilly beschrieb, bevor die Faschisten es niederwalzten. Es ist wiederaufgebaut worden und jetzt ein Wohnvorort von Madrid: schnurgerade neue Straßen, die plötzlich im schwarzgelben Busch und Fels der Ebene enden, gesäumt von Villen der Art, wie man sie mit Bankkaufleuten der unteren bis mittleren Stufe in Verbindung bringt. Ich traf am späten Nachmittag ein und parkte im Schatten der nagelneuen Kirche. Ich hatte den Lageplan des Dorfes, wie Romilly es beschrieben hat, im Kopf, und sah gleich, daß diese Kirche im Gegensatz zu der ursprünglichen keine Hauptstraße dominierte und keinerlei taktischen Wert als vorgeschobener Beobachtungsposten für Artillerie besaß.

Ein Mann, Mitte Siebzig, mit Baskenmütze und Hausschuhen, kam auf seinen Stock gestützt vorbei. Ich fragte ihn: »Entschuldigen Sie, könnten Sie mir sagen, wo die andere Kirche ist?«

»Die andere Kirche?«

»Die Kirche, die früher hier war.«

»Meinen Sie ganz früher?«

»Ja, vor fünfzig Jahren.«

»Die ist weg. Sie befand sich dort den Hügel hinunter, zwischen den Villen, wo auch das übrige Dorf war. Aber das ist jetzt alles neugebaut, davon ist nichts mehr übrig.«

Ich habe mir den Standort der alten Kirche schließlich mehr oder weniger ausgerechnet. Sie würde heute in einer staubigen modernen Straße stehen, deren hellblaues Namensschild sie selbst 1988 noch als Avenida General Franco auswies. Die Parallelstraße war die Avenida de los Caidos – was sich auf die toten Falangisten bezog. Ich verließ den modernen Teil in südöstlicher Richtung und fand den Hang, den Romilly und seine Kameraden an jenem Morgen durch den Hagel von MG-Feuer hinuntergestürmt sein müssen. Inzwischen war keine Spur mehr von den Gräben zu sehen. Sie waren schon längst aufgefüllt und in saubere kleine Pinienwälder verwandelt worden, und die republikanischen Nachschublinien waren zu einem Teil der neuen Ortschaft geworden.

Ich blieb eine Weile auf der Kuppe des Hangs stehen, wo sich in Romillys Tagen ein überwachsener Wald erhoben hatte, hinter dessen Baumstämmen er vor dem Maschinengewehrfeuer der Nationalisten in Deckung gegangen war, als er am zwanzigsten als Kompanieläufer zwischen den Befehlsposten diente, und sah hinunter, dorthin, wo früher die alte Straße gewesen sein mußte, auf der die Faschisten jeden niedergemäht hatten, verwundet oder nicht, der versuchte, die Straße erneut zu überqueren, als sich das Bataillon in der ersten Phase der Schlacht zurückzog. Vor meinem inneren Auge sah ich Tich Adderley zwischen den explodierenden Granaten hektisch winken und den anderen zurufen, sie sollten zurückkommen, im gleichen Augenblick, als er tödlich getroffen wurde. Ich wußte, ich war keine hundert Meter von der Stelle entfernt, an der Joe und Messer gefallen waren, und wenn ich nicht exakt auf dem Punkt stand, auf dem Romilly gestanden hatte, als das geschah, und von dem er später, als die Nationalisten das Gebiet vor dem republikanischen Gegenangriff kurz eingenommen hatten, mit angesehen hatte, wie die

Mauren die toten Männer mit ihren Bajonetten aufspießten, dann war ich ihm doch so nahe, wie ich ihm jemals kommen konnte.

Hier sind ein paar Zeilen seines Berichts über die Schlacht in ihrer kritischen Phase, als die Faschisten sie kurzzeitig in die Flucht geschlagen hatten. Für mich sind sie unvergeßlich. Sie gingen mir durch den Kopf, als ich dort stand, wo er gestanden hatte:

Ein neuer Orkan aus Blei schlug herüber. Als ich aufblickte, um mit Joe zu reden, drehte ich den Kopf. Es war der reine Zufall, hatte nichts damit zu tun, daß er mir nicht geantwortet hatte. Joe kniete im Gras, das Gewehr in seinen Händen zeigte zum Boden. Ich hätte ihn mit ausgestreckter Hand berühren können. Ich versuchte, nicht auf seinen Kopf zu sehen. Er war nach vorn auf die Brust gesunken. Ich fühlte die Gegenwart von etwas Entsetzlichem. Ich dachte nicht daran, wo wir waren, oder an die Kugeln, auch nicht daran, daß Joe tot war. Ich dachte nur daran, daß es falsch war, wie Joes Kopf da hing. Ich hob ihn an, dann flogen wieder die Kugeln, und ich preßte mich flach auf den Boden. Das war purer Instinkt. Ich war völlig ruhig. Ich sagte mir: »Okay, Joe ist tot. Das ist erledigt, absolut endgültig, ganz genau, Joe ist tot, das ist alles« – bis die Worte durch meinen Schädel gellten. Tich brüllte sie: »Zurück! Alle Mann! So schnell ihr könnt! Zurück!«

Ich ging durch den Sonnenuntergang zurück zu meinem Wagen. Das einzige Blut, das ich während des ganzen Tages sah, war das eines Hundes, den jemand in der Avenida General Franco überfahren hatte.

Mein Herz schlug mir bis zum Halse. Trotz der Hitze war mir kalt, ich fühlte mich abwesend, und mich fröstelte. Seit ich dieses

Buch las, habe ich ihn vermißt, so als hätte ich ihn wirklich gekannt. Es war die Schlacht, in der ich hätte sein sollen und in der ich auch gewesen wäre. Boadilla war eine entscheidende Schlacht in einem entscheidenden Krieg, und die Faschisten haben sie verloren.

Mein anderer großer Held ist Wilfred Owen, einer der größten modernen Poeten der englischen Sprache. Nicht weil er unbedingt besser geschrieben hätte als andere seiner Generation, sondern weil er die Überzeugungen, die er in dem zum Ausdruck brachte, was er schrieb, für wichtig genug hielt, dafür sein Leben zu geben, was er, so wie Orwell und Romilly, auch tat. (Orwell nahm sich mehr Zeit mit dem Sterben, aber körperlich war er nach seinem Halsdurchschuß an der Aragonfront '37, als er bei den POUM diente, nie mehr derselbe.)

Owen fiel als Infanterieleutnant auf einem von der Division angeordneten idiotischen kleinen Angriff mit Booten über die Sambre, am Morgen des 4. November 1918, sieben Tage vor dem Ende des Ersten Weltkriegs. Die 4. Armee wollte damit die deutschen Kräfte am anderen Ufer in die Flucht schlagen, die ohnehin schon auf dem Rückzug waren und nur in Ruhe gelassen werden wollten, während sie abzogen. Die Verluste waren entsetzlich, und Owen war einer davon – ein Mann, der zum dritten Mal an die Front zurückgekehrt war, obwohl man ihm erklärt hatte, es sei nicht nötig. Alle hatten ihm gesagt, er habe seine Zeit abgeleistet und sich einen Stabsposten daheim in Blighty verdient. Er war zweimal verwundet worden, hatte das Military Cross erhalten und war wie Sassoon und Graves ins Hospital für Offiziere mit Gefechtsschock in Craiglockheart verlegt worden. Aber Owen hatte auf absolut gefaßte Art darauf bestanden, vor die medizinische Kommission zu treten, nachdem er Rivers (dem leitenden Psychiater in Craiglockheart, zu dem er eine enge Freundschaft entwickelt hatte) und ein paar anderen Schriftstellern, die ebenfalls an der Front dienten, erklärt hatte: »Ich muß zurück. Alle meine Freunde sind dort.«

Wer in der Armee auch immer dieses sinnlose kleine Massaker befohlen hat, man hätte ihn an die Wand stellen sollen – und ich wage zu behaupten, genau das wäre auch geschehen, wenn die Überlebenden ihn in die Finger bekommen hätten. Robert Graves, der ebenfalls in dem psychiatrischen Friedhof Craiglockheart gewesen war, hatte von der Front aus folgendes zum Thema Armeekommandeure zu sagen:

»Gut Morgen! Gut Morgen!« der General parliert,
Marschiert längs der Linie mit 'nem Kopfschuß verziert,
Zurück in der Basis ist der Bastard krepiert:
»Hurra!«

Und aus einem seiner anderen Gedichte:

(Erwähnt in Berichten,
Wegen Diebstahls von Kompanievorräten:
Gelassenheit, Gelassenheit, Gelassenheit unter Beschuß.)

Die Verbindung zwischen Romilly, Orwell, Owen und den *Noir*-Romanen als Realität in all dem Schrecken, der in meinen Büchern von der Front in den Großstadtdschungel verlegt wird, sollte inzwischen offensichtlich sein. Ich kenne den Grund für meine Wahl der *Noir*-Romane als das Feld, in dessen Grenzen ich über das Thema der menschlichen und sozialen Gerechtigkeit schreibe, genau: Ich stehe zwischen der Generation der Schützengräben und der Generation der Straße. Die Parameter beider sind identisch, die Karten werden aus demselben Spiel verteilt, das Ergebnis ist gleich.

Die Straße und der Schützengraben, die Barrikaden, sind schnell ausgetauscht. Ein Freund las kürzlich (im Dezember 1990) in Paris an einer Wand: Vous Nous Envoyez En Banlieue. La Banlieue Vous Encercle.

Hier ist ein Teil eines Gedichts, das Owen an der Front geschrieben hat, damit Sie selbst beurteilen können, ob zarte Gefühle für den anderen ersterben, nur weil man selbst in Gefahr schwebt. Hier fängt die Sprache die Erfahrung an der einzig möglichen Kreuzung ab. Er beschreibt sogenannte »frische Truppen«, die vor ihrem ersten Angriff im Frühjahr 1918 angehalten haben. Wahrscheinlich war es sein eigener Zug:

Im Schatten des letzten Hangs hieß es warten.
Sie aßen dort, lagen gelassen und ruhig,
Und auf bequemen Brustkörben und Knien,
Schliefen sie sorglos. Doch viele verharrten
Und starrten hinauf zum leeren Himmel über dem Kamm,
Wußten, sie standen vor dem Ende der Welt.

Staunend standen sie und sahen das hohe Gras schwanken
Im Maiwind, der summte von Wespen und Mücken,
Denn obwohl der Sommer in ihre Adern strömte,
Wie eine Medizin, die den wunden Körper verwöhnte,
Schnitt das Gras in ihren Geist in seinem drohenden Tanz,
Fühlten Sie Angst vor des Himmels schweigendem Glanz.

Stunde um Stunde betrachten sie das warme Feld –
Und das ferne Tal hinter sich, wo die Butterblumen
Golden die langsam marschierenden Stiefel geküßt,
Wo selbst das kleinste Gebüsch nicht weichen wollte,
Sondern zog und klammerte wie trauernde Arme.
Sie atmen wie ruhende Bäume.

Den ganzen seltsamen Tag
Atmen sie wie ruhende Bäume.

Das ist aus meiner Sicht die letzte und ideale Position des Schriftstellers. Wie Romilly beschreibt Owen die Gefahr am besten, weil er sich zusammen mit anderen in ihr befindet. Er beschreibt die Liebe am besten, weil er sicher ist, daß er und die anderen kurz davor stehen, sie zu verlieren. Ich weiß nicht, wie man noch mehr darüber sagen kann, worum es beim Schreiben geht.

Ich habe den Eindruck, daß jeder Autor, der sich an seine Memoiren macht, gezwungen ist, seine Quellen, Vorbilder, Helden und Meister zu zitieren, die Schriftsteller, die ihn beeinflußt haben. Jedenfalls war es mir unmöglich, das nicht zu tun. Ich bin der Überzeugung, daß kein Schriftsteller allein für sich existiert. Er ist eine modernisierte Fortsetzung dessen, was schon immer geschrieben wurde. In einem Fluß gibt es keinen ersten oder letzten Wassertropfen.

Der ganze Sinn, einen Weg ein weites Stück hinabzugehen, liegt darin, anderen diesen Weg abzunehmen, falls Owen und Romilly recht hatten und die Art, wie sie ihr Leben gelebt haben, und die Gründe, für die sie gestorben sind, als Richtschnur dienen können.

Als Eliot schrieb: »Man muß nicht gestorben sein, um den Tod zu beschreiben«, hat er damit meiner Ansicht nach gemeint, daß er in gewissem Sinne (weil das allgemeine Leiden, das er 1917 ringsum sah, sich für ihn im Leiden seiner Frau konzentrierte) bereits jenseits des Todes stand. Es gelang ihm, *The Waste Land* zu schreiben, indem er durch das Leiden seiner Frau selbst litt. Jedenfalls habe ich das daraus gelesen. Diese Prüfung beanspruchte seinen tiefen Glauben an einen Sinn des Daseins bis an die Grenzen – aber er überlebte, und Eliot ist noch über achtzig geworden, allem Anschein nach in Freuden.

Für meine Generation zumindest hatte er mit diesem Gedicht und mit *Prufrock* getan, was nötig war, um unsere Literatur auf den Ersten Weltkrieg und danach zu orientieren: Ich will damit sagen, er hat Autoren und Leser, die dreißig Jahre später auf die Bühne traten, daran erinnert, daß die Sprache ebenso flexibel ist wie der Mensch und ebenso fähig, jede Situation zu erfahren – auch wenn es, trotz ihrer Augenblicke profunder Schönheit, nicht allzu angenehm klingen mag. Menschen qualvoll leiden zu sehen und zu hören, ist nicht angenehm, erst recht nicht, wenn man diese Menschen liebt. Obwohl er Amerikaner war, stellte Eliot eine Wasserscheide für die englische Sprache dar, wie sie von Engländern niedergeschrieben wird, und wenn man das Originalmanuskript von *The Waste Land* liest, ist es erschütternd zu sehen, in welchem Ausmaß seine Beherrschung des Straßenjargons und die Schärfe des Dialogs von der toten Hand Ezra Pounds verfälscht und verwischt wurde. Aber was davon blieb, ist immer noch ehrfurchterweckend genug.

33

Nach Eton wurde ich nach Turret Court geschickt, in eine besondere Schule für Privatschulabbrecher, wo es alltäglich war, mit den Füßen auf der Bank 7 Card Stud zu spielen, und das einzige, was der spärlich besetzte Lehrkörper mit uns gemein hatte, war das prekäre geistige Gleichgewicht. Die besonders Reichen und Verwöhnten hatten Autos, wir anderen hatten Motorräder. Die waren absolut verboten, und wir fuhren damit zweimal in der Woche nach London, soweit es die Benzinrationen zuließen (obwohl es auf dem Schwarzmarkt leicht genug zu bekommen war).

Es dauerte nicht lange, bis wir einen neuen Mathelehrer namens Commander Pascoe bekamen, dessen Vorgänger, Mr. Fordyce, so irreparabel beschädigt war wie eine Ehe. Der Commander bildete sich ein, uns herumkommandieren zu können, und ich hatte schon bald einen Zusammenstoß mit ihm, weil ich nie in der Klasse erschien, denn wie eine ganze Reihe von uns zog ich es vor, auf meinem Zimmer zu trinken und zu arbeiten. Er versuchte erst, mir eine Standpauke zu halten, etwas, gegen das ich in Eton eine besondere Empfindlichkeit entwickelt und das ich schon immer gehaßt hatte, also unterbrach ich ihn und teilte ihm mit, nachdem ich zu meiner vollen Zufriedenheit mit Eton fertig geworden sei, hätte ich erhebliche Zweifel daran, daß Turret Court mir irgendwelche Probleme machen könnte. Wir hatten dann zu sechst eine Unterhaltung mit ihm, in der wir ihm erklärten, daß der größte Teil seiner Aufgabe darin bestehe, sich wie der Rest des Lehrkörpers unauffällig im Hintergrund zu halten, und er sich, solange er das nicht vergaß, auf ein durchaus bequemes Leben einstellen könne. Andernfalls würde er enorme Schwierigkeiten bekommen. Er antwortete uns, daß es in der Navy, aus der er gerade ausgeschieden war, ganz anders zuging, aber wir wiesen ihn darauf hin, daß er jetzt Zivilist sei, so wie wir alle, und nicht länger so tun könne, als stünde er auf der Brücke, falls er dort jemals gewesen sei. Cowan führte zudem das ausgezeichnete Argument an, daß wir diejenigen waren, die für das zweifelhafte Privileg der Anwesenheit in Turret Court bezahlten, und die Schule, wie jeder Club, ohne zahlende Mitglieder nicht existieren konnte. Der Commander nahm sich die Mitteilung zu Herzen und fing bald darauf gehorsam an zu saufen und nach Favoriten im 2:30 in Epsom Ausschau zu halten wie alle anderen auch.

Die Leitung dieses Bildungskarnevals oblag einem gewissen Mr. Gullick. Ich persönlich unterschied mich kaum von den anderen zahlenden Mitgliedern. Meine Einführung war typisch und läßt sich bestens in Form des ersten Telefongesprächs zusammenfassen, das mein Vater mit dem Chef hatte: »Hallo? Sind Sie Gullick? Ich höre, Sie führen da unten ein strenges Regiment. Ist dort noch Platz für einen weiteren hoffnungslosen Fall? Ja? Gut, ich habe hier einen, den ich Ihnen schicken werde.«

Wir waren eine kosmopolitische Bande und für 1948 wahrscheinlich reichlich ungewöhnlich. Für mich war der Star der Schule Ismail, der Sohn des ägyptischen Botschafters, dessen einziges Interesse neben Hasch und Frauen seinem Haarausfall galt. Er haßte Wasser, geisterte aber trotzdem häufig am Strand herum, wo er in seiner engen roten Badehose, einen dicken Joint und ein Perlmuttfernglas in der Hand, andächtig den Mädchen nachsah. Im Sommer kam an den Wochenenden sein italienisches Callgirl Elisabeta aus London und nahm gelegentlich Mrs. Gullicks Schlafzimmer in Beschlag, wenn diese fort war.

Das Gebäude stand direkt am Ärmelkanal, der grundsätzlich grau war und eisig und leblos wirkte, wenn die beiden Griechen

Dimitri und Ioanni nicht gerade mit den Zimmermädchen Gudrun und Sheila, einer Österreicherin und einer Irin, darin badeten. Sie nahmen einander in den flachen Wellen mit hektischer Intensität, und es war das erste Mal, daß ich irgend jemand so etwas im Meer tun sah. Ich hatte meine Jungfräulichkeit mit vierzehn verloren und zog ebenso wie Ismail ein Bett vor, aber die Griechen hatten keine derartigen Skrupel. Typisch britisch und unbeholfen, konnten wir mit ihrem Auftreten nicht mithalten, und unsere einzige Vergeltungsmöglichkeit bestand darin, ihnen bei endlosen Baseballspielen mit zwei Wild Cards und einer freien Vier oder bei Hi-Low das Geld abzunehmen.

Turret Court war ein braunes viktorianisches Gebäude. Es machte den (enttäuschenderweise falschen) Eindruck, eine ganze Horde von Geistern müsse darin umgehen, war bedeckt von abgestorbenen Wisterien und natürlich voller Türmchen. Einer davon gehörte mir, weil er einen großen Innenraum mit zwei gerundeten Erkerfenstern und einer Heizung hatte, dazu eine angenehme Aussicht. Cowan hatte es ebenfalls auf dieses Zimmer abgesehen. Er war der Älteste von uns allen und darüber hinaus ein zäher Bursche. Aber ich einigte mich mit Cowan: Ich bekam das Zimmer, und er bewältigte Xenophons für den Abschluß vorausgesetzte *Anabasis* (im dritten Anlauf) auf die leichte Art. Ich war nicht umsonst in Eton gewesen. Zumindest hatte ich dort gelernt, Geschäfte zu machen. Das Problem mit den Türmen war, daß sie nicht die echten, wuchtigen Bauten mit bemalten Balken aus dem sechzehnten Jahrhundert waren, die ich gewohnt war. Sie waren kleine viktorianische Imitate, erdacht von einem einheimischen Bauunternehmer aus Broadstairs, in der Art, wie man sie sieht, wenn man auf Londons Southern Line im Bromley-South-Victoria-Zug durch New Cross schaukelt. Sie hatten auch enge, verdächtig aussehende Fenster, die, selbst wenn die Gardinen nicht zugezogen waren, aussahen, als wollten sie die Gemeinheiten verschleiern, die Respektspersonen einander hinter geschlossenen Vorhängen antun. Die Art Gemeinheiten, die wir dem deutschen Triumphant Wolfgang antaten, wenn wir ihn drei Stockwerke tiefer auf dem von Löwenzahn überwucherten Tennisplatz besiegten.

Mein Gott, werde ich die Trostlosigkeit dieses Ortes je vergessen können? Meine Vorstellung von der Hölle war und ist jenes Stück der Thanetküste mit einem heulenden Ostwind geradewegs aus Rußland oder gleich aus der Hölle, der alles, selbst die Gedanken, mit Salz und Sand zudeckt. Nicht weit entfernt, auf der Küstenseite der Promenade, geschützt von einem dicken, aber rostigen Geländer (weil Farbe immer noch »rationiert« war), wies ein ramponiertes Schild halbwegs gerade hinaus über die endlosen, grau schäumenden Wellen auf der grauschwarzen See und verkündete auf der landeinwärts gerichteten Seite: »Dover 12 Meilen«, während der andere Arm geradewegs in die schäumende Brandung zeigte (in der einen knappen Kilometer vom Land entfernt das geborstene Wrack eines Dampfschiffs an den Ketten zerrte, 1941 von einer Bombe zerfetzt, der Rumpf so rot von Rost, daß nicht einmal die Griechen, die es an warmen Nachmittagen auf seinem Vordeck mit Sheila und Gudrun trieben, einen Namen entziffern konnten): »Paris 187 Meilen«.

Damals wünschte ich mir, ich wäre tot. Inzwischen weiß ich, daß ich damals, mit siebzehn, dem Tod tatsächlich viel näher war als heute mit neunundfünzig. Einfach weil ich gelernt habe, das Leben zu schätzen und zu genießen, während ich es mit siebzehn weder verstand noch die Belastung auf mich nehmen wollte, als die es sich zu erweisen schien, nachdem ich von einem Lektor bei der Oxford University Press, dem ich ein paar Gedichte eingereicht hatte und den mein Vater, in einer Geste an die Literatur, als Einleitung eines sinnentleerten Nachmittags in der City zum Essen einzuladen pflegte, die Antwort bekommen hatte: »Ich kann nur hoffen, daß ich, sollte sich dieses Zeug, das ich Ihnen mit Freuden zurückschicke, als repräsentativ für Ihre Generation erweisen, nicht lange genug lebe, um es lesen zu müssen.«

Ich kann mich nur an zwei der Zeilen erinnern, die ich ihm geschickt habe: »Gebt mir Spielraum für Sex, einach irgendwo / Und ein ungebrochenes Herz, bis der Sommer endet« ..., was harmlos genug klingt. Aber trotz des Meeres, des Wetters, des bei Ebbe aufklaffenden zerborstenen Schiffswracks, der schäumenden Wellen, die sich am düsteren Ufer brachen und dann grünlich nach Norden strömten und Wasseradern hinter sich herzogen wie weiße Handrücken, ging das Leben weiter – erleichtert durch mein Motorrad. Sandy Whitelaw hatte es am besten mit seinem elektrischblauen Lea-Francis-Zweisitzer, der noch nach frischem Leder duftete. Mittwochs und samstags rasten wir damit nach London und tourten entlang der Baize.

Aber den Rest der Woche war es ein Leben von unglaublicher Eintönigkeit, darauf beschränkt, mit dem Rest unserer kleinen Clique in den Ort zu wandern, um uns im Cosmos einen Widmark-B-Film anzusehen oder im Red Blind ein Vimto und einen harten kleinen Rock Cake zu genehmigen. Es war weit entfernt von der nervösen Erregung der dreißiger Jahre. Wie hatte Auden es ausgedrückt? » ... Die drohenden Formen unseres Fiebers / Sind präzise und lebendig ... Morgen für die jungen Poeten, die zerplatzen wie Bomben / Die Spaziergänge am See, die Wochen vollkommener

Gemeinschaft; / Morgen die Fahrradrennen durch die Vorstädte an Sommerabenden. / Aber heute der Kampf ...« Oder: »Sie hängen wie Zecken an den Expressen / Schaukeln durch die ungerechten Lande ...«

Und was die Musik anging, die sich 1948 ihren Weg durch meine Gedanken bahnte, während ich mit meinem dünnen weißen Rücken auf dem Sand lag, hoch in den fahlen Himmel über Margate schaute, während das Dreamland Cinema hinter mir sich anschickte, *Key Largo* mit Edward G. Robinson zu zeigen, und in der Pause langsam die Orgel wie einen beleuchteten Festkuchen aus dem Orchestergraben steigen ließ, während ein Mann im Frack mit einem großen Brandfleck oben auf dem linken Ärmel die Tasten bearbeitete, war ich zur gleichen Zeit noch das Kind von 1940 (»Boom / Why does my heart go boom? / Why does my heart go boom? / Because I love you ... darling ... darling ... boom ...«) und der Heranwachsende von 1945, zeitlich dem Kind noch so nahe und doch, das spürte ich vage, weit entfernt: »Kiss me once / And kiss me twice / And kiss me once again / It's been a long, long time / Havn't felt like this, my dear / since heaven alone knows when / It's been a long, long time ...« (Eliot: »Auf Margates Sand / Verbinde ich / Nichts mit nichts / Die zerschundenen Fingernägel einer schmutzigen Hand ...«)

Wenn ich heute zurückblicke, sehe ich, wie wir nach dem Krieg mit dem Tod gelebt haben, während wir gleichzeitig zum Leben erwachten, gerade erst flügge werdende Erwachsene, wie anders kann man einen Heranwachsenden beschreiben, noch gleichzeitig zu kräftig und zu schwach, behende, aber viel zu bereitwillig, in jede Hand zu schwimmen und hilflos schlagend in ihr zu liegen, blau in der Sonne.

Das war der Moment, in dem ich erwachsen wurde, denn plötzlich machte ich Bekanntschaft mit Sartre. Sartre war und ist für mich die Kurzgeschichtensammlung mit dem Titel einer der enthaltenen Geschichten: *Le Mur*. Ein siebzehnjähriges Mädchen (»Deine kleine Freundin ist ziemlich flatterhaft, Darling«, meinte meine Mutter. »Bitte lade sie *nicht* zum Essen ein.«), an dessen Namen ich mich vergeblich zu erinnern versuche (obwohl sie schlank und dunkel war und äußerst interessante Augen hatte, aus denen schon ein elektrisierender Blick genügte, mich in eine eisige Norfolk-Sandbank versinken zu lassen), hat sie mir 1946, als ich fünfzehn war, am Hunstanton Beach in einer englischen Übersetzung geliehen (die Sammlung hatte den Titel *Intimacy*). Sie wollte Schauspielerin werden und zeigte sich erstaunt und belustigt (was weit schlimmer war), als sie herausfand, daß ich noch nie etwas von Sartre gehört hatte. Ich war so verschossen in X, daß ich auf der Stelle zurück in mein Zimmer im Legrange Arms rannte – dem Himmel sei Dank ein Zimmer, das nicht im entferntesten an das Haus meiner Eltern, Tanten und Vettern erinnerte – und mich in das Buch vertiefte, um mich mit ihr darüber unterhalten zu können, wenn wir uns am nächsten Tag am gewohnten Platz auf der Düne trafen.

Kaum fing ich an, *Le Mur* zu lesen, als ich mich kerzengerade aufsetzte. Bis dahin hatte ich nicht geahnt, daß es möglich war, so zu schreiben. Es traf mich wie ein Blitzschlag, und plötzlich sah ich meine Zukunft vor mir.

Die Erweckung der Toten ereignete sich als das Ergebnis eines Zufalls. Ich hatte es keineswegs geplant. Ich langweilte mich. Im Dreamland lief noch *The Big Clock*, aber den kannte ich schon, und *October Man* im Cosmos lief erst am folgenden Donnerstag an. Ich war es satt, mit unserer kleinen Clique herumzuhängen, also entschloß ich mich, Paul zu besuchen.

Ich sollte wohl besser ein paar Dinge über Westgate-on-Sea im Jahre 1948 erklären. Eine Menge Treibgut und Strandgut – in der Hauptsache das Eigentum Ausgebombter –, Bücher, Bilder, Möbel, Zeug, das heutzutage Tausende Pfund wert wäre, das aber damals keiner geschenkt haben wollte, endete in den Händen jedes Interessierten, der bereit war, den Preis für das Schwarzmarktbenzin lokkerzumachen, das nötig war, um über Land zu fahren, es einzusammeln und dem Eigentümer ein paar Schilling dafür anzubieten, daß man es ihm abnahm. Keine drei Jahre nach Kriegsende hatten die wenigsten Leute Geld, oder vielleicht erinnerten die Sachen sie auch an jemanden, der gestorben war, oder die Leute hatten nach allem, was sie durchgemacht hatten, einfach das ganze Leben satt. Jedenfalls richteten sich reichlich wenig vertrauenswürdige Gestalten als Händler ein und stapelten in ihren Räumen alles, was ihr Interesse erweckte, wenn sie die dunklen, ungeheizten Wohnungen abklapperten. Da fand sich, was sich an beschädigter Ware nur vorstellen läßt: zerbeulte alte Silberwaren, Rockingham- oder Wedgewood-Eßservices, bei denen die Suppenterrine und drei Teller fehlten, schimmlige alte Etuis mit Inhalten wie einem Bronzemedaillon vom Bürgermeister von Totnes für ein aus dem Amt scheidendes Gemeinderatsmitglied, Bilder, Leinwände, manchmal Hunderte, vor allem Porträts und Landschaften – Millais- und Winterhalter-Reproduktionen im gleichen Stapel wie ein echter Picasso, ein mittelmäßiger Lely, ein wahrscheinlicher Greuze Rücken an Rücken mit einem gefälschten Watteau. Wenn der Händler mit dem örtlichen Werkstattbesitzer unter einer Decke steckte (was meistens der Fall war, um an gefälschte oder gestohlene Benzincoupons zu kommen), standen vor der Tür noch drei oder vier erstklassige, wenn auch etwas heruntergekommen aussehende 1920er und 1930er Rolls oder Bentleys und ein Zagato Alfa oder Aston. Bei Preisen von zwölf Pfund zehn für eine neue Schweizer Armbanduhr aus rostfreiem Stahl kam nicht einmal der arroganteste Preistreiber auf die Idee, für irgend etwas in seinem Sortiment mehr als einen Hunderter zu verlangen, und selbst zu diesem Preis gab es kaum Käufer, denn wie ich bereits sagte, waren fast alle pleite. Aber eben nur fast alle. Und in dieser Zeit, im Fahrwasser der gerade überstandenen Katastrophe, wurden zahlreiche dauerhafte Vermögen begründet.

Dann waren da noch die Bücher, Tausende von Büchern. Das ist der Punkt, an dem ich ins Spiel kam. Das einzige echte Hobby, das ich als Jugendlicher hatte, war das Sammeln von Büchern, seltenen Büchern, denn der Kauf eines Buches, von dem, wenn überhaupt, nur noch sehr wenige Exemplare existieren, hat etwas Schöpferisches, ist eine Zusammenkunft von Wille, Zufall und blindem Verlangen. Ich zahlte mein Lehrgeld mit dem Sammeln von Taschenbibeln und anderen ungewöhnlichen, aber für mich erschwinglichen Büchern. Später verlagerte ich meine Anstrengungen in Erst- oder Raubausgaben englischer Poeten des sechzehnten und siebzehnten Jahrhunderts, Schilderungen historischer Ereignisse (wie dem anonymen, aber originalen Augenzeugenbericht eines Engländers von der Hinrichtung Damiens 1757 in Paris, den Mr. Pratley mir besorgte), heimlich gedruckten katholischen Gebetbüchern aus der Zeit, als England gerade offiziell protestantisch geworden war, und Berichten über Gerichtsverfahren jener Zeit. Worauf ich es, wie wohl die meisten Sammler, wirklich abgesehen hatte, waren Frühdrucke, aber die konnte ich mir in den seltensten Fällen leisten.

Paul war ein polnischer Händler. An seinen Nachnamen erinnere ich mich nicht mehr. Er hatte eine große, dunkle Erdgeschoßwohnung in einem von verfallener Vorkriegseleganz geprägten Stadtviertel, nicht weit von Turrent Court und dem Red Blind, das als unser Hauptquartier fungierte, weil wir uns die Pubs nicht leisten konnten, wenn wir nicht gerade ein paar Schilling beim Rennen gewonnen hatten. Er gehörte zu den Leuten, deren Paß ebenso interessant ist wie das, was sie sagen – will heißen, hochinteressant, wenn man sich darauf spezialisiert hat. Er hatte dunkle Haare und ein weißes Gesicht, war wuchtig gebaut, Bart, um die Vierzig, und obwohl er ein Harristweedjackett trug, um wenigstens entfernt britisch zu wirken, hatte er die Aura des Dilettanten: gleichzeitig unterwürfig und selbstsicher, herablassend und neidisch, wie alle wirklich guten Verkäufer.

Ich besuchte ihn häufig, manchmal allein, aber nicht immer, in der Regel nach dem Unterricht bei Miss Weber, meiner aus Österreich geflüchteten Geschichtslehrerin, die mir alles beibrachte, was ich über den Wiener Kongreß wissen mußte. Paul war immer zu Hause, wenn er nicht gerade aus war. Es spielte keine Rolle, wann man vorbeikam, solange es einem nichts ausmachte, möglicherweise vor verriegelter Tür und dunklen Fenstern zu stehen. Mir war das egal. Ich hatte den Eindruck, daß Paul mich mochte. Bei meinen paar Schillingen kann es für ihn kaum eine profitable Geschäftsbeziehung gewesen sein. Andererseits wußte ich ebensogut wie er, daß er Interesse an den Reichen hatte, und natürlich befriedigte ich dieses Interesse. Im Gegenzug erhielt ich jederzeit freien Zugang zu seiner Schatzhöhle und das Recht auf ein symbolisches Gläschen zyprischen Sherry mit meinen Kumpanen, den wir auf dem schimmelnden Teppich seines Wohnzimmers tranken, in dessen Schatten stets wechselnde Waren aufgehäuft waren, die wir, wenn sie niedrig und bequem genug waren, als Sitzmöbel benutzten.

Der Tag, um den es hier geht, unterschied sich in nichts von allen anderen, bis auf die Tatsache, daß ich in einer besonders bevorzugten Position war, weil ich eine Anzahlung von zwei Pfund für ein Bild geleistet hatte, von dem ich, trotz des guten Rahmens, sehr wohl wußte, daß es kein Giotto war. Aber ich konnte den Kaufpreis von zehn Pfund in einen Gewinn von fünfzehn Pfund verwandeln, indem ich den Rahmen verkaufte, und damit eine Kopie der zweiten Ausgabe aus dem Jahre 1587 von Campions *Third Book of Ayres* erstehen, das ich in Mr. Pratleys Pantiles-Buchladen in Tunbridge Wells gesehen hatte.

Ich klingelte spät an einem heißen Nachmittag an seiner Tür, und Paul öffnete. Die Wohnung sah aus wie immer. Nein, diese Wohnung sah jedesmal anders aus. Heute stand in der Mitte des Salons ein schöner Mahagonitisch, auf dessen einer Seite zwei, drei verbeulte Leinwände lagen und ein Stapel Bücher auf der anderen. Das oberste Buch erregte auf der Stelle meine Aufmerksamkeit. Es war hübsch in hellrotem Kalbsleder gebunden, Anfang achtzehntes Jahrhundert, eigentlich etwas zu spät für mich, hätte es keine Messingbeschläge und ein Schloß gehabt. Paul bemerkte, wie ich über mein Sherryglas zu dem Buch hinübersah, und fragte, ob ich interessiert sei. Ja, bin ich, antwortete ich ihm. Gab es einen Schlüssel dazu? Ja, erwiderte er, und ich habe ihn, aber es ist nicht abgeschlossen. Es muß ein Manuskript sein, meinte ich, und er antwortete, ich denke schon, ja, ist es. Wer immer es so eingebunden hat, muß wohlhabend gewesen sein, stellte ich fest. Sieh dir diesen Einband an, es ist wunderschön, kann ich es mir mal ansehen? Aber natürlich, erklärte Paul, laß mich dir nachschenken.

Meine Begleiter versammelten sich um mich herum, aber nicht zu eng, während ich in den Lichtkegel der einzigen orange verkleideten Lampe trat, das Buch aufnahm und das Schloß öffnete. Es war ein Oktavband, ein Manuskript. Im Innern fand ich als Titelseite den schönsten, zartesten und regelmäßigsten Kupferstich, den ich je gesehen hatte. Er war so präzise wie der eines Geldscheins, aber zugleich luftiger und ausgemeißelter. Die Titelzeile lautete: JOURNAL. Darunter stand: von Alphaeus. Ich brauchte nur ein paar Seiten zu lesen, um zu wissen, daß dieses Tagebuch, dessen erster Eintrag aus dem Jahr 1805 stammte, von einem Mann stammen mußte, der mächtig genug war, seine privaten Gedanken niederzuschreiben, ohne den geringsten Hinweis auf seine Identität zu geben, in dem er das Leben mit seiner Familie auf dem Lande mit einer solchen Intensität beschrieb, daß selbst seine beiläufigste Freude daran seine Verantwortung widerspiegelte. Wer auch immer Alphaeus war, er war einer jener seltenen Menschen, die in der Lage waren, privates Leid auszudrücken, ohne nur einen Millimeter von der Einfachheit des Ausdrucks abzuweichen. Die Vertrautheit, mit der er die Konversation am Eßtisch untersuchte, bestätigte die Tiefen seines Innern, die ihm diese Analyse ermöglichten und die er vor anderen verborgen hielt. Und so aß, trank, gärtnerte, reiste, arbeitete und liebte der Ästhet und erklärte diese seine Existenz mit nicht mehr als der Art, wie er bei Tisch ein Weinglas drehte oder den Anblick seiner Frau und ältesten Tochter interpretierte, wenn sie am Abend mit Rosen aus dem Garten kamen. Kann ich es zwei Tage auf Probe haben? fragte ich Paul. Natürlich, antwortete er. Er ließ mich ständig Sachen auf Probe mitnehmen. Er kannte mich gut genug. Ich ließ das Schloß einschnappen, wickelte das Buch in braunes Packpapier, das Paul mir reichte, und nahm es unter den Arm. Ich war davon so benommen, daß ich ihm mechanisch einen guten Abend wünschte, den anderen winkte, die am elektrischen Heizofen unter dem falschen Marmorkamin standen, und irgendwie in ihrer Begleitung hinaus auf die Straße kam. Es wurde dunkel. Schwarze Wolken türmten sich zu einem Gewitter zusammen, die See war bleiern, und wir schwitzten. Über dem Wasser zuckten Blitze, und die ersten schweren Regentropfen fielen. Ich war besorgt, das Buch könnte naß werden, und bellte die anderen an, sich zu beeilen.

Wir verspäteten uns zum Essen in Turret Court, aber das war mir gleichgültig. Es war Mode, zu spät zum Abendessen zu erscheinen, wie ich Mrs. Gullick erklärte, die links von mir saß. Als sie fragte, ob alles, was Mode war, auf schlechtem Benehmen beruhe, erwiderte ich, daß sie damit wahrscheinlich recht hätte. Sie erklärte mir, ich sei ein wirklich furchtbarer Mensch, und ich stimmte ihr trübsinnig und aus ganzem Herzen zu. Ich konnte ihr das kaum sagen, sicher nicht bei Tisch, aber ihr Gatte hatte mir wörtlich erklärt, ich sei ein Scheißer. »Das einzige, was Eton produziert, sind Gute Kameraden und Scheißer«, hatte er mich angebrüllt. »Und Sie sind ein Scheißer!« Aber das lag daran, daß er mich wegen eines schwachen Aorists in einer Arbeit über griechische Grammatik korrigiert, und sich, nachdem ich widersprach und das Lexikon zu Hilfe nahm, meine Auslegung als richtig erwiesen hatte.

Außerdem interessierte mich sowieso nur das Buch. Beim Essen brodelten meine Gedanken, während um uns herum im Freien der Donner grollte und rumpelte, und ich verglich mein ungehobeltes und unaussprechliches Wesen mit der Leichtigkeit und polierten Zivilisiertheit des Alphaeus: seiner ruhigen Brillanz, seiner unfehlbaren Fähigkeit, die Wahrheit festzustellen, ohne aufdringlich zu werden.

Daher stand ich im riesigen viktorianischen Eßzimmer schon auf den Beinen und bedeutete den anderen, mir zu folgen, noch bevor das lauwarme Stew und die Kartoffeln abgetragen waren. Draußen im Flur sagte ich: Ich habe eine Idee. Ich weiß, was wir tun sollten. Was ist los mit dir, fragte Cowan, macht das das Wetter? Seit er dieses Buch gefunden hat, stimmt was nicht mit ihm, meinte Lewis. Ich erklärte: Ich habe etwas Whisky in meinem Zimmer. Schon überredet, sagte Leger. Was machen wir, eine Partie Seven-Card? Ich bin pleite. Nein, erklärte ich, wir werden die Toten erwekken. Cowan meinte, das sei mal eine Abwechslung zu Poker, und daß er Lewis sowieso schon neun Pfund schuldig sei. Kommt schon, drängte ich, nach oben. Bist du dabei, Little? Aber Little war immer dabei, genau wie Rothwell, dessen Vater Fayreways gehörte, das Golferparadieshotel auf den Klippen, das ständig leerstand, weil es sich niemand leisten konnte. Rothwell mußte sich die Vorhaltungen seines Dads über die fehlenden Einnahmen anhören, weil Turret Court seinen Vater Geld kostete, das dieser nicht hatte, und weil er von irgendeiner Privatschule geflogen war, weil er etwas völlig Normales getan hatte, das man zu einer Obszönität aufgebauscht hatte, weil es Rothwell war – jedenfalls war er Ausschuß, durfte keine Schulkrawatte tragen und kam damit als zukünftiger Manager für Fayreways nicht mehr in Frage. Schließlich wurde er nach Sandhurst geprügelt, wo er genau so lange durchhielt, wie die Schule brauchte, um ihn hochschultauglich zu machen. Aber in jener seltsamen Nacht schaffte er als erster die Treppe zu meinem Zimmer hinauf, um an den Whisky zu kommen.

Wir zogen uns also auf mein Zimmer zurück, das große Zimmer mit den Erkerfenstern, die hinaus auf das blickten, was ein Garten und Tennisplatz hätte sein können, wären sie jemals so gepflegt worden, wie Cowan es wollte. In der Mitte stand ein großer Tisch. Ich räumte ihn frei, holte den Whisky raus und sagte: »Setzen wir uns alle um den Tisch. Little, hol die Gläser und Tassen.« Ich schüttete jedem ein wenig ein. Das reicht für den Anfang, meinte ich, ich will nicht, daß wir alle besoffen sind, jedenfalls noch nicht. Was, zum Teufel, ist los mit dir? fragte Cowan. Es war schwer zu erklären, also legte ich das Buch mitten auf den Tisch und erklärte, ich will Alphaeus erwecken. Es dauerte eine Minute, bis sie verstanden, worauf ich hinauswollte. Lewis erklärte, das höre sich reichlich langweilig an und würde sowieso nicht funktionieren. Leger meinte, er würde lieber Poker spielen, und Little sagte gar nichts. Aber Cowan, der in Turret Court den Ton angab, fragte: Wie wollen wir das machen? Ich bin dabei, es klingt interessant. Ich sagte, die Vorhänge sind offen. Gut. Ich will kein Licht anmachen. Selbst wenn er kommt, werden wir Alphaeus nicht sehen können, stellte Rothwell fest, nicht ohne Licht. Du wirst ihn sehen, erwiderte ich, wenn er tatsächlich kommt. Ich glaube, das gefällt mir doch nicht, sagte Little, und Cowan meinte, bleib einfach ruhig sitzen und überlaß es den Leuten, denen es gefällt, Tony. Dann sagte er zu mir, in Ordnung, was nun? Ich hatte so etwas noch nie gemacht, nur meine Mutter darüber reden hören, aber ich hatte eine ganz gute Vorstellung davon, was nötig war. Wir setzen uns um diesen Tisch, erklärte ich, und jeder nimmt die Hand seines Nebenmanns und legt die andere Hand auf das Buch. Dann sagt niemand ein Wort, und wir konzentrieren uns fest auf Alphaeus, bis er erscheint. Wenn das passiert, bewegt sich niemand und spricht auch nicht, ist das absolut klar? Wie lange müssen wir hier im Dunkeln sitzen und das abziehen? fragte Lewis. Bis ich euch sage, daß ihr aufhören könnt, antwortete ich. Etwas in meiner Stimme und meinem Auftreten muß Wirkung gezeigt haben, denn sie erklärten sich alle einverstanden. Ich schaltete das Licht aus, und wir nahmen unsere Plätze ein. Beinahe augenblicklich fühlte ich, wie ich stürzte, fiel. Helle Lichtpunkte stiegen um mich herum nach oben, während mein Geist durch die Dunkelheit fiel. Ein lautes Klingeln gellte in meinen Ohren. Dahinter konnte ich Little unmittelbar links von mir schwer atmen hören. Ich hatte meinen Körper nicht verlassen. Ich konnte zum Beispiel, ohne die Augen zu öffnen, die feste Gestalt meiner beiden Nachbarn auf meiner Seite des Tisches spüren und vor mir sehen, die drei anderen mir gegenüber, den glatten, flachen Einband des Buches und unsere Hände, die darauf lagen. Ich spürte die anfängliche Langeweile der anderen verblassen, als wir alle in einen eigentümlichen Zustand verfielen. Ich hörte den exakten Ton eines leisen Donnerschlags und hatte das Gefühl, jeder sich wiegende Zweig zu sein und zugleich der Wind, der sie schaukelte. Plötzlich atmete jemand mir gegenüber und links von mir so tief ein, daß es ein Seufzer war. Es war ausgerechnet Leger, und mit einer undeutlichen Stimme, die aus seinem Mund kam, ohne daß ich sie als seine erkannte, sagte er: Er ist hier.

Ich hob langsam den Blick. Die vier von uns auf meiner Seite des Tisches, die ihn sehen konnten, schauten hoch. Cowan und Lewis, die mir nebeneinander gegenübersaßen, konnten ihn nicht sehen, weil die Erscheinung hinter und ein wenig über ihnen aufgetaucht war. Der Kopf befand sich in der Höhe eines aufrecht stehenden Mannes. Aber Alphaeus stand nicht. Er war eine weiße, leuchtende Büste, die am Brustbein endete. Das Gesicht war ernst und alterslos, genau wie ich es mir vorgestellt hatte, die Lippen zu einem angedeuteten Lächeln geöffnet. Cowan und Lewis stand der Mund offen. Später erzählten sie, daß sie die Präsenz hinter sich spüren konnten, als hätte dort ein realer Mensch gestanden. Dann bewegte sich die Erscheinung langsam, immer hinter dem Rücken der am Tisch Sitzenden, von mir aus gesehen in einer geraden Linie nach links. Das eisig weiße Licht, aus dem sie bestand, zeichnete jede Einzelheit des Gesichts mit absoluter Genauigkeit ab – die dunklen Höhlen unter den bewegten, ausdrucksstarken Augen, die Linie zwischen den nicht ganz geschlossenen Lippen – ohne das Zimmer oder irgend etwas in dessen Innerem zu erhellen.

Little kreischte auf, riß die Hand vom Journal, als die Gestalt sich ihm näherte, und sie verschwand. Leger stöhnte auf, und ich brüllte Little an: »Du Idiot!« Gleichzeitig ließ ein Blitz das ganze Zimmer taghell aufleuchten, und ein ohrenbetäubender Donnerschlag krachte. Das Haus erbebte unter dem Schlag bis ins Fundament. Im Innern des Zimmers herrschte reines Chaos. Wir alle sprangen auf und warfen die Stühle um. Little preßte sich weinend in eine Ecke. Wir versuchten es abwechselnd mit Trost und Beleidigungen, aber er war nicht zu beruhigen.

Von der Tür, die ich verriegelt hatte, drang wiederholtes Hämmern herein, und jemand rüttelte an der Klinke. Plötzlich wurde mir klar, daß das schon einige Zeit so ging. Es war unser Schulleiter, der mit seiner heiseren alten Stimme brüllte: »Was, zum Teufel, treiben Sie da drinnen? Sind Sie das schon wieder, Cook?« »Verschwinden Sie!« schrie ich gegen das Gewitter an. »Was auch immer in diesem Zimmer geschieht, geht Sie nichts an!« »Ich will Sie morgen früh in meinem Büro sehen!« »Ich komme gleich jetzt«, antwortete ich. »Und zwar mit gepackten Koffern.«

Die Stimme entfernte sich auf schlurfenden Filzsohlen. Das Gewitter legte sich. Ich schaltete das Licht an und schloß eines der Fenster, das vom Wind aufgestoßen worden war. Mit Unterstützung des Whiskys fingen wir uns allmählich wieder. Außer Leger, der in Trance gewesen war, gaben wir alle zu, Alphaeus gesehen zu haben – als hätte daran irgendein Zweifel bestanden. Die Verachtung für Little wurde von Mitgefühl gemildert. Er war immer noch kreidebleich und zitterte, als einziger von uns. Außer mir hatte bis dahin keiner von uns an die Existenz des Unsichtbaren geglaubt, aber wir alle akzeptierten die Beweise, die unsere fünf Sinne uns geliefert hatten.

Wir betranken uns. Etwa gegen halb sechs an jenem Morgen trennten wir uns und gingen zu Bett, nachdem wir bis dahin über Alphaeus diskutiert hatten.

34

Le Bourg, 27. Juli 1990. Ich liege hier alleine in Puech und fühle mehr Angst als Trotz. Ich werde älter und ängstlicher. Es kommt eine Zeit, in der es mir schwerer fällt, an das Unsichtbare zu glauben. Ich fühle mich belagert von Zweifeln, Sorgen und Pech, und ich habe den Eindruck, das alles verdient zu haben. Meine Arbeit, meine Ehe, nichts funktioniert. Der Preis, den ich für die Einsamkeit zahle, die ich für meine Arbeit brauche, nämlich ein Mann zu sein, mit dem man nicht zusammenleben kann, wird eine immer schwerere Last. Völlig zu recht haben mich alle beim Wort genommen: »Du mußt allein sein? Na schön, dann bleib doch allein!« Ich bereite mich innerlich so realistisch ich kann auf ein einsames Alter vor. Aber ich will nicht senil werden und in einem allmählich zerfallenden Körper ein immer zerstreuteres Leben führen.

Statt diese Gedanken weiterzuführen, stehe ich auf, ziehe mich an und gehe nach unten, um zu arbeiten. Ich mache mir Tee und lege den letzten Satz von Sibelius' zweiter Symphonie auf. Draußen bläst ein moderater Wind aus Nordwest. Er heult mit tiefem Klang um die Hausecke: *Aa, aa.*

Gestern, am 26., war ich auf Jean-Pauls Begräbnis in Sacre Coeur in Millau. Es war drückend heiß in der Stadt, die natürlich voller holländischer Touristen war. In der Ferne rumpelte der Donner, aber als ich kam, trieben noch immer zwei, drei Deltas über den Bergen wie zusammengefaltete Sonnenschirme. Aber die Hitze war nicht der Grund, der es mir unmöglich machte, an beiden Teilen der Begräbniszeremonie teilzunehmen, ebensowenig die Tatsache, daß die Ansprache des Priesters, distanziert, elegant und präzise wie sie war, absolut nicht dem entsprach, was J-P sich gewünscht haben würde. Für mich war der entscheidende Punkt, daß er nicht mehr da war, um irgend etwas zu wünschen oder nicht zu wünschen. Da war nur noch ein großer Kasten, den vier Männer in Anzügen – einer davon der örtliche Fensterputzer und einer der ersten Einwohner Millaus, die ich kennengelernt hatte – getragen und auf einen Katafalk hinter einer gut einen halben Meter großen Kerze mit einem Kreuz darauf gehoben hatten. Die Kirche wirkte kalt und leer, alles war so falsch, daß ich einfach hinaus auf den furchtbaren neuen kleinen Marktplatz gegenüber der Küche des Hotels International gehen und eine rauchen mußte. Während ich da stand, dic Baskenmütze in einer Hand, die Zigarette in der anderen, kam eine Frau, die ich nicht kannte, mit ihrem Baby vorbei, die nicht wußte, daß ich zum Begräbnis eines Freundes gekommen war, und erzählte mir mit einer ungeheuer süßen Stimme, wie sehr Suarez sie beeindruckt hatte, bevor sie den Kinderwagen weiterschob. Ich verging vor Durst, so mörderisch heiß war es, und genehmigte mir ein Bier vor dem Wettbüro an der Ecke, damit ich zwischendurch nachsehen konnte, ob der Sarg schon aus der Kirche gekommen war. In der Zwischenzeit hörte ich den Leuten zu, die sich unterhielten wie an einem ganz normalen Tag, der es zumindest für mich ganz und gar nicht war.

Ich war erst neun Tage wieder in Le Bourg, seit Agnès und ich aus Spanien zurück waren. Am zweiten Abend, dem zwanzigsten, wollte ich gerade das Essen machen, bevor ich mich zum Arbeiten zurückzog, als es an der Tür klopfte. Es war Christophe, der J-P ebenso gut kennt (kannte) wie ich und mich durch Pailhas spazieren sehen hatte. Mit das erste, wonach ich ihn fragte, war J-P. Christophe sagte, es gehe ihm gut und er habe eine neue Stellung bei einer Elektronikfirma in Rodez. Ich war erleichtert, denn voriges Jahr, kurz bevor Agnès und ich heirateten, war es J-P sehr schlecht gegangen. Er hatte mir erzählt, er sei in einem seltsamen Zustand, den er nicht kontrollieren konnte, etwa so, wie wenn ein Flugzeug aus keinem ersichtlichen Grund bockt und man den Boden immer näher kommen sieht, aber nichts dagegen tun kann. Dann, vorgestern nacht, also am 25., ich hatte gerade die Acht-Uhr-Nachrichten gesehen und war hinaus auf den Balkon gegangen, um etwas frische Luft zu schnappen und die Touristen zu beobachten, klingelte das Telephon. Es war Christophe. Er sagte: »J-P ist tot.« Ich konnte es nicht fassen. »Was?« fragte ich. »In Rodez?« »Nein«, antwortete er. »Hier in Millau.« »Ich komme besser gleich rüber«, sagte ich und machte mich auf den Weg hinunter an seine Arbeitsstelle im Les Artys, gegenüber der Disco Aventure. Er leitet den Sommer über das Hotelrestaurant, voll mit Leuten, die ihr Französisch erproben, und ihren Kindern, die nach Hunden treten oder Schnecken zerquetschen. Zum Glück war es inzwischen dunkel, halb zwölf nachts, und wir hatten die Bar für uns. Christophe meinte: »Was du jetzt brauchst, ist ein großer Scotch« und schenkte uns beiden einen Glenfiddich ein. »Das Begräbnis ist morgen früh um elf.« Ich sagte: »Wie, morgen früh? Er ist doch gerade erst gestorben.« »Nein«, antwortete er. »Seit wann ist er denn schon tot?« Er erwiderte: »Sie sind sich nicht sicher, aber wahrscheinlich seit vierzehn Tagen.« »Wo war er?« »Im Haus seiner Mutter auf der Rodez-Straße, auf dem Weg zum Supermarkt rauf.« »Hat er sich umgebracht?« »Weiß ich noch nicht«, sagte er. »Vielleicht finden wir es morgen beim Begräbnis heraus. Aber ich denke schon.« »Ich auch«, sagte ich.

Von draußen klatschten Nachtfalter an die elegante Glasfassade der Bar, während wir, für einen Augenblick unfähig, etwas zu sagen, ins Whiskyglas starrten. Christophe zeigte mir ein paar leere Gestalten mit Kapuzen, die er im letzten Winter in Marokko aus Schafsleder gemacht hatte, während seine Frau Brigitte verschwand, um Hélène anzurufen, die mehr als irgend jemand sonst ein Wendepunkt in J-Ps Leben gewesen war.

»Ich scheine dir immer nur schlechte Nachrichten zu überbringen«, bemerkte Christophe irgendwann, weil er mir auch als erster von einem anderen Todesfall erzählt hatte, Krabe, die scheinbar vor Freude ohnmächtig geworden war, während sie mit ihrem Mann in ihrem eigenen Hotel in La Muse tanzte, aber in Wahrheit in seinen Armen gestorben war. (Owen: »Oh, was treibt alberne Sonnenstrahlen / Den Schlaf der Erde je zu stören?«)

»Du kannst nichts dafür«, antwortete ich.

Am nächsten Morgen schaute ich, während ich mich für das Begräbnis fertigmachte, aus dem Fenster des Zimmers, in dem ich arbeite, zu den Gesichtern in den Bäumen hoch, die in der kurzlebigen Brise schwankten, die auf der anderen Seite des Baches über den gegenüberliegenden Berghang wehte. Zu den weisen Gesichtern, die einander zunicken oder sich halb voneinander abkehren und deren Aura der Weisheit sich je nach Jahreszeit verändert, ansteigt oder abnimmt. Ich holte das Exemplar von *The Red Badge of Courage* heraus, in das J-P mir eine Widmung geschrieben hatte, und suchte nach dem Gesicht Gottes auf der Wand links vom Fenster, das sich leicht mit dem eines Armeemajors mit gestutztem Schnauzbart verwechseln läßt, und dann nach dem Gesicht des Bösen in den Putzresten auf der rechten Seite desselben Fensters, dem vollkommen korrupten Gesicht eines lachenden, halb schwachsinnigen Richters aus dem siebzehnten Jahrhundert – aber irgendwie sahen die Gesichter anders aus als am Tag vorher, obwohl sich nichts geändert hatte.

Nach der Zeremonie versuchten Hélène, Jean-Jacques und ich in drei Autos dem Leichenwagen zur Beisetzung hinaus aufs Land nach Paulhe zu folgen, mit mir an der Spitze, aber in meiner Trauer bog ich zweimal falsch ab. Trotzdem kamen wir schließlich nach Paulhe und erfuhren, daß unter J-Ps Gewicht der Hebemechanismus zerbrochen war, als man den Sarg ins Grab gesenkt hatte. Später beim Essen im Les Artys meinte Jean-Jacques: »Mein Gott, wenn man sich vorstellt, daß ein Mann nicht einmal mehr anständig zurück unter die Erde kommen kann, die ihn geboren hat.« Paulhe ist ein winziges Dorf. Ich bezweifle, daß es mehr als hundert Einwohner hat, und der Friedhof liegt außerhalb des Ortes, etwa auf halbem Weg nach Carbassas, wo Rose und die Kinder einmal Kirschen für die Martins gepflückt haben – es scheint erst gestern gewesen sein, aber es muß tatsächlich vierzehn oder fünfzehn Jahre her sein –, mitten zwischen den Feldern und Kirschhainen. Man schmeckt den Staub, die Erde, das Stroh und die harten Felsen im

Wind. J-Ps Familie kam gerade aus dem Friedhof, als wir eintrafen. Der Anblick seiner beiden Töchter, sie müssen inzwischen etwa siebzehn und vierzehn sein, schätze ich, ließ mich erstarren, denn sie sind sein Ebenbild, besonders die jüngere. Der Schmerz hatte ihre Gesichter so alt werden lassen wie seines, und in diesem Augenblick sahen sie für mich wirklich genauso aus wie er. Sie waren in Begleitung von J-Ps Mutter und der eigenen, J-Ps Ex-Frau, und standen da wie Statuen, die Gesichter über ihren adretten blauen Schuluniformen von Trauer überzogen, reglos an deren Schultern gelehnt. Der Schock war zu groß, als daß sie anständig hätten weinen können, was ihnen gutgetan hätte. Die Tränen kullerten nur kraftlos herab. Jean-Jacques, ein guter Freund J-Ps, den ich trotzdem kaum kenne, sprach mit Monique, J-Ps Compagne (der einzigen Person, die wirklich heulte), auf eine Art, die mir außerordentlich vernünftig erschien. Er rieb ihr J-Ps Tod nicht noch unter die Nase, wie das in solchen Momenten üblich ist, sondern konzentrierte sich darauf, ihre Moral zu heben, ohne im mindesten brüsk oder dumm zu sein. Er, der von uns vieren am knappsten davongekommen war (eine außerordentliche Geschichte), war der einzige, der beim Essen seinen Teller leerte. Wir anderen aßen kaum etwas, sondern tranken nur auf J-Ps Angedenken, und ich weiß, daß er es so gewollt hätte, denn er hatte uns drei mit einem guten Tavel '86 überhaupt erst zusammengebracht. Wir aßen auf der Terrasse hinter dem Hotel, abseits der Pferdekoppel. Es donnerte leise auf der Causse, und der Himmel wurde grau. Ein Regentropfen fiel auf meinen halbvollen Teller.

Am Friedhof geschah etwas höchst Unangenehmes, auch wenn ich nicht explodierte, weil ich mich dafür einfach innerlich zu leer fühlte. Einer der ersten Menschen, die J-Ps Leichnam gefunden hatten, war draußen auf dem Weg mit uns anderen, bei den parkenden Wagen, eine Frau. Sie rannte herüber, als sie mich sah, den Rand ihres schwarzen Rocks zwischen Daumen und Zeigefinger, und erklärte in lautem Murmelton: »Seine Leiche war so schwarz wie dieser Rock hier!«

»Ich will nur wissen, wo er war, als man ihn fand«, sagte ich. »Auf dem Boden? In einem Lehnstuhl? In eine Ecke gekauert? Wo?«

»Nein, er lag im Bett. Es war alles vorbereitet.«

»Wie sah er aus?« fragte ich. »Ich meine, der Ausdruck auf seinem Gesicht, war er friedlich, sah er friedlich aus oder wie?«

»Das war nicht zu erkennen, es war alles pechschwarz. Zerlaufen. Und die Fliegen! Fünfzehn Tage soll er da gelegen haben! Und der Gestank, bei dieser Hitze. Tu parles! Es war der Gestank, der schließlich die Nachbarn alarmiert hat. Da haben Sie alle Bestandteile für einen erstklassigen Thriller, Monsieur Cook. Rufen Sie mich an. Ich leite das Altersheim, in dem seine Mutter ist. Ich kann Ihnen alle Einzelheiten geben.«

Ich sagte: »Madame, bitte reden Sie nicht weiter. Er war mein Freund.«

»Sie könnten etwas Außergewöhnliches darüber schreiben!«

Am Nachmittag habe ich mich betrunken. Ich zog durch alle Kneipen von Millau, trank etwa zwanzig Bier. Aber es war nicht wirklich der Alkohol, den ich suchte, es waren die Leute. Ich wollte mit Leuten reden, sie reden hören, sie sich bewegen und leben sehen, angesprochen werden, mir durch ihre Gegenwart und Wärme beweisen, daß die Welt der Lebenden sich nicht verändert hatte, obwohl ich Angst hatte, daß das nach diesem Tag unmöglich sein könnte. Ich trauerte um einen Freund, dessen Tod einen Nagel geradewegs durch den Stoff getrieben hatte, aus dem mein Dasein gewebt ist.

Ich kam irgendwann in der Nacht nach Hause und stellte fest, daß ich, nachdem ich diesen furchtbaren Tag steif, kalt und unbeholfen hinter mich gebracht hatte, endlich allein trauern konnte, auf meine Weise, und beim Licht einer Kerze brach ich einfach heulend zusammen, fühlte mich in diesem Moment völlig von ihm verlassen, dachte dabei aber an all die Auseinandersetzungen, die wir gehabt hatten, die ungeklärten oder nie auch nur richtig andiskutierten Fragen, die wir uns für einen späteren Zeitpunkt aufgehoben hatten. Ich suchte meine Bücher ab, bis ich Julians anglikanisches Gebetbuch fand, das irgendwie beim Tod meines Vaters zwischen meine Sachen geraten war, und las darin von der Stelle aus, an der ich es aufklappte, der Lesung für den Mittwoch vor Ostern. Sie vertreibt für einen Moment alle Häßlichkeit und allen Schrecken. Der Text lautet auszugsweise:

Wo ein Testament ist, besteht notwendigerweise auch der Tod des Testamentsverfassers (meine Erinnerungen an dich, die du mir hinterlassen hast, J-P). Denn ein Testament tritt erst in Kraft, nachdem ein Mensch stirbt. Es hat keinerlei Bedeutung, während der Testamentsverfasser lebt. Denn als Moses dem Gesetz entsprechend allem Volk sämtliche Gebote verkündet hatte, nahm er das Blut der Kälber und Ziegen, mit Wasser und roter Wolle und Ysop, und er besprengte das Buch und alles Volk und erklärte: Dies ist das Blut des Testaments, das Gott euch gegeben hat. Und er besprengte mit dem Blut das Tabernakel und alle Gefäße der Priester. Und nach dem Gesetz werden nahezu alle Dinge mit Blut gereinigt, und ohne das Vergießen von Blut ist keine Vergebung möglich. Denn

Christus ist nicht in die von Hand gemachten heiligen Stätten eingegangen, die nur Abbilder der Wahrheit sind (das war, als der verdammte Heber zerborsten ist, als sie versucht haben, dich unter die Erde zu senken, J-P), sondern in den Himmel (den Frieden Gottes, J-P, von dem es heißt, daß er alle Vorstellung sprengt), um im Angesicht Gottes für uns einzutreten (oder das wenige, das wir anderen, die zurückgeblieben sind, davon verstehen mögen), noch muß er sich häufig opfern, wie der Hohepriester jedes Jahr mit dem Blut anderer in die heilige Stätte trat, denn dann müßte er seit Erschaffung der Welt immer wieder gelitten haben. Und wie es den Menschen bestimmt ist zu sterben, aber nach dem Tode gerichtet zu werden, so wurde Christus einmal geopfert, um die Sünden der vielen auf sich zu nehmen, und denen, die Ausschau nach ihm halten, soll er ein zweites Mal ohne Sünde erscheinen …

Nachdem ich das gelesen hatte, trat ich durch die Tür, streifte den Rahmen, als ich in die Küche ging, und als meine Schulter ihn berührte, sprach ich bei mir: »Das ist genau, als wäre er hier«, und in diesem Moment klingelte das Telephon. Ich wußte, daß er es war, der mich anrief, bevor er in seinem mit Büchern und Papieren beladenen Fiat heraufgefahren kam, den er sein »Heim auf Rädern« nannte, wie er es immer getan hatte, wartete nicht, bis die Ansage des Anrufbeantworters fertig abgespielt war, sondern riß den Hörer hoch, aber am anderen Ende der Leitung war alles still. Trotzdem fühlte ich mich aus irgendeinem Grund danach besser, sicher, daß er mir geantwortet und versucht hatte, mich zu erreichen, und ging zurück zum Gebetbuch, blätterte etwas weiter und las, zu meiner tiefen Freude, mit dem Gefühl, daß J-P jetzt ins Universum eingegangen war:

Jesus selbst stand mitten unter ihnen und sprach, Friede sei mit euch. Aber sie waren voller Angst und glaubten, einen Geist zu sehen. Und er sprach zu ihnen: Warum seid ihr in Sorge, und warum quälen die Gedanken euer Herz? Sehet meine Hände und meine Füße. Dies bin ich selbst: fühlet mich und seht. Denn ein Geist hat weder Haut noch Knochen, wie ihr sie an mir seht … Und als sie es vor lauter Freude noch immer nicht fassen konnten und zweifelten, da sprach er zu ihnen: Habt ihr Fleisch hier? Und sie gaben ihm ein Stück gebratenen Fischs und den Teil einer Honigwabe. Und er nahm beides und aß es vor ihnen.

Ich war auch in Sorge gewesen, wie wir alle bei diesem Essen, denn ich wußte wie sie, die ihm jeder auf seine Art so nahe war, wie ein menschliches Wesen einem anderen nur sein kann, ohne körperlich anwesend zu sein, wußte, daß ich ihn im Stich gelassen hatte, indem ich nicht dagewesen war, als er mich gebraucht hatte. Tatsächlich war es noch schlimmer als das. Wie ich insgeheim wohl wußte, hatte ich es vor mir hergeschoben und vermieden, ihn zu sehen, als er weniger geistig verwirrt als äußerst drängend geworden war, in einem Maße, das es mir unmöglich gemacht hatte, seinen Gedankengängen, seinen Zeichnungen und existentiellen Karten unserer Zeiten zu folgen, die für ihn zum Jenseits gehörten (Berechnungen, die er mit solcher Geschwindigkeit machte und dann ebenso schnell wegwarf, daß er mich auch zum Äußersten trieb), und jetzt sah ich ein, daß ich das nicht hätte tun dürfen und auch nie hätte tun können, würde ich tatsächlich die Werte hochhalten, wie ich es behaupte. Die wenigen seiner Karten, die er mir dagelassen hatte, warf ich weg, mit der Erklärung, sie wären nicht zu verstehen, aber das heißt doch nur, daß ich ihn mit der Entschuldigung im Stich gelassen habe, meine eigenen Sorgen zu haben, und welche elegantere Form des Verrats gibt es? Er war ein Mensch, der sich gelegentlich gegen die Invasion der Existenz gewappnet hatte, um sie studieren zu können, und plötzlich feststellte, daß der Panzer mit ihm verwachsen war und ihm die Luft zum Atmen nahm. Die Art von Hilfe, die ich ihm (wenn überhaupt)bieten konnte, spiegelte der erste Abend 1984 wider, als wir in dem kleinen Restaurant in Paulhe an der Kreuzung der Straßen nach Millau und Auessac miteinander zu Abend aßen, eine Mahlzeit, die als eine unserer etwa zwanzig *nuits blanches* hier oben im Haus endete. Nachdem wir reichlich gemeinsames literarisches Fundament freigelegt hatten, nicht zuletzt T. S. Eliot, Owen, Kafka und Sartre, hämmerte ich auf seinen Panzer ein, bis wir für einen Augenblick laut lachend gemeinsam durchbrachen – ich glaube, es war gegen neun am nächsten Morgen.

15. Februar 1991. Ich habe ein Buch hervorgeholt, das J-P mir am letzten Abend gab, an dem er hier war, weil ich etwas nachschlagen wollte. Er gab mir nur Bücher, von denen er wußte, daß sie mir nützlich sein würden. Sein Urteil war unfehlbar. Das Buch fiel auf dem Deckblatt auf, auf das er in seiner schnellen, nervösen Handschrift folgendes auf Englisch geschrieben hatte:

Dieses Buch ist für dich von besonderer Bedeutung, mein lieber Freund. Ich hatte geplant, es für dich »beiseite zu legen«, in der Gewißheit, daß du dieses bescheidene Geschenk schätzen würdest. Es hat zwei Monate auf deine Rückkehr in unsere geliebte Region gewartet. Heute abend bist du hier, ich bin dort, oder anders herum. Besser wir sind wir, ich bin du, wir sind alle zusammen, und plötzlich erscheint das Leben so süß und so intensiv. Vergib mir für diese unbeholfene Literatur, aber glaube mir, tief in meinem Herzen läßt du eine Flamme leuchten, Amitié, mais nous avons déjà brisé la glace, Affection, Jean-Paul …

28. Juli 1990. Früh am Abend habe ich endlich Frieden mit dem Theatre in Boyne geschlossen (in dem Gefühl, daß ich das nicht nur muß, sondern auch will, angesichts der Tatsache, wie lange ich einmal dort gearbeitet habe, fast fünf Jahre, und der Bedeutung dieses Hotels und der Familie Vors in meinem Leben und daß wir alle im Irrtum waren und das Ganze überhaupt ein dummer Streit) und mich sehr lange mit Philippe, einem meiner besten Freunde hier, über J-P unterhalten – dann anschließend noch über alles und nichts, über Philippes Familie in Montfermeil, über die Musik, die uns beiden gefällt und die er mir nahegebracht hat, während er hier im Haus wohnte, vor allem George Brassens und die Malicornes.

Die ganze Nacht, bis Tagesanbruch, nachdem ich mit dem Gebetbuch fertig war, verfolgte mich das Bild von J-Ps Ex-Frau und seinen Töchtern vor dem Friedhof, und von Monique, die wenige Schritte daneben stand und weinte. Als ich seine Ex-Frau ansah, dachte ich, wie erstaunlich es war, daß eine scheinbar so alltägliche Frau J-P durch die Trennung von seinen Töchtern indirekt solche Schmerzen bereitet hatte. Und zugleich, wie offensichtlich die Liebe seiner Töchter für ihn aus deren Gesichtern zu lesen war, und ich schaffte es nicht, diesen Malicornes-Refrain aus meinem Kopf zu vertreiben, den ich liebe, aber der mir absolut irrelevant schien:

Les filles sont volages,
Ne fréquentez-les donc pas;
Un jour elles t'aiment,
Un jour elles ne t'aiment pas …

Der 26. Juli war ein wirklich schrecklicher Tag für mich, die Malicornes hätten ihn Deuil d'Amour genannt, Liebestrauer, und er erreichte seinen Höhepunkt in dem Gefühl, daß ich zugleich etwas geboren hatte und gestorben war, was in gewisser Hinsicht sogar stimmen mochte. Schließlich endete er in einem langen und friedlichen Schlaf bis heute nachmittag, den ich dringend nötig hatte.

Jetzt scheint mir, daß ein Teil von J-Ps Problem, nämlich der, daß ihm die Zeit davonlief und er sich in einer Sackgasse sah, vergleichbar mit dem Donald Crowhursts war, der, weil er aus den falschen Gründen eine Ein-Mann-Reise um die Welt angetreten hatte (in einem verzweifelten Versuch, auf einen Schlag seine Schulden aus der Welt zu schaffen, mit einem Einsatz, über den er nicht verfügte, so daß all sein Verstand nicht den Mangel an der richtigen Ausrüstung wettmachen konnte), in der Einöde der Sargassosee endete, wo er einer atemlosen Welt (denn er war der einzige Teilnehmer, der noch im Rennen war) vormachte, auf dem Heimweg von einer Position zu sein, die er in Wirklichkeit nie erreicht hatte, und mit Gott Schach spielte, bevor er seinem letzten Logbuch die Wahrheit anvertraute, nämlich daß er schachmatt war, und über Bord in den Tod sprang.

Wieviel Uhr am Tag oder in der Nacht war es, als du abgetreten bist, J-P? Was war der letzte Tropfen, der die Entscheidung brachte? Wie hast du dich vorbereitet? Was hast du mit deiner letzten trockenen Bemerkung zu Christophe gemeint: »Cook hat seine Telefonnummer geändert«? (Ich habe sie nicht geändert.)

Was hat er über die Welt und die Menschen, die er in ihr kannte, gedacht, als er sich wie Sokrates niederlegte, um zu sterben? (»Wir schulden Aeskulap einen Hahn, Brüder. Vergeßt nicht, ihn zu bezahlen.«) All das waren Fragen der ernstesten Natur. Einen Teil davon hatte ich durch Dora bereits gestellt, als ich *Suarez* schrieb.

Über einen Punkt bin ich mir sicher. J-P irrte sich, indem er unaufhörlich nachfragte, woher er gekommen war, was einer Selbstablehnung gleichkommt, der Feststellung, keine Vorstellung davon zu haben, wohin man unterwegs ist. Das ist Wahnsinn. Wahnsinn ist eine Art, die menschliche Lage abzulehnen. Die menschliche Lage ist ein exakter Zustand, gleichgültig, ob der Betroffene sich dessen immer bewußt ist oder nicht. Aber der Vertrag ist eindeutig. Wie auch immer unsere Träume aussehen mögen, wir sind dieser Satz unveränderlicher Zeiten, Vergangenheit, Gegenwart und Zukunft, aus denen unsere Träume entspringen. Wir wissen davon durch unsere Kunst, die versucht, durch das, was wir an Vision und Energie besitzen, auszudehnen, was wir geträumt haben – aber wir haben keine Rechte über den Raum und die Zeit hinaus, die wir kurzfristig einnehmen.

Wir sind alle kurzfristige Mieter, und zugleich, was es noch absurder macht, unser eigener Vermieter. Wir mieten unseren Lebensraum von unserer eigenen Zeit, und das ist der menschliche Zustand, in unseren Gedanken ebenso wie in unserem Leben. Unsere Gestalt und unser Atem geben uns keine dauerhaften Rechte auf diesen Planeten. Vernunft und Liebe müssen sich entwickeln, aber wie bei allen Revolutionen ist der Staat zur Hand, um sicherzustellen, daß sie sich, nur unter größten Schwierigkeiten aus unseren allgemeinen, kläglichen, zeitweiligen Umständen herausgefiltert, verkrüppelt entwickeln und selbst dann der Öffentlichkeit in aller Regel nur häppchenweise enthüllt werden, wenn sie als sichere Gedanken, sichere Gefühle freigegeben sind. Bis wahre und offene Gefühle und Gedanken von unseren mißtrauischen Herrschern mit ihren höchst unsicheren Ideen als sicher anerkannt werden, braucht es lange Zeit: Der Staat existiert, um sicherzustellen, daß die Untersuchung der Wahrheit so lange wie nur möglich in Anspruch nimmt.

Bis dahin sind wir alle längst schwarz verwest im Grab oder unter einer Hecke und haben die Wahrheit auf andere Weise und in einer anderen Welt entdeckt – einer Welt, in der wir für die Herrschenden hier mindestens dreißig Jahre keine irgendwie geartete Gefahr darstellen können, und bis dahin haben sie sich in den Ruhestand zu ihren Rasenmähern und Memoiren zurückgezogen und anderen Platz gemacht.

Aber ich hätte niemals irgend etwas erschaffen oder irgendwelche Bemerkungen über unsere Gesellschaft und deren Zustand formulieren können, ohne die erstaunliche Schönheit dessen, was ich gehört und andere habe tun sehen, häufig plötzliche, spontane Aktionen auf irgendeiner Straße oder in irgendeinem Zug, wie die beiden Blinden, die einander nicht kannten und sich gegenseitig am Montparnasse auf die Rolltreppe geholfen haben. Das hinterläßt seine Spuren auf der zerbombten Kreuzung, an der sich irgendwie das trifft, was Kunst tut und was Menschen sind, und ich bedaure nur, daß das Böse sich als so mächtig und komplex entpuppt.

Ich habe mir selbst in meinen Büchern immer zugesprochen, in der Gestalt des Namenlosen, der für mich so wirklich ist wie ich selbst, während ich arbeite: »Ganz ruhig bleiben, Sohn. Ein

Mensch ist nicht besser als ein nervöses Pferd, wenn es um die Endgültigkeit der Dinge geht. Laß dir Zeit und geh es langsam an. Du hast jede Menge davon. Das Gatter wird nicht auf und ab hüpfen, es wird nicht beiseite treten oder weglaufen. Versuche alles sauber und in einem Satz zu überspringen. Wenn du es schaffst, ist der erste Anlauf der beste.«

So wie unser Ausbilder Sgt. Norman, als wir in der Army waren, oder andere Männer in anderen Bereichen des Lebens, für die ich Respekt empfunden habe: keiner von ihnen hatte viel für Nervenbündel übrig, sie wollten wissen, was sie von einem Menschen zu erwarten hatten, wenn es darauf ankam.

35

Ich lebe jetzt seit siebzehn Jahren in Frankreich. Ich habe Großbritannien verlassen, weil ich wußte, daß ich als Schriftsteller in einem Land leben mußte, in dem mein Aussehen, meine Stimme, mein Akzent, meine Ansichten relativ unbeachtet bleiben würden und vor allem nicht die Gefahr bestand, nach meiner sozialen Herkunft beurteilt zu werden. Die Franzosen sind ein bemerkenswertes Volk. Sie analysieren ein Phänomen entweder bis ins kleinste Detail, ignorieren es völlig oder umschiffen es so erfolgreich, daß es auf dasselbe hinausläuft:

Freund: Croyez-vous aux fantômes, Madame?
Mme. Deffand: Non, mais ils me font peur.

Wie deutlich ich mir die Intensität meines Verlangens ins Gedächtnis rufen kann, wie die Menschen mittags an den Ecken der dunklen kleinen Straßenkneipen zu *sein*, Männer in Kleidung voll Zement und Staub, die vor dem Essen eine Pause für einen Apéro einlegten, als ich hier ankam. Wie ich *ihre* Kleidung tragen, *ihre* Sprache sprechen, Sport, Politik und Lokalereignisse so diskutieren wollte, wie *sie* sie sahen. Ich wollte so nahe wie nur möglich an den Zustand gelangen, einer von ihnen zu *sein*. Mein Verlangen nach dieser Transformation kam so tief aus meinem Innern, daß sich schlußendlich alle meine Wünsche erfüllten und ich tatsächlich dieselben Freuden genoß, zur selben Zeit in derselben Kneipe trank, dieselbe Arbeit tat und dieselben Sorgen, Arbeitsunfälle, Leidenschaften, Rückschläge und Liebesaffären durchlitt.

Meine neuen Landsleute fragen mich häufig, ob ich etwas gegen England habe. Manche von ihnen sind davon überzeugt, daß es so ist. Aber sie irren sich. Es war nur einfach so, daß ich das, was ich tun mußte, in England nicht konnte, wo ich nicht danach beurteilt wurde, was ich sagte, sondern danach, in welchem Akzent ich es tat – unsere nationale Krankheit.

Ein Grund dafür, in Frankreich zu leben, ist, daß ich Republikaner bin, was genau das bedeutet, was auf den Münzen steht. Das hört sich absurd an, in einer Zeit, in der es immer unmoderner, ja, geradezu dumm wird, an die auf Gebäuden und Geldstücken verkündeten Prinzipien der Freiheit, Gleichheit und Brüderlichkeit zu glauben. Aber ich bestehe nicht auf Logik, und manchmal blitzt immer noch kurz etwas von dem auf, was meine Liebe zu Frankreich entfachte, als ich es vor sechsunddreißig Jahren zum ersten Mal betrat. Und ich liebe es immer noch, brauche nur auf dieses Feld zu blicken oder auf diesen Felshang oder auf *diese* Frauen, die so anders sind als unsere, nicht so sehr in den Konturen ihrer Körper als in einer speziellen fiebrigen Angespanntheit, einem Französischsein, das sie konkretisiert und als ein Funken von ihnen überspringt, der unserem Wesen so fremd ist und sie zu dem macht, was Bernard Spencer so beschrieben hat: »Nein, aber auf eben diese Weise liebreizend.«

Ein Grund für meine Liebe zu diesem Land ist der, daß sein Respekt und damit seine Liebe (denn wie kann Liebe existieren, wo kein Respekt ist?) so schwierig, so kompliziert zu erlangen ist und gleichzeitig so verletzlich, alles auf der Welt, alt und neu, betrachtet, als wäre es französisch, und sich vergessene Künste des Auslands, im eigenen Land ignoriert (zum Beispiel Jim Thompsons Bücher oder die von Goodis), zu eigen macht, ohne eine Silbe oder Nuance zu ändern.

Das kann nicht jedes Land für sich in Anspruch nehmen. Außerdem ist Frankreich das einzige Land, das ich kenne, in dem man seine Brille bei jedem Optiker umsonst reparieren lassen kann, und es sind solche scheinbar unwichtigen, aber für mich bedeutenden Gründe, aus denen ich mich jedesmal, wenn ich nach Frankreich zurückkehre, wirklich und wahrhaftig daheim fühle wie sonst nirgendwo. Halten Sie mich ruhig für einen Narren, aber ich habe noch keine andere Grenze, nicht einmal die eigene, mit solchen Gefühlen überschritten. Modernität und Fortschritt haben zwar aus meiner Sicht den Druck der Verzweiflung auf der französischen Zivilisation erhöht, aber dasselbe gilt für alle Länder, in denen ich je gelebt habe.

Mein Heimatland, wie ich es kannte, ist verschwunden. Es hat nie irgendwo oder irgendwann auf dieser Erde ein Goldenes Zeitalter gegeben, aber als ich jung war, hielten die Menschen in Großbritannien im Unglück fester zusammen. Aber Frankreich ist keineswegs *besser* als Großbritannien. Das zu behaupten wäre dumm und absolut unwahr. Es ist vollkommen *anders*, und der Kontrast zwischen beiden Ländern macht es viel einfacher, sich ein Urteil zu bilden, wenn man sich im jeweils anderen aufhält. Ich habe schon immer eine natürliche Affinität zu Frankreich empfunden, was es mir erleichtert, mein Heimatland aus dem Ausland zu betrachten. Ich habe festgestellt, daß der Blick durch ein Fernrohr präziser ausfallen kann als der aus der unmittelbaren Nähe, umgeben von dem, was man beobachten will. Noch einmal: seit sechzehn Jahren jeden Tag nichts als Französisch zu hören (und französisch zu denken, zu träumen, zu lieben und einzuschlafen, alles zu tun, was man in einer Sprache tun kann), hat einen bemerkenswerten Effekt auf mich ausgeübt. Es hat die französische Sprache auf solche Weise auf meine eigene aufgepfropft, daß sie die Wirkung meines Englischen verändert hat. Ich behaupte nicht, daß das Endergebnis besser, weil anders ist, aber meine jetzige Sicht englischer Szenerien und Personen hat eine hybride Natur, die manche britischen Leser als ebenso interessant und anders empfinden wie ich. Der sehr starke französische Einfluß auf meine Art zu denken, der darin zum Ausdruck kommt, was ich jetzt schreibe, hat einen neuen Baum wachsen lassen, dessen Früchte mir sehr gut munden.

Diese Memoiren sind ein schwieriges Feld, aber das gilt natürlich für jedes Feld. Wie soll ich durch das offene Loch des Todes schreiten? Ich bin kein Held und sehe dem Bevorstehenden ebenso besorgt entgegen wie Louis MacNeice: »… Die sich unaufhaltsam schließende Blende der Zeit / Verjagte den Schaum von Ulmen und Holunder / Und ich sehe nun, wie all die Jahre zuvor, / Daß die fröhlichen Tage mir entgangen sind.«

Aber ein Künstler muß dieselben Risiken eingehen wie jeder andere auf dieser Erde, wenn sein Werk irgendeinen Wert haben soll. Seine Arbeit findet an der Grenze zwischen Leben und Tod statt, und es ist ohne Bedeutung, was aus ihm wird, solange er eine Nachricht zurück zu den anderen tragen kann, die immer verzweifelt darauf warten.

30. Juli 1990. Ich habe gerade einen Artikel im Nouvel Observateur mit dem Titel *Voyage à l'Intérieur de la Mort* (Eine Todeserfahrung) gelesen. Seltsamerweise hatte ich selbst zwei davon – nein, das ist keineswegs seltsam. Jeder Schriftsteller sollte dem Leben so nahe wie möglich sein (einfach nur *lebendig* zu sein genügt nicht), denn dann ist er zwangsläufig dem Tode nah. Das ist der Zustand, in dem man auf profunde Weise erkennt, daß Freude die wahre Erfahrung ist. Denn das Geheimnis, die Unsterblichkeit zu erfahren, und sei es nur für eine Sekunde, liegt darin, daß Menschen, die in sich selbst Freude empfinden, niemals bösartig sind. Freude ist der einzige Zustand, in dem man sich dem Bösen stellen und es neutralisieren kann.

Wie labil doch diese Reise durch das Dasein ist! Wahrscheinlich wären wir diesen Vertrag niemals eingegangen, hätten wir eine Wahl gehabt. In meinem Fall war es ein einziger, auf einer Buchseite ausgetragener Kampf, in dem der Vorteil in den seltensten Fällen bei mir lag. Aber oft genug, um mir zu erlauben, was ich geschafft habe, und das ist immerhin etwas Gutes.

Dies ist ein Bericht dessen, was mir in dem Fragment der Zeit zugestoßen ist, in dem ich, wie man mir später erklärte, starb.

Ich war zweiundzwanzig und wieder beim Militär, absolvierte meine alljährliche zweiwöchentliche Reserveübung. Ich traf mit einem Abszeß oben am inneren linken Oberschenkel in der Kaserne ein, die sich an meinem rechten Bein rieb, so daß ich nicht marschieren konnte und mich krank melden mußte. Das war mir klar. Mir war auch völlig klar, daß der Armeearzt mir befahl, auf den Behandlungstisch zu steigen, damit er das Abszeß entfernen konnte. Aber mir war und ist absolut nicht klar, was danach mit mir geschehen ist, und es wird mir auch nie klar werden, weil es unmöglich zu begreifen ist. Ich fand mich in einer anderen Existenz wieder, einer Existenz, die ebenso innerhalb meines Begriffsrahmens lag wie weit jenseits davon.

Das Mädchen, das den Narkoseapparat bediente, streifte mir die Maske übers Gesicht. Ich hatte immer gedacht, wenn man narkotisiert wird oder stirbt, würde es dunkel um einen werden, aber statt dessen wurde es hell. Ich wurde wie eine Kugel aus einem blendend hellen, gezogenen Gewehrlauf abgefeuert und rannte plötzlich im kühlen Licht der frühen Morgensonne nackt durch einen Birkenwald im Frühling. Eine Weile lief ich aus purer Freude an der Bewegung weiter. Ich fühlte mich leicht wie die Luft und war von einem Gefühl überwältigenden Wohlbefindens erfüllt, wie ich es nie zuvor gekannt hatte. Ich folgte eine Zeitlang einem Weg durch diesen Wald, bis ich eine flache Senke erreichte, die sich über die ganze Breite des Weges hinzog. Es war eine grüne, üppige, sehr weite Senke, und auf der gegenüberliegenden Seite stand eine große Gruppe von Leuten in weißen Gewändern. Alles an ihnen war verschwommen, bis auf ihre Gesichter, die überraschend deutlich und von einem sehr weichen, aber intensiven Licht erhellt waren – Gesichter, von denen ich augenblicklich wußte, daß ich sie schon ewig kannte, obwohl ich niemanden in der Gruppe je zuvor gesehen hatte. In der Mitte der vordersten Reihe war eine Lücke, und die Leute lächelten, lachten, als sie darauf deuteten, um mir zu zeigen, daß dies mein Platz war, und einer von ihnen sagte: »Da bist du ja endlich!« Ich setzte sofort einen Fuß in die Senke, um zu ihnen hinüberzugehen, aber als ich das tat, schaute ich aus irgendeinem Grund noch einmal über die Schulter zurück. Nicht weit entfernt bewegte sich ein häßlicher, schwarzer, sich langsam drehender Planet über den Himmel. Das war die Erde. Als ich sie sah, blieb ich auf dieser Seite der Senke stehen. Ich wußte, daß ich zurück mußte. Woraufhin alle auf der anderen Seite sagten: »Dann geh jetzt zurück. Wir werden hier warten.«

Ich wurde mir eines stechenden Schmerzes am Oberschenkel bewußt, und als ich das Bewußtsein wiedererlangte, sah ich das über mich gebeugte Gesicht des Arztes. Die Stirn über seiner Maske war schweißgebadet. Er säuberte immer noch die Stelle, wo das Abszeß gesessen hatte. Ich setzte mich lachend auf und verstand gar nicht, warum alle so ernst dreinblickten. Der Arzt sagte: »Gott sei Dank, Sie sind zurück.« Ich erwiderte: »Ich verstehe nicht.« Die Anästhesistin stand mit kreidebleichem Gesicht hinter ihm. Er erklärte: »Sie müssen zu Ihrem Arzt, sobald Sie wieder zu Hause sind. Geben Sie mir seinen Namen und die Anschrift, ich werde ihm schreiben. Sie brauchen eine gründliche Herzuntersuchung.« Ich sagte: »Mit meinem Herz ist alles in Ordnung, das war es schon immer. Was ist denn überhaupt geschehen?« Er darauf: »Sie kommen von sehr weit zurück. Ihr Herz hat neunzig Sekunden stillgestanden. Wir dachten, wir hätten Sie verloren.« »Ich bin völlig in Ordnung«, stellte ich fest und stand auf. Ich wußte überhaupt nicht, was all die Aufregung sollte. Wir haben uns äußerst freundlich unterhalten, und irgendwer brachte mir eine Tasse Tee. Nach einer Weile zog ich mich an und ging.

Es hat lange gedauert, bis ich in der Lage war, diese Erfahrung objektiv zu betrachten. In dem Augenblick konnte ich mich nur –

wollte ich mich nur – zurückversetzen und jede Einzelheit nachvollziehen. Ich strömte über vor Freude, fühlte mich, als wäre ich gerade aus den Armen der großen Liebe meines Lebens gekommen. Alles um mich herum erschien mir langweilig und bedeutungslos, verglichen mit der Welt, die ich gerade verlassen hatte. Die erschien mir als die wirkliche, die einzige Welt, und daran hat sich nichts geändert, ihre unveränderliche und unzerstörbare Schönheit ist für mich heute noch ebenso lebendig und real wie damals.

Dieses geheimnisvolle und wunderbare Erlebnis hatte ich in Mooltan Barracks, Tidworth, im Februar 1953, während ich als Reservist der Klasse N beim Vierten Panzerregiment diente.

36

Es wird Zeit, von Veronica und dem Juni 1962 zu reden. *The Crust on its Uppers*, mein erster Roman, war gerade zwei Monate auf dem Markt, und ich hatte das ganze Honorar ausgegeben. Mir geht es so wie üblich: pleite, kurzzeitig berühmt und voller Optimismus. Ich stehe im Wohnschlafzimmer meiner Wohnung im ersten Stock eines Hauses am Draycott Place, schaue aus dem Fenster in einen heißen, vielversprechenden Spätnachmittag und frage mich, was, um alles in der Welt, ich mit meiner Zeit anfangen soll. Es ist immer noch brütend heiß, ein schlaffer, wunderbar grüner früher Abend in Chelsea, ein wenig feucht vom aufziehenden Tau über den Parks, und ich höre mich sagen: »Ich muß raus und mich unter die Leute mischen. An so einem Abend kann alles passieren.« Ich dachte bei mir: »Ah ja, ich weiß, was ich tue. Ich gehe hinüber zum Apollo Place und besuche Henrietta Moraes.« Also hinunter und in Richtung Chelsea Reaches gedonnert, nach einem kurzen Telefonanruf, um sicherzugehen, daß sie da war und Besucher empfing und sich nicht zurückgezogen hatte, um im Sessel Trompete zu spielen. Henrietta empfing mich mit: »Hallo, Darling, wie schön, dich zu sehen. Siehst du diese giftig dreinblickende Person hier? Es ist eine Art Schriftsteller-Kritiker-Person, in einen Anzug gesteckt, damit sie wirklich scheint. Sie arbeitet ihre existentiellen Schwierigkeiten ab, indem sie die Leute an einem Sonntag widerlich behandelt, als ob sie sonntags nicht ohnehin schon angewidert genug aufwachten. Aber kümmere dich nicht darum, sie wollte ohnehin gehen, jetzt, da ich den Gin außer Reichweite gesetzt habe.« Die fragliche Person sagte kein Wort, sondern bewegte sich wie ein Vorhang, nur erheblich steifer, und verabschiedete sich mit einem gedämpften, neutralen Geräusch, das ich immer noch deutlich hören kann. Henrietta meinte fröhlich: »Na, das war ein Verführungsversuch, der sichtlich fehlgeschlagen ist. Egal, wie wäre es mit einem Drink?« Ich erklärte: »Ich habe was mitgebracht.« Also tranken wir, und schließlich erklärte Henrietta: »Du solltest jetzt besser gehen.« Ich fragte: »Warum? Ich fange gerade an, mich hier richtig zu amüsieren.« Tatsächlich konnte ich das Vergnügen in mir aufbrodeln fühlen. »Nein«, stellte Henrietta fest, »du solltest jetzt wirklich besser gehen, weil jede Minute eine sehr seltsame Lady hier erscheinen kann.« »Wie meinst du das, seltsam?« fragte ich, und sie antwortete: »Sie ist ganz ehrlich die Art von Person, die du nicht ertragen könntest und die ebenso sicher dich nicht ertragen könnte, denn du bist die Verkörperung all dessen, was Veronica haßt und verabscheut.« Ich erwiderte: »Das macht mich automatisch um so entschlossener, sie kennenzulernen«, worauf Henrietta nachgab: »Es ist dein Begräbnis, aber wenn du darauf bestehst, kannst du gerne bleiben, nur behaupte später nicht, ich hätte dich nicht gewarnt, wenn etwas schiefgeht.

Da ist sie schon ...« Denn in diesem Augenblick klingelte es an der Tür.

Und dann kam sie herauf. Sie unternahm keinerlei Versuch, elegant zu wirken, aber sie hatte auch keinen aggressiven Versuch unternommen, ins Gegenteil zu verfallen, was mich augenblicklich verärgert hätte. Wie kann ich diesen ersten Eindruck beschreiben? Sie wirkte wie eine Intellektuelle, die darüber entsetzt war und ihre dunkle Unaufgeräumtheit sauber in Sonnenbrille, grauen Zweiteiler, schwarze Strümpfe und staubige hochhackige Schuhe gepackt hatte, die die Länge ihrer Füße betonten, ohne sie schlecht aussehen zu lassen. Ihre Hände waren groß, schön geformt und quadratisch. Ihr Gesicht über dem breiten, dicken Mund war weiß, und während sie mich ansah, meinte sie sehr langsam, mit deutlichen Pausen zwischen den einzelnen Wörtern: »Wer, ist, *das*? Es sieht mir ganz danach aus, als wären Sie eine Fotze.« Ich erwiderte: »Sie sollten Menschen nicht nach ihrem Äußeren beurteilen. Das könnte Ihnen helfen, keine zu werden.« »An den meisten Menschen«, stellte sie fest, »ist außer ihrem Äußeren wenig dran, was es schwierig macht, etwas anderes zu finden, wonach man sie beurteilen könnte.« »Was sind Sie denn«, fragte ich, »außer Ihrem Äußeren?« »Ich bin eine Romanschriftstellerin«, schnappte sie zurück. »Unter anderem.« »Unter was anderem?« »Laden Sie mich zu einem Drink ein, und Sie finden es vielleicht heraus.«

Niemand kann einer derartigen Versuchung widerstehen. Ich besorgte uns ein Taxi zum Queen's Elm. Unterwegs meinte ich: »Hören Sie, es hat keinen Sinn, daß wir uns automatisch angiften, ohne einen Grund dafür zu haben – obwohl ich durchaus Gefallen daran finde, sobald ein Grund vorhanden ist.« »Sie hören sich an, als könnten Sie es selbst eines Tages zum Schriftsteller bringen«, erklärte sie, »so wie Sie reden.« »Nun, über das Stadium bin ich endlich hinaus«, erwiderte ich. »Ich bin einer.« Sie fragte mich nach meinem Namen, und als ich ihr antwortete, schob sie sich so weit es ging auf ihrem Sitz zurück, um mich anzustarren. Dann sagte sie leise, aber mit starker Betonung: »O Gott, *der* Kerl sind Sie.« Ich beruhigte sie: »Hören Sie, wir sind nur zu einem ruhigen Drink unterwegs. Das kostet keinen von uns etwas, außer den Preis des Drinks. Aber wenn Sie irgend etwas gegen mich haben, will ich konkrete Gründe wissen, um die Beschuldigung zu untermauern, nicht nur dumme, hingeworfene Allgemeinplätze, die sich auf Aussehen, Gesicht, Akzent und so weiter gründen.« Sie erwiderte: »In Ordnung. Aber irgendwie habe ich das Gefühl, daß es ein kurzer Drink wird.«

Wir erreichten den Pub – selbst damals schon einer der letzten in London, der die viktorianischen Glastrennwände beibehalten hatte, und der allerletzte, den ich kannte, in dem man wie in einer altmodischen Bank durch ein Messinggitter vom Barmann getrennt war, mit Ausnahme der Lücke, durch die er das Pint schob und das Geld kassierte. Natürlich ist das jetzt alles dahin. Ich schweige lieber über die furchterregende Scheußlichkeit, die sie nach Tracys Tod daraus gemacht haben.

Als der Pub drei Stunden später schloß, erinnerte ich sie an den kurzen Drink. Keiner von uns hatte auch nur eine Sekunde aufgehört zu trinken und zu reden. Sie erklärte: »Gut, du bist nicht so ein Idiot, wie es den Anschein hat. Mehr kann ich dazu nicht sagen.« Ich antwortete: »In meiner Erfahrung strengen sich echte Idioten enorm an, niemals diesen Anschein zu erwecken«, und sie lud mich mit zu sich nach West Hampstead ein, mein erster Besuch in 94 Priory Road. Als ich erwähnte, daß ich von West Hampstead noch niemals auch nur gehört hatte, antwortete sie: »Es hat auch noch nie von dir gehört.«

Was für ein verzaubertes Haus das war. Sie lebte im ganzen Gebäude, und dabei gehörte ihr nichts davon. Es war Eigentum ihres Ex-Gatten, der mitten im Scheidungsverfahren steckte. Um genug Geld zum Schreiben zu verdienen, vermietete sie einzelne Räume an Leute, die ihr gefielen. Im Keller wohnte ein Nigerianer, der Stammeskleidung aus einem Stoff trug, auf dessen Saum Made in Birmingham stand, Silvio Mee, der Sohn des chilenischen Botschafters, ging ein und aus und schlief auf dem Fußboden, weil er die Miete schuldig blieb, und ein charmanter türkischer Pianist auf der Straßenseite des Ersten Stocks hatte seinen eigenen Bechstein mitgebracht und füllte das Haus mit Bach und Chopin.

Auf einem Wohltätigkeitsbasar für ein Krankenhaus hat mir einmal jemand aus der Hand gelesen und erklärt: »Alles Wichtige in Ihrem Leben, egal ob gut oder schlecht, wird immer mit der Ziffer 4 enden«, und für 94 galt das auf jeden Fall. Als wir dort ankamen, schaute ich auf den Taxameter und meinte: »Das war eine lange Fahrt. Tut mir leid, aber dafür reicht mein Geld nicht.« »Ach, geht schon in Ordnung«, erklärte sie. »Du hast für die Drinks gezahlt, ich übernehme das Taxi, das ist nur gerecht.« »Du klingst wie eine Sozialistin«, sagte ich, und sie antwortete: »Ich bin auch eine.« Ich dachte bei mir, o Gott, jetzt kommen wir auf Politik, aber sie fügte hinzu, während sie den Fahrer bezahlte: »Ich glaube an soziale Gerechtigkeit.« Damals wußte ich nicht wirklich, was das hieß, und ich habe sie zwei Jahre später daran erinnert. Im Rückblick auf meine Ignoranz scheint diese Zeit beinahe Teil einer anderen Welt, ein Traum zu sein, denn obwohl ich schon einiges erlebt hatte, als Veronica und ich uns trafen, hatte ich bis dahin noch nichts davon analysiert.

Ich folgte ihr auf dem mit bunten, splitternden Steinplatten gepflasterten Weg durch den Vorgarten zur Haustür und nach oben auf ihren langen Dachboden im vierten Stock, dessen Fenster auf einen weitgestreckten Garten voller Bäume und ein Sommerhaus hinabblickte. An den bequemen, abgewetzten Möbeln vorbei, vorbei am großen Bett (ungemacht), vorbei an ihrem hölzernen Arbeitstisch, auf dem sich Manuskriptblätter stapelten, lag am hinteren Ende des Zimmers, links am Fenster, der Kamin. Darüber war ein Schriftzug angebracht (ihre Schrift), und ich sah ihn mir an, während sie mir ein Bier aus dem Kühlschrank holte. Es war ein Zitat aus einem Gedicht von de la Mare: »Niemand stehle deine Gedanken/In tödlichem Schlummer«.

Ich dachte: Das ist die außergewöhnlichste Frau, die ich je getroffen habe. Sie war nicht schön, sondern einfach *sie*. Oh, welche ausgezeichnete, ausgezeichnete Frau. Was für ein exquisiter Verstand, das Produkt eines britischen Steinmetzes und einer syrischen Mutter, Cordelia: geradeheraus und doch so subtil wie Stahlziselierungen. Ich werde sie nie vergessen und wußte, daß mir das nie gelingen würde, schon in der ersten Minute unserer Begegnung. Ich erinnere mich, daß ich sie im Taxi ganz leicht an der Schulter berührte, und sie lächelte und sagte: »In Ordnung, aber warte noch.« Aber ich konnte nicht warten und küßte sie. In ihrem Zimmer sagte sie: »Ich gehe nur ins Bad, es ist unten im ersten Stock«, aber ich erklärte: »Darauf kann ich nicht warten«, also liebten wir uns auf der Stelle. Hinterher erklärte sie: »Was wir gerade getan haben, war uns zu lieben. Ich habe niemals Sex. Ich liebe.«

Und das war der Anfang der außerordentlichsten zwei Jahre meines Lebens: der Anfang meines Wissens, der Anfang meiner Fähigkeit zur Analyse. (»Du hast einen guten Verstand. Das Problem ist, du weißt ihn nicht einzusetzen. Aber das bekommen wir schnell hin.«)

Ich habe Veronica nie abschütteln können, weil ich noch immer damit beschäftigt bin, sie zu verarbeiten. In Gedanken begleitet sie mich auch heute, oft sogar, die Freude, die sie immer verkörperte, die Quelle philosophischer Nachforschung über das Wesen der Existenz, Frage und Antwort, Hypothese und Beweis (oder Gegenbeweis), Testbett und Eichmarke, Tor zur Metaphysik, die sie war und immer sein wird. Ich gab die Wohnung auf, die ich mir mit dreißig von Stuart Hampshire an der Londoner Universität verschafft hatte (indem ich bewiesen hatte, daß die Formeln von Wahrheitsfunktionen leichter verständlich waren, wenn sie in Diagrammform ausgedrückt wurden, statt schriftlich dargelegt zu werden), und lernte die Grundlagen all dessen, was ich je von Philosophie (und Psychologie) verstanden habe, zwischen den Laken der Priory Road bei Veronica. Was ich von ihr gelernt habe, reicht mir für den Rest meiner Tage. Wie sie es ausdrückte: »Jetzt brauchst du nur noch den Mut, es zu benutzen. Das ist nicht mehr mein Ressort, fürchte ich.«

Eine einzigartige Frau. Und auch eine absolut brillante Romanautorin. 1958 schrieb sie *The Monkey Puzzle*, ein Roman, dem nach ein paar erstklassigen Kritiken sofort der Garaus gemacht wurde, weil es der erste Roman war, der mit klinischer Objektivität (den Tatsachen gegenüber, ich schweige über ihre von Leiden durchzogenen Beschreibungen dessen, was die Erfahrung ihr antat) die Intrigen und doppelten Maßstäbe des britischen Universitätsalltags enthüllten, gesehen durch die Augen einer Philosophiestudentin, die vom Dekan ihrer Fakultät erst verführt und dann fallengelassen wird. Der Roman sprengte nicht nur die sozialen und kulturellen Fassaden des Universitätslebens und der Beziehung zwischen Professoren und Studenten, sondern sprengte sich auch einen Weg ins *Innere* der Institution und attackierte die gesamten Grundlagen der etablierten akademischen Annäherung an die Philosophie in Großbritannien mit dem Beharren auf der überwältigenden Bedeutung der Logik, an der kühlen, versteckten Ablehnung der Metaphysik und aller nicht konkret greifbaren Bereiche der Existenz.

Das britische Establishment war (und ist es ohne Zweifel heute noch) von unglaublicher Grausamkeit Autoren gegenüber, von denen es vermutet, daß sie nicht zurückschlagen können, weil sie nicht die richtigen Leute kennen, und erst recht all denen gegenüber, die sich nicht nur der Häresie schuldig machen, britische *mores* anzugreifen und dadurch einen großen Teil dieser Ansichten als Heuchelei zu entlarven, sondern dazu noch den Fehler begehen, dies in einem Roman zu tun, der sich zumindest anfangs mit kaum mehr als fünftausend oder auch nur fünfhundert Exemplaren verkauft. Wenn die Franzosen erfahren, daß man ein britischer Schriftsteller ist, fragen Sie: »Wie kommt es, daß Sie zu etwas in der Lage sind, was uns im allgemeinen schwerer fällt: nämlich bis in den Kern des menschlichen Leidens vorzustoßen?« Die ebenso offensichtliche wie traurige Antwort ist: »Weil wir gelitten *haben.*« Niemand kann einem anderen Menschen mehr Leid zufügen als ein Puritaner, der als solcher entlarvt wurde. Und es ist das puritanische Kreuz, das der britische Autor als Strafe dafür tragen muß, für seine Schöpfungen eine der flexibelsten und subtilsten Sprachen der Welt benutzen zu können. Es ist ein Glück, in Großbritannien ein italienischer, französischer, russischer oder amerikanischer Schriftsteller zu sein, aber eine Tragödie, als britischer Schriftsteller dort zu leben, es sei denn, man legt es darauf an, entweder 1.) ein gefeierter Autor des Establishments zu werden oder 2.) Erfolg auf der billigen Seite des Spionage-, Detektiv- oder Pornomarkts zu haben, denn dann kann man eine Menge Geld verdienen, weil man offiziell als harmlos anerkannt ist. Wie ich höre, soll sich diese Situation allmählich ändern, aber so war es auf jeden Fall, als Veronica und ich jung waren.

Möglicherweise kann ich die vorherrschende Atmosphäre am besten in einem Couplet zusammenfassen, das ich für *Private Parts and Public Places* schrieb, einen Roman, der 1967 in Großbritannien erschienen ist: »Die oberen Kreise, vor Spitzen steif,/ applaudieren höflich mit Gesichtern aus Reif.« Viel zu viele Menschen, Veronica eingeschlossen (der schwerste Fall, von dem ich erfuhr), wurden damals vernichtet – jedenfalls als Romanautoren, und es bereitet mir keine Genugtuung, es geschafft zu haben, während es ihnen nicht gelungen ist. Weil ich meine Freunde und die allzu wenigen Menschen, die mir wirklich nahestehen, gerne erfolgreich sehe, denn damit beweisen sie, wie Veronica es ausdrücken würde, daß Goliath kein Gegner für David ist, nicht einmal in seinem Heimatrevier.

Wie konnten wir ihr das antun? Ich habe alles in mich aufgesogen, was ich von ihr lernen konnte, und sie dann im Stich gelassen. C. Day Lewis unterstützte sie mit allem, was er wußte, aber dann starb er, ein Ereignis, das ihr einen furchtbaren Schlag versetzte und nach dem sie sich verständlicherweise verlassener fühlte als je zuvor. Sie hat jene ungeheure Tapferkeit gezeigt und einen Kultroman geschrieben, was in Großbritannien bedeutet, ein Buch, das niemand aufzulegen wagt, weil die Tausende, die es lesen wollen, nicht das Geld haben, es zu bezahlen. Danach ging sie äußerst langsam, aber nicht auf eine irgendwie schöne, romantische oder fanalartige Weise unter, und wir anderen ließen sie nicht sehr geschickt, aber dafür äußerst kalt in ihr Unglück sinken.

Sie ist in meinem Alter, wird am kommenden achten Februar sechzig. 1988 hat sie abrupt aufgehört, mir zu schreiben (wir unterhielten einen regen Briefwechsel), und ich erfuhr, daß sie an einer nicht behandelten Gehirnerschütterung litt, nachdem sie jemand brutal zusammengeschlagen hatte.

Ich hoffe nur, daß viele von denen, die sie kannten, ebenso beschämt sind wie ich. *The Monkey Puzzle* allein schon hätte genug sein müssen, Veronica Hull einen Platz auf der Civil List einzutragen.

Was ich nicht für einen Whisky und eine Picadilly Filter mit ihr geben würde … die ganze Nacht zum Reden …

1963 veranstaltete ich in 94 Priory Road gemeinsam mit Veronica eine Party. Es kamen alle möglichen Leute und tranken ungarischen Rotwein namens Stierblut, weil wir uns keinen besseren leisten konnten, und dann gingen sie alle wieder. Bis auf einen. Spät am nächsten Morgen war er immer noch da, saß an dem großen Holztisch im leeren Erdgeschoßzimmer, in dem die Party stattgefunden hatte und in dem Veronica und ich auf dem Sofa unseren Rausch ausschliefen, und beobachtete uns. Es war beinahe, als hätte sein starrer Blick mich geweckt, denn ich sah direkt in seine Augen. Wir hatten ihn nie zuvor gesehen, aber da saß er plötzlich, als wäre er schon seit Jahren dagewesen, schmal, jung, mit weißem Gesicht, in einem schwarzen Anzug, und spielte mit einem sehr langen, schmalen Messer mit schwarzem Griff. Er hatte das Heft in die Kuhle der linken Handfläche gedrückt. Die Spitze lag auf dem Ballen seines rechten Daumens. Veronica ging in die Küche, um Frühstück zu machen.

Wir fragten ihn, ob er auch etwas wollte. Er antwortete weder, noch regte er sich, saß nur da und beobachtete uns, während wir aßen. Wir hatten Angst, erkannten aber wohl instinktiv, daß es besser war zu essen, als wäre seine Anwesenheit uns egal. Seine völlige Reglosigkeit und sein Schweigen ängstigte uns mehr als das Messer.

Plötzlich sagte er: »Es ist schön, Leute zu beobachten, dabei ein Messer wie das hier zu halten und nichts zu sagen. Es gibt einem ein Gefühl von Macht. Ich mag Messer.«

»Trink was«, meinte ich und streckte die Hand nach einer halbvollen Flasche Stierblut aus.

»Nein, danke. Ich trinke nicht. Ich habe keine Laster. Aber ich weiß es zu schätzen, Freund.«

Plötzlich hörte er nicht mehr auf, über sich zu reden, obwohl wir uns bemühten, ihn zu stoppen. Er saß bis vier Uhr nachmittags da und erzählte uns von sich. Das Messer legte er nicht ein einziges Mal beiseite, drehte es nur ab und zu zwischen Handfläche und Daumen. Es war unmöglich, ihn zum Gehen aufzufordern. Außerdem hat er uns nicht einmal bedroht; wir haben ihm dafür allerdings auch nicht den geringsten Anlaß gegeben. Veronica konnte ausgezeichnet mit ihm umgehen und wußte, daß sie nicht auf seine Minderwertigkeitsgefühle eingehen durfte, die ihn dazu getrieben hatten, das Mädchen umzubringen – und erst *nachdem* sie tot war, ein Ritual daraus zu machen, wie er sorgfältig betonte. Er hatte nur sechs Jahre in Broadmoor abgesessen, eine überraschend kurze Zeit. Als er soweit war, verließ er uns sehr höflich aus eigenem Antrieb, schloß das Klappmesser und steckte es in die Jackentasche, während er die Stufen hinabstieg und unter dem Pflaumenbaum, der in Blüte stand, den Weg hinabging zur Straße.

Es war das erste Mal, daß ich den ganzen Tag mit einem Mörder redete, und nachdem ich diese Erfahrung unbeschadet durchgestanden hatte, stellte ich, als ich sie verdaute, fest, daß ich einiges daraus gelernt hatte. Es war besonders als Maß von Nutzen, an dem ich andere Menschen messen konnte.

Außerdem war das die Art von Erfahrung, die einem in scheinbar völlig anderer Gestalt wiederbegegnet, und erst kürzlich verfolgten mich in Gedanken die folgenden Zeilen:

Glatteis

Die Zeit erstarb wie eine Kerze
Er war groggy, weiß wie 'n Laken
Hinter ihm verschwand die Theke
Er wartete auf den rechten Haken.
Er war nicht bereit, nur äußerst zerstreut
Als der Tod zu ihm kam und droht':
Ich piß Jungferntau auf dich, du Sau,
Jetzt komm hier weg, du bist tot.

Er stolziert wie ein Gockel, stolziert wie ein Bock,
Eine kleine alte Tunte im Morgenrock.

Mal schaun, was hast du geborgt dir an Sachen,
Und kannst du's zahlen zurück?
Mich interessiert weder Mut noch Glück,
Du bist nur da, um die Zahl voll zu machen.

Ich sag es, wie's ist,
Weil dich eh niemand vermißt.

Schön, laß uns mal sehen, was hier ansteht,
Und ob es dir gut ergangen.
Wie dem auch sei, jetzt ist es vorbei,
Da hilft kein Glücksschwein und kein Geschrei.
Ich füll deine Brust
Mit Dreck, Scheiße und Frust.
Der Rest wird in der Höll' abgehangen.

Und das kann dauern 'ne Weile,
Sprach der Tod ohne Eile.

Es gehört nicht zu den leichten Sachen,
Eines Menschen Hirn vom Boden zu lesen.
Aber niemand schien es viel auszumachen,
Sie waren alle schon oft dabeigewesen.

Sie schafften schmierige Schuldner beiseite,
Langweiler, Trottel, Schurken ohne Gewissen.
Und sie wußten, um selbst am Leben zu bleiben,
Würden sie das noch häufiger müssen:

Weiter und immer weiter, an allen Tagen,
So wie schon immer, so wie sie es wissen.

Mord? Macht doch nichts her!
Nimm dich zusammen, mein Sohn, verdien deinen Lohn!
Mach das Wohnzimmer adrett, doch leger
Und halte den Kopf hoch, wie die Besten,

Mach, was du immer machst mit den Resten,
Steck die Schädel zurück in die Kästen –

Und dann raus und laß es krachen,
Wochenend muß Freude machen!

Leidenschaft ist voll Gefahr,
Sie explodiert, wird sie verkannt.
Es ist nicht so, daß es üblich war,
Du bleibst zerschunden, verbrannt.
Sie bricht alle Normen,
Sie sprengt alle Formen,
Sie zerfrißt deinen Magen, jedoch –
Sie gibt dem Schrecken Geleit, es ist ihr Echo, das schreit.
Du stößt dir selbst das Messer in die Eingeweide noch.

Sie verspottet dich noch mit halb geneigtem Kopf
Du siehst immer noch aus wie ein halbgarer Tropf.
Du hast die Bretter geschrubbt, wo ihr Leichnam gelegen –
Doch sie beobachtet dich noch.
Vorbei? Ja, von wegen.

Du kannst flieh'n vor den Lebenden,
Aber nicht vor den Verscharrten.
Ihr Schatten wird ewig im Bett auf dich warten.

Du träumst, daß ihr Schädel unter deinen Hieben zerpufft?
Es ist die Lunte der Bombe,
Das Glatteis der Gruft.

Wenn man einmal das Schwerste erreicht hat, nämlich aus Überzeugung zu handeln, spielt nichts anderes mehr eine große Rolle. Selbst wenn dich das Böse besiegt hat, hat der Kampf in der Bitternis der Niederlage noch Spuren für andere hinterlassen, und du kannst dich weiter sauber fühlen. Mir ist klar, daß ich nur ein unbedeutender Autor bin, aber das ändert nichts an der Tiefe meiner Überzeugungen.

Noir-Romane existieren, wie alle Literatur, damit wir aufhören zu behaupten, die Dinge wären nicht so, wie wir sehr wohl wissen, daß sie es sind. Wenn jemals irgend etwas von Wert zu Papier gebracht wurde, dann aus einem blinden Verlangen nach der Wahrheit, das uns bis hierher gebracht hat. Ich sehe dieses Verlangen als die Freiheit, auf dieser Erde Atem zu holen, ohne vergewaltigt zu werden, und genau das ist das soziale Desaster, das der *Noir*-Roman beschreibt.

»The Battlements«, 6. April 1991

Pete,

da bist du ja endlich. Hör mal, Erster, ich bin am 23. April in London, wollt ihr drei nicht rauf in die Stadt kommen, wenn ich da bin? Ich bleibe nur zehn Tage, und das zum Arbeiten, durchsetzt mit der Freude, Soho zu erleben, meine geliebte Tochter Zoë zu treffen und diejenigen meiner Freunde, die bis jetzt bewiesen haben, daß sie wissen, wie man sich am Ast festklammert, auf dem man sitzt und der sich im Sturmwind neigt.

Ich möchte dir von ein paar Gedanken erzählen, die mir gekommen sind. Alle Welt hat von einem Universum ohne Sterne gehört, aber Leute wie du und ich sind Sterne ohne Universum. Daran hat niemand schuld außer uns selbst, und ich meine damit nicht unsere persönliche Schuld. Ich rede von einem allgemeinen Mangel an Verständnis in der Welt, meines natürlich eingeschlossen. Ich habe nach meinem Schicksal gesucht, und es hat mich gefunden, und es gibt noch viele andere wie mich, manche leben noch, und andere, schade drum, nicht mehr, vom Deck der treibenden *Gloucester City* ins Meer gespült. Ich glaube, das haben wir mit der *Gloucester City* gemeint, als wir sie vor über zwanzig Jahren im Hotel Paradiso übernommen haben – sie nicht an einer Leeküste auseinanderbrechen lassen.

Wie ich euch beide vermisse. Es ist eine kalte Welt ohne euch. Kein Abenteuer in der Fremde kann die Freude verdrängen, in einem Heim Spaghetti zu essen, das ihr zwei geschaffen habt, die Zehen am Feuer, bei dunklem Bier und einer irischen Ballade.

Habe ich euch schon erzählt, daß die französische Regierung mir ein hübsches Band für das Revers verleiht (wenn ich irgend etwas mit Revers hätte), Grün auf Gelb? Das habe ich davon, daß ich in meinen Büchern über die soziale Katastrophe eines Mordes im Salon predige. Was sind Schriftsteller doch für Blender! Clay, O'Dwyer und der Rattenfänger sind alle ohne irgendein Bändchen tobend oder im eigenen Erbrochenen gestorben. Ich werde es für uns alle in der obersten Schublade aufbewahren.

Ich wende mich an euch beide als zwei meiner engsten Freunde. Ich könnte so nicht mit Leuten reden, die ich weniger gut kenne. Wie schade das doch ist – aber ihr wißt beide, wie wir alle leben, in spirituellen Schützenlöchern, in Stellungen aufgeschobener Verzweiflung, von denen ich nicht glaube, daß wir sie verdienen.

Ich kehre zu meinen Memoiren zurück. Apropos Memoiren, ein Pariser Verleger hat meine Memoiren gerade erhalten, um die er gebeten hat, und ich lege ein, zwei Seiten davon bei, so wie ich euch eine eingedrehte alte Fotografie schicken könnte, um zu sehen, was ihr davon haltet, wie ich mich an jenes Wochenende vor fast zwanzig Jahren erinnere.

Du kennst mich, Erster. Ich bin der geborene Prüfer, eine Rolle, die einen so weit über die Erde erhebt, daß sie einem das verwehrt, was man wirklich braucht, ihre Liebe. Ein Prüfer verwandelt sich allzu schnell in einen Papagei, und jetzt sieh mich an, ich behandle die Wahrheit, wie Bogart Lauren Bacall behandelt hat (aber nur in ihren gemeinsamen Filmen, denn in ihrer Ehe war er ihr, glaube ich, absolut ergeben).

Der Rest ist nur fürs tägliche Auskommen.

Ich kann dir gar nicht sagen, welches Vergnügen deine Briefe mir bringen. Hör nur nicht auf, mir zu schreiben. Weder du noch Honor sollen auf den Gedanken kommen, ich würde vermißt, nur weil ich körperlich abwesend bin. Ach was, lest das: Die Wahrheit versucht immer, ans Licht zu kommen.

Es war 1973, und wir waren zu viert im Dead Piano Club, einer düsteren kleinen Bar in der Kensington High Street, die zur Hälfte voller unangenehmer Gestalten war und zur anderen voller Kerle in Regenmänteln, die Ausschau nach einer schnellen Nummer hielten, bevor sie mit dem 5:30 Uhr zurück nach Essex fuhren. Wir, das waren Pete (»Erster« an Bord der *Gloucester City*), ich, Susie und Pat Cutts. Pat war gerade an diesem Morgen von einer Nebenrolle in *Coronation Street* aus Manchester zurückgekommen – dieselbe Pat, die 67 Ravenscourt Road, die greuliche alte Pension in Hammersmith, in der Pete, Susie und ich wohnten, in Hotel Paradiso umgetauft hatte. Sie war irgendwo in den Vierzigern, eine echte Schauspielerin mit einer Menge Talent (laut Aussage all der Leute, die sie nie engagierten), und selbst da noch wunderschön, auf ihre spezielle englische Art, ganz abgesehen von der Zeit, als sie jung gewesen war. Aber irgendwie hatte es sich für sie nie so richtig ergeben. Wir hatten sie in Kings Cross vom Zug aus Manchester abgeholt, und sie kam in Tränen aufgelöst den Bahnsteig herab. »Ihr Lieben«, begrüßte sie uns. »Wie schön von euch, zu kommen. Ich habe einen solchen Mist gebaut.« Sie hatte sich im Zug ein paar genehmigt. Pete, der Theatertourneen produziert hatte, drückte sie an sich und tröstete sie: »Rede doch keinen Unsinn, Pat. Wir wußten alle, daß es eine miese kleine Rolle war, kaum mehr als ein Statistenauftritt. Nicht einmal Anne Bancroft kann etwas aus etwas machen, das nicht existiert.« »Aber das sollte der Anfang meines Comebacks werden«, flüsterte sie.

Wir gingen zur Bahnhofskneipe. Pete zog mich beiseite. »Ich bin pleite. Hast du oder Susie ein paar Schilling dabei, Skipper? Sie braucht einen Doppelten.« Susie hatte unsere Miete in der Tasche, weil der Vermieter noch nicht zum Abkassieren gekommen war, also gaben wir Pat drei doppelte Scotch im Stehen aus. Während sie trank, starrte sie nur auf die Plastikoberfläche des Stehtischs, schüttelte den Kopf und wiederholte: »Wirklich, ich habe einen fürchterlichen Mist gebaut, ihr ahnt gar nicht, was für einen Mist ich gebaut habe. Wirklich.« Pete fragte: »Pat, warst du besoffen auf dem Set?« Sie hob den Kopf, sah ihm direkt ins Gesicht und antwortete: »Nein. Ich bin nüchtern angekommen und habe in den vier Tagen, die ich da war, keinen Tropfen getrunken.« »Dann holen sie dich wieder«, meinte ich. »Wartet, bis ihr's gesehen habt«, erklärte sie. »Ich habe die Aufnahmen gesehen. Ich war entsetzlich.« »Sie holen dich wieder«, bestärkte Susie sie. »Nein, tun sie nicht«, stellte sie fest. »Als es vorbei war, hat die verdammte Produzentin gesagt, hier unterschreiben, und hat mir das Geld gegeben, achtzig Pfund, und dann, du weißt schon, in diesem süßlich feindseligen Ton, den sie draufhaben, also dann ciao, Pat, falls wir uns nicht mehr sehen.« »Die Kuh«, meinte Susie. »Nein, die Wahrheit ist«, sagte Pat, »die Wahrheit ist, ich kann nicht mehr spielen. Ich kann mich nicht mehr in die Rolle versetzen. Ich fühle sie nicht mehr. Und dann sehe ich mein Gesicht im Spiegel, und ich sage mir, sieh dich doch an, du alte Vettel, du hast es nicht mehr, es ist vorbei.« »So etwas darfst du nicht sagen«, widersprach ich. »Warum nicht, wenn es doch die Wahrheit ist«, meinte sie. »Du fühlst es, wenn es stimmt, du fühlst es in dir drin.«

Sie hatte aufgehört zu weinen. Sie hatte überhaupt kaum geweint. Genau das machte mir Sorgen. Es war fast so, als wäre sie schon über Tränen hinaus. Obwohl sie erregt war, hatte eine unnatürliche Gelassenheit sie erfaßt. Susie drückte sie eine Weile, dann holte sie ihr noch einen Drink. Pat stellte ihn zur Seite und meinte im Plauderton: »Außerdem, die beiden Männer, die ich liebe. Keiner der beiden liebt mich.« Das traf ziemlich ins Schwarze. Pete scharrte unbehaglich mit den Füßen, denn er war einer der beiden, von denen sie sprach. Er und ich hatten uns unzählige Male über seine Beziehung zu Pat unterhalten. »Sie ist meine beste Freundin«, erzählte er dann. »Ich liebe sie. Aber ich *liebe* sie nicht, verstehst du, was ich meine? Ich habe es gesagt. Ich kann es nicht ändern. Aber das hat keinerlei Einfluß darauf, was *sie* fühlt.« Pat sagte: »Sie behandeln mich beide wie eine Freundin, in einer Art gnädiger Verachtung.« Sie drehte sich zu Pete um und setzte hinzu: »So meine ich das nicht wirklich, du weißt, daß ich es nicht so meine.« »Ist schon gut«, beruhigte er sie unbehaglich. Für Susie und mich war es um so schlimmer, weil wir damals so glücklich miteinander waren.

Na, wir konnten sie in der Bar ein wenig aufheitern, und Pat erklärte: »Wie auch immer, hier bin ich nun, wieder arbeitslos, mit diesen achtzig Pfund in der Tasche, die ich nicht verdient habe, und unverdientes Geld läßt sich leicht ausgeben, also laßt uns die Party fortsetzen«, und so sind wir im Dead Piano gelandet. Es war ein außergewöhnlicher Nachmittag. Es war ein Freitag im Frühsommer und ziemlich heiß. Wir saßen in einer Ecke und tranken. Plötzlich fragte ich, Gott weiß warum: »Warum verbringen wir das Wochenende nicht in Brighton? Laßt uns für ein paar Tage aus London abhauen.« Pat holte ihre Handtasche hervor und schüttete sie auf dem Tisch aus. »Genau«, meinte sie. »Das ist eine großartige Idee.« Sie zählte die achtzig Pfund ab und stellte fest: »Ich fände es fabelhaft, und hier ist mein Beitrag.« Susie wandte ein: »Sei nicht dumm, Pat. Was ist mit deiner Miete?« »Das mußt du gerade sagen«, bekam sie zur Antwort. »Womit habt ihr zwei denn die Drinks bezahlt?« Und so stülpten wir schließlich alle die Taschen um und legten zusammen, was wir hatten. Wir bekamen hundertdreißig Pfund zusammen, und damit war das Wochenende in Brighton beschlossene Sache. Außerdem hatte ich ein Gefährt (ich fuhr damals mit dem BMW Taxi, den ich 44 gemeinsam mit Ron aus Berlin mitgebracht hatte), also nahm ich die U-Bahn nach Hammersmith, um es zu holen, und los ging's.

Ich habe Brighton nie gemocht. Genauer gesagt hasse ich es. Seine oberflächlich fröhliche Atmosphäre ist etwa so überzeugend wie das Make-up einer Nutte am Montagmorgen. Es wird zur Hälfte von den pensionierten Kleinbürgern regiert, die sich zum Sterben dorthin zurückziehen, und zur anderen Hälfte vom Mob. Die ganze Stadt ist eine fehlgeschlagene Kopie von London mit Strand. Es ist ein gnadenloser, heuchlerischer Ort. Es ist immer noch genauso, wie Graham Greene es in den Dreißigern in *Brighton Rock* beschrieben hat. Ich muß von Sinnen oder besoffen gewesen sein, den Ausflug vorzuschlagen. Jedesmal, wenn ich nach Brighton fahre, geschieht etwas Entsetzliches. Wahrscheinlich war ich so depressiv geworden, weil ich Pat zugehört hatte, daß ich unbewußt den deprimierendsten Ort vorgeschlagen habe, denn ich kannte. Aber niemand sonst teilte diese Reaktion. Sie waren alle begeistert von meiner Idee.

Wir fuhren also hinunter. Hinten im Wagen hatten wir eine Flasche Scotch und etwas billigen Champagner. Die Mädchen tranken den Schampus während der Fahrt, und wir sangen ein paar irische Lieder. Es war das erste Mal, daß ich dort war, ohne ins Röhrchen pusten zu müssen oder sonstwie vom Gesetz drangsaliert zu werden. Nur eines machte mir zu schaffen: an jenem Tag hatte Pat mit ihrer Liebe zu Pete schwer zu kämpfen. Er saß neben mir auf dem Beifahrersitz, und sie beugte sich dauernd vor, um seinen Hals zu streicheln. Mit all dem Champagner und Scotch, den wir schon intus hatten, machte es nicht viel aus, aber ich fühlte mich trotzdem unbehaglich.

Wir fanden eine Unterkunft in einem B&B, dann schlug Pat vor, bei Wheeler's Essen zu gehen, einem Muschelrestaurant, das bei weitem das teuerste der Stadt war. Aber da wir ohnehin vorhatten, unser gesamtes Geld zu verpulvern, warum nicht?

Das Essen verlief großartig. Pat lachte die ganze Zeit. Sie zeigte ihren alten Kampfgeist, etwas, was wir seit Jahren nicht mehr erlebt hatten, lachte über unsere Witze genau wie über ihre eigenen, und wir hielten uns ebenfalls den Bauch. Es war ein riesiges Essen, ein gewaltiges Essen, ein sehr, sehr gutes Essen. Es war ein Essen für einen Baron. Wir tranken Champagner zu Austern und Hummer –

diesmal echtem, zu elf Pfund die Flasche, mit Kaffee und soviel Brandy, wie wir uns zum Abschluß der Mahlzeit zutrauten und nach der wir uns kaum noch bewegen konnten. Pat sagte dauernd: »Mir ist alles egal. Ich wünschte mir, daß dieses Essen nie mehr aufhört.« Nun, es ging bis zehn vor fünf, als die Kellner, die sehr zuvorkommend gewesen waren (Pat hatte dem Manager erzählt, wir würden ihren Hochzeitstag feiern), uns schließlich klarmachten, daß sie für die Abendessensgäste aufräumen mußten. Pat meinte: »In Ordnung, aber bevor wir gehen, trinken wir noch eine Flasche Wein. Ich habe Lust auf Pouilly Fumé.« Sie gab dem Oberkellner einen Dollar Trinkgeld, um den Wein zu holen, was er mit lobenswerter Geschwindigkeit erledigte. Die Rechnung belief sich auf neunzig Pfund, aber das war uns egal. Pat erklärte: »In der verfickten *Coronation Street* habe ich die Szene vielleicht nicht gepackt, aber seht euch die Szene an, die wir hier abgezogen haben.«

Susan und ich wollten abziehen und uns lieben, aber Pat sagte abrupt: »Peter liebt mich nicht« und schluchzte trocken und mit hartem Blick. Wir waren auf der Straße. Peter war verschwunden. Er hatte zu mir gesagt: »Ich gehe spazieren.« Ich verstand schon. Er fühlte genau wie ich, nur deutlicher, daß Pats Stimmung kurz davor stand, umzuschlagen, und zog sich zurück, um keine Explosion zu verursachen. Pat sagte: »In Ordnung, gehen wir runter zum Strand. Laßt uns zur Navy gehen und das Meer sehen.« Susan stieß mich an und stimmte hastig zu: »In Ordnung«, und wir machten uns auf den Weg und wankten über das Kieselfeld, das sich in Brighton Strand nennt. Ich war reichlich enttäuscht, aber Susie flüsterte: »Ich möchte sie jetzt nicht allein lassen.« Also folgten wir Pat den abschüssigen Strand hinab. Das Wetter war abrupt zu dem umgeschlagen, was man einen frischen Tag nennen konnte. Die Sonne war verschwunden, der Strand hatte den schmutzigen Grauton, den Strände halt haben, wenn keine Sonne scheint, und das Meer wirkte bedrohlich. Es war Flut, aber sie war gerade dabei, sich wieder zurückzuziehen, und die Wellen liefen parallel zur Küste und schleuderten Gischt. Pat meinte: »Laßt uns ganz bis nach unten gehen, als wäre es das Ende der Welt.« Also gingen wir drei hinunter ans Meeresufer. Weit und breit war kein Mensch zu sehen. Ich sagte: »Schön, da wären wir also. Und was machen wir jetzt?« und Pat erwiderte: »Wir wandern ein wenig am Strand entlang.« Also schlenderten wir in unseren ausgelatschten Stadtschuhen über die nassen Kiesel. Der Seetang stank. Es dauerte nicht lange, und Susan und ich zogen uns zu einem Kuß hinter einen Wellenbrecher zurück. »Wir bleiben nicht lange, Pat«, meinte Susan. »Wir sind gleich wieder zurück.« Und Pat antwortete: »Ist schon gut, ihr Lieben. Ich bin nicht eifersüchtig. Ich warte genau hier.« Wir küßten uns und vergaßen einen Moment lang alles um uns herum, bis uns plötzlich klar wurde, daß Pat nicht mehr da war. Wir kamen hinter dem Wellenbrecher hervor, und ich fragte: »Wo ist Pat? Siehst du sie hier irgendwo?« Wir fanden sie nicht, bis Susan plötzlich mit ausgestrecktem Arm zeigte und rief: »Da! Da ist sie! Sie ist im Wasser!«, und dann sah ich sie auch, ein kleiner, dunkler, auf und ab tanzender Punkt.

Es war reichlich Wasser. Die Flut strömte schnell ins offene Meer und zog Pat mit. Nur brauchte sich das Wasser gar nicht sonderlich anzustrengen, dann Pat, in all ihren Kleidern, leistete keinerlei Widerstand. Während ich noch hinaussah, verschwanden ihre Schultern außer Sicht, bis nur noch ihr Kopf über der aufgewühlten Wasseroberfläche zu sehen war. Die Wellen schlugen in ihr zum Himmel erhobenes Gesicht und peitschten es. Ich fragte Susan: »Kannst du schwimmen?« »Ja«, erwiderte sie. »Du weißt, was sie vorhat«, meinte ich, und Susan antwortete: »Ja, ich weiß.« »Wir müssen sie da rausholen«, erklärte ich. »Es ist zu spät, Hilfe zu holen. Sieh dir diese Strömung an.«

Wir zogen uns auch nicht aus, sondern rannten direkt ins Wasser. Das Meer reichte uns augenblicklich bis zu den Fesseln, und es tat verflucht weh, aufgepeitscht von dem Scheißwind, den sie da unten haben und von dem die Leute dir dauernd erzählen, wie verdammt erfrischend er ist. Wir hielten uns an der Hand, als wir in die Wellen rannten, fest an der Hand. »Bist du OK?« fragte ich, aber da hatten wir einander schon losgelassen und schwammen, was einfach genug war mit der Strömung im Rücken, aber für den Rückweg versprach es weniger leicht zu werden. Ich schaffte es, Susan zuzurufen: »Nicht überanstrengen, du darfst nicht müde werden.« Sie nickte nur. Ich konnte sehen, daß sie eine gute, starke Schwimmerin war. Wir waren nur noch nie zusammen im Meer gewesen. Zwischen zwei Wellen erhaschte ich einen Blick auf Pat. Sie war noch sechzig, siebzig Meter voraus, und ich dachte, mein Gott, das schaffen wir nie. Ich schaute zurück zum leeren Strand, hatte aber keine Zeit nachzudenken, dafür riß die Strömung uns zu schnell ins offene Wasser. Susan schwamm wie ein Pfeil, hatte mich schnell hinter sich gelassen, und da war Pat vor uns. Sie unternahm nicht den geringsten Versuch, sich zu retten, was auf seine Weise gut war, denn sie versuchte auch nicht, uns zu entkommen, und Susan konnte Pat erreichen und packen, nahm ihr Kinn in die Hand und hob ihr Gesicht aus dem Wasser.

Ich weiß nicht, wie wir es zurück geschafft haben, mit der reglosen, wie traumverlorenen Pat in den Armen – sie unternahm keinerlei Versuch, uns zu helfen. Als ich endlich wieder Schotter unter den Füßen spürte, konnte ich kaum glauben, daß wir wieder am Land waren. Pat war unterkühlt und ohne Bewußtsein, aber sie lebte noch, obwohl sie trotz Susans besten Anstrengungen, sie oben zu halten, die Hälfte der Zeit mit dem Kopf unter Wasser gewesen war. Wir holten soviel Wasser aus ihren Lungen, wie wir konnten, und langsam kam Pat wieder zu sich. »Bin ich immer noch hier?« fragte sie. »Ich wollte es …« Sie sah uns überrascht an, lächelte in einem fort und schüttelte den Kopf. Nachdem ich mich nackt ausgezogen und am Strand entlang durch den Wind gerannt war, bis der mich getrocknet hatte, mußte ich wieder in meine feuchten Sachen steigen, um durch Brighton zu marschieren und den Wagen zu holen. Pete war nirgends zu finden, also fuhren wir drei ohne ihn zurück nach London, mit voll aufgedrehter Heizung.

Aber es war alles verlorene Liebesmüh. Pat beging ein paar Wochen später in ihrer Wohnung mit einer Überdosis Selbstmord. Der Hausbesitzer, der mit dem Gerichtsvollzieher die Tür aufbrach, weil sie mit der Miete im Verzug war, fand sie nackt und zusammengesunken auf dem Wohnzimmerboden, die rechte Hand zum Hörer ausgestreckt, als hätte sie im Augenblick des Todes endlich um Hilfe rufen wollen.

Das sind Sachen, Erster, selbst wenn ich sie hier und da eingefärbt habe, wo ich deutlich nicht anders konnte, ich weiß nicht, ich kann es dir nicht sagen, aber ich schätze, es ist ein Weg, nach sechzig Jahren auf dieser Erde ein Gleichgewicht zu schaffen. Als ich letzten Oktober zum letzten Mal am Hotel Paradiso vorbeikam, war es so vollkommen absurd, daß ich weinen wollte. Ich habe es aber nicht getan, Erster, statt dessen habe ich gelacht – ich konnte nicht anders, als ich in einem schwarzen Taxi an Nummer 67 vorbeibrauste, auf dem Weg zu dem Haus mit dem Strohdach und der

Crew vom Schweizer Fernsehen, der ich auf einer Tour durch London erzählen sollte, wie ich meine Jahre vergeudet habe. Wenn du wirklich ernsthaft darüber nachdenkst, was wir an dem Morgen in Hammersmith mit unserem gemeinsamen Bild der *Gloucester City* gemeint haben, als wir zwei sie erdacht haben, dann wirst du einsehen, daß sie trotz der starken Arme, die an ihrer Entstehung beteiligt waren, nur eine zerbrechliche Barkasse auf dem Meer ist, gegen das sie ankämpft. Außer dem Papier, auf das man nur für Menschen schreibt, die man nicht kennt, gibt es so wenige Menschen, denen ich sagen kann, was ich über diese Notwendigkeiten denke.

Nimm mich ernst und auch nicht, Erster. Honor, du auch, Hugo, wenn du an der Reihe bist. Wie die ganze Welt werde ich tun, was ich immer gefühlt habe, tun zu müssen, innerhalb der Grenzen, die mir die Karten stecken, die ich für dieses Spiel ausgeteilt bekam. Ich habe mir sagen lassen, ich sei ein guter Schriftsteller, aber ein kleiner Mensch, aber ich sehe nicht ein, warum nicht auch kleine Menschen den Versuch machen sollten, sich auszudrükken. Wenn man älter wird, drängt die Zeit einen in die Ecke, und ich stelle fest, daß man sich dort auf all das konzentriert, was man jemals als Schönheit in sich aufgenommen hat, und das nimmt man mit, um sich dem zu stellen, was Spencer die Bittere Welle nannte.

Ich bin mir zum Beispiel sicher, du glaubst mir, wenn ich sage, daß ich an John Raymond am meisten jenes Element der absoluten Kompromißlosigkeit bewundert habe, das ihn zu dem Kritiker gemacht hat, als der er bekannt geworden ist, und das mich stolz macht, seinen Namen als Pseudonym zu benutzen – ein Mann, der behauptet hätte, Schwarz sei Weiß, nicht etwa, weil er daran geglaubt hätte, sondern um zu sehen, wie das Mittelmaß darauf reagiert. Du erinnerst dich, Erster, daß er und ich im Finch's über derlei Fragen diskutiert haben, zwölf, dreizehn Pints darüber konsumierten und dann zurück in die Boltons fuhren und in seiner Küche Dante lasen, während die alte Ankleiderin seiner Mutter, ein Polonius im dicken Rock, über die Dezimierung der Flaschen die Hände rang, die sie gar nichts angingen. John mit seinen blinden roten Augen, der gegen elf Uhr nachts durch die Ulmen starrt, spielt in diesen Memoiren keine Rolle, weil er eine Studie für sich allein verdient. Viele versuchen dir einzureden, der Alkohol hätte ihn umgebracht, aber in Wahrheit war es der Verstand, und laß mich dir sagen, Erster, daß er ein viel zu geringgeschätztes Genie Chelseas war, wie es nach dem Krieg war, und daß man, wenn man ihm nur zuhörte und keine Angst vor ihm hatte, in ihm jene furchtbare Einsamkeit sehen konnte, die in Swifts Worten entstehen kann, wenn der mächtige Verstand eines Menschen auf zuviel Tee treibt. Armer John, der einzige Kritiker, dem *The Inmates* gefiel und der sich bei Eyre & Spottiswoode dafür eingesetzt hat, wo er Lektor war, Gott schenke seiner Seele Frieden. Wie oft hat er sich über den von der Sonne beschienenen Küchentisch mit der Formica-Platte in Kensington gebeugt, einen warmen Pink Gin in der Hand, und gesagt: »Lies diese drei Zeilen noch mal!« Und ich fand die Stelle:

Ricordatevimi, chi so' la Pia:
Siena mi fè,
Mi disfece Maremma.

Dann ging er auf meinen Arm gestützt zu Bett, obwohl er gerade mal fünf Jahre älter war als ich, und abends, wenn die Pubs aufmachten, weckte ich ihn, er zog seinen Schlapphut auf und den

Kneipen-Macintosh an, und wir gingen wieder hinaus auf die Fulham Road, »um den Duft des Frühlingslaubs zu genießen, Robin, und zu sehen, ob es uns nicht gelingt, einen Langweiler an die Wand zu drängen, um uns ein ruhiges Pint unter den Bäumen zu sichern, indem wir uns dessen entledigen, was sie als Konversation bezeichnen«.

Ich betrachtete es als großen Fehler, daß ein Mann, der mit Bleisoldaten auf seinem Sofa Schlachten schlagen konnte, um seine Besprechung über ein Buch zu schreiben, das von einem völlig obskuren Krieg handelte, von Leuten abgetan werden kann, die nicht die Hälfte von dem verstanden haben, was er sagte – derselbe Mann, den Reilly betrunken mitten auf der Finborough Road liegend fand, im Rettungsgriff aufhob, »um ihn vor dem Tod zu retten«, und bis nach Hause trug, wo er ihn abgeliefert hat. Das war die Art Respekt, die John sich bei denen verdient hat, die ihm zugehört haben. Wäre er jetzt nur hier.

Es geht darum, daß man bereit ist zu lernen, wie ich zu Reilly gesagt habe, als wir Blumen für seine Schwester in St. Stephen's kauften, am Tag vor ihrem Tod. Sie streckte uns ihre vertrockneten Arme entgegen und sagte ah, was für schöne Blüten. Wir hatten beide keine Worte, als wir sie in den starken Armen hielten, waren verängstigt von ihrer Schwäche und davon, wie sie zusammengefallen war – eine Frau, die dreißig Jahre die katholische Kirche aufgewischt und jeden Tag bei Finch's in der kleinen Bar mit uns Guinness getrunken hatte.

Plötzlich wurde sie müde, sagte, also, ich seh euch dann morgen, und drehte sich weg. Reilly rückte ihr Kissen zurecht, so daß sie nicht im hellen Licht lag, und dann kam die Schwester heranmarschiert, mit einem Flüstern, das zwischen ihren großen, geraden

Zähnen rasselte, wie wenn jemand versucht, einen Stehkragen anzulegen, und teilte uns laut mit, als wären wir Ausländer oder Dummköpfe, sie stirbt, als ob sie uns das hätte sagen müssen, und wir boten diesem herablassenden, handgewaschenen Gnadenengel einen steifen Schluck Scotch aus Reillys Flachmann an, den sie wütend ablehnte, also gingen wir zurück zu Finch's in die kleine Bar (die gibt es nicht mehr), so wie wir es jeden Mittag taten, und John, der Wirt, erklärte, daß wir da drinnen eine Weile Ruhe brauchten. Es war seltsam, daß Ivy nicht da war, aber ihr Hocker stand zwischen uns, und wir standen links und rechts davon und taten so, als ob sie noch da wäre, wie man das halt so tut.

Was meinen Polizisten angeht, wir gönnen uns eine kurze Pause. Mein Gott, Pete, die Leute kritisieren ihn, weil er so ein unbeholfener Bastard sein soll, aber ich habe auf dem Antlitz dieses Planeten schon weit schlimmere Gestalten getroffen als ihn.

37

Memoiren zu schreiben hat nicht nur mit dem zu tun, was man erlebt hat, das sehe ich jetzt. Es ist viel komplizierter. Es spielt eine ebenso große Rolle, wie deine Vergangenheit dein Bewußtsein geformt hat und wie sie das, einmal geweckt, immer weiter tut. In diesem Sinn erweisen sich Memoiren, weil ich versuche, ehrlich zu sein, mehr als eine Suche nach dem flüchtigen Ich in mir. Jeder Schriftsteller, ob groß oder klein, der davon lebt und stirbt, was er tut, weiß, daß er endlos um das Paradies herumwandert. Er ist weniger daraus vertrieben als versetzt worden, er meditiert über das Paradies und mißt es aus, benutzt als Rechenschieber die Qual, ein grausam exaktes Maß.

Le Bourg, in der Nacht des 30. Juni 1990. Ein großartiger Abend im Dorf, ganz besonders deshalb, weil völlig unerwartet. Habe mit den Nachbarn, Albert, Robert, Abel, Jean-Marie und der ganzen Gruppe im *Maison Pour Tous* gegessen. Ich habe nicht zu viel geredet (hoffe ich), sondern zugehört, was in unserer kleinen Welt so vorgefallen ist, etwas, wozu ich weniger Gelegenheit habe, seit Agnès und ich geheiratet haben und ich mehr Zeit in Paris verbringe. Vor dem Essen haben wir eine Partie Pétanque gespielt und auf der Südseite des *Maison Pour Tous* fünf Wespennester unter den Regenrinnen ausgeräuchert.

Ab und an unter Freunden zu sein, bekommt mir ausgezeichnet, ganz besonders was meine seelische Verfassung angeht. Wenn man allein arbeitet wie ich, wird die Gesellschaft anderer zu einem Bedürfnis. Natürlich habe ich abends Agnès am anderen Ende des Telefons. Trotzdem belastet mich das Alleinsein jetzt noch mehr als vor unserem Kennenlernen.

Andererseits werde ich unausstehlich, wenn ich arbeite – ich weiß, daß ich das immer wieder auftische, aber das liegt daran, daß es mir so unangenehm ist. Außerdem werde ich ungeheuer langweilig, abstrakt, eintönig und unaufmerksam, nicht zu vergessen ungeduldig und schlecht gelaunt, wenn ich gezwungen bin, einen Gedankengang zu unterbrechen. Ich werde mir dessen, was außerhalb der Blattseite geschieht, kaum noch bewußt. Selbst wenn ich hinunter zum Laden gehe, weil meine Gauloises alle sind, geschieht das auf Autopilot. Ich weiß kaum, wo ich bin, in meinem Kopf brummt der Satz, den ich nicht zu Ende geschrieben habe. Das einzige, was mich interessiert, ist möglichst schnell zurückzukommen. Jede Unterbrechung ist schmerzhaft, eine gewaltsame Trennung.

Mein anderer Fehler (das hat sich jetzt geändert, seit der Arzt mir den Alkohol verboten hat) war der Drang – sei es aus Triumph, Sorge über die Situation meiner Figuren oder Verzweiflung, weil ich gezwungen war, mir einzugestehen, daß eine Schlüsselszene, die ich gerade geschrieben hatte, der reinste Müll war – auszugehen und mich zu betrinken, häufig tagelang, bis ich irgendwo zu mir kam, wo ich noch nie zuvor gewesen war, oder gleich auf einer Polizeiwache, verhaftet wegen Erregung öffentlichen Ärgernisses. (Ich erinnere mich noch lebhaft, wie ich in der Great Marlborough Street mehrmals triumphierend den Zug der Delinquenten zum Gerichtshof Nummer 1 anführte, während John Raymond in entsprechender Position zu Gerichtshof Nummer 2 abmarschierte.)

Meine Neigung, mich wie die Figur aufzuführen, die ich gerade erschaffe, und mindestens die halbe Zeit ist das ein Verbrecher, ein ihn verhörender Bulle oder ein Mörder, macht mich bei meinen Nächsten auch nicht gerade beliebter.

Mit einem anderen Menschen zusammenzuleben, dessen Dasein ganz natürlicherweise nach einem anderen Zeitplan abläuft als dem meinen, ist für beide Parteien frustrierend. Ich kann mein Bestes nur leisten, wenn ich die Freiheit habe, so zu arbeiten, wie es für mich am besten ist, und das bedeutet, ohne Rücksicht auf die Uhrzeit. So kann ich so lange darauf verwenden wie nötig, meine ersten Einfälle soweit möglich am Stück niederzuschreiben, was in jedem Fall das beste Resultat zeitigt. Die Einsamkeit gibt einem dazu eine bessere Chance. Man kann sich all die Zeit nehmen, die man braucht, die Schönheit nach langem geduldigen Suchen und Warten in ihrer natürlichen Umgebung zu entdecken, ohne sie aufzuwecken oder zu stören, so wie ein Naturkundler einen seltenen Schmetterling respektiert.

4. August 1990. Letzte Nacht (auf der Terrasse war es tagsüber fast 40 Grad im Schatten gewesen) habe ich etwas geträumt, was mir gar nicht gefiel. Ich kam ins Wohnzimmer des Luxusapartments meines jüngeren Bruders in Westminster, in dem er bei meiner Schwägerin saß, eine Wohnung, die er sich in Wahrheit nie hätte leisten können. Als Julian, der in Wirklichkeit viel volleres Haar hat als ich, mir zur Begrüßung entgegenkam, sah er aus wie eine völlig kahle Puppe. Er trug einen Morgenmantel und zeigte mir die ganze Zeit in einem konstanten, ausdruckslosen Lächeln seine billigen künstlichen Zähne. Meine Schwägerin mußte ständig in seiner Nähe bleiben, denn sobald sie sich entfernte, fiel er mit einem brüchigen Krachen um. »Kannst du nichts tun?« schrie sie. »Kannst du mir nicht helfen?« »Warum, zum Teufel, sollte ich irgendwas tun?« brüllte ich zurück. »Er gehört dir. Das hat mit mir nichts zu tun.« Ich fühlte mich elegant und stark und konnte mir überhaupt nicht vorstellen, was ich dort wollte.

Während wir uns stritten, kroch mein Bruder auf den Marmorkamin und legte sich hin. Als wir ihn kurz nicht beachteten, fiel er herab und verletzte sich wirklich. »Da siehst du, was du angerichtet hast!« brüllte meine Schwägerin mich an. »Hilf mir, ihn aufzuheben, Mann. Siehst du nicht, daß er völlig daneben ist?«

Ich erklärte die Situation für absurd und überließ es ihr, sich mit der kleinen Puppe im Morgenmantel abzumühen. Dann teilte ich meinem Bruder mit scharfer Stimme mit: »Ich gehe in den nächsten Pub.« »Zu Sutton's?« fragte er mit seinem Porzellanlächeln. »Sutton's? Das war doch die Pfandleihe«, meinte ich, und er antwortete: »Na, jetzt ist es der Pub. Schau nur, vom Fester aus kannst du es sehen.«

Ich nahm den Lift runter zur Straße, wo mich etwas erwartete, was ich noch nie gesehen hatte: eine steinerne Treppe nach der anderen führte hinab zu Sutton's, und sämtliche Treppen waren am oberen Ende durch Eisentore versperrt. Hinter mir erhob sich das House of Commons, aber gleich dahinter ragte das Gefängnis von Pentonville in den klaren Himmel. Während ich nach einem Weg suchte, hinunter zum Pub zu gelangen, dachte ich bei mir: »Nanu, das ist doch Pentonville, wie kommt das denn hierher?« Ich schaffte es hinab zur Straße, weil ich das wollte, und meine Tasche war voller Geld. Ich war immer noch in Westminster, aber jetzt konnte ich Sutton's nirgends mehr sehen und mußte mich bei den Passanten danach erkundigen, die es genauso eilig hatten wie ich. Sie gingen einfach weiter, ohne anzuhalten, und schließlich fand ich selbst den Weg in ein Labyrinth von Straßen zwischen Hyde Park Corner und Victoria, das, soweit ich es sagen kann, nie wirklich existiert hat, und genau da lag der Pub. Ich ging hinein und bestellte ein Pint Bier. Aber mein Bruder kam nicht.

Ich wachte völlig verängstigt auf, starrte in den glutheißen Sonnenaufgang und sagte laut: »Er hat die Adresse verwechselt. Er ist tot.«

Als ich langsam wach wurde, dachte ich bei mir: »Kann ich denn in diesem Leben überhaupt niemals Ruhe finden?« Und dann antwortete ich mir sofort selbst: »Die Welt ist voller Menschen, die nicht einmal wissen, was das heißt.« Dann dachte ich: »Dann bedeutet Schriftsteller zu sein, daß der Geist auf ewig vom Körper getrennt ist, zwei Hälften, die einander in derselben Haut beständig rufen, aber nie zusammenkommen.« Als Autor ist man vom anderen getrennt, weil man selbst bereits der andere ist und immer schon war, nur wurde man bei der Geburt dazu hergerichtet, nicht einander zu sein, sondern einander zu suchen. Das Leben ist kompliziert, weil die Einfachheit, die es ursprünglich auszeichnete, ersetzt wurde, verjagt wurde, fehlt. Auch das ist eine Erklärung für Verbrechen und Wahnsinn.

Im Sommer '85 ging ich runter ins Theatre (unser Spitzname für die örtliche Kneipe in Boyne), einen großen, kasernenartigen Bau mit Formicatischen und runden Stahlrohrstühlen, einer Pendeluhr aus den dreißiger Jahren mit Big-Ben-Schlagwerk, hergestellt in Birmingham, einem Tischfußballgerät und Flippern. Es ist ein funktionaler Pub, eine große Bauernabfüllanstalt. Es war Abend, Zeit für einen Aperitif, das Ende eines heißen Tages, und ich saß mit sechs Freunden an einem Tisch in der Nähe der Maschinen. An der Jukebox daneben saß ein Zigeunermädchen auf einem Hocker. Sie war hübsch. Ihr Alter muß irgendwo zwischen vierzehn und zwanzig gewesen sein. Im Sommer ist das ganze Gebiet voller Zigeunerlager. Sie kommen mit den Schwalben, um die Kirschen zu pflücken, und ziehen weiter, wenn die Schwalben aus den Bergen fort und nach Süden ziehen wie der Leser in *The Waste Land*.

Wir sechs saßen stundenlang beim Pastis und redeten, während das Mädchen allein bei der Jukebox saß und Zwei-Franc-Stücke nachwarf, um ein und dasselbe Stück aufzurufen, sobald es endete, immer und immer wieder. Sie hatte ein ausdrucksloses Gesicht und einen seltsam starren, in die Ferne gerichteten Blick, der mir zu schaffen machte. Es war die Art Blick, die man manchmal bei Menschen sieht, wenn sie große, wirklichkeitsfremde Entscheidungen treffen. Ich hatte ihn schon früher gesehen. Also stieß ich meinen Freund Philip an und sagte: »Das Mädchen beunruhigt mich.« Er spielte mit dem Rücken zu ihr Belote, wahrscheinlich hatte er sie gar nicht wirklich bemerkt, und erwiderte nur: »Ach, sie ist eine Zigeunerin, die denken nicht so wie wir.« »Wir können nicht wissen, woran sie denkt«, meinte ich, aber er hatte eine Gewinnsträhne und hörte nicht richtig zu.

Jemand ging hinüber zur Theke, um die nächste Runde Pastis zu holen, es dürfte Didier gewesen sein, und ich trank, ohne die Augen von dem Mädchen zu nehmen. Sie bewegte sich nur ein einziges Mal, als sie zur Theke ging, um sich einen neuen Vorrat Zwei-Franc-Münzen zu holen. Schließlich hielt ich es nicht mehr aus. Ich war nicht betrunken. Ich ging zu ihr hinüber und sprach sie an: »Verzeihen Sie, Mademoiselle, aber Sie sitzen jetzt schon zwei Stunden hier und spielen nur immer wieder diese eine Platte. Stimmt etwas nicht?« Sie sah durch mich hindurch, schien mich gar nicht zu sehen, als sie antwortete: »Wenn dem so ist, was geht Sie das an?« »Gar nichts«, stellte ich fest, »aber warum kommen Sie nicht zu uns an den Tisch und sehen uns beim Kartenspiel zu. Sie können reden, wenn Sie das möchten, oder es sein lassen, wenn nicht, aber ich glaube, es könnte Ihnen guttun. Sie gehen kein Risiko ein, das verspreche ich Ihnen. Ihnen wird nichts geschehen.«

Sie kam tatsächlich herüber. Ihre Platte endete, und sie legte sie nicht wieder auf. Aber sie wirkte immer noch abgelenkt. Sie hatte einen *Menthe à l'eau*, und wir nahmen unsere Unterhaltung wieder auf. Dadurch dauerte es eine Weile, bevor wir uns vage bewußt wurden, daß sie fort war. Plötzlich ertönte ein gewaltiger Krach, als hätte jemand mit einer Schrotflinte in die Decke geschossen. Es war das Mädchen, das sein Glas an der Kante der Theke zerschlagen hatte. Bevor irgend jemand es verhindern konnte, hatte sie sich die linke Pulsader aufgeschlitzt, Rap! Zap!, und alles war voller Blut. Ich rief den Patron: »Gérard! Gérard!« Aber er hatte es gesehen und holte schon das Verbandszeug aus dem Erste-Hilfe-Kasten, als er herübergerannt kam. Damals brauchte im Theatre regelmäßig jemand einen Verband. Gérard war im Algerienkrieg schwer verwundet worden und kannte sich in Erster Hilfe aus. Er und Philip säuberten die Wunde mit *eau de vie*, banden den Arm ab und stoppten das Blut in weniger als einer Minute. Wir verbanden sie. Sie wurde nicht ohnmächtig, sondern starrte nur mit diesem leeren Blick geradeaus, während wir debattierten, was als nächstes zu tun war. Jemand meinte, wir sollten einen Krankenwagen rufen und sie ins zwanzig Kilometer entfernte Krankenhaus bringen, aber ich hielt nicht viel von dieser Idee, weil dann automatisch auch die Polizei mitgekommen wäre, und ich hatte nicht den Eindruck, daß sie das brauchte. Also fragte ich das Mädchen: »Kann ich Sie etwas fragen?« Sie hielt mich nicht davon ab, also fragte ich: »Wo wohnen Sie?« Sie schüttelte den Kopf. Ich fragte: »Wo wollen Sie wohnen?« Wieder schüttelte sie den Kopf. Schließlich sagte sie: »Es ist mir egal, wo ich bleibe. Das ist alles dasselbe.« Ich meinte zu den anderen: »Dann ist es simpel. Sie kommt am besten rauf zur Kaserne. Da ist reichlich Platz.« Ich sagte ihr: »Ich kann Sie unterbringen. Ein Bett, etwas zu essen, heißes Wasser, alles da. Macht es Ihnen was aus, mit mir zu kommen?« Sie schüttelte den Kopf.

Also stieg sie in meinen alten 110, und wir kamen rauf zur Kaserne. Ich gab ihr etwas Warmes zu trinken, und sie ging zu Bett. Am nächsten Tag schlief ich lange, und als ich hinunter in die Küche kam, sah es aus, als wären die Heinzelmännchen dagewesen. Das Geschirr war gespült, der Boden gefegt, bis er glänzte, der Herd funkelte: es war ein brandneuer Raum!

Das Mädchen kam herein. Ich fragte sie nach dem Handgelenk, dann deutete ich auf die Küche: »Haben Sie das gemacht?«

Sie antwortete: »Sie haben mich aufgenommen, oder?« Nach

einer Minute fügte sie hinzu: »Ich bleibe für immer, wenn Sie das möchten.«

»Nein«, meinte ich. »Ich möchte nur, daß Sie so lange bleiben, wie Sie es selbst möchten, bis es Ihnen besser geht.«

Am Nachmittag mußte ich nach Millau. Als ich zurückkam, war sie fort. Der Tisch war fürs Abendessen gedeckt, und neben meinem Teller lag eine einzelne Rose.

Ich hatte sie nicht einmal nach ihrem Namen gefragt, und keiner von uns hat sie je wiedergesehen.

Heute ist ein Abend, an dem ich keine Lust habe, an diesem Buch zu schreiben. Ich bin mir bewußter als sonst, was ich schon festgestellt habe: daß ich meine eigene Zielscheibe bin. Ich muß sagen, daß ich in meiner Jugend beweisen wollte, daß ich es unabhängig von der Burg schaffen, meine Ambitionen verwirklichen, ein geschäftiges, aufregendes Leben führen und ein paar weibliche Eroberungen als Beweis am Schopf in die Höhe halten konnte.

Es mag scheinen, daß man nichts hätte, worüber es sich zu schreiben lohnt, wenn man keine Fehler beginge. Aber trotzdem gibt es Grenzen: das auf ein Nicken vom Boß abrupt zerschmetterte Handgelenk, der hinter einem Wohnblock im East End eingetretene Schädel, nicht persönlich gemeint, die dünn lächelnden Wahnsinnigen, die sich für einen lautlosen Mord bezahlen lassen, der mit dem Taschentuch erstickte oder mit einer Drahtschlinge abgeschnittene Schrei, die letzten dummen Worte des Opfers, die dessen Todesqualen um ein paar Sekunden verlängern. Hätte ich mich nie mit dem Bösen eingelassen, hätte ich nie die schlechten Träume gehabt, die als verschmierte Spuren gewisser ekelhafter Erfahrungen wiederkehren und angewidert hervorblubbern wie eine Toilette, die ein Stück Scheiße hochspült: Ich hätte die Straßenecke im Januarwind nie kennenlernen müssen oder die langsame Erkenntnis, daß die Reise zu Ende war, geplatzt, der Scheck verspätet oder einfach nicht da, die Ware ein Haufen Müll und das Gesetz schon in Wartestellung, während die wirkliche Zahlung am anderen Ende der Stadt in gebrauchten Geldscheinen an einer Pubtheke in der Rush Hour abgewickelt wurde. Noch wäre ich andererseits je den gekauften Beamten begegnet, jenen, derer man sich nie wirklich sicher sein kann, selbst nachdem sie das Geld angenommen haben, die ihre Kinder am Wochenende zum Pony-Trekking mitnehmen und sich nur durch den Druck von Bargeld oder kaltem Stahl umstimmen lassen – den Männern, deren Kater, Alter, Schuldgefühle, Entsetzen und kalter Schweiß erst nach einem letzten dumpfen Erwachen weichen, das sie mit einem totalen Defizit konfrontiert, aus dem es nur einen Ausweg gibt: *Timor mortis conturbat me.*

Das ist ein Teil dessen, was der *Noir*-Roman macht. Er führt junge Männer vor, die auf dem Tennisplatz plötzlich altern, steif werden, tiefgebräunt in ihren weißen Shorts, als sie gerade überzeugt sind, es geschafft zu haben, den Aufschlag verpatzen, bleich werden, mitten im Schlag wie ein Blatt erzittern, aus keinem anderen Grund als wegen des fernen Klingelns eines Telefons im zum Club umgebauten Schloß am Samstagnachmittag, Sevenoaks nicht weit entfernt. Er zeigt, was von ihnen übrig ist, wenn sie schließlich wieder aus dem Gefängnis kommen, eine Spur von Fotokopien alter Briefe aus zerbeulten Aktenkoffern hinter sich her ziehend, über die selbst die armseligsten Rechtsanwälte nur gelacht haben. Die Leute sehen sie von einer Kneipe zur nächsten zittern, das Objekt des letzten Nebensatzes, des leisen Lachens, das sagt: armer alter Bastard. Er führt alte sechzigjährige Hochstapler vor, die versuchen, vierzigjährige Börsenmakler zu sein, und junge dreißigjährige Hochstapler, eine Socke am Hacken mit einer Kartoffel ausgestopft, die an einer eleganten Theke posieren, auf geborgten Armbanduhren nach der Zeit sehen und sich aufführen wie alte sechzigjährige Hochstapler.

Ich würde sagen, der *Noir*-Roman kann dir alles zeigen, was es in der Auslage der Verzweiflung zu sehen gibt, bis hinunter zu dem Mann, der dich im Intercity Express übers Ohr haut und an der roten Ampel am Piccadilly Circus, deinen Scheck in der Tasche, mit einem Kußmund aus dem Taxi springt und in der U-Bahn-Station Green Park verschwindet.

Wie Tacitus' *Annalia* (wie hat er es geschafft, lange genug zu überleben, um das zu schreiben?) ist der *Noir*-Roman zur Stelle, um dich daran zu erinnern, daß deine vielversprechende Zukunft hinter dir liegt. Wir wurden geboren, um ausgenutzt zu werden, und die *Noir*-Romane existieren, um zu zeigen, welche Folgen dieses Ausgenutztwerden für einen Menschen hat. Und er fügt hinzu: Je mehr du vergißt, was du vergessen willst, desto verzweifelter erinnerst du dich daran.

Als der Abend im *Maison Pour Tous* vorbei war, standen ein paar von uns noch beisammen, unterhielten uns und verdrückten, alles andere als nüchtern, die Reste. Einer meiner Freunde deutete auf eine Tafel, die die Gräfin an der Wand hatte anbringen lassen, seit ich das letzte Mal dagewesen war, und fragte mich, was ich davon hielt. Ich sah mir die erste Zeile an, die lautete: »Wenn du unschuldig bist, hast du nichts zu befürchten.« »Von wem nichts zu befürchten?« fragte ich. »Wer ist diese Person, die entscheidet, wer unschuldig ist und wer nicht?« Ich nahm einen Kugelschreiber und schrieb FAUX darunter.

Am nächsten Tag entschied ich, daß ich es wahrscheinlich übertrieben hatte, und sagte das auch, aber die anderen meinten, nein, es sollte bleiben, und so steht es heute noch da. Niemand scheint sich darüber aufzuregen, und inzwischen tut mir nur leid, daß ich mein Werk nicht signiert habe, wie ich es normalerweise tue.

(Heute ist wieder eine schlimme Nacht. Ich bin zurück in der Wildnis, der ich endlich für immer entkommen zu sein glaubte. Meine Augen sind Pudding, die Welt ist gelblichgrün, undurchsichtig, metaphysisch eine Schicht entfernt, eine unsichtbare, dichte Schicht. Ich war wieder hinter dem Comic Strip, durch verrottete Bodenbretter in die Gewalt gestürzt, zurück in der Welt von Poe, Goodis, Thompson und Chandler, wo die Leute herumstehen und trinken, versuchen, den Weg zurück zu dem zu finden, was sie einmal waren. Sie wachen fröstelnd an einer Straßenecke in der unbekannten Stadt auf oder, panisch auf einer Matratze kauernd, in einem Keller voller Leute, die in einer fremden Sprache murmeln.)

Seit ich das Land verlassen habe und wieder schreibe, fühle ich mich auf eine subtile, aber definitive Weise abseits des Dorfes. Ich bedaure das. Es ist nicht dieselbe Situation wie bei meiner Ankunft, als Rose, ich und die Kinder nichts hatten, worauf wir schlafen konnten, und der Regen durch das Dach pißte (obwohl er das stellenweise immer noch tut), als wir losziehen und als *smicards* arbeiten mußten, ich, Alain Condamine und Jean-Marie Vaysette, für Père Camille auf den Weinbergen des Theatre, mit reichlich Dornengestrüpp als einziger Gesellschaft. Wir haben auf die Ankunft des alten Herrn gewartet, der versuchte, sich im *traction avant* anzuschleichen, um uns bei einer Zigarettenpause unter der Hecke zu erwischen, und obwohl es ein hartes Leben war, hatten wir reichlich Spaß, und was für enge Freunde wir waren! Jetzt sehe ich das sehr deutlich.

Ich bin um nichts besser dran als damals. Meine Situation ist anders, aber nicht besser, und ich fühle mich meinen Nachbarn weit ferner. Ich fühle mich hier immer noch nicht im mindesten fremd, und abgesehen von meiner ersten Überraschung darüber, mich hier wiederzufinden, habe ich das wohl nie getan, sondern die Bedingungen des Dorflebens als das Wesen des Lebens hingenommen. Nur, wie ich gerade erst beim Essen den anderen gegenüber erwähnt habe, hat sich alles unmerklich verändert. Es ist nicht nur, daß es die Schnecken, Süßwasserkrebse, Hasen, Kaninchen und das Wild wie früher nicht mehr gibt oder daß es im Winter nicht mehr anständig schneit. Es ist mehr die Tatsache, daß man die Leute nicht mehr um sich halten kann, die man früher kannte. Sie sterben weg. Letztens erst Maurice Bleuret, ein Mann, den ich praktisch kannte wie meine rechte Hand, wie ich Gonzalez kannte. Der Tod durchlöchert dich, Stückchen für Stückchen, bis aus all den kleinen Löchern ein einziges großes Loch wird.

Le Puech, 22. Januar 1991. Ich war gestern auf dem Weg zurück vom Supermarkt in Marie-Lous Kneipe in Aguessac. Es war etwa sechs Uhr abends, und es goß in Strömen. Die üblichen Gäste waren da: Galtier, der frühere Feldwebel und heutige Taxifahrer André, die ganze Bande.

»Wo ist Claude?« fragte ich Marie-Lou, als ich mein Bier bestellte. »Er verspätet sich.«

»Er ist tot«, antwortete sie.

38

Als konkretes Beispiel für alles, was ich bisher über den *Noir*-Roman gesagt habe, möchte ich etwas zurückgreifen und erzählen, wie ich das Jahr 1960 erlebt habe. Dieses Jahr war ein Wendepunkt in meinem Leben, vor allem in meinem schriftstellerischen Leben, denn 1960 war mein erstes großes Lehrjahr zum Thema Gesellschaft, in den Begriffen der Straße erlebt und basierend auf dem Prinzip, daß man verwendet, was man als Waffe gerade zur Hand hat.

Nicht lange, nachdem ich zu Neujahr 1960 aus Amerika zurück nach London gekommen war, arbeitete ich für Leute, die eine Menge Zeit im Knast verbracht hatten. Das war eine Zeit, in der es den Gangs in East und South London finanziell so gut ging, daß sie nette Jungs (und Mädels) der Upper Class mit dem richtigen Akzent und ohne Vorstrafen als Fassade für ihre Unternehmungen brauchten – besonders beim Glücksspiel, das in Großbritannien verboten war, im Call-Girl-Gewerbe, bei Immobiliengeschäften und Finanzbetrug bzw. für Schwindelfirmen. Wir lernten schnell, nebenbei noch eigene Geschäfte abzuwickeln, soweit wir Zeit dafür hatten.

Diese Mischung aus dem offenen, explosiven und profitträchtigen Kontakt zwischen dem schon immer Zwielichtigen aus der Welt der Privatschulen und dem schon immer Zwielichtigen der Straße war es, die ich in meiner Anfängerzeit in *The Crust on Its Uppers* und *Bombe Surprise* zu beschreiben versucht habe, und wenn diese Bücher, wie alle meine Frühwerke, abgesehen von den beinahe zwangsläufigen Lobhudeleien jener Zeiten, unpopulär blieben (insofern, als sie nie wiederaufgelegt worden sind), lag das meiner Ansicht nach ebenso sehr daran, daß ich in den Salons unerwünschte

Aufmerksamkeit auf das zog, was man lieber unter den Teppich gekehrt hätte, wie an ihren Stil- und Aufbaufehlern. Verleger und Schloßherren sind genauso dreißig Jahre hinter der öffentlichen Meinung zurück wie welche Regierung auch immer, und so teilten mir die einen mit, ich sei ein Verräter an meiner Klasse, und die anderen, ich sei der obszönste Schriftsteller Kents – ein ungewöhnliches Kompliment, an dem ich mich heute noch erfreue.

Ich betrat diese Welt des wahnsinnig gewordenen freien Unternehmertums in einer Stimmung von Abenteuerlust und Selbsterhaltungstrieb (letzterer war auf jeden Fall notwendig, denn die Herausforderung bestand natürlich darin, einem Gefängnisaufenthalt zu entgehen) und fand mich schnell auf der Firmenseite des Geschäfts, wo meine Rolle zwar nicht gewalttätig war, aber die Risiken um nichts geringer waren, wenn etwas schiefging. Außerdem fand eine Menge Gewalt in meiner unmittelbaren Umgebung statt, und ich durchlebte eine ausgesprochen beängstigende Zeit. Das Training, das all dies für meine Schriftstellerlaufbahn bedeutete, war allerdings einzigartig. Insbesondere genoß ich den Vorzug, enorme Kontraste zu erleben. Als krimineller Romanautor führte ich zwei grundverschiedene Leben nebeneinander her. Ich schrieb nicht über Risiken, ich ging sie ein. Ich stellte mir keine Kriminellen vor. Ich aß in den Pubs von South London oder den Hotels der Park Lane mit ihnen zu Mittag. Ich lernte, wie sie sprachen, wie sie dachten, wie sie Entscheidungen trafen, wie sie sich darüber unterhielten, wer bleiben mußte, wer verschwinden mußte, wem sie schaden würden und warum, wie bestimmte Operationen finanziert, gestaffelt, unterstützt, verändert oder aufgegeben wurden. Sie hörten sich an wie einflußreiche Politiker auf der falschen Seite des Gesetzes, und genau das waren sie auch.

Es konnte schiefgehen. Einmal ging es im Ausland für mich schief, als das Gesetz mich entlarvte und ich zusätzlich zu zahlreichen anderen Problemen siebzehn Stunden am Stück von neun Bullen in Dreierteams verhört wurde. Alle drei Teams rauchten, tranken und aßen mir gegenüber, als ginge es um ihr Leben. Alle zwei Stunden wurden sie abgelöst. Ich rauchte, trank oder aß nichts. Niemand bot mir etwas an. Ich wurde auch nicht abgelöst. Sie boten mir an, mir das Leben einfacher zu machen, wenn ich auf fünf Jahre einwilligte. Ich glaubte nicht daran, daß sie ihre Anklage durchbringen konnten (genausowenig wie sie selbst, deshalb strengten sie sich so an), und verweigerte jede Kooperation. Es ging um meine Freiheit gegen ihre Theorie. Aber niemand wußte besser als ich, daß es die falsche Theorie war, also brauchte ich nur dafür zu sorgen, daß sie sich daran festbissen. Als es auf die intellektuelle Manier nicht funktionierte, boten sie mir Schläge an, aber das war während einer Rekonstruktion in meiner Wohnung, nicht auf der Wache, und zu meinem Glück warteten vor der Tür drei Fernsehteams, denn es war ein großer Fall. Ich schlug ihnen vor, ich könnte mich hinterher ausziehen und nackt vor die Kameras treten, damit die Öffentlichkeit meine blauen Flecken zählen konnte, und daraufhin dachten sie ein wenig angestrengter über ihre Beförderungsaussichten nach und verzichteten darauf, ihre Idee in die Tat umzusetzen.

In jenem Sommer lief alles bestens – geradezu bombig. Wir hatten 73 Eaton Place aufgegeben, wo es all den Ärger gegeben hatte, als Paddy Kennedy bei einem Pokerspiel mit gezinkten Karten unter dem Tisch die Knarre gezogen hatte (»Ich könnte jedem von euch Wichsern die Kniescheibe zertrümmern.«), und waren, auch wenn der Vermieter davon noch nichts ahnte, in sehr viel geräumigere und angenehmere Räumlichkeiten in 9 Margaretta Terrace umgezogen, gleich neben der Phene. Dort hielten wir neben unseren üblichen Arbeiten, ich für den Colonel und die anderen auf eigene Rechnung, Glücksspielabende von sehr viel größeren Ausmaßen ab. Je illegaler das Glücksspiel war, desto größer waren die Einnahmen, und nachdem wir das Gesetz ausbezahlt hatten, beteten wir, daß alles so weiterlief. Wir verfielen in Depressionen, als im Parlament das Gesetz von 1961 verabschiedet wurde und die ganze Chose in sich zusammenfiel. Unsere Partys waren so enorm, daß selbst die Anführer der größten Gangs kamen. Wir sahen einander sowieso jeden Tag. Wir besuchten dieselben Pubs, teilten uns häufig dieselben Frauen. Gelegentlich heirateten wir sogar in die gegenseitigen Familien ein.

Trotzdem waren das Verbrecher von beachtlichem Kaliber, und vom Standpunkt der Glücksspielpartys war das ausgesprochen beunruhigend, denn Verbrecher spielen nicht wie der normale Kunde. Verbrecher setzen nur auf sichere Wetten, und wenn sie verloren, war das für uns sehr schlecht, es konnte sogar einen Krankenhausaufenthalt bedeuten. Also spielten sie auf Kommission – mit anderen Worten, sie bekamen einen Schnitt der Einnahmen. Andererseits, wenn man nicht ohnehin an einer unheilbaren Krankheit stirbt und einem seine Gesundheit nicht völlig egal ist, empfiehlt es sich, deswegen keinen Stunk zu machen.

Das Dekor für diese Gelegenheiten war von einer gewissen Kunstfertigkeit. Wir besorgten uns reichlich vergoldete Kerzenhalter, die Ernte von Landgut-Raubzügen. Dann stellten wir reichlich freie Getränke auf (auch für uns frei, denn sie waren entweder gestohlen oder auf Kredit gekauft) und verteilten ein paar halbseidene portugiesische Herzöge im Smoking und ein, zwei bankrotte britische Adlige im Saal sowie ein paar Bordstein-Debütantinnen, denen es nichts ausmachte, darüber hinwegzusehen, wenn sie verprügelt oder gefickt wurden, solange sie Geld und ein gutes Essen dafür bekamen, vielleicht sogar eine Reise nach Tanger oder Acapulco. Wir holten uns die besten Spieler, indem wir die Mädchen auf die besten Gesellschaften schickten, um sie abzuschleppen. Die Mädels bekamen einen Fünfer für jeden Hunderter, den ihr Spieler verlor. Der war meist ein amerikanischer Filmproduzent mit einem dicken Dollarbündel. Einer spielte gar nicht erst, wenn er kein Spiel in der Hand hielt, mit dem er bei tausend Dollar eröffnen konnte, also lieferten wir ihm die reichlich. Die Karten waren von As bis 10 markiert. Ich hatte jedesmal Schwierigkeiten, ein Grinsen zu unterdrücken, wenn ein Spieler neue Karten verlangte. Nick the Bubble hatte alle Päckchen über Dampf geöffnet, die Karten markiert und sie dann wieder verpackt, inklusive Zellophanhülle. Und zusätzlich erhoben wir noch eine Hausgebühr von zehn Pfund auf jedes »neue Spiel«. Man kann wirklich nicht behaupten, die Briten wären nicht ehrlich.

Gleichzeitig – und das war meine tatsächliche Arbeit – war ich Leitender Direktor der Firmengruppe des Mortmayne Investment Trust, mit einem Büro in Pall Mall, günstig gelegen für die großen Banken. Ich kümmerte mich um die Bankgeschäfte. Mortmayne war eine Gruppe von fünf Baugesellschaften, die in fünf Anlagen entlang der Südküste Villen errichteten. Mortmayne gehörten tatsächlich alle Grundstücke, nur war der Trust irgendwie ganz ungemein langsam, wenn es um den Bau echter Villen ging. Phantasievillen dagegen waren geradezu über Nacht fertig. In Wahrheit verkaufte Mortmayne also Luftschlösser, als wären sie real, was nicht nur einfacher, sondern auch sehr viel billiger war, und alle waren zufrieden – jedenfalls zunächst. Außerdem ermutigte die

Firma die Öffentlichkeit, in Bauvorhaben oder natürlich gleich in die Firma zu investieren, und obwohl Mortmayne nicht an der Börse notiert war, kam die Öffentlichkeit diesem Angebot mit erstaunlicher Bereitwilligkeit nach, denn der Bauboom nahm damals gerade seinen Anfang.

Etwa einmal die Woche kreuzten die Herrschaften, die Mortmayne tatsächlich leiteten, aber so bekannt waren, daß sie es sich nicht leisten konnten, auf irgendeinem Firmenbriefkopf zu erscheinen, der auch nur entfernt seriös aussehen sollte (ganz zu schweigen davon, Aktienzertifikate, Überweisungen und ähnliches zu unterschreiben), im Bentley mit den abgedunkelten Scheiben aus dem East End auf, nahmen mich mit zur Bank und warteten, während ich mit dem Aktenkoffer reinging. Üblicherweise brauchten sie zwischen Zehn- und Zwanzigtausend, um ihre Leute zu bezahlen, neue Deals anzuschieben und so weiter. Ich besorgte es ihnen, indem ich Gelder zwischen den fünf Mortmayne-Konten verschob, wobei ich normalerweise erst im Büro vorbeiging, um nachzusehen, ob Miss Specter irgendwelche Schecks hatte, die ich einreichen konnte. Meistens waren eine ganze Reihe fetter Schecks in der Post, einschließlich einmal eines Schecks über 35.000 Pfund von einem Nonnenkloster in Schottland, Geld, von dem die Nonnen niemals wieder etwas sahen. Sie hatten den Fehler gemacht, Mortmayne mit einer anderen Firma ähnlichen Namens zu verwechseln, bei der sie eigentlich investieren wollten (der Trick bestand darin, die Öffentlichkeit zu verwirren, indem man sich einen Namen gab, der beinahe identisch mit dem einer etablierten Gesellschaft ohne den geringsten Makel war).

Ich bezog offiziell 500 Pfund in der Woche für diesen minimalen Arbeitseinsatz (meine Mutter: »Wann wirst du endlich seßhaft und besorgst dir einen anständigen Job?«). Tatsächlich betrug mein Lohn, was immer ich glaubte, aus den Mortmayne-Konten unterschlagen zu können, ohne meine Hintermänner aufzubringen und den Kopf zu verlieren. Aber schließlich ging ich auch ein beträchtliches Risiko ein – das natürlich ständig größer wurde, wie bei jeder Scheinfirma, die dazu bestimmt ist, ausgeblutet und dann dichtgemacht zu werden, denn mein Name stand auf den Aktienzertifikaten und dem Firmenbriefkopf. Ich wurde als Leitender Direktor geführt (der Aufsichtsratsvorsitzende war einer unserer zahmen, bankrotten Spieler-Earls und bekam ab und zu einen Fünfziger für die Freude zugesteckt, seinen Namen gedruckt zu sehen). Ich unterschrieb auch alle Schecks. Der Firmensekretär, ein Anwalt, der gerade eine Haftstrafe dafür abgesessen hatte, daß er sich aus den Konten seiner Klienten bedient hatte, und mit dem ich mich schnell anfreundete, pflegte zu bemerken, daß wir alle Millionäre sein könnten, wenn wir Mortmayne einfach nur seriös führen würden. Aber das Problem bei der Sache war der Colonel, der nur unehrlich beschafftem Geld traute. Wenn wir im Dorchester beim Essen saßen, erklärte er regelmäßig, daß ehrenhaft verdientes Geld sich einfach nicht so gut ausgeben ließ.

Solange es gutging, war es phantastisch. Selbst die Bank spielte mit – und warum auch nicht? Das Investmentgeld strömte nur so herein. Die Bank bot sogar an, der Firma einen Kredit zu geben, damit wir wachsen konnten, während wir in Wahrheit natürlich rapide schrumpften. (Es war nur gut, daß niemand in der Bank je auf die Idee kam, sich die »Villen« einmal anzusehen. Er hätte eine enorme Lupe gebraucht, um auch nur eine zu finden.)

Aber damals konnte man mit einem Anzug aus der Savile Row und dem Binder eines Old Etonian (auf den man sogar ein *Recht* hatte!) eigentlich nicht verlieren, und ich zog eine gewisse Befriedigung daraus, die Schule derart auszunutzen, was natürlich alle anderen, die jemals dort gewesen waren, auf ihre Weise ganz genauso taten.

Zwischen mir und den Hintermännern gab es nie Probleme. Aber wenn sie mal jemand »ärgerte«, wurde dieses Problem von jemand aus der Welt geschafft, an den ich lieber nicht denke. Die Leute, für die ich bei Mortmayne arbeitete, ließen Personen, die ihnen nicht behagten, beseitigen – sie hatten keine große Wahl. Ich lebte nach den Regeln der Straße: man selbst und die Leute in der eigenen Umgebung gegen die Gesellschaft, vertreten durch die Polizei. Es gab Heimtücke ebenso wie Freundschaft in unseren Reihen. Jede Menge von ersterem. Besonders Spitzel. Unbedeutende Spitzel kamen üblicherweise mit einem Grinsen davon: soll heißen, ein Mundwinkel wurde mit Hilfe eines Rasiermessers bis ans Ohr durchgezogen, als sichtbares Zeichen eines zu großen Mundwerks. Danach hatte man keine Chance, je wieder in der Unterwelt einen Job zu bekommen.

Manche Leute glauben, Kriminelle wären sinnlos brutal. Das ist ein Irrtum. Der größte Teil der Gewalt dient einem bestimmten Zweck. Es machte keinen Unterschied, ob man ein berufsmäßiger Spitzel war (außer daß man dies in der Regel nicht allzu lange war) oder nur im Suff das Maul aufriß, wenn man es besser nicht getan hätte – Spitzel wurden als Warnung für andere Spitzel getötet. Außerdem konnte man sie nicht ungeschoren lassen. Aus dem Blechnapf zu fressen ist nie ein Vergnügen, aber es war immer noch einfacher, wenn man erwischt wurde, als wenn jemand einen verkauft hatte. Gelegentlich kam ein Spitzel gelinde davon, wenn er dem Gesetz eine Nachricht überbringen sollte. Der bekannteste dieser Fälle zu meiner Zeit war der Kerl, mit dem der Troubleshooter in seinem Wagen die A2 runterfuhr. Er parkte an einem Rastplatz, nahm das Geld, das der Spitzel ihm für die Information zahlen sollte, und brach ihm mit einer Eisenstange, die er zwischen den Wagensitzen hatte, beide Beine. Dann ließ er den Spitzel zurück nach West End Central laufen.

Unsere Klasse war in dem Sinne wichtig, als daß wir eine Menge von den Verbrechern zu lernen hatten und sie eine Menge von uns, und so formten die vorzeitigen Public-School-Abgänger und die Kriminellen eine natürliche Partnerschaft, und man endete in einer Welt, in der es keine Klassen gab. Ich sehe die Politiker sich ganz genauso verhalten. Ihr privates Ich hat nichts mit dem zu tun, was sie der Öffentlichkeit im Fernsehen vorspielen, ebensowenig wie ihre Meinungen, und bei den seltenen Gelegenheiten, wenn ich sie sehe, weiß ich nicht, ob ich lachen oder weinen soll.

Wie alle Abenteuer war auch dieses ein Glücksspiel. Wenn irgend etwas schiefging, war ich fünf bis sieben Jahre meine Freiheit los. Ich denke nicht, daß ich besonders gute Nerven hatte. Mir fehlte wohl einfach die Phantasie, mich in einer Gefängniszelle oder beim Freigang in einem engen Innenhof zu sehen. Außerdem hatte ich ein gutes Gefühl und folgte meinem Instinkt. Ich machte auf jeden Fall eine Menge Geld, und ich befand mich im Zentrum des Geistes der Hauptstadt jener Zeit, was immer das sein mag. Im London des Jahres 1960 war es jedenfalls dieses elektrisierende Gefühl sich plötzlich vor einem ausbreitender Möglichkeiten, nach Jahren der Nachkriegsstagnation, in denen sich rein gar nichts bewegt hatte. Jetzt war die ganze Gesellschaft, Adlige, jede Menge glücklose Abgeordnete und ein paar Minister, Kriminelle, Betrüger, Immobilienspekulanten, Kunsthändler, reiche Glücksspieler, kleine Geschäftemacher, ein riesiger Pulk von Leuten, die einander bei denselben Aufführungen (*Fings, O What a Lovely War*), auf denselben Partys, mit oder ohne Glücksspiel, in denselben Nightclubs (*Les A, Winstons, The Establishment*) und denselben Restaurants auf die Füße traten.

Das einzig Ungewöhnliche an mir in diesem Milieu, soweit ich es sagen kann, war die Tatsache, daß ich der einzige Schriftsteller war. Dadurch hatte ich denselben Blickpunkt wie meine Freunde und Geschäftspartner, aber eine andere Motivation: Ich stahl nicht nur das Geld der Leute, ich fragte mich zugleich, warum wir das taten. *The Crust on Its Uppers* war das erste unbeholfene Ergebnis dieser Situation. Auch wenn ich noch reichlich ungeschickt dabei war, tat ich doch, wozu Schriftsteller meiner Meinung nach da sind: Ich studierte jede Facette meines Lebens, um andere, alle anderen, daran teilhaben zu lassen. Deshalb ging ich auf die negativen Aspekte all dessen, was ich tat, ebenso ein wie auf die positiven. Ich wußte bereits aus erster Hand, daß man die fröhliche Oberfläche nur leicht anzukratzen brauchte, und schon traf man auf den Dreißigjährigen, den ich gekannt hatte, der vor einen Zug gesprungen war, weil er keine Knastzeit mehr ertragen konnte und seine einzige Hoffnung, in Freiheit zu bleiben, darin bestand, sich vom Gesetz gegen seine Freunde einsetzen zu lassen.

Wenn es um die Gesellschaft im Ganzen geht, sind Glücksspielpartys und betrügerische Immobilienfirmen Teil der Fassade. Jede Art des Verbrechens ist ein spezifischer Kampf, und wie jeder Kampf hat auch dieser seinen Grund: das Überleben. Der Kampf, der von der falschen Seite des Schalters in der örtlichen Wache der Freunde und Helfer geführt wird, ist ernst, mit extrem ernsten sozialen Implikationen, und ich hasse es, ihn sensationalistisch aufgebauscht und verflacht zu sehen, als ob ein Mann oder eine Frau, die das Gesetz brechen, *automatisch* keine Menschen mehr sind – und doch ist genau das so ziemlich alles, was die meisten Romane, die sich dieses Themas annehmen, zustande bringen.

Auf die eine oder andere Weise sage ich es immer wieder: Ein Autor muß dem Material, mit dem er sich beschäftigt, seinen Wert geben, und das ist der Grund für die Existenz des *Noir*-Romans meiner Definition. Wie bei jeder Anstrengung in irgendeinem Lebensbereich ist es auch dabei besser, einen Versuch zu unternehmen und zu scheitern, als es gar nicht erst zu versuchen. Zumindest wird man auf diese Art nicht zu einem dieser Kneipenlangweiler, die einen damit anöden, was sie einem nicht alles über ihr Leben erzählen könnten, wenn sie nur jemand finden könnten, der es für sie erzählen und ihre Fehler zu Geld machen würde. Keiner dieser Langweiler wird es je zum Schriftsteller bringen, weil ihnen die Courage abgeht, sich selbst zu beschreiben, unerwünscht, einfallslos, verzweifelt, halbverrückt, und in ihrem Innersten wissen sie das auch. Verbrechen baut wie der Rest unserer Gesellschaft auf dem Prinzip auf, jemand anderen die Arbeit für sich machen zu lassen. Wer keinen derartigen Sklaven für sich auftreiben kann, wird selbst Sklave und weiß es auch, und das Spiel (das immer schwieriger wird, weil es viel zu viele panische Mitspieler gibt, die versuchen, sich den Pott zu holen, ohne den Einsatz zu bezahlen) besteht darin, nicht übrigzubleiben.

Es ist völlig falsch zu glauben, daß rachsüchtiges, gewalttätiges und unverantwortliches Benehmen innerhalb der Gesellschaft der Fehler der kriminellen Klasse und auf diese beschränkt ist. Die »kriminelle Klasse« spielt in Wirklichkeit eine analoge Rolle zu der Polizei in überentwickelten Nationen und der Armee in unterentwickelten: Sie zeigen die Gesellschaft so, wie sie wirklich ist.

Das Leben auf der falschen Seite des Schalters ist eine Erfahrung, die man durchleben muß. Es ist unmöglich, sie auf andere Weise zu erlangen. Weil ich den Preis bezahlt habe, der Gesellschaft zu widersprechen, brauche ich nicht zu versuchen, mir auszudenken, was während eines Polizeiverhörs geschieht. Ich habe diese brutale Delikatesse genossen, und das Durchforsten von Archiven oder Gespräche mit Leuten, die es mitgemacht haben, ist kein Ersatz.

39

Ich hätte sicher nie gewagt, mich so tief in das ultimative Grauen von *Suarez* zu versenken, hätte ich nicht an eine Macht geglaubt, die bereit war, mir auf der anderen Seite wieder herauszuhelfen. *Suarez* war aller Schrecken, den ich mir vorstellen kann, ins Schreiben gepackt. Ich kann es sogar ein intimes Grauen nennen, weil ich ein Teil von all denen wurde, die in dieser miserablen Ecke der Hölle existieren, und sie wurden ein Teil von mir. Mein Ziel in *Suarez* war es, die zum Untergang verurteilte Expedition, die ihr Leben war, zu *werden* – deshalb habe ich das Buch als einen *roman en deuil*, einen Roman in Trauer, beschrieben, und selbst jetzt noch, im Dezember 1990, all die Jahre nach seiner Fertigstellung, kann ich Dora nicht aus meinen Gedanken verbannen. Manchmal höre ich ihr Flehen immer noch. Ich schließe die Augen und sehe ihren in Richtung Beil ausgestreckten Arm, in einem Versuch, unter dem verzweifelt keuchenden Atem mit ihrem Mörder zu reden. Ich höre ihren letzten verzweifelten Schrei nach Hilfe, die nicht kommt.

Ich habe *Suarez* geschrieben, um mich daran zu erinnern, was es bedeutet, wenn keine Hilfe kommt, als Erinnerung an die Leere, die man kennt, wenn man seine letzte Karte ausgespielt hat, wenn man weiß, heute mußt du springen, es gibt keinen Ausweg, keinen

Rückweg. *Suarez* ist ein Versuch, zum Ausdruck zu bringen, daß, auch wenn die Hoffnung immer im Konjunktiv stehen muß, das Paradies vielleicht nicht verloren ist, daß es möglicherweise doch einen Ort für die Verlorenen geben kann – daß er hinter der Düsternis wartet. Jedenfalls ist das die einzige Hoffnung, an die die Verlorenen sich klammern können.

Die Tatsache, daß manche von uns nur in diese Welt hineingeboren wurden, um ermordet zu werden, ist für alle Welt deutlich zu erkennen, und ebenso, daß unsere generelle Tragödie darin besteht, daß wir die Gesellschaft so definieren, wie wir glauben, daß sie sein sollte, und dazu die Begriffe derer verwenden, die sie so aufrechterhalten, wie wir wissen, daß sie nicht sein sollte. In dieser Umkehrung liegt für mich die Dichte eines Alptraums, in dem man, der Möglichkeit zu sprechen oder zu handeln beraubt, entweder unwiderstehlich angetrieben wird oder wie gelähmt an einem Punkt steht – ich wechsle den Platz mit jener Frau, die ich einmal auf einem Bürgersteig gesehen habe, die vorbeigehende Passanten in einer Sprache um irgend etwas anflehte, in einer Sprache, die keiner von ihnen verstanden hätte, selbst wenn sie stehengeblieben wären und es versucht hätten.

Ich glaube, das Urteil, vor dem ich mich am meisten fürchten würde, wäre das Urteil der Verrückten.

40

Um das Böse festzuhalten, nützt es nichts, es nur zu beschreiben zu versuchen, man muß es verstehen. Wer das nicht kann, dem wird es nie gelingen, das Böse auch nur zu beschreiben. Man muß das Böse verstehen, um es verhindern zu können. Keine menschliche Unternehmung gedeiht lange, wenn das Böse erst sein negatives

Gewicht dagegen stemmt. Das Böse drückt sich als Verlangen aus, und jedes Verlangen ist darauf gerichtet, erfüllt zu werden. Eine Stimmung ist eine Gebärmutter, ein Zustand des Menschen, der beständig darauf wartet, befruchtet zu werden, um einem Teil von ihm die Existenz zu ermöglichen. Wo das Verlangen, die Stimmung, böse ist, existiert in unserer Gesellschaft, so wie sie ist, der fruchtbare Boden für jeden *roman en deuil*, der je geschrieben wurde:

> Sich wendend und wendend in weitendem Kreis
> Kann der Falke den Falkner nicht hören.
> Die Dinge zerfallen, das Zentrum kann nicht halten.
> Anarchie kommt über die Welt,
> Die blutgetränkte Flut ergießt sich, und allüberall
> Wird die Zeremonie der Unschuld ertränkt …
>
> … Und welch grobe Bestie, ihre Stunde endlich gekommen,
> Schleppt sich nach Bethlehem, um geboren zu werden?

Die immense Verwirrung des Todes! Der blinde Moment des Schreckens, der Ohnmacht und des Zusammenbruchs, das Versagen von Kreislauf und Hirn zusammen mit den körperlichen Qualen, die zu dieser gewaltigen Zustandsveränderung gehören! Diese abrupte, erstaunliche Veränderung in unserem Innern, in der wir vom Himmel auf die Erde stürzen, wo Eliots kichernder Lakai uns den Mantel aufhält, den anzuziehen wir uns, auch wenn wir das nicht wissen können, heute ebensogut schenken könnten.

Ich finde, wo immer sich eine mentale Katastrophe ereignet (eine noch weit ultimativere Katastrophe als der körperliche Tod), sollte man sich ihr so schnell und vollständig wie möglich stellen und kein unkontrolliertes Driften erlauben. Es muß beschrieben, untersucht und analysiert werden, und das ist die Funktion des Schriftstellers: Das Ziel des *Noir*-Romans ist es, das Böse so zu behandeln wie einen Verdächtigen – es anzuhalten, zu durchsuchen und zu verhören. Schreiben ist eine Methode, ein Problem zu isolieren und zu verfolgen, es in eine Position zu bringen, in der man es zumindest teilweise studieren kann, bis man in der Lage ist, sein Wesen zu erfühlen – ja, selbst vorsichtig auf dem Papier zu erleben. Wenn man diese erste, teilweise Sicht einmal aufs Papier »gebannt« hat, kann man sich darauf konzentrieren und sein Wissen darüber erweitern. Aber man muß es sehr lange unbeobachtet studieren, um den Schrecken zu erfahren, es sich benehmen zu sehen, als wäre es allein. Es muß mit großer Vorsicht behandelt werden, denn wenn es die Chance dazu hat, packt es dich und macht dich zu dem Opfer, das du in seinen Augen bereits bist.

Außerdem habe ich die Erkenntnis gewonnen, daß man so versessen darauf wird, sein Opfer durch den Dschungel der Sprache zu verfolgen, daß man dabei im wirklichen Leben leicht versagt, weil man unabkömmlich ist, während man seine Phantasmen durch ein paar hundert Buchseiten hetzt. In meinen realen Beziehungen mit dem anderen verliere ich viel zu häufig den Kontakt mit ihm, was nicht nur traurig, sondern sogar gefährlich ist, denn es ist unmöglich, sich selbst oder ihn außerhalb der Grenzen eines Buches zu beschreiben. Es kommt dazu, daß man sich beiden gegenüber nicht danach verhält, wie sie *sind*, sondern danach, *wo* man selbst in Beziehung zu ihm stehen sollte – ein Punkt, den man in der Realität nicht erreicht hat und wahrscheinlich auch nie erreichen könnte.

Möglicherweise ist man für diese Person nicht verloren, und sie ist es nicht für einen selbst, aber es kann dazu kommen, daß man sich so daran gewöhnt, über sie zu schreiben und sie zu studieren, sie auf der Buchseite zu »sein«, daß es beinahe auf dasselbe hinausläuft: die reale Person rebelliert dagegen, als das gesehen zu werden, was sie für die Phantasien des Autors hält. Man gewöhnt sich so daran, eine Romanfigur zu vervollkommnen, Teile einzupassen, andere zu entfernen, sie zu multiplizieren und zu dividieren, sie generell zurechtzumachen wie eine Mutter ihr Kind vor dem Aufbruch zu einem Besuch, daß man riskiert, das reale Objekt dieser Studien als irritierendes Problem zu behandeln, dessen Verhalten und Gedanken in der eigenen Sicht dringend bereinigt gehören. Der betreffende Mensch ist in seinen Reaktionen sporadisch und unberechenbar, er redet zu viel oder zu wenig, er ist in bestimmten Situationen nicht so interessant wie erwartet, in anderen überkritisch und nervtötend – und paradoxerweise riskiert man durch die schiere Intensität der Liebe und Ambitionen, die man für ihn empfindet, das tatsächliche, lebendige Wesen aus den Augen zu verlieren, das man zum Objekt seiner realen und literarischen Nachforschungen gemacht hat, so wie Mary I. Philip von Spanien verlor. Es ist eine absurde und zugleich tragische Situation.

Bewußt handelnde Mörder lügen grundsätzlich, wenn sie nach dem Ereignis überhaupt etwas sagen. Ihre Lügen sind ebenso komplex wie die objektive Wahrheit über sie, weil sie sich einen Doppelgänger erschaffen haben, jemanden, der nicht wirklich existiert. Das Verbrechen hat natürlich diese mythische Person begangen, nicht der Verdächtige. Letzterer sieht sich als unschuldig verfolgtes Opfer, da er nicht einmal »da« war, oder wenn doch, dann nur als völlig unbeteiligter Zuschauer, ein nicht weiter betroffener Zeuge der

Ereignisse, vom gleichen Geisteszustand wie ein Autofahrer, der ohne einen zweiten Blick an einem mehrfachen Auffahrunfall vorbeifährt, weil Muttern zu Hause mit dem Essen wartet.

Außerdem halte ich es für wert festzuhalten, daß unschuldige Normalbürger zwar gelegentlich verzweifelt ein Alibi *brauchen*, der Killer, der nicht weniger verzweifelt ist, aber eines haben *muß*. Selbst wenn die Fakten der Tat unanzweifelbar feststehen, muß sich der Psychopath ein emotionales Alibi zurechtlegen, damit er zu seiner eigenen Verteidigung kommen kann, als wäre er ein Freund, der sich zwar etwas hat zuschulden kommen lassen, dem man aber in aller Fairneß das Recht geben muß, seine Seite der Situation vorzutragen. Und so war denn auch ein junger Mörder in Sussex, der angeklagt war, drei kleine Mädchen vergewaltigt und erdrosselt zu haben, und den ich kürzlich in einem Fernsehinterview sah, außer sich über den Haß, der dem wahren Schuldigen (ihm selbst natürlich) von Polizei und Nachbarn entgegenschlug. Er war doch nur ein stiller, verheirateter Familienvater, der niemanden störte. Und trotzdem warfen ihm die Leute ohne den geringsten Grund mit Backsteinen die Fenster ein, obwohl er von der Anklage des Mordes an den ersten beiden Kindern freigesprochen worden war, während jener unglückselige andere für den Mord an dem dritten Mädchen gejagt wurde. Die örtliche Bevölkerung setzte ihm zu und versuchte, ihn aus der Nachbarschaft zu vertreiben. Es war »schändlich«.

Der Psychopath läßt sich am besten im Vergleich mit Dr. Jekyll und Mr. Hyde beschreiben. Das ist wahrscheinlich die beste Darstellung dieses Themas, die es je gegeben hat. Der Betroffene läßt sich als ein Mensch beschreiben, der in zwei grundverschiedenen Daseinszuständen existiert. Der erste ist der, den seine Nachbarn und Arbeitskollegen kennen, sein normales, alltägliches, äußeres

Verhaltens- und Erscheinungsmuster. Und es ist wichtig festzuhalten, daß er fünfundachtzig Prozent seines Lebens in der Überzeugung verbringen kann, diese Person und niemand sonst zu *sein*, unberührt von den restlichen fünfzehn Prozent seiner Existenz (der Mörderphase), die er bestenfalls als eine Serie beunruhigender Alpträume erlebt. Es ist diese Überzeugung, so normal wie Brown, Smith oder Jones nebenan zu sein, die es so schwierig macht, ihn zu finden und zu überführen (Sutcliffe, Nielsen), verbunden mit dem scheinbaren Fehlen jedes Motivs bei der Auswahl seiner Opfer.

Der zweite Zustand des Psychopathen ist im wahrsten Sinne des Wortes eine separate Persönlichkeit, so tief im Unterbewußtsein eingeschlossen und versteckt, daß ihr Besitzer sie möglicherweise allen Ernstes nicht erkennt. Es ist diese zweite Persönlichkeit, die Untaten verübt, von denen der Betroffene so entsetzt und schokkiert ist, daß es ihm unmöglich ist, sie zuzugeben, selbst wenn er von dieser zweiten Persönlichkeit in seinem Innern weiß. Das Äußerste, wozu er bereit ist (und auch das nur in vereinzelten Sonderfällen), ist der Versuch, den wahren Täter, von dem er Grund zu der Annahme hat, daß er ihm entfernt bekannt ist, zu verstecken, auch wenn dessen abscheuliches Verhalten auf gar keinen Fall mit ihm selbst in Verbindung gebracht werden sollte. Das wäre eine ungeheuerliche, obszöne und unglaubliche Anschuldigung. Solange der Betroffene nicht von diesem Alter ego besessen ist, wäre er ganz und gar unfähig zu töten, denn das Geniale seines Bösen ist die Tatsache, daß er wörtlich »abwesend« ist, während er mordet: Der feige, blutbesudelte »Wahnsinnige«, der in die Gedärme des Mädchens masturbiert und danach auf den Boden geschissen hat, ist sein Doppelgänger und hat nichts mit dem unterwürfigen, hart arbeitenden Landarbeiter oder dem irgendwo in den unteren Rängen der Staatsverwaltung umherirrenden kleinen Angestellten zu tun. Aber die alptraumhafte Absurdität des Mordes wird verständlicher und die aufreizende, undurchdringliche Selbstsicherheit des Killers erklärbarer, wenn man erst einmal durchschaut, daß der Mörder, um morden zu können, einen Trick benutzt hat, der uns anderen nicht zur Verfügung steht: Als der Psychopath sein Verbrechen verübte, war er geistig abwesend, und er beging seine Verbrechen in einem Zustand, in dem die Absurdität – mit anderen Worten die pure, wahnsinnige Energie des entfesselten Monstrums – zur einzigen, absoluten und zwingenden Realität wurde.

In diesem Augenblick war die Absurdität zur Wirklichkeit geworden. Alles Positive im Wesen des Betroffenen hatte sich in sein Gegenteil verkehrt. Normale Liebe (in manchen Fällen kann sich der Täter als liebevoller und großzügiger Ehemann und Vater entpuppen), Anständigkeit, Mitgefühl, Respekt vor dem Leben werden abrupt durch deren Gegenteil ersetzt, und jene Psychopathen, die am bereitwilligsten gestehen (natürlich erst, nachdem sie überführt sind), sind in der Regel solche, die in ihren Normalzustand zurückgekehrt sind, während sie in jenem alternativen Zustand vom Ergebnis ihres Handelns umgeben waren.

Ich kann mich der nagenden Überzeugung nicht entziehen, daß das Verhalten, das ich gerade beschrieben habe, seinen Ursprung in der Gesellschaft hat (die der Betroffene zuerst als elterlichen Einfluß beziehungsweise durchaus als Abwesenheit ebendieses Einflusses, sprich Abwesenheit der Eltern, erlebt). Wenn ich mir die Statistik über die Mordfälle in den USA im Jahre 1990 ansehe, 23.200 Fälle, ein neuer Rekord, von denen einer begangen wurde, um dem Opfer seine Turnschuhe zu stehlen, während ein anderer Mörder von seinem Opfer im Kindesalter einen Dollar erbeutete, dann macht mir noch mehr Sorgen, daß ein derartiges Verhalten, das früher einmal ausreichte, nationale Aufmerksamkeit zu erregen, heute im fortwährenden Zerfall der Gesellschaft als so normal angesehen wird, daß es nur noch die Sensationslüsternen anzieht oder zur reinen Zahl verkommt. Es wäre interessant zu erfahren, wie viele Menschen man in zehn Jahren unter welch spektakulären Umständen wird ums Leben bringen müssen, um noch in den nationalen Fernsehprogrammen und auf den Titelseiten zu erscheinen.

Deshalb kommt der *Noir*-Roman nicht vom psychologischen Terrain los. Beide Aktivitäten versuchen, das individuelle und um sich greifende allgemeine Desinteresse am Tod anderer Menschen zu untersuchen, bis hin zur Bereitschaft, ihn indirekt zu verursachen oder zu fördern.

Mein Interesse an Psychopathen steht in direkter Verbindung zum *Noir*-Roman, und zwar durch dessen Hauptfunktion, das Beschreiben und Verstehen der Gesellschaft. Bei meinem Interesse an Psychopathen geht es deshalb darum, inwieweit ein von diesem Geisteszustand Betroffener die Gesellschaft widerspiegelt, in der er aufgewachsen ist. Der tiefgreifende Schock, der seine Psyche in zwei Teile gespalten hat (so tiefgreifend, daß er ihn in vielen Fällen als Selbstschutzmechanismus völlig verdrängt hat), war, wie und wo auch immer er sich ereignete, das Resultat eines Schadens, der dem Betroffenen von einem Mitglied der Gesellschaft zugefügt wurde, und die Schockwellen breiten sich aus wie die Wellen auf der Oberfläche eines Teiches, in den man einen Stein wirft, bis sie schließlich ein enormes Gebiet abdecken. Als Autor von *Noir*-Romanen ist das absolut ein Teil meines Territoriums, ebenso wie ein anderer Faktor, den ein sehr großer Prozentsatz der Personen gemein hat, die für diese Art von Mord verantwortlich zeichnen: die Überzeugung des Betroffenen, sein Leben lang unerwünscht und ungeliebt gewesen zu sein.

Ein Psychopath zu sein bedeutet, in einem Zustand gefangen zu sein, der den Betroffenen daran hindert, sich real, will sagen gleichartig, zu fühlen. Das Verbrechen ist objektiv real, aber der Zustand des Täters, wenn er dieses Verbrechen verübt, ist alles andere als real, selbst wenn das Verbrechen aus nicht mehr als dem Diebstahl einer Tafel Schokolade im Supermarkt besteht. Der Psychopath kann, soweit ich ihn kennengelernt, ihn beobachtet und ihm zugehört habe, das Vorhandensein eines inneren Zustands nicht eingestehen, der ihn veranlaßt, seine Verbrechen zu begehen, noch darf er erwischt werden, denn sein fragiles Selbstbild muß unter allen Umständen beschützt werden. Daher ist er gezwungen, seinen fremdartigen Zustand hinter einer Kopie normalen Verhaltens zu verbergen. Häufig täuscht er die Normalität sehr leicht und erfolgreich vor – denn der Anschein von Normalität ist äußerst oberflächlich und recht einfach nachzustellen. Die unnatürliche Anstrengung dieser Täuschung jedoch, eine Anstrengung, die in direktem Widerspruch zu dem zwingenden Bedürfnis des von Zweifeln geplagten Wesens steht, sich Geltung zu verschaffen, läßt den Betroffenen, sobald er sich aus den furchtbaren Zwängen der Notwendigkeit befreit, sich an andere anzupassen, mit denen er sich nicht identifizieren kann, zwischen unkontrollierbaren Phasen des Selbstmitleids und der blinden Wut auf eine Gesellschaft schwanken, die ihn seiner Überzeugung nach verraten hat. Wenn viele der von solchen Menschen begangenen Verbrechen sexueller Natur sind, liegt das daran, daß ein Drang um so leichter zum Ausdruck urzeitlicher Triebe werden kann, wenn er umgangen oder ignoriert wird, je primitiver er ist: Liebe und körperliche Lust verwandeln sich aus Frustration in ihr Gegenteil, in Haß, Zerstörung und Tod.

Dadurch verachtet der Killer (während er ein Killer ist) gerade die Normalität, die sein Zustand ihn vorzutäuschen zwingt, als das erbärmliche Verhalten des Schwächlings, als den er sich möglicherweise in deutlichem Kontrast zu der eiskalten Superintelligenz seines anderen Ichs sieht: Letzteres hat ein transzendentales, majestätisches Bewußtsein ferner, rauschhafter Erhabenheit von Nietzsches Übermensch, kilometerhoch über Mensch und Zeit, als den der Mörder sich selbst sieht, zu dem er wird, während er seine Verbrechen begeht, und der später im Polizeiverhör, im Gerichtssaal oder bei psychiatrischen Gesprächen zum Vorschein kommen kann.

Wie viele normale Menschen haben nicht von dieser Art der Rache geträumt, wenn sie sich in einer erniedrigenden Situation der Unterlegenheit befinden, während sie hilflos dastehen, voller Haß auf ihren grinsenden Gegner! Aber der Unterschied zwischen der Vorstellung, seinen Peiniger umzubringen, und der tatsächlichen Tat ist natürlich absolut. Zudem kommt ein Normalmensch gar nicht auf den Gedanken, irgend jemand als Ersatz für den ursprünglichen Peiniger (falls der jemals wirklich existiert hat) umzubringen und sich zur gleichen Zeit eine sexuelle Befriedigung zu verschaffen, die im Normalleben nur schwer möglich ist. Es ist der ursprüngliche Schock, dem der Mörder ausgesetzt war, der die Grenze zwischen Wunsch und Wirklichkeit vernichtet.

Das existentielle Problem des Mörders ist, wie er seine Unlust, seinen Mangel an Ausstrahlung, menschlicher Wärme und Humor kompensieren soll, seine allgemeine, diffuse Unzufriedenheit mit seinem alltäglichen Zustand apathischer Mittelmäßigkeit in einem typischerweise geistlosen, unbefriedigenden Job ohne Aussichten. Dieses Kompensationsbedürfnis äußert sich in der extremen Form der Rache. Minderwertigkeitsgefühle lassen den normalen Wunsch nach Gleichheit zu dem gigantischen Sukkubus anschwellen, den ich hier als sein Alter ego bezeichne – ein Monstrum, das im Killer beschworen wird, um die Führung zu übernehmen und als absolutistischer Herrscher über dessen ganzes Wesen zu regieren. Dieser sadistische Dämon übernimmt die andere, passive Persönlichkeit des Mörders – langweilig, ohne echte Selbstkontrolle, masochistisch, impotent, bestenfalls ein selbstgefälliger Langweiler – und versklavt sie, macht sie zum schmeichelnden Vasallen des Despoten. Um ein Bild der modernen Mythologie zu bemühen: der unattraktive Clark Kent, mit seiner Brille, seinen Pickeln, seinem langweiligen Job bei einer Lokalzeitung verwandelt sich in den mächtigen, unwiderstehlichen, trotzdem glattrasierten und eindeutig der Mittelklasse zuzurechnenden Superman. Beide verschwören sich als ein einziges Wesen (wenn auch zugleich einander fremd, weil jeder seine eigene Gestalt hat), und als zweigestaltiges Wesen werden sie in Aktionen verwickelt, die zugleich unmöglich und undenkbar sind, aber für ersteren notwendig, weil sie für letzteren angenehm und befriedigend sind. Theoretisch kann daher keiner der beiden den anderen jemals verstoßen. Alles, was sie tun, wurde von »jemand anders« getan, ganz egal, wie sehr Clark Kent bewundern mag, was seine so seltsam gekleidete andere Persönlichkeit getan hat.

Es gibt nur wenige Menschen, die jedes Lebensziel erreichen, aber der Mörder ist eine furchtbare Ausnahme. Sein Ziel ist das Nichts und sein Augenblick des Triumphes der Augenblick, in dem er es erreicht. Seine Absicht, ob er sich dessen bewußt ist oder nicht, besteht darin, ganz und negativ zu werden, ob durch den Aufbau einer gespaltenen Persönlichkeit oder nicht. Sein einziges Ziel, das er durch seine Verbrechen realisiert, die unabänderlich zum Tod des anderen führen (sei es nun absolut oder symbolisch), besteht darin, sich zum einzigen Herrscher eines abwesenden Universums aufzuschwingen. Er ist unerreichbar, weil es unmöglich ist, nichts zu erreichen. Er hat dieses negative Argument bewiesen, indem er es für sein Opfer unmöglich gemacht hat, ihn zu erreichen, als er es tötete, und dadurch einen totalen Orgasmus erlebte, den er nur im Zusammenhang mit einem Todesszenarium erreichen kann. Dabei ist noch eine andere Besonderheit wert, herausgestellt zu werden: die Neigung des Killers, Wortneubildungen oder als selbstverständliche Wahrheiten präsentierte Lügen zu benutzen, aber verbunden mit *Bedeutungssprüngen*, Methoden, die es ihm am ehesten ermöglichen, ein Verhalten zu erklären, das die normale Sprache nicht fassen kann, etwa so:

»Ich mußte sie aufschneiden, um ihre Alpträume zu filmen.« (Mörder im Knightsbridge Crown Court)

»Meine Mutter war eine höchst außergewöhnliche Person. Ihr einziges Lebensziel bestand darin, anderen zu helfen. Die Leute kamen von nah und fern zu ihr, so daß ich nicht viel von ihr zu sehen bekam.« (Reg Christie)

»Die Endlösung ist eine glorreiche Seite der deutschen Geschichte. Hier unter uns können wir das ruhig eingestehen, meine Herren, aber natürlich müssen wir es augenblicklich wieder vergessen.« (Heinrich Himmler in einer Rede vor seinen Lagerkommandanten)

Einmal, als ich sicher war, gleich selbst getötet zu werden, fragte der Betreffende mich: »Warum schreibst und redest du die ganze

Zeit nur über den Tod?« Dann machte er eine Pause und setzte hinzu: »Obwohl, andererseits, warum nicht?«

Es war jemand, den ich schon ziemlich lange gut kannte (dachte ich). Ich hatte weder vermutet, daß er mich umbringen wollte, weil ich seiner Ansicht nach für seine zugegebenermaßen furchtbaren psychischen Probleme nicht offen genug war, noch, daß er Selbstmord begehen wollte, was er danach tat. Ich erinnere mich, daß ich selbst in meiner extremen Situation, als der Moment plötzlich da war, zum ersten Mal verstand, wie eine gewisse Komplizenschaft, eine Form gegenseitiger, vorsichtiger Akzeptanz zwischen einem Opfer und seinem Mörder bestehen kann. Es ist für beide eine zeitlose, unendliche Sekunde. Natürlich ist es per definitionem das absolute Gegenteil von Freundschaft, und doch hatte ich für ein paar Sekunden beinahe den Eindruck, wir wären die Freunde, für die ich uns gehalten hatte. Dabei hatte sich sein Gesicht völlig verändert, war zu einer entsetzlichen Fratze geworden, teilnahmslos und böse. Er hatte die Nacht neben mir an meinem Schreibtisch verbracht, während der andere in seinem Innern seinen Entschluß gefaßt hatte, komplexe und hysterische Diagramme zur Erklärung seiner Feindschaft gegen mich erstellt hatte, die er wieder vernichtete, kaum daß sie fertig waren. Wir waren allein im Haus, und das Telefon stand zwei Zimmer weiter. Als der Augenblick kam, der Moment, in dem er sich zum Handeln getrieben sah, erkannte ich plötzlich die Gefahr, in der ich mich befand, daß er mich töten würde, weil ich ihn als Bittsteller zurückgewiesen hatte. Ich wußte, daß ich nur überleben konnte, indem ich weiterredete, das Gespräch weiter entwickelte, in dessen Verlauf die Krise ausgebrochen war, als würde er sich nicht so verhalten, wie er es tat, und sein mörderisches Benehmen als Teil einer völlig banalen Situation zu behandeln. Sobald ich diese entscheidenden Sekunden überlebt hatte, wußte ich, daß ich in Sicherheit war. Der Moment war vorüber, war von Erschöpfung und Apathie abgelöst worden. Der kommende Ausbruch von Verärgerung und Frustration war vielleicht zehn Minuten entfernt, und solange ich die Situation im Griff behielt und vor allem keine Angst zeigte, konnte ich im freundlichen Gespräch seine Jacke holen, ihm hineinhelfen und ihn, die Hand auf seiner Schulter, zur Tür führen. Genau das tat ich dann auch.

In seinem Fall hat das Gute auf negative Weise über das Böse triumphiert, denn auch wenn dieser spezielle Betroffene nicht gemordet hat, hat er die einzige Möglichkeit ergriffen, die ihm allem Anschein nach blieb, um das Monster in seinem Innern zu überwinden: er beging Selbstmord.

Weder die Medizin noch der Staat kümmern sich bisher auch nur annähernd genug um die kausale Beziehung zwischen dem Killer, seinen Eltern, seinem Hintergrund und dem sozialen Element oder der Erfahrung, die es den Eltern ihrerseits möglich gemacht hat, ihr Kind so zu behandeln, daß es zum Mörder werden mußte, ein Monstrum zu erschaffen, dessen Existenz keineswegs unvermeidlich war. Weiter will ich nicht gehen: Die indifferente Haltung des Staates zur körperlichen Sicherheit der Öffentlichkeit ist symptomatisch für ein zunehmendes allgemeines Desinteresse an menschlichem Leben. Es ist ein Skandal, daß keine Mittel auf das klinische Studium von Psychopathen und die Verfügbarkeit der Resultate für rigoros in deren Anwendung ausgebildete Polizisten bereitgestellt werden, denn ich bin sicher, daß eine große Zahl abscheulicher Morde verhindert werden könnten, wenn ertappte Mörder gründlich untersucht würden, wie es zumindest in den Vereinigten Staaten inzwischen ansatzweise geschieht.

41

Ach, Gisèle, wahrscheinlich hält niemand von uns unsere Gedanken für größer oder bedeutender als unsere Körper, auch wenn ich das jetzt als Fehler empfinde, aber als begreiflichen Fehler, denn allein durch das Leben verfallen wir in den Irrtum, ja, gelegentlich scheint es sogar, daß wir durch die Tatsache in den Irrtum verfallen, daß wir lebendig sind – so als wäre das Leben selbst ein Irrtum. Alles, was ich jetzt von dir will, ist die Freude, die deine Anwesenheit mir gebracht hat: dein Gesicht, das sich mir angeboten hat, und die Essenz von dir, die meine Erinnerung mir immer noch vermittelt. In unserer kurzen Zeit zusammen, all meine Fehler in Gedanken verpackt, konnte ich das nie aussprechen. Wir Engländer stehen in dem Ruf, kalt zu sein und eine kalte Sprache zu sprechen, aber laß mich dir sagen, daß das nicht stimmt. Ich bin nicht kalt, sondern durch meine Irrtümer zum Schweigen verurteilt, so daß meine Gedanken sich hinter meinen Augen bewegen müssen und ich sie nicht aussprechen kann. Aber jetzt, hinterher, kann ich dir sagen, daß du mir in einer Zeit Hilfe geleistet hast, in der ich vergessen hatte, was das ist. Wie ich mich daran erinnere, wie du immer da warst, wenn mein Zug ankam, um 11 Uhr 17 in den Gare de Lyon einfuhr, neun Stunden nach dem Mittagessen in Millau, egal bei welchem Wetter, wie du es gesagt hattest, und ich preßte mir die Nase an der Scheibe platt. Mein Fenster schwebte zu dir hoch, während ich schon aus dem Waggon stieg, und dann überquerten wir die Avenue Diderot zum Tour de Lyon und tauschten über Menüs Nummer 2 unsere Neuigkeiten aus, und wir wußten nicht, wo wir anfangen sollten, beim Essen, beim Wein oder bei den Neuigkeiten, und mein Koffer unter dem Tisch behinderte uns ebenso wie die Kellner.

Wie kann es denn irgendjemand wagen, die Tragödie eines anderen zu beschreiben, wenn er selbst nie Leiden kennengelernt hat? Manchmal sah ich dich während des Essens an und habe darüber nachgedacht. Ich wußte, daß du es verstanden hättest, aber ich fand die Worte nicht. Es fällt uns allen leicht zu sagen, daß wir an die Toten denken und uns an sie erinnern, als wären sie noch lebendig, aber es ist anders, wenn sie plötzlich auftauchen, dich mit den alten Händen ihrer Angst packen und in deinem eigenen Leben Anspruch auf dich erheben. Wenn sie dich in diesen ungünstigen Augenblicken anrühren, in denen du von deinen eigenen Verlusten umgeben bist, wenn sie dich im Halbdunkel anhalten und flüstern: »Wir haben dir geholfen, bist du noch da? Glaubst du noch an uns?« Was sagst du dann?

Traurigkeit läßt sich verschieben, aber nicht vermeiden, und wenn sie einen schließlich packt, bin ich nicht der Ansicht, daß man sich selbst noch weiter demontieren sollte, indem man ihr nachgibt – was sollte das nützen? –, sondern statt dessen sowohl Vernunft wie Leid ungarniert schlucken und sich am alltäglichen Leben festhalten sollte, an all den kleinen Details und der Routine, die sich dann ausnahmsweise als nützlich erweisen, weil sie in schweren Zeiten einen Halt bieten, mit dem Ziel weiterzumachen, das den Schmerz schließlich verdrängt. Denn wir sollten niemals vergessen, daß wir alle schon immer vor demselben Problem stehen: dem Problem von Menschen, die gedankenlos in Positionen gepreßt wurden, für die sie nie gedacht waren. Und wenn wir unsere eigene Folter um ein generelles Desinteresse am Schicksal anderer erweitern, ist das ein Zeichen, daß wir uns auf dem Rückzug nicht nur vor unseren eigenen Träumen befinden. Es ist ein Zeichen, daß wir die Mitmenschen aufgeben. Das ist die Wahrheit, die wir zum allgemeinen Wohl isolieren und zu erklären versuchen müssen. Das Phänomen ist entsetzlich, wenn man es in einem Roman herausarbeitet und Aufmerksamkeit auf das Messer der Abwesenheit lenkt, das sich durch die Indifferenz eines heißen Nachmittags bohrt. Aber die Menschen auf dem Weg zur Arbeit bemerken nichts, wie Eliot es gesagt hat: »Ich hätte nicht gedacht, daß der Tod so viele zugrunde gerichtet hat.«

Selbst wenn wir nur Amateure in den Schritten dieses ominösen Tanzes sind, glaube ich doch, daß es einen Weg geben muß, die hellen Bänder um die schwarzen Knie des Vortänzers und ihren regelmäßigen und doch holprigen Rhythmus zu bezwingen, indem wir durch den Mitmenschen darauf bestehen, daß wir irgendwie immer noch die sind, die wir waren, als wir uns freuten. Es hat keinen Zweck, sich nur Fotos alter Zeiten anzusehen. Haben wir als Menschen etwa nicht das Bedürfnis, unsere Kindheit selbst in der Hölle zu bewahren?

Aber siehst du nicht, daß es ein unmögliches Ziel ist? Siehst du nicht, Gisèle, wie so viele Menschen von der Ungewißheit verfolgt werden, warum sie existieren? Man sagt, daß Rebhühner einen Partner fürs Leben wählen, und wenn einer davon umkommt, soll der andere aus Trauer ebenfalls sterben. Aber Menschen, diese überlegene Spezies, murmeln vor sich hin, halten eine Fassade aufrecht, werden von Alpträumen geplagt. Und die Schatten werden immer länger.

Le Bourg. (An jenem heißen Augustabend im letzten Jahr aßen Agnès und ich allein im zähen, versiegenden Licht auf dem Balkon. Ich erinnere mich mit einem Stich – unserer Schwierigkeiten wegen –, wie ich den Tisch hinterher abräumte [die Mücken summten um die beiden Kerzenhalter, die Fledermäuse flogen vierzehn Meter tiefer um die Lampe auf dem Holzpfahl vor dem Mère Guy] und, als ich die letzte Schüssel halbgeschmolzenes Eis aufnahm, um sie hineinzutragen, sah, daß eine Blüte von der Kletterpflanze hineingefallen war und friedlich auf dem Wasser trieb.)

Campions *Book of Ayres*:

When thou must home to shades of under ground,
And there ariv'd, a newe admired guest,
The beauteous spirits do ingirt thee round,
White IOPE, blith HELLEN, and the rest,
To heare the stories of thy finisht love
From that smoothe tongue whose musicke hell can move;

Then wilt thou speake of banqueting delights,
Of masks and revels which sweete youth did make,
Of Turnies and great challenges of knight,
And all these triumphes for they beauties sake;
When thou has told these honours done to thee,
Then tell, O tell, how thou didst murder me.

42

22. September 1988. Trevor hat mir heute geschrieben: »Gestern haben wir leider den armen Bill Thompson begraben.« Dick und ich hatten über Bills Krankheit gesprochen, während er und Trevor hier waren. Er hatte nach einem Schlaganfall Monate gelähmt im Krankenhaus gelegen. Er konnte nur sehen und seine Augen von einer Seite zur anderen bewegen, erzählte Trevor, als Zeichen, daß er seine Freunde erkannte. Dick hatte es mir gesagt, als er hier war: »Er hält keinen Monat mehr durch«, also war es auf gewisse Weise kein allzu schlimmer Schlag. Ich bin sicher, keiner von uns würde so ein Leben einem Freund oder geliebten Menschen oder sich selbst wünschen.

Auch Bill war ein Corporal gewesen, gegen Ende des Krieges in der kanadischen Armee. Er war ein guter Maler, meinte Trevor. Als ich Trevors Brief las, sagte ich bei mir, daß der Tod eine Erlösung für ihn war.

Und doch … Wir kannten einander vierzig Jahre. Es war seltsam, mir vorzustellen, daß Bill nicht mehr da war. Er konnte nicht mehr als drei oder vier Jahre älter gewesen sein als ich. Trevor schrieb weiter: »Es ist schade, daß immer weniger von uns aus dieser Zeit übrigbleiben, aber es war ein enormer Andrang. Die Kirche in Bolton war voll, und später im Club war es wie eine Partynacht.«

Ich legte den Brief weg und ging hinaus auf die Terrasse, um nachzudenken. Ich dachte an Bill, wie er gewesen war, als ich ihm zum erstenmal begegnete, das muß 1953 oder 1954 gewesen sein. Auf der Terrasse regte sich kein Windhauch. Die Berge – meine ganze kleine Welt, die ich von dort aus überblicken kann – lagen absolut schweigend da. Die Farben veränderten sich, und der erste Regen fiel vom Himmel und säuberte die Luft. Wir hatten vierzig Tage oder länger keinen Regen gehabt, und jetzt war die Hitze des Sommers plötzlich vorüber. Noch nicht mal vom Bach unter mir drang ein Laut herauf wie sonst – er führte noch kein Wasser. Aber morgen würde das wieder anders sein. Morgen ist ein neues Mondquartal. Morgen beginnt die neue Jahreszeit: der Herbst.

Armer Bill. Es tat mir leid, daß ich so weit weg war, als er starb. Das war ein ganz und gar unlogisches Gefühl. Welchen Unterschied machte es schon, ob ich weit entfernt war oder ganz in der Nähe? Er war tot, und das war es.

Aber es tat mir trotzdem leid, auch wenn es keinen Unterschied machte. Wie auch immer, wenn das so weitergeht, werde ich meine Welt bald für mich allein haben, die Terrasse, alles, und was wird mir das ohne sie nutzen? Was ist daran erfreulich?

Warum stirbt ein Mann, und eine Jahreszeit beginnt? Es hat keinerlei Auswirkung, außer auf das Herz. Es bedeutet nichts. Nichts ändert sich. Die Wirklichkeit scheint nur ein wenig den Brennpunkt zu verschieben, dich sanft an den Rand zu drücken, möglicherweise gnädig, manchmal jedenfalls.

Ich ging wieder hinein und setzte Kaffee auf, statt zu Bett zu gehen, wie ich es normalerweise morgens tue. Es tat mir gut, eine Minute in der Vorratskammer zu hantieren und dann zurück in die Küche zu kommen und zu warten, bis das Wasser kochte.

Wie soll ich erklären, interpretieren, was ich als leidender Besucher auf dieser Erde wie wir alle gesehen habe, außer indem ich feststelle, daß es, abgesehen von der Bedeutung, die wir, die Lebenden und Sichtbaren, dem Unsichtbaren in unserer gerechtfertigten Verzweiflung durch einen Akt des Glaubens zusprechen, keine Bedeutung gibt, was uns in der Position einer zufälligen Schöpfung zurückläßt, die gerade genug Intelligenz besitzt, um sich einzureden, sie hätte einen Sinn. In den Kneipen kann man die Langweiler das stundenlang vorexerzieren hören, und die Politiker, die sich ellenlange Redezeit im Fernsehen kaufen, versuchen dasselbe – beide mit demselben leidenschaftlichen Maß an quäkender Überzeugung, die wir alle als Teenager bemüht haben, wenn es uns dann doch nicht ganz gelang, das Mädchen ins Bett zu bekommen.

Die Verhungernden und Verzweifelnden andererseits haben andere BHs, die sie im Dunkeln wegreißen, sie haben noch erheblich drängendere Bedürfnisse, die jenseits allen Wiedererkennungswerts entstellt explodieren, wenn hinter dem Versprechen keine Brustwarze zu finden ist …

Auch die Metaphysik hat ihre eigene kalte Logik. *Gott ist mit mir, weil ich existieren muß: Tod den anderen. Wenn ich wahnsinnig werden muß, um zu überleben, gut, dann werde ich eben wahnsinnig.*

Die Verzweiflung war die ursprüngliche Lizenz zum Töten. Die Kugel ist nur Fortschritt.

Le Bourg, September 1988. Ich schaue in den Regen, der immer noch fein, aber schnell dicker werdend, schnurgerade vom grauen Himmel fällt, denn es geht kein Wind, und ich denke: Jetzt können wir alle losziehen und Pilze sammeln! Albert, Robert und ich werden uns sicher auf der Straße begegnen, jeder mit einem Stock, um in den Hecken zu stochern, und einem Plastiksack, und wir werden in Gummistiefeln am Straßenrand entlang schnalzen. Ich bevorzuge Lactères, die an abgestorbenen, umgestürzten Fichten wachsen und so fleischig sind, daß sie eine ganze Mahlzeit für sich darstellen. Und die tiefschwarzen Trompettes de la Mort, die genauso aussehen, wie sie heißen: winzig, mit zarten Adern im Innern des Instruments. Sie sprießen beim ersten Anzeichen von Regen, in weniger als einer Nacht, geheimnisvoll im Dunkeln.

Als was für ein Heimchen am Herd ich mich entpuppe, nach dem ganzen reichen Leben, das ich versucht habe zu beschreiben! Vielleicht ist es gar nicht so schlecht, so an der Straße entlangzugehen, den harten Asphalt unter den Füßen, und die Sonne kommt gerade hoch. Der Frieden ist besonders wertvoll, wenn man sich unbehaglich fühlt.

Le Bourg, August 1990. Ich sehe Agnès an, als hätte ich sie nie zuvor gesehen, und jedesmal erschüttert mich das Wunder ihres Gesichts. Die Liebe, die ich darin sehe, ist der Grund für alles, was ich tue. Die Leute haben keine Ahnung, welchen Schaden sie sich selbst zufügen, wenn sie sich einander verweigern. Ich weiß von mir selbst, daß ich es nie ahne, bis es zu spät ist.

Die Sache mit den Toten ist die: Ein Geist ist in seinem Leiden *gefangen*, aber er begleitet einen, wenn man umzieht. Wir, die Lebenden, gehen weitgehend davon aus, daß der Tod ein Ende darstellt – aber ich bin noch immer nicht überzeugt, daß dem so ist. Wir brauchen mehr Beweise.

Nehmen wir mein Arbeitszimmer hier im Morgengrauen. Es ist schummrig vom Herbstnebel. Das Zimmer ist grau, voller abwesender Personen. Ich habe meine Freunde schlecht behandelt. Aber ich vergesse sie nie, oder zumindest nicht für lange. Meine vielen Feinde dagegen spielen in meinen Gedanken kaum eine Rolle. Sie erscheinen mir heute unbedeutend, und die meisten sind vergangen.

Es ist seltsam, allein zu sein. Es ist ein eigener Lebensstil. Die Menschen glauben, ich würde es genießen, aber Einsamkeit ist zwar unersetzbar, doch in großen Dosen ungesund, weil man sie mit Gestalten aus der Vergangenheit füllt, und die Vergangenheit ist ein grausamer Meister. Lorca: »*Amor, amor amor, / Y eternas soledades!*« Und Joyce: »Geliebte, Geliebte, Geliebte, / Warum hast du mich verlassen?« Oder diese letzten Zeilen eines unveröffentlichten Gedichts mit dem Titel »Die Möwe« von Patrick Cooper, der mit mir gewettet hat, wir könnten in New York nicht vierundzwanzig Stunden rund um die Uhr saufen, angefangen und endend an der Ecke 10th Avenue und 46th Street (er hat die Wette verloren): »Nach Norden auf vollkommenen Schwingen, / Allein an der Küste zieht die Möwe / Ihre einsame Bahn.«

Draußen hat sich der Himmel schwarz gefärbt.

Manchmal erscheint es mir sehr seltsam, dort zu sein, wo ich bin. In der Situation gewesen zu sein, in der ich gesteckt habe, und mich dann wiederzufinden, wo ich jetzt bin, nicht nur eine Menge irdischer Grenzen überquert zu haben, um hier in Le Bourg zu enden, sondern auch die psychischen Grenzen, die all diese irdischen Barrieren (die Unterschiede in Sprache, Klima und Temperament der Bevölkerung) mit sich brachten. Seit ich denken konnte, wollte ich nie etwas anderes, aber die Wirkung ist noch seltsamer, als ich erwartet oder mir auch nur vorgestellt habe – vielleicht, weil mir jetzt, wo ich es getan habe, das Leben in einem anderen Land als dem eigenen so vertraut ist, als *wäre* die Fremde mein Zuhause. Ich glaube, ich habe auch gewaltiges Glück, Schriftsteller zu sein, weil es das Packen so ungemein erleichtert: im Grunde braucht man nur seinen Kopf, ein Stück Papier und einen Bleistift, ab und zu noch ein sauberes Hemd, ein Rasiermesser.

Manchmal stürzt für einen schrecklichen Augenblick jedes Stück meines selbstsüchtigen Panzers zu Boden, und ich sehe mich umgeben von all den Menschen, denen ich je etwas angetan habe. Das trifft mich wie ein blendender Schock. Sie unternehmen nichts, um mir zu schaden, während ich dastehe, das ist das Furchtbare. Sie sehen mich nur an, die letzte Wunde, die ich ihnen geschlagen habe, im Gesicht.

Ohne diese Memoiren hätte ich derartige Konfrontationen nicht, und deshalb bin ich schlußendlich froh, sie geschrieben zu haben. Denn auch wenn es die Gegenwart so viel schwieriger macht, weil ich Angst habe, meine Fehler zu wiederholen, bin ich mir jetzt sehr viel bewußter als vorher, wie notwendig es ist, mit anderen anständig umzugehen. Ich habe es nötig, aus dieser Position zu entkommen, in der ich Angst habe, unter Vorwürfen zu sterben. Endlich ist mir klar, daß die anderen, ob lebend oder tot, nicht in einer Position sein wollen, in der sie es nötig haben, mir Vorwürfe zu machen.

Als Agnès mich gestern abend gefragt hat: »Siehst du dich nie so, als wärst du ich?«, habe ich augenblicklich geantwortet: »Natürlich tu ich das«, obwohl ich eigentlich sagen wollte (nur wollte ich es nicht erklären, weil ich den sich daraus ergebenden Streit verloren hätte): »Nein, jedenfalls im Moment nicht.« Es ist wie der Traum, den ich über meine Mutter hatte, kurz nachdem sie starb, in dem ich sie fragte: »Können wir jetzt miteinander reden?«, und sie traurig antwortete: »Nein, ich brauche jetzt eine lange Zeit für mich allein.« Mit mir ist es genauso. Vielleicht habe ich es von ihr geerbt. Ich verstehe erst, was Zusammensein bedeutet, wenn ich allein bin. Dann weiß ich es. Das ist mein ganzes Problem, aber genau das macht mich zu einem Autor im Bereich der Einsamkeit und der Schrecken, die sie begleiten. Ich finde mich regelmäßig in den Gedanken der Entfremdeten wieder, weil ich entfremdet *bin*. Und selbst jetzt kann ich das nur *schreiben* und es Agnès nicht sagen. Würde ich es aussprechen, käme es seines Kontextes beraubt aus meinem Mund, mit einem falschen, wichtigtuerischen Ton. Genau deshalb ist A natürlich unersetzlich: Weil sie dieses Paradox *wahr-*

nimmt, ob sie will oder nicht. Ich habe den Eindruck, daß sie sich manchmal wünscht, es wäre anders, weil A *körperlich* unersetzlich sein will. Aber körperlich ist sie für mich nicht unersetzlich, und so versucht sie immer wieder, in der Beziehung zu mir die falsche Krone aufzusetzen. Für mich ist die einzigartige Qualität A's, daß sie keine Angst vor der Wahrheit hat. Abgesehen von gelegentlichen Aspekten, die sie selbst betreffen, liebt sie die Dinge und kickt sie herum wie ein Kind einen Fußball. Nur Körper, einschließlich des eigenen, können sie hinters Licht führen, Aussagen, Ideen, Meinungen niemals. Sie läßt sich von ihnen nicht im geringsten täuschen. Wäre dies anders, würde das die ganze Natur unserer Beziehung zerstören, auch wenn keiner von uns dieser Natur wirklich bis ganz auf den Grund gegangen ist. Jedenfalls ist dies für mich ein sehr viel wichtigerer Beitrag als Bequemlichkeit. Bequemlichkeit ist gar nicht gut für mich, denn ich bin faul. Wenn ich es bequem habe, kuschele ich mich sofort ein und vergesse alles andere. Ich bin zu jeder Lüge bereit, um nicht aufstehen zu müssen.

Ein Teil der Trauer in meinem Leben beruht auf Einsamkeit, die durch Sehnsucht nach der Vergangenheit entstanden ist. Das ist weder nur negative Nostalgie (denn zum Teil ist diese Vergangenheit furchtbar) noch einfach eine Begleiterscheinung des Alters. Ich hatte diese Sehnsucht schon immer. Ab und an ist mir die Vergangenheit näher als die Gegenwart, und je näher mir jemand ist, desto entfernter scheint er zu sein. Diese seltsame, ungewollte Perspektive könnte als Behinderung erscheinen, aber das ist sie nicht – jedenfalls nicht für das Schreiben. Ich finde diese Beziehung zur fernen Vergangenheit absolut notwendig, um die Gegenwart in einer dritten Zeit, auf dem Papier, mit der nötigen Schärfe zu erkennen.

Ich stelle fest, daß ich in steigendem Maße froh über all das bin, was ich hier gesagt habe, auch wenn ich mir ganz und gar nicht sicher war, daß es so enden würde, als ich dieses Unternehmen begann. Zu Anfang hatte ich Angst davor. Ich war in der Lage, einen Großteil meiner Überlegungen über die Mentalität des Mörders und den *Noir*-Roman zu veräußerlichen und ihnen eine Art Gestalt zu geben. Bis dahin war es alles diffus und nicht wirklich analysiert. Indem ich es niedergeschrieben habe, konnte ich in Phänomenen einen Sinn ausmachen, die für mich zuvor nicht mehr als faszinierende Paradoxe waren ... zum Beispiel Christies Beschreibung seiner »seltsamen, friedlichen Erregung«, wie er es der Polizei gegenüber ausdrückte, als er ihr erzählte, wie er Muriel Eady erdrosselt hatte und dann in sie eingedrungen war. Jetzt ist die Bedeutung der Kontrolle und Analyse der eigenen Impulse deutlich, die Wichtigkeit eines Gegengifts, eines Schildes des Perseus. Christie hat beschrieben, wie das Böse seine Eroberungen macht und sich verliebt, wie es allen Männern samstags abends beim Tanz und einem hübschen Mädchen widerfährt. Aber in seinem Fall sah er das Mädchen auf dem Tanzflur als Leiche, weil *er* eine war, sie verkörperte die Süße seiner negativen Rache. Christie erreichte einen doppelten Orgasmus: den ersten körperlich, den zweiten, als er sein Opfer der Welt Lebewohl sagen ließ. Christie selbst, banal, klein, schwach, verschlagen und grinsend, ist in Wahrheit der sonst vorwärts gerichtete, aber nun angehaltene Impuls der Liebe, in den Leerlauf geschaltet und von dort in den Rückwärtsgang und den Tod des anderen, in dem Glauben, daß nach dem Einsatz der Vergasungs- oder Erdrosselungsmaschinerie, wenn der andere aus seinem Leiden erlöst ist, er im Gegenzug das eigene beenden könnte. Und so wurde Christies Existenz möglich, weil sein Opfer, egal, ob es das nötige Kleingeld besaß, die Fahrt für beide bezahlt hatte.

Es ist entscheidend, aber immer noch sehr schwierig, das Wesen und die Beweggründe des negativen Geistes zu verstehen, möglicherweise, ich wiederhole es noch einmal, weil wir alle kollektiv dafür verantwortlich sind.

Zu viele Menschen sind bereit, Ideen beiläufig aufzugreifen wie sie beiläufig Bücher aussuchen. Aber die meisten halten sich nicht die Nase zu und waten analysierend durch menschliche Trümmer und Exkremente. Das wollen sie anderen überlassen, und damit erinnern sie mich an das berühmte Zitat aus *Axel's Castle*: »Und was das Leben betrifft, das können die Dienstboten für uns erledigen.« Die Reisenden lassen alles hinter sich, sobald sie aus einem Alptraum erwachen, und eben deshalb geschieht so wenig. Wir sind alle dermaßen faul, bis der Tod uns auf die Schulter klopft, und dann ist es zu spät.

Trotzdem, wenn der *Noir*-Roman, wie ich ihn verstehe, tatsächlich tiefere Wurzeln im Geist seines Lesers schlägt, wenn dieser nur ein wenig tiefer blicken kann als bis zu seiner anfänglichen Abscheu, dann können wir endlich diesem ganzen Berg von eingebildetem, eskapistischem Dreck Lebewohl sagen, der für den gutbetuchten Mittelklassemarkt geschrieben wird und sich fälschlicherweise »Thriller« oder »Detektivroman« schimpft. Dann ist wenigstens ein unbedeutender Küchenhelferjob in diesem Bereich erledigt. Die Aufgabe der *Noir*-Romane ist es, mit einem Eimer heißem Wasser und einem Lappen auf Hände und Knie runterzugehen und an dem unbeschreiblichen Dreck zu schrubben, den Leute wie Agatha Christie hinterlassen haben … dank derer so lächerlich unwahrscheinliche Gestalten wie Hercule Poirot in der Vorstellung der Öffentlichkeit allem Anschein nach mit Philip Marlowe und Gregor K. verwechselt werden.

Als Ergebnis all dessen, was ich hier geschrieben habe, habe ich eine seltsame Botschaft an mich selbst formuliert. Was auch immer wir für unseren größten persönlichen Erfolg halten, enthält das Gespenst unserer Niederlage. Es ist, als würden wir darauf bestehen zu triumphieren, um dem Zugriff dieses Gespenstes zu entkommen, so wie Kinder sich zum Burgherren machen, um der grausamen Masse zu entfliehen und sie zu dominieren, und tun, was immer nötig ist, um sich den Weg zu bahnen. Ein solches Verhalten offenbart weniger die Feigheit als das Entsetzen, das die treibende Kraft aller Helden ist, aller Irren, überhaupt aller, die darauf bestehen, daß der Boden genau dort fest ist, wo sie instinktiv fürchten (oder guten, aber nicht näher erklärten Grund haben, dies zu glauben), daß er gerade das nicht ist. Helden und Feiglinge haben eines gemeinsam: beide sind Egoisten. Heldentum ist die positive Ausprägung des Egoismus. Nur diejenigen, die geboren wurden, ohne zu wissen, was das Selbst ist, und es unbewußt als den anderen definieren, können in dieser Welt das Unmögliche erreichen: weder die Welt noch andere zu verletzen.

Das sind nur die bemerkenswerten Vorzüge und Nachteile, welche die Existenz anzubieten hat. Dazwischen liegen die Milliarden Opfer, die ausgelöscht werden oder sich selbst auslöschen, ungewollt und weder auf den heldenhaften Gipfeln noch in den satanischen Tiefen gehört … diejenigen von uns, die nie auch nur vorgesprochen haben (siehe Nathanael West, *The Day of the Locust*).

In diesem Lichte besehen ist das Opfer nicht als Opfer anzusehen. Der Wahnsinn, den ich lieber lebenden Selbstmord nennen möchte, erweist sich nicht als Schutz. Schlimmer noch, die Verrückten sind auf die Gnade der Wohltätigen angewiesen. Wenn man Todesqualen leidet, ist das Allerletzte, was man sich wünscht, die Gesellschaft eines Langweilers mit Schuldgefühlen, dessen Beweggrund dafür, einen Irren im Wintergarten abzustellen, derselbe ist, der ihn sonntags in die Kirche treibt. Es ist seine eigene Seele, die er retten will, nicht die des anderen, mit seinen hageren Schenkeln auf dem blauen Plastiktopf, den Lumpen, den lauten Blähungen, der versteckten Sprache mit einem Lächeln in das Nichts hinter ihm, verlorenen Augen, ertapptem Lächeln. Manchmal nimmt er dich bei der äußerst dünnen Hand und führt dich hinüber zu einem Kratzer auf der abblätternden Wand in der Ecke des Gemeinschaftsraums, um dir diese Winzigkeit als großes Kunstwerk zu präsentieren, bevor er dich verlassen muß, weil in seinem Zeitplan das erste Treffen im feuchten Garten angesagt ist, wo er unter einen Busch kriecht, um einen Termin einzuhalten. Ich weiß allerdings, daß niemand auf Erden, kein Präsident und kein König, die Eleganz eines Wahnsinnigen hat, der dich um eine Zigarette bittet und sich weigert, die Packung anzunehmen, weil er sicher ist, daß du die anderen selbst brauchst. Das ist die Gnade des Unbekannten, wenn man die Linie einmal überschritten hat, daß man ein Exekutionskommando mit demselben Interesse oder Desinteresse betrachtet wie ein Blatt oder eine Wolke und nur Ärger macht, wenn um sieben der Magen nach der gewohnten Tasse Suppe verlangt.

All diese Schönheit und Traurigkeit liegt auch in den *Noir*-Romanen. Sie tragen schwarz nicht um des Verbrechens willen, das nichts anderes ist als die letzte menschliche Ausdrucksform der Verzweiflung, sondern aus dem Mitleid und Mitgefühl, das respektvolle Menschen, sofern es die noch gibt, den Toten zu erweisen ... vor allem jenen Toten, die wußten, daß die einzige Flucht aus der langen, langsamen Kälte jene Kälte war, die nur der Tod bieten kann.

Der *Noir*-Roman, diese schwarze, schmale Enge, ist für mich der einzige Sinn des Schreibens. Er ist mein Versuch, unseren Zustand zu verstehen, zwischen unseren möglichen Zuständen gewandert zu sein, Himmel und Hölle besucht zu haben wie ein Kneipengast, der zwischen zwei Pubs auf gegenüberliegenden Straßenseiten hin und her irrt, die verschiedene Biersorten ausschenken. Ich bleibe dabei, daß dieses Leben, wenn die Chancen gegen einen stehen, ebenso nützlich ist wie jedes andere. Man wird gehetzt und es ist gefährlich, aber es ist weder eingebildet noch langweilig. Ganz im Gegenteil: zu schreiben ist, aus meiner Warte gesehen, beinahe die letzte verbliebene Möglichkeit festzustellen, daß die Welt, so wie sie hätte sein sollen, nie existiert hat und nie existieren wird, aber daß wir uns weiter wünschen werden, daß sie so sein könnte, wie wir sie gerne hätten. Aber das Mittelmaß hat Angst vor dem anderen. Der Staat hat Angst vor uns, hat Angst vor sich selbst. Es ist eine furchtbare Schönheit, wie Yeats es ausdrückte, daß wir dastehen, während die lieblichsten Bewegungen, die schönsten Ausdrücke unserer Sprache ebenso wie des Körpers, alles, was unsere Zivilisation beschreibt, von unseren Frauen bis hin zu unseren Worten, für Traurigkeit reserviert sein soll, verwandelt, schwindend in die schwarzen, konjunktivischen Tasten des Klaviers. Aber angesichts dessen, wie wir leben, ist das unvermeidlich, da Romantik nur das Streben nach den einfachen Dingen ist und diese in unserer Welt zur Tragödie bestimmt sind oder, unter den allerbesten Umständen, zu einer armseligen Kopie unserer ersten Träume.

Und so komme ich zum Abschluß mit der Feststellung, daß jedes menschliche Handeln eine Verteidigung der Autonomie ist. Unabhängigkeit entsteht wie das Ausüben der Liebe aus dem Bedürfnis, zu verstehen und verstanden zu werden. Wo es eine gemeinsame Sprache gibt, leben die Menschen glücklich bis an ihr Lebensende. Wo es keine gibt, explodiert der eine in einem Roman, der andere mit einer Bombe. Wie Liebende erschaffen, so vernichten Attentäter im Traum. Liebende träumen vom Licht und gehen in den anderen ein, aber der Killer träumt von der Dunkelheit und geht abwesend durch den anderen hindurch.

Le Puech, im Juni 1991

NOIR 2 **Russell James Underground**

Ein Mann auf der Flucht. Wer ist er, und vor wem flieht er? Die Vorstädte der Farbigen und das nächtliche London sind sein Versteck. Die richtige Tarnung für einen Profi – bevor seine Organisation aus dem Underground zum Gegenangriff auf die Zivilisation übergeht. Er lernt eine junge Frau kennen, die arbeits- und hoffnungslos versucht, im Land der Job-Wunder zu überleben.

In einer Dramaturgie, die in Sorgfalt und Detailreichtum an einen Gangsterfilm von Jean-Pierre Melville erinnert, zeichnet Russell James eine Noir-Ballade. *Underground* ist ein schwarzer Thriller mit scharfem Blick auf die gesellschaftliche Realität.

NOIR 3 **Jonathan Gash**
Lovejoys Duell
Band 1 der Lovejoy-Serie

»Kennen Sie dieses Prickeln, das durch sexuelle Erwartungen ausgelöst wird? Wenn Sie es sich tausendfach verstärkt vorstellen, haben Sie eine schwache Ahnung von der fiebrigen Erregung eines Antiquitätenhändlers, der einen Kunden wittert; sie läßt ihn alles vergessen, Erziehung, gesunden Menschenverstand, Vernunft – oh, und das Gesetz.« Die Geschichten des amoralischen Antiquitätenhändlers und zynisch-witzigen Frauenhelden Lovejoy gehören zu den erfolgreichsten britischen Kriminalromanen. Lovejoy ist einer der originellsten Charaktere der Kriminalliteratur – wer den ersten Lovejoy gelesen hat, wird süchtig.

DUMONT NOIR

»Harte Zeiten brauchen harte Bücher«

NOIR 1 **Derek Raymond** Die verdeckten Dateien

NOIR 2 **Russell James** Underground

NOIR 3 **Jonathan Gash** Lovejoys Duell

NOIR 4 **Harry Whittington** Im Netz

NOIR 5 **Ulf Miehe** Puma

NOIR 6 **George P. Pelecanos** Das große Umlegen

NOIR 7 **James Sallis** Deine Augen hat der Tod
(erscheint Mai 1999)

NOIR 8 **Jonathan Gash** Lovejoys Gold
(erscheint Mai 1999)

NOIR 9 **Russell James** Payback
(erscheint Juli 1999)

NOIR 10 **J. Robert Janes** Salamander
(erscheint Juli 1999)

NOIR 11 **James Sallis** Die langbeinige Fliege
(erscheint September 1999)

NOIR 12 **Harry Whittington** Du bist als nächster dran!
(erscheint September 1999)